SV

Gabriela Avigur-Rotem

Loja

Roman

Aus dem Hebräischen
von Anne Birkenhauer

Suhrkamp Verlag

Die hebräische Originalausgabe *Chamsin we-zipporim meschugaot* erschien 2001 im Keshet Verlag, Tel Aviv.

Die Übersetzung wurde gefördert vom Deutschen Übersetzerfonds e.V.

Satz: TypoForum GmbH, Seelbach
Druck: CPI – Ebner & Spiegel, Ulm
Printed in Germany
ISBN 978-3-518-42012-6
Erste Auflage 2008

1 2 3 4 5 6 – 13 12 11 10 09 08

Loja

1924

... denk ich an die Menschheit,
so denk ich nur an jene, die mit mir im selben Jahr geboren sind ...

an euch alle, Brüder meiner Hoffnung, Freunde meiner Verzweiflung.

Wer sich mehr als die anderen
an seine Kindheit erinnert, ist Sieger.
Wenn es denn überhaupt Sieger gibt.

Jehuda Amichai

Chamsin, Störche

Wenn du Gott wärst, wir hatten früher so ein Spiel, wenn du Gott wärst, was würdest du dann machen?
Daß es kein Schönschreiben mehr gibt –
Und Rechnen. Daß es kein Rechnen mehr gibt. Nie mehr –
Und daß alle Araber sterben –
Und daß die aus der Shoah alle wieder leben –
Dann auch die aus dem Unabhängigkeitskrieg –
Ja, die auch –
Und die von Trumpeldor –
Die auch –
Und die Makkabäer und die vom Bar-Kochba-Aufstand –
Aber das ist schon furchtbar lange her –
Wenn du aber doch Gott bist –
Wenn du Gott bist, dann machst du keinen so schweren Stein, daß du ihn nicht heben kannst – das bin ich, ich zitiere dich, bringe die anderen durcheinander, komme nun selbst für einen Augenblick durcheinander – jetzt nach links? oder nach rechts? »Hier sind Sie doch geboren!« »Nein.« »Haben Sie nicht von klein auf hier gelebt?« Aber man hat hier abgerissen, verkauft, gebaut, erweitert, keinen einzigen Stein haben sie an seinem Platz gelassen, außer deinem Haus, das plötzlich hier steht, das muß es sein – da ist es! – aber nein – diese Bäume, das Gestrüpp – ich muß kurz aussteigen und schauen – diesen gewaltigen Ficus gab es früher nicht, doch, der war schon da, aber nicht so, ein grüner Löwenbaum reißt seinen Blätterrachen auf, um ein Haus zu verschlucken, das

sich in die Erde buckelt und längst bereit ist, Archäologie zu werden – »Und? Ist es das?« Ich drehe mich um. Natürlich. Das blaue Tor steht offen, wie bin ich da durchgegangen, ohne es bemerkt zu haben – »Das ist es.« »Echt ein Monster!« »Das Haus?« »Dieser Baum! Seine Wurzeln haben Ihnen bestimmt schon den halben Boden hochgehoben!« Der Anwalt raschelt hinter mir her, trockene Blätter flüstern knöchelhoch – wo sind die Wegplatten, nur noch eine Stufe am Eingang statt zweien. »Für das Haus kriegen Sie bloß ein paar Groschen«, er niest, »aber das Grundstück, das ist Gold wert.« – »Darf ich bitte«, ich ziehe den falschen Schlüssel aus dem Schloß, finde den goldfarbenen, stecke ihn rein, drehe einmal hart und einmal weich um und noch ein letztes Mal halb und schaue zurück. Der Ficus. Er hat einen muskulösen Stamm bekommen, elefantengrau, und eine gewaltige, fast schwarze Krone. Nichts wächst unter ihm, auch nichts hinter ihm oder zu seinen Seiten, und seine Wurzeln drängen ins Haus –

Soll ich reingehen? Nicht so hatte ich es mir vorgestellt. Hunderte Male habe ich dich überrascht, bin lautlos eingetreten, habe deine Schulter berührt, hunderte Male bin ich hierher zurückgekehrt, nicht einmal auf dem Weg lag Staub, nach der lichterlohen Helligkeit draußen ist es drinnen feucht und dunkel wie in einem unterirdischen Gang, die geöffnete Tür schlägt gleich wieder weich zu, hinter ihr an der Wand wie Teddys aufgeplusterte Parkas im Dunkel. »Dieser Geruch! Machen Sie bloß ein Fenster auf!« sagt das Gesetz hinter mir. »Es muß hier sein, im Wohnzimmer«, ich taste rechts nach dem Schalter hinter den Ärmeln der Mäntel. Krankes Licht zittert in einer Glühbirne. »Das ist der Vorraum«, ich bin Touristenführerin in deinem Haus, »und das ist das Wohnzimmer«, der Schalter ist links. Nur zwei Birnen brennen in dem Kronleuchter, den du aus der Radfelge eines alten

Wagens hier auf der Terrasse gebaut hast, Nachum und ich waren dabeigestanden und hatten zugeschaut. Kalt war es gewesen. Der Geruch modernder Blätter stieg aus dem Garten herauf. Diese Erfindung hat die ganze Welt verändert, knurrtest du über die Kabel gebeugt, Nachum war überzeugt: der Strom, aber du hobst deine hellen Augen zu ihm, wenn du dich ärgertest, glänzten sie wie ein zerbrochenes Meer. Das Rad! sagtest du, mit einer Stimme wie ein Peitschenknall. Nachum schluckte und schwieg. Das Rad, was ist das schon für eine Erfindung! provozierte ich, mir konnte nichts passieren. Wieder hobst du den Blick. Diesmal amüsiert: Gut-daß-du-gekommen-bist-Göttin-Anat! Ob sie noch da ist, die Göttin? Ja, sie steht noch da, im Biedermeier. »Ein Räuber, einfach ein Räuber!« sagt das Gesetz und pfeift leise angesichts deiner Sammlung: Öllämpchen, Stempel, Silber- und Bronzemünzen, eine Aphrodite mit abgebrochenem Arm, eine eiserne Anat mit rostigen Grübchen – »Warum wollen Sie Schwierigkeiten bekommen«, sagt das Gesetz, erwähnt den Paragraphen 12, »schreiben Sie einen freundlichen Brief an den ...«, und jetzt sieht auch er sie. »Dort ist sie«, ich zeige auf die Pyxis hinter dem gewölbten Glas. »Sind Sie sicher?« Ein winziger Tontopf mit einem schweren Deckel, der Henkel des Deckels erhebt sich zu einem halben Zentaur. »Nur das ist eine Pyxis.« – »Vielleicht überprüfen wir das«, schlägt er vor.

Das Bücherregal beginnt bei den Fußleisten und reicht bis zur Decke. In seiner Mitte dieser geschlossene hölzerne Kasten, ob darin noch immer in doppelter Reihe Flaschen mit Brandy Medicinal, Sherry, Slibowitz stehen, und darüber, auf einer schmalen gläsernen Platte, sich dickbodige Gläschen im Spiegel der Rückwand verdoppeln und in den seitlichen Spiegeln zu einem ganzen Regiment grünlicher Glaszwerge werden? Und du, mitten unter ihnen, gießt mir einen

Kognak ein, funkelst zornig: Wolltest wohl Houdini sein? In diesem Sessel habe ich gesessen – »Vielleicht prüfen wir das trotzdem?« Der Anwalt traut sich nicht, die Glastür zu öffnen, und ich sitze in diesem Sessel, völlig erschöpft, höre draußen das Geschrei, Rufen, schnelle Schritte. Loja. Lo-ja! Sag-doch-mal-Kuckuck! Mein Kuckuck-sucht-mich-doch! bleibt mir im Hals stecken, und du reichst mir ein Gläschen – Trink! – und antwortest für mich: Sie ist hier! Unbeugsam dieser Duft, kräftig und umwerfend. Was ist das, Houdini? huste ich. Wer ist das? korrigierst du verärgert, beinah beleidigt, daß ich es nicht weiß, wie kann es sein, daß ich das noch nicht weiß, ich bin doch schon groß und kann auch schon lesen. Ich bin hier! rufe ich mit letzter Kraft, und sofort stürzen Bilu und Ora und Elchanan und Josefa und Adriana und Jossi und Dina herein: Hier ist sie ja, hier ist sie! Der Anwalt dreht sich um die eigene Achse. »Prüfen Sie das später«, er gibt klein bei, »und geben Sie mir Bescheid – sch ...«, plötzlich ist er über eine Reihe unebener Bodenplatten gestolpert, »das ist der Ficus! Den kann nur ein Bulldozer rausreißen.« Ich stehe auf. »Herr Rechtsanwalt Betzer!« Ich durchquere das Wohnzimmer, öffne ihm die Haustür. Die Parkateddys sträuben sich weich. »Herr Betzer, vielen Dank«, ich rede mit ihm wie mit einem renitenten Fluggast, aber er ist neugierig, ein Schnüffler, weich und hechelnd wie ein Spaniel im Sommer, späht in den Flur, der zur Toilette und zu den Zimmern führt, versucht die Türen aufzumachen, aber sie sind alle abgeschlossen. »Ich finde mich schon zurecht.« Ich lehne mich an die Tür. Die Parkateddys hinter mir. »Und geben Sie mir Bescheid!« Ich folge ihm hinaus ans Licht, das jenseits des Ficus lodert, da, wo einmal Garten war und jetzt Dornen und kahle Flecke sind. »Sehen Sie, was für ein Grundstück!« Er steht zwischen den Palmen, die Stämme grau und gerade, eigentlich zu dünn für diese Höhe, die Kronen zerzaust, ihre wild abstehenden Wedel werden im Licht zu schwarzen Messern. Von den Palmen aus ziehen sich erdfarbene Furchen bis zum Orangenhain, der dunkel, undurchdringlich und rätselhaft daliegt, das Licht rührt nur an die äußersten Baumkronen, und auch nur mit Fingerspitzen. »Dies ist der verpachtete Teil«, teilt mir der Rechtsanwalt mit, als wüßte ich das nicht, »und dort ist der Orangenhain.«

Es ist heiß. Feucht. Ich wende mich zum Tor, links davon die Zypresse – zwei hattest du gepflanzt, aber nur diese hier ist angegangen und sehr groß geworden, an ihr klettert die Bougainvillea vom Zaun mit orange und lila Schmetterlingsblüten hoch, doch in dem grellen Licht ist alles schwarzweiß – »Der Orangenhain ist verloren«, der Rechtsanwalt kocht in der Hitze, fühlt sich aber trotzdem in der Pflicht. »Verloren?« »Vertrocknet, knochentrocken. Kein vernünftiger Mensch hält sich heute noch einen Orangenhain, aber ich rate Ihnen, warten Sie mit dem Verkauf bis nach Pessach!« »Warum ausgerechnet bis nach Pessach?« Ich frage nur so. Wegen der Preise, weiß ich, wird er sagen, aber er überrascht mich. »Wegen des Dufts … wegen des Dufts der Orangenblüten vor Pessach – wie lange sind Sie nicht hier gewesen?«

Lange.

Sehr lange.

Ein Vierteljahrhundert. Länger noch –

Rechts ist die Küche. Wie unsere: beige Marmorplatte mit orangefarbenen Adern. Cremefarbene Holzschränke. Drei Reihen weiße Kacheln, darüber ein Fenster mit einem von Staub und Fettdunst verstopften Fliegengitter, aber auch das läßt sich öffnen, siehst du, draußen alles Granatapfelbaum.

Im Sicherungskasten warten die Schlüssel. Die Toilette: noch immer bis in Hüfthöhe pistaziengrün gestrichen und mit diesem Geruch nach Krankenkassenambulanz. Das Wasser in der Kloschüssel ist braun, als wäre es mit der Zeit gerostet. Ich ziehe an der Kordel. Es gurgelt, blubbert, und plötzlich poltert ein grauer Wasserfall aus den Höhen des Spülkastens. Ich schließe den Klodeckel und setze mich drauf, um zu warten, für einen Augenblick scheint es mir: Gleich, ja, gleich kehrt der Schmetterling in den Hals zurück, er wird zwischen den Rippen flattern, die Fußsohlen kitzeln, wie immer beim Verstecken in sehr engen Räumen, manchmal war es ein Schmetterling und manchmal grüne Brause, die nach einer halben Stunde wie der bittere Rest von süßem Soda im Fuß kribbelte, aber grüne gab es nur selten. In einer Kiste aus Holzbrettern mit Zwischenräumen, die auf mir warme Streifen von Sonne hinterließen. Oder in einem Karton, der schon mal Hundehütte für einen Welpen war, bis der größer wurde oder weglief oder überfahren wurde, aber der zähe Geruch aus Mitleid, Milch und warmen Fellflocken war noch da – oder in der blauen Kiste mit den Bronzebeschlägen an den Ecken, halb mit Wintersachen gefüllt, halb mit dem Hauch ihres Atems: Mottenkugeln und feuchter Filz, dicker Schlamm und feiner Regen, ein trauriger chemischer Geruch nach Ausland, so ganz anders als der Duft von Orangen in leise raschelndem Seidenpapier oder der sonnengeladene staubige Zypressenduft – er umschließt mich wie die Schale die Erdnuß, weckt in mir eine wilde, hurraschreiende Ausgelassenheit. Ich fahre! Und draußen suchen sie. Das passiert immer, wenn sie draußen suchen, mich rufen, sich streiten, ist sie hier? Nein, hier nicht, hier kann sich doch keiner verstecken, Loja schon, nein, noch nicht mal Loja. Wolltest wohl Houdini sein?

Ich stehe auf. Deine Toilette ist klein, doch die Decke hoch, der Raum hell, das Fenster offen, es ist heiß, der Chamsin ist schon da.

Hier die Tür zu Nachums Zimmer und gegenüber die zu

deinem. Ob auf dem Doppelbett wohl noch die zerwühlten Kissen und Decken liegen, als habe hier einer bis zum Tagesanbruch gekämpft – und wieder im Wohnzimmer, dasselbe Sofa, ihm gegenüber dieselben zwei harten Sessel, zugedeckt mit einem mattgrünen Stoff, der ist nach einem Vierteljahrhundert wieder modern, auch ein niedriger rechteckiger Tisch mit Resopalplatte, und der Biedermeier in der Ecke, wie ein Onkel aus einer anderen Oper, und in ihm die Pyxis. Was soll ich mit dir machen, gib mir ein Zeichen. Jetzt bin ich da! Nicht in der Sehnsucht, nicht im Traum. Ich kann anfassen, kramen, wühlen –

Aber noch nicht. Diese Nacht werde ich hier schlafen, im Wohnzimmer. Ich ziehe den Bettkasten unter dem Sofa hervor – dicke, säuerliche Baumwollaken, rostbesprenkelt – raus damit, raus damit und auf die Wäscheleinen – ja, die sind noch da, hängen nur noch tiefer durch – die Nachmittagssonne wird die Laken rösten – heute nacht werde ich auf knusprigen Laken schlafen –

Falls ich schlafen werde. Das Sofa ist aufgequollen, es wehrt sich, der Bezug kratzt, Gästesofa hast du es genannt, kein Wunder, daß nie ein Gast bei dir geschlafen hat.

Eine Katze, eine Straßenkatze, hatte Jean-Jacques mir gesagt, fällt immer auf die Füße, hatte er gesagt, frißt alles – Plastik, Kunststoff, Blech –, schläft überall und in jeder Situation ein, warum dann nicht hier und jetzt. Die Laken knarzen, die Sofalehne wölbt sich hervor, aber mich umdrehen und mit dem Rücken zum Zimmer schlafen geht nicht, schon gar nicht jetzt, die Dunkelheit rumort, schnauft, kratzt, weil sie raus will –

Warum bin ich über Nacht geblieben, vielleicht gibt es hier Schlangen, Skorpione, Ratten. Habe ich denn nachgeschaut?

Balzac, so hatte mir mal ein schlafloser Passagier auf dem

Weg nach Paris erzählt, Balzac hatte ein rundes Bett und Laken aus schwarzer Seide. *Oh là là*, wir sprachen französisiertes Hebräisch, da hat der *Monsieur* Balzac bestimmt wundervoll geschlafen! *Oh non-non-non-non!* protestierte der Passagier, *Monsieur* Balzac hat nachts nie geschlafen! Was hat *Monsieur* Balzac nachts gemacht? Kaffee getrunken, Romane geschrieben und sein Leben verkürzt.

Er war einer von denen, die überzeugt sind, daß ausgerechnet das Flugzeug, in dem sie sitzen – und wie oft fliegen solche Leute schon –, abstürzen und zerschellen wird: Man kann sie am Fenster sitzen sehen, wie sie mit starrem Hals die Schrauben in der Tragfläche zählen und jedesmal, wenn das Flugzeug seine Richtung ändert, die Farbe wechseln. Auf Transatlantikflügen liegen sie mit geschlossenen Augen da, um die Angst auszutricksen, verändern ihre Lage, stehen auf, gehen zur Toilette, gehen zu den Stewardessen, bitten um einen Tee, ein Mineralwasser, eine Tablette gegen Sodbrennen, gegen Migräne, gegen Übelkeit. Über dem Wasser sind sie fest davon überzeugt, daß wir gleich mit einem großen Pflatsch abstürzen, und dann verbeulen die Fäuste des Wassers das Flugzeug, als wäre es eine leere Getränkedose. Später kommen die silbernen Fische und fressen die Wangen, die Nasenspitze, die Ohren, lassen in den Kleiderfetzen nur noch Skelette zurück, die in der demolierten Flugzeugleiche schweben, und dann schrauben sich Schnecken in die Nasenlöcher hinein, Aale winden sich wie lebende Turbane um die Schädel, ein Tintenfisch tastet, klimpert auf den Rippen, und unter dem, was früher mal eine Zunge war, klebt eine schwarze Muschel – Ist doch ein schöner Tod, sagte ich lächelnd zu Jean-Jacques, der immer weiterredete, nur die ersten Momente sind hart, ein Flugzeug ist weitaus ungefährlicher als ein Auto, ungefährlicher als ein Tretroller, versicherte ich ihm am nächsten Morgen beim Frühstück im Quartier Latin, aber er glaubte mir nicht: Es ist unnatürlich, es ist unmenschlich, es ist einfach nicht normal, zu fliegen. Gar nichts fehlt mir da oben, versuchte ich ihn zu überzeugen, geschützt vor Kälte und Hitze, vor großen leeren Räumen und vor bösen Überraschungen.

Ich habe die ganze Nacht nicht geschlafen, die Streifen zwischen den Latten der Fensterläden färben sich schon milchgrau, im Grunde lausche ich schon wer weiß wie lange dem Zwitschern, das schnelle Klangstiche in das, was von der Nacht noch übrig ist, hineinstickt; sie haben etwas Eindringliches und glitzern.

Ich gehe barfuß hinaus, verstrubbelt, rieche unausgeschlafen, aber wen stört das: rundherum keine Menschenseele. Nur ich. Und die Bäume. Und die Erde. Und die Vögel. Wer macht dieses bordeauxfarbene Zwitschern, brennend-süß wie Pflaumenkompott, es ist dieser Vogel da, dieser schwarze, und schau, da ist noch einer, aber viel blasser, vielleicht ein Weibchen, vielleicht ist es schon alt, vielleicht krank, und da noch eins, gräulich mit schwarzer Henkerkapuze und Zitronenbauch, es knurrt, und dann kommt noch eine Freundin und noch eine, was ist denn los mit ihnen, ist gerade eine Gruppe Neueinwanderinnen angekommen, oder was? Ich erinnere mich an die Bachstelzen nach dem Regen auf der Straße, an einen Wiedehopf aus einem Buch – aber hier ist einer, so wahr ich lebe, ein echter Wiedehopf mit Haube auf dem Kopf, mit einem energischen Stakkato pickt er ins Gras, und da landet neben ihm der Schwarze, gewandet wie der höchste Mafioso zur Beerdigung, er hat einen orangefarbenen Schnabel und ein klares italienisches Zwitschern, und wer ist dieser kleine, dieser Winzling, der im Licht die Farben wechselt, wie der Splitter eines Pfauen –

Die Vögel haben hier genauso wild getobt wie alles andere: wie der Ficus, die Bougainvillea, das Unkraut, die Kanalisation – und ich will im ersten Moment sofort anrufen, gleich den Klempner kommen lassen, den Gärtner, die Handwerker, und im nächsten Moment – was hast du denn, wo brennt's, ist doch niemand hier außer dir, du kannst den Sicherheitsgurt lösen, Rauchen gestattet.

Nachums Zimmer ist abgeschlossen. Dein Zimmer ist abgeschlossen. Das Klebezimmer ist abgeschlossen. Jedes Schlüsselloch wie ein aus dem Dunkel ausgeschnittenes Mädchen: ein riesiger Kopf ohne Hals auf einem ausgestellten Kleid, ohne Arme, ohne Beine, gibt ein Zeichen: kalt-kalt-kalt – aber ich werde aufschließen – wer kann es mir verbieten – ich werde aufschließen und sehen, was es zu sehen gibt.

Nicht heute.

Heute kaufe ich mir Riemensandalen, wenn man die hier im Zentrum noch bekommt. Mein Haar ist elektrisch, die Finger sind trocken und steif, auch durch die Sonnenbrille bleibt das Licht eine Lötflamme – und das Zentrum, wo ist das Zentrum? Das Zentrum ist gewandert, ich gehe los, irre in ein neues Viertel, kehre um, versuche es noch einmal, finde plötzlich die Reihe der Eukalyptusbäume, riesiger als damals, unter ihnen haben wir diskutiert und die Rinde so lange abgezupft, bis ihre Haut glatt, rosaweiß und weiblich zum Vorschein kam, oder wir zerbrachen ihre Dolchblätter, so daß sich die Hand mit grünem Duft füllte, aber von wann ist dieser gepflasterte Vorplatz, der scheußliche Springbrunnen – hellblau gestrichener Beton –, und was ist mit dem Kulturhaus – es ist gewachsen und hat ein zweites Stockwerk bekommen, eine Doppeltür aus Glas und Treppen statt des Falafelstands und des riesigen Topfs mit Heißer-Mais-heißer-Mais in dieser gerösteten, beinahe verbrannten Stimme, nur ich bekam nach dem Kino einen umsonst, denn ich spulte immer die hebräischen Untertitel daneben ab, bis die Cinemascope-Filme kamen, in-lebensechten-Farben-und-mit-hebräischen-Untertiteln-im-Film.

»Ist das das Kulturhaus?« erkundige ich mich bei einem Vorübereilenden in schwarzem Anzug mit James-Bond-Tasche. »Communitycenter«, er spuckt das Wort aus, was das genau ist, erklärt er nicht, ist schon vorbei, doch hinter dem Kulturhaus hängt noch immer völlig überraschend der Geruch von gekochtem Huhn, Graupen und Möhrensalat – eine Strafe, von der nur ich befreit bin, weil ich mir zum Mittagessen Falafel und ein Wassereis kaufe, das einem im Mund zersplittert und klebrig den kleinen Finger runterläuft, bis zum Armband meiner Uhr, die ich trage, seit ich sieben bin, um zu wissen, wann genau der Bus ankommt, und um von jedem Ort aus nach Hause rennen zu können, damit Papa sich keine Sorgen macht – von dem, was du da ißt, wirst du noch ein Magengeschwür bekommen, hatte mir Oramama prophezeit, Probleme mit der Milz, mit der Leber, mit der Gallenblase, ja, ja, jetzt bist du jung, jetzt kannst du es dir erlauben, Kies zu fressen und Salzsäure zu trinken, aber wenn du einmal groß bist – Wo bist du, Oramama? Bestimmt schon unter der Erde. Aber ich bin hier, siehst du? Ich kaufe mir Sandalen für einen Monat, die reine Verschwendung, stimmt, na und, das ganze Leben ist eine schreckliche, eine herrliche Verschwendung, keiner hat eine zweite Chance, wer das wohl so bestimmt hat, und ausgerechnet ich, ich hatte eine, warum hatte, ich habe sie ja noch, ein Haus mit Orangenhain, das mir für weitere dreißig Jahre verantwortungsloses Leben genügen würde. Ich bin noch nie in China gewesen. Bin noch nicht auf der Chinesischen Mauer gelaufen, noch nicht durch die Verbotene Stadt gegangen, habe noch nie die Hand in den Seidenfluß eingetaucht, der die

Zehen der Guilin-Berge umspült – wo ist das neue Zentrum? Ich unterbreche einen Streit zwischen zwei Jungen, einer zeigt nach links, der andere grinst, der macht dir was vor! Ich beschließe, dem ersten zu glauben, gehe eine neue, saubere Straße entlang. Zu beiden Seiten kleine, mit eiserner Hand gemähte Gärten, weiße Villen mit honigfarbenen Fensterläden, Klimaanlagen gurren und spritzen Tropfen. Und hier ist das Zentrum: ein kolossaler Würfel aus hellem Marmor, drinnen ein neonerleuchteter Raum mit lauter Boutiquen, vertrocknete Luft mit dem Geruch von Pommes und Linoleum. In »Rom«, »Chic« und »Parade« zucken mit kauendem Mund blondierte junge Verkäuferinnen die Schultern – »Was, sagten Sie, ist Ihre Größe?«, dann schicken sie mich zu den Kinderschuhen. Erst bei »Garfield« erstehe ich ein Paar Sandalen. Jeansfarben. Braune Riemensandalen? Wo leben Sie denn, gute Frau! Auf den Supermarkt verzichte ich. Für Brot, Käse und Konserven suche ich nach dem kleinen Lebensmittelladen, wenn es den hier noch irgendwo gibt, ich frage eine ziemlich antike Frau und erfahre, daß die Siedlung Rassco 3 Vergangenheit ist, jetzt heißt das hier Rosenviertel, sie wollten die Wohnungen verkaufen, heute dreht sich doch alles ums Geld, und wer würde heute in Rassco 3 wohnen wollen, deshalb haben sie auch die Straßennamen geändert, ein junger Mann, wahrscheinlich ihr Sohn, begleitet uns auf dem Weg zum Ausgang. »Als ich klein war«, sagt er lächelnd, »klangen alle Straßen wie diese Abkürzungen aus der Enzyklopädie, KKL = Keren Kajemet Lejisrael, MLL = Mosche Löb Lilienblum, JLG = Juda Löb Gordon – wenn Sie die heute suchen, das können Sie vergessen.« »Wodurch hat man die Namen ersetzt?« erkundige ich mich. »Durch irgendwelches Grünzeug.« Der Sohn stellt die Plastiktüten in den Kofferraum eines Autos. »Besonders *in* sind gerade vor allem Anemone, Thymian, Sonnenblume und Chrysantheme.«

Erst jetzt fällt mir auf: An jeder Straßenecke, weiß auf landwirtschaftlichem Grün, kreuzen sich Anemone und Chrysantheme, Hahnenfuß mündet in Thymian – warte, ist das nicht die Straße mit dem kleinen Laden? Ja, da ist er ja, beinahe verborgen unter den Ficusbäumen, aber tatsächlich, da ist sogar noch das Schild, »Lebensmittel Morgenstern«, und auch Frau Morgenstern, klein und versauert wie zu Urzeiten schon. Ich bleibe auf der Schwelle stehen, halte den Atem an, hier, gleich wird sie aufschauen, sie hebt den Blick über die Lesebrille, die ist neu, und betrachtet mich, wartet, ich warte, poche bis zu den Ohren, aber sie erkennt mich nicht. »Nu, was wollt Ihr?« fragt sie in demselben Hebräisch, mit derselben hohlen Stimme wie früher. »Brot, Milch und einen Quark.« »Nu, das nehmt Ihr euch selber.« Sie weist mit ihrem dreifachen Kinn über ihr Königreich. »Haben Sie eine Plastiktüte?« Deutlich widerwillig holt sie eine unter der Theke hervor. »Warum nehmt Ihr keine Tasche nicht mit? Das hier ist nicht kein Supermarkt!« Ihr Blick folgt mir. »Ihr wollt Eier, da, frisch von den Hühnern, heut hab ich das bekommen.« Ich nehme ein halbes Dutzend und gehe zur Theke. Sie macht die Rechnung, atmet langsam und rasselnd, als würde sie gleich einschlafen und richtig zu schnarchen beginnen – eine halbe Ewigkeit ist vergangen, und sie hat sich nicht verändert – schreibt bis heute mit dem stumpfen Zimmermannsstift ihres Gott-hab-ihn-selig, sie streckt mir die Rechnung hin, ich bezahle, lächle, versuche es mit »Schalom, Frau Morgenstern«, »Schalom«, brummt sie mürrisch, sie erkennt mich nicht, auch nicht, als ich schon fast draußen bin, und sagt zu meinem Rücken: »Ihr wollt nicht keine Zeitungen? Sind da alle Sorten! *Ma'ariv, Ha-aretz, Új Kelet, Jediot.*« »Ich lese keine Zeitung.« Im letzten Moment, bevor ich endgültig draußen bin, sehe ich den Schock und die Wut auf ihrem Gesicht und höre, wie sie mir auf jiddisch wünscht, daß ich mir alle Knochen brechen soll. Schkorifinschtschecha haben wir sie genannt, wie Bialiks Hexe, erinnere ich mich plötzlich, wegen der Stimme und des Jiddisch und der blauen Nummer auf dem Arm.

Gegen Abend öffne ich die Läden der Terrassentür. Die Brüstung ist hoch und breit, lädt dazu ein, auf einem Bett von grobem Salz, das in der Sonne glänzt wie Diamant, Wassermelonenkerne zu trocknen. Hinter den Jacarandabäumen glüht der Sonnenuntergang, getrieben in schwarzes Schmiedeeisen, präzise bis zum letzten Blatt. Früher gab es hier eine Hängematte, in der man unter den betörend sanft fallenden violetten Blüten liegen konnte, aber wann, wann blühen die, und wann fallen lautlos die Blüten? Vielleicht bleibe ich solange hier, vielleicht kaufe ich eine Hängematte, hänge sie auf, lege mich hinein, wie damals, und die Blüten – Unsinn. *Venimus vidimus iimus.** Davidi. Ich werde hier ein bißchen herumkramen, sortieren, was ich finde, vielleicht nehme ich etwas für mich, alles andere werde ich verkaufen. Nur so lange bleibe ich hier. Mit beschränkter Haftung. Wenn sogar der Lebensmittelladen heute in der Thymianstraße ist und nicht mehr in der Straße Absaloms des Vierzehnten – Elchanans Vater hatte das gehört, geschmunzelt, korrigiert und erklärt, es handle sich um Absalom Feinberg, und die zwei Buchstaben hinter dem Namen bedeuteten hier nicht »vierzehn«, sondern seien die Abkürzung für »möge Gott seinen Tod rächen«, doch der Fehler hatte sich eingeprägt. Heute also Thymianstraße. Was für eine Pflanze ist der Thymian? Nach dem Pflanzenbestimmungsbuch, das ich hier im Bücherschrank finde, ein schmalblättriger Halbstrauch, Gewürzpflanze, lateinisch *Thymus capitatus*, und der volle hebräische Name: *koranit mekurkefet* – »skalpierter Thymian«, so

* Lat.: Wir kamen, wir sahen, wir gingen.

wie bei Karl May oder dem Titel eines Films, bei dem ich nicht die hebräischen Untertitel daneben abspulen durfte, es war ein Film ab sechzehn, wie alt war ich damals, und wie hieß der Film? *Die skalpierte Rose*? Ich gehe wieder auf die Terrasse, der Himmel ist schon dunkelblau, der Sonnenuntergang ging blitzschnell, zehn rosa Minuten und dann *cut*, das hatte ich tatsächlich vergessen, und der Film, der hieß *Die tätowierte Rose*. Weißt du überhaupt, was das ist, tätowiert? hattest du mich gefragt, vielleicht weil du das Verbot mildern wolltest, vielleicht auch, um es mir zu erklären, und ich antwortete: Natürlich, das ist mit einer Tinte geschrieben, die nicht weggeht, so wie die Nummer auf dem Arm von der vom Laden und von Chassia Horowitz – Professor Kaplan, schaffen Sie diesen Quälgeist hier weg! sagst du mit immer schwärzer werdender Stimme, und Papa muß mir keine Beine machen, ich bin schon draußen und höre, wie du drinnen schreist.

Fast jeden Schabbat bei schönem Wetter, Papa und du, Nachum und ich, eine merkwürdige Familie. Auf dem Hinweg – ihr im Fahrerhäuschen, wir hinten zwischen Seilen, schwarzen Gummikörben, Bürsten, Spaten, Hacke, Axt, Taschenlampen und ähnlichem, rumpeln in Staubwolken, fahren stundenlang, werden beim Bremsen nahe einem Ruinenhügel durchgeschüttelt, Papa lockert die Beine, du reibst dir die Hände, Nachum und ich tauschen Blicke, nichts Besonderes, noch so ein Hügel eben. Ein paar Steine und Dornen – die Ausgrabungen, die ihr findet, sind immer verstaubt, sogar die Münzen, und immer knallt die Sonne, und dann ist es ganz schnell heiß, furchtbar heiß, selbst wenn am Strand oder gar nicht weit davon ein salziger Wind weht, selbst dann knallt die Feuersonne, und Nachum und ich schwenken ein Sandsieb zwischen uns und rollen darin eine angefressene Münze, und ihr beide seid ganz aufgeregt – Ein Schatz! – Wieso Schatz? Ein echter Schatz, der liegt in einer Kiste mit Kupferbeschlägen mitten im Urwald, zwischen Girlanden von Orchideen und Anakondas, ein echter Schatz offenbart sich im Strahl der Lampe den Vordringenden unter dem spektakulären Funkeln der Sterne –

Aber bei euch immer nichts als Sonne, Dornen, Staub und Steine, aber manchmal reißt es plötzlich auf – Ota! Ein Bunker! Du bittest um Hacke, Seil, Lampe – gräbst fast ohne Hilfe ein Loch in den Chamsin, rufst uns aus dem Bauch der Erde mit widerhallender Stimme, wir sollen kommen und schauen, aber vorsichtig, ganz vorsichtig, Loja, nur daß ich schon ganz ungeduldig bin, ich hüpfe vor Freude, rutsche runter, winde mich in die dunkle Kühle voller Gerüche von Steinen, die schon Jahrzehnte keine Sonne mehr sahen, hier, hier war ein Bunker! Du staunst, der Strahl deiner Taschenlampe zittert über riesige Tonkrüge, hier haben sie Öl oder getrocknete Feigen aufbewahrt, Ali Baba und die vierzig Räuber, weiß ich, aber du gehst nicht darauf ein, klopfst vorsichtig an die Krüge, versuchst, sie zu verrücken, wer hat das hier gegraben, wann und warum, du und Papa, ihr diskutiert bereits heftig, hier, hier haben sie Tauben gezüchtet, das ist ein Columbarium, du hältst deine Taschenlampe in eine andere dunkle Abzweigung, kleine Nischen, alle gleich groß, in Reihen angeordnet, eine Reihe unter der andern, auch als Papa mit seiner Taschenlampe dazukommt, wird das Dunkel, das sich in jeder Nische angesammelt hat, nicht dünner, das Dunkel beobachtet uns aus Dutzenden Augen. Tauben? Unter der Erde? Du machst bestimmt Spaß, Tauben, ja, bekräftigst du, sie fliegen und kommen mit Nachrichten am Fuß zurück, so funktionierte ihr ID, ihr Informationsdienst, erklärt Nachum, und ich schaue heimlich zu Papa, um zu sehen, ob das sein kann, es ist schwer, etwas aus seinen Gesichtszügen zu lesen, nur seine Stimme verrät einen gelehrten Vorbehalt: Hier hat man Tote begraben. – Wie denn das! Dein Schrei zerknallt im Bunker, aber Papa erschrickt nicht und fügt hinzu: Man hat sie verbrannt und ihre Asche in kleine Kästchen getan. Nachum und ich entfernen uns schleunigst von dieser Diskussion, unsere Taschenlampen sind klein, werfen flüssiges, bleiches Licht auf die Wände, schau mal, hier ist noch eine Öffnung, ich schlängle mich hindurch, vielleicht werde ich wie Maria de Sautuola prähistorische Bisons an der Decke der Höhle entdecken, Loja, Loja, nein! Sie hören sofort auf, sich zu streiten, kommen angelaufen, aber ich bin schon auf dem Bauch, der Stein ist glatt, kühl, umschließt mich wie zwei Scheiben Käse – Warte! Warte! –, aber ich rutsche weiter, bin schon auf allen vieren, kann mich aufrichten, die Hände ausstrecken, alles ist absolut schwarz, außer dem Lichtkreis, den du hineinschickst, und außer den Stimmen, deine Stimme, Papas Stimme, voller Entsetzen: Loja? Loja?

Das Dunkel zieht an mir vorbei, Waggon-Waggon-Waggon-Waggon – ein langsamer, langer, dampfender Zug. Nimm dir alle Zeit, die du brauchst, den Rat hatte mir Chedwa vor diesem Flug gegeben, und ich versuche es, langsam, ganz konzentriert, so wie wir früher die Himbeerbonbons möglichst lange im Mund behalten haben. Die Nacht hier ist voller Geräusche, trockenes Schlagen spröder Flügel, Flattern eines plötzlichen Lichts, ein Rülpsen aus dem Schlund des Waschbeckens, das langsame Knacken alter Möbel. Wie soll man da schlafen. Ich mache Licht. Suche mir ein Buch. Hier ist ein Vogelbestimmungsbuch. Im Vorwort steht, es gebe solche und solche. Seßhafte Vögel und Zugvögel. Wer Flügel hat, hat immer mehrere Möglichkeiten. Eines Morgens steht er auf und sagt – mir ist heiß, mir ist kalt, mir ist nicht wohl, ich schwinge mich empor, lasse alles zurück, ziehe weiter und kehre zurück, wenn diese ungute Jahreszeit vorüber ist, mit den Meerzwiebeln und den Chrysanthemen – und hier ist ein Wiedehopfweibchen: Auf wissenschaftlich heißt es wie eine Tanzgruppe aus Afrika – *Upupa epops* –, aber ich finde, es sieht aus wie eine aufgedonnerte polnische Tante, die in einem Haus mit lauter ungeöffneten Pralinenpackungen und gehäkelten Deckchen auf den Sesseln wohnt, morgens pickt es das Gras mit demselben Ausdruck leichter Abscheu wie jene Tanten, wenn sie im Lebensmittelladen das Eckchen des feuchten Einwickelpapiers vom Quark anheben, ihre rote Nasenspitze dicht heranführen, mich schaut es mit einem mißtrauischen Auge an, dann mit dem anderen, und dann breitet es plötzlich die wie Häftlinge gestreiften Flügel aus – fliegt zwei Meter weiter und landet mit gespreizter, halbdurchsichtiger Federhaube im Licht. Wie soll man da schlafen können. Ich lösche das Licht, drehe mich von einer Seite auf die andere, stehe auf, mache die Fensterläden auf, aus dem Garten steigt langgezogen ein feuchtes, kehliges Quaken herauf, das gewölbte Biedermeierglas verzerrt das Licht der Straßenlaterne zu silbergrauen Streifen – ich geb's auf, setze mich in den Sessel, schlage die Beine unter und warte so, in mein Laken gewickelt, auf den Morgen – doch den Moment, in dem die Nacht zwischen den Ritzen der Fensterläden zum Tag wird, den kriegst du nicht zu packen, wenn er kommt, ist es wie beim Start, du spürst ihn erst, wenn du schon in der Luft bist, und wie bei der Liebe, du weißt von ihr erst, nachdem sie dir schon Kratzer verpaßt hat –

»Habe ich Sie geweckt?« Das ist der Rechtsanwalt um halb sieben in der Früh, er arbeitet wirklich wie ein Verrückter. »Ich wollte mit Ihnen reden, bevor das Chaos beginnt. Was haben Sie entschieden? Warten Sie kurz, ich habe einen anderen Anruf in der Leitung, bitte legen Sie nicht auf, kann sein, daß es dieser Kunde ist, das wäre das Geschäft Ihres Lebens – Was? Moment bitte, was? Ich soll ihn erst mal nicht vorbeischicken? Sind Sie sich sicher? Gut, dann lassen Sie es mich wissen. Aber noch vor dem Fest – Welches Fest? Rosch Ha-schana, ein neues Jahr fängt an, wo leben Sie denn?«

Im neuen Zentrum ist viel Betrieb – wo waren die alle vor einer Woche – vollbepackte Einkaufswagen, Warteschlangen, Verkaufshostessen reichen Proben von Wein, Suppe, Honig mit Apfelgeschmack, doch ich umarme mit beiden Armen meinen neu erworbenen Ventilator und betrachte die Warteschlange links von mir: Fremde, Fremde, Fremde, schauen durch mich hindurch, kein einziges bekanntes Gesicht, kein einziger hustet oder räuspert sich, damit ich ihm Beachtung schenke, keiner bittet um ein Glas Wasser, einen Kaffee, eine Zeitung, Kopfhörer – hier braucht mich keiner. Wunderbar. Entsetzlich. Ich kann machen, was ich will. Wunderbar. Was will ich?

Straße, Gehsteig, Parkplatz, ein Kleid aus Beton und Zement, hier und da das Bärtchen eines Rasens, nur bei dir kann man noch spüren, wie sich die staubige Erde zwischen den Zehen durchdrückt. Unter dieser Erde, das hast du versprochen, gäbe es ganze Länder, Städte, Festungen, Mauern, die alle aufeinanderliegen, zu Schichten zusammengedrückt, sogar hier, in Rassco 3, hörst du? Du hast aufgestampft, daß es staubte, hast dich gebückt und gelauscht wie ein Indianer, um zu hören, ob ein Zug kommt, und jedesmal wenn ein Bagger kam, um Fundamente auszuheben oder Kanalisation freizulegen, bist du hinausgerannt, hast geschrien, mit den Armen gefuchtelt, bist an den Ketten hochgeklettert, hast gegen den bärtigen, völlig konsternierten Baggerfahrer mit blauem Stoffhütchen gekämpft – und einmal stand Oramama neben mir und hat rechthaberisch geschnauft, sie war aus dem Rathaus zurückgekommen, ich habe die Polizei gerufen – die sind schon unterwegs – was denkt der sich eigentlich – und dann bemerkte sie mich, packte mich mit einem groben Griff, und du, Lojinka, kommst mit mir mit, aber ich entkam ihr, entfloh ans Ende der Siedlung, in unseren »Bunker«. Wie war es möglich, daß du ihn nicht vermutet hast, daß du ihn all die Jahre nicht entdeckt hast? Nicht weit von Nachmanis Orangenhain, in dem alten Holzcontainer. Da haben wir Kerzen, Nägel, Lumpen, leere Flaschen und Streichhölzer gesammelt, falls die Nazis kämen oder falls die Araber kämen, um Frauen und Kinder ins Meer zu schmeißen, dann wären wir gerüstet. Elchanan hatte uns das Schleudern von Molotow-Cocktails beigebracht, wie in den russischen Filmen, wo es immer einen unglaublichen blonden Riesen gab, der eine brennende Flasche auf einen Panzer schleuderte, bevor er selbst getroffen wurde, rücklings fiel, die durchsichtigen Augen aufgerissen zum Himmel gerichtet –

Wofür ist es denn diesmal? fragst du mich murrend und gibst mir widerwillig Streichhölzer, Kartoffeln, eine halbe Flasche Öl, wofür braucht ihr das? Aber du erwartest keine Antwort, dein Geben ist begleitet von einer Art brummiger Zuneigung, vielleicht kommen deshalb die Kinder beim Fangen-Spielen so oft gerade zu dir hereingerannt, und natürlich auch ich stürme rennend und schnaufend in dein Haus, *Hannibal ad portas*?* fragst du, aber nur, wenn ich alleine komme, du bist sehr darauf bedacht, mich nicht in Verlegenheit zu bringen. Hast du sie gerettet, hast du für mich die vier Bände Mommsen aufgehoben? Klein, dunkelgrün, auf ihnen

* Lat.: Hannibal bei den Toren?

säugt eine goldene Wölfin Romulus und Remus in der Größe von Welpen – in einem der Bände auf schwarzem Hintergrund der Kopf des Hamilkar mit dem breiten Nacken, seine Augen sind leer, und ein weiterer Kopf ist auf seinen Helm geprägt, und auf der Seite gegenüber zieht ein zierlicher Hannibal, säuerlich-sensibel, die Augenbrauen über Augen zusammen, von denen ich schwören könnte, daß sie irgendwo zwischen hellblau und grau changieren.

Hannibal war einer von uns, zweifellos, das steht sogar in der Bibel, nicht direkt über ihn, aber über seinen Vor-Vor-Vor-Vorfahren, Hiram, den König von Tyrus, und über Isebel, die Tochter des Etbaal, König von Sidon, die, von der nur die Füße, die Hände und der schöne Kopf übriggeblieben sind, eben der Kopf, den eine kniende Frau auf der Illustration von Gustave Doré dem Betrachter zuwendet, man hat sie den Hunden zum Fraß vorgeworfen, aber ihre Söhne – Ahasja und Joram – waren Könige über Israel, und ihre Tochter, Atalja, heiratete den König von Juda, hat man euch das nicht in der Schule beigebracht? Und Isebel, war das nicht eine Tante jenes Königs Mattan von Tyrus, dessen Tochter Elissa Dido genannt wird und die geflohen ist? Richtig, die, die aus Tyrus geflohen ist und Quart-hadascht errichtet hat, das ist Karthago, die Heimat von Hamilkar und Hasdrubal und Hannibal – die Karthager hatten sich geweigert, ihn den Römern auszuliefern! Deine Stimme wird lauter – Und dann brach der Zweite Punische Krieg aus! Der mit den Elefanten? Du schüttelst den Kopf, und ich verstehe schon, daß jetzt nicht Elefantenzeit ist, siebenunddreißig Elefanten hatte Hannibal mitgenommen, um die Alpen zu überqueren, und zu jedem hast du eine Geschichte parat – Nur bei uns wird ausgeliefert! Deine Stimme kocht vor Wut, und ich weiß, daß »nur bei uns« nichts Gutes verheißt, und hoffe, daß irgend jemand vorbeikommt – Nachum, Ora, Adriana,

Bilu, sogar Chassia Horowitz mit ihrem Netz, das sie mit Zeitungen ausgepolstert hat und in dem leise Gläser mit Kompott, Marmelade und Meerrettich klappern. *Timeo Danaos** brummst du auf eine Melodie aus der Synagoge und zwinkerst mir zu, denn du weißt, daß ich die Worte Laokoons an die Trojaner angesichts des Pferdes kenne, du machst mir ein Zeichen, ich solle bleiben, als hättest du Angst vor Schlomimama, die so weiß und so elend aussah wie Palatschinken – nein, lehnte ich fast jeden Feiertag ab, aber sie versuchte es immer wieder, iß doch, greif zu, du bist so dünn, du brauchst noch viel Kraft, und Schlomi würde sich am liebsten unter dem Tischtuch verkriechen, sein Vater war hager, sehr braungebrannt, setzte sich in blauem Arbeiterunterhemd zum Essen, aß schnell, aß alles, rauchte danach und sagte kein Wort, und Schlomi sprach mit ihm fließend Jiddisch, wie ein Greis aus der Diaspora, Schlomi trug eine Brille und hing an mir wie ein Schwanz –

Das Dunkel ist heiß und röchelt. Das Sofa ist gegen mich. Ich drehe mich auf die andere Seite, aus seinen Tiefen das Krachen einer gesprungenen Feder – *Warum hast du mich aufgestört und mich heraufsteigen lassen?* – das Wasser in den Leitungen bekommt eine Gänsehaut, rülpst eine plötzliche Blase aus dem Abfluß des Waschbeckens, der Putz kriegt Risse, ein schnelles Trippeln zieht mürbe zischend vorüber – ich schalte das Licht an – eine riesige Küchenschabe stürzt sich auf mich!

Falls ich geschrien habe, hat es keiner gehört. Ich gehe hier weg. Jetzt. Sofort.

Aber wohin?

Was ist das: vierundzwanzig Stunden am Tag hell erleuchtet, voller Leben und Menschen und Bewegung? Ich ziehe mich an, starre auf die Küchenschabe, deren Fühler neben

* Lat.: Ich fürchte die Danaer (auch wenn sie Geschenke bringen).

den Klauen des Biedermeier zittern, wag es nicht, dich da wegzubewegen, sage ich und bestelle ein Taxi zum Flughafen.

Am Flughafen ist es weder Tag noch Nacht, die Luft, gefiltert und klimatisiert, summt vor sich hin, glänzt von Neon und Edelstahl. Menschen irren herum, starren und stellen im Quietschen der Gepäckwagenräder Fragen. Was? Was haben Sie gesagt? Da können Sie lange suchen, mein Herr, einen Wagen, der problemlos fährt und dahin, wo er soll, werden Sie hier nicht finden, die Stimme einer näselnden Stewardess, halb als beschwere sie sich, halb als fordere sie etwas, erfüllt die ganze Halle, und in was für einer Aussprache! Das Hebräisch klingt wie Türkisch, das Englisch wie Altschottisch, wer soll das verstehen, was hat sie gesagt, welche Passagiere von welchem Flug, welche wütende Maschine fährt jetzt kurz vor dem Start auf der draußen nicht sichtbaren Rollbahn, was sieht man von hier, schwarze Fenster mit wandelnden Spiegelbildern, Passagiere, die sich nach der Gepäckkontrolle von ihren Koffern und von ihren Begleitern trennen, hast du auch einen Schirm dabei? Wo ist der Paß? Und Geld, hast du genügend Geld bei dir? Hast du mir eine Zeitung gekauft? Verteilen die doch im Flugzeug! Aber die reichen nie für alle, kauf mir eine, komm, sei jetzt kein Geizhals, lächerliche zwei Schekel, Jakob, Jakob! Und kauf mir eine Stange Zigaretten, in Ordnung, in Ordnung – und hier, die passende Szene zu dem Untertitel »Sie haben sich vierzig Jahre nicht gesehen«: ungelenke Umarmungen, ein paar Tränen, vermischt mit Lachen, und wie geht es dir denn, danke gut, Gott sei Dank, wir haben dir ein Zimmer hergerichtet und ein Bett, ach nein, das war doch nicht nötig, was heißt hier, das war nicht nötig, ich habe schon ein Hotel bestellt, du ein Hotel? Sie werden sich im Taxi nach Holon noch streiten, ich lächle den Sicherheitsmann an, der sich an mich erinnert und wohl annimmt, daß ich einen Flug habe, und fahre hinauf in die Duty-Free-Halle mit dem Geruch von Leder, Irish Cream und Cabochard, von Sportschuhen und Saphiren – ein internationaler Geruch von Sehnsucht und Geld. Gleich werden die, die sich am oberen Ende der Treppe versammeln, in die Maschine gelassen, und die Stewardessen in dunklen Kostümen und mit andressiertem Lächeln werden sie schon bald mit zellophanverpacktem Essen versorgen und mit neuen Gründen, sich zu beschweren. Ich gehe wieder hinunter. Sie fliegen nicht? wundert sich der Sicherheitsmann, nein, ich habe nur eine Freundin verabschiedet.

Als ich in die Siedlung zurückkomme, hat sich das Dunkel bereits verflüssigt, das Gezwitscher ist in vollem Gange. Ich bleibe draußen, versuche die verschiedenen Vogelrufe dem richtigen Vogel zuzuordnen, und das ist gar nicht so leicht, wer zum Beispiel singt dieses gezackte Klagelied, das hoch anfängt und eine absteigende Sichel beschreibt, wer gurgelt da mit Himbeerwasser, der einzige, den ich ausmachen kann, ist ein großer Rabe, schwarzgrau hüpft er mit angelegten Flügeln herum, wichtigtuerisch und argwöhnisch wie ein Kaschrut-Aufseher vom Rabbinat –

Die Luft wird hell, warm, füllt sich mit grauem, staubigem Licht. Der Orangenhain zeichnet einen bleichen Schatten. Neben dem Wasserhahn wächst hohes Gras. Nur mit Hilfe eines Steins schaffe ich es, den Hahn zu bewegen, ein erstes Räuspern – ein Niesen – noch ein Räuspern – das Wasser rennt durch den schwarzen Schlauch, sprudelt flüsternd und leicht hustend irgendwo hervor. Ich folge dem Geräusch und entdecke zwischen den Palmen und dem Jacarandabaum ein kleines Eisenrohr, und das ist der Wassersprenger: An seiner Spitze öffnet sich zitternd ein sonnenblumenförmiges Glas, und der Wind, der plötzlich aus dem Orangenhain heranweht, reißt feuchte Stückchen davon ab, doch sie fügen sich wieder an, werden wieder abgerissen, fügen sich wieder an und bleiben ganz –

Woraus ist Feuer gemacht? Diese Erinnerung überfällt mich plötzlich, Papa und du, auf den Fersen hockend, machen ein Lagerfeuer, Nachum ist schon im See Genezareth, und ich, gerade erst aufgewacht, gehe vorsichtig über die riesigen Steineier und gelange an den Platz, wo sich der See durchsichtig und blinkend leicht einbuchtet. Na-chum! rufe ich, doch meine Stimme versinkt in dem sämigen Licht, das den See verschluckt. Nachum ist ertrunken, teile ich euch mit, um etwas Aufmerksamkeit zu bekommen, aber ihr seid mit dem Lagerfeuer beschäftigt, das Feuer ist beinahe durchsichtig, nur seine Ränder aus zackigem Gold ändern wieder und wieder ihre Form. Du verteilst vorsichtig etwas Reisig über dem Feuerkamm und schiebst ein bißchen davon auch unter einen Kessel, der ein wenig entfernt auf drei Steinen steht, machst einen Feuerableger. Gleich gibt's Kaffee, sagst du zu Papa oder zu dir selbst. Plötzlich entdecke ich: Papas Feuer ist trotzdem nicht kleiner geworden. Woraus ist Feuer gemacht? Papa nimmt die Brille ab, jemand, der sehr klar sieht, kann nicht klar denken, hat er mir mal gesagt – Feuer besteht aus allem, was in ihm verbrennt, sagt er nach kurzem Überlegen und setzt die Brille wieder auf, und dann stehst du von deinem Feuerableger auf – in knöchelhohen Schuhen, die khakifarbenen Strümpfe bis unter die felsigen Knie hochgezogen – und deine Stimme geht einen Meter an meinem Kopf vorbei: Aus allem, was verbrennt! rufst du mit jener Stimme, die innerlich bebt. Aus allem, was verbrennt! wiederholst du lauter, jetzt mit stärkerem Beben, du singst es uns geradezu vor, wie einen schwarzen Psalm. Holz brennt, rufst du, würgst ein böses Lachen ab, Fleisch brennt, Fett ... Fett brennt besonders gut – Papa steht auf, hüllt dich in eine halbe Umarmung und führt dich an den See. Und-da-ist-Na-chum, sagt er mit süßer, versöhnlicher Stimme, einer Stimme, die ich nicht kenne, und tatsächlich taucht Nachum tropfend aus dem Wasser auf. Loja, bring ihm ein Handtuch! Seit wann braucht Nachum meine Hilfe. Ich werfe ihm ein Handtuch zu, und er wickelt sich ein und geht zu dir. Na, wie geht's, Davidi. Er nennt dich nicht Papa. Du hast dich schon beruhigt. Diesmal war es nur kurz. Zu dritt gehen wir zu deinem Feuer zurück. Aus dem Kessel steigt ein erwachsener, lilabrauner Duft. Auch für dich? Nachum führt mich zum ersten Mal in den Zirkel der Erwachsenen ein. Ja! Papa reicht mir einen weißen Emaillebecher mit blauem Rand, paß auf, der ist heiß, ich halte ihn vorsichtig und blase in den Duft, um ihn abzukühlen. Dann nehme ich einen Schluck. Danach weine ich, verstehe einfach nicht, wie kann es sein, daß etwas, was so gut riecht, so schlecht schmeckt.

»Loja?«

»Ja?«

»Hab ich dich geweckt?«

»Wie spät ist es?«

»Bei mir oder bei dir?«

Wir lachen beide.

»Wie geht's? Wie kommst du zurecht?« Chedwa aus Übersee, von jenseits des Ozeans, sie hat sich bis jetzt zusammengerissen, hatte ja versprochen, nicht zu nerven, aber nur bis jetzt. Sie muß einfach Bescheid wissen – »Hast du wen getroffen?«

»Nur Frau Morgenstern vom Lebensmittelladen, wenn du das unbedingt wissen mußt.«

»Und?«

»Sie hat mich nicht erkannt –«

»Und sonst?«

»Ist es heiß.«

»Das ist nichts Neues. Wie kommst du so zurecht?«

»Ich komme nicht zurecht. Gestern habe ich ein Taxi genommen und bin wegen einer Küchenschabe zum Flughafen geflohen.«

»Und wie geht's dir wirklich?«

»Ich weiß nicht. Bisher schlafe ich im Wohnzimmer –«

»Hast du sie gefunden, die …?«

»Hab ich.«

»Was wirst du damit machen?«

»Hab mich noch nicht entschieden.«

»Geht es dir gut?«

»Ich schlafe nicht, seit ich hier bin, habe ich noch keine Nacht durchgeschlafen.«

Chedwa lacht.

»Was ist daran komisch?«

»Bist erst zwei Wochen im Land und schon ganz und gar die polnische Mama: Wie geht's? Frag nicht, ich hab die ganze Nacht kein Auge zugetan.«

»Sehr komisch.«

»Loja«, sagt sie mit einer anderen Stimme, »soll ich den nächsten Flug nehmen?«

»*Nje nado.** Es geht schon. Noch ein, zwei Tage.«

»Hast du Ora gesehen?«

»Nein. Die wohnt sicher irgendwo hier im Land –«

»Wirst du sie suchen?«

»Eins nach dem andern, Chedwa. Vielleicht, wenn ich hier alles fertig habe, wenn ich ›zurechtgekommen‹ bin.«

Wir lachen beide.

* Russ.: Nicht nötig.

Gilgamesch und Enkidu, Achilleus und Patroklos, Alexander und Hephaistion, Achates und Aeneas, Horaz und Vergil – was wart ihr einer für den anderen in eurem Leben und was wart ihr in meinem? Werde ich das jemals wissen? Alle Zeugen sind tot.

»Nehmt das, nehmt eine runde *challe*«, knurrt die vom Laden, »es gibt nicht kein Schwarzbrot heute. Wegen *jontef**.« Ich kaufe also ein rundes Schabbatbrot, krame im Portemonnaie nach Kleingeld. »Ihr habt das Haus gekriegt von dem *meschiggenen*?« überrascht sie mich, »Ihr verkauft das Haus nicht?« Ich antworte nicht. »Es gibt einen Käufer«, verspricht sie mir und nagelt ihren Blick fest auf mich, »Ihr seid eine junge Frau. Ihr müßt gehn nach Tel Aviv in die Schenkinstraße, es ist nicht gut zu wohnen, wo es nicht hat keine jungen Männer.« Sie beharrt: »Dafür gibt es einen Käufer, einen guten Käufer.« Vielleicht hat ihr jemand Prozente für die Vermittlung versprochen. »Mir brennt's nicht.« Ich nehme das Brot. »Warum sagt Ihr, es brennt nicht?!« Sie funkelt mich von hinter der Theke an. »Ihr habt heute nicht keine Zeitung gekauft?« Sie hat es vergessen. »Ich bekomme *Ha-aretz* in den Briefkasten«, lüge ich sie an. »Und dorten steht nicht geschrieben, daß es brennt?« Ihr Dreifachkinn bebt. »Es brennt, das ganze Land brennt!« »Ein gu-tes neues Jahr, Frau Morgenstern«, verabschiede ich mich von ihr mit einem Ton, süß wie Honigkuchen. »*A woss far a schone tojve doss is*«**, murmelt sie, im festen Glauben, daß ich sie nicht höre.

Und wenn – wenn – ich hier geradeaus weitergehe, geradeaus und dann links und wieder rechts in die Ussischkin-

* Jidd.: Fest-, Feiertag.
** Jidd.: Was für ein schönes Jahr soll das schon sein.

straße, Ecke Keren Kajemet, zu dem Haus, das nur von Obstbäumen umstellt ist, jeder in einer kreisrunden Kuhle, und wenn ich an die Tür klopfe und auf der Fußmatte warte, bis Oramama durchs Guckloch schaut und sich überrascht stellt, wenn sie die Tür öffnet mit einem: Lojinka! Jubeljahre haben wir dich nicht gesehen, komm doch herein, komm doch herein! Ba-ruch, wird sie nach hinten rufen, und ich werde ins Wohnzimmer gehen – dasselbe Sofa, mit einem Tuch bedeckt, zum Schutz vor Gesäßstaub, dieselben zwei Sessel – du willst sicher zu Orinka, sie wird mich in Richtung Küche schieben, des Wohnzimmers bin ich nicht würdig, sie wird mich an den gelben Resopaltisch setzen, wird mir, aus Gründen der Sparsamkeit und der Zahngesundheit, Wasser ohne Himbeersirup eingießen und sich stuhlquietschend mir gegenübersetzen. Orinka, wird sie langsam und feierlich sagen, wobei sie mein Gesicht eingehend betrachtet, Orinka ist Leiterin einer Fachhochschule für Sozialarbeit, oder vielleicht auch, Orinka ist Chefärztin der Neugeborenenstation oder Orinka hat eine feste Stelle als Dozentin an der Universität, und du, was machst du? All die Jahre in der Luft? Wo doch dein Vater, Gott hab ihn selig, Professor in Jerusalem war und wir alle dir eine große Zukunft prophezeit haben, und sie begleitet ihre Worte mit einem ungläubigen Kopfschütteln, sie verschwendete ihr Mitleid auf mich, denn ich streunte doch durch die Straßen und aß mittags nicht warm, verdarb mir im Cinema die Augen, und sie lud mich immer wieder ein, aber wie oft konnte sie das schon tun, das nahrhafte Essen, das es bei uns gibt, magst du ja nicht, als müsse man mögen, was man ißt, und auch Mittagsschlaf magst du nicht machen, ich höre doch, wie du barfuß herumstreunst – und Ora neben mir, großgewachsen und schön, sagte: Mama, jetzt laß sie doch in Ruhe.

Draußen jetzt eine neue Stille. Durch die heiße Luft ziehen kühle Streifen Wind. Es ist der Vorabend des Festtags. Woraus ist der Vorabend eines Festtags gemacht? Die Autos – viel weniger – vielleicht daher diese Stille – parken leise vor den Häusern, laden rennende Kinder aus, Erwachsene mit Töpfen und Blumengebinden – ein dumpfes Singen schwillt an – erfüllt die Luft – ebbt wieder ab –, ich gehe in seine Richtung, und wie ich noch andere, von rechts, von links, einzelne, Familien, die meisten weiß gekleidet, füllen die Straße mit eiligem Getrappel, würde ich plötzlich stehenbleiben, wäre ich eine Insel im Strom, sie würden um mich herumlaufen, würden weitergehen, wie damals, aber da war es kühler und später, die Luft war schon völlig schwarz, und um die Straßenlaterne leuchtete ein feuchter Kranz, wir waren auf dem Rückweg von der Filmvorführung auf der Hauswand des Coop, und ich hatte zu Nachum gesagt, daß mir am meisten die Pferde leid täten. Um die Pferde tut es dir leid! Ich hatte nicht gewußt, daß du mich hörst. Ja, wandte ich mich zu dir und bildete eine Insel mitten in den vielen, zum Schlafen nach Hause eilenden großen Menschen, morgen war Schule, Arbeit, Waschtag, sie verdeckten das Licht der einzigen Straßenlaterne und gaben es wieder frei. Und um die Menschen tut es dir nicht leid? riefst du nun schon laut, und Nachum kniff mich in den Arm, damit ich den Mund hielt, aber ich konnte nicht, die Pferde waren so schön gewesen, sie waren kaffee-, zimt- und milchfarben über Kakaoflecken galoppiert, und Menschen hatten auf sie geschossen, und die Tiere waren gestürzt, hatten sich auf dem Rücken gewälzt und waren auf der Seite liegend verblutet – nein, um die tut es mir nicht leid, denn die sind schuldig, die sind immer schuldig! protestierte ich. Schuldig? schriest du laut, und die Leute gingen auf Abstand, ich stand nah bei Nachum, unsere Oberarme berührten sich, er zitterte. Nimm sie, bring sie nach Hause, sagte Papa zu Nachum, und Nachum zögert, weiß genau, daß ich nicht mit ihm mitkomme. Ich geh alleine! schleudere ich ihm entgegen, was hab ich denn schon Schlimmes gesagt, und lasse mich mitreißen vom Strom nach Hause eilender Menschen, *meschiggener, meschiggener*, sagen sie über meinen Kopf hinweg, aber das sagen sie hier über jeden dritten Menschen in der Siedlung, *meschiggener arop fun kop* oder *meschiggener arop fun dach*, Loja, Loja, Nachum rennt hinter mir her, hat aber keine Chance, ich renne, renne, renne, bis die Menschen aufhören und die absolute Finsternis anfängt –

Aus dem Orangenhain glühen die Augen der Wölfe, steigt das Wimmern der gerissenen Kinder auf, da werde ich hingehen, und sie werden mich bei lebendigem Leibe fressen, und euch allen wird es leid tun, wenn ihr von mir nur noch den Skalp mit dem Pony findet, ich weine und will umkehren, aber nicht wirklich, erst sollt ihr euch ein bißchen Sorgen machen, erst soll es euch ein bißchen leid tun um meinen Tod, viel zu früh abberufen, erst sollt ihr bereuen, daß ihr's nur wißt, ganz leise werde ich an die Tür von Horowitzens klopfen, damit sie es nicht hören und mir nicht aufmachen und ich eine Ausrede habe, dort auf der Stufe sitzenzubleiben, unter der Lampe, aber Chassia macht auf. Papa hat darum gebeten – die Lüge liegt mir trocken im Mund, sie läßt mich rein. Der Schlomi schläft. Sein Vater schläft auch, nur ich, ich schlafe nie – niemals – sie ignoriert das Weinen, von dem ich nasse Wangen habe, vielleicht bemerkt sie es auch nicht im rötlichen Licht des Boilerlämpchens, aber sie legt mir ihre warme Hand auf den Kopf und führt mich ins Wohnzimmer. Du sitzt hier hin, flüstert sie, und ich bring dir einen Becher heiße Milch – ohne Haut, bitte ich, und wieder fange ich an zu weinen. Chassia kommt zurück, schwer, dampfend, weich, gleich wird sie fragen, warum ich weine, was soll ich ihr dann sagen: weil sie in einem Cowboyfilm Pferde umgebracht haben? Aber sie fragt nicht. Sie hebt das bestickte Deckchen von dem merkwürdigen Hügel in der Mitte des Eßtischs, enthüllt zwei Brotlaibe, nimmt einen davon, wickelt ihn bis zur Hüfte in eine Serviette und legt ihn in meinen Schoß. Das tust du gut festhalten, bis ich bringe die Milch. Das ist deine Puppe, ja? Und ich umarme die *challe* – sie hat einen aufregenden Duft – fast frisch –, und unter dem Umschlagtuch ist sie zart und knusprig, federt, wenn man sie umarmt, eher ein Baby als eine Puppe, ihr Kopf – den Papa immer abschneidet und den Hühnern von Chajim Markowjetski gibt, weil ich das harte Endstück nicht essen mag – ihr Kopf drückt sich an meine warme Wange, ihre Kruste weicht auf, gleich werde ich mich dabei ertappen, daß ich den Kopf dieses Babys anknabbere, was wird Schlomimama sagen? Meine Mama wechselt jeden Tag das Brot, sagte mir Schlomi am nächsten Tag, er war aufgewacht und aufgestanden, hatte sehen wollen, was sich in der Wohnung tat, und mich mit der Wange auf dem Brotlaib schlafend gefunden. Und was macht sie mit dem alten Brot? Wenn du das nächste Mal zu uns kommst, zeig ich's dir. Schlomi versuchte, einen weiteren Besuch bei sich zu erpressen, doch es vergingen drei Jahre, bis ich mich traute, einfach so an einem Wochentag allein bei ihnen vorbeizugehen, in der Hoffnung, daß Chassia, wie alle Erwachsenen, es schon vergessen hatte, und Schlomi nahm mich mit ins Schlafzimmer seiner Eltern und ging zu einem kastanienbraunen Kleiderschrank mit abgerundeten Ecken, in dessen Mitte ein großer Spiegel hing, darin ich – dünn, blond, voller Sommersprossen, und Schlomi, bereits einen halben Kopf größer, und der Spiegel quietscht, als man ihn aufmacht, und gibt dann den Blick frei auf fünf oder sechs Fächer, in denen gestapelte Brotlaibe liegen, wie im Coop, das ist der Friedhof des Brotes, verkündet Schlomi feierlich, versucht, mich zu beeindrucken, mir vielleicht mit dem Wort etwas Angst zu machen, aber mit zehn Jahren fürchte ich mich schon nicht mehr vor einem Friedhof, nicht vor Toten und nicht vor Geistern, statt des Coop haben sie jetzt eine Synagoge gebaut, und von dort kommen die Stimmen, und dort gehen an diesem Abend alle hin, und der Gesang schwillt nach einem verborgenen Gesetz an und wieder ab, und vor mir und hinter mir und zu meinen Seiten ein gutes neues Jahr, ein gutes neues Jahr, wie geht es Edna, hat der Sohn die Armee fertig? Das Licht aus den hohen Fenstern meißelt die Gesichter, macht die Schatten tiefer, wie soll man da jemanden erkennen, ich bahne mir einen Weg, Entschuldigung, Entschuldigung, ich gehe in den vielen Menschen unter, alle sind fremd, so als ob jeder, der hier jemals wohnte, vermietet oder verkauft hat, weggezogen und auf und davon ist.

»Loja?«

Ich drehe mich um, stoße beinah mit einem halb kahlen, dicklichen Mann zusammen.

»Loja Kaplan, nicht wahr?«

Die Stimme kenne ich.

»Sag nicht, daß du mich nicht erkennst – sie erkennt mich echt nicht!« Er wendet sich an die Umstehenden, heischt nach Unterstützung, diese Bewegung kenne ich doch –

»Bilu!«

Ich strecke ihm die Hand entgegen, doch er beugt sich über mich und klebt mir einen feuchten Kuß auf die Wange. Das ist ein neuer Brauch hier im Land, und jetzt die andre Wange –

»Jahre, Jahre ist es schon her!« Seine Stimme, dieses etwas pfeifende »Sch«, dieses leichte Kichern, wie Sand auf dem Grund der Stimme, aber er sieht so anders aus: der Bauch, die im schrägen Licht der Synagoge glänzende kahle Stirn –

»Anat! Wo ist sie denn?« Er reckt den Hals, sucht die Menge ab. »Find hier mal jemanden – das ganze Viertel ist hier, ich möchte dir meine Frau vorstellen. Sag mal, bist du zurückgekommen? War's das jetzt? Nein? Bloß eine Stippvisite zu Hause? Wie lange bleibst du? Wir fahren morgen in Ferien und kommen nach Jom Kippur zurück – wenn die Feiertage anrücken, packen wir und machen die Fliege, wie das ganze Volk Israel. Bist du nach Jom Kippur noch hier?«

»Vielleicht.«

»Bei wem wohnst du? Bei Ora?«

»Wohnt Ora denn noch hier?«

»Die haben über ihren Eltern gebaut – sag bloß nicht, daß du das nicht weißt –«

»Leben ihre Eltern noch?«

»Ihr Vater ist noch halb da, aber ihre Mutter –«

»Mechora.«

»Mechora, oh je. Polnische Mütter sterben nie.«

»Noch dieselbe Adresse?«

»Ja, klar, das heißt, eigentlich nicht mehr, schon noch dasselbe Haus, aber man hat hier die Straßennamen geändert, vor etwa zehn Jahren.«

»Also nicht mehr Ussischkin, Ecke Keren Kajemet?«

»Nein – Jankele«, er wendet sich an einen Mann, der mit dem Rücken zu uns steht, »wie heißt die Ussischkinstraße?«

»Ussischkin? Ist schon viele Jahre Etrogstraße.«

»Er ist vom Stadtrat. Darf ich vorstellen? Das ist Loja Kaplan – bist du noch Kaplan? – eine Veteranin des Viertels – damals haben wie es ›Siedlung‹ genannt, nicht wahr? – und das hier ist Jankele Hadar, der ist für die ganzen Veränderungen der letzten Jahre verantwortlich –«

»Und Keren Kajemet?« frage ich.

»Keren Kajemet ist heute Salbeistraße.«

Bilu legt mir gönnerhaft den Arm auf die Schulter, was ist mit ihm los, und erzählt Jankele: »Loja und ich kennen uns noch aus der Zeit von Rassco 3 –«

»Seitdem ist viel Wasser den Jordan runtergeflossen«, dieser Jankele zeigt sich uninteressiert, sucht einen Vorwand, von Bilu loszukommen, »entschuldigt mich bitte.« Er wendet sich um und taucht in die Menge. Bilus Arm drückt warm auf meine Schulter. Er dreht mich langsam, wie bei einem Tanz, sucht offensichtlich jemanden, dem er mich zeigen kann –

»Schula, Schula, ich möchte dir jemanden vorstellen!« Eine große, bebrillte Frau betrachtet mich mit schwachem Lächeln. »Schula arbeitet mit Ora«, sagt Bilu in mein Haar, »und das ist Oras beste Freundin«, sagt er zu Schula, die nicht beeindruckt ist und nur halbherzig nachfragt: »Ora Bronstein? Ora Gadot? Ora Asulai?«

»Ora Gadot.«

Jetzt habe ich deinen Familiennamen.

Ein Vierteljahrhundert. Kein Brief, kein Anruf, keine Karte. Ich in der Luft, und du hier, auf der Erde, wohnst über deinen Eltern, Ussischkin, Ecke Keren Kajemet – alles, was ich jetzt tun muß, ist hingehen, es sind zehn Minuten von hier, und an die Tür klopfen – oder aber nicht hingehen. Einfach hier stehenbleiben und warten, früher oder später wird das Abendgebet zu Ende sein, und dann wirst du wie immer mit all den Betern aus der Synagoge geschwappt kommen: hochgeschossen, mit zwei Zöpfen, nein, jetzt vielleicht mit leicht gewelltem Haar, die Augen wie eine halb aufgegangene Sonne, Grübchen – jemand aus der Menge ruft Bilu, er drückt zum Abschied die Hand auf meine Schulter – »Denk dran, nach Jom Kippur – nicht daß du uns wieder einfach verschwindest!« Der Gottesdienst ist zu Ende, ein langsamer Strom von Menschen ergießt sich aus dem Synagogentor und vermischt sich mit den draußen Stehenden, ein gutes neues Jahr, ein gutes neues Jahr! Das Gedränge ist nicht zu ertragen, ich warte nicht länger. Wenn dich treffen – dann nicht so, nicht hier.

Stille herrscht auch am Morgen, abgesehen von den Vögeln. Wer von ihnen ist ein *bona avis**, versuche ich herauszubekommen. Hier ist ein schöner, ganz neuer: ein Rabengesicht, aber in Taubenfarben, und vorne auf den Flügeln ein leuchtend blauer Streifen, umrandet von schwarzen Linien. Er betrachtet mich mit kritischem Blick und sperrt den Schnabel auf: Wird er singen? Er knarrt, gleich wird er reden. Was für ein Vogel ist das? Ich hole schnell das Vogelbestimmungsbuch – ja, er ist noch da, hier, dieser da, ein Eichelhäher – aber auf wissenschaftlich, hörst du, haben sie dir einen Namen gegeben wie einem römischen Kaiser: *Garrulus glandarius* – wer bestimmt eigentlich, wie einer heißt? Früher stolperte fast jede neue Lehrerin beim ersten Lesen des Klassenbuches über meinen Namen. Loja – das ist aus der Bibel, bei Salomos Tempelbau, erklärte ich, und die Klasse kicherte immer, und Bilu, der bis zur Zehnten sehr klein war und hinter mir saß, reichte mir die Bibel, schon aufgeschlagen bei 1 Könige, Kapitel 7, und ich gab sie an die Lehrerin weiter, damit sie es mit eigenen Augen lesen konnte, Vers 29: »und unterhalb der Löwen und der Rinder *Gehänge*«. Wir hatten in der Klasse auch einen Rachamim Rachamim und einen Samuel Samuel (Vorname: 1 Samuel, Nachname: 2 Samuel) und ab der elften Klasse auch einen Bilu Bilu. Als er sich einen Personalausweis machen ließ, hat er auch seinen Vornamen auf Bilu ändern lassen und gesagt, auf Mosche reagiere er sowieso nicht – merkwürdig, was für ein Theater wir um unsere Namen gemacht haben – keiner war mit seinem

* Lat.: Guter Vogel [Überbringer einer guten Nachricht].

zufrieden, jeder beneidete jemand anderen um dessen Namen – in der Parallelklasse gab es Zwillinge, Jodfat und Massada, und in der Klasse über uns waren Gilad und Efrat – schade, daß meine Eltern mich nicht Efrat genannt haben, hatte Ora mir einmal eine kleine Eifersucht gestanden. Ein Glück, daß sie dich nicht so genannt haben, protestierte ich, das hätte dir grad noch gefehlt. Efrat war wie Oschrat, Dovrat, Osnat, Jifat, die mit ihrem *-at* wie der erste Teil von zusammengesetzten hebräischen Hauptwörtern klangen, denen aber der zweite Teil fehlte: einäugige Namen, wie ein Storch auf einem Bein.

Nur Oramama hatte man nicht erklären müssen, was Loja bedeutet. So eine Art *schwanz* – am Tempel! Ich war wild entschlossen, die Ehre meines Namens zu verteidigen, obgleich auch ich ihn nicht mochte, er war merkwürdig, er mußte erklärt werden. Was für ein *schwanz*? Ora hatte neben mir gestanden. So eine Art Girlande, wie eine halbe Schlinge, *patschkerei* eben – Mechoras Hebräisch war makellos, doch wenn sie jemanden beleidigen wollte, bemühte sie plötzlich das Jiddische. Ora dagegen war fest davon überzeugt, daß mein Name aus der Verbindung zweier Großmütter hervorgegangen war: etwa Lea und Zoja oder Leonora und Sonja. Denn wir hatten ja solche Namen: Marganit von Marina und Nita, Zafrira von Zippora und Mira, Reudor von Reuven und Theodor – aber der Hammer war Minale: Ihr Name setzte sich aus den Anfangsbuchstaben von gleich vier Verwandten zusammen: Miriam, Ita, Njuta und Alma. Keiner von uns hatte Großeltern, die noch lebten. Höchstens einen Onkel in Netanja, ein paar Cousins im Kibbuz und vielleicht eine alte Halbtante in Amerika, die große Pakete mit gebrauchten Kleidern schickte. Nur Tikwa hatte vierzehn Onkel und Tanten und über fünfzig Cousins. Wir haben es ihr nicht geglaubt, bis sie die ganzen Neujahrskarten aus Frankreich, Kanada, Petach Tikwa und Aschdod in die Schule mitbrachte. Einmal sind wir am Sederabend an ihrem Haus vorbeigegangen: hell erleuchtet, unbekannte Stimmen und Lieder, und kleine Kinder rannten rein und raus. Tja, so ist das bei den Orientalen, war Oramamas Reaktion auf unsere Beschreibung, kein Wunder, daß aus ihnen dann Verbrecher werden. Ich verstand nicht, was das eine mit dem andern zu tun hatte. Ich ging alle paar Tage zu Tikwa. Im Sommer leuchteten Diamanten aus Salz auf der Brüstung ihrer Terrasse, und auf ihnen lagen schwarze Wassermelonenkerne zum Trocknen. Darf ich eure Minze gießen? bat ich sie immer. Das Wasser holte aus der Minze einen frischen grünen Duft. Vielleicht pflanzen wir bei uns im Garten auch Minze an, habe ich Papa einmal vorgeschlagen. Er hob aus großer Ferne den Blick zu mir. Ich hatte zur falschen Zeit gefragt. Noch einmal habe ich ihn nicht gebeten. Ich gehe zu Tikwa, verkündete ich, und Papa aus seiner Ferne hatte nichts dagegen. Ich wagte es nie, zu prüfen, ob er mir tatsächlich zuhörte – ich gehe mal kurz am Südpol vorbei – in Ordnung, aber daß du zum Abendessen wieder zurück bist – es gab Zeiten, da wäre mir sogar Oramama lieber gewesen, sie hatte immer einen Kommentar zu den Freunden, die Ora besuchen ging, gegen Tikwa und deren Mutter hatte sie säuerliche Vorbehalte. Tikwas Mutter mit einem Kopftuch, dessen Zipfel sich im Nacken kreuzten und oben auf dem Scheitel zu einem kleinen Schmetterling gebunden waren, mit goldbestickten Pantoffeln und immer im schwarzen Kleid, servierte uns einen so winzig klein geschnittenen Salat, daß man ihn nur mit dem Löffel essen konnte – sie war klein und rund, wie Chassia Horowitz, aber noch kompakter, und wenn sie mir über den Pony strich, klingelten die dünnen Silberreifen an ihrem Unterarm. Die nimmt sie nie ab, hatte Tikwa mir gesagt, das ist ein Geschenk von meinem Papa.

Jedes Jahr hatte er ihr noch einen Reif geschenkt. Ich zählte acht Silberreifen. Jede Woche ging Tikwas Mutter mit dem Vater reden, auf dem Friedhof, und wenn sie zurückkam, legte sie ihre schwere Hand auf Tikwas Kopf: Der Gott-hab-ihn-selig segnet dich mit Gesundheit, auf daß du ein gutes Herz und beim Lernen Erfolg haben mögest. In der zweiten Klasse war ich davon überzeugt, daß es einen Zusammenhang zwischen dem überschwenglichen Segen aus dem Grab und den langen, dicken Zöpfen gab, die Tikwa bis zur Hüfte reichten. Sie waren blauschwarz, wie das Haar von Elizabeth Taylor in dem Film *Ivanhoe*, und unten flatterten zwei blendendweiße Schmetterlinge aus Taft. Treibst du dich wieder bei Tikwa Toledano herum? fragte Oramama mit bösem Blick. Aber sie bringt mir Französisch bei! Ich wußte, das war eine makellose Ausrede. Sprachen waren wichtig. Bei Tikwa gab es ganze Stapel von Fotoliebesromanen, in denen Frauen mit schmalen Hüften, kleinem weißen Kragen und hellen Handschuhen Männer mit dünnen Bärtchen und glänzendem, nach hinten gekämmtem Haar anblickten. Aus deren Mund kam ein spitzwinkliges Dreieck, das sich zu einer Ellipse erweiterte, in der *Je ne veux pas* oder *Je suis occupé* und manchmal auch *La chose est impossible* stand, und von den Köpfen der Frauen stiegen kleine Gedankenwölkchen auf: *Pourquoi?* oder *Que peut-on faire?*

Dein Französisch! Jean-Jacques war halb amüsiert und halb schockiert gewesen.

Alors, das ist nicht meine Muttersprache, *Monsieur*.

Was ist denn deine Muttersprache?

Hebräisch!

Hebräisch, sagte er und klopfte sich mit dem Kugelschreiber an die unteren Zähne. Das war, wie ich später verstand, seine Art, Zweifel und gleichzeitig die Bereitschaft auszudrücken, deine Version aufzuschreiben, er war allzeit zum

Schreiben bereit. Dann legte er den Kopf schief und schaute mich schräg an. Er hatte große graue Augen mit geröteten Rändern, so als habe er eben erst aufgehört zu weinen.

Aber du bist nicht in Israel geboren, sagte er schließlich.

Ich bin in Italien geboren, na und. Aber Italienisch habe ich erst von Adrianamama gelernt.

Jean-Jacques lächelte. Er kannte die Geschichte schon.

In welcher Sprache haben sie mit dir als Baby geredet?

Wer kann sich an so was erinnern?

Bon. In welcher Sprache hast du Mama, Papa, Essen, Pipi gesagt? Er klopfte fester an die unteren Zähne. Er hatte wunderbar weiße, ebenmäßige Zähne und einen großen Mund mit breiten, flachen Lippen und dunklen, etwas herunterhängenden Mundwinkeln.

Papa – Essen – Pipi, versuchte ich mich zu erinnern. Ich erinnerte mich nicht.

Vielleicht auf deutsch?

Bist du verrückt?

Auf tschechisch? Das Tschechische war dichtgedrängt und schwarz wie die Pullover von Minale, Ihremama strickte ihr mit dünnen Nadeln und dicker Wolle im Perlmuster Pullover, damit sie nicht fror. Bei Ausflügen hatte sie immer zwei Pullover im Rucksack, falls einer naß würde, und auf dem Ausflug nach Jerusalem hat sie mir einen Pulli geliehen, schwer, störrig, zornig und kratzig – einen schkorifinschtschechischen Pullover.

Auf jiddisch? Jean-Jacques gab keine Ruhe, bis er nicht der Wahrheit auf den Grund gekommen war. Was erwartest du von ihm, er ist Journalist, so hatte Chedwa ihn in den ersten Monaten in Schutz genommen.

Quatsch. Mein Vater hat gesagt, Jiddisch sei nur ein Jargon.

Also, in welcher Sprache dann? Sie haben doch mit dir gesprochen.

Vielleicht Latein, kicherte ich, doch Jean-Jacques zog die Augenbrauen hoch und notierte etwas in den Block, den er aus seiner Hemdtasche gezogen hatte. Da steckte immer ein Block, ich spürte ihn bei jeder Umarmung.

Was hast du da aufgeschrieben?

Vatersprache: Latein.

Das erinnert mich an die Geschichte von Friedrich II., sagte ich. Jean-Jacques zog eine Augenbraue hoch. Über den hatte er im Kloster nichts gelernt. Kennst du nicht Friedrich II.? Ich freute mich, einen kleinen Sieg errungen zu haben, Friedrich II., römischer Kaiser, König von Sizilien, Deutschland und Jerusalem, *stupor mundi**, wollte den Versuch von Psammetich I., König von Ägypten, wiederholen – kennst du den? Ich feierte einen weiteren Sieg. Dessen Experiment wollte Friedrich II. wiederholen, um ein für allemal zu klären, welche Sprache Kinder sprechen, mit denen man vom Tag ihrer Geburt an nicht spricht und die keine menschliche Sprache hören. Psammetich hatte den Müttern die Zunge ausreißen lassen – er hatte nicht geglaubt, daß sie sich sonst daran halten würden, doch Friedrich II., der sowohl ein Humanist als auch mit vier Jahren Vollwaise war, übergab die Kinder Nonnen, die ihm ein Schweigegelübde abgelegt hatten. Bei dem Experiment des Psammetich kam heraus, daß das einzige Wort, das die Kinder mit zwei Jahren sagten, *bekos* war, was in der Sprache der Phryger »Brot« bedeutet, *ergo* waren die Phryger und nicht die Ägypter die ersten Menschen auf dem Antlitz der Erde. Doch Friedrich II., der sechs Sprachen konnte und die Universität Neapel gegründet hatte, verwarf diese primitiven Konsequenzen ganz und gar. Seine Gelehrten nahmen an, die Kinder würden Hebräisch sprechen, während er auf Griechisch setzte. Und welche Sprache haben sie dann tatsächlich gesprochen? Sie haben

* Lat.: Das Erstaunen der Welt.

gar nicht gesprochen, sondern sind gestorben, aber warte, warte, das ist noch nicht alles – der schottische König James IV. hat diese ganze Geschichte nicht geglaubt und ein ähnliches Experiment unternommen. Er wollte herausbekommen, in welcher Sprache man im Paradies gesprochen hat, und bei ihm, jetzt halt dich fest, aber so steht es in den Chroniken, haben die Kinder Hebräisch gesprochen.

Die vom Laden nervt jeden. »Das ist dein Sohn? Er ist schon Offizier?« fragt sie eine Frau in meinem Alter, und eine andere, jüngere: »Nu, verkaufst du das Auto an den Mann, den ich dir geschickt habe?« Und zwischendrin Aktuelles: »Das ist Chamsin, so haben sie gesagt. Auch morgen wird sein Chamsin.« Beim Zählen der Münzen, die ich ihr auf die Theke gelegt habe, bewegt sie die Lippen und hebt den Blick zu der Frau, die hinter mir wartet: »Habt ihr gesehn das Unglück, das gewesen ist?« Ich bleibe noch einen Moment, tue so, als ob ich mich für das Brot interessiere. Der große Ventilator an der Decke rührt Fliegen und heiße Luft. »Das ist ein großes Unglück«, sagt die vom Laden und legt schwer die aufgedunsene Hand auf den Stapel Zeitungen am Ende der Theke, »das sind Menschen, die meinen, da ist nicht kein Gott auf der Welt.« Darin stimme ich, die ich mit dem Rükken zu ihr stehe, ganz und gar überein. Ganz richtig. Da ist nicht kein Gott, nur wir allein –

Und die Vögel natürlich. Auf dem Granatapfelbaum runden sich pfirsichfarben die Früchte, aus dem Laub schießt ein plötzlicher Vogel, winzig, schwarzblau – wer ist das? Was will er? Was frißt er wohl? Blätter? Granatäpfel? Es ist Herbst. Ohne Regen, ohne Wolken, ohne fallende Blätter. Doch ein Streifen Wind zerreißt für Augenblicke die trockene Diesigkeit, trägt den bitteren Duft der Zypressen herbei und einen feinen Hauch ferner warmer Feigen. Am Rand des Grundstücks stehen vier Meerzwiebeln, bleich, fast durchsichtig. Ich versuche, einen Granatapfel zu pflücken. Er wehrt sich. *Rimon-or*, Licht-Granate, hattest du die Taschenlampe genannt. Denn *panass*, das gebräuchliche Wort, hattest du gesagt, sei griechisch, *rimon* dagegen sei ein hebräisches Wort, das seine Wurzeln im Akkadischen habe, welches wiederum vom Kappadokischen abstamme, über dessen Ursprünge man aber nichts Genaues wisse, und irgendwo müsse man schließlich den *terminus post quem* festlegen, denn sonst kommen wir wirklich noch bis ins Paradies –

Die gezähnte Stimme des Vogels, den ich noch nicht gesehen habe, ribbelt noch immer den Morgen auf, aber das Licht verspätet sich. Vier Uhr in der Früh – und Dunkelheit, halb fünf – und Dunkelheit, um fünf, erst um zehn nach fünf färbt sich die Luft zu einem blauen Aquarell, und dann – dieser Vogel: Er ist ganz pünktlich. Barfuß gehe ich hinaus, trotz lauernder Gefahren – Schlangen, Skorpione, giftige Tausendfüßler, Glasscherben, rostige Nägel – ich spüre den dünnen Schleier Staub, der sich jeden Morgen neu auf die Stufe legt, spüre auch die Sprödigkeit der Ficusblätter, die wieder den Weg übersäen, stoße gegen eine Wurzel, die sich wie eine braune Ader hervorwölbt, spüre das Stechen des Unkrauts, das Erdmehl zwischen den Zehen – siebenundzwanzig Jahre auf hohen Absätzen haben meine Füße fast taub gemacht, und nun ertasten sie fassungslos jeden Schritt, von ihnen steigen kräftig pulsierend Bilder auf: die feuchte Kühle abgerundeter weißer Felsen, kochender Asphalt, der unter den Füßen fliehende grobe Sand, der mit der Welle ins Meer zurückkehrt, dicke, durchsichtige Seile fesseln die Knöchel – das ist das Meer! Du kamst mich retten. Und Papa, wo war der? Papa war mit Nachum losgezogen, den heiseren Wassereis-

Zitrone-Eisamstiel-Wassereis-Ausrufer ausfindig zu machen, der zwischen Liegestühlen, Müttern und kleinen Kindern verschwunden war –

Das Meer, das Meer. Mittags legt sich seine goldene Kruste leicht in Falten, matter Brokat mit blinkenden Schwärmen, und plötzlich erglänzt ein Schauder. Seit der Nacht in Eilat bin ich nicht mehr an seinem Ufer gewesen, nicht auf seinen Wellen, nicht in ihm. Dreißig-, vierzigtausend Fuß über ihm konnte ich manchmal einen heimlichen Blick wagen – alte goldene, brüchige Haut, jede Insel ein Relief, umgeben von einem hellen Rand, matt vor dem Hintergrund der sich windenden, rennenden grüngoldnen, blaugoldnen, graugoldnen Kruste, nachts zähes Schwarz, umrahmt von goldnen Perlen – eines Tages, das hatte ich mir selbst versprochen. Eines Tages – hätten wir doch auf einem phönizischen Schiff nach Gibraltar fahren sollen – du, Papa, Nachum und ich – an seiner Spitze ein Pferdekopf, der an eine Schachfigur erinnerte, an seinen Seiten Fischschwänze. Ich hatte *Kon-Tiki. Ein Floß treibt über den Pazifik* gelesen. Ich wußte, daß das möglich war. Auf einem solchen Schiff waren die Phönizier – das sind die frühen Hebräer – von Tyrus nach Zypern ausgefahren, von dort dann nach Rhodos, von Rhodos nach Malta, von Malta nach Sardinien und von dort nach Spanien, zum biblischen Tarsis. Im Jahr 1100 vor unserer Zeitrechnung überwältigte der Seefahrer Melkart aus Tyrus die Ägypter, die den Eingang zum Mittelmeer bewachten, und die Seeleute, die ihm folgten, entdeckten Amerika schon lange vor Kolumbus – sie beluden ihre Schiffe mit Gold, Silber und Edelsteinen, und als im Bauch der Schiffe und auf den verschiedenen Decks kein Platz mehr für die Schätze war, ersetzten sie die Bronzeanker durch Silberanker, sag mir, vielleicht habt ihr ja deshalb am Schabbat eure Fahrtrichtung geändert, statt zu den in der Sonne röstenden Hügeln fuhren wir plötzlich ans Meer. Bebend, blinkend, streckte es seine salzige Zunge raus – wohin fuhren wir? Nach Caesarea, in die Gegend um Caesarea – im Klebezimmer bautest du Modelle. Woher nimmst du zwanzig Ruderer, fragte Papa, und du erzähltest etwas von den heutigen, sich neu formierenden Kanaanitern und ihrem »Verein der Wellenbändiger«. Die *Odyssee*, so argumentiertest du, sei nichts anderes als der Reisebericht eines phönizischen Schiffes, ein Professor behaupte sogar, daß ..., doch deine Professoren machten auf Papa keinen Eindruck, er hatte seine eigenen – in den plötzlich entbrennenden Streitgesprächen vor dem Hintergrund des in der Sonne flammenden Meeres sprangen nur so die Funken: Virolleaud, Schaeffer, Contenau, wer zu wem gehörte, wer für und wer gegen wen und was überhaupt war, das wußten weder Nachum noch ich, wir wußten nur, daß der Moment näherrückte, in dem du energisch »Nachum, komm!« sagen und entschlossen zum Fahrerhäuschen marschieren würdest, Nachum würde eilig neben dir einsteigen, und Papa und ich hinten, zwischen den Seilen, den schwarzen Gummikörben, Sandsieben, Besenköpfen, und überall das Knirschen von Sand, und Papa mit zusammengepreßten Lippen, in sich gekehrt, und der Kombi schaukelt hin und her, du treibst ihn an, wütend, er soll schneller fahren, ich verliere den Halt, falle auf Papa, er hilft mir, mich wieder hinzusetzen, und reicht mir eine heiße Wasserflasche. Worüber streitet ihr die ganze Zeit? Seine Handbewegung tut meine Frage ab, die Antwort darauf und auch jeden Versuch, zu verstehen, was zwischen euch ist: Liebe, Haß, Eifersucht, Freundschaft –

Du müßtest mich sehen, Jean-Jacques, wie ich, am Spülbecken stehend, aus Konservendosen esse, ich komme mir beinahe vor wie auf einem Schulausflug: die Fahrt nach Tiberias – ein Abenteuer, die Fahrt zum Grab des Baron Rothschild – ein Erlebnis, die Fahrt nach Eilat – Ende der Welt mit dem fröhlich-gelben Geschmack von Dosenmais oder Perlerbsen mit Möhrenwürfeln. Oder Grapefruitschnitze in süßem Sirup, der das nachklingende, etwas bittere Echo überdeckt, das so erwachsen, so geheimnisvoll und verboten schmeckt, fast wie Rauchen –

Mit jedem Tag, merke ich, werde ich zerstreuter, gestern fand ich ein Handtuch auf der Brüstung der Terrasse, heute die Sonnenbrille auf der Toilette – bisher ist mein Reich begrenzt: Wohnzimmer, Küche, Dusche, Toilette, der Vorraum mit den vier Parkateddys, ich weiß schon, welche Bodenkachel wackelt, gewöhne mich an die Geräusche der Nacht – Rascheln, Stöhnen, Atmen, Schlurfen, ein lebendiges Geräusch unter den Bodenkacheln, ein unerklärliches Plätschern, Stromsummen – der Kühlschrank, der Ventilator – und wenn es blau wird – die Vögel, dieser eine Vogel, der immer als erster da ist. Im neuen Zentrum, in einem Laden für Rucksäcke, Taschenmesser, Wanderschuhe und Reiseführer habe ich eine Hängematte entdeckt, und jetzt hängt sie hier zwischen den beiden Jacarandabäumen, und ich liege in ihr, wie früher. Was machst du? höre ich Chedwa in meinem Kopf, seit Jahren brauchen wir kein Telefon mehr. Warst du schon bei Ora? Nein. Hast noch nicht mal ihr Haus von außen angesehen? Nein. Bist du denn nicht neugierig? Nein. Du hast Angst. Wovor? Warum hast du noch kein Zimmer aufgeschlossen? Warum gehst du nicht öfter durchs Viertel – Paris, Brüssel, Amsterdam, Rom, New York hast du dir alle erlaufen – und hier hast du Angst, fünfhundert Meter weit zu gehen? Ich habe keine Angst. Natürlich nicht. Ich habe echt keine Angst. Das kannst du jemand anderem erzählen. Ich habe keine Angst. Ich brauche vor nichts Angst zu haben. Wenn das stimmt, dann zeig es doch, steh auf und geh raus –

Hänsel und Gretel gelang es, aus dem Wald nach Hause zurückzukehren, weil Hänsel den Weg mit kleinen Kieseln markiert hatte. Doch als sie das zweite Mal im Wald ausgesetzt wurden, hat er den Weg mit Brotbröckchen markiert, da kamen die Vögel und fraßen die Brotbröckchen auf, und der Weg nach Hause war verschwunden – wer hatte uns zu Hänsel und Gretel ernannt? Es war Eliot gewesen, als ich ihm ein altes Foto zeigte: Papa und du – ihr beide in knielangen Khakihosen und mit Stoffhütchen, die den Hauptunterschied versteckten: Papas verfluchte Glatze gegenüber deiner grausilbernen Mähne – und vor euch, Nachum und ich, Hand in Hand, hell wie kleine Küken und dünn – wir ähneln weder Papa noch dir, sondern, wenn überhaupt, einander. Hänsel und Gretel, hatte Eliot grinsend gesagt, und ich hatte verletzt protestiert: Mit diesem Hänsel wäre ich nie verlorengegangen. Nicht wahr? Stimmt es nicht?

Heute ist es kühler. In allen Häusern stehen die Fenster offen, das Radio begleitet mich von einer Straße zur nächsten, nun, was sagen Sie zum Jom-Kippur-Krieg, wird ein General der Reserve gefragt und räuspert sich, bevor er antwortet, aber da bin ich schon eine Straße weiter, *Liebe ist ein Eid*, singt einer mit samtener Stimme, *ein Eid, der gebrochen wurde* –

Etrog-, Ecke Granatapfelstraße, Etrog-, Ecke Salbeistraße, hier ist es: Die Fensterläden – frisch dunkelgrün gestrichen, aber noch immer diese beiden Flügel mit den verstellbaren Holzlatten, damit die Sonne aus dem Westen keine Feuerstreifen auf den Fußboden malt und den Mittagsschlaf nicht stört. Die Bäume sind gewachsen – ein schwacher Duft von Guajaven – hat die Saison schon begonnen? Nein, noch nicht – dieser Duft wird noch stärker, noch dichter werden – bloß das nicht – Oramama schickte mich Guajaven pflücken, um sie nach Hause mitzunehmen, doch Papa hielt mich bereits in der Haustür mit einem Bloß-das-nicht! auf – hier an der Seite haben sie eine Mauer gebaut, die mit weißem Spritzmörtel verputzt ist, darüber der Schopf einer Kletterpflanze, und neben dem hohen Holztor Briefkästen aus mattem Edelstahl: Mechora und Baruch Berger in Druckbuchstaben in einem Fensterchen, Ora und Mordechai Gadot im anderen, und darunter, auf einem Schulheftaufkleber: und auch Vered, Gilad, Udi, Jinon. Verheiratet also. Vier Kinder, Schulleiterin oder Oberärztin, ihr Mann Diplomingenieur oder Filialleiter einer Bank – und was wurde aus deiner Sache mit – wenn du mir sagst, daß nicht, dann nicht – noch nicht einmal, wenn du ihn sehr lieben würdest? Damals waren wir Mädchen, grade mal fünfzehn. Ich entferne mich, überquere die Straße, stehe auf dem gegenüberliegenden Gehweg und schaue hinüber. Von hier kann man sehen, wo das alte und das neue Haus zusammenkommen – eine grobe Betonnaht zwischen dem Ende des Daches im ersten Stock, dessen Dachziegel in gräulichem Bordeaux grüne Flecken haben, und einer weißen Wand, die noch ein Stockwerk hinaufklettert und unter einem gewellten Dach mit grell orangefarbenen Dachplatten zu Ende ist. In beiden Häusern sind die Fensterläden geschlossen, unter den Fenstern – Blumenkästen mit Geranien, alles tipptopp, *was willst du mehr von uns, o Mutterland* –

Wieder zurück. Eine Schlange! Eine Schlange, so wahr ich lebe, eine Schlange gleitet einen halben Meter von mir entfernt vorbei und verschwindet unter einer Bougainvillea zwischen deinem Haus und einem, in dem jetzt auch keiner mehr wohnt. Einmal kam die Polizei mit blinkendem Blaulicht, ich hatte es von ferne gesehen und war barfuß hierher gerannt, war mir sicher gewesen, daß sie zu dir fahren, daß sie dich jetzt …

Schlangen. Das ist die Saison, Sommerende, die Hitze hat ihren Höhepunkt erreicht. Einmal kam plötzlich eine Schlange aus deinem Werkzeugkasten gekrochen – hier ist sie, hier, sie ist noch da, unter diesem Hibiskus, der seine roten Augen zu mir aufschlägt – Nachum springt auf die Brüstung der Terrasse, schafft es aber nicht ganz bis oben und hängt da, den Kopf schon drinnen, die strampelnden Beine noch draußen, Loja, komm hoch, ruft er ohne Luft, weil sich sein Bauch auf der Brüstung plattdrückt, die Schlange ist zwischen mir und ihm, ich nehme eine Harke und schlage sie mit den Zähnen vor mir, hinter mir und neben mir auf den Boden, die Schlange ist verschwunden, und dann erscheinst du, trägst sie tot auf der Spitze deines Spatens – bloß eine schwarze Pfeilnatter – Nachum rutscht von der Mauer, will sie sehen, aber ich schlage noch weiter, immer weiter, Göttin Anat! rufst du, bis ich erstarre, packst Nachum und mich, jeden unter einen Arm, trägst uns hier ins Haus und schimpfst uns wegen der Sandalen. Papa und du, ihr tragt nie Sandalen. Immer nur Schnürstiefel, und wenn ihr zu Ausgrabungen fahrt, dann auch noch khakifarbene Wickelgamaschen mit Schnallen, und bis unter die nackten Knie hochgezogene, khakifarbene Strümpfe und darüber knielange Khakihosen, wie Neueinwanderer und Arbeiter sie tragen, ihr habt nichts gemein mit den eleganten Archäologen mit Korkhüten in den Cinemascope-Filmen-in-lebensechten-Farben-und-mit-hebräischen-und-französischen-Untertiteln-im-Film, die beim Zischen einer sich aufrichtenden Kobra eine Schatzkiste entdecken, und die ist einen Spaltbreit offen, und man sieht Hunderte von blendenden Goldmünzen – die ähnelten so gar nicht den Münzen, die ihr alle Jubeljahre einmal fandet, denn eure waren verrußt, angefressen, hier liegen sie, im Biedermeier, sind vermutlich sogar ein Vermögen wert – doch dieses Wissen vermag auch nicht im nachhinein unsere Enttäuschung zu mindern, Papa und du, ihr strittet in der Sonne, wie ein Dackel und ein Pudel um einen Knochen, hat Nachum mal gesagt, wir saßen gelangweilt und verärgert unter dem einzigen, verwaisten Baum auf weiter Flur, unsere Hände klebten von lauwarmen Orangen, nun macht mal, kommt schon, es ist heiß, da legte sich Nachum rücklings auf die Pikeedecke und schaute nach oben und rief mich, ich solle kommen und schauen: Hinter dem armseligen Laub des Baums erhob sich der Himmel wie ein umgekehrtes Meer, hoch und himmelblau, und darin schwebten auf einer riesigen durchsichtigen Spirale lautlos Dutzende Störche –

»Ich war bei ihr –«

»Bei Ora!« Chedwa weiß gleich Bescheid.

»Ja.«

»Und?«

»Sie waren nicht zu Hause.«

»Hast du geklingelt?«

»Ob ich geklingelt habe?«

»Hast du an der Tür geklopft – *knock-knock-knock, anybody home*?«

»Das Gartentor war verschlossen, man kommt gar nicht bis zur Tür.«

»Du bist ja eine. Und hast du schon entschieden, was du mit dieser Dose machst, wie heißt die noch?«

»Pyxis. Nein, ich hab mich noch nicht entschieden. Sie steht erst einmal hier. Zwei Meter von mir. Schaut mich an und wartet –«

Und jetzt gehe ich zu ihr und schaue sie an. Auch durch die Glasscheibe ist mir klar, ich hatte mich geirrt: Kein halber Zentaur, sondern ein Phönix reckt sich dort in die Höhe, um die auf dem Deckel festgeschweißten Flügelspitzen zu befreien – gelänge es ihm abzuheben, er würde den Deckel mitnehmen.

Auf der Theke im Lebensmittelladen ein flacher Karton mit einer ganzen Phalanx von Seelenkerzen. »Ihr kauft das nicht am Jom Kipper? Eure *mame* ist nicht tot? Euer *tate* ist nicht tot? Keiner ist nicht tot?« Ich kaufe drei. Zünde sie schon heute an. Hat Gott denn einen Kalender? Ich ziehe den Finger waagerecht durch die Flamme. Schnell tut es ja nicht weh. Deshalb war die echte Mutprobe, die geöffnete Handfläche über die Flamme zu halten. Bilu zählte die Sekunden. Ich biß die Zähne zusammen. Wenn Sarah Aaronsohn und Hannah Szenes Mut gehabt hatten – warum dann nicht auch ich? Die Verbrennung hatte die Form einer Münze. Ihr seid ja verrückt, sagte Ora, als ich sie ihr zeigte. Woher willst du sonst wissen, ob du der Folter widerstehen wirst? Weiß ich nicht, sagte sie und stand auf. Schimon, der Hausmeister, ging durch den Flur und klingelte mit seiner schweren Bronzeglocke. Und auch du weißt es nicht, flüsterte Ora mir zu, bevor sie sich an ihren Platz in der letzten Reihe begab. Sie saß immer hinten: Bis zur Sechsten war sie die Längste in der Klasse, und sie mußte man nicht im Auge behalten, damit sie zuhörte oder nicht abschrieb – und auch du nicht, sagte sie unterwegs zu Josefa, und auch ihr nicht, sagte sie zu Bilu und Elchanan, die gar nicht verstanden, was sie nicht – Ora war nicht mit uns im Untergrund, sie half uns nicht, Streichhölzer, Nägel, Flaschen, Lumpen zu sammeln und alles mitgehen zu lassen, was als Lebensmittel oder Waffen nützlich sein könnte, wenn die Fedajin kämen, wenn die Nazis kämen, um aus Kindern Seife zu machen. Minale hatte Seifenstücke begraben, war aber nicht mit uns im Untergrund, sie war zu dick und zu weiß, und sie hatte Angst, auf Bäume zu klettern, und auch im Dunkeln hatte sie Angst, aber Ora, die konnte morsen, kannte viele Knoten und wußte, wie man ein Zelt aufbaut und Feuer macht, genau wie die Jungs, und sie ging in blauem Hemd mit weißem Band zu Fuß bis zum »Nest« des Haschomer Hazair, und am Schabbat fuhr sie zu Arbeitseinsätzen in den Kibbuz – Wie kannst du jeden Feiertag in die Synagoge gehen und an Jom Kippur fasten und dann am Schabbat arbeiten fahren? spottete Elchanan, vielleicht weil er, wie alle andern Jungs, in sie verliebt war, aber Ora ließ sich nicht aus dem Konzept bringen: Das ist keine Arbeit, das ist Hilfe – obwohl man sie nach so einem Schabbat zu keinem Film im Kulturhaus mehr bewegen konnte, Oramama öffnete uns die Tür mit einem Pssst-Ora-schläft, sie erholt sich für die nächste Woche, für die Schule, und so verpaßte Ora *Fahrraddiebe*, *Zeugin der Anklage* und *La dolce vita*.

Die vom Laden bietet mir eine runde *challe* an, fragt mich, ob ich auch bei Josef-dem-Schlachter schon Karpfen vorbestellt habe. Die Granatäpfel sind reif. Plötzlich sind mehr Menschen auf der Straße, hier bin ich noch nicht gewesen, die Einfamilienhäuser sind bitter-grau geworden, einige haben sich einen neuen Flügel wachsen lassen, weiß mit orangefarbenem Dach, in den Gärten eine aufgeplusterte Perserkatze oder ein Hund, der professionell Passanten anbellt. Nach den Feiertagen, hat der Rechtsanwalt gesagt, nach den Feiertagen können wir die Sache zu Ende bringen. Jetzt könne man mit niemandem reden. Das ganze Land würde zugemacht. Ich streune jeden Tag ein bißchen weiter, prüfe, was sich verändert hat. Sehnst du dich nicht? hatte Chedwa mal gefragt, da standen wir an der Kabinentür und verabschiedeten die Passagiere, und die Sonne briet uns schon um halb sieben in der Früh. Wonach denn? fragte ich zwischen zwei Fluggästen. Nach den alten Freunden, dem Hummus, dem Chamsin – Chedwa betrachtete mich, die Augen wegen der Sonne zusammengekniffen. Jedesmal, wenn wir hier landen, denke ich an diesen Vers aus dem 1. Buch Mose, Kapitel 28 – Wie geht der noch, fragt Chedwa, nun hilf mir mal schnell – »*Wie furchtbar ist dieser Ort*«, fange ich an, dann trennt uns ein Familienpulk: Mutter, Vater, zwei Großmütter, vier laufende Enkel und ein Baby. Dein Gedächtnis wird mich eines Tages noch umbringen, beschwert sich Chedwa nicht zum erstenmal, mich auch, versichere ich ihr, aber sie glaubt mir nicht, und ich glaube mir auch nicht.

Ich habe Durst. Ich muß an Jom Kippur nur denken, und schon habe ich Durst. Wo beginnt das Wasser? Bei zwei Fingern, die den Wasserhahn aufdrehen. Eine Wasserschlange zischt heraus, erst sprüht sie wütend Nadeln in alle Richtungen, danach ein durchsichtiger Zopf, der im Mund von einer Ecke in die andere schwappt, das Kinn naß macht, am Hals runterläuft bis in den Kragen. Ich drehe zu. An der Öffnung des Wasserhahns rundet sich ein Tropfen. Noch einer. Ein Vogel kommt trinken. Schwarzer Kopf, weiße Bäckchen und ein schwarzes Band um den Hals, von dem aus eine schwarze Linie weiterführt und den gelben Bauch genau in der Mitte teilt. Er läßt ein zartes, nadelähnliches Zwitschern hören. Sieht aus wie ein ferner Cousin der Bachstelze, und ausgerechnet die von allen fehlt, obwohl es doch bald Herbst ist.

Kein Auto, kein Radio, kein Rasenmäher, kein Wassersprenger, kein Staubsauger, kein Wäschetrockner, kein Fernsehprogramm – eine allumfassende, sehr tiefe und sehr hohe Stille, wären da nicht die Vögel und natürlich der ferne Gesang aus der Richtung der Synagoge – Soll ich da hingehen? Und was soll ich anziehen? Was zieht man zu Jom Kippur an? Was Weißes hab ich nicht. Wo ist das hellblaue Kleid? Du müßtest mich sehen, Jean-Jacques, vor meinem Koffer, alles, was leicht ist und nicht krumpelt, was sich im Nu waschen läßt und genauso schnell wieder trocknet, liegt um mich herum verstreut – ich wühle nach einem Kleid, ich, die ich dir die Koffer aufgemacht habe, um auszusortieren, alles aufgefaltet und wieder zusammengefaltet habe und von der dreifachen Ausführung dir nur je eins gelassen habe, sag mir danach, ob dir wirklich was gefehlt hat, *mon chéri*, verabschiede ich mich von dir am Bahnhof in Richtung Marseille, siebenhundert Kilometer fährst du lieber, als sie zu fliegen, wärst du ein Vogel, du würdest es nicht schaffen, dich emporzuschwingen, nur mit Mühe kann ich deinen Koffer heben, im letzten Moment mußtest du noch unbedingt zwei Bände Proust einpacken, einen Julien Gracq, einen Camus, du hast Angst, ohne Buch allein zu sein, aber ich bin kein Vogel, sagst du, pickst mir einen schnellen, kultivierten Kuß auf die Wange, und du auch nicht, *ma chérie*, nein.

Der Vorplatz vor der Synagoge ist noch voller als am Neujahrsfest. Aus den hohen Fenstern schwillt eine bekannte Melodie an und ebbt wieder ab, die Draußenstehenden – vielleicht ist drinnen kein Platz? vielleicht sind sie lieber draußen? – unterhalten sich leise, weichen zur Seite, denn, kaum zu glauben, zwei Meter vor der Synagoge schlängeln sich zwischen den Leuten Kinder auf Fahrrädern hindurch, einer fährt mir fast über den Fuß, he, paß auf! Ich schrecke zurück, paß doch selber auf, faucht er und fährt seinen Slalom weiter, wie alt wird der sein, neun, zehn, was hat dieser Tag an sich, daß er in den Kindern dieses jetzt-erst-recht weckt –

Auf diesem Vorplatz haben wir Fangen und Kaiser-wieviel-Schritte-gibst-du-mir? gespielt. Aus der alten Synagoge drang der Gesang wie eine große Welle, schwoll an, wurde immer runder, zog uns an, wir rannten hin, um dort Fangen weiterzuspielen oder Fünf-Stöcke-Springen oder Verstecken, Vorder-mir-und-hinter-mir-gildet-nicht-und-mir-an-den-Seiten! rufe ich laut, dann nehme ich die Hand von den Augen, und aus der Synagoge kommt ein weißer, aufgeplusterter Geist mit mahnendem Zeigefinger: Sch! Sch! Verschwindet von hier! Vor mir und hinter mir und mir an den Seiten lauter fremde Menschen, ich bahne mir einen Weg zum Eingang der Synagoge, junge Frau, junge Frau, was ist denn das hier, ich recke den Hals, um über die Schultern der hier Versammelten zu schauen, nahe der Tür gepflegte, bekopftuchte Frauen, einige tragen auch elegante Hüte im Stil der Prinzessin Diana, ein Glück, daß es Jom Kippur gibt, wann sonst könnten sie diese Hüte tragen, die Frauen wenden die Gesichter in Richtung eines arabesken Eisengitters, das sie von den Männern in Gebetmänteln trennt, noch nie bin ich so weit vorgedrungen, noch nie bin ich hineingegangen, komm doch mal mit, setz dich neben mich, ich zeig dir auch, wo im Gebetbuch wir gerade sind, Ora hatte mich jedes Jahr gebeten, aber ich hatte mich geweigert. Papa ging statt in die Synagoge zu Chassia Horowitz. Das ist mein Jom Kippur, hatte er gesagt, nichts erklärt, mich auch nicht gebeten, ihn zu begleiten. Was machen sie da? hatte ich Schlomi gefragt, und er hatte mit den Schultern gezuckt: Reden. Mama weint. Und du hattest dich im Klebezimmer eingeschlossen – es war ein Tag der völligen Freiheit, ohne Erwachsene, ohne Mahlzeiten, ohne Autos, ohne Gefahren, wir machten bis zur Hauptstraße Schnitzeljagd, spielten im Schulhof Fangen, rannten um die Trinkwasserhähne – fast jeden Jom Kippur war furchtbarer Chamsin – Bilu, dessen Mama aus dem Kibbuz war, Elchanan, dessen Eltern die Kommunisten wählten und *Ogonjok* lasen, Adriana, von der Oramama sagte, sie sei eine *gojische*, weil sie zu blond und zu hübsch war, Josefa, Arlosora, Moschiko, Hanna, Dina, Jossi und Schlomi natürlich – der nicht fasten durfte, obwohl er es so gern wollte und auch versuchte – alle Jungs fasteten, nicht wegen Gott, sondern um anzugeben, und Chesi ging mit seinem Vater in die sephardische Synagoge – Das ganze Jahr über klaut er Spitzer und Radiergummis aus den Schulranzen und schreibt bei Klassenarbeiten ab, und an Jom Kippur sitzt er in der Synagoge und macht auf fromm – Weil sein Vater ihn zwingt – Auch sein Vater hat geklaut – Kannst du das beweisen? – Ich? Noch nicht mal die Polizei hat Beweise! Bei den Trinkwasserhähnen bricht großes Gelächter aus, und ich drehe einen Hahn auf, trinke mit vollem Mund, mit vollem Hals, meine Bluse ist naß bis zum Gürtel. Wasser! Ich lasse die Hand vollaufen, spritze herum. Alle zucken zurück, als hätte ich Feuer gespritzt. Was habt ihr denn? Ist doch nur Wasser! Trinkt doch ein bißchen, rufe ich und lache. Keiner lacht mit. Glaubst du an Gott? frage ich Elchanan: hochgewachsen, glattes, kastanienbraunes Haar, grüne Augen, schön wie im Film. Wenn er nein sagen würde, würden sie ihm glauben, daß das ganze Fasten Unsinn ist. Elchanan schweigt. Und du? frage ich Bilu, er tritt verlegen von einem Fuß auf den andern, schaut auf seine Sandalen: Ich faste, weil wir gewettet haben. – Das ist keine Antwort. Ich weiß, ich rede in dem Ton von Gut-daß-du-gekommen-bist-Göttin-Anat, aber das ist mir egal. Idioten, Hirnamputierte, Angsthasen. Ihr habt ja bloß Angst! Ich stehe mitten im Mittag, mitten in der Sonne, mitten im Jom Kippur am Trinkwasserhahn der Schule und drehe das Wasser so weit auf, daß es rauscht. Es gibt keinen Gott! rufe ich laut, auf die Melodie von Jetzt-ist-es-aus-ich-spiel-nicht-mehr-mit-euch und stelle mich aufrecht hin, um zu beweisen, daß mir nichts passiert! Es gibt ihn doch! überrascht mich Schlomi flüsternd. Dann soll er mich strafen! verlange ich mitten im Jom Kippur, mitten im Chamsin, hebe den Kopf und strecke dem grauen Brei des Himmels die Zunge raus. Du bist doch schon gestraft, flüstert Schlomi, und Elchanan dreht sich mit einem Ruck zu ihm um: Halt die Klappe! Schlomi zuckt zusammen, als habe man ihn geschlagen. Und ich setze noch einen drauf: Du Idiot, du Angsthase, dann lauf doch in die Synagoge zu deinem Gott, was stehst du hier noch rum wie ein Golem und schaust mir zu, wie ich trinke, auch Zuschauen bestraft er, weißt du das nicht? Nu, lauf schon, lauf, und bitte ihn um Vergebung –

Schlomi, zwanzig Jahre später, im Flugzeug – ein gutaussehender Mann, hochgewachsen, mit der John-F.-Kennedy-Frisur sieht er amerikanisch aus, ein echter Amerikaner – Professor für Jiddisch an einem College in New Jersey – verheiratet, Vater eines Sohnes, das zweite Kind ist unterwegs, und du Loja, was tut sich bei dir? Was hast du damals gemeint? Plötzlich kehrt diese Szene am Trinkwasserhahn zurück, mir wird heiß, obwohl die Scheiben des Cafés, in das wir gehen, von innen beschlagen sind und es draußen regnet. Ausland in reinster Form: feiner Regen, still und andauernd, graues Licht, glänzende Straßen lassen Spiegelbilder entstehen, werden von Autoreifen abgeleckt, ihre Lichter zerbersten im Regen zu Sternen. Schlomi öffnet mir die Tür, rückt mir den Stuhl zurecht, reicht mir über den Tisch seine Visitenkarte – Professor Schlom-Ami Horowitz –, schaut mich mit den himmelblauen Augen seines Vaters an, erinnert mich an seine Mutter, da ist etwas in seinem Gesichtsausdruck – Deine Flüche, sagt er und lächelt zerstreut. Nur daran erinnert er sich? Meine Flüche? – Aber gewiß: Demagoge, Konformist, Reaktionär.

Dabei hatte ich die doch alle von dir, Davidi. Wer nicht dachte wie du, der war blöd und ein Dummkopf dazu, beschränkt, engstirnig, ein Ignorant, ein Nichtsnutz, absolut ungebildet (eine stehende Wendung), ein Heuchler, ein Angsthase, ein Demagoge, Fanatiker, Finsterling, Diasporajude,

Fiesling, einer, der etwas extra macht, nur um zu ärgern, ein Konformist, ein Reaktionär, Weichhirn, Zitterherz, Angeber, Streitstifter, Wankelmütiger, bösartig blind, schwerhörig, wenn's ihm gerade paßt (noch so eine stehende Wendung), ein Nichtsgönner, ein Dummkopf, der Wurzeln schlägt, ein Salatkopf (Hast du schon mal einen klugen Salat gesehen?), Kohlkopf (dasselbe), ein grooßes Licht (in entsprechendem Tonfall), ein Verrückter, ein Spinner, ein Gefährlicher, ein Verräter, Quisling, Kapo, Judenratnik, Geheimspion, fremder Agent, Zerstörer und Kaputtmacher, Josephus Flavius –

Ich kam immer wieder zu dir, suchte etwas, um dich zu ärgern, um diese polternden Wörter aus ihrem Schlaf zu wecken – ich lauschte ihnen mit überschäumender und doch zurückgehaltener Freude, damit sie nicht loszwitscherte, ich freute mich wie in einem harten Winter über das Geräusch des prasselnden Hagels, der die Orangen zerschlägt und der Landwirtschaft schadet, aber trotzdem – soll er ruhig zerschlagen, gerade deshalb, soll er doch alles zerschlagen –

Das Gebet ist zu Ende. Die Frauen stehen auf, wenden sich mit süßlichen Gesichtern eine der andern zu, nicken, führen ein kleines Taschentuch zur Nase – Lavendelduft – Frauen mit Lavendelduft – ja, es ist der Duft des kleinen Taschentuchs, das Ora sich unter das Uhrarmband gesteckt hatte, weil es in der Synagoge immer so stinkt, hatte Josefa erklärt, aber ich wußte, das half einem, nicht vor Hunger und Durst ohnmächtig zu werden, ich habe nie verstanden, wie man fasten kann, ausgerechnet an Jom Kippur überkam mich ein stürmischer Hunger. Ora, die während des Seelengebets für die verstorbenen Angehörigen auf eine halbe Stunde bei mir vorbeikam, hatte mich angestarrt, als würde mich gleich der Blitz treffen oder der Erdboden sich unter mir auftun und mich – mitsamt dem Butterbrot in der Hand und dem Stuhl, auf dem ich saß – verschlucken, wie Korach, Datan und Aviram auf dem Bild von Doré. Gott sieht das nicht – ich versenke noch einen Abdruck meiner Zähne in das frische Graubrot mit plattgedrückten Hügeln von Schmelzkäse und ein paar schmetterlingsgleichen Olivenstückchen – der ist gerade in der Synagoge. Magst du? Ich biete ihr kaltes Wasser an, Orangensaft, Traubensaft. Ihr Fasten macht mich verrückt. Jetzt trink schon. Bloß trinken. Nur einen Schluck. Sie schüttelt den Kopf, nach links, nach rechts mit einer wunderbaren Nein-dan-ke-Bewegung und begleitet das in meinem Mund verschwindende Brot mit prophetischem Blick. Auch letztes Jahr habe ich gegessen – ich trinke Traubensaft, schmiere mir noch ein Quarkbrot, verziere es mit Omegas von roter Paprika – und habe in Rechnen eine Eins minus bekommen. Und das, finde ich, ist doch ein schlagender Beweis. Wetten, daß dir nichts passiert, wenn du was ißt. Ich kann es nicht mit ansehen, wie sie nicht-ißt, und ich kann mich nicht beherrschen und nicht essen. Solche Wetten mache ich nicht, sagt Ora und schaut auf die Uhr. Dieses Seelengebet ist sehr kurz, zu kurz. Bleib doch noch – nur ein bißchen, bedränge ich sie und bereue es sofort. Ora steht auf. Sie ist bleich. Ihre Lippen sind trocken. Wenn es Gott gibt, dann hasse ich ihn. An der Tür schaut sie mich noch mal an. Mein zweites Brot habe ich schon fast verdrückt. Ich bete auch für dich, sagt sie. Vielleicht habe ich deshalb die Eins minus in Rechnen bekommen, geht es mir für einen Moment durch den Kopf, und ich erschrecke, aber sofort fang ich mich wieder: Quatsch mit Soße.

Jetzt probier mal – Jean-Jacques hebt vorsichtig das Kännchen, damit der Kaffee nicht überläuft. Der Duft ist betörend, das gebe ich zu. Hätte ich Nelken, Pfeffer und Zimt, würde ich mir jetzt so einen Kaffee kochen und ihn heiß und schwarz trinken. Ausgerechnet jetzt. Ausgerechnet heute. Damals hatte mir ein Schluck gereicht. Du weißt ja nicht, was gut ist, hatte Jean-Jacques protestiert. Gleich, als er lebend das Flugzeug verlassen hatte, hatte er beschlossen, mir ein paar Dinge beizubringen. Den ganzen Flug über war er sehr bleich gewesen, hatte mich mit großen Kafka-Augen verfolgt. Das Flugzeug war halb leer. Die meisten Fluggäste schliefen, den Kopf zur Seite geneigt oder auf der Brust. Kaffee nennen Sie das? Ich dachte, er mache einen Spaß, aber er meinte es ernst. Er stand auf und ging hinter mir her. Ich merkte, seine Hände zitterten. Setzen Sie sich lieber hin, *Monsieur* – das hätte mir mitten in der Nacht noch gefehlt. Ich entwand seiner Hand den Becher, und er setzte sich auf einen freien Platz, von dem aus er mich und Chedwa in der Bordküche sehen konnte – Loja, du hast einen Verehrer, sagte Chedwa lächelnd. Unsinn, das ist bloß so ein armer Kerl, der vor Angst fast umkommt. Nach der Landung stellte sich heraus, daß wir beide recht gehabt hatten.

Das Flugzeug bricht gleich auseinander – und du öffnest-schließt-schaltest-ein-schaltest-aus-erhitzt-packst-aus-servierst – so faßte Jean-Jacques seine Eindrücke zusammen. Bei unserem ersten gemeinsamen Essen kam heraus, daß er beinahe ein Chefkoch war und über Restaurants schrieb und daß ich ihn ein bißchen an Michèle Morgan erinnerte. Ich treibe im Strom der Nachhausegehenden, sehe plötzlich Elchanan, nein, das ist er nicht, aber wer ist das da? Ist das nicht Josefa? Nein, die ist ja zu jung, vielleicht ihre Tochter, ein Haufen gelocktes Rot über dem Nacken, soll ich ihr sagen, daß – nein, was soll ich sagen? Wo ist deine Mutter? Und was, wenn sie gar nicht ihre Tochter ist, und wenn diese große Blonde nicht Adriana ist? Wie ist es möglich, daß in einer Menge von Hunderten von Menschen keiner stehenbleibt mit einem Schau-mal-wen-haben-wir-denn-da, wo ist

Bilu, er hat versprochen, zurückzukommen, hier, hier ist er, und an seiner Seite eine hübsche Fremde, vermutlich seine Anat, und hinter ihnen Ora. Endlich Ora –

Nein.

Irrtum.

»Also? Wissen Sie schon, wohin damit? Er hat mir gesagt, das könne bei Ihnen etwas dauern – in Ordnung, ich habe keine Eile, ich will Sie nur daran erinnern: solange Sie nicht – gut, Sie müssen es ja wissen – Sie haben gesagt, Sie wollten die Sache schnell zu Ende bringen, Sie sind jetzt am Zug. Was machen Sie an den Feiertagen? Bleiben Sie im Land?« All das hatte der Anwalt nachgeforscht, bevor er nach Mallorca flog. »Wissen Sie, wie viele Jahre ich zu den Feiertagen nicht mehr hier war?« »Na gut«, ich kann seinen Spott hören, während er aus Tel Aviv davonrast, »dann bleiben Sie ruhig hier. Warum nicht. Das wird ein Erlebnis für Sie sein!«

In einem Haus mit unebenen Bodenkacheln, Rissen an den Wänden, die sich wie aus den Höhen des Flugzeugs betrachtete Flußtäler verzweigen – stimmt, hier arbeitet die Erde. In einem Winter hatte sie einen Esel verschluckt. Ich erinnere mich, wie wir morgens am Rand des dampfenden Lochs standen, die Sonne strahlte, und wir spähten ängstlich in das tiefe Dunkel. Und unten stand der Esel und schrie. Fassungslos berichtete ich dir davon, und du untersuchtest das gleich und sagtest dann: Das ist gar nichts Besonderes. Vor hundert Jahren entdeckte ein Bauer südlich von Sidon beim Pflügen, daß der kleine Hügel, der sich bisher mitten auf seinem Feld erhoben hatte, plötzlich in sich zusammengesunken war und aus dem Erdhaufen ein schwarzer Steinsarg mit zweiundzwanzig Zeilen einer phönizischen Inschrift herausschaute: Das war der Sarkophag von Eschmunazar, dem König von

Sidon! Und 1709 grub ein italienischer Bauer einen Brunnen und entdeckte Herculaneum! 1879 machte der spanische Adelige Don Marcelino Sanz de Sautuola Ausgrabungen in der Altamira-Höhle. Seine kleine Tochter Maria streunte da herum, kroch in eine niedrige Seitennische und entdeckte an deren Decke Bisons aus der Steinzeit! Und bei uns? Auch bei uns hat vor neun Jahren ein Beduinenhirte eine Ziege gesucht, die er in der Gegend von Qumran verloren hatte. Er ging und ging und ging und kam schließlich an eine Höhle. Er warf einen Stein hinein, denn wenn die Ziege dort drinnen gewesen wäre, hätte sie sich erschrocken und wäre herausgerannt. Doch der Stein prallte auf etwas gar nicht Ziegenmäßiges und machte »ping«. Sofort rannte er los und kam mit einem Freund zurück. Zusammen faßten sie sich ein Herz, krochen in die Höhle und fanden Krüge, lauter Krüge, und darin, nein, keine Goldmünzen, sondern die Schriftrollen des Buches Jesaja! – Aus der Bibel? – Ja, aus der Bibel. – Und die Ziege? – Welche Ziege? – Die, die verlorengegangen war. – Die Ziege hat man bis auf den heutigen Tag nicht gefunden. Du beendest die Geschichte in einem Ton, von dem ich nicht weiß, ob er ernst oder spöttisch ist. Ach, wenn du nur Zeit hättest, wenn du nur Geld hättest wie dieser Evans, der sich auf Kreta einen Hügel mit Anemonen kaufte und binnen ein paar Wochen – hast du mir das nicht erzählt? – den Palast des Minos und den Tempel des Minotaurus freigelegt hat –

Das war eine der Geschichten, die mir angst machten. Nachts vor dem Schlafengehen war mein Zimmer weit und hoch und voller Feinde, das Dunkel murrte unter dem Bett. In der Tür des Kleiderschranks tat sich eine Höhle auf, und aus ihr schaute dieser Minotaurus mit einem riesigen Auge hervor – doch es hatte keinen Zweck, Papa zu bitten, zurückzukommen, das Licht anzuschalten und die Tür des Kleiderschranks aufzumachen: Wenn sie offen war, wurde aus jeder Bluse ein Totengeist, der bis zu den Hüften in den Fluß des Vergessens eintauchte, und der alte Fährmann Charon steuerte seine Fähre in die Unterwelt – Ist der auch schon tot, dieser Charon? fragte ich. Ich verstand nicht, was er am Fluß der Unterwelt mit der Silbermünze anfangen konnte, die unter der Zunge des Toten für ihn bereitlag. Papa kam durcheinander, lächelte verlegen, erklärte mir, das sei nur eine von Generation zu Generation weitergegebene Geschichte, schloß *Das große Buch der Mythologie* und machte das Licht aus. Sofort schnitzte sich Charon auf das Holz der Tür, kräftig und dunkel, mit einem Ruder in der Hand hielt er auf einem kleinen Brandungsboot im tobenden Wasser das Gleichgewicht und schaute mich an – Na, kommst du mit in die Unterwelt?

Alles beginnt mit dem Licht. Vor allem die Vögel. Auch wenn es so scheint, als ob ich schlafe, bin ich wach, höre ihr dichtgedrängtes Zwitschern, und vor allem – diese klare, gezackte Klage – ich stehe auf. Vielleicht sehe ich ihn ja. Die Luft draußen ist dick und grau und verheißt Chamsin. Ich gehe hinaus. Aus der Zypresse schallt eine Salve von Gezwitscher der Elementarvögel: Sperlinge wohl, und in einer Raute des Maschendrahtzauns, eingefaßt wie ein Schmuckstück, ein Winzling, glänzend wie schwarzer Obsidian, und plötzlich eine Flamme in Türkis und Hellblau mit einem weiß-braunen Flackern – ist es der? Wie ist es, Vogel zu sein? Wie fühlt sich das Kitzeln der Luft in den Achselhöhlen an, wie die Anstrengung in den Schultern? Wie ist es, ohne mit der Feder zu zucken auf einer Spirale warmer Luft dahinzugleiten – und hier ist der Wiedehopf. Wissen Sie eigentlich, *proszę pana**, was man von Ihnen erzählt, daß Ihr Schnabel ein Schwert

* Poln.: Werter Herr.

war und die Federhaube auf Ihrem Kopf der Schmuck eines Helms, Sie sind eine Wiedergeburt von Tereus, dem König der Thraker, einem Perversen und Mörder, eine entsetzliche Geschichte, warte, ich setze mich hin, versuche näher zu kommen, aber nur bis hierher – er breitet seine gestreiften Flügel aus – und schon ist er weg. Ich liege da, das Kinn auf den Handrücken gestützt, mit dem Bauch auf der Erde, höre in der Jom-Kippur-Stille die Erde brummen, höre, wie sie sich hin- und herwälzt, spüre bis in die Knochen das enorme Quietschen der Anstrengung, wie sie sich um ihre eigene Achse dreht.

Nicht immer nagt die Zeit. Manchmal verdickt und verperlmuttert sie sich zu einer Patina aus Hellblau, Violett und Seladongrün, wie auf diesem alabasternen Gewürzbehälter, den du in der Nähe von Caesarea gefunden hast, auf Kurkarhügeln, angefressen von Salz. Ein schmaler Sandstreifen. Aus ihm staken ab und zu ein halber Marmorarm, eine bläuliche matte Glasmurmel, von Meer und Zeit geglättete Tonscherben, ohne Namen, ohne Inschrift – und das Meer, das Meer war mittags sehr schwarz, eine brennende Tafel in Feuerbuchstaben.

Soll ich heute anfangen? Erstmal esse ich einen Granatapfel von deinem Baum, eine herrschaftliche Frucht, macht Flekken für die Ewigkeit. Um diese Jahreszeit habe ich früher Papas Bücher abgestaubt: Polybios und Titus Livius und Thukydides und Plutarch und Xenophon und Josephus Flavius und Mommsen, Ranke, Burckhardt und Gibbon – wenn ich jetzt hier abstauben wollte, würde ich den Schrank aufmachen und die Bücher über Pflanzen, Vögel, Meere und Flüsse kräftig auf- und zuklappen, *Tausendundeine Art, Drachen zu bauen*, *Wüsten der Welt*, *Vulkane der Welt*, *Was du schon immer über das Leben auf der Erde wissen wolltest* – Nachums Bücher – kein einziger Roman. Ich werde es hier auf der Terrasse machen. In dieser Stille wird man das Bücherklappen bis zur Synagoge hören, und vielleicht käme Ora dann – ich bin doch nicht ganz normal, wieso staube ich hier ab, was ordne ich, wenn ich doch nicht länger als eine Woche hierbleibe, und wenn der Berg nicht zu Mohammed kommt, wer braucht ihn dann?

Drei Schlüssel: Zu deinem Zimmer, zu Nachums Zimmer und zu dem immer abgeschlossenen Klebezimmer, staubbemehlt und mit dem Geruch von schwitzendem Eisen. Stundenlang hast du da gesessen und Tonschälchen und Tontöpfe zusammengeklebt, Öllämpchen, Ostraka, Götzenfigürchen – ich habe immer angeklopft, wußte, daß ich kein »Herein« hören würde, habe trotzdem gewartet und dann die Tür aufgemacht. Du warst ganz versunken in das Kleben von Tonscherben, die Augen dicht an der Bruchstelle – und ich trat von einem Fuß auf den anderen, hustete, räusperte mich, bis du den Kopf hobst und mich, wie von Spinnweben umfangen, anschautest. Hat Champollion es sehr eilig? So hast du mich genannt, wenn du dich entschieden hattest, mich mal nicht mit Gut-daß-du-gekommen-bist-Göttin-Anat zu ärgern, Jean-François Champollion hatte, bis er sechzehn Jahre alt war, schon ein halbes Dutzend Sprachen gelernt, darunter Koptisch! Und er war es, der die Hieroglyphen entzifferte, nein, nein, ich hatte es nicht eilig, hier in dieser Küche hast du mich mit roter Brause bewirtet, mir vom Labyrinth in Knossos oder von Hannibals Heldentaten erzählt oder von Atlantis, der im Meer versunkenen Stadt, über der bis auf den heutigen Tag nur ein Teppich von Seetang treibt, und dort brechen die Eier des Aallaichs auf, die Aale werden, durchsichtig und hauchdünn, mit dem Golfstrom zu den Flüssen Europas getragen, schwimmen gegen den Strom, leben zwölf Jahre in den kalten Wassern Europas, wachsen, werden fett und silbern, doch um sich zu vermehren, kehren sie zurück zum untergegangenen Atlantis, von dem nichts mehr übrig ist, als ein riesiges Floß aus goldenem Tang –

Und warum kehren sie zurück?

Warum-warum-warum? Wegen der Nostophilia, *secherrechem*, Gebärmutter-Erinnerung – du übersetztest alles, was da kreucht und fleucht ins Hebräische.

Aber das kann doch nicht sein! unterbrach ich dich. Erzähl mir doch keine Ammenmärchen!

Schon wieder fängt sie an zu diskutieren! Du breitetest deine schweren Hände aus und schütteltest den Kopf.

Ich erinnere mich an gar nichts, bevor ich fünf war! Und so ein Aal erinnert sich besser als ich?

Laß uns mal sehen: An die Wohnung in Haifa erinnerst du dich noch?

An den Balkon und an die Schiffe im Hafen –

Und an die Wohnung?

Eine Schiebetür aus Glas mit Eisblumenmuster. Dichtgedrängtes Tschechisch, schwarz und geflüstert, unterdrücktes Weinen. Nein –

An gar nichts? Du prüfst mich mit zusammengekniffenen aquamarinblauen Augen, aber ich beantworte alle deine Fragen mit Nein. Nein. Nein. Nein. Nein. Nein.

Ich probiere eine Abkürzung aus, ein Fußweg zwischen Geißblatt und Oleander, laufe über einen Terra-rossa-Platz, überquere eine Straße und gelange auf ein in groben Furchen bis zu den fernen Zypressen gepflügtes Feld – aus der Nähe sind die Zypressen grau verstaubt – und das Waisenhaus hinter ihnen, nicht abgerissen, steht immer noch da, verlassen, mit leeren Türrahmen – wenn Oramama mein Schicksal beklagte, fragte sie sich – natürlich immer nur sich selbst –, ob es nicht schade um dieses Mädchen sei, das draußen herumstreunt, denn es sei ja bekannt, daß gerade aus den Begabten, wenn man ihre Erziehung im zarten Alter vernachlässige, große Verbrecher würden, der Professor will nicht noch mal heiraten – soll er so glücklich werden – aber warum schickt er das Mädchen nicht in eine passende Einrichtung – jahrelang war ich davon überzeugt gewesen, daß sie damit das Waisenhaus meinte, diese Ruine – der Geruch ist immer noch derselbe. Ein Geruch von trockener Scheiße, Disteln und der Asche alter Lagerfeuer, aus irgendeinem Grund ist die Stadtverschönerung nicht bis hierher vorgedrungen, hat sich nicht über das Gebäude hergemacht, noch nicht einmal den Krieg der Parolen von den Wänden gekratzt, »Pfadfinder mit faden Kindern sind gekrochen aus dem Hintern« in krummen Druckbuchstaben, und darunter, in einer runden Schreibschrift, die einzig mögliche Antwort: »Haschomer konnt's nicht verhindern, hat selbst einen braunen Hintern!« Und angenommen, angenommen, ich verkaufe und kaufe etwas anderes und ziehe hierher – ein großes Haus mit Bogenfenstern – nach der Renovierung wäre es ein Palast – ja, was soll's, dann wohne ich eben in einem Waisenhaus, jetzt paßt es, jetzt bin ich ja in jeder Richtung verwaist, jeder, der vor der mir, hinter mir und mir an den Seiten war, ist nun unter mir und bald nur noch Knochen –

Ich kehre zurück. Die Luft ist nicht mehr saure Milch – schon gegen Abend ist sie, trotz der Hitze, ganz hellblau und ganz Bewegung – in dieser Stille kann man den Wechsel der Jahreszeiten hören, hören, wie die Zeit vergeht und sich ändert, was einmal war, wird schon nicht mehr sein.

Ein blauer Abend. Blaue Menschen kehren aus der Synagoge zurück, die Straßenlaternen sind noch nicht angeschaltet, aber ein paar Autos wärmen schon ihre Motoren an, und schau, der erste Wagen fährt langsam, noch ohne Licht, als schleiche er sich davon, und plötzlich besinnt er sich, rast los, flüchtet – wovor bloß? Mit einem Schlag ist der Zauber vorbei – alles bewegt sich wieder – Menschen eilen zum Essen, zum Trinken, rechtzeitig ins Kino, und da ist Ora. Ora? Das hochgewachsene junge Mädchen mit den Zöpfen dreht sich um, doch nur in den Gängen meiner Erinnerung, sie kommt aus der Synagoge, sieht mich. Aus! rufe ich denen zu, mit denen ich Fangen spiele, mir genügt ein Blick von Ora, um zu verstehen, daß … Ich muß ganz dringend auf Toilette, flüstert sie mir zu, soll ich dich begleiten, schlage ich sofort vor, und sie nickt, und wir marschieren zügig zur Ussischkin, Ecke Keren Kajemet, die Tür ist nicht verschlossen, wer wird an Jom Kippur was stehlen, sie geht auf Toilette, ich warte im Wohnzimmer, im Dunkel bemerke ich ein schwaches Licht aus der Küche, ein merkwürdiges Licht, tanzend, beinahe weiß, ein Licht des Schreckens – ich gehe hin: Die Küche bebt von durchsichtigen Glanzlichtern, sie kommen aus dem von innen zitternd erleuchteten Spülbekken – ich gehe näher ran – auf dem Boden des Spülbeckens zehn, zwanzig, dreißig, sechsunddreißig brennende Seelenlichter –

Loja, kommst du? Ora steht schon in der Küchentür.

Was ist denn das? Die Feuermandeln hypnotisieren mich.

Das ist die Familie von meinem Papa, sagt sie und dreht sich um, will gehen, ich folge ihr, wir beide irren durchs Dunkel.

Aber warum im Spülbecken? Das muß ich einfach fragen, sie läuft mit großen Schritten vor mir her, um nicht noch mehr vom Gebet zu verpassen, ich renne hinter ihr her, erst auf der Schwelle zur Synagoge dreht sie sich um und sagt: Damit sie nicht das Haus abbrennen – kommst du mit rein?

Doch ich lehne ab.

»Ihr wollt, daß ich euch aufhebe eine Zeitung?« knurrt die vom Laden. Schon wieder Feiertag? Aber ich habe mir die Zeitungen abgewöhnt. Die Leute packen ihre schönen Kleider zusammen, kaufen ein Ticket, um so weit wie möglich weg von der heimischen Suppe zu fliegen, und gleich nach dem Start recken sie den Hals, verfolgen die Stewardessen mit ängstlichem Blick, daß für sie keine Zeitung mehr übrigbleiben könnte – Nur noch auf englisch?! Sind die hebräischen schon alle? Was ist das hier? – Ein Flugzeug, mein Herr, kein Kiosk, habe ich einmal geantwortet und wurde gerügt, das sei frech gewesen. Aber Sie haben heute früh doch Nachrichten gehört, versuchte ich auf einem anderen Flug jemanden zu beruhigen. Nur mit halbem Ohr, sagte der Fluggast und wollte sich nicht trösten lassen, ich war in Eile zum Flughafen. – Und was kann vom Morgen bis zum Mittag schon passiert sein? Oho! Andere Fluggäste mischten sich ein, meldeten sich bereitwillig zu Wort: Ein Anschlag – Krieg – Die Religiösen stürzen die Regierung – Betar Jeruschalajim steigt in der Liga ab. Nach dem Verteilen der Zeitungen herrscht eine halbe Stunde Ruhe, sie lesen, blättern, stoßen ihren Nachbarn mit dem Ellbogen – Hör mal, hör mal, habt ihr das gelesen? Völlig fremde Menschen tauschen den Sportteil gegen die Klatschseiten – und draußen, hinter den Fenstern, alabasterner Amethyst – Als erstes, wedelt mir gegenüber der Finger eines Fluggastes, der keine Zeitung abbekommen hat, wissen Sie, was ich in Paris als erstes machen werde? Ich kaufe mir *Jediot Achronot*. – Wieso denn das? versuche ich Einfluß zu nehmen. – Ich weiß nicht, aber ohne Zeitung kann ich einfach nicht. Das ist bei mir im Blut.

– Schau dir diese Verrückten an, flüsterte ich oft Chedwa zu, doch Chedwa war auf ihrer Seite: Und wenn die grünen Männchen vom Mars hier landen, wirst nur du es nicht mitbekommen. In den ersten Monaten der Jean-Jacques-Affäre war sie richtig schadenfroh gewesen: Jetzt wirst du Zeitung lesen, und zwar alles, von den Schlagzeilen bis zum Sportteil! Und tatsächlich las ich viele Monate lang jede französische Zeitung, die ich in die Finger bekam, ich suchte Jean-Jacques' Artikel und die Artikel der Journalisten, die er verehrte, und jener, die er nicht ausstehen konnte, ich kam gut vorbereitet zu unseren Treffen, um mit ihm einer Meinung zu sein, um ihm zu widersprechen und dies begründen zu können, doch schon bald merkte ich, daß man alles – die Skandale, die Demonstrationen, die wirtschaftlichen Programme und die politischen Erklärungen – sehr schnell mächtig aufbläht, und dann ist auf einen Schlag die Luft wieder raus – Nur einmal alle fünfzig oder hundert Jahre passiert etwas wirklich Wichtiges, hörte ich mich Papa zitieren und bin viele Jahre nach seinem Tod mit ihm einer Meinung, doch Jean-Jacques war davon überzeugt, daß auch dies bei mir mit dem Fliegen zusammenhing: Du lebst in der Luft, frißt Plastik – er hatte da eine Theorie: Der Mensch ist, was er frißt – achtzig Prozent der Zeit, in der du wach bist, trägst du Uniform – er zählte an den Fingern nach und nach all das Plastik meines Lebens ab – die meisten Nächte schläfst du in Hotels, nicht zu Hause, nicht in deinem Bett, du trinkst Coca-Cola, das deine Geschmacksdrüsen zerstört – und Freundinnen, hast du überhaupt Freundinnen? Nein, du hast Kolleginnen! Und die wechseln jedes Jahr. – Was kann ich machen, wenn sie heiraten? – Und du? – Ich bin ganz zufrieden. – Wie kannst du so zufrieden sein! – Wie soll ich dir das erklären? Du denkst, jeder, der fliegt, ist verrückt! – Nicht jeder, der fliegt. Aber jeder, der fliegt, wenn er nicht unbedingt muß. – Das ist meine Arbeit! – Ist bei dir denn alles immer nur Arbeit? Jean-Jacques stand mitten auf der Straße und hob die Arme. Und wo bleibt dein Leben? Wo bleibt dein Leben? – Da! sagte ich und streckte den Finger nach oben. Über dem Finger war eine Baumkrone. Und über ihr hing niedrig eine wollige europäische Wolke. Doch über der, das wußte ich, denn ich war an diesem Morgen aus dem Flugzeug gestiegen, über dieser Wolke wölbte sich ein mächtiger Himmel aus Kristall und Saphir –

Auf einem Ast des Jacarandabaums habe ich ihn heute früh gesehen: Zu großer Kopf, eingezwängt zwischen Flügelschultern, den starken, langen Schnabel, ein bißchen geöffnet – aus ihm kam die gezackte Klage, mit der mein Morgen anfing. Ich stand still da, atmete kaum, bis die Farben begannen, und sah, daß er vorwiegend kakaobraun war und am Hals ein weißes Dreieck hatte. Er erinnerte mich an jemanden. Vor allem im Profil. Ich trat einen Schritt näher, wollte mich vergewissern – aber er erschrak, breitete die Flügel in grellem Hellblau aus und verschwand im Licht –

Kinder gehen zur Schule, tragen große, bunte Schulranzen und klobige Turnschuhe mit offenen Schnürsenkeln, früher haben wir die in Stoffbeuteln mitgenommen und nur zum Turnen angezogen, wir haben sie versteckt, gelogen, daß wir sie vergessen hätten, daß es zu Hause kein Geld für Turnschuhe gebe, daß man sie uns geklaut habe, wir haben im Sommer lieber barfuß geturnt, als die Füße in diese kochendheiße Strafe stecken zu müssen, und heute – sind die Schuhe anders? Oder sind die Kinder anders? Ein Vierteljahrhundert bin ich von einem Ort zum andern gezogen, habe die anderen zurückgelassen, und sie schauten mir nach, wie ich mich entfernte, sie sind verheiratet mit derselben Frau, haben noch dieselbe Stelle, wohnen im selben Viertel, treffen sich noch immer am Unabhängigkeitstag mit den alten Freunden vom Militär und jetzt – zieht das Leben an mir vorüber – und ich sitze fest, gleich werden mir Wurzeln wachsen –

»Ihr habt nicht gespürt, wie sich bewegt hat die Erd?« fragt die vom Laden mich oder vielleicht auch das junge Mädchen, das nach mir eintritt. Der sitzt ein kleines Transistorradio wie ein dressierter Papagei auf der Schulter. »Hört euch das an«, sagt sie, tatsächlich hat es im Zentrum Israels ein Erdbeben gegeben. »Was macht man in so einem Fall?« fragt der Redakteur im Studio den Experten. »Erst mal muß man anders bauen«, beginnt dieser eine lange Predigt, er zählt die tödlichen Erdbeben in San Francisco, Japan, Agadir und Mexiko auf, im Jahr 1837 hat ein Erdbeben die Stadt Safed zerstört, wir sitzen am Rand des syrisch-afrikanischen Grabens, eines geologischen Rifts, und ignorieren das total – »Ich glaub es nicht! Ich kann es nicht glauben!« ruft eine blonde Frau, streckt die Arme zu mir aus, in jeder Hand baumelt eine Plastiktüte, sie schließt mich in die Arme, ein Backstein Eis und eine Milchtüte klopfen mir auf den Rücken. »Und du hast dich noch nicht mal verändert! Teufel noch eins!« Sie tritt zwei Schritte zurück, betrachtet mich, nur ihre Augen kommen mir bekannt vor, und ihre Stimme, ja, ihre Stimme auch. »Du auch nicht«, sage ich, um Zeit zu schinden, wer ist das, wer ist das bloß? »Wir dachten schon, das war's. Dir ist es bei uns nicht fein genug. Du hast dir einen Millionär geangelt und bist ab nach Amerika.« Das ist Tikwa! Tikwa Toledano! Sie hat abgenommen, sich die Nase verkürzen lassen und sich zur blonden Kleopatra gemausert – »Sie erinnert sich nicht an mich!« beschwert sich Tikwa bei der vom Laden, doch ich erinnere mich, ja, jetzt bin ich mir sicher. »In der vierten Klasse hast du einen Gips gehabt, Tikwa Toledano.« »Tikwa Ben-David«, sagt sie, hebt die

Hand und zeigt auf den Ringfinger ihrer rechten Hand, mit dem Ring – »Wohnst du hier?« Wir beide fragen, doch nur Tikwa antwortet. »Natürlich wohne ich hier, wo denn sonst? Wir haben über meiner Mutter gebaut. Komm, komm. Ist doch egal, ob morgen schon wieder Feiertag ist.« »Morgen schon wieder?« »Ja, aber erst morgen. Bist wohl noch nicht ganz hier angekommen, was?« Sie öffnet den Kofferraum eines metallictürkisfarbenen Peugeots, »im Supermarkt ist es der reine Wahnsinn, Millionen Leute, da wollte ich nicht hin, nur wegen einer Packung Eis und einer Milch.« Eine schöne Frau. Elegant. Zieht sich für den Laden so an wie zu einem Geschäftstermin in der Wall Street. »Ich bin direkt von der Bank hier vorbeigekommen«, sagt sie und setzt sich ins Auto, macht mir die Beifahrertür auf, »ich bin jetzt stellvertretende Bankdirektorin, komm schon, steig ein, sonst zerläuft das Eis.« »Hör zu, Tikwa, es ist schön, dich zu sehen, aber ich hab es grade ein bißchen eilig«, sage ich, und sie gibt so schnell nach, daß ich schon fast beleidigt bin, sie startet den Motor, streckt trotzdem Ellbogen und Kinn aus dem Fenster und fragt: »Sag mir nur, hast du diesen Typ zum Schluß geheiratet? Nein? Wen dann? Den aus Kanada? Nein? Du bringst mich um!« Sie schaltet den Motor wieder aus. »Hör zu, ich hab da einen Cousin, der ist Gold wert. Gut situiert, mit einer Wohnung in Neve Avivim, einfach toll! Sag jetzt nicht Nein. Warte, bis du ihn gesehen hast. Bist du nächste Woche noch im Land? Dann kannst du die ganzen Freunde von früher und auch ihn bei uns in der Laubhütte treffen, das ist schon ein fester Brauch – ja, das Laubhüttenfest steht vor der Tür – wie immer, Laubhüttenfest bei Tikwa, Unabhängigkeitstag bei Ora – wo wohnst du? Bei Ora? Nein? Im Haus von dem *meschiggenen*? Hast du das geerbt? Hey, das nenn ich Glück – ich ruf dich an, dann sag ich dir, an welchem Tag – und flieg nicht weg, bevor du ihn nicht gesehen hast – vielleicht ist er ja das Glück deines Lebens, wer weiß?«

Schau, da ist er – metallicblau auf dem Rücken und am Schwanz, von vorne kastanienbraun gestreift, er wendet mir ein braunes Auge und einen kräftigen Schnabel zu, das Profil erinnert mich an Dubček, *dobrý den*, ich trete näher, *jak se máte?* Ein lautes und bebendes Zwitschern, *nemám náladu.** Er hat keine Lust. Kein Wunder.

Rechts von mir verbreitet die Bücherwand Wärme und Staub, gegenüber glitzert die Glasscheibe des Biedermeier, hinter ihr die eiserne Anat, Öllämpchen, Münzen und die Pyxis, über die ich noch nicht entschieden habe, hörst du, Davidi, noch nicht, ich weiß, wir werden alle wieder zu Staub, aber warum so wie du, auf dem Sessel stapeln sich Kleider zu einem nächtlichen Ungeheuer, jemand raschelt in den Papieren, nagt mit kleinen Zähnen an den Ecken, schlurft unter dem Fußboden, seufzt, ich liege auf dem Rükken, bin darauf bedacht, dem Zimmer nicht den Rücken zuzukehren, atme tief ein und langsam pfeifend aus, wie ich es von Eliot gelernt habe, um einzuschlafen, um zu schlafen, um vielleicht zu träumen, ich schwebe halbwach in den dunklen Wassern des Schlafes, ohne weiche Seerosen und erstarrte Feuerkorallen in verschlungenen Formen, ohne schwarze Seeigel, die einen mit ihren Quecksilberaugen beobachten, ohne Aale, auf einem schwarzen, fließenden Band, wie das breite Band zur Beförderung des Gepäcks der Reisenden auf dem Flughafen, das sich auch weiterdreht, wenn keine Koffer, keine Reisenden mehr da sind, nur einsame Nacht und leere Straßen.

* Tschech.: Guten Tag. – Wie geht es Ihnen? – Ich habe keine Lust.

Alte Freunde

Wann genau begannst du, zu verblassen und mit den Dingen im Hintergrund zu verschmelzen, auf dem mit jedem Jahr komplizierter werdenden Gobelin der Erinnerung, ich bin mir schon nicht mehr sicher, wer dieses Einhorn ist, das einen Ritter auf einem zum Kreuzzug gerüsteten Pferd anschaut, und wer der Ritter, der die Hand nach einer Amphore ausstreckt, welche von einer Sirene mit Brendas Augen getragen wird, und du bist diese von Blätterwald umhüllte Gestalt, vielleicht Mädchen, vielleicht Jüngling, immer in Hosen, in weiten Robin-Hood-Hosen, jedes Jahr mehr Laub und immer weniger Gesicht –

Ich wußte nicht, daß du hier wohnst, würde ich sagen, wenn sie mir aufmacht, obwohl das nicht ganz stimmt, aber die Lüge geht schneller und ist auch gar nicht so weit von der Wahrheit. Ich war mir sicher, daß du in einem Kibbuz lebst und nicht in einer Villa, würde ich sagen – wirst du auf diesen leisen Spott reagieren, oder wirst du, blind für jegliche Spielart des Gemeinen und arglos wie immer, lächeln und sagen: Wir haben hier gebaut – Mordechais Arbeit – die Kinder – meine Eltern – und ich werde sagen, du bist also noch in keiner Richtung verwaist, und du wirst sagen, ich werde wohl vorher sterben – nein, nein, das würdest du nicht sagen, so viele Jahre warst du bei mir im Kopf, ich habe zu dir gesprochen, und du hast mir geantwortet, wann genau begannst du, zu verblassen, mir das zu antworten, was ich mir selbst geantwortet hätte, immer mehr Laub und immer weniger Gesicht –

Ich habe eine Pikeedecke ausgebreitet und liege auf dem Bauch, die Augen auf der Höhe des Grases, Höhe Null, rühre mich nicht, atme kaum, einen Meter von mir entfernt glänzt ein Mafioso in der Sonne, neben ihm seine verblaßte Kopie, seine Frau, behauptet das Buch von Nachum, so ist das bei denen, er ist der Prinz, und sie hat man in der Wäschebleiche vergessen, vielleicht kommen sie ein bißchen näher, wollen wissen, was mit Gulliver los ist, aber sie halten Distanz. In Ordnung. Ich habe Geduld. Unter dem Bauch höre ich den Schluckauf der Erde, wie sie versucht, sich Jahrtausende alter Luft zu entledigen, die in Gängen, in Höhlen gefangen ist, sie droht, ihren felsigen Gaumen über uns zu schließen, uns auf ihrem Grund zu einer flachen Scheibe zusammenzudrücken, zu einer versteinerten Familie, Vater, Vater, Junge, Mädchen, in zwanzigtausend Jahren werden sie uns entdecken, präzis im Stein, bis zum letzten Haar, wenn wir Glück haben, sterben wir mitten beim Essen, du hast mir mal – ob es den wohl noch gibt? – einen Bernsteintropfen geschenkt, in dem ein fünftausend Jahre altes Insekt eingeschlossen ist, aber ich habe pfui gesagt, ich wollte damals so eine halbe Plastikkugel, in deren Wasserluft über einer Holzhütte und drei Tannenbäumen die Schneeflocken treiben –

Bisher bin ich noch auf der Erdkruste. Die Erde unter mir gurgelt weiter, sie hat kalte Eisenrohre im Bauch, in denen eine unendlich lange Schlange aus Wasser liegt, die Erde hat Sehnen aus Strom, dort rennen Stimmen hin und her, im Dunkel, zwischen den Wurzeln, werfen sie in den Höhlen ein Echo, bahnen sich einen Weg durch den Sand, sinken ins Meer, brechen auf der anderen Seite des Meeres wieder auf – Ich liebe dich. – Wann kommst du? – Ich weiß nicht, aber ich dich auch. – Auch was?– Ich sehne mich nach dir, wirklich. – Ich kann nicht schlafen. – Und die Toten zwischen den Trümmern der Schiffe beschweren sich, noch nicht mal hier habe man seine Ruhe, und karibische Haie beißen wütend ins Kabel – trrr – »Tikwa?«

»Ja, schreib dir mal schnell auf, denn hier ist heute die Hölle los – ich bin bei der Arbeit – ja, in der Bank – also, schreibst du? Am Donnerstag abend um neun Uhr kommen sie zu mir in die Laubhütte – na, wer wohl, Ora und Josefa und Arlosora und Bilu und Chesi und Dina und Ruthi und Uri und Jochanan, Adriana kommt vielleicht aus dem Ausland – hast du's aufgeschrieben? Du kommst. Du weißt noch, wo ich wohne, oder?«

Ich lege mich wieder auf die Erde. Creme- und aprikosenfarben, gleich toten Schmetterlingen, sammeln sich die Bougainvilleablüten um den Stamm der Zypresse. Aus diesem Winkel sieht man ihre Krone – Sehnen aus reinem Silber bis ins Herz des Himmels – ein Auto fährt vorbei, im Radio die typische Radiosprecherstimme: »Wie erklären Sie sich, daß man es 1973 wußte und daß trotzdem ...«, und der Befragte mit heiserer Stimme und einem S, wie Kibbuzniks es sprechen: »Wir haben uns darauf verlassen, daß ...«, das Auto entfernt sich, worauf haben sie sich verlassen, und wer muß unbedingt durch die J.-J.-Rosenbergstraße fahren, heute Rosmarinstraße, blaublühender Gewürzstrauch, da schau her, das Auto hat kapiert, daß das hier eine Sackgasse ist, und kommt zurück, *»Laß es doch geschehn«*, singt das Radio mit Frauenstimme, *»alles, was wir wünschen, ach, laß es doch geschehn –«*

Heute ist der Sommer ausgeschlüpft. Am Nachmittag bekam die Hitze einen Sprung, der Dunst löste sich auf, übrig blieb ein seidiger Himmel wie der Flughimmel über den Wolken, hier und da kitzelt ein Wind – der Mafioso hüpft mit seinen Leuten durchs Gras wie Holzvögel auf Sprungfedern, ein Paar polnischer Tanten pickt fleißig, und zwischen einer Picksalve und der nächsten hüpfen sie rechts-links-flinkfein, ihre Köpfe bewegen sich die ganze Zeit, sie haben sich an mich gewöhnt, die Vögel, schneller als die vom Laden, die mir noch immer ihre Zeitungen andrehen will, heute früh hob sie ihren Blick von den Todesanzeigen zu mir. »Da ist Doktor Finkelstein, er ist gestorben. Ihr wißt das?« Ich schüttle den Kopf, kenne ich nicht, weiß ich nicht. »Das ist gewesen ein junger Mensch!« protestiert die vom Laden gegen meine Gleichgültigkeit, sie erinnert mich an dich. Von allen Menschen, die ich kenne, haben nur du und Schlomimama Todesanzeigen studiert, aber Schlomimama suchte Leute aus ihrer Stadt, und du suchtest Gerechtigkeit. Lies mal die Liste der Trauernden: die Eltern, der Bruder, die Großmutter Mathilde, ich verstehe nicht, warum Gott so junge Menschen umbringt! – Woher willst du wissen, mit wieviel Jahren er starb? – Was heißt woher? Lies doch, unter den Hinterbliebenen sind weder Frau noch Kinder oder Enkel. – Vielleicht war er ja ein neunzigjähriger Junggeselle? – Mit Eltern und Großmutter! – Wieder hattest du recht. Aber was willst du sonst in Todesanzeigen lesen? – Daß die Enkel und Urenkel trauern. – Doch ich wollte dich ärgern und erklärte, ich würde gern mal lesen: »Ich bin eine glückliche Waise.« Ich wollte, daß du Waise wirst, wenigstens Halbwaise, so wie ich, und ich habe sogar einen halben Jom Kippur dafür gefastet, in der fünften Klasse, habe versucht, mit dem Gott der Synagoge einen Deal zu machen: Ich faste, und du bringst mir die Oramama um, ich habe nicht durchgehalten, aber sie, *alive and kicking* bis zum heutigen Tag.

Wenn du Halbwaise gewesen wärst, wäre dann alles anders gewesen? Oder hättest du dich auch dann freiwillig zu den Arbeitseinsätzen in den abgelegensten Kibbuzim melden müssen und zum Rettungsdienst und an den Feiertagen in die Synagoge gehen und in der Jugendbewegung Gruppenleiterin werden und dich bei der Klassenlehrerin für nicht böswillig störende Mitschüler engagieren und als Klassensprecherin mit der Schulleiterin sprechen und wegen der Leiterin der Bücherei einen Leserstreik organisieren und bei der Abiturfeier die Abschlußrede halten und in Naturwissenschaften und in Sport die Klassenbeste und die Schönste in der ganzen Jahrgangsstufe sein – So was gibt es doch nicht, Loja, so was gibt es nicht, hatte Chedwa auf meine Geschichten über dich geantwortet. – Gibt es doch, ich schwör's dir. – Quatsch, das träumst du nur, warnte mich Chedwa, und wenn du aus diesem Traum aufwachst, gib mir Bescheid, denn darauf bin ich echt gespannt.

In der zehnten Klasse kamst du einen Tag vor Jom Kippur mit dem Schulranzen zu mir. Ist bei euch keiner zu Hause, du warfst einen Blick ins Wohnzimmer und in den Flur, niemand, Ehrenwort, du zogst einen großen, braunen Umschlag aus dem Ranzen und leertest einen Schwung alter Fotos auf den Küchentisch, einige mattbraun, andere grauglänzend mit weißem gezackten Rand. – Hast du die mitgehen lassen? Ich kann es nicht glauben. Ora! – Ich wollte nur, daß du sie siehst. Ich bringe sie auch gleich wieder zurück. – Da waren etwa dreißig Bilder, auf einigen Schlösser, nein, immer dasselbe Schloß aus verschiedenen Blickwinkeln, ein Stückchen Wald und ein paar Gestalten in Reiterhosen, Mädchen in einer Pyramide von Sportlerinnen, Babys in schweren Kinderwagen mit kleinen Rädern, Jungen mit nassem, zur Seite gekämmtem Haar und Mädchen mit Flaschenlocken – die wichtigsten Bilder hast du bis zum Schluß aufgehoben, sie waren in einem anderen Umschlag, der war kleiner, für die hast du auf dem Tisch eine Lichtung gemacht und sie vorsichtig da hineingelegt: Auf allen fünf Bildern eine schöne, blonde Frau, sie ähnelte Rita Hayworth. Das hätte meine Mutter werden sollen, sagtest du und hobst ein Bild hoch: Rita Hayworth am Klavier, den Kopf geneigt, lachend, ja, wenn es Gerechtigkeit auf der Welt gäbe, kaum zu glauben, daß du von Deinermama ausgeschlüpft bist, klein, schmallippig, mit ausgezupften Augenbrauen, dünnem Mäusehaar und Beinen wie die Säulen des Habima-Theaters. Das war die erste Frau meines Vaters, sagtest du, sie hieß Vera. Die Frage, was ihr passiert war, erübrigte sich. Du dachtest, du müßtest um sie trauern. Deine Mutter fand, nein, du fandest, ja. Deine Mutter sagte, nur Waisenkinder würden zum Seelengebet in der Synagoge bleiben, und du seist ja, Gott sei Dank, noch nicht Waise, bis dahin habest du noch etwas Zeit. – Und was sagt dein Vater? – Mein Vater sagt nichts. – Und was hast du vor? – Ich bleibe zum Seelengebet in der Synagoge. Fast hätte ich's vergessen – du kramtest im Ranzen, holtest eine Seelenkerze heraus: Zünde du die Kerze für sie an, ich schaffe es nicht, vor dem Kol-Nidre-Gebet bei dir vorbeizukommen, aber zünde sie rechtzeitig an, ja? Um vier Uhr.

Sobald Papa zu Chassia Horowitz gegangen war, um Viertel nach fünf – aber Gott hat keine Uhr, glaub mir –, habe ich die Kerze für die schöne Mutter angezündet, die du nicht hattest, und habe sie vorsichtig in die Mitte unseres Spülbekkens gestellt. Danach bin ich auf den Platz vor der Synagoge gegangen. Noch immer fasteten die Jungs, um Eindruck zu machen, die Mädchen fasteten bereits, um abzunehmen – aber ich war unruhig. Gegen alle Regeln hatte ich in der Wohnung ein offenes Feuer brennen lassen. Fastest du? fragte Adriana, die etwas gemerkt hatte. – Ich gehe noch mal kurz nach Hause. – Soll ich dich begleiten? – Nein, nein! – Ich rannte nach Hause und sah Papa, wie er im Stehen einen

Tee trank und auf das Spülbecken starrte: Loja, was ist denn das? Er schimpfte fast. Bei uns zündet man keine Seelenkerzen an, man fastet nicht und macht auch keine anderen heidnischen Zeremonien. Wir sind moderne Menschen. – Ora hat mich gebeten. – Ora? Er war überrascht, und ich war überrascht über seine Erleichterung. Was hatte er erwartet? Ich gab sogar freiwillig eine Erklärung ab: Das ist zum Gedenken an die erste Frau von ihrem Vater. Papa nickte, als kenne er die Geschichte. Hatten nur wir das all die Jahre nicht gewußt?

Die Kerze ging nach sechsundzwanzig Stunden aus. Ich rannte zu dir. Dein Vater machte mir schweigend die Tür auf. Groß, braun, du ähneltest ihm, das merkte ich da zum ersten Mal, du kamst zu mir heraus, wir standen unter dem Guajavenbaum, im Schatten der Blätter, Zweige und Früchte, in ihrem schweren, gelben Duft. – Als das Seelengebet kam, erzähltest du mir hastig flüsternd und vor Wut zitternd, sagte meine Mama, jetzt gehst du hinaus, und ich habe Nein gesagt, und sie sagte, geh sofort raus, und ich sagte, kommt gar nicht in Frage, und Frau Mandelkern und Frau Kossovitzki, die immer hinter uns sitzen, fingen an, schschsch zu machen, was ist denn hier los, und ich stand auf und setzte mich woanders hin, nach hinten. – Hat Deinemama geglaubt, daß du rausgegangen bist? – Nein, aber es war ihr unangenehm, mir mitten in der Synagoge eine Szene zu machen. – Und was hat sie gesagt, als ihr wieder zu Hause wart? – Gar nichts. Sie spricht nicht mehr mit mir. – Und das ging gut zwei Monate so, bis kurz vor Chanukka, du warst zum Trotz fröhlich, überspieltest deine Not, doch für mich war es ein Fest: Jeden Tag kamst du nach der Schule zu mir, wir aßen Falafel, die ich von dem Geld kaufte, das Papa in die Schublade vom Tisch legte, oder wir aßen gemeinsam im Stehen hastig Konservendosen leer, danach gingen wir hinaus in die Orangenhaine oder zur Ruine des Waisenhauses, um eine Zigarette aus Kräutern zu rauchen, oder wir gingen hier vorbei, zu dir, Davidi, du warst ein sehr freundlicher Gastgeber, gabst auf jede kleine Frage zu lange Antworten, erzähltest ausführlich von einer unglaublichen hebräischen Welt – entrolltest mal schnell eine Landkarte des Mittelmeerraums – ein riesiges hebräisches Imperium mit den zentralen Städten Jerusalem, Tyrus und Karthago, wer anders hat die Kolonien am Meer gegründet, als die Stämme Ascher, Isachar, Sebulon und Naftali, *Naftali ist ein schneller Hirsch*, wohin rennt er so schnell, eurer Meinung nach, hierher, hierher, dein Finger fährt nach Zypern, nach Kreta, das biblische Kaphtor, nach Karthago, nach Spanien, der Finger kehrt zurück nach hier, die Hand öffnet sich, wischt von Ezjon-Geber bis Tadmor, das hebräische Imperium beschützte seine phönizischen Verwandten, wir sind alle Kanaaniter, und jetzt erzählt mir mal, ihr großen Mädchen, über wen lernt ihr gerade? Über Amos, *ein Schafzüchter aus Tekoa*? Über Jesaja, *der Ochse kennt seinen Herrn*? Alle unsere Propheten waren kleine Bauern und große Reaktionäre! Sie wollten, daß wir ein kleines Volk bleiben, umgeben von Feinden, daß wir uns nicht mit anderen Völkern vermischen, denn die Gojim sind Pfui-Pest-und-Cholera, wir aber sind das auserwählte Volk. *Gieß deinen Zorn aus über die Völker*, wendest du dich nun an Ora, sprichst nur zu ihr, ich kenne das ja schon alles, doch Ora mit sechzehn verschlägt es den Atem. Wann sagt man das? prüfst du sie, aber Ora antwortet nicht, es ist unter ihrer Würde, auf so kindische Fragen zu antworten, und wem macht man am Sederabend die Türe auf? Du antwortest dir selbst: Diesem Rowdy, der am Fluß Kischon vierhundertundfünfzig Menschen abgeschlachtet hat – du fährst mit dem Finger an deinem Hals entlang, hast eine schwarze Freude dabei –, was hat es Elija bitte gestört, daß sein König einen Bund mit

Sidon geschlossen und Isebel geheiratet hat, daß man hier ein bißchen dem Baal und der Astarte diente, man hat sich eben ein bißchen in den semitischen Raum integriert, na und!

Ein anderes Mal holen wir dich aus dem Klebezimmer, und es stört dich nicht, nein, ganz im Gegenteil, aber rein kann man nicht, der riesige Tisch, die Tonscherben, die Bücherregale. Was lest ihr gerade in der Bibel? erkundigst du dich. Jeremia, antworte ich, hoffe, daß du nicht wieder anfängst. *Der Tod ist durch unsere Fenster gestiegen*, zitierst du Jeremia 9, unsere Propheten, sagst du zu Ora und nur zu ihr, waren kleine Dichter und große Ganoven, du schaust die schockierte Ora mit durchsichtigem Blick an, erzähl ihr, Loja, woher das stammt, und ich wußte, gleich würde er von der jungfräulichen Göttin Anat erzählen, die droht, ihren greisen Vater gewaltsam in die Unterwelt zu bringen, wenn er nicht einen Tempel für ihren Bruder Alijn Baal baut, durch dessen Fenster der Tod gestiegen ist. *Du hast die Köpfe des Leviatan zermalmt,* das genügt dir nicht, Loja, hol eine Bibel aus Nachums Zimmer, schickst du mich fort, um eine halbe Minute mit Ora allein zu sein, aber ich bin auf der Hut, ich kann es auswendig: *Mit deiner Macht hast du das Meer zerspalten, die Häupter der Drachen über den Wassern zerschmettert. Du hast die Köpfe des Leviatan zermalmt*, Psalm 74. – Und wer hat diese ganze Sache vollbracht? – Die Göttin Anat! komme ich dir zuvor, im Wettstreit, wer Ora mehr zum Staunen bringt, und liefere gleich das Zitat: *Ich habe den Drachen aufgehalten, aufgehalten habe ich ihn, ich habe die sich windende Schlange geschlagen.* – Ora ist sehr hübsch, sagst du zwei Tage später wie beiläufig und erkundigst dich während der folgenden Monate ab und zu wieder so nebenbei, wie geht es deiner hübschen Freundin, oder fragst, bist du nicht mehr mit diesem hübschen Mädchen befreundet, bring sie mal wieder mit, bittest du mich sogar, daß du dich nicht schämst, du benimmst dich wie die Jungs in der Klasse, obwohl du so uralt bist, wie alt warst du damals, etwa so alt, wie ich heute bin. Sie scheint ein kluges junges Mädchen zu sein, sagtest du, und ich zuckte mit den Schultern, ich ärgerte mich über das »junge Mädchen«, das Ora etwa fünf Jahre älter machte, und ich ärgerte mich über »kluges«, denn das konntest du gar nicht wissen, hattest sie ja kaum zu Wort kommen lassen – aber Ora wollte sowieso nicht noch einmal zu dir kommen: Du hattest sie erschreckt und geärgert, du hattest ihre Bibel beleidigt, sogar zu uns kam sie nur noch selten, vielleicht aus Angst, dich bei uns zu treffen, komm doch zu uns, habe ich sie immer wieder eingeladen. – Ach nein, komm du doch zu mir. – Komm zu mir, du bist schon lang nicht mehr bei mir gewesen! – Nein, komm du zu mir, bei uns ist es bequemer. Es war ein Tauziehen – bei ihr war es wirklich bequemer, gepolsterter, heller, es gab immer Hefekuchen und Kakao und mit der Zeit auch Teppiche auf den Böden, Vorhänge, einen großen Ventilator in jedem Zimmer, einen vollen Kühlschrank, und ihre Mutter, die immer wieder reinkommt und etwas zu Trinken, Früchte oder Kekse bringt, was lernt ihr denn gerade, sie quillt über vor guten Ratschlägen und Wissen, nervt bis zum Ersticken, denn sie haßt mich, mit einem süßen, ach so frömmelnden Haß, und ich hasse sie, keine Frage, und kann nichts sagen –

Der Chamsin ist vorbei. Ich gehe hinaus, gießen. Muß man den Ficus gießen? Seine Wurzeln sind dick und muskulös, die Krone ist gewaltig, der lebt bestimmt vom Grundwasser, Abgrundwasser auf hebräisch, *mej tehom* – diese Wortverbindung macht mir noch immer eine Gänsehaut. Nach was hört sich das an? hatte ich Jean-Jacques einmal gefragt. Das war so ein Spiel. Hör mal: *mej-tehom*, ich achtete darauf, daß er hören konnte, wie das »H« darin wie in einer Höhle gefangen war. *Mejt-hom,* Jean-Jacques glättete das Wort, er kostete es in zwei kleinen Schlucken wie Wein. Er hatte da eine Theorie: Man könne die Bedeutung von Wörtern in einer unbekannten Sprache mit erstaunlich großer Genauigkeit erraten, indem man nur sehr gut auf ihren Klang achte. Ich war mir sicher, daß er da falsch lag. Wie viele Sprachen sprichst du? hatte ich ihn bei einem unserer ersten Treffen gefragt. Beide versuchten wir, Eindruck zu machen. Alle Kultursprachen, sagte er mit einem Lächeln. Latein? Englisch? Spanisch? Italienisch? Russisch? Ich begann, die Liste der wichtigsten abzufragen, doch er begleitete sie mit einem Kopfschütteln. Nein-nein-nein-nein. – Welche dann? – Französisch-Französisch-Französisch. Bei den nächsten Treffen verwendete ich ziemlich viel Zeit darauf, ihm zu beweisen, daß seine Theorie nicht viel mit der Realität zu tun hatte. Ich bat ihn öfters, ein italienisches, spanisches, lateinisches oder englisches Wort zu raten, und, ehrlich gesagt, er hat ganz gut geraten, bis wir zum Hebräischen kamen. Hebräisch war für ihn die Sprache, in der die Mumien in den Pharaonengräbern flüstern. Und *mej-tehom*? Ein schnauzbärtiger Hund? Vielleicht eine Stiefmutter? Oder ein kleines Haus?

Ich gieße. Das Wasser auf der sich vollsaugenden Erde mildert ein bißchen die Trockenheit ringsherum – wilde Schmetterlinge, so hattest du die Bougainvillea genannt, gefallenes Laub des Ficus, Erdinseln klaffen durstig zwischen dunklen Ritzen, das Wasser zittert, spreizt sich unter dem Druck meines Daumens zu Palmkronen, zu weichen Pferdemähnen, je nach der Dicke des Strahls und dem Druck meines Daumens, ich erschaffe in der Luft Kronleuchter, die in sich zusammenbrechen, die Vögel kommen schauen, hier die Amseln, die Mafiosi fliegen niedrig mit einem verärgerten und nach Kompott klingenden, sämigen Schrei – *Buongiorno!* versuche ich sie zu versöhnen. *Benvenuto! Sono io!* Loja! Sie reagieren gar nicht schlecht. Eine ausgeblichene Amsel balanciert im Granatapfelbaum und schaut mich lauschend an. *Piacere di conoscerla.* Vielleicht gelingt es mir, sie zu dressieren, Lo-ja, bringe ich ihr bei. Lo-ja, Lo-ja, höre ich aus der Krone des Ficus, bilde ich mir das ein? Ich gehe näher ran. Das Wasser beschreibt geschmeidige Achter in der Luft, und der kaiserliche Eichelhäher – *Garrulus glandarius* – erscheint auf einem kräftigen Ast, erkundigt sich ganz offensichtlich. *Aspetta qualcuno?* frage ich ihn, denke mir, wenn er ein römischer Kaiser ist, dann spricht er Latein, und wenn er ein Singvogel ist, wird er gleich auf italienisch loszwitschern, Hebräisch kommt gar nicht in Frage, eine Sprache mit so vielen Ecken und Kanten, nur Holländisch ist noch spröder, der Kaiser auf dem Baum dreht den Kopf, scheinbar zieht er Latein vor. *Ave Caesar morituri te salutant* *, doch er macht eine mißbilligende Geste, schon gut, schon gut, sage ich, kehre zum Italienischen zurück, *va bene, va bene*, und male einen umwerfenden Violinschlüssel aus Wasser in die Luft, *ti amo* **, sage ich zu ihm, was ich bisher noch zu keinem Mann habe sagen können, nicht auf italienisch – »Redest du mit den Vögeln oder mit dir selbst?« fragt hinter mir eine bekannte Stimme voll Meersand und Salz, ich drehe mich um. – He! Eine Frau schreckt vor dem Wasser zurück, ich gehe zum Hahn, drehe ihn zu, richte mich auf, um zu sehen, wer das ist – »Tikwa hat mir erzählt, daß du hier bist!«

Eine erste Schwalbe.

Josefa. Wer denn sonst.

Noch immer schlank, kann es sich leisten, Bundfaltenhosen zu tragen, eine dünne Seidenbluse, ich strecke die Hand

* Lat.: Sei gegrüßt, Caesar, die Todgeweihten grüßen dich.
** Ital.: Guten Tag! – Willkommen! Ich bin es! – Schön, Sie kennenzulernen. – Warten Sie auf jemanden? – Ich liebe dich.

aus, sie betrachtet sie, hat sie Angst, naß zu werden? Nicht darum geht es, wie sich schnell herausstellt. »Du bist nicht verheiratet?« Das ist es, was sie mir nach einem Vierteljahrhundert zu sagen hat, sie hat sich nicht verändert, trotz der Falten in Mund- und Augenwinkeln und trotz des ausgeblichenen orangefarbenen Haars. Sie umschließt meine Hand, ein schmerzender Händedruck mit drei silbernen Ringen. »Und du, bist du verheiratet?« Wie hast du immer gesagt, Davidi? Unter Schurken sei ein Schurke – ihre Augen trüb hellblau, sie ist nicht so groß wie Ora, aber trotzdem groß, Schulbeste im Hundertmeterlauf, Mitglied in unserem Untergrund, aber nie so ganz, weiß immer alles vor den anderen, forscht nach: Was hast du ihm dann geantwortet? Trägst du schon einen BH? Welche Größe? Ist das nicht eklig, mit der Zunge zu küssen? Tut Leute mit einem schlagenden Wort ab: Idiot – debil – Zicke – »Nicht mehr«, antwortet sie, ihr Blick verschlingt das Haus, »hat er dir das Haus vererbt, der *meschiggener*?« Sie marschiert den verwilderten Weg entlang, stolpert fast, »Scheißbaum«, sie flucht genau wie früher, hat sich nicht verändert. »Ich geh rein«, verkündet sie, die Tür zum Haus ist offen, wie soll ich da Nein sagen – »Josefa?« Aber sie ist schon drinnen. »Dunkel ist es hier. Mach doch mal Licht an oder die Fensterläden auf!« Ich stoße die Fensterläden auf, das Wohnzimmer füllt sich mit schwachem Licht, Haufen von meinen Kleidern, Schuhen, Büchern. »Wie sieht denn das hier aus, wie lange bist du schon hier?« Josefa zählt die Bodenkacheln, mißt das Wohnzimmer aus. »Früher hat man größer gebaut, was?« Ihr Blick schweift über die Bücher. »Von wem sind diese ganzen Bücher?« – »Von Nachum wohl«, das »wohl« hänge ich an, um diese Information etwas zu verwischen, um etwas im Schatten zu lassen – »Nemecsek«, sagt Josefa lächelnd, diesen Namen hatte sie ihm angehängt, nachdem sie *Die Jungen der Paulstraße* gelesen hatte, »er ist am Suezkanal gefallen, richtig?« – »Nein, er ist in den Genezareth gefallen.« – »In den See Genezareth?« – »Da liegt schon eine ganze Staffel«, sage ich im schwarzen Humor der Radareinheit, Josefa verläßt das Wohnzimmer, versucht die anderen Türen zu öffnen. »Wieso schließt du ab?« – »Die waren abgeschlossen. Ich bin noch nicht dazu gekommen, alles aufzuschließen.« – »Wieviel Zimmer hast du hier, drei?« – »Wie bei euch.« – »Nein, nein, nicht wie bei uns, wir haben in den Reihenhäusern gewohnt, erinnerst du dich nicht?« Ich gebe mir Mühe, aber es fügt sich kein Bild zusammen. »Mein Freund und ich, wir suchen hier im Viertel ein Haus«, sie kehrt ins Wohnzimmer zurück, die Hände in den Taschen, die Schultern etwas hochgezogen, »in der Zeit, in der du weg warst, hat sich unsre armselige Siedlung zu einem edlen Viertel gemausert, und du, mit mehr Glück als Verstand, hast jetzt die Gelegenheit, das große Geld zu machen«, sie steht auf der Terrasse, raucht, an die Brüstung gelehnt, eine Marlboro light. »Wieviel willst du?« – »Wofür?« – »Für das Haus.« – »Ich verkaufe nicht.« Ich klinge zu meiner eigenen Überraschung entschlossen. »Bleibst du hier?« Josefa betrachtet ihre Hände, die schlaff auf der Brüstung liegen. Das Licht explodiert in ihren großen silbernen Ringen. »Ja«, sage ich weitaus eindeutiger, als es klingen sollte. »Okay, okay«, Josefa hebt den Kopf, wendet mir ihr halbes Gesicht zu und feuert los, »du hast dich liften lassen?« – »Ja, zweimal«, lüge ich mit Wonne. – »In Amerika?« – »Einmal, ja, und einmal in Frankreich«, es fängt an, richtig Spaß zu machen. – »Das haben sie bei dir gut hingekriegt«, Josefa kommt mit ihrem Gesicht näher. »Ich habe auch vor, mich liften zu lassen, aber zuerst kommt das Haus. Eins nach dem andern, einen Türken abmurksen und erst mal ausruhen«, sie läßt die Brüstung los, »ich werde dich noch dazu bringen, daß du an mich verkaufst«, sie ist schon auf dem Weg nach draußen, ich hinter ihr her, um sie so schnell wie möglich loszuwerden, warum bin ich zurückgekommen, warum bin ich bloß zurückgekommen, und warum bin ich immer noch hier – Josefa gleitet in einen dunkelgrünen BMW, schiebt einen sommersprossigen dünnen Unterarm durchs Fenster und betrachtet mich. »Also, du kommst doch zu Tikwa, nicht wahr?« Ich nicke. Wieder habe ich den Schlauch in der Hand. Gleich spritze ich auf sie. »Erinnerst du dich noch an den Untergrund?« Ich kann mich nicht entscheiden, ob sie sich erinnert oder ob sie sich lustig macht. Ich schweige. »Weißt du nicht mehr, wie wir uns in Folter trainieren mußten? Die offene Hand zehn Minuten über eine Kerzenflamme halten?« – »Drei«, ich muß sie einfach korrigieren. »Ist dir eine Narbe geblieben?« Sie bekommt meinen Spott nicht mit, zeigt mir ihre Handfläche. Trocken, gelblich, von vielen dünnen Linien durchzogen. »Nein«, stelle ich fest, »dir ist nichts davon geblieben!« Ich marschiere zurück, aber sie beugt sich zum Handschuhfach, zieht eine Visitenkarte heraus, Josefa Herz-Rubin, Rechtsanwaltsbüro Herz-Rubin-Abramov, das ist also aus ihr geworden, sie läßt den Motor an, eine Hand auf dem Steuer, die andere winkt. »Viel Erfolg!« rufe ich hinter dem Wasser, das sich wieder unter meinem Daumen auffächert. »Wobei?« schreit sie durchs Autofenster, fährt rückwärts. »Beim Türken abmurksen«, schreie ich durch den Tropfenfächer.

Wem Tikwa wohl sonst noch erzählt hat, daß ich hier bin, da schau her, da ist sie, wenn man vom Teufel spricht, was ist passiert, sie kommt mit einem Korb. »Ein paar Granatäpfel holen«, sagt sie lächelnd, wir beide stehen neben dem Baum, ich pflücke die von den unteren Ästen. – »Für die Laubhütte?« – »In der Laubhütte haben wir schon welche aufgehängt, aber ich mache Gänseleber mit Cointreau und Granatäpfeln.« Das klingt für mich wie ein Rezept von Jean-Jacques, *broche de corail*, Korallenmedaillon, hätte er eine solche Kombination genannt oder vielleicht »Letztes Aufflammen der Bronzewolken über Polynesien« oder einfach »Gauguin. *Étude*«. Ich verstehe nicht, was das sein soll, hatte ich gesagt, mit den Schultern gezuckt, das ist bloß ein Huhn mit etwas Broccoli und roter Paprika, warum nennst das den »Kleinen Prinzen zwischen Baobab-Bäumen«? Jean-Jacques zeigt mit der Spitze seiner Gabel auf den Broccoli auf meinem Teller: Das ist der Baobab. Und wo ist der kleine Prinz? möchte ich wissen – er hatte eine starke Neigung, in Bildern zu sprechen, und auch mich für ein, zwei Jahre damit angesteckt. – Das ist sein Mantel, sagt Jean-Jacques und spießt eine rote Paprika auf. Und der Prinz selbst? frage ich, den Mund voll Huhn. Den hast du schon gegessen, *mon amie*, hast du das nicht gemerkt?

»Übermorgen bist du bei mir«, bringt Tikwa den Zweck ihres Besuches auf den Punkt und nimmt den Korb, »Bilu kommt auch und Adriana, sie hat eine Boutique im neuen Zentrum gekauft – ich habe ihr das Darlehen dazu organisiert, außerdem kommen Arlosora und Dina und Samuel Samuel, auch Minale, wenn es ihr bessergeht, und Uri – erinnerst du dich an Uri?« Ich begleite sie, diesmal ist sie zu Fuß gekommen, ich höre die Namen, lasse mich auf den neuesten Stand bringen, wer schon Großmutter ist, wessen Sohn im Libanon gefallen ist oder bei der Intifada schwer verletzt wurde, wer sich hat scheiden lassen, wer geheiratet-hat-und-sich-hat-scheiden-lassen-und-wieder-geheiratet-hat, Fortsetzung folgt, wer reich oder berühmt geworden ist, auch Schlomi hat sie eingeladen, aber der kann nicht, nicht jetzt, wann dann, wann, wann, wann würde sie bei Elchanan ankommen und wann bei Ora – »Und mein Cousin kommt auch«, sagt sie und schaut mich an, mit einem beinahe schwarzen Blick, der im Rahmen der blonden Kleopatra merkwürdig anmutet. »Hast du auch Elchanan eingeladen?« Nach Ora kann ich sie nicht fragen, aber Elchanan ist schon ziemlich nah dran. »Elchanan, den lädt keiner mehr ein«, sagt sie und wendet den Blick ab. »Was ist passiert?« Diese Streitereien. Diese kleinlichen alten Abrechnungen, nach all den Jahren sind die noch immer nicht vorbei? Es ist ein kleiner Ort hier, eng, man kocht im eigenen Saft. »Der ist in Kirjat Schaul.« – »Und da hat er kein Telefon?« poltere ich ärgerlich los, und Tikwa wird etwas genauer: »Gräberfeld 7.« – »Seit wann?« frage ich, der Gaumen ist wie verbrannt. »Zermürbungskrieg.« Ich spüre, daß sie mich jetzt genau beobachtet, aber ich schaue den Eukalyptusbaum an. Wie groß er geworden ist. Wir rissen ihm die Rinde in Streifen runter, um seine Haut freizulegen, wie die Haut der fülligen Frauen auf den Bildern von Renoir. »Minale hat ihren Sohn nach ihm benannt.« Minale, weich und weiß wie Frischkäse ohne Salz und immer in weißen Strümpfen, Minale hatte sich unsterblich in ihn verliebt, doch er war allen Anzeichen nach wie die meisten Jungs in Ora verliebt gewesen – wir gehen weiter, eine Straße nach der andern, Johannisbrotbaumstraße, Chrysanthemenstraße, Zyklamenstraße – und hier, hier ist es – die Paternosterbäume sind sehr hoch geworden und haben die Straße verändert – früher Brigadenstraße, heute Zypressenstraße – ein hoher, grüngestrichener Holzzaun, ein Tor – Tikwa schließt auf, gibt den Blick frei auf einen großen Rasen mit einem bemalten Zwerg in der Mitte und dahinter ein beinahe neues Haus mit abschüssigem Ziegeldach, an der schweren Eingangstür ein Löwenkopf aus Messing mit einem Ring zum Klopfen im Maul, darüber ein ausladendes Hirschgeweih. »Und Ora?« Wenn ich nicht nachfrage, werde ich nicht erfahren, daß sie womöglich gar nicht im Land ist, weil sie zum Beispiel vor zwei Monaten mit ihrem Mann und den Kindern auf ein Sabbatical gefahren ist. Was für eine Ironie, sage ich zu Chedwa in meinem Kopf, wenn ich endlich hier bin, ist sie dort, irgendwo in New York, vielleicht in Oxford oder in San Diego, und ich bin zu ihrem Haus gegangen, habe vor dem verschlossenen Tor gestanden, hätte fast geklingelt, ein Glück, daß ich nicht geklingelt habe, wer hätte mir da aufgemacht – »Was meinst du, wer mir geholfen hat, das alles zu organisieren, wenn nicht Ora?!« Tikwa schließt das Tor. »Weiß Ora, daß –«, beginne ich zu fragen, beiße mir dabei schier die Zunge ab. »Was hast du gesagt?« fragt Tikwa, schon an der Eingangstür, und dreht sich um. »Nichts, gar nichts«, sage ich mit einer schlaffen Handbewegung. Denn wenn Tikwa es weiß. Wenn Bilu es weiß. Wenn Josefa es weiß. Wenn der Berg nicht zu Mohammed kommt, wer zum Teufel braucht ihn dann.

Nachts drehe ich mich in einem bequemen Sarkophag von einer Seite auf die andere, gepolstert mit weißem Satin wie der Sarg eines Mafioso im Kino, denke mir, wenn Sterben so ist, dann ist das gar nicht übel, sogar ziemlich bequem, wie ein Eidotter im Eiweiß in der Schale im Karton in einem Sarg in der Erde, du mußt nichts tun, noch nicht mal atmen, kannst schlafen, schlafen, ruhig in der Erde, und es ist braun und sicher, von hier kannst du nirgendwohin abstürzen, das ist der letzte Ort, das letzte Terminal, nichts mehr zu erwarten, nichts mehr zu fürchten, das Schlimmste ist schon vorbei, Freude erfüllt mich, ich spüre, wie sie sich in meinem Körper ausbreitet, nur, daß irgendwas im Rücken unter der Schulter piekt, irgend jemand hat hier eine Reißzwecke oder einen Nagel vergessen, ich drehe mich ein bißchen nach rechts, taste und ziehe das heraus, was mich daran hindert, genußvoll zu sterben, in meiner geschlossenen Hand halte ich etwas mit vielen spitzen Ecken – ich öffne die Hand und entdecke, es ist ein Stern –

Die Hängematte zwischen den Jacarandabäumen schwingt ein bißchen, und ich sehe die Bauchseite des Himmels. Mittags ist er von mattem Licht überflutet, wird gegen Abend durchsichtig, beinahe grünlich, so daß du in der Hängematte fast wie auf dem Meeresgrund liegst. Hast du das gesehen? hatte Nachum gefragt, als wir aus dem Wasser auftauchten, die Fische haben einen Rücken in der Farbe des Wassers und einen Bauch in der Farbe des Lichts – sie waren über uns dahingeglitten, ohne auch nur eine Flosse zu bewegen. Warum haben die Flugzeuge dann nicht solche Tarnfarben? fragte ich, ich dachte an die Flugzeuge der Staffel – ich stellte manchmal dumme Fragen –, Nachum schaute mich einen Moment ungläubig an, danach sagte er grinsend: Weil wir nicht die ganze Zeit mit dem Bauch nach unten fliegen, und er machte mit sich drehenden Handflächen vor, was er meinte. Wenn ein Fisch mit dem Bauch nach oben schwimmt, ist er entweder ein Delphin oder schon tot – so rettete ich mich aus dem Nonsens, Nachum lachte, und ich mußte an Bilus Aquarium denken. Einmal hat er mich zum Aquarium-Angucken eingeladen und einen auf dem Rücken schwimmenden Goldfisch entdeckt. Er hat ihn mit einem Eßlöffel rausgefischt. Deine Mama bringt dich um, versprach ich ihm feierlich, obwohl ich mir da gar nicht so sicher war: Bilumama mit Zopf und Sandalen und dem verwöhnten S der Kibbuzniks – Bilu schaute mich an wie Huckleberry Finn: Wegen des Fisches?! – Wegen des Löffels, du Idiot! – Ich werde ihn abwaschen, versprach er. Wir gingen zusammen in die Küche. Ich wartete, bis er ihn abgewaschen, noch mal eingeseift, abgebürstet und gespült hatte. – Aber Bakterien sterben nicht im Wasser, klärte ich ihn auf. – Wieso plötzlich Bakterien? – Was meinst du, woran der gestorben ist? An einem Herzinfarkt? – Ich glaube, der ist an Altersschwäche gestorben, das war mein ältester Fisch.

Die Hängematte schaukelt leicht. Über den zarten Baumkronen der Nachthimmel von der Bauchseite und ein paar Sterne, auch tote, hatte Nachum mir in jener Nacht erzählt, ich hatte ihn angeschaut, aber er meinte es ernst, die brauchen ein paar Milliarden Jahre, aber zum Schluß sterben auch sie, es wehte ununterbrochen ein schwarzer, trockener Wind, das Wasser des Golfs faltete sich flüsternd in leichten Wellen auf den Sand, von dieser Nacht habe ich niemandem erzählt, auch Ora nicht. Ob der Riß dort begann, ob sie heute abend kommen wird, ob sie zu mir kommen wird und mir die Hand zu einem formellen Händedruck reichen oder aber lächeln wird? Ihre Augen werden leuchten, sie wird mich an sich ziehen, eine kurze, warme Umarmung, und mich dann wegschieben, um mich anzuschauen, so wie damals, als ich den Grundwehrdienst beendet hatte. Laß dich anschauen, wird sie sagen, und danach werden wir beide gleichzeitig sagen, ja, was werden wir sagen? Ich-hab-mich-nach-dir-gesehnt werden wir nicht sagen, und auch nicht Du-hast-mir-gefehlt, aber vielleicht Ich-hab-an-dich-gedacht, all-die-Jahre-hab-ich-an-dich-gedacht, nein, nicht All-die-Jahre, einfach Ich-hab-an-dich-gedacht werden wir sagen, plötzlich gleichzeitig, wie früher, wenn wir einander genau dieselbe Neujahrskarte schickten, einander denselben Prinzen auf Abziehbildchen kauften, gleichzeitig Ich-war-mir-sicher-daß-dir-das-gefällt gesagt haben. Du wirst es nicht glauben, habe ich Chedwa einmal erzählt, und sie hat es auch nicht geglaubt, als wir endlich einen Telefonanschluß bekamen, habe ich immer gewußt, ob das Klingeln von Ora ist, ich habe mich nie geirrt, wir haben zusammen für alle Prüfungen gelernt, dieselben Noten bekommen – außer in Mathe: In Mathe war sie besser als ich. Was sie heute abend wohl anziehen wird, immer habe ich gewußt, was sie anziehen würde, immer habe ich richtig geschätzt, ob das Ereignis feierlich genug für sie sein würde, um die Zöpfe zu einer dunklen Mähne aufzumachen, und jetzt weiß ich noch nicht einmal, ob sie ihr Haar geschnitten oder es nicht angerührt hat, wie sie mir mal versprach, und es zu einem edlen Knoten zusammenbindet, im Stil von Martha Graham, schön ist sie, da bin ich mir sicher, sie ist noch sehr schön, eine Schönheit wie die ihre wird mit den Jahren nur stärker, wird strahlender und königlich, was soll ich ihr zu Ehren heute abend anziehen, du wirst es nicht glauben, wende ich mich an Chedwa, ich habe mich schon dreimal umgezogen, habe mich geschminkt und wieder abgeschminkt, die Frisur verändert, wie für ein Date mit jemandem, in den ich über beide Ohren verliebt bin, ich weiß, daß sie mir böse ist, wie eine niedrige Welle im Meer spüre ich ihre Wut zu mir kommen, sprudelnd, sie knabbert die Zehen an, wenn sie die ganze Zeit weiß, daß ich hier bin, und sie kommt nicht vorbei, um mich zu sehen, ruft nicht an, und selbst wenn sie einmal bis zum Gartentor gekommen sein sollte, ist sie bei der Zypresse stehengeblieben und nicht weitergegangen und dachte sich – Was sie denkt, weiß ich schon seit Jahren nicht mehr, aber heute abend werde ich es wissen, ich wähle eine schwarze Hose und eine weiße Bluse, binde mir ein blau-gelbes Seidentuch um den Hals, überlege es mir anders, knote es wieder auf, binde es wieder um, versuche es dann mit einer Kette türkisblauer Steine, nehme sie wieder ab, wähle Perlen, sportlich, aber elegant, so soll sie mich sehen, das erste Mal nach zweitausend Jahren, sie wird mich am Eingang zu Tikwas Laubhütte erwarten, vielleicht sogar am Gartentor, du kommst zu spät, wird sie sagen, du kommst wie immer zu spät, und ich werde ihr sagen, daß ich wußte, daß dies ihr erster Satz sein würde und ich mich absichtlich verspätet hätte, um dieses

Du-kommst-zu-spät von ihr zu hören, im letzten Vierteljahrhundert habe ich mich zu keinem einzigen Flug verspätet, und sie wird lächeln und sagen, Verspätung, das ist wohl eine Krankheit, die dich nur auf dem Boden befällt, nein, das wird sie nicht sagen, aber was wird sie sagen? Das Gespräch geht ein, verblaßt, wenn ich nicht hingehe, werde ich es nicht wissen –

Ein fernes Flugzeug zwischen den Blättern, in seinen Gängen schweben Stewardessen, verteilen schwaches Lächeln, sehen in den erleuchteten Fenstern ebendieses Flugzeug, ebendiese Passagiere und Stewardessen, die denen ähnlich sehen, die schauen – ein Geisterflugzeug hängt in der Luft, alles passiert lautlos. Wenn ich in Chedwas Team war, konnte ich es mir manchmal erlauben, mich zurückzuziehen, im Jumpseat zu sitzen, ganz nah am Fenster, es mit meinem Gesicht und meinen Händen zu verdunkeln, die Spiegelbilder wegzudrängen und zu sehen, was draußen war, was wirklich draußen war, in einer Mondnacht waren die Wolken silberne Schafe mit hellblauen Krusten, und das Meer war plötzlich Seide und Emaille –

Gehen oder nicht gehen?

Als ich noch *Chassamba* und *Old Shatterhand* las, vertiefte sich Ora schon in *Les Misérables*, und als ich bei *Les Misérables* ankam, hatte sie bereits *Jean-Christophe* und *Alexis Sorbas* hinter sich, sie war mir immer drei, vier Jahre voraus, den Untergrund fand sie lächerlich, Adrianamama oberflächlich und überflüssig, obwohl die als einzige in der Siedlung einen Toilettentisch mit drei Spiegeln besaß, damit sie sehen konnte, wie sie von allen Seiten aussah, sie bürstete ihr Haar vor dem Spiegel, und wir – Adriana, Josefa, Gila, Arlosora, Minale, Dina und Tikwa – standen im Halbkreis um sie herum, hypnotisiert von der Bewegung der Bürste in ihrem weichen, wallenden Haar, hundertmal von oben nach unten und hundertmal in umgekehrter Richtung, wir lauschten ihrem gesüßten Hebräisch – weich, schnell, singend –, sie sprach pausenlos von Frisuren, Gesichtscremes, was man essen solle, damit die Haut rein und ohne Pickel bleibe, und was man für welchen Anlaß in welcher Farbe anziehe, vor den Festen erklärte sie sich bereit, uns ein bißchen zu schminken, so daß es nicht auffiel und man doch einen Unterschied spürte, das sei die ganze Weisheit, nur ein bißchen deine Wimpern, Loja, und schon sind die Augen anders, jetzt sieht man das Grün, ein bißchen Rouge auf deine Wangen, Minale, sie war die jüngste von allen Müttern, hatte Adriana mit sechzehneinhalb bekommen, und als Adriana fünfzehn war, sahen sie wie Schwestern aus, trugen dieselben Blusen, tauschten Armreife und Sandalen, eine Freundin ist mehr wert als Geld, mehr wert als ein Ehemann, sagte Adrianamama, sie hatte eine Jugendfreundin in Mailand, von der sie häufig Briefe bekam, weshalb Adriana eine wunderbare Sammlung italienischer Briefmarken hatte. Eine gute Freundin hat ein gutes Herz und ist klug – und ihr Blick löste sich von ihrem Spiegelbild und schweifte von einer zur andern, um zu raten, wer von uns eine gute Freundin haben würde und wer nicht, und ich lächelte, ich wußte, daß ich eine hatte, niemand würde Ora und mich trennen können, keine Mutter, kein Vater, kein Geheimnis, wenn du deine Tage kriegst, wirst du es mir sagen, sie bekam ihre drei Jahre vor mir, erzählte mir, wie das ist und was man macht, kaufte für mich die ersten Damenbinden, wenn du dir einen BH kaufst, zeig ihn mir, sie trug zwei Jahre vor mir den ersten BH, bahnte mir einen Weg ins Unbekannte, und ich sollte ihren Hänsel-Brotbröckchenweg gehen oder auch nicht gehen, die Blütenblätter der Jacarandabäume wie schwarzsamtene Federn über mir, die Hängematte schaukelt mit mir, und der Bauch des Himmels wird abwechselnd sichtbar und wieder verdeckt –

ich sehe den Himmel einfach gern von der Rückenseite, erklärte ich Jean-Jacques bei einem der Male, wo er wieder mit seinem Was-hast-du-bloß-mit-dem-Fliegen anfing – keiner sieht den Himmel von der Rückenseite, sagte Jean-Jacques entschieden, keiner außer Gott –

Ich gehe zu Tikwa. Gehe einfach hin. Zu Tikwa, die wir Lausi nannten, nachdem die Schulkrankenschwester bei ihr Läuse gefunden hatte: Die platzte in die Bibel-, Rechen- oder Schönschreibstunde, tuschelte mit der Lehrerin, stellte ein Tablett mit einem Glas, einer Flasche, Watte und dem Geruch von Medizin aufs Pult, zog gläserne Stricknadeln heraus und bat mit langsamer und pädagogischer Stimme al-le Mäd-chen, ihre Zöpfe aufzuflechten, den Pferdeschwanz zu lösen, die Lehrerin las laut die Namen aus dem Klassenbuch, und eine nach der anderen gingen wir nach vorn und stellten uns unter die Stricknadeln, die auf dem Kopf hypnotisierende Scheitellinien zogen – stundenlang hätte ich unter dieser betörenden Bewegung stehen können, ich spürte, daß ich gleich im Stehen einschlafen würde, aber bei mir – mit dem schütteren, dünnen Haar – war die Sache mit fünf, sechs Bewegungen vorbei, wie bei den Jungs, und ich beneidete alle, die dichtes, lockiges Haar hatten – Ora, Tikwa, Josefa –, ihre Köpfe untersuchte die Schwester mehrere Minuten lang, Strähne für Strähne, sie kniff die Augen zusammen, fand in der Regel nichts, aber einmal fand sie bei Josefa und bei Tikwa Läuse und schickte sie sofort mit einem Zettel nach Hause. Am nächsten Tag kam Josefa mit kurzgeschnittenem Haar zurück, sie sah jetzt pfiffiger aus, gefährlicher, hey, das steht dir aber, staunten die Mädchen vorsichtig, und die Jungs fuhren ihr über den frisch frisierten Kopf, doch Tikwa kam erst nach zwei Tagen zurück, ihre Zöpfe rochen abstoßend, keiner wollte mehr neben ihr sitzen – ob sie damals anfing, französische Journale in die Schule mitzubringen und sie unter der Bank und auch in der Pause zu lesen –, bis sie stürzte und sich den Arm brach und mit einem Gips aus dem Krankenhaus zurückkam, da wollte ihr jeder etwas auf den Gips malen oder wenigstens unterschreiben, aber Tikwa war nicht allen gnädig gesonnen, Josefa ließ sie nicht unterschreiben, auch Samuel nicht, erst beleidigen und sich dann einschleimen, zischte sie, doch mich ließ sie, wohl aus Waisensolidarität, und dann bat ich sie, mir eines ihrer Journale nach Hause auszuleihen, um es zu lesen, aber sie sagte: Du wirst kein Wort verstehen, das ist Französisch, außerdem gehören sie meiner Tante aus Paris, und meine Mutter erlaubt es nicht, aber wenn du willst, kannst du zu mir kommen und sie bei mir lesen.

Ein-, zweimal die Woche ging ich zu ihr – wurde immer eingeladen, etwas mitzuessen, alles schmeckte furchtbar intensiv, sogar der Reis, sogar die Fleischklopse, sogar der Tee – sehr süß und sehr dunkel, mit schwimmenden Minzeschiffchen, komm, jetzt gießen wir eure Minze, bat ich sie, wenn uns das Französisch ermüdet hatte, und dann gingen wir in den Garten, und ich goß die Minze, die von der Terrasse bis zum Zaun wucherte, um ihr die Düfte gegen Husten, Erkältung und Müdigkeit zu entlocken, die Gerüche einer Baskenmütze aus Filz auf frisch gewaschenem Haar an einem Herbsttag in Paris – Dein Französisch hat wirklich ein marokkanisches Aroma, hatte Jean-Jacques amüsiert gesagt –

Jedes dritte Haus hat eine Laubhütte, die abends wie ein chinesischer Lampion erleuchtet ist und deren Papierschmuck im Wind raschelt, der weht, sich legt, wieder weht und von den Orangenhainen einen Geruch von Staub und vergammelnden Früchten mit sich trägt, an der Ecke Zyklamen-,

Zypressenstraße hört man schon Gelächter und laute Stimmen, die Zypressenstraße steht voller Autos, sie parken auch auf dem Gehweg links und rechts von dem offenen Tor, an dem ein Herzlich-Willkommen-Schild flattert, und Ora ist nicht da, der Rasen ist erleuchtet und leer, an der Tür, unter dem Löwenmaul, hängt ein Schild: Wir sind um die Ecke, und ein roter Pfeil weist die Richtung, ich folge dem Pfeil, gehe ums Haus, heiß, heißer, ganz heiß, hier ist die Laubhütte, ein großer Lichtwürfel voll Schatten und lauter Stimmen und Herzlich-willkommen am Eingang, und Ora ist nicht da, heiß, heißer, ganz heiß – dreißig, nein, vierzig Leute sitzen eng gedrängt um Tische mit Hummus, Fladenbrot, Mixed Pickles, Falafelkugeln, feingeschnittenem Salat, Bergen von eingelegtem Weißkohl und Hügeln von Oliven, und alle paar Meter eine Ansammlung von Getränken: Cola, Cola Light, Kinley, Sprite, kalorienarmes Orangensaftgetränk – ausgestreckte Arme, die etwas greifen wollen, kreuzen sich, greifen etwas mit einem Stück Fladenbrot – Gießt du mir ein? Eine Getränkeflasche geht in die Horizontale, füllt einen Plastikbecher am Ende eines ausgestreckten Arms – die Leute, schon etwas über der Mitte des Lebens, essen und trinken, denn in dreißig Jahren werden nur noch die Hälfte von ihnen dasein, in vierzig Jahren nur noch ein paar letzte Pröbchen, gleich wird hier einer fragen – Ja bitte? Wen suchen Sie? Ich habe mich getäuscht, im Tag und im Ort, ich kenne hier keinen, und Ora ist auch nicht da – »Loja!« Tikwas Stimme kündet mich von hinter mir an, »Leute, schaut mal, wer da gekommen ist«, sie versucht, die Stimmen der kauenden, lachenden, redenden und trinkenden Menge zu übertönen, *wenn wir einst im Suff verrecken, je nun, je nun, begrabt uns ruhig im Weinkeller von Rischon le-Zion, da wolln wir gerne ruhn*, nach und nach werden sie still, die Köpfe heben sich, die Blicke richten sich auf mich –

hier ist Josefa, und neben ihr Bilu, der mir mit einem Viertel Fladenbrot zuwinkt, zwei Unbekannte weiter sitzt Arlosora mit Pagenschnitt und Strähnchen, dramatisch geschminkt, und neben ihr – ist das Minale? Das ist Minale? Aufgedunsen, bleich, fast kahl, krank, und ihr gegenüber Chesi, amüsiert lächelnd mit einer funkelnden schweren Goldkette im V-Ausschnitt seines T-Shirts, und aus der Ecke – »Hey, hey!« – mit freudigen Zeichen Adriana, ähnelt ihrer Mutter, ist aber nicht so schön, und Dina und Lea und Jossi und Amnon, die ihren Umfang verdoppelt haben, und Samuel Samuel, den erkenne ich – »Siehst du, du kennst hier alle.« Tikwa geht mit einem vollen Tablett um mich herum. »Überhaupt nicht«, sage ich. »Wegen den Ehepartnern«, hilft mir eine kleine, gepflegte Frau, die am Eingang der Laubhütte sitzt. – »Ruthi?« – »Ja, Ruthi, und das ist Mischa«, sagt sie und zeigt auf den Fremden neben sich. »Loja, Loja, komm hierher!« ruft mich Adriana aus der Ecke, und ich zwänge mich hindurch, lächle nach links und nach rechts, einige packen mit einem »Hey, wie geht's« ohne Fragezeichen meinen Arm, wollen es nicht wirklich wissen, die anderen schauen nur, keiner ist über die Maßen bewegt, dann hat es eben mal eine Loja in der Klasse gegeben, dünn, gelb und wuselig, das letzte Mal sah man sie schreiend, Sachen um sich werfend, man hat die Krankenschwester geholt, die Polizei, und seitdem war sie verschwunden, jeder, der etwas über ihren Aufenthaltsort weiß – jeder, der etwas über ihren Aufenthaltsort weiß – Nachum lauscht am Radio, auch ich lausche jeden Mittag, es gibt Namen, die hartnäckig immer wiederkehren, man hat den Eindruck, als mische sich in die Stimme von Reuma Eldar ein flehender Ton, jeder, der etwas über ihren Aufenthaltsort weiß, was fühlt wohl eine Frau, die gesucht wird? Stricknadeln im Haar? Einen Atem im Nacken? Unmöglich, daß man hier so sehr sucht und daß es irgendwo dort, die Frau, deren Spuren sich verloren haben, nicht im geringsten berührt – »Hey, Loja!« von rechts, von links, mit einer Stimme voller Hummus, Mixed Pickles, Auberginen, ich bahne mir einen Weg, klettere zwischen zwei Unbekannten auf eine Bank, steige auf den Tisch, balanciere zwischen Tahina und eingelegtem Weißkohl – schwacher Applaus, kurzes Lachen – steige hinunter, mit Hilfe zweier mir entgegengestreckter Arme – die eine Hand kalt, die andere warm – »Danke« –, bin jetzt auf der anderen Seite der Bank, unterwegs zu Adriana, doch die warme Hand läßt mich nicht los – ich drehe mich um, um zu sehen, wer es ist – eine Frau in gestandenem Alter schaut mich von ihrem Platz aus an – sie ist schwer, trägt weite Kleider, um es zu verbergen, das kurze, schüttere Haar auberginenschwarz gefärbt, ein verschwitztes Gesicht, die Augen – eine halb aufgegangene Sonne, umgeben von einem grauen Schein –

Ora?!

Das kann nicht sein, nicht so, aber sie betrachtet mich mit zusammengepreßten Lippen und nickt in dieser königlichen Geste –

»Ich –«, ich strecke eine Hand zu Adriana, die mir schon einen Platz neben sich freigemacht hat. »Wir reden später«, sagt die Fremde mit Oras Augen und läßt mich plötzlich los und wendet mir ihren breiten Rücken zu, und Adriana – sie sieht wenigstens bloß wie ihre eigene Mutter aus – umarmt mich, drückt mir einen dicken Kuß auf die Wange. »Nach so langer Zeit!« jauchzt sie, als füge das vergangene Vierteljahrhundert unserer Begegnung nur Anmut und Pfeffer zu. »Prächtig siehst du aus!« sagt bewundernd links von mir eine Frau, die ich nicht erkenne. »Du auch«, versichere ich ihr. »Erzähl, erzähl doch, was du machst«, Adriana ergreift meine Schulter, ihre Hand ist kühl, glatt. »Jetzt bin ich hier.« – »Ja, das hab ich gehört, im Haus von Davidi.« Das Gerücht hat die Runde gemacht, auf Flügeln, auf Händen und Füßen. Adriana lacht. – »Und du?« – »Ich habe geheiratet, mich scheiden lassen, geheiratet, mich scheiden lassen, und jetzt bin ich hier mit drei Töchtern.« »Besser drei Töchter auf der Straße als zwei Söhne im Kanal«, deklamieren Samuel Samuel und Nissim? Ja, es ist Nissim. »Ich habe zwei Söhne«, sagt Samuel Samuel lächelnd. »Und ich drei«, sagt Nissim und hebt einen Plastikbecher, »zum Wohl, Loja!« Die Nichtidentifizierte reicht mir ein Gläschen mit brennend süßem Wein, und Tikwa kommt zu mir, beugt sich über mich. »Siehst du den Mann dort? Das ist mein Cousin. Ein umwerfender Typ!« Ein gutaussehender Mann, dunkel, ähnelt zehntausend anderen, die man in New York sieht und sofort als Israelis erkennt – und inzwischen entflammt um mich herum ein Streitgespräch – Dieser Rabin! – Wieso Rabin, was willst du von dem? – Wenn es jetzt noch einen Anschlag gibt! – »Genug, genug. Ohne Politik, haben wir gesagt!« Tikwa eilt ins Zentrum der Streitenden. »Wie soll es ohne Politik gehen!« protestiert Samuel Samuel. – Sie werden nicht mitmachen, das wird nicht so glatt über die Bühne gehen wie in Jamit. – Und in Jamit ist es glatt gegangen? – Das war gar nichts im Vergleich zu dem, was jetzt kommt. – »Er ist einer von denen, die aus Jamit wegmußten«, erklärt mir Adriana, »da warst du schon nicht mehr hier.« Stimmt, und alle Nachrichten erhielt ich nur sehr undeutlich, überzogen von Distanz, übersetzt in fremde Sprachen, eingeschoben zwischen einem entsetzlichen Erdbeben in Chile und einem schockierenden Taifun in Japan. »Das gibt noch einen Mord«, verspricht Erster Samuel Zweiter Samuel. »Was spintisierst du da von Mord«, sagt Nissim und reicht ihm ein Fladenbrot, »hier, iß lieber was, der Hummus ist prima«, aber ich rühre nichts an, ich schaue in die Richtung, aus der ich gekommen bin: Ora spricht leise mit jemandem neben sich, ihr Nackenansatz ist schon ein bißchen bucklig, ihr Haar schütter, gefärbt, tot, im Augenwinkel drei Falten, aus dem Grübchen ist ein trauriger Einschnitt geworden – »Schaust du Ora an?« flüstert Adriana mir zu, und ich nicke. »Weißt du noch, wie sie aussah?« seufzt Adriana, ich nicke, Ora ist uns, wie es ihre Art war, auch im Altern voraus, sie ist das Zeugnis und die Gewißheit dessen, was auch Adriana, Josefa, Tikwa, Arlosora und mich erwartet, noch sind wir ja ganz in Ordnung, aber das ist nur eine Frage der Zeit, eine Verbindung von Genetik, Kosmetik, Diät und Gymnastik – noch zwei, drei Jahre – »Sie werden hier einen Ministerpräsidenten ermorden!« ruft Erster Samuel Zweiter Samuel, schlägt auf den Tisch, daß der Hummus hüpft und ein Becher mit kalorienarmem Orangensaftgetränk umkippt. »Genug, es reicht. Du siehst doch, was du angerichtet hast!« ruft Tikwa und kommt mit einem Bündel Papierservietten angerannt, sie sieht ausgezeichnet aus, in der Tat, plastische Chirurgie, Kosmetik, Diät und etwas Farbe. »Seit sie geheiratet hat«, beginnt Adriana und bricht ab, schaut mich vorsichtig an, prüft mich, und ich will fragen, was ist, seit sie geheiratet hat, was und warum, aber ich kann nicht, ich betrachte ihren alten Nacken, ihre nach vorne hängenden Schultern, durch das spärliche Haar sieht man ihre bleiche Kopfhaut, Adriana redet weiter, aber ich kann ihr nicht zuhören, kann nicht reagieren, ich wende mein Gesicht ab, starre vor mich hin, um nicht loszuheulen –

Ich wache mit Dubček auf. Gehe barfuß hinaus, verstrubbelt, spüre, wie das reine Morgenlicht mich vollends aus dem Schlaf holt, um mir zu zeigen, daß nebenan auf dem Feld alles mit Polyäthylen abgedeckt ist – interessant, wann diese Leute arbeiten –, in dem Flugzeug, das jetzt niedrig über uns fliegt, ist eine Touristin mit violettsilbernem Haar davon überzeugt, daß es sich hierbei um einen kleinen See handelt, warum sagt ihr immer, ihr hättet kein Wasser, hat mich so eine mal angemacht, als ich ihr gerade Kaffee eingoß, sie klopfte mit dem Löffel ans Fenster, das ist Plastik, bloß Plastik, gute Frau, versicherte ich ihr, und sie setzte ihre Brille auf, um besser zu sehen und sagte auf deutsch: *Ach so!*

Auf den Stromleitungen sitzt eine neue Clique: helle Bäuche, schwarze Fracks – gleich werde ich nachschlagen, wer ihr seid, aber zuerst die vom Laden. Diese ganze Woche hat sie nur bis elf Uhr mittags offen. »Dann habe auch ich frei«, sagt sie provokativ, »auch ich bin ein Mensch«, als hätte ich das bestritten.

Komm mal vorbei, hatte Ora gesagt, bevor wir uns verabschiedeten, zwanzig Jahre älter als ich, hätte jeder Fremde gedacht, der uns zufällig gesehen hätte, aber hier gibt es keine Fremden, alle sind gleich alt, die Leute gehen zwischen uns durch, alle auf dem Weg nach Hause, Entschuldigung, Entschuldigung, Oras Gewicht macht ihre Größe zu einer Präsenz, die Raum einnimmt, den Weg versperrt, tausendmal habe ich mir diese Begegnung vorgestellt und hätte nie gedacht, daß du da, wo wir vor dreiunddreißig Jahren aufgehört haben, weitermachen würdest, mit Komm-mal-vorbei, ich kann es nicht glauben, Komm zu mir – Nein, komm du zu mir – Aber bei uns ist es bequemer – Aber ich war schon dreimal bei dir. Nun bestehe ich auf einer ausdrücklichen Einladung. Wann bist du denn zu Hause? – Jeden Nachmittag. – Morgen? Das Herz schlägt mir unter der Zunge: Morgen! – Morgen nicht, da haben wir Lehrerkonferenz. – Übermorgen? Das Urteil wird um einen Tag verschoben. – Erst ab sechs, ich fahre Jinon ins Judo. – Dann übermorgen ab sechs, sage ich abschließend. – Aber um Viertel vor sieben kommt Tirza, die macht bei mir ihr Referendariat, egal, sie ist sehr nett, ich werde sie dir vorstellen. – Und was ist mit Mittwoch? frage ich, ich will sie ganz für mich haben, netto, will fragen, reden, endlich verstehen, was da in den Jahren zwischen uns so hoch gewachsen ist. – Ruf mich an, sagt Ora, hast du einen Stift? Ich gebe dir die Nummer. – Nicht nötig, sag sie mir einfach. – Du erinnerst dich immer noch an alles? – Laß es drauf ankommen. – 9501190, sagt sie schnell, beinahe flüsternd, als wolle sie mich reinlegen. – Das ist leicht, sage ich lächelnd, das ist wirklich leicht. – Wir werden ja sehen, sagt sie, prüft mich immer noch, es tut einem Menschen nicht gut, zu lange Lehrer zu sein. – 950: Bau des ersten Tempels. 1190: Zerstörung von Troja, zusammen 9501190, deine Telefonnummer, nicht wahr? – Wenn ich so ein Gedächtnis hätte, seufzt sie, läßt meinen Arm los, die Leute verabschieden sich, die Autos hinter dem Zaun werden weniger, entweder sieht sie im Licht, das aus der Laubhütte dringt, besser aus, oder ich habe mich schon daran gewöhnt. Tikwa hat mir schon gesagt, daß du hier bist, liefert sie unaufgefordert eine Entschuldigung, aber ich hatte echt keine Zeit, die Feiertage, du weißt ja. – Ja, die Feiertage, murmele ich (zwei Frauen in orthopädischen Schuhen suchen im Wasserbassin beim Metzger ein Opfer für Gefilte Fisch und unterhalten sich dabei: Wie schnell sind wir sie geworden) –

Wenn es mir ganz dringend war, wegen eines Geheimnisses oder wegen einer Beleidigung, wenn ich etwas fragen oder mich beraten mußte und auch wenn ich plötzlich nichts zu tun hatte, in neunzig Prozent der Fälle hat Ihremama die Tür einen Spaltbreit aufgemacht, mich auf der Fußmatte stehen lassen und gefragt, was ich Orinka ausrichten wolle, sie hat versprochen, sie werde es ihr wortwörtlich so ausrichten, und mir die Türe vor der Nase wieder zugemacht. Was habe ich Orinka auszurichten?

Nur einmal hat sie mich in die Wohnung gezogen. Ich muß

dich etwas fragen, Lojinka, flüsterte sie schnell, wie eine Verbündete, hast du einen Moment Zeit für mich? Hatte ich nicht, aber sie erwartete auch keine Antwort. Du mußt mir aber hoch und heilig versprechen, daß das, was ich dir jetzt sage, Ora nie zu Ohren kommen wird. Ich antwortete nicht. Versprich es mir, sagte sie, und ihre Hand schloß sich fester um mein Handgelenk, so daß sich meine Uhr in die Haut drückte. Versprichst du es mir? Sie tat mir wirklich weh. Ich nickte, sagte im stillen aber Das-glauben-Sie-wohl-selber-nicht! Sie ließ mich los. Setz dich. Sie schob einen Stuhl in der Küche zurecht. Setzte sich mir gegenüber hin. Ihr, Ora und du, ihr seid doch richtige Freundinnen, ein Herz und Seele, wie man sagt – sie sprach ein prachtvolles, pompöses Hebräisch wie in den Büchern des Stybelverlags. Was geht in Ora zur Zeit vor? Ich zuckte mit den Schultern. Das ist keine Antwort! sagte sie zornig, und wenn ich dir das sagen darf, so eine Geste schickt sich nicht für ein junges Mädchen. Ich zuckte noch einmal mit den Schultern. Die wird mich bestimmt nicht erziehen. Aber sie sah es nicht. Sie hielt den Blick gesenkt auf ihre Hände, die auf dem Tisch lagen und sich gegenseitig festhielten – breit, trocken und müde. Ora ißt nicht, Ora schläft nicht, sie macht keine Hausaufgaben, sie geht nicht zur Jugendbewegung, sobald sie aus der Schule kommt, wirft sie sich aufs Bett und liest, weißt du, was für Bücher sie sich aus der Bücherei holt? Ich wußte es: *Das Haus der Puppen* und *Sie nannten ihn Piepel* und *Hundert Kinder*. Hat man in der Schule mit euch über die Shoah geredet? wollte Oramama wissen. Wie kam sie darauf? So ein absurder Gedanke, also wirklich! Oder gibt es vielleicht einen Jungen? Warum fragen Sie nicht Ora selbst? unterbrach ich sie. Seit dieser Onkel uns besucht hat – sie senkte den Kopf, stand auf, nahm den Wasserkessel, füllte ihn. Ich setze Wasser auf, sagte sie mit dem Rücken zu mir. Was für ein Onkel? Ich ließ nicht locker. Ich wollte wissen, was sie antworten würde. Der Bruder von Baruch aus Amerika – Lügnerin! Ich schlug die Augen nieder, damit sie mich nicht jubeln sah. Sie lügt. Oramama lügt! Und wen lügt sie an? Mich! Das ist nicht der Bruder von Baruch, warum sagen Sie, daß das Baruchs Bruder ist? fragte ich frech. Sie drehte sich zu mir um, ganz rot und entsetzt, der Kessel zitterte in ihrer Hand, dann drehte sie sich zum Herd und stellte den Kessel darauf. Dann weißt du es also schon, sagte sie mit dem Rücken zu mir, ich hatte Orinka inständig gebeten, es nicht herumzuerzählen – das ist eine Familienangelegenheit, eine furchtbare Tragödie, ich habe Orinka doch so gebeten, wie ich sie angefleht habe. Sie setzte sich wieder mir gegenüber, eine geschlagene Frau. Außer mir hat sie es keinem erzählt, sagte ich aus einem plötzlichen Mitgefühl heraus und bereute es sofort, denn Oramama hob den Kopf und sprühte ihr Gift wie eine Schlange: Dir? Was hat sie dir erzählt? – Von Vera und von ... Ich haßte sie, daß sie mich zwang, wieder an diese Sache zu denken, solche Geschichten gingen zu Dutzenden in der Siedlung um, wurden wie Mundpropaganda weitergeflüstert, entsetzliche Geschichten, wie die von dem Kapo, der in dem hölzernen Umzugscontainer gewohnt und sich im Orangenhain aufgehängt hatte, oder von dem Riesen auf dem Weg zur Schule, um dessen Haus wir einen großen Bogen machten, *Der selbstsüchtige Riese* nannten wir ihn, sein Garten war unheimlich, umgeben von einer hohen Mauer, er war beim Sonderkommando gewesen, und aus jedem Kind, das ihm in die Hände fiel, würde er Marmelade machen oder Kernseife und aus der Haut einen Lampenschirm – sie hatten Ora schlafen geschickt, weil sie am nächsten Tag in die Schule mußte, aber Ora hatte sich im Klo eingeschlossen, und obwohl die Erwachsenen in einer Mischung aus Englisch und Deutsch sprachen, hatte sie fast alles gehört und verstanden.

Wenn ich mir einen Personalausweis machen lasse, werde ich ihren Namen als Beinamen nehmen, hatte Ora an jenem Jom Kippur verkündet, als sie zum Seelengebet sitzen geblieben war, und ihre Mutter, die bis kurz vor Chanukka nicht mit ihr sprach, kam mit ihrem Gesicht nahe zu mir, funkelte mich an: Die hätte nicht fliehen müssen! Aus der Nähe sah ich ihr störrisches, gebleichtes Bärtchen, das sich beim Reden bewegte, ich konnte meinen Blick nicht von ihm wenden. Und weißt du, warum sie nicht hätte fliehen müssen?! Weil sie eine Deutsche war! Sie war Deutsche, und die Kinder waren halbe Deutsche – sie hat sich von ihm scheiden lassen – hat sie dir auch das erzählt? Und er ist zurück nach Wilna gegangen, Oramama hustet. Ich hoffte, sie würde an ihrem Weinen oder an ihrer Wut ersticken, aber sie stand auf, goß sich einen Tee ein, vergaß mich dabei, setzte sich wieder mir gegenüber hin und redete und redete, aber ich hörte nicht zu. Wenn Vera Deutsche war, nur daran konnte ich denken, dann war auch der »Onkel«, also ihr Bruder, ein Deutscher, und Ora hat sich in einen Deutschen verliebt – da muß man was unternehmen – man muß es ihr sagen, damit sie es erfährt und sofort damit aufhört –

Bevor ich ging – nach einer knappen Stunde, es war inzwischen fast dunkel und begann zu regnen, und ich hatte keinen Schirm dabei –, bevor ich ging, hatte Oramama noch einmal gebeten, daß dieses Gespräch, bei Gott, unter uns bleiben müsse, und ich hatte noch nicht einmal genickt. Was dachte die sich eigentlich? Ich stürmte wütend hinaus, war kurz davor zu heulen, so konnte ich nicht nach Hause und auch nicht zu dir, du hättest es sofort gemerkt, hättest gefragt, was passiert ist, hättest den Schmerz aus mir herausgepult und wärst dann wutentbrannt hinausgerannt, um mich zu rächen, hättest einen Skandal gemacht, ich rannte auf den leeren Bauplatz und von da zu den Zypressen und von da zum verlassenen Waisenhaus und stellte mich dort unter, vor dem immer stärker werdenden Regen, ich bereute es, keine rote Farbe und keinen Pinsel dabeizuhaben – »Mutter Rußland!« hätte ich in großen Buchstaben an die Mauern geschrieben, »Vater Stalin! Lieber wären wir Waisenkinder!«

Auf dem Ficus ein Kaiser und noch einer und vielleicht eine Kaiserin, bei *Garrulus glandarius* gibt es keine Unterschiede in der Zeichnung des Federkleides, sagt das Buch, er ist bis zu seinem Tod mit seiner Kaiserin verheiratet, er zieht nicht fort, ihm geht's hier gut, er kann Katzenstimmen und Geräusche von Zweigen im Wind nachahmen, unter Bedingungen der Gefangenschaft kann man ihm sogar einige Wörter beibringen – Garrulus! rufe ich ihn, *tagid Davidi,* sag mal Davidi!

Ich konnte Ora von diesem Gespräch nicht erzählen, und das Geheimnis steckte mir im Hals, ich konnte es nicht runterschlucken, aber auch nicht ausspucken, ich versuchte so zu tun, als sei nichts gewesen, und sie merkte es nicht, wenn du etwas vor mir verbergen würdest, würde ich es sofort merken – was ist daraus geworden – Ora war mit der Schule beschäftigt und mit der Jugendbewegung. Hast du deinem Onkel geschrieben? habe ich mich einmal mutig vorgetastet, in der Hoffnung, ein Gespräch anzufangen, das zu dieser Offenbarung hinführen würde. Ja, hatte sie geantwortet und das Gespräch sofort in eine andere Richtung gelenkt, sie hatte Geheimnisse, verriet nichts, wenn ich mich verlieben werde, werde ich es dir sagen – was ist daraus geworden –, ich drücke die Zungenspitze gegen den diffusen Schmerz im Weisheitszahn, um ihn in einem klaren Punkt zu sammeln, sie entfernt sich, sagte ich mir, sie hat Geheimnisse, was schließlich aus dieser großen Liebe geworden ist, weiß ich bis heute nicht, auch nicht, ob da Liebe war, aber zwei Jahre später war Giora, und mit dieser Liebe kam ich zu ihr, wie Elchanans Katze mit der toten Bachstelze ankam, sie auf seine Türschwelle legte und glaubte, sie mache ihm ein Geschenk und habe dafür eine Belohnung verdient – so hatte Elchanan es mir erzählt –, nur knappe sechs Tage, das haben wir mal ausgerechnet, 132 Stunden brutto, 21 Stunden netto – und der Rest – die Liebe – ein Jahr und noch ein Jahr und noch fast ein ganzes Jahr nichts anderes als Wörter in Briefen, in langen Gesprächen bis in den Morgen hinein, am Telefon, auf dem Weg von mir zu ihr, von ihr zu mir, ich begleite sie, sie begleitet mich, ich kehre zurück zu den 21 Stunden netto, teile sie in Minuten, in halbe Minuten, was genau hat er gesagt, wann hat er gelacht, was hat er gemeint, was hat er versprochen, als er sagte: »Laß uns in Kontakt bleiben« – und Ora fragt mitfühlend, deutet, macht mir Hoffnungen, predigt Geduld, führt Beispiele aus dem Leben an, ich hätte ihn längst zum Teufel geschickt, hätte aufgehört, sein Foto in den Zeitungsartikeln über Vergeltungsschläge zu suchen, in Berichten über archäologische Ausgrabungen – vielleicht war er bei den Ausgrabungen von Massada, vielleicht bei denen von Meggido dabei, oder in Traueranzeigen – vielleicht war er beim Militär gefallen, bei einem Unfall umgekommen – doch die Erde hatte ihn verschluckt. Adrianamama hatte mir die Abtreibung bei ihrem Gynäkologen organisiert, und ich habe ihr das Geld in winzigen Raten zurückgezahlt, bis ich in die Luft aufstieg und mein erstes Gehalt bekam und den Rest der Schuld begleichen konnte, aber davon habe ich Ora nichts gesagt, kein einziges Wort.

Es war Zeit, mich zu entscheiden und wenigstens ein Zimmer aufzuschließen. Das Klebezimmer zum Beispiel. Hast du dort jene Bücher weggepackt – Loja, nein, Loja, nein – Herodot und Plutarch, Tacitus, Julius Caesar, Polybios, Cassius Dio, Ranke, Mommsen, Josephus Flavius, der Verräter! –

Warum lest ihr dann dessen Bücher? – Um zu wissen, was drinsteht. – Aber wenn er ein Verräter war, dann war er bestimmt auch ein Lügner! – Das muß man erst mal untersuchen. – Und deshalb sind wir mehr als einmal in den Laubhüttenfestferien nach Jodfat gefahren und haben Stunden auf einem kahlen Hügel in der Sonne verbracht, der fast so hohl war wie ein Schädel – Vorsicht, Loja! Vorsicht, Nachum! –, von Höhlen zerfressen, da gab es Wasserlöcher mit aufgerissenem Schlund und Meerzwiebeln, aus der Ferne sah er fast aus wie eine Ben-Gurion-Glatze, aus der Nähe zerbrochene Tonscherben, große Steine, Brunnen, die ein Echo machten, und kein hoher Hügel, umgeben von Bergen, nirgendwo Täler ohne Ende und schwindelerregende Abgründe, der Verräter, Lügner und Betrüger hatte überlebt, um späteren Generationen zu berichten, ohne ihn, hatte Papa gesagt, wüßten wir nichts, er war dabei, als alles passierte, so wie Xenophon beim Zug der Zehntausend durch die Berge Armeniens nach Kleinasien und dann nach Hause, nach Griechenland. Der war auch ein Verräter, sagtest du, kochend vor Wut, ein Athener, der für Sparta gekämpft und dort sogar Asyl gefunden hat, aber ohne ihn, beharrte Papa mit tiefer Stimme, wüßten wir nichts, denn er war dort, so wie Polybios neben Scipio dem Jüngeren stand, als der angesichts des brennenden Karthago Tränen vergoß und dabei aus Homer die Zeilen über die Zerstörung von Ilios zitierte und dabei auch an Rom dachte. Auch Polybios war ein Verräter! poltertest du, ein nach Rom exilierter Grieche, welcher Sache hatte der sein Leben verschrieben? Dem Wunsch, die Macht des Imperium Romanum zu verkünden, er hat sich Scipio dem Jüngeren angeschlossen, um mit eigenen Augen zu sehen, wie Rom Karthago zerstört! – Das war 146 vor der allgemeinen Zeitrechnung, beschloß ich mich einzumischen, um darauf aufmerksam zu machen, daß ich noch da war, allzeit bereit, mich an der Diskussion zu beteiligen. Karthago und Korinth sind *kaputt*, sagtest du, mich ignorierend, und wer ist übriggeblieben? Rom, Rrrom, dieses verfluchte Rrrom, was hat Rom der Welt schon gegeben, was denn? Brrrot und Spiele, Gladiatorrren, Päääpste – Horaz, Vergil, unterbrach Papa dich leise, aber du fuchteltest weiter herum, du standest hier mitten im Wohnzimmer – Horrraz! Verrrgil! Hast du ihr erzählt, was sie Archimedes angetan haben? – *Noli turbare circulos meos**, zitierte ich sofort beleidigt, meinst du, ich kenne das nicht? – Sie haben ihm nicht nur den Kreis kaputtgemacht, sondern ihn auch umgebracht, umgebrrracht, errrmorrrdet, und wer blieb übrig, um die Geschichte zu erzählen? Die Verräter! *Sauve qui peut*, ganz richtig, rette sich, wer kann, Herr Professor Kaplan, du beginnst mit diesem finsteren Lachen, und Papa steht auf, sagt leise, Loja, wir gehen, diesmal versucht er nicht, dich zu beruhigen, auch er war beleidigt, du hattest seinen wunden Punkt getroffen, die Historiker, die dabeigewesen waren und aufgeschrieben hatten und ohne die wir nichts wüßten, zu Hause kehren wir zurück zu *Gallia est omnis divisa in partes tres***, Julius Caesar, Schriftsteller und Feldherr, 1300 Wörter im Beutel und was für ein Latein! Sachlich, klar und treffend formuliert, *veni vidi vici**** schrieb er nach dem erstaunlichen Sieg bei Zela an einen seiner Freunde und zog weiter, um die nicht weit entfernten Ruinen von Troja anzusehen, noch nicht einmal von den Ruinen ist etwas übriggeblieben, sagte Papa nach langem Schweigen, alles endete mit Blut und Feuer und verbrannter Erde: Athen, Sparta, Korinth, Karthago und Cartagena, Tyrus, Sidon und Jerusalem, Jodfat, Gamla, Betar, Massada,

* Lat.: Störe meine Kreise nicht.

** Lat.: Ganz Gallien ist in drei Teile geteilt.

*** Lat.: Ich kam, ich sah, ich siegte.

was ist noch übriggeblieben und besteht stark und unverwundbar weiter, außer der Schweiz –

Im Zug nach Haifa saß ich lieber mit dem Rücken in Fahrtrichtung. Weil du an Nostalgie leidest, sagte Eliot amüsiert, als ich ihm das erzählte, er hatte in jeder Stadt einen Psychologen. Ich, lächelte er aus seinen Höhen zu mir herab, mag Leute, die dazu neigen, zurückzuschauen. Wie Lots Frau, sagte ich, konnte es mir nicht verkneifen, stellte die Stacheln auf. – Aber die ist nicht zur Salzsäule geworden, weil sie zurückgeschaut hat, sondern angesichts dessen, was sie sah! – Sodom und Gomorrha, sagte ich, *whatever*, pflichtete Eliot mir bei, schränkte das aber sofort ein, aber du und ich, wir haben keine solche Vergangenheit, Gott sei Dank. Er flocht in jeden zweiten Satz ein Gott-sei-Dank ein, erst nach drei Jahren merkte ich, daß es die ganze Zeit dagewesen war und ich es nicht bemerkt hatte: Ich hatte gedacht, das sei noch so ein Versuch, sicherzustellen, daß einem nichts Schlimmes passiert, wie die Versicherung der Wohnung, des Ferienhäuschens, des Hausrats, des Lebens, der Gesundheit, der Erwerbsfähigkeit. Wir leben nach vorne, aber wir verstehen nach hinten, das hast du mir gesagt, Davidi, und dabei hast du meine beiden Hände festgehalten, versucht, mich zu überzeugen, daß nein, nein, nein, Loja, nein, ich kehrte zu diesem Satz zurück, du hast recht gehabt, dachte ich, schon weit von dir entfernt, sicher vor dir, genauso wie in der Bahn nach Haifa, die mich auf einem schönen Weg direkt am Meer entlang zu meiner Einheit zurückbringt, der Weg entflieht in einer schnellen Bewegung nach hinten, sammelt sich in einem einzigen Punkt, so, als sauge ihn jemand jenseits der Landschaft in einen Konus des Verschwindens, in ein schwarzes Loch, sogar das Licht, so hatte Nachum in jener Nacht erzählt, könne sich nicht aus dem schwarzen Loch retten –

Und jetzt gehe ich zu Ora, ohne anzurufen, ohne vorherige Verabredung, ich gehe, wann es mir paßt und wann ich Lust habe, warum nicht, was kann schon passieren, hatte Chedwa gestern von jenseits des Ozeans gesagt. »Wie sie aussieht«, klagte ich, »alt, verschlissen, überhaupt nicht wie die Ora, die ich im Kopf hatte ...« – »Wer von uns sieht heute noch aus wie vor dreißig Jahren, Loja«, hatte Chedwa gesagt. »Aber sie sieht aus wie eine Tante Manja aus Rumänien!« protestierte ich. »Ihr seid doch gleich alt, oder?« fragte Chedwa und bemühte sich um ein ausgewogeneres Bild, aber für mich galt: außen rostfreier Edelstahl, nur innen rostete es.

Ich gehe jetzt, der Puls schlägt mir bis zum Hals, bis zu den Ohren – Palmen-, Weinblüten-, Jasmin-, Etrogstraße, Ecke Salbeistraße, es ist weder zu früh noch zu spät, sie schlafen nicht mehr und sind noch nicht beim Abendessen, ob es nun die passende Zeit ist oder auch nicht, egal, ich drücke auf die Klingel neben dem Tor. An dem einen Briefkasten Ora und Mordechai Gadot und auch Vered, Gilad, Udi, Jinon, an dem daneben Mechora und Baruch Berger, wer von ihnen allen wird mir aufmachen. Ein heiseres Krächzen tut kund, daß sie aus der Ferne geöffnet haben, von drinnen, ich drücke das Tor auf und gehe hinein, von dem großen Garten ist ein kleiner Rasen übriggeblieben mit ein paar Blumen am Rand, und ein geräumiger Parkplatz für zwei Autos, und zwei stehen da, dann sind alle zu Hause, wer von ihnen allen wird mir aufmachen –

»Baruch, Baruch! Schau, wer uns da mit ihrem Besuch beehrt! Oras Freundin! Loja! Loja Kaplan!« Oramama war kaum gealtert, so als habe sie alle Veränderungen bis zu ihrem vierzigsten Lebensjahr abgeschlossen, und danach war nur hier und da noch eine Falte dazugekommen, das Haar in einem Bronzeton gefärbt, die Zähne weiß und ebenmäßig, sogar das Bärtchen gezupft, sie sieht jetzt fast aus, als sei sie in Oras Alter – und Oras Vater sitzt gebeugt da, die schöne Riesenmähne ist nicht mehr, er blickt mich mit leeren Ora-Augen an, erkennt mich nicht, das ist offensichtlich, er erinnert sich nicht. »Auch die vom Laden hat mich nicht erkannt«, versuche ich die Situation etwas zu entschärfen, doch Oramama wedelt mit der Hand, als wische sie die angebotene Erklärung aus der Luft, sie nimmt mich an der Hand und führt mich nahe zu ihrem Mann. »Orinka erzählte mir, daß sie dich in der Laubhütte bei Tikwa getroffen hat, du sähest blendend aus ... Baruch, Baruch, das ist Loja«, sie postiert mich vor dem Schaukelstuhl. »Baruch, so schau doch! Das ist Loja. Du erinnerst dich doch gewiß an Loja.« »Oma, laß ihn doch in Ruhe«, mischt sich eine Knabenstimme ein, dunkel, schwarzhaarig, die Augen wie eine halb aufgegangene Sonne, mit einem weißen Lächeln, das ihm zwei Grübchen macht. »*Hi*«, ruft er mir zu, »ich bin Jinon«, doch Mechora umklammert mein Handgelenk nur noch fester. »Wie oft hat sie bei uns zu Mittag gegessen! Sie hat bis zum Ende des Gymnasiums mit Orinka zusammen gelernt.« – »Scha-lom!« unterbricht sie jemand, verkündet seine Rückkehr. »Das ist Mottik, Oras Mann.« Mottik wirft einen kurzen Blick auf mich, nickt und wendet sich seinem Sohn zu. »Was machst du denn hier, ist heute kein Training?« Ein bißchen dicklich, ein bißchen Glatze, ein bißchen blond, ein bißchen braungebrannt, lächelt ununterbrochen, was Ora an dem bloß gefunden hat, nur seine Stimme, die ist gewaltig und beeindruckend, Oramama umklammert weiter meine Hand, zerquetscht sie beinahe, spricht jetzt mehr zu Mottik und zu mir als zu ihrem Mann. »Ich erinnere mich, es gab mal eine Zeit, da wollte Loja, daß wir sie Ilil nennen!« Triumphierend lächelt sie angesichts meines überraschten Gesichts: »Ich kann mich an alles erinnern!« –

»Was ist das für ein Name?« fragt Jinon, dünn, groß, mit spillrigen Bewegungen, lächelnd, er weiß, wie hübsch er ist. – »Lernt ihr heute keinen Tschernichowski mehr in der Schule?« frage ich. »Gar nichts lernen die Kinder heutzutage«, das ist Ora, sie kommt herein, wollte wohl einen Witz machen, klingt aber verbittert. »Wir lernen Computer!« widerspricht Jinon und setzt allem Anschein nach einen Streit fort, der hier schon wer weiß wie lange schwelt. »Computer, das ist die Zukunft«, pflichtet Mottik ihm bei. »Absolut richtig«, schließt sich Mechora ihnen an, Mottik kommt mit zum Händedruck ausgestreckter Hand auf mich zu. »Wir haben schon von dir gehört« – und in diesem Augenblick tritt ein Soldat mit »*Hi everybody*« ein, und direkt hinter ihm Ora, großer Gott, Ora – »Und das ist Vered«, sagt Ora, doch ihre jüngere Variante sagt noch nicht einmal »*Hi*«, sie ist noch einen halben Kopf größer als Ora, über einsachtzig, und redet über meinem Kopf hinweg mit Ora. »Hast du meinen Rock geflickt?« – »Vered, hast du schon mal den Namen Ilil gehört?« fragt Jinon und läuft um sie herum, dribbelt mit einem Ball. »Jinon, nicht im Wohnzimmer!« bittet Ora, doch er ignoriert sie. »Hör auf, wie ein Kreisel um mich herumzutanzen«, sagt Vered. – »Jinon, es reicht!« Mottiks Ausruferstimme erfüllt das Wohnzimmer, und Mechora sagt, über Baruch gebeugt: »Hier ist der Jinon, und auch der Ehud ist gekommen, und unsere große Vered ist auch schon da«, wieder geht die Tür auf, und ein junger Leutnant tritt ein. »Das ist Gili, unser erstgeborener Enkel«, sagt Mechora und richtet sich auf. »Gilad«, korrigiert der Offizier und reicht mir die Hand. »Loja«, sage ich, schaue ihm in die Augen, es sind Mottiks Augen, und sie suchen bereits das Zimmer ab und finden den jüngeren Bruder. »Was geht ab, Kumpel?« – »Frag nicht«, antwortet der Soldat, offensichtlich bedrückt, und Jinon dribbelt mit dem Ball, und Mechora, Mottik, Ora –

ich hatte das Gefühl, endlich in einen alten italienischen Film geraten zu sein, nur daß hier alles in Farbe war, und dort war alles schwarz-grau-weiß gewesen, und natürlich auch eine andere Ausstattung, zerbrochene Treppenstufen, schimmlige Wände, ein kleiner Platz, ein Brunnen, zwei Esel und eine Sophia Loren mit schmaler Taille, breitem Becken, einen Bottich voll Wäsche in die Hüfte gestemmt, sie marschiert energisch, winkt, und aus den Fenstern winken Leute zurück, fragen, grüßen, alles ist sehr laut, und danach die Wohnung, das Baby, das Kind, der Knabe, das junge Mädchen, Seinemutter und Ihremutter, alle haben etwas zu sagen, auch sie, sie serviert eine Schüssel mit dampfenden Spaghetti, ruft zu Tisch, trotz der offensichtlichen Armut gibt es eine Flasche Wein, ein Tischtuch, alle sitzen gemeinsam beim Essen, schlürfen, strecken die Hand quer über den Tisch, um das Salz zu bekommen, diskutieren, ein Nachbar kommt rein, eine Frau, seine Tochter, immer ist es eng, immer quirlig, ein Kind wirft ein Glas um, patsch, kriegt es eine Ohrfeige, fängt an zu heulen, ich kann nicht mehr, sagt die schöne Sophia, wischt sich mit dem Handrücken die Stirn, ich werde verrückt, komm zu mir, schlage ich ihr vor, spule die Untertitel daneben ab, bei uns kauen nur Papa und ich mit geschlossenem Mund, und beim Essen wird nicht geredet, was hätte ich nicht darum gegeben, einmal in einem italienischen Film zu sein, doch jetzt bin ich mir nicht mehr so sicher. »Ilil, Ilil!« Jinon läuft mit dem Ball dribbelnd im Kreis herum, Mottik bückt sich, fängt ihn ab, und Ora erklärt: »Das ist ein Gedicht von Tschernichowski.« Tschernichowski war am Laubhüttenfest 1943 gestorben, aber wir hatten es nicht gewußt. Wir hatten ihn noch mehr bewundert als Bialik, Shimoni und die Dichterin Rachel, wir hatten gewußt, daß er Arzt war, gesehen, daß er schön war, der Schönste von allen, Bialik wirkte neben ihm wie der Krämer an der

Ecke, wir hofften, er würde einmal in unsere Schule kommen. Ora hatte vorsichtig sein Foto von der dritten Seite des Buches abgelöst und bewahrte es in einem Briefumschlag in ihrem Tagebuch. Ich konnte das nicht. Das Buch gehörte dir. Es war dick, schwer, umfangreich, nicht nur eine Auswahl für den Schulgebrauch. Ich habe sie alle gelesen und *Vor der Apollo-Statue*, *Gedichte für Ilil* und *Baruch von Mainz* auswendig gelernt. Fünf Entwürfe hatten wir weggeworfen, bis wir die letzte Version der Einladung der Schüler aus der 6b der Alumot-Schule verfaßt hatten, und dann gingen wir zusammen zur Post und fragten Nechama, wo wir das hinschicken müßten, und sie sagte, ans Erziehungsministerium in Jerusalem, das sei am sichersten, die würden ihn schon ausfindig machen, und wir schickten den Brief ab und warteten. Wir wußten, daß solche Dinge Zeit brauchten, inzwischen lernte ich auch *Wo ist mein Schwert* und *Als ob sich ein Schatten neigt* und *Angesichts des Meeres* und *Selig, die im Kriege fallen* auswendig. Ich wußte, wenn er zu uns käme, würde man Ora bitten, ihn im Namen der Klasse zu begrüßen. Meine einzige Chance war es, daß die Lehrerin Dvora uns dann fragen würde, wer von euch, Kinder, erinnert sich an ein paar Zeilen von Tschernichowski. Damals wollte ich Ilil genannt werden. Wir hatten so eine Zeit, Adriana hatte sich zu Diane verkürzt, dann zu Dona, sie konnte sich selbst nicht daran gewöhnen und auch uns nicht dazu bringen, ihr Name, was konnte man machen, war einfach auf sie maßgeschneidert, sie war groß und blond, bewegte sich ein bißchen schwerfällig, eben genau Adriana, Josefa wollte Josephine sein, wegen *Désirée*, Ora wollte, daß wir sie Efrat nennen, aber das kam überhaupt nicht in Frage, Tikwa versuchte zu Allegra zu wechseln, und ich wollte, daß man mich Ilil nennt. Wenn man mich Loja rief, habe ich mich nicht umgedreht und nicht geantwortet, bis Ora eines Tages in die Schule gestürmt kam, eine Minute vor dem Klingeln, und mir nur noch zuflüstern konnte: Frag nicht, was passiert ist! Ich wartete ungeduldig bis zur Pause – Ora schrieb während der Stunde keine Zettelchen –, und dann rannte ich hinter ihr her aufs Mädchenklo, das war der Ort für schlechte Nachrichten, für Klatsch, für gegenseitige Beleidigungen und zum Heulen, Ora holte tief Luft, richtete sich dann auf und sagte mit feierlicher und unheilverkündender Stimme: Er ist tot. – Wer ist tot? Ich erschrak. – Tschernichowski, Saul Tschernichowski, flüsterte Ora. – Von wem hast du das? Ich konnte es nicht glauben. – Von meiner Mama! – Mädchen rannten rein und raus, wuschen sich das Gesicht, tranken Wasser, wuschen sich die Hände und schüttelten die Tropfen auf den Boden. Woher weiß sie das? Ich kochte, war wütend, daß sie ihre Mutter eingeweiht hatte. – Sie ist auf seiner Beerdigung gewesen. – Von Tschernichowski? Wann? Wann war sie da? – Glaubst du mir nicht? Komm, wir fragen einen Lehrer! – Ora zog mich nach draußen, auf den Flur. Von weitem sahen wir die Lehrerin, die Pausenaufsicht hatte, mit einem halben Butterbrot spazierengehen, doch Ora schlug die andere Richtung ein, weil gerade die Schulleiterin aus ihrem Zimmer kam – Frau Rektor! Frau Rektor! rief Ora und rannte ohne mich zu ihr hin, ich fragte nie in der Pause Lehrer etwas und näherte mich auch nie dem Rektorat. Die Schulleiterin blieb stehen und lächelte, sie mochte Ora. Alle mochten Ora. – Kann ich Sie was fragen? Stimmt es, daß Saul Tschernichowski tot ist? Die Schulleiterin versteckte ein Lächeln, kniff die Augen zusammen, als versuche sie, etwas in der Ferne zu erkennen. Gewiß doch ... er ist am Laubhüttenfest 1943 oder 1944 gestorben. Sonst noch was Wichtiges? – Loja hat es mir nicht geglaubt, sagte Ora, indem sie mit dem Kopf auf mich zeigte. Ich suchte das Weite. Ich fühlte mich belogen, betrogen. Wenn man ihn in der Schule lernt, ist das ein Zeichen, daß er schon lange tot ist! rief Ora und rannte mir hinterher. – Aber du hast doch auch geglaubt, daß er lebt! schmetterte ich ihr entgegen. – Das stimmt nicht, ich war mir nicht sicher, ich dachte nur, daß er vielleicht … »Frau Berger, sind Sie auf der Beerdigung von Tschernichowski gewesen?« War dies nun der richtige Zeitpunkt für meine Frage? Mechora schaute mich überrascht an und sagte: »Natürlich, und ich war auch auf der Beisetzung von Weizmann, von Ben-Gurion, von Ussischkin und von Berl Katznelson«, sie setzt sich neben mich, allzeit bereit, alles haarklein zu erzählen. Jinon drängt sich zwischen uns. »Oma, du bist echt fit, du hast es mit Beerdigungen, was?« Jinon lächelt sie an, lächelt mich an, wer macht mich bitte auf der Stelle fünfunddreißig Jahre jünger. »Nur mit Beerdigungen von historischen Persönlichkeiten«, sagt Ora spöttisch über ihrem Glas Sprite. »Avi sagt, daß Mechora ein wandelndes Geschichtsbuch ist«, Mottiks Stimme erfüllt das ganze Wohnzimmer, und Mechora erklärt mir: »Avi, das ist Mottiks Bruder, Professor für Jüdische Geschichte.« – »Bloß Doktor«, korrigiert Mottik, »aber der wird auch noch Professor, gib ihm noch ein paar Jahre, Mechora.« – »Siehst du, das ist mein Schwiegersohn«, sagt Mechora lächelnd, »der hat Humor.« – »Wann mußt du zu deiner Einheit zurück?« fragt Gilad seinen Bruder. »Mama!« ruft Vered, als sie wieder ins Zimmer kommt, wann war sie überhaupt rausgegangen? Ich kann meinen Blick nicht von ihr abwenden. »Na, wie findest du meine Schwester, bombig, was?« sagt Jinon, er hat es gemerkt und stößt mich ganz ohne Scheu mit dem Ellbogen, ich kann mich nicht beherrschen und sage: »Sieht genau aus wie Ora, sie gleichen sich wie zwei Tropfen Wasser.« – »Hey Vered, hast du das gehört?« Vered wirft Ora einen Rock in den Schoß. »Näh mir das schnell, ich brauche den dringend, was soll ich gehört haben?« Sie schaut zu Jinon. »Daß du und Mama sich ähneln wie zwei Tropfen Tequila!« – »Wer hat das gesagt!« protestiert Vered beleidigt. – »Loja, Mamas Freundin aus der Zeit der Palmach«, kichert Jinon. »Loja, du bist Loja?« fragt Vered, setzt sich auf Oras Sessellehne, durchbohrt mich mit finsteren Blicken, »du bist die beste Freundin, die nicht zur Hochzeit kam und die in fünfundzwanzig Jahren nicht einmal angerufen hat?« Ihre Stimme klingt wie die von Mottik, zu laut, beherrschend, läßt anderen keinen Platz. – »Siehst du, bei uns gibt es keine Geheimnisse«, sagt Jinon, stößt mich mit dem Ellbogen, »außer den Geheimnissen, die es gibt«, sagt Udi aus seiner Ecke. »Es gibt keine Geheimnisse! Es gibt keine Geheimnisse!« protestiert Mechora. – »Mama, nähst du mir das jetzt, oder nicht?« fragt Vered, wieder mit ihren eigenen Angelegenheiten beschäftigt. – »Vielleicht läßt du Mama erst mal in Ruhe austrinken«, schaltet sich Mottik ein, der hinter Udis Stuhl steht. »Erst mache ich eine Waschmaschine für Udi fertig. Udi, wo ist dein Seesack?« Ora steht auf, ich auch. Ich begleite sie, stehe neben ihr, während sie eine verkrumpelte Uniform und stinkende graue Socken aus dem Seesack zieht, die Wäsche sortiert und in die Waschmaschine steckt, ich möchte ihr etwas sagen, sie vielleicht wegen ihres Lebens trösten, weiß aber nicht, womit. »Es war nett, bei Tikwa in der Laubhütte«, sage ich zu ihrem gebeugten Rücken. Sie richtet sich auf. Mit rotem Kopf. »Sei Vered nicht böse«, sagt sie und schaltet die Maschine an. »Warum sollte ich ihr böse sein«, sage ich schulterzuckend, »sie hat doch nur die Wahrheit gesagt, oder?« Ora senkt den Kopf, ihr nach unten gedrücktes Kinn wirft Falten, ein Doppelkinn, sie zieht die Augenbrauen hoch, diese Bewegung kenne ich noch, sie hat sie gemacht, wenn sie nicht weinen wollte, und danach schaut sie mich an. »Ja, aber es stimmt nicht ganz genau, es waren nicht fünfundzwanzig, sondern siebenundzwanzig

Jahre.« »Wie die Zeit vergeht« flüstere ich, wie zwei Mütterchen, die sich im Laden treffen. Wie schnell wurden wir sie.

Dein Radio. Mal tut es, mal nicht. Ein kräftiger Schlag auf den Kasten, dann spurt es wieder und berichtet von einer großen Wanderung über uns in diesen Tagen: Aus Ost- und Mitteleuropa sammeln sich die Vögel auf ihren alten Routen, Singvögel und Störche, Kraniche und Pelikane, allerlei Raubvögel – auch der Flughafen wimmelt von Reisenden, jetzt ist es schon billiger und nicht mehr so ausgebucht, man bekommt noch Tickets, trifft nicht überall Israelis: Ich mache für zehn Tage einen Abstecher nach London. Ich, mein Lieber, fliege nur nach Paris, nichts geht über Paris. Sag, warst du schon mal in Wien? Vergiß es, diese Antisemiten, nur von der Sprache krieg ich schon die Krätze! Und in der Türkei? Ich schwöre auf die Türkei, nur noch Türkei, die kostet den halben Preis von einem Hotel in Eilat, inklusive Flug. Nächstes Jahr vielleicht. Letztes Jahr waren wir in Bali und sind einen Tag vor Jom Kippur zurückgekommen. Ausgerechnet? Habt ihr was mit Jom Kippur? Wir gehen zum Grab von meinem Cousin. Den hat's an Jom Kippur am Suezkanal erwischt. Nee, wir lassen uns hier nicht blicken, bevor nicht auch das Laubhüttenfest vorbei ist, das halbe Leben hier besteht aus Feiertagen, Kochen und dem ganzen Tamtam – wir haben die Nase voll! Dieses Jahr sind wir das erste Mal danach weggefahren – denn der Sohn hat den Offizierslehrgang beendet, da war die Abschlußfeier mit Generalstabschef und so weiter. Glaub mir, ich war drei Jahre beim Militär, ohne Eltern und ohne Besuche, heute geht's da zu wie in einem Kindergarten, wie in der ersten Klasse, Elternsprechtag, allerlei Treffen, nein, ich hab keine Kraft mehr für diesen Staat, glaub mir, also setzt du dich ein bißchen ab, um auszuruhen. Hoffentlich hat es in diesem popligen Flugzeug ein bißchen Platz für die Beine. Wäre nicht das mit der Sicherheit, ich würde Air France fliegen. Ach, vergiß diese Froschschenkelfresser, Swissair ist besser. Waren sie mal, aber die haben sich auch verschlechtert. Reicht es noch für den Dutyfree? Ja, ja, ich habe eine ganze Liste, von hier bis London, bring mir dies mit, bring mir das mit, und die Kinder sind auch nicht, was sie früher mal waren. Nichts ist mehr, wie es früher war, mein Lieber, auch ich nicht. Und plötzlich ich: Entschuldigen Sie, entschuldigen Sie einen Moment, Entschuldigung, lassen Sie mich bitte raus, ja, nur raus hier. Haben Sie was vergessen? Ja, ich hab was vergessen, so ein Mist. Soll ich Ihnen Ihren Platz in der Schlange freihalten? Nein, danke. Also, so lassen Sie die Frau doch durch, sie hat was vergessen. Was haben Sie denn vergessen? Den Paß. Oj oj oj, jetzt lassen Sie sie doch durch. Ich befreie mich aus der Schlange zur Gepäckkontrolle im Flughafen, wie bin ich bloß wieder hierher geraten? Flug 343 steht für Sie bereit an Gate – ich lasse das Näseln der Stewardessen hinter mir, Glastüren schließen sich, alle, die in der Schlange stehen, werden in fünfzig Minuten starten, werden sorgfältig gekämmte, mit Zypressen umrahmte Felder sehen, Straßen, tief eingekerbt zwischen einem Relief von Häusern, die sich entzündenden Diamanten in den Sonnenkollektoren, den weichen Sand und das Meer, wie es schaumbestickte Wellen an einen Strand spült, der sich immer weiter entfernt, und ich werde in fünfzig Minuten den Blick heben und sehen, wie sie über mich hinwegfliegen, in einem Flugzeug, das aus den Gefilden des Chamsin in Länder fliegt, die für Augen und Haut angenehmer sind –

Diesen Abend war ich wieder in Tikwas Laubhütte. Guajavenduft stieg aus einer zugedeckten Keramikschüssel auf, unter dem Deckchen, wußte ich, liegen sie gelblich-bleich aufeinander, schrumplig, weißfleischig, und Tikwamama kommt immer wieder rein, bringt noch mehr Früchte – Birnen, Weintrauben, Pfirsiche, Pflaumen, und alle strecken die Hände danach aus, zupfen eine Traube ab, nehmen einen Apfel oder eine Aprikose, reden gleichzeitig. *Come stai?** fragt Adriana und umfaßt meine Schultern, und Samuel Samuel, der neben ihr sitzt, dreht sich um: Hallo, redet gefälligst Hebräisch, was soll denn das hier? Sie hat ihr Hebräisch vergessen, weil sie Stewardess war, sagt Ora. Wohnt ihr alle hier? frage ich. Jaaa, antworten sie im Chor. Vielleicht ziehe ich auch hierher, schlage ich zögernd vor. Aber wo willst du denn wohnen? fragt Tikwa. Sie hat doch Freundinnen hier, verteidigt mich Minale in kindlichem Tonfall. Sie hat es gut, sie ist mit Elchanan verheiratet. Wozu Freundinnen, wozu braucht sie Freundinnen? fragt Josefa. In dem Alter gibt es keine Freundinnen mehr. Freundinnen sind gut bis zur sechsten, höchstens bis zur achten Klasse! Aber wir sind noch nicht in der achten, protestiere ich und wache auf.

Mein Leben? Verläuft langsam, kriecht dahin, würde ich sagen, in Bodenhöhe. Überallhin gehe ich zu Fuß. Ab und zu hebe ich den Kopf, sehe über mir Blätterkronen, darüber den Himmel und in ihm ein Flugzeug, ich spüre, daß ich keine Luft mehr bekomme, dabei hätte ich doch längst alles fertig haben können, aber noch habe ich mich nicht entschieden, wie – und wo –

Die Menschen, die ich liebe? Fangen wir mit dir an oder vielleicht mit Papa. Oder nein: Wenn Liebe Chamsin und verrückte Vögel ist, dann mit Giora. Nach ein paar Gläsern Limonade – Jean-Jacques. Und dann Eliot. Und für sehr kurze Zeit, beunruhigend und verwirrend, Brenda. Und Nachum – ein großer Fehler –

Die Menschen, die ich liebe, sind alle weit weg, einige

* Ital.: Wie geht's dir?

unter der Erde, einige laufen noch auf ihr herum, die Sehnsucht kommt in Anfällen, ähnlich den Migräneanfällen von Chedwa, sie spürte sie immer schon in der Ferne, wie sie näherkamen, nahm Optalgin – Migränen muß man umbringen, solange sie noch klein sind – die Sehnsucht auch? Was ich über die Menschen denke, die ich liebe? Sie sind ähnlich, sie müssen ähnlich sein, sagte Chedwa in einer Schneenacht in New York, als sie Frauenjournale las, es gelang ihr immer, daß sie viel klüger klang als das, was da stand, schau mal, sagte sie manchmal und streckte mir ein Heft hin. Erzähl mir lieber, was du gelesen hast. Letztlich verlieben wir uns immer in denselben Typ, faßte sie die gerade populäre Weisheit zusammen, so ein Quatsch, protestierte ich, ich jedenfalls probiere jedesmal einen anderen Mix –

Du zum Beispiel, du mochtest Gegenstände – Tonscherben, Stempel, kleine Götterfigürchen, Knochen, einmal hast du Nachum losgeschickt, die Entfernung von dem Ort, an dem wir waren, bis zum Meer zu messen, zähl deine Doppelschritte, hast du ihm aufgetragen und mir indessen erzählt, daß in den Kämpfen hier dreimal soviel Menschen umgekommen waren wie bei der letzten Schlacht um Karthago, und dabei all jene nicht mitgerechnet, die Hunger, Feuer und Seuchen dahinrafften oder als Sklaven verkauft wurden, eine echte Katastrophe, und in dieser Zeit beschäftigte man sich in Uscha und Zippori mit talmudischen Haarspaltereien über den Stier, der eine Kuh gestoßen hat, die Nichtsnutze, die haben überlebt, Papa dagegen war vorsichtig, er glaubte weder den Römern noch den rabbinischen Gelehrten, er suchte Ostraka, Inschriften auf Gebäuden, einen verzweifelten Schriftzug an einer Höhlenwand, deine Geschichten hielt er nicht für bewiesen, nannte sie *bonkes*, und in kürzester Zeit wechseltet ihr in ein undurchdringliches Tschechisch, das war nicht zu verstehen und nicht zu erraten, es ähnelte weder dem Englischen noch dem Italienischen, dem Lateinischen, dem Französischen oder Jiddischen, in all diesen Sprachen konnte ich schon eine ganze Menge Wörter, aber Tschechisch war eine Mauer –

Oder zum Beispiel Nachum: Nachum hat Drachen gebaut. Flugzeugmodelle. Eine Sanduhr. Ein Telefon aus kleinen Plastikbechern und Bindfaden. Er konnte *Die Wunder der Welt,* Band 1, auswendig. Er besaß ein gutes Fernglas. Einen Kompaß. Eine Wasserflasche. Er erzählte mir, daß der Mond die Kraft hat, das Meer wie ein blau blinkendes, elastisches Laken an sich zu ziehen, von den Polarlichtern, die aufgrund magnetischer Stürme in der Nacht in allen Farben wie bunte Schals leuchtend herumhüpfen, von der Fata Morgana in der Wüste – er wollte ein Fridtjof Nansen werden, ein James Cook, ein Marco Polo oder wenigstens ein Thor Heyerdahl. Was machst du, wenn, bis du groß bist, alle Orte schon entdeckt sind? hatte ich ihn besorgt gefragt. Dann fliege ich auf den Mond, versprach er. Er hat immer alles ernst gemeint. Er hat keine Märchen erzählt. Mit den Jahren habe ich gelernt, ihm mehr zu glauben und dir weniger – die ganzen Geschichten über den semitischen Raum, über Gebal und Arwad, über Tyrus und Sidon, über die Feinde von innen und von außen, über Spione und Verräter, die – was ein Wunder – immer wußten, auf welche Seite das geschmierte Brot fällt, und die merkwürdigerweise immer überlebten – diese Geschichten wiederholtest du bis zum Überdruß, und eines Tages am Ende des Gymnasiums merkte ich, daß ich von all diesen mich umschwirrenden Geschichten einzig und allein ans Wetter glaubte. Und natürlich an die Liebe. Damals noch immer an die Liebe, größer als das Leben, schwarzweiß wie im Kino, eine einzige Liebe, von der Wiege bis zum Grab – heute ist mir nur noch das Wetter geblieben. Dieser Herbstmorgen zum Beispiel. Das samtene Grau der Luft, geschmückt mit flachbäuchigen Wolken – bald wird auch dieses sehnsüchtige Flattern aufhören: Ich werde mich aus allem herauswinden, was an dem hochklettert, der zu lange am selben Ort ist, und ihn umschlingt – Bougainvillea, Geißblatt, Gerüchte, Gewohnheiten –, ich werde in die Luft aufsteigen und in Paris landen: Paris netto, ohne Jean-Jacques. Häuser wie Paläste rund um Plätze, von denen aus die Straßen wie Sonnenstrahlen abgehen, attraktive Cafés, kleine runde Marmortischchen auf einem arabesken gußeisernen Bein, ausladende grüne Topfpflanzen, Kellner im Anzug, selbst bei fünfunddreißig Grad im Schatten, Hitze kennt man dort nicht, nur in der Levante, bei jedem Wetter mit Serviette, Speisekarte und einem Französisch, welches die Vize-Schönheitskönigin unter den Sprachen ist –

Er hat gewollen nur Bestes für dich, aber du haben nicht geglauben ihm, *mon dieu*, du glauben niemand, nur dir selbst, las Tikwas Tante mit dem Turban aus der Zeichnung des Kaffeesatzes in der Tasse. Nach dem Hummus und allem, was damit kam, und noch bevor sie die Kekse herausbrachte, hatte mir Tikwa mit dem Daumen ein Zeichen gemacht, ich solle mich zwischen Adriana und Schlomit hindurchwinden und – ihr helfen? etwas anschauen kommen? ihren Cousin treffen? Nein – ich sollte in die Küche kommen, da erwarte mich die Tante, die damals die Journale aus Paris geschickt hatte. Dann gab es die also wirklich? Nach der Laubhütte mit den Lichtern, den weißen Laken und dem glitzernden Stanniolschmuck erschien das Innere des Hauses braun und faltig wie ein Bratapfel. Ich gehe durchs Wohnzimmer – noch immer erstreckt sich der Gobelin mit Schwänen an einem Flußufer über die ganze Wand, doch mehr als die Schwäne sehe ich darin meinen Schatten vorbeischwimmen –, erreiche das Lichtrechteck, das aus der Küche fällt.

Ich habe auf dich gewarten, sagt die Tante im Satinmorgenrock und mit blauem Satinturban, die Mutter dieses Cousins hat von Tikwas Vermittlungsversuch gehört und will Bescheid wissen. Das hier dein Kaffee, sagt sie und gießt aus einem kleinen Kännchen Kaffee in ein zartes, mit Gold und einer Prinzessin geschmücktes Porzellantäßchen, wenn du trinken den, du müssen sehr gut nachdenken über deine Leben. – Was soll ich über mein Leben nachdenken? Ich bleibe stur, als verstünde ich nichts. – Über die Lie-be, sagt sie, trennt die Silben, sie hat ein Problem mit diesem hebräischen Wort, und ich schließe die Augen und hoffe, daß dieser Kaffee, dessen wunderbarer Geruch mich schon in der Nase kitzelt, nicht – auch diesmal nicht – nach Kaffee schmecken wird. Als ich in die Laubhütte zurückkehre, ignoriere ich Tikwas Blicke und den Cousin, der gerade mit Bilu redet, vielleicht über mich, wer weiß, und mische mich in das Gespräch, in das Adriana ihre gesamte Umgebung verwickelt: Was wir glaubten, was aus jedem würde, und was tatsächlich aus uns geworden ist. Zum Beispiel Schlomi, Professor für Jiddisch in New Jersey, wie er sich aufgeregt hat, wenn wir ihn *wuswus* nannten, und Minale, von der wir gedacht hatten, sie würde mal Schriftstellerin – erinnert ihr euch an ihre Geschichten in den Pausen? Und was ist sie geworden – Apothekerin! Und Tikwa, hatten wir gedacht, würde allerhöchstens mal Friseuse, und gerade sie ist jetzt stellvertretende Bankdirektorin und organisiert jedem, der es braucht, ein Darlehen, und Ora, von der wir dachten, sie würde Golda Meir, was ist aus Ora geworden? Eine Grundschullehrerin, und Josefa, die es bestimmt zur Olympiade geschafft hätte, wurde Rechtsanwältin – und Loja, du, hatten wir gedacht, du würdest Professorin für Sprachen werden, und nun bin ich eine fliegende Kellnerin geworden, steuere ich meinen Teil bei, alle lachen, und Elchanan – hier seufzen sie, schauen auf die Uhr, einige stehen auf, beginnen, sich zu verabschieden, gehen, doch die Löcher des Schmerzes schließen sich wieder, Chesi, bei ihm fürchteten wir, daß er wie sein Bruder im Knast enden würde, aber, alle Achtung, er hat ein Unternehmen für den Import von Autozubehör und Ersatzteile, und dazu was für eine Villa! Der könnte uns alle aufkaufen und hätte noch immer Geld übrig, seine Frau ist Schwedin, habt ihr die gesehen? Eine reinrassige Schwedin, nein, die ist nicht hier, die sind schon gegangen, wir müssen jetzt auch gehen. – Hat meine Tante dir nichts über Maurice gesagt? flüstert Tikwa mir beim Rausgehen zu. – Maurice? Ich beschließe zu lügen. Doch, sie hat gesagt, es hätte keinen Sinn, es zu versuchen, er würde mir kein Glück bringen und ich ihm auch nicht. – Schade, sagt Tikwa, wirft einen Blick auf die kleine Gruppe, an deren Rand Maurice sitzt, und da kommt Ora, verläßt schließlich auch die Laubhütte, und Tikwa gibt es auf.

Schalom, liebe Loja, sagt Ora zu mir im Tonfall von Guten-Morgen-liebe-Erstklässler. Das gedämpfte Licht aus der Laubhütte beleuchtet die halbe Wange, die halbe Stirn, ein bißchen die Nase. Ihre Augen – dunkle Löcher.

Schalom, liebes Haus, zitiere ich aus unserem Kinderspiel mit plötzlich trockenem Mund. *Schalom, liebe Tochter*, gibt sie nach kurzem Zögern zurück, wo bist du gewesen, ein Vierteljahrhundert, *wo bist du gewesen, was hast du gemacht?*

Soll ich dir das hier erzählen? Jetzt? Alles? Auch ich versuche, amüsiert zu klingen.

Nein, komm uns besuchen, du weißt ja noch, wo wir wohnen, oder?

Wann?

Wann du Lust hast.

Morgen?

Morgen nicht. Da haben wir Lehrerkonferenz.

Ich sehen da eine Wunde, und da noch eine, und da, die Tante zeigte mit dunkelrotem Fingernagel auf Risse in der Kaffeeschicht, die an der Innenwand des Täßchens klebte, doch statt von diesem Unsinn aufzustehen, blieb ich sitzen, dachte an Jean-Jacques, vielleicht wegen des Französischen, das wie ein unterirdischer Fluß überall in dieser Tante gegenwärtig war, in ihren Gesten, ihren Fingernägeln, ihrer Sprache. Ob er den Mut gefunden hatte, nach Algerien zu fliegen? Er bewunderte Camus, hatte aber Angst vor dem Fliegen und traute sich auch auf kein Schiff. Als einer meiner Flüge nach London mit einer Notlandung in Brüssel endete, hat er sich in seine Wohnung eingeschlossen und für fünf Familien gekocht. Noch so eine Notlandung, und du kannst mich im Irrenhaus besuchen, schimpfte er zwischen den Wohlgerüchen, die mir entgegenschlugen, mich reich und verführerisch empfingen, wie goldschwänzige Füchse. Willst du mir etwa sagen, daß du nach so einer Sache wieder fliegen wirst? Ich hob den Deckel, Coq au vin blanc mit Waldpilzen. Aber es ist doch gar nichts passiert! – Hast du Hunger? Der Tisch war gedeckt. – Nicht sehr, aber wie das duftet, wunderbar! Jean-Jacques schob mir den Stuhl zurecht. Warum wirst du nicht Chefkoch? *Mais non*, er würde Schriftsteller und den Goncourt-Preis bekommen. Ich konnte es nicht verstehen, wenn er kochte, genoß er es, summte vor sich hin, tanzte fast zwischen den Töpfen. Aber ich muß doch schreiben, sagte Jean-Jacques, warf mir einen zornigen Blick zu, schöpfte Suppe in die Teller. – Wenn du schreibst, wirst du unerträglich, verkündete ich. Den Rest der Suppe löffelten wir schweigend. Danach holte Jean-Jacques das Soufflé aus dem Backofen, schnitt ein perfektes Dreieck heraus und setzte es auf meinen Teller. Das ist für dich! – Wunderbar, verkündete ich mit vollem Mund. Er nahm sich auch ein Stück, probierte aber nicht. Fang an, sonst wird es kalt, sagte ich und zeigte mit der Gabel auf seinen Teller. Lojá-Lojá-Lojá, lächelte er, das Kinn mit dem Kirk-Douglas-Grübchen auf die Fäuste gestützt. Du sprichst wieder mit vollem Mund, fuchtelst mit der Gabel und läßt die Serviette auf den Boden fallen. – Diesmal nicht! protestierte ich, hob die Serviette vom Schoß, zeigte sie ihm, niemand hat je versucht, mich so zu erziehen wie er. Den Diamant schleifen, hatte er das genannt, aber ich bin kein Diamant, warnte ich ihn bei den ersten Treffen, allenfalls ein Eilatstein, er wußte nicht, was Eilatstein war, und bei der ersten Gelegenheit kaufte ich mir Ohrringe mit diesen grellgrünen Steinen. Das ist ein einfacher Stein, sagte Jean-Jacques schockiert. Auch ich bin einfach, versicherte ich ihm, überzeugte ihn aber nicht. Ich muß dir drei Dinge sagen, verkündete er am Ende dieses Essens: Ich werde Schriftsteller. Du wirst meine Frau. Ich liebe dich. Er schaute mich über die Serviette hinweg an, die seinen Mund verdeckte, und wartete. Wartete weiter. Legte die Serviette rechts neben seinen Teller. Und betrachtete sie. Liebst du mich? fragte er die Serviette. Ich preßte die Lippen aufeinander. Ich konnte nicht ja sagen. Aber ich konnte auch nicht nein sagen.

Oder Eliot. Nach jenem letzten Abendessen telefonierte er um die halbe Welt und spürte mich zwei Wochen später in einem Londoner Hotel auf, wo ich gerade für den Flug packte. Laß uns wenigstens in Kontakt bleiben, bat er. Aber ich wollte nicht noch ein Name in seinem Adreßbuch sein. Ich ruf mal Jeanette an, hatte er offenherzig verkündet, lange telefoniert und gelacht, sie war vor fünfzehn Jahren seine Freundin gewesen, jetzt glücklich verheiratet mit Zwillingsmädchen, aber sie halten Kontakt. Oder auch: Viele Grüße von Evelyn! Seine Freundin aus dem Gymnasium, eine wunderschöne Frau, Architektin, geschieden, du mußt sie kennenlernen, auch die rief er von überall aus an, plapperte, lachte, redete in einem Code, den nur sie beide kannten, auch eine Israelin hatte er auf seiner Liste, Israela – mit einem rollenden amerikanischen »L« – kennst du die nicht? fragte er, war sich sicher, daß dieses Land so klein ist, daß jeder jeden kennt – Beinahe, mußte ich zugeben, doch mit dieser Israela hatte ich noch nicht die Ehre. Laß uns doch bitte in Kontakt bleiben, flehte er mich von Übersee an, und dann erzählte ich ihm von Alexander dem Großen und dem Gordischen Knoten. Und was soll mir diese Geschichte sagen? fragte Eliot mit einem Seufzer. Was du willst, sagte ich leise und legte den Hörer auf.

Jean-Jacques in einem Kloster? Unsinn. Aber die Frau mit dem Turban war sich absolut sicher. An einem geschlossenen Ort. Vielleicht in einem Krankenhaus? Sie drehte das Täßchen langsam, betrachtete seine Innenwand durch eine blaugerahmte Brille, die ihr auf die Nasenspitze gerutscht war. Hier, was du sehen da? Ich sah drei Kelche, die auf drei liegenden Kelchen standen. Einen ugaritischen Buchstaben, sagte ich, aber sie hatte eine andere Deutung: Du wohnen in ein Haus, das ist nicht gut – hier du sehen etwas Böses, was sehr gefährlich für dich, du sehen das da, wie ein Messer? Du sehen das nicht? Ich sah nur ihren Fingernagel, groß, etwas gebogen, dunkelrot lackiert. Dann nicht, was du nicht wissen, dich nicht machen heiß, fährt sie fort, die Augen in das Täßchen vertieft, das sie langsam in der Hand dreht, hier, da, sieh das! Du kennen einen Mann Gira? Gora? Meine Hände schwitzen, und ich rechne es mir sofort aus: Ora hat es Elchanan erzählt, Elchanan Bilu, Bilu Adriana, Adriana Josefa, Josefa Tikwa, und Tikwa hat es ihrer Tante erzählt, und ja, meine erste Liebe, so entsetzlich und wunderbar, sie war wie der Ball in den Sportsendungen im Radio vom einen zum andern geflogen. Ich sehen, das Haus dich können erschlagen, warnt mich die Tante zum Abschied, und jetzt betrachte ich die sich verzweigenden Adern des Dunkels an der Wand und denke mir, es kann mich erschlagen, kann mich erschlagen –

Gegen Morgen waren die Vögel besonders aufgeregt gewesen, Dubček ließ mit seiner gezackten Klage die Luft erzittern, die Henker bellten sich gegenseitig an, die Mafiosi tauschten helle Befehle aus, und im Biedermeier fiel eine Astarte-Statuette um, die du einmal mühselig zusammengeklebt hast, und zersprang wieder zu lauter abstrakten Scherben. Noch ein Erdbeben? Das kann nicht sein! Wir sind hier doch nicht in San Francisco oder Japan, und trotzdem, seit ich hier bin, gab es schon zwei Erdbeben, ist das die Generalprobe vor dem Jahrhundertende, vor dem Ende der Zeitrechnung, dem Ende der Geschichte, vor der Zerstörung von Sodom und Gomorrha, und dann kommt der Rückfall ins Tohuwabohu, so kurzfristig bekommt man kein Flugticket mehr, aber ich muß unbedingt weg, jetzt bin ich schon im Taxi zum Flughafen Sde Dov, fliehe vor der Prophezeiung, vielleicht wird dieses Haus zusammenfallen, aber mich wird es nicht erschlagen, ich fahre, ich bin in Bewegung, schon bald werde ich in der Luft sein, was sie hier alles gebaut haben, eine ganz neue Stadt auf den Feldern, die früher rechts der Straße waren, aber links steht noch immer das Seminar, das Hotel, Zypressen, die Sonne aus dem Westen blendet in den Augen, wir fahren ihr direkt entgegen –

Und hier der Flughafen, so gewöhnlich wie der Flughafen einer kleinen Stadt in einem Dritte-Welt-Land, ich kaufe ein Ticket für ein Flugzeug von der Größe eines Reisebusses, binnen fünfunddreißig Minuten werden wir schon in der Luft sein, so schnell geht das, aber man braucht zumindest eine gewisse Distanz von der Erde, wenn sie aufreißt, um alles zu begraben, nun flieg schon, Metall, Motorenlärm erfüllt das bis zur letzten Schraube zitternde Flugzeug, es beschleunigt auf der von blauen Diamanten eingefaßten Rollbahn, nun flieg schon, Metall, die Beschleunigung geht weiter, und plötzlich das Wunderbarste von allem, das Abheben, das nur existiert, wenn du auf das zurückschaust, was sich entfernt, flieg, Metall, flieg, ich sehe im Fenster ein lächelndes Spiegelbild, der kritische Moment jedes Flugs, für mich ist er ein Fest, wie bei der Liebe, bei der größten Liebe, und hier ist das Meer, es neigt sich ganz schief, läuft aber nicht aus, mit Licht und Salz bestickt, der Westen ist durchsichtig wie die Haut von Weintrauben, und im Osten, nach der Kurve gen Norden, Tel Aviv plötzlich aus der Höhe von hundert Fuß: wunderschön hellblau, bleich vibriert das elektrische Licht, das nach und nach angeschaltet wird, und noch weiter Richtung Norden, Nordosten, und schon ist es Abend, die dunkle Erde wölbt sich, ein Staubfeuer spritzt Glut, die ganze Erde glühende Kohlen, ein Halsband aus Lampenfunken, Kreuzungen in orangefarbenem Licht, Autos schicken schwache Fühler von Licht voraus und blenden, schon sind wir im Senkflug, schon packen die Leute ihre Taschen, Stewardessen lächeln, schon sind wir in Machanajim, schwarze Wüste, und was mach ich hier –

Es gibt keine Flüge mehr, nicht mehr diese Nacht, wie komme ich dann hier weg, gibt es Taxis? Wohin? Nach Haifa, beschließe ich auf der Stelle. »Wohin in Haifa?« fragt der Taxifahrer. »Ins Dan Carmel«, ich nenne den einzigen Hotelnamen, an den ich mich erinnere, noch aus der Zeit des Wehrdienstes, und siehe, hier bin ich, ich habe um ein Zimmer weit oben gebeten und auch eines bekommen, gegenüber liegt ein von Lichtern gepunkteter Abhang, der endet bei den Schiffen, führt ins Meer –

Dieselbe Aussicht, fast dieselbe. Nachum und ich auf dem Balkon, betrachten die nächtlichen Schiffe, versuchen die Stimmen zu ignorieren, die durch die Glastür mit dem Eisblumenmuster herausdringen. Worüber streiten sie da die ganze Zeit? frage ich Nachum, und Nachum zeigt auf eines der Schiffe: Würdest du gern mit so einem Schiff in See stechen? Irgendwo ganz anders hin. Zum Beispiel in die Siedlung, wo wir uns auf zwei Wohnungen verteilten, Papa und ich – nahe bei der Krankenkassenambulanz, Nachum und du – bei den Orangenhainen, bis zum Wehrdienst bin ich so gut wie nicht mehr nach Haifa zurückgekehrt. Von dem Radarstützpunkt hatte man eine ganz ähnliche Aussicht: einen dunklen, von Lichtern gepunkteten Abhang bis zum Meer, das wimmelte vom goldenen Morsen der Hafenlampen, von Schiffslichtern und Spiegelbildern – Punkt-Punkt-Punkt Strich-Strich-Strich Punkt-Punkt-Punkt morsen die Lichter, SOS, SOS, rettet unsere Seelen – und was ist mit den Körpern? Der Stützpunkt ist von einem Zaun umgeben, der Zaun von Hunden, die Hunde kann man nicht sehen – nur das undurchdringlich dunkle Rechteck der Hundehütten, immer wieder kurzes, bös-heiseres Bellen, ich hatte mir so sehr einen Hund gewünscht, aber Papa hatte nein gesagt, Hunde stürben binnen zehn Jahren, und dann bräche es einem das Herz, aber was zerbricht nicht, was stirbt nicht, sogar Steine reiben sich ab, sogar Metalle, hatte mir Nachum in jener Nacht erzählt, sogar Sterne – du kennen einen Mann, mit Namen Gira, hatte die Frau, die im Kaffeesatz las, zum drittenmal gefragt, da ich es abgestritten hatte, nein, kenn ich nicht, aber von hier ist es gar nicht weit, vielleicht bin ich jetzt lang genug weggelaufen. Ich bin hier. Vielleicht ist es an der Zeit, endlich zu klären, was das damals war: Liebe – Zuneigung – Begehren – ein Irrtum?

Draußen, ganz in der Nähe, rennt der blaue Streifen des Meeres, verschwindet ab und zu hinter einem Kurkarhügel, auf dem dünn und zitternd eins-zwei-drei-vier Meerzwiebeln stehen. Herbst. Nicht weit von hier ist sein Kibbuz. Auf den Knopf drücken, aus dem Bus aussteigen, den Daumen zum Trampen heben – warum eigentlich nicht. Nenn mir einen Grund, warum nicht. Wer wartet auf dich, außer einem rissigen Wohnzimmer in einem Haus voller Bücher, geraubter Ausgrabungsstücke und mit drei abgeschlossenen Zimmern? Drück schon. Der Fahrer wird anhalten. Steig aus, tramp weiter. Alles ist so nah. So klein. Dieses Land kann man zu Fuß durchqueren, vom Mittelmeer zum See Genezareth. Drück doch auf den Knopf. Steig aus. Hier. Was ist passiert? Du bist am Straßenrand. Heb die Hand. Gleich wird jemand anhalten. Dich fragen, was du machst, wohin du fährst, wo du beim Militär warst, ob du den Bruder von einem Zwika kennst und was du vom letzten Spiel von Makkabi Tel Aviv hältst –

Ein kleiner Peugeot hält an. Die Fahrerin, eine ältere Frau, schimpft. »Wieso trampst du?« Die ist bereit, dir das Fahrgeld zu geben. »Ich will dein Bild nicht morgen in der Zeitung sehen.« Sie hat eine Tochter in deinem Alter (anscheinend schätzt sie dich zehn Jahre jünger). Sie schafft es, binnen einer Viertelstunde fünf Vergewaltigungs- und Mordgeschichten zu erzählen, die in den letzten Jahren in dieser Gegend passiert sind. »Das war früher nicht so, da hast du recht, aber jetzt ... Ich sage meiner Tochter immer ...« Und ich: »Moment-Moment-Moment, was ist denn das?« Wir fahren an einem dunkelorangefarbenen Schild vorbei auf dem in schwarzen Buchstaben *Theresienstadt* steht. »Ist es hier?« fragt sie und bremst. – »Nein, noch ein paar Kilometer weiter –«

Der gemähte Rasenhügel ist noch genauso wie in meinen schlechten Erinnerungen an diesen Ort, aber hinter ihm steht ein anderer Speisesaal – abwechselnd grauer Beton, helle Backsteine und riesige Fenster mit Fliegengittern, geschlossen, drinnen läuft bestimmt eine Klimaanlage – was haben sie wohl aus der hölzernen Baracke gemacht, dem früheren Speisesaal? Haben sie sie an Lag ba-Omer beim Lagerfeuer verbrannt? Am Rand des Rasens, wo früher Oleander stand – spitze Blätter, satt rosa Blüten, giftig – stehen jetzt Rosen, wie armselig sehen sie aus, verstaubt, schütter, nicht für Chamsin geschaffen, der Trampelpfad zu den Zimmern der Kibbuzniks ist jetzt asphaltiert, statt des Kinderhauses ein Clubhaus, in derselben deprimierenden Kombination von Beton und Backstein, und schau, da sind die Zimmer der Kibbuzniks, noch in einem alten Reihenhaus von damals, dicht zusammengedrängt, verloren in einem Durcheinander von abgestorbenen Topfpflanzen, zerrissenen Strohmatten, verrosteten Fahrrädern und Turnschuhen mit offenen Schnürsenkeln, und auch drum herum, der rostende Wein, die Heckenwinden, der Jasmin, alles verwildert, als habe hier keiner mehr die Kraft, einzudämmen, was weiterwächst, oder sich von dem zu trennen, was sich aufhäuft – Kinderspielzeug, Zeitschriften über Landwirtschaft, ein Makrameekorb, für den sich kein passender Blumentopf fand, ein schon ziemlich kahler Reisigbesen, ein hölzerner Lehnstuhl, mit einem ausgeblichenen Streifen Segeltuch als Sitzfläche, das Holz ist schon grau und rissig, und aus einem Fenster hinter einer ganzen Traube von Plastikwasserflaschen und Schwimmflossen singt eine Frauenstimme im Radio ein Herbstlied in

Moll, ein junges Mädchen schaut heraus und fragt: »Kann ich Ihnen helfen?« Helfen – das merke ich nach zweistündigem Herumirren – kann keiner. Wenn es in diesem Kibbuz vor dreißig Jahren einen Giora Bar Netzer gab, ist nichts mehr von ihm geblieben, keine Eltern, kein Bruder, keine Schwester, kein Onkel, vielleicht war er auch gar nicht aus dem Kibbuz, sondern ein von draußen aufgenommenes Kind, diese Frage kann nur einer beantworten, der mit ihm zusammen vielleicht beim Militär war, und der arbeitet in der Fabrik. »Wollen Sie einen Moment warten? Gehen Sie so lang in den Speisesaal was essen.« Auf einer Edelstahltheke haufenweise Tabletts, Teller aus grobem Porzellan, leichtes Besteck, Servierwagen gibt es nicht mehr, jeder kommt und nimmt sich, was er will, aus rechteckigen Essensbehältern, die in zwei Gruppen dastehen, Kaltes: Tomaten, Gurken etc., und Warmes: spastisch verkrampfte Hühnerschnitzel, trokkener weißer Reis, Zucchini in Tomatensauce, und der Geruch: abstoßend säuerlich, nach Großküche.

Ich picke mir was raus. Hast du hier gelebt, Giora? Wenn ja, dann ist es das, was du gegessen, was du gesehen hast. Der Kibbuznik aus der Fabrik kommt rein, wird zu meinem Tisch geschickt. – »Eine Frau hat dich hier gesucht.« – »Mich?« Er lächelt mich aus einem sonnenverbrannten, zerklüfteten Gesicht an, das Haar ist spärlich und grau, nein, nein, unmöglich, daß der aus Gioras Jahrgang ist. »Womit kann ich dienen?« Er gießt mir Wasser ein, das wie Saft aussieht. »Vielleicht kennen Sie – ich suche, ich suche im Grunde schon seit Jahren«, rede ich zu seinem über den Teller gebeugten Kopf, zu der beginnenden Glatze, und wenn er mir sagen würde, er würde ihn von früher kennen, was dann, selbst wenn er mir die Adresse geben würde, würde ich hinfahren, um zu sehen, was aus diesem schönen jungen Mann geworden ist, der ganz und gar Variationen in Gold war: die

Locken aus gebackenem Gold, die Haut braungebranntes Gold, die Augen sehr durchsichtiges Gold, leuchteten – »Schon seit Jahren suche ich – auf dem Weg hierher habe ich ein Schild gesehen«, ich lege einen anderen Gang ein, der Kibbuznik merkt es nicht, er ist sehr hungrig, »da stand ›Theresienstadt‹ drauf.« Er hebt überrascht den Kopf. »Ja, es gibt so ein Museum im Kibbuz Givat Chaim Ichud, nicht weit von hier.« Er senkt den Kopf wieder über seinen Teller, ißt mit Heißhunger. »Danke«, sage ich und stehe auf, um zu fliehen. »Fündig geworden?« fragt mich auf dem Weg nach draußen die für die Suppenausgabe Zuständige. – »Nein«, ich zucke mit den Schultern. – »So ist das«, sagt sie mit einem Seufzer, »früher hat hier jeder jeden gekannt, aber heute?« Sie füllt einen Schöpflöffel für eine alte Frau, die demonstrativ ungeduldig auf ihre Suppe wartet, »heute kreist jeder doch nur um seinen eigenen Bauchnabel, nicht wahr, Sonja?«

Nach dem Gespräch mit Chedwa (Warst du in Gioras Kibbuz? Was hast du gefunden? Und seitdem keine Spur? Nun gut, was hast du erwartet? Ich hoffe, du willst deshalb nicht zur Polizei gehen. Kannst du die Geschichte endlich beerdigen? Gott sei Dank. Eine weniger –) gehe ich raus, laufe ein bißchen herum. Ich habe nicht die Kraft für noch eine italienische Szene bei Ora, nicht heute, und heute abend zeigen sie im Communitycenter einen Film. Der wird nicht groß bekanntgegeben, nur eine Ankündigung in einem Glaskasten mit einem netten Schloß. Man versucht nicht einmal, das Publikum mit Filmbildern zu ködern, vor denen wir uns früher zu Beratungen versammelten, um die Schöne zu betrachten, die einem schnauzbärtigen Latino ihr Profil hinhält, und die Luft zwischen den beiden Profilen ist aufgeladen, alles kann passieren, die Jungs mit verwuscheltem Haar, in losen Sandalen und kurzen Hosen, soweit aufgekrempelt, daß die Taschen vorgucken, wollen wissen, ob es ein Western ist, und die Mädchen in Ballerinas, mit elastischen Gürteln über aufgeplusterten Röcken, fragen diejenigen, die den Film schon gesehen haben, fragen mich: Sag, muß man zum Schluß weinen?

Heute abend zeigt man hier *Cinema Paradiso*. Die durchsichtige schwarze Luft ist getränkt von Guajaven- und Jasmindüften in Dur. Werden hier große Frauen mit Hintern wie Wassermelonen unter zu dünnen Kleidern zu sehen sein, wie sie Körbe schleppen, schwitzen, den Schweiß mit einem schönen Handrücken abwischen, fluchen, jemanden rufen, er habe zu kommen, aber sofort, *subito*, wie sie kochen, mit fuchtelnden Händen schreien, kneifen, ohrfeigen, es bereuen, umarmen, weinen, *mamma mia, mamma mia*, was gäbe ich drum, einmal in einen italienischen Film eingelassen zu werden und da endlich mal Ordnung zu machen, verstehe ich plötzlich, aber das Fensterchen des Kiosks mit der Kasse ist verschlossen – ausverkauft.

Dubček weckt mich mit einem erschreckten, klagenden Schrei. Ich laufe barfuß hinaus, nachschauen, was los ist. Überall Sperlinge, ein Rabe, eine Taube. Nichts Besonderes außer einem hohen Schrei. Und auf dem Grundstück nebenan, zwischen den Leviatanen von Polyäthylen, löst sich ein Erdblock und richtet sich auf, wird zu einer Gestalt, die auf mich zukommt – ich brauche eine Brille! Er wird zu einem kleinen Mann, khakifarben gekleidet, streckt mir eine lehmige Hand zum Händedruck entgegen. – »Amitai.« – »Loja.« Und dann die unvermeidlichen Nachforschungen:

»Sie wohnen hier?«

»Ja.«

»Seit wann denn? Ich baue hier seit drei Jahren Erdbeeren an – vorher hat hier so ein Typ gewohnt –«

»Wann sind sie soweit?«

»Die Erdbeeren? Ende Februar. Ich bringe Ihnen ein Kistchen.«

»Danke.«

»Wollen Sie hier einen Garten anlegen? Ich habe gesehen, daß Sie manchmal gießen. Ich bin Gärtner.«

»Und ich schau mir nur so die Vögel an.«

»Haben Sie den da gesehen?« Ein grünglänzender Papagei löst sich mit einem Schrei aus der Palmkrone.

»Ein Papagei!«

»Halsbandsittich«, korrigiert Amitai, schlammfarbene Haut, erdfarbenes Haar, »ein Kulturflüchtling.«

»Kaiser Augustus hatte einen Papagei, der ihn jedesmal, wenn er von einer Schlacht zurückkam mit *Ave-caesar-victor-imperator!** begrüßte.«

»Sind Sie Geschichtslehrerin?«

»Ich? In Pension.«

»In Pension wovon?«

»Wovon? Vom Leben, würde ich sagen.«

»Sind Sie dafür nicht noch ein bißchen jung?«

»Das ist keine Frage des Alters, junger Mann, sondern eine des Kilometerstandes.«

»Was für ein Kilometerstand?« lacht er. Er hat schöne Zähne.

Ich versuche auszurechnen: »Millionen – nein, zwei Millionen Kilometer, vielleicht auch mehr –«

»Das sind keine Entfernungen, die ein Mensch zurücklegt, sondern ein alter Storch!«

»Wie lange lebt ein Storch?«

»Plus minus vierzig Jahre.«

»Interessieren Sie sich für Vögel?«

»Seinen Feind sollte man kennen.«

* Lat.: Sei gegrüßt, siegreicher Kaiser, Herrscher!

»Wer ist dieser Feind?« In diesem Moment habe ich einen neuen entdeckt, in schwarz-rot-weiß-grauem Norwegerpulli läuft er den Palmstamm hoch.

»Das ist ein Specht. Hören Sie, wie er an das Holz klopft?«

»Gegen den bösen Blick?«

»Er markiert sein Territorium. Gehen die Ihnen auf die Nerven?«

»Wer, die Vögel? Die bestimmt nicht. Ich habe sogar ein paar Freunde unter ihnen.«

»Wen denn?« lächelt er.

»Einer weckt mich jeden Morgen mit einem Geschrei, als gehe gleich die Welt unter.«

»Der Braunliest.«

»Und dieser da«, ich hebe den Blick zur Krone des Ficus. Der Kaiser steht auf einem dicken Zweig, schaut uns kurz an und läßt ein Zwitschern los. »Hallo Garrulus! *Tagid Davidi!*«

Und der perlenfarbene, hellblaue und rauchfarbene Vogel sperrt seinen kräftigen schwarzen Schnabel auf und verkündet: Tagidididi! Tagidididi!

Tonscherben und Träume

Ich habe Zeit. Zeit am Stück. Die Zeit rast nicht. Sie geht vorbei, Stunde um Stunde, alles geschieht langsam, der Granatapfelbaum zum Beispiel, nur noch zwei, drei Früchte hängen in seinen oberen Zweigen, die Blätter sind etwas ausgeblichen, dürrer, hier und da schon gelb, wenn ich dann noch hier bin, werde ich sehen, wie sie fallen und wie der Baum im Regen zum Reisigbesen wird, und obwohl es noch heiß ist, hat sich auch der Himmel verändert, sympathisch hellblau, Wolken treiben, hier und da eine offene Dreiecksformation von Vögeln, unterwegs in ein anderes Klima. Der Morgen verspätet sich. Gestern habe ich eine elegante kleine Bachstelze entdeckt, die mit bebendem Schwanz irgendwohin eilte. Die Seifenbäume blühen im Orangerosa von Pessia-Korsagen-mit-Garantie. Ich hatte vergessen, daß auch sie blühen. Ich erinnerte mich an die spitzen Blätter, an die Früchte wie Zwergäpfelchen, an die nackten Arme im Winter, lilabraun mit Ohrringen aus Regen, wie traurige Kronleuchter.

Ich habe Zeit. Ich habe entdeckt, daß ich Zeit habe. Ich verschiebe Dinge, weil ich Zeit habe. So wie Schlomimama einen neuen Stoff, aus dem sie ein Kleid für eine Hochzeit oder einen Anzug für die Bar Mizwa nähen sollte, streichelte, betastete, durch die Finger fließen ließ, sie rief mich, flüsterte: Was für ein Stoff, faß mal an, fühl mal, genauso lasse ich jetzt die Tage durch die Finger fließen, als seien sie ein unbekanntes Gewebe aus einem übersetzten Roman von weit her: Wildseide, Samt, Damast –

Rechtsanwalt Betzer ist aus Palma de Mallorca zurück, er ruft mich an. »Also, wie steht's?« Er habe einen Käufer, und ich hätte eine Gelegenheit. Aber ich habe Zeit, sage ich ihm, es brennt nicht. Vielleicht beschließe ich auch noch hierzubleiben, bis Winterende, bis zum Frühjahr, bis zum nächsten Sommer, bis zu den Feiertagen. »Die macht mich ganz durcheinander«, seufzt die vom Laden, als sie sich bückt, um mir ausgerechnet diesen einen Joghurt zu suchen, den ich noch nicht probiert habe. »Ihr könnt mir glauben«, sagt sie, als sie ihn auf die Theke knallt, »das ist alles dasselbe.« Alles dasselbe? Nein, ich denke nicht. »Daß du nicht verrückt wirst«, sagt Tikwa zu mir, die manchmal beim Gemüsehändler vorbeifährt oder im Lebensmittelladen noch ein paar vergessene Kleinigkeiten besorgt. »Was machst du den ganzen Tag?« will sie wissen, und ich antworte: »Ich denke«, und Tikwa warnt mich: »Denken reicht nicht. Tu was, Loja. Das Leben geht vorbei.« »Ja«, stimme ich ihr zu, »aber nicht so schnell.« »Ich habe mal eine Sendung über Altersheime gesehen«, erzähle ich ihr über einem Berg Eis im Café im neuen Zentrum, »über Altersheime in Kanada. Da haben sie einen alten Mann interviewt. Gibt es hier Liebesgeschichten? haben sie ihn gefragt. Ja, hat er gesagt, so wie überall. Und wie ist die Liebe in diesem Alter? Sehr viel schöner, hat er geantwortet, alles passiert, nur eben langsamer, es wärmt, aber es verbrennt nicht, ich kann dieses Alter nur empfehlen, hat er gesagt. Wie alt sind Sie? haben sie ihn gefragt. Achtundachtzig, hat er geantwortet. Dann habe ich also noch vierzig Jahre Zeit, um allein durch die Wüste zu irren.« – »Bei Männern stimmt das vielleicht«, sagt Tikwa und macht sich über ihr Eis her, »aber bei Frauen –« Ist hier auch schon die Mode ausgebrochen, mit den Männern vom Mars und den Frauen von der Venus, Chedwa konnte das Buch so gut wie auswendig und zitierte daraus in fast jedem Gespräch über den

Stand der Dinge, was bedeutete über den Stand meiner nicht vorhandenen Liebschaften. »Aber im Ernst, Loja, das kannst du doch nicht vergleichen. Uns trennen Welten. Wo sind die Männer, und wo sind wir!« Wo die sind, weiß ich nicht. Aber wo sind wir? Wir sitzen hier und essen Eis.

Nach dem Eisessen kehre ich mit zwei Tomaten, einer Gurke und einem Rettich in der Plastiktüte nach Hause zurück. Altersheim? In der fünften Klasse haben wir diskutiert, in welchem Alter man am besten sterben sollte. Josefa und Arlosora wollten hundert werden. Adriana zitierte Ihremama, bis vierzig könne eine Frau noch schön sein, und erklärte, vierzig sei für sie genug, und ich verkündete, fünfundzwanzig sei das Alter, in dem man anfange, Falten zu kriegen und zu degenerieren, wenn ich bloß vorher sterben könnte. In den ersten Jahren in der Luft hatte ich mich danach gesehnt, auf einem Flug ganz plötzlich, ohne es zu ahnen und ohne Angst zu haben, wie ein riesiges Feuerwerk zu explodieren, Blut und Fleisch würden zu Sternen, der Geist würde zu einer absoluten Null verdampfen: Auf dem Ägäischen Meer würden keine Leichen schwimmen.

Als ich abends zu Ora komme, schreit sie gerade ein furchtbar wütendes »Ja!« an der Grenze zum Weinen. Ich erinnere mich, selbst so wütend gewesen zu sein, als wir hierher zogen. Weinend, kreischend, um mich tretend, verschmierte ich den Boden mit Striemen von den Absätzen meiner Schnürstiefel, die ich so haßte, aber Vater zwang mich, sie anzuziehen, denn die sind gesund, und du hast Plattfüße. Und ich wollte so sehr schwarze Lackschuhe mit Schleifchen, so wie Adriana. »Ja!« schreit Ora. »Ja, ja, ja, ja, ich komme! Ich höre! Gleich!« Erst dann bemerkt sie mich und seufzt: »Ach, Loja ... Komm, setz dich ... Einen Moment ...

Entschuldige, daß ... Setz dich, setz dich, schön, daß du da bist. Ich mache uns gleich einen Kaffee«, und wieder schreit sie ins Innere der Wohnung, als Reaktion auf die undeutliche Stimme eines der Jungen: »Dann such eben! Unter dem Bett! In den Schubladen! Irgendwo muß er ja sein! Und wenn du ihn verloren hast, dann kauf eben einen neuen!«

Schwere, rennende Schritte, Jinon kommt schwitzend in die Küche, macht den Kühlschrank auf, holt eine Flasche Cola raus, dreht den Deckel auf, und nur der Schrei »Nicht aus der Flasche! Wie oft habe ich dir das gesagt!« bringt ihn dazu, ein hohes Glas aus dem Schrank zu holen, er gießt sich Cola ein, trinkt, läßt die Flasche auf dem Tisch stehen, stellt das Glas in das Spülbecken und rennt raus. »Jinon!« brüllt Ora hinter ihm her. Noch nie habe ich sie so schreien gehört, noch nicht mal in Streitgesprächen über die Militärverwaltung in den arabischen Dörfern oder für und gegen die Todesstrafe. Der Junge kommt zurück. »In den Kühlschrank!« befiehlt Ora und zeigt auf die Flasche. Er schaut sie belustigt an, sieht mich, grüßt mit »*Hi!*«, stellt die Colaflasche in den Kühlschrank und will gehen. »Und was ist mit dem Glas?!« hält Ora ihn an der Tür zurück. »Steht doch im Spülbecken«, er stellt sich dumm. »Was ist denn hier los?« fragt Oramama, als sie die Tür aufmacht, die beide Küchen miteinander verbindet. »Spül es ab!« befiehlt Ora ihrem Sohn und ignoriert ihre Mutter. »Wozu hat man eine Spülmaschine«, sagt der Junge lächelnd, mit den Augen meiner einst besten Freundin, die jetzt gleich losweint. »Orinka, was ärgerst du dich so?« Mechoras süßliche Stimme ist, genau wie früher, die Stimme einer bösen Frau, die alles daran setzt, wie eine gute Frau zu klingen. Der Junge hüpft von einem Bein aufs andere, boxt in die Luft, beklagt sich: »Siehst du, sogar Oma sagt, daß ich recht habe!« und will wieder gehen. »Jinon«, Ora ruft ihn zurück, er läuft rückwärts, wie ein Clown, amüsiert sich über ihre Wut, »du hast Loja nicht begrüßt!« Jetzt müßte ich Doch-hat-er sagen, aber ich schweige. Jinon regt sich nicht auf. Er macht vor mir einen Diener, nimmt mit ausladender Bewegung einen imaginären Musketierhut vom Kopf. »Gegrüßt seist du, Loja«, verkündet er, blinzelt mir hinter Oras Wut zu, wenn ich ihn anlächeln würde, wäre es Verrat.

»Begabt wie ein Teufel«, sagt Mechora voll Bewunderung, nachdem Jinon gegangen ist. Sein Kopf erscheint noch einmal in der Tür. »Ich habe alles gehört! Man soll nicht tratschen!« lächelt er, strahlend, charismatisch, wenn ich jetzt noch mal jung wäre. »Schalom, Loja«, wendet sich Mechora schließlich an mich. Ich gebe ihr die Hand, sie behält sie einen Moment in der ihren, trocken und heiß wie Feuer. »Ich mache uns einen Kaffee«, murmelt Ora und dreht uns ihren breiten Rücken zu. Ihr Gesicht schaut auf den Herd. Ich habe den Verdacht, daß sie weint. »Was Loja für schöne Hände hat«, sagt Oramama und streichelt meine gefangene Hand wie mit Schmirgelpapier. Ihre Hände sind sehnig und haben dunkle Altersflecken. Könnte ich doch sterben, bevor ich solche Hände bekomme, durchfährt es mich plötzlich. »Filter- oder Nescafé?« fragt Ora mit halberstickter Stimme vom Herd, noch immer mit dem Rücken zu uns. »Loja trinkt keinen Kaffee«, erklärt Mechora. »Daran erinnern Sie sich!« staune ich. »Selbstredend«, sagt sie, mit ihrem klaren, prächtigen Hebräisch, »noch bin ich im Besitz meiner geistigen Kräfte«, ihr blendendweißes Gebiß lächelt mich an. »Ich erinnere mich an alles«, sagt sie, zieht sich einen Stuhl heran und setzt sich zu mir, »Orinka, und für mich bitte einen Tee!« »Auch für dich, Loja?« fragt Ora, ihrem Ton nach zu schließen, kocht sie auch mich bereits in ihrer Wut. »Nein, nein, lieber was Kaltes, wenn's geht«, sage ich. Ora stellt das Wasser auf. »Was Kaltes. Was ganz Kaltes«, singt sie vor sich hin, auf eine dumme, nervöse Melodie, und ich frage mich, warum ich überhaupt gekommen bin. Was habe ich erwartet, wenigstens einen schwachen Abglanz des mutigen Bundes, der zwischen uns vor dreißig Jahren bestanden hat? Ich habe mich verändert, sie hat sich verändert, das Leben hat sich verändert, sogar der Garten, vom Garten, früher ein Hain mit Obstbäumen voll Blüten, Düften, Früchten und Schatten ist nur ein handtuchgroßes Stück Rasen mit einer Reihe zäher, freudloser Blumen übriggeblieben. »Was für Blumen habt ihr da am Zaun?« versuche ich ein belangloses Gespräch zu beginnen, während Ora mir ein Sprite, ihrer Mutter einen blassen Tee mit einem Stück Zitrone und sich selbst einen Filterkaffee hinstellt. »Paradiesvögel«, antwortet Mechora an ihrer Stelle. »Schau doch, was Loja für schöne Hände hat«, sagt sie zu ihrer Tochter. Ora wirft mir einen kurzen Blick zu, danach ihr, und schaut dann auf ihren Kaffee. Plötzlich wird mir klar: Mechora Berger sagt das nicht, um mir zu schmeicheln, sondern um ihre Tochter traurig zu machen. Ich schaue Ora an, ihr Gesicht ist besorgt, sie hat keine Geduld sitzen zu bleiben, gleich wird sie aufstehen und sagen, daß sie jetzt los muß, siehst du, sie steht schon auf, warum bin ich gekommen. In diesem Alter naiv zu sein, hatte Chedwa ihre neueste Theorie zitiert, sei kein Luxus, sondern schlicht Dummheit. »Loja und ich möchten ein bißchen reden«, sagt Ora. »So plappert doch miteinander, dabei störe ich ja wohl nicht«, sagt Oramama und zieht das Teeglas zu sich heran, nimmt hörbar einen Schluck und fährt fort: »Hast du meine vier Enkel gesehen?« »Am Laubhüttenfest«, erinnere ich sie. Sie nimmt noch einen Schluck. – »Mama, ich glaube, Papa ruft dich!« – »Orinka möchte mich bloß von hier vertreiben«, sagt Mechora Berger lächelnd und zeigt wieder ihre blendendweißen Zähne, »und du, bist du verheiratet?« Die Schlange schnappt zu und spritzt ihr Gift. »Mama! Papa ruft dich! Hörst du nicht?« Ora spricht lauter. Aus der Ferne, aus den Zimmern, die jenseits der beiden miteinander verbundenen Küchen liegen, hört man ein »Me-ra! Me-ra!« – »Gleich«, antwortet Oramama mit einer Stimme, die nicht zu dem durchdringen kann, der aus den Tiefen des Hauses nach ihr ruft, »ich trinke nur noch meinen Tee aus«, schimpft sie vor sich hin, fängt sich aber gleich wieder und hebt danach ihren Blick zu mir. »Hast du Frieda Gurwitz gekannt? Die Schneiderin, die hier nebenan gewohnt hat? Gewiß hast du sie gekannt.« – »Mama«, unterbricht Ora demonstrativ ungeduldig. – »Sie ist gestorben«, fährt Oramama fort, trinkt und redet weiter, »vor drei Monaten. Eine junge Person.« – »Dreiundsiebzig!« giftet Ora. Sie ist schon nicht mehr so mild und gütig, irgendwas ist mit ihr passiert, der Pegel der Gemeinheit scheint mit vorrückendem Alter zu steigen. Wie der Blutdruck. Wie das Cholesterin. »Auch unser Herr Singer hat das Zeitliche gesegnet«, Mechora Berger nimmt sich einen Keks und nagt daran, »und auch die Eheleute Kalmanowitsch, beide am selben Abend, eine Tragödie, du hast bestimmt davon gehört, und Chassia Horowitz –« Chassia Horowitz, Schlomimama, die statt Gladiolen einen Laib Brot in die Mitte des Wohnzimmertischs placierte. »Du warst nicht auf der Beisetzung«, sagt Mechora und tunkt den Rest des Kekses in den Tee. »Mama hat dein Fehlen vermerkt«, Ora mischt sich jetzt ein, umfaßt die Schultern ihrer Mutter mit festem Griff, zwingt sie geradezu aufzustehen und geleitet sie bis zur Tür. »Ihr Todestag ist am 11. Adar«, Mechora redet auf der Schwelle weiter. »Papa ruft dich!« Ora macht die Tür weit auf, und jetzt hört man »Me-ra! Me-ra!« »Sie will mich mit dem Greis zusammen einsperren«, schimpft Oramama und geht aus der Küche, geht endlich.

Ora holt tief Luft, bis in die letzten Zipfel der Lunge, und atmet langsam wieder aus.

»Ich dachte, Deinemama liebt deinen Vater.« Ich kann mich nicht beherrschen.

»Damit ist es jetzt vorbei«, Ora kramt in einer Schublade, holt zwischen den Küchenhandtüchern ein zerdrücktes Päckchen Zigaretten hervor, »jetzt liebt sie nur noch sich selbst«, sie zieht vorsichtig eine Zigarette heraus, »komm, wir gehen raus, ich brauche jetzt dringend eine Zigarette.«

Wir stehen am Zaun, sie raucht. Die Asche verstreut sie über die Paradiesvogelblumen, ich möchte ihr das sagen, erinnere mich aber, was du mir mal gesagt hast, Asche ist Dünger, Asche ist ein verdammt guter Dünger.

Heute morgen hat der Winter begonnen: Die ganze Nacht über lärmte der Wind in den Blättern des Ficus, schüttelte die Palmzweige, klopfte an die Fensterläden, rüttelte an ihnen, probierte sie alle aus: Geschlossen? Geschlossen? Die ganze Nacht lief ich auf der Chinesischen Mauer, die nichts anderes war als ein Teil des verlassenen Waisenhauses, und ich kam zum Grab von Qin Shihuangdi, ging zwischen den großen Terrakotta-Soldaten hindurch, berührte sie, spürte die Rauheit des Tons in den Fingern. Neben dem letzten Soldaten habe ich dich gesehen und gefragt: Was machst du hier? Ein bißchen graben, hast du geantwortet, obwohl auch du, wie das Fußvolk und die Reiter, ganz und gar aus Terrakotta warst, und ich wußte, wenn du dich bücken würdest, um zu graben, würdest du zerbrechen. Ich schaute, ob es hier irgendein Gerät zum Graben gab. Ich sah eine kleine Hacke, bückte mich, um sie aufzuheben, und als ich mich wieder aufrichtete, wußte ich schon nicht mehr, wer von den kaiserlichen Soldaten du gewesen warst. Ich spürte, wie die Erde strömte, sie schwamm mir unter den Füßen weg, wie der Sand am Meer, wenn die Welle ihn zurück ins Meer spült – ich wachte auf, mit einem kurzen Schrei, dem Wind entgegen, der durchsichtig und gewaltig das Haus umspülte und nacheinander die Fensterläden und die Tür ausprobierte – Geschlossen? Geschlossen?

Alles draußen hat die Farbe von Ausland angenommen: das Licht bläulich grau, der Himmel bewölkt, die Bougainvillea, die Zypresse, das Geißblatt, die Gräser, die Leviatane aus Polyäthylen haben eine trübe Patina – in dieser Stimmung erscheint zum Glück Adriana mit einem Duft von Estée Lauder und Croissants. »Noch warm vom Bäcker«, versichert sie mir, und ich mache uns beiden Jean-Jacques' *chocolat-après-amour.* Adriana trinkt einen Schluck, blinzelt genießerisch. Großer Mund, große Nase, große Augen, grünlich, früher war sie schöner, ihre Haut ist wie matte Sahne, nicht mehr so braungebrannt, auch sie nimmt sich wohl vor dem Ozonloch in acht, ihr Haar gefärbt, ein totes Blond, früher hatten wir fast dieselbe Farbe, ein schmaler grüner Schal nimmt die Farbe ihrer Augen auf, sie sind gelblicher als in meiner Erinnerung –

»Aus dem Kochbuch von deinem französischen Freund?« fragt sie, nachdem sie ausgetrunken hat. »Woher weißt du das?« staune ich. »Du hast wohl vergessen, wie es in der Siedlung zugeht.« Sie lacht. Hat geheiratet, sich scheiden lassen, geheiratet, sich wieder scheiden lassen, aber ihre Fröhlichkeit, ihre gute Laune und ihre unbeschwerte Großzügigkeit hat sie nicht verloren, sie kommt vorbei, gibt mit Freude, rechnet nicht auf. »Komm, laß uns das Haus anschauen«, sagt sie, steht auf und geht ins Wohnzimmer, ich hinter ihr her, »früher hat man höhere Räume gebaut, was?« Sie hebt den Blick. »Ich bin ganz verrückt nach hohen Decken!« Wird auch sie mich fragen, für wieviel ich dein Haus verkaufe? »Hast du diese Risse da gesehen?« Sie zeigt auf die Westwand. »Es ist nicht gut, in einem Haus mit Rissen zu wohnen«, sagt sie und sieht ehrlich besorgt aus, wird sie prophezeien, daß das Haus mich beim nächsten Erdbeben unter sich begraben wird? Wird sie mir empfehlen, jemanden von der Bauaufsicht herzubestellen? »Risse ziehen schlechte Energien an«, sagt sie, eher zu sich selbst als zu mir, tritt näher an den Biedermeier, »Antiquitäten, was?« »Ja«, sage ich. »Darf ich?« fragt sie und macht die Glastür auf. »Das sind ja wirklich antike Stücke. Sind die echt?« »Hm«, antworte ich. Sie nimmt eine alabasterne Statuette heraus, betrachtet sie, stellt sie wieder an ihren Platz, danach greift sie nach ein paar türkisfarbenen Perlen, legt sie zurück, berührt die Pyxis. »Die ist nicht so alt«, sage ich in einem Ton, der sie dazu bringt, die Hand zurückzuziehen, als habe sie sich verbrannt, und im Fach darüber weiterzuspazieren, dort zieht sie hinter den verschiedenen Astarten vorsichtig die Göttin Anat heraus. »Die ist ja wunderschön! Hör mal, wenn du damit nichts anfangen kannst, kaufe ich dir gern ein paar Stücke ab, für das Schaufenster der Boutique«, sie hält die eiserne Göttin, wiegt sie wie ein Küken in ihren großen Händen. – »Das ist eine ugaritische Göttin.« – »Hey«, erinnert sie sich, »du hast damals versucht, uns die ugaritische Schrift beizubringen, das war vielleicht kompliziert, erinnerst du dich noch an irgendwas davon?« Ich nicke. »Du wirst bleiben, nicht wahr?« Sie stellt Anat an ihren Platz zurück und schließt hinter ihr die Glastür. »Vorläufig«, sage ich. Adriana mustert mich mit schräg gelegtem Kopf »Der *meschiggener* hat das Haus dir vererbt, statt es der Gemeinde zu vermachen. Frag Josefa. Er hat dir das Haus vererbt, damit du zurückkommst. Das ist dein Karma.« – »Mein was?« – »Dein Karma. Noch nie was von Karma gehört? Jeder von uns macht in diesem Leben etwas gut, was er in seinem letzten Leben versaut hat.« – »So ein Quatsch, Adriana!« Adriana nimmt meine Hand und führt mich mit Schritten wie der Prinz in *Schwanensee* zum Sofa. »Setz dich mal hin«, sagt sie, beugt sich über den Sessel, umarmt den Haufen Kleider, der da liegt, und trägt ihn in die Küche. »So kann man nicht reden«, sagt sie, als sie zurückkommt, setzt sich in den freigeräumten Sessel mir gegenüber. »Karma«, sagt sie, und ihre gepflegten schönen Hände malen etwas Abstraktes in Höhe des Zwerchfells, »vor siebenundzwanzig Jahren hast du euer Haus verkauft.« Ich nicke. »Du hast gesagt, du kämst nicht mehr hierher zurück, weißt du noch? Nach dem ganzen Skandal ...« Ich nicke. »Du warst wirklich in einer schlimmen Verfassung ...«, sie sammelt sich wieder, nach diesem traurigen Gedanken, »und plötzlich bekommst du noch mal ein Haus und mußt doch zurückkommen.« »Um ein paar Sachen abzuschließen, nur um Sachen abzuschließen«, sage ich, versuche keine Illusionen aufkommen zu lassen. »Deine Ausreden heb dir für jemand andern auf«, sagt Adriana lächelnd, »davor kannst du nicht weglaufen, Loja, es gibt hier eine Sache, die du zu Ende bringen mußt, du mußt etwas in Ordnung bringen.« New Age hat also auch das *Old Country* erreicht. »Vielleicht verrätst du mir, was genau ich in Ordnung bringen muß?« Genauigkeit ist eine prima Nadel, um jedem spirituellen Ballon die Luft abzulassen. »Ich weiß nicht. Das mußt du wissen.« Adriana steht auf. Eine große Frau. Füllig, aber noch immer hübsch. Eine-eindrucksvolle-Frau, hätte Eliot gesagt. Sie geht im Wohnzimmer auf und ab. »Ich habe den Eindruck, hier ist noch jemand«, sie schnuppert die Luft mit geschlossenen Augen, erstarrt plötzlich. »Was war das?« – »Vielleicht eine Maus.« Ich habe mich schon an die Geräusche des Hauses gewöhnt. Adriana kramt in ihrer großen grünblauen Ledertasche. »Ich habe dir Kristalle mitgebracht, die reinigen die Atmosphäre«, sie holt etwas in Seidenpapier Gewickeltes hervor, packt es aus, und zum Vorschein kommt ein halb milchiger, halb durchsichtiger Kristall, gezahnt, sieht aus wie ein kleiner Dinosaurier.

»Wo soll ich ihn hintun, wo gehört der hin?« Sie läuft herum, die Hand mit dem Dinosaurier nach vorne ausgestreckt, wartet, daß der Kristall ihr ein Zeichen gibt. »Adriana, bist du jetzt völlig übergeschnappt?« Ich habe keine Geduld für heidnische Zeremonien. »Schschsch«, Adriana bleibt vor mir stehen, legt mir vorsichtig den Kristall auf den Kopf, »du hattest heute nacht einen schlechten Traum«, flüstert sie. »Nicht schlecht, bloß etwas merkwürdig«, gebe ich zu. – »Wovon hast du geträumt?« – »Von China.« – »Warst du mal in China?« – »Nein, aber wenn ich das Haus und den Orangenhain verkauft habe, werde ich nach China und Alaska und nach Neuseeland fliegen.« – »Wenn das dein Karma wäre, dann hättest du Geld bekommen und nicht ein Haus«, sagt Adriana im Brustton der Überzeugung und fängt im letzten Moment den Dinosaurier auf, der mir vom Kopf rutscht. »Sag, schläfst du im Wohnzimmer? Was ist mit den anderen Zimmern? Sind die abgeschlossen? Komm, wir schließen sie auf. Abgeschlossene Zimmer sind nicht gut, da sammeln sich schlechte Energien – nur die Toilette muß zu sein. Hier sieht es aus wie bei uns.« Wir sind im Flur. »Was ist mit eurem Haus?« versuche ich Zeit zu gewinnen. Mein Mund ist trocken. »Mutter hat das Haus verkauft, nachdem Vater gestorben ist, 1976.« – »Und wie geht es deiner tollen Mutter?« – »Meiner Mutter? Die ist zurück nach Mailand, hat einen acht Jahre jüngeren Modedesigner geheiratet.« – »Ist sie immer noch so schön?« – »Noch schöner sogar, sie hat sich grade renovieren lassen. Bring mir den Schlüssel, den Schlüssel zu diesem Zimmer. Wir schließen erst mal dieses hier auf. Wessen Zimmer war das? Das vom *meschiggener*? Von Nemecsek?« – »Das ist das Klebezimmer.« – »Klebezimmer?« – »Ja, das Arbeitszimmer von Davidi, hier hat er seine ausgegrabenen Scherben zusammengeklebt und restauriert.« – »Also komm, dann schließen wir es jetzt auf.« –

»Das Zimmer ist vollgestopft mit Tonscherben und Papieren, und es stinkt unsäglich nach diesem Kleber.« – »Loja, jetzt mach schon auf!« Das Schlüsselloch schaut mich an, aus dem Dunkel ausgeschnitten, sehe ich die Gestalt der Mondgöttin Tanit mit amputierten Armen. »Siehst du, es geht gar nicht auf«, freue ich mich. – »Geduld, nur Geduld ... Schau, der Schlüssel dreht sich schon. Aber mach du auf. Du mußt es aufmachen. Das ist dein Karma.«

Eine Welle von schimmligem, saurem Geruch wirft uns fast wieder zurück, nagelt uns auf der Schwelle fest. Das Zimmer ist kleiner, als ich es in Erinnerung habe, rechts Regale, vollgepackt mit Büchern, an der Wand links der riesige Tisch, am hinteren Ende zwei hohe Stapel Pappmappen voller Papiere, daneben riesige Bücher, die in kein Regal passen, sie strecken Zungen raus, improvisierte Lesezeichen aus braunem Packpapier und alten Briefumschlägen, an dem nahen Ende des Tisches offene flache Holzkistchen, und in ihnen, wie die Blütenblätter einer zerpflückten Rose, Tonscherben, die darauf warten, zusammengeklebt zu werden, hier ist ein Wasserkrug und da ein Öllämpchen, höre ich deine Stimme, das ist seine Spitze, ich sehe deine breiten Fingerkuppen, hier ist die Öffnung des Lämpchens, und hier kommt der Docht raus, das Auge der Lampe, siehst du das? »Schalom, Loja«, flüstert Adriana – ist sie noch hier? »Ich bin schon zu spät dran, ich muß in die Boutique. Den Kristall lasse ich dir hier«, sie legt ihn auf das Ende deines Tisches, »ciao!« – »Ciao«, antworte ich, gehe erst einmal zu den riesigen Büchern und schlage sie auf, das ist weder Titus Livius, noch Tacitus, noch Sueton, jeder Band hat einen Block großer hebräischer Bibelbuchstaben in der Mitte, darum herum ein breiterer Rahmen in Raschischrift und auf dem Rand Anmerkungen in noch viel kleinerer Raschischrift: Talmudfolianten! Bist du auf deine alten Tage noch fromm geworden? Unmöglich! Ich durchquere das Zimmer, ziehe die Fensterflügel zu mir, stoße die Läden auf, lasse den Herbst in die Zeit, die hier mit einem Geruch aus Lehm, Leim und gepreßtem Papier geronnen ist. Woran hast du gearbeitet? Was wolltest du beweisen? Wovon habe ich dich all die Jahre nicht wegbringen können, in denen es noch möglich war –

Rrrom! – Du willst nicht nach Rom fliegen? Ich hatte angerufen, hatte geschrieben, wollte dich versöhnen. Was man in Rom macht? In Rom lebst du wie ein Römer, du fährst wie ein Verrückter, du ißt mitten auf der Straße vor einer Trattoria Pizza und kalte Melone, atmest die vorbeifahrenden Stadtbusse und Motorräder ein, siehst schöne Italienerinnen, du nimmst einen kleinen Löffel Parmesan, den man dir in einem geschlossenen Glasgefäß reicht, so wie bei uns den Zucker. Meinetwegen auch London! Flieg mit mir nach London! Da gibt es Häuser in der Farbe von Bitterschokolade, ein solides graues Licht, immergrüne Rasen und Pubs mit dunklem Bier, in einem Farbton zwischen Braun und Gold, und Museen und Theater – haßt du die Briten immer noch? Dann vielleicht Skandinavien? Das Wasser der Fjorde ist schwarz wie Tinte, die Luft ist vor Kälte mürbe, man kann sie essen, wie geschreddertes Eis, die Backsteinhäuser haben metallicgraue Schieferdächer, und wenn es da regnet, stirbt man fast vor Melancholie. Ich verstehe dich nicht. Brauchst du nicht mal Tapetenwechsel? Ein anderes Klima? Andere Landschaften? Andere Stimmung? *Animum debes mutare, non caelum**, antwortest du zornig. Du klebst ja richtig an Rassco 3, komm, komm mit nach Spanien, der Boykott ist vorbei, Franco ist tot, und Madrid ist wunderschön. Auf jedem Platz ziehen marmorne Pferde marmorne Kutschen unter glitzernden Wasserbögen, die Paläste haben Tore wie

* Lat.: Den Geist mußt du ändern, nicht die Himmelsgegend.

schwarze Schmuckstücke, früher wohnte in jedem Palast ein Prinz, heute wohnt da eine Bank – aber nach Europa zieht es dich nicht. Europa ist verrottet. Verfault. Solltest du dich je aus Rassco 3 wegbewegen, so wäre das nur mit der Eisenbahn, und zwar nach Norden, nach Tyrus und Sidon.

Natürlich: Tyrus. Sidon. Phönizien. Hier ist das Buch von Slouschz über die phönizischen Inschriften, und *Der königliche Palast von Ugarit* von Charles Virolleaud und *Die Seemacht Karthago* von Zvi Herman, der dir erzählt hatte, daß sogar Ben-Gurion Hannibal für einen hebräischen Feldherrn gehalten hat, und hier das grüne Buch von Cassuto über die Göttin Anat, aus dem ich das ugaritische Alphabet abgeschrieben habe, und das braune Buch von Contenau, und hier das Buch über Hannibal, *Einer gegen Rom,* das du mir gegeben hast, als ich Mumps hatte, und das ich immer wieder las, und jedesmal, wenn ich an die Stelle mit dem kranken Elefanten kam, der mit dem Rüssel einen Ast schwenkt, so wie er es bei Menschen gesehen hat, die um Erbarmen flehten, mußte ich aufhören und mit den Tränen kämpfen, und hier das Buch über die Amoriter von Clay und Bücher über Bar Kochba – Abramsky, Devir, und Charles-Picard über das Alltagsleben in Karthago.

Und wo sind die Bücher von Papa, die du mich nicht hast verkaufen lassen – Loja, nein, nein, nein! – den Altesachenhändler prügelst du beinah aus dem Haus, machst einen Aufstand, Schlomis Vater und Bilumama kommen reingerannt, Oramama, die Krankenschwester, jemand ruft die Polizei, wo ist der blaue Josephus Flavius, wo Titus Livius, Plutarch, die vier Bände über die Geschichte Roms mit den Männern in steinernen Gewändern und Frauen mit amputierten Armen, Mosaiken von Weingelagen und von Raubtieren, die in ihrer großen Herzensgüte zu breit lächeln, und wo ist Tacitus, der Fürst des Dunkels –

Neue Geräusche wecken mich mitten in der Nacht: Geräusche von Materialien, die frisch dem Licht ausgesetzt wurden und zerfallen, das Knarzen einer Seite in einem Talmudfolianten, eine geklebte Tonscherbe, die sich soeben wieder in ihre Bestandteile auflöst, Fasern, die reißen, ich liege da und lausche, die Tür zum Klebezimmer habe ich offengelassen, von dort kommen die Geräusche, von dort das Rascheln der Zeit, es flüstert wie Feuer – ich springe auf, das ganze Haus wird von züngelnden Wassergeräuschen umspült: das Geräusch von Wasser auf dem Laub, Wasser auf den Dachziegeln, Wasser auf der Asbestüberdachung, auf den Stufen und im Schlund der Regenrinne, das Platschen des planschenden Gartens, die Wohlgerüche regengetränkter Erde füllen die Luft – ein Blitz hüllt den Garten in reines Licht – danach ein Knall, es hört sich an, als stürzten reich geschmückte Tempelanlagen ein, die Schrägen des Regens glänzen im Dunkel – das Geräusch des Wassers auf dem nassen Laub, auf den Erdinseln, dem Gras, im Dickicht des Ficus, in den Höhen der gepeitschten Palmen – alles ist schwarz, lebt, rinnt und glitzert – wie viele Jahre war ich nicht mehr so mitten im Regen wie im Herzen eines riesigen Kronleuchters, barfuß, ohne was auf dem Kopf, wer kann es mir verbieten, doch ausgerechnet jetzt verstummt der Regen, der Wind bläst kalt, der Ficus schüttelt seine Tropfen ab wie ein riesiger schwarzer Pudel, das Wasser plätschert im blechernen Schlund der Regenrinne, und aus der Erde ertönt gesättigtes Gurgeln.

Ich schließe das Gartentor, das der Wind aufgerissen hat. Alles ist gewaschen, alles klingelt hell. Morgen wird ein durchsichtiger Wintertag, voller Bachstelzen.

Klopft es? Klopft jemand an der Tür? Wer kann das sein? Nicht der Milchmann und auch nicht der Mann von der

Wäscherei, der die gebügelten Laken zurückbringt, auch nicht der Bürgermeister in Begleitung der Krankenschwester, um mir mitzuteilen, daß ... es tut uns furchtbar leid, ich bin ledig, von allen Seiten verwaist, mir kann keiner mehr plötzlich sterben, aber es klopft an der Tür, jemand klopft an der Tür, und das Klopfen hat etwas Verzweifeltes, ein hartnäckiger Käufer? Betzer hätte mich vorher benachrichtigt. Vielleicht dieser Typ vom Grundstück nebenan? Soll er klopfen. Ich bin nicht da. Das Licht zwischen den Latten der Fensterläden ist schwach, noch trüb, wie spät ist es überhaupt? Halb neun. Ich habe geschlafen wie ein Bär. Und immer noch klopft es, verdammt noch mal, es wird nicht aufhören, wenn ich nicht hingehe, ich schlurfe in offenen Sandalen, in einen Morgenmantel gehüllt, zur Haustür, Moment, einen Moment noch, das Guckloch ist verklebt, nur wenn ich aufmache, werde ich sehen, wer da so beharrlich – »Ora?!« In einem geschmacklosen Trainingsanzug, wie ein Flüchtling aus Osteuropa. »Du bist nicht bei der Arbeit?« – »Heute ist Schabbat.« Ihr Lächeln ist erschöpft und matt, in den Mundwinkeln schon fast schmerzvoll. Sie drückt sich einen großen, dicken Briefumschlag an die Brust. »Hast du keinen Kalender?« Sie folgt mir ins Wohnzimmer, sieht die Kleiderkadaver über den Sesseln, das zerwühlte Sofa, dreht um. »Laß uns in die Küche gehen, und mach mir einen Kaffee. Habe ich dich geweckt? Tut mir leid, aber sonst hätte ich nicht kommen können, und bei mir – du hast ja gesehen«, sie seufzt, »jetzt schlafen sie noch alle«, sie wirft einen Blick auf die Uhr und sagt, »wir haben bis zehn Zeit.« Ich serviere mir einen Tee, ihr einen Filterkaffee, setze mich ihr gegenüber. Wir sehen beide furchtbar aus, aber wer sieht uns hier? Der kahl werdende Granatapfelbaum hinter dem von Fettdunst und Staub verstopften Fliegengitter? Der rissige Putz an der Wand?

»Schau, was ich dir mitgebracht habe«, Ora legt den Umschlag, den sie umarmt hatte, auf den Tisch, und auf ihn ihre Hand mit den kurzgeschnittenen Fingernägeln, ich bin mir sicher, daß da gleich die Fotografien mit dem Schloß, der Pyramide der Sportlerinnen, der schönen Vera am Klavier mit zum Singen oder zum Schrei geöffneten Mund herausfallen werden, doch es sind Postkarten, Postkarten aus allen Hauptstädten der Welt, aus jedem Museum, jedem malerischen Städtchen, ein schneebedeckter Berg, ein See mit bewaldetem Ufer. »Du hast alles aufgehoben«, staune ich. Auf der Rückseite der Landschaften meine Handschrift. Ora lächelt säuerlich. »Eine muß es ja –« Sie hat verstanden, daß ich alles weggeworfen habe. Bis zu Eliot habe ich den flachen Karton auf dem Boden meines Koffers immer mitgeschleppt, und dann, als ich sortierte, was ja und was nein, fielen mir auch Oras Briefe in die Hand. Sie schrieb lange Briefe. Der letzte – nach mehrmonatigem Schweigen – war die Einladung zur Hochzeit gewesen. Ich verteile die Postkarten auf dem Tisch, drehe sie um, meine junge Handschrift schaut mich an, Schweiz wie auf der Postkarte, hatte ich ihr geschrieben, Rom sehen und sterben, hatte ich geschrieben, und mit ihren Briefen hatte ich mir noch nicht mal die Mühe gemacht, sie zu verbrennen, eineinhalb Jahrzehnte nachdem sie geschrieben worden waren, erschienen sie mir kindisch, nervend und überflüssig. Ich hatte sie zerrissen und in Toronto in einen Mülleimer geworfen. Wer würde sie noch mal lesen? »Ich hatte so eine Phantasie, viele Jahre lang: Ich dachte, eines Tages würdest du in ein Flugzeug einsteigen und –«, sage ich, doch Ora senkt den Blick, wiegt den Kopf nach links und nach rechts. »Was nein! Erzähl mir nicht, daß du nie ins Ausland geflogen bist!« – »Dreimal waren wir schon auf dem Weg, und immer kam im letzten Moment was dazwischen«, sagt sie, hebt die Augen zu mir, sie haben die Farbe von Filterkaffee, »mein Vater mußte ins Krankenhaus, Mottiks Mutter starb, ich entdeckte, daß ich mit Jinon schwanger war – und das letzte Mal, als wir gerade Koffer packten, begann der Golfkrieg.« – »Wohin wolltet ihr fliegen?« – »Nach Deutschland.« – »Ausgerechnet nach Deutschland?« – »Boykottierst du sie immer noch?« fragt Ora lächelnd, »und was hast du gemacht, wenn El Al da gelandet ist?« – »Meistens konnte ich mit jemandem tauschen, aber wenn ich keine andere Wahl hatte, bin ich geflogen und habe das Flugzeug nicht verlassen. Einmal habe ich im Flugzeug übernachtet, mit einem Mann von der Sicherheit, den sie abgestellt hatten, um auf mich aufzupassen, und wir haben die halbe Nacht diskutiert.« Ora lacht. Nein, sie lacht nicht wirklich, ihr entfährt ein kleines, trockenes Schnauben. »Aber außer in Deutschland warst du in der ganzen Welt.« – »Das ist übertrieben, da sind noch ein paar Länder, in die ich noch keinen Fuß gesetzt habe.« – »Und in Eilat, bist du da schon mal gewesen?« Ich kann nicht sagen, ob sie mich aufzieht oder ob sie ganz ehrlich fragt. »Nein. Dahin bin ich nie wieder zurückgekehrt.« Nach jener Nacht. Aber was weiß Ora davon. Sie schaut schnell auf die Uhr. Steht auf. Dieser unmögliche Trainingsanzug, das schüttere gefärbte Haar. Sie geht ins Wohnzimmer, ich folge ihr. Diese Unruhe, wie eine eingesperrte Löwin, eine alte Löwin in Gefangenschaft. »Ach, Adriana war auch schon da«, sagt sie, als sie den Kristall im Biedermeier entdeckt. Ich kann nicht sagen, ob ein Anflug von Eifersucht in ihrer Stimme liegt, ich habe die Fähigkeit verloren, vorauszusehen, was sie sagen wird, zu ahnen, was sie empfindet. »Du hast noch kein Zimmer aufgeschlossen«, sagt sie, ihr Blick schweift über die Kleider. »Doch, doch. Das Klebezimmer.« Ich freue mich. Warum? Weil ich ihre Annahme widerlege. Sie schaut mich überrascht an, geht hinter mir her, und ich mache die Tür zu dem Zimmer auf, an das auch sie sich noch erinnert. Sie wirft einen Blick hinein, dann auf mich, dann wieder ins Zimmer, als bitte sie um Erlaubnis, und dann geht sie rein, kann sich nur mit Mühe zwischen dem Stuhl und dem Tisch durchquetschen. »Ein Talmud?« fragt sie, genauso erstaunt, wie ich es war, beugt sich über die Aufzeichnungen aus der Mappe, die ich gestern aufgemacht habe, versucht sich in den Kritzeleien, Fragezeichen und Ausrufezeichen zu orientieren, gibt es auf. »Hast du das gelesen?« – »Nein, ich hatte noch keine Zeit.« Sie betrachtet mich aus dem Zimmer. Setzt sich auf deinen Stuhl, an den Tisch gepreßt, spricht von dort aus wie eine Anklägerin: »Wirf wenigstens diesmal nicht alles weg, wie –« Von der Türschwelle her provoziere ich: »Wozu aufheben? Kannst du mir erklären, warum du all diese idiotischen Postkarten, die ich dir geschrieben habe, aufgehoben hast? Die Loja, die sie dir geschrieben hat, gibt es doch gar nicht mehr! Alle Zellen in ihrem Körper haben sich längst erneuert und alle Moleküle ihrer Seele auch!« Ora betrachtet mich aus den Tiefen des Zimmers, den Kopf auf die Faust gestützt. Ihre Augen glänzen. »Aber das Temperament ist geblieben«, sagt sie lächelnd und wendet den Blick ab, »du hast immer gewußt, wie man sich trennt«, fügt sie leise hinzu, in Richtung der gegenüberliegenden Wand. Wird sie gleich weinen? Ich versuche, ihre Feststellung zu untersuchen, wie man mit der Zungenspitze einen schmerzenden Zahn ertastet. Weiß ich, wie man sich trennt? Vielleicht. Das gefällt mir. »Und ich habe meinen ersten Freund gleich geheiratet«, flüstert Ora, die Augen auf das Holzkistchen mit den Tonscherben geheftet, sie liegen offen da, warten noch immer auf die Berührung deiner Hände, daß du sie zusammensetzt, zusammenklebst, so daß sich wieder ein runder Mund um die Öffnung des Dunkels schließt. »Du hast mir kein Wort über ihn geschrieben, hast mir nichts von ihm erzählt, und plötzlich, aus heiterem Himmel, liegt für mich im Hotel Avia eine Einladung zur Hochzeit!« Unglaublich, weshalb ich vor sechsundzwanzig Jahren beleidigt gewesen bin – Wenn-er-dir-nicht-gefällt-dann-mußt-du-es-ehrlich-sagen, hatten wir einander versprochen, als wir begriffen, wie gefährlich und wie schwierig das werden könnte, und sogar: Wenn-du-nein-sagst-dann-eben-nicht, wir waren fest entschlossen gewesen, aufeinander aufzupassen, die Eifersucht hatten wir nicht berücksichtigt –

Ora steht auf, befreit sich schwerfällig aus der Umarmung von Tisch und Stuhl, kommt aus deinem Zimmer. »Davidi ist ein bißchen verliebt gewesen in dich«, ich weiß nicht, warum ich das sage, warum ich dein Geheimnis preisgebe. Vielleicht eine Art Opfergabe an die untergehende Göttin. »Ich weiß«, sagt Ora völlig ruhig, wirft noch einen kurzen Blick auf die Uhr, geht ins Wohnzimmer. »Ich habe geheiratet, weil ich schwanger war«, sagt sie mit der Ruhe von jemandem, der längst resigniert hat. Sie wendet mir den Rücken zu. Ich kann ihr Gesicht nicht sehen. Ich komme ihr zuvor, mache die Tür zur Terrasse auf, spüre, daß sie keine Luft bekommt. Wir stehen nebeneinander, die Ellbogen auf der breiten Brüstung. Ich möchte sie fragen, ob sie an Abtreibung gedacht hat, und verstehe sofort, daß es sinnlos wäre, sie hat nicht an Abtreibung gedacht. »Vered ist nicht dreiundzwanzig«, sagt sie und schaut mich dann an, »das war das erste und letzte Mal, daß ich dich angelogen habe.« Ich lächle. »Ora, man darf lügen, davon stürzt der Himmel nicht ein.« Wir schauen beide auf die Stelle über uns, von der gerade ein Stück feuchter Putz auf das Geländer gefallen ist, und lachen los. »Ach-wo-warst-du-all-die-Jahre«, sagt Ora und legt mir die Hand auf die Schulter. »Wo war ich nicht«, sage ich amüsiert und gehe wieder rein. Ora kommt hinterher, schaut wieder kurz auf die Uhr. Wir sind in der Küche. »Soll ich dir die Karten dalassen?« – »Nein, paß lieber du darauf auf, du kennst mich doch, ich vernichte alle Spuren –«

Was machen die Vögel im Regen? Was können sie schon machen? Sie verstecken sich. So sieht es wenigstens aus. Gegen Abend flogen zwei Kraniche mit bitterer Sehnsucht übers Haus. Blitze von kaltem Licht blendeten für einen Moment, gefolgt von einem anhaltenden Krachen. Die Kraniche müssen sich geirrt haben, etwas ist bei ihnen durcheinandergekommen, vielleicht in dem Sinn, mit dem sie sich an den Magnetfeldlinien der Erde orientieren, in den Gehirnzellen, die die Länge der Tage und die Wärme auswerten, vielleicht hat sich in ihrem Berechnungssystem für die Nestbauzeit und die Wanderzeit eine Liebe verfangen, an der Stelle, wo sie den Winkel der Sonne und die Entfernung zu den vor ihnen Fliegenden berechnen. Viele Faktoren, sagt das Buch, müssen sie berücksichtigen: Die unterschiedliche Erdoberfläche, zwischen Wolkenfetzen spitze Berge mit Schnee, wie eingepudert, dreieckige Tannenwälder, sich windende Flüsse, das Blinken des Meeres, das sich mit dem Licht verändert, den Geruch des Salzes, der Algen, der Fische – wie viele von ihnen sterben unterwegs an Erschöpfung, an Kälte, am Alter. Gehaßt werden sie von Piloten, denn sie zerknallen auf der Scheibe oder werden in den Motor gesaugt – führen immer wieder zu Beinaheunfällen und Unfällen. Wenn ich ein Vöglein wär, singt Jona, die Musiklehrerin, und quetscht energisch das Akkordeon, aber Vogel war bei uns das, was am Freitagabend neben dem Kartoffelbrei auf dem Teller lag.

Ich habe den Ofen mit Stahlwolle geputzt. Habe Heizöl und einen neuen Docht gekauft. Das Metallnetz färbt sich schon rot, die Wärme steigt leise flüsternd vom Ofen auf. Was noch fehlt? Der Geruch. Ich schäle eine der Orangen, die ich mir gekauft habe, lege den langen Streifen der Schale vorsichtig auf das glühende Gitter. Alles ist da. Die durchsichtigrote Farbe der Wärme, der Duft der gerösteten Orangenschale, das Prasseln des Regens rund ums Haus, karierte Wollhausschuhe mit Reißverschluß, ja, es gibt sie noch, die Leute mögen sie, und deshalb werden sie noch hergestellt. Wir haben um diesen Ofen gesessen, und du hast die Kerzen in den Chanukkaleuchtern angezündet, die Nachum aus einem Brett und Kronkorken gebaut hatte. Papa servierte kalte Krapfen, die er aus einer Konditorei in Jerusalem mitgebracht hatte. Ich leckte vorsichtig den Puderzucker ab, ekelte mich vor dem gummiartigen, in schwimmendem Fett gebakkenen Klumpen, und Nachum, mir gegenüber, aß seinen mit systematischer Gründlichkeit, bekam einen Bart aus weißem Staub. Wir beide saßen auf einem kleinen gestreiften Teppich. Nachum verzichtete mir zuliebe auf den Kreisel, und ich spielte um die Wette, mal für mich und mal für ihn, der Kreisel drehte sich schnell, *Dreh dich, Kreisel, rundherum, ein großes Wunder geschah hier, ein großes Wunder geschah hier*, und er fiel immer wieder auf *hier*.

Ich sitze im Klebezimmer, vor der offenen Blüte von Tonscherben. Versuche sie zusammenzufügen, gebe es aber auf. Die-Gefäße-sind-zerbrochen-das-Spiel-ist-aus, so haben wir immer gerufen. Aber welche Gefäße? Eigentlich hatte doch einer die Regeln gebrochen, und deshalb spielte man nicht mehr, aber damals haben wir nicht gefragt, auch uns selbst nicht, warum die Gefäße zerbrochen sind, und was so schlimm ist an dem Ruf Die-Töpfer-kommen, daß er bei diesem Fangenspiel alle in die Flucht schlägt, warum ausgerechnet Töpfer und nicht Schuster, Riemenmacher oder Kesselflicker, all diese holprigen Wortverbindungen, aber sie stammten aus alten Büchern, und das hieß, sie waren wahr, auch wenn sie merkwürdig klangen, und warum geht in dem Lied, das wir beim Tanzen sangen, ausgerechnet die Scheune von Misra im Feuer auf? Und wo genau liegt Misra eigentlich? Die Gefäße sind zerbrochen. In Gefäßen wurde immer etwas aufbewahrt – ein teurer, seltener Inhalt, vorzügliches Olivenöl, feiner Weizengrieß, Myrrhe, Duftwurzeln und Zimt, und wenn das Gefäß zerbrach, ergoß sich sein unschätzbarer Inhalt und lief wie Wasser den Abhang hinunter, wozu dann noch weiterspielen? Aber du, du gabst nicht auf – grubst, grubst aus, legtest frei, sammeltest, betrachtetest, paßtest zusammen und fügtest aneinander, klebtest Gefäße, erschufst das hohle schwarze Innen, das uns aus dem fertigen Krug anschaute –

Der Granatapfelbaum ist kahl geworden. Wie auf einem Röntgenbild wird jetzt sein Skelett sichtbar: ein Büschel dürrer Zweige, einander zugewandt, ohne Stamm in der Mitte und ohne Krone. Jeden Tag deutlicher eher Busch als Baum. Die Zypresse dagegen hat neue Kräfte geschöpft, von unten sieht sie aus wie ein alter, aus Meerestiefen geborgener Dolch: ein kurzes Heft und eine Riesenklinge, besetzt mit Muscheln, Stein und Zeit, bohrt ein Loch in den Himmel. Und der Himmel ist durchsichtig und hoch, voll leichter Wolken, die langsam dahintreiben. Doch nach längerem Hinsehen verändert sich alles: Er erhebt sich mit seinen gemeißelten Wolken über mir wie ein Gemäldehimmel. Und die Zypresse – mit der an ihren Wurzeln klebenden Erde und mit der Erde, die an der Erde hängt, die an ihren Wurzeln klebt, die Zypresse und alles um sie herum bewegt sich. Die Erde fährt. Ich verliere das Gleichgewicht, setze mich ins feuchte Gras, stütze mich mit den Händen auf die Erde. Unter meinen Handflächen spüre ich Bewegung, wie ein langsames Dehnen von Muskeln, ein dumpfes Pulsieren in den Tiefen, ein fernes Schütteln und Blubbern, als drehe sich dort, im Zentrum der Erde, eine riesige Wäschetrommel und wasche mit Feuerwasser flüssiges Eisen.

Ich zwänge mich zwischen den Tisch und die Regale, schiebe den Stuhl aus dem Zimmer, strecke die Hand nach den Büchern aus, die auf dem Regal stehen, für einen Moment hält mich der Geruch zurück – ein Geruch von Vanille, alter Zeit und Dunkel, süßlich, verschimmelt, von Dingen, die im Traum zurückkehren. Ich ziehe ein Buch nach dem anderen heraus, und plötzlich erkennen die Hände die Einbände wieder, das Gewicht, den zerfressenen Rand des dunklen, gelblichen, groben Papiers, hier ist *Der jüdische Untergrund in talmudischer Zeit* von Mendel Wohlman mit einer Zeichnung der brutalen römischen Soldaten, die beneidenswerte Faltenröcke und runde Schilde tragen, auf der ersten Seite, und hinter drei Zypressen am Eingang einer Höhle sechs in Gewänder gekleidete Gelehrte, die von Bar Kochbas jungen Männern in kurzer Toga und Kibbuzsandalen bewacht werden. Und hier ein anderes Buch: »Dieses Buch wurde im Jahre 1924 in Warschau veröffentlicht und steht in keinerlei Zusammenhang mit den Ereignissen im Lande Israel«, betont der Jerusalemer Verleger B. Ben-Aharon dort. Ich habe dieses Buch mal gelesen, erinnere mich an die Geschichte einer römischen Prinzessin darin und an Tur-Malka, einen nach Elfenbein klingenden Namen – und dieses rote Buch hier, mit der golden eingeprägten Münze in der Mitte des Einbandes, auch darin habe ich öfter geblättert, es schlägt sich in meiner Hand auf Seite 49 auf und zeigt auf tiefschwarzem Hintergrund einander gegenüber Kaiser Trajan und Kaiser Hadrian, Hadrian mit einem kleinen, netten Lächeln und dikken Marmorlocken, er war ein aufgeklärter Kaiser, hat Papa erzählt, und mir tat es leid, daß wir ausgerechnet gegen ihn revoltiert hatten und nicht gegen so einen Wahnsinnigen wie Nero oder Caligula. Und am Ende des Buches ein »Anhang aus den Pergamenten«. Als ich klein war, hielt ich Pergamente für eine Art Leichen. Heute weiß ich, daß ich damit gar nicht so falsch lag. Und hier ein relativ neues Buch, *Bar Kochba* von Shmuel Abramsky. Auf der ersten Seite die Landkarte des Krieges. Das Gebiet, in dem die Schlachten tobten, wird immer dunkler, von Jahr zu Jahr enger, bis es sich zu einem schwarzen Punkt verdichtet, auf den Ort Betar. In der Mitte des Buches Bilder, wieder Hadrian, diesmal aus der Nähe, nicht mehr so freundlich, und eine Luftaufnahme der Ruinen von Betar, wie die Ringe eines gefällten alten Baumes. Und Fetzen der Briefe von Bar Kochba an die Leute in En Gedi – War sein Name Simon gewesen? Simon Bar Kosiba? Ich hatte Bar Kochba gemocht, weil er nach Lagerfeuer roch, wegen des Zaubers der Funken und wegen der Skulptur im Museum in Safed, kräftige steinerne Muskeln, angespannt zum Sprung, steinerne Locken auf steinerner Stirn und darunter steinerne Augen, die uns überallhin verfolgen, wohin wir auch gehen – eine ganz besondere Technik, hatte uns die Museumsführerin erklärt –, aber vor allem wegen seines Beinamens, Sternensohn – und hier das schwarze Buch, dessen Titel auf den Einband mit rundlicher Schrift geprägt und mit zu Khaki verblichenem Gold ausgelegt ist: *Wenn eine Nation für ihre Freiheit kämpft*. Gegenüber dem Bild des Verfassers, selbstgefällig und mit kurzgeschnittenem Haar, ein Kreis, ein schwarzer Adler breitet seine Flügel über den Schriftzug »Politische Publikation«, welcher den Kreis durchschneidet, darunter Israel aus der Vogelperspektive, die Falten der Berge, die drei Meere – das kleine, das mittlere und das große – verbunden durch die Schnur des Jordans. *Historische Essays* verspricht der Untertitel, von Dr. Joseph Klausner, Professor an der Hebräischen Universität in Jerusalem. Oben auf jeder Seite für den Leser einige Stichworte über das, was unten verhandelt wird: Bar Kochba oder Bar Kosiba? Petronius zieht den Zorn des Kaisers auf sich, Prophetischer Sozialismus. Und hier etwas Neues, *Bar Kochba. Archäologen auf den Spuren des letzten Fürsten von Israel* – ein Bildband, dickes Papier, guter Druck, Fotos in Farbe, in Schwarzweiß, geflochtene Körbe, aus denen die dunklen Augenhöhlen eines Totenschädels blicken, Stoffetzen, Mosaike, die Landschaft ausgetrockneter Flußtäler in der Wüste, Abhänge aus bleichem Gold, aus dunklem Gold münden schließlich in einen hellblauen Streifen des Toten Meeres, und die Ausgräber – Schattenbilder im Gegenlicht am Eingang einer Höhle, Yigael Yadin mit Strickmütze – Papa und du, ihr wart bei dieser Expedition dabeigewesen, wart braungebrannt und sehr bewegt zurückgekehrt, ich hätte euch beim nächsten Mal in den Pessachferien dorthin begleiten sollen, aber alles kam durcheinander und vermischte sich mit dem Prozeß, und so verbrachte ich die Ferien statt an dem vom Sonnenlicht zerfressenen Rand des Toten Meeres vor dem nervös zuckenden Zyklopenauge des Radios, das gleichsam den Tonfall des Anklägers mit dem merkwürdigen R nachahmte. *Mit mir stehen hier an dieser Stelle und zu dieser Stunde sechs Millionen Ankläger. Aber sie können sich nicht mehr erheben – Denn ihre Asche liegt verstreut auf den Hügeln von Auschwitz – Ihr Blut schreit auf, aber ihre Stimmen sind verstummt. Darum fällt es mir zu, als ihr Sprecher aufzutreten* – Und danach antworten die Zeugen mit blassen, heiseren Stimmen auf seine donnernden Fragen, manchmal unterdrücken sie ein Weinen, andere entschuldigen sich, tage-, wochen-, monatelang fahren Papa und du nach Jerusalem, um es mit eigenen Augen zu sehen, Papa kommt mit vollgeschriebenen Heften zurück, und du schließt dich hier im Zimmer ein, auch mein wiederholtes

Klopfen holt dich nicht heraus, lockt nur ein Stöhnen aus dem Zimmer, ich solle verschwinden, Papa alarmiert Nachum, der am Technion in Haifa studiert, ich die Gemeindeschwester, sie den Arzt, dem es gelingt, zu dir durchzudringen, er verordnet dir, zu ruhen, ans Meer zu gehen, gute jodhaltige Luft zu atmen, ich bin für die Verpflegung verantwortlich, wollt ihr was essen, wollt ihr was trinken, doch Papa schweigt wie ein Stein, und du hast keinen Appetit, stehst auf, beginnst herumzustreunen, bohrst mit dem Finger in den Sand und gräbst –

Die Tage werden kürzer, das Licht verändert sich, auch die Vögel wechseln. Dubček weckt mich nicht mehr mit dem ersten Licht. Die polnischen Tanten picken nicht mehr ihr Nähmaschinen-Stakkato. Geblieben sind die Sperlinge, die Henker, die Mafiosi und die Bachstelzen, die erst vor kurzem angekommen sind, nervös und elegant schreiten sie kopfnickend wie ein Bankangestellter auf dem Weg zur Kasse, zeichnen Flugwellen in die Luft, in dem, was andre atmen, schwimmen sie. Und gestern, nach einer Regennacht, der Regen war langsam, gerade und flüsternd gefallen, zog ein Schwarm schwarz-weißer Vögel mit kurzen heiseren Schreien über den Himmel. Keiner von ihnen machte sich die Mühe, zu landen und auch nur zu prüfen, ob dieser Ort auch eine Option wäre.

Um zehn Uhr morgens nach dem Regen ist die Erde feucht, braun, dampft ein bißchen. Mit einem großen, zum Schlachten geeigneten Messer bohre ich Vertiefungen in die Erde, ziehe Setzlinge aus Plastikbechern, lockere ihre bleichen Wurzeln, die gleichsam vor Kälte zittern, und pflanze sie ein. Kaum zu glauben, aber ich bin mit Tikwa zur Gärtnerei gefahren und mit einem Karton voller Blumenküken zurückgekommen. Die Gärtnerei ist sieben Tage geöffnet, auch am

Schabbat und an Feiertagen, die Pflanzen blühen im Schatten dunkler Schleier. Über jeder Gruppe von Pflänzchen steht ein adliger, seltener, lateinischer Name, der jedoch eher wie eine bösartige Krankheit klingt. »Wer gibt ihnen diese Namen?« erkundige ich mich nicht ganz ernst bei dem Bärtigen an der Kasse. »Vielleicht die Leute vom Vulkanischen Institut?« fragt er als Antwort, wirft einen Blick in meinen Pappkarton. »Sie haben sich ja die allergewöhnlichsten Blumen ausgesucht.« Ja, Petunien, Löwenmäulchen, Stiefmütterchen, alles, was ich noch von früher kenne. Tikwa steht neben mir mit drei riesigen purpurroten Zyklamen, die sehen aus wie lebendiges Plastik. Mir ist nicht ganz klar, warum, aber ich bohre Löcher in die Erde, pflanze und klopfe die Erde wieder fest. »Sehr gut«, hatte Tikwa mich ermuntert, »wenn das Haus nicht so verwahrlost aussieht, kriegst du einen besseren Preis – soll ich dir einen Anstreicher besorgen?« Nein, erst mal – erst mal probiere ich aus, wohin dieser neue Weg führt, eine Mutprobe von der Art wie Noch-hundert-Meter-was-kann-dir-da-schon-passieren, der Weg macht eine Biegung, führt fast aus dem Viertel hinaus und wohl wieder zurück, aber nein, eben nicht, er endet am südlichen Rand meines vertrocknenden Orangenhains. Seine Erde ist von Licht getigert, die Bäume sind nur spärlich belaubt, kleine, matt orangefarbene Früchte statt der glänzenden von früher. Über einige Bäume hat sich ein Asparagus hergemacht, diesen Hain hat man aufgegeben und seinem Schicksal überlassen, und ich – was stinkt da so, ein übler Gestank, wie von einem Kadaver, wo kommt der her, auf der Erde verzweigen sich kleine Flußtäler voll getrocknetem Schlamm mit Kieselsplittern in den Farben von Karamell und Kakao, der Kadavergeruch ist ganz nah, man kann kaum noch atmen, ob die Leiche unter diesem grauen Haufen Bauschutt liegt, zertrümmerte Steine, arabische Bodenkacheln mit einem Muster in Ocker und Grün, eine zerbrochene Kloschüssel, eine Kühlschranktür, sogar eine zerfetzte Wolldecke vom Militär, was die Leute alles wegwerfen, ich erinnere mich, wie du dich über die Innereien von Mülltonnen gebeugt und alte Bücher herausgezogen hast, einmal hast du mir ein Paket russischer, in altmodisches Hebräisch übersetzter Literatur mitgebracht, *Die Wolokolamsker Chaussee*, *Der stille Don*, diese Bäume werden nicht mehr lange leben, die meisten Äste sind schon vertrocknet, schon verbrannt, ich gehe weiter, hier ist der Feldweg, und hier sind die Kisten – aus so einer wollte ich mir mal ein Haus mit dem Geruch von Baum und Orangen machen, wie Alice im Wunderland nach dem Trinkmich-Trunk habe ich die Kiste bis in den letzten Winkel ausgefüllt, hier liegen noch mehr Kisten herum, trocken und rissig auf der Sonnenseite, vergammelt auf der Erdseite, eine ganze Reihe, der Aasgeruch wird schwächer, ich verlasse den Weg, gehe wieder zwischen den Bäumen durch, wie ist die Karosserie eines Käfers hierhergekommen, ohne Reifen, ohne Türen – ich fasse sie an, das Metall ist wie aussätzig – auch Metalle ermüden, hatte Nachum mir in jener Nacht erzählt – was ermüdet nicht, woran nagt nicht der Zahn des Windes, des Wassers, der Zeit und der Gewohnheit – vielleicht nicht am Duft sonnengetränkter Luft zwischen einem Regenschauer und dem nächsten am Ende des Grundstücks, am Ende des Hains, von hier aus ist dein Haus ein kleiner Spielwürfel zwischen den Raubtierzähnen des Ficus –

Ich sagte, komm, wir nehmen ein Taxi zum Flughafen, wir nehmen ein Flugzeug nach Eilat, was kann das schon kosten, dann bleiben wir dort eine Nacht und fliegen wieder zurück, doch Ora lächelte bitter, und es war klar, daß nicht, daß das überhaupt nicht in Frage kam, dann komm mit nach Tel Aviv, schlug ich vor, zwanzig Jahre bin ich nicht in Tel Aviv gewesen, die Stadt soll sich so verändert haben, daß ich nichts mehr wiedererkennen werde, komm, führe mich durch die Stadt, und Ora sagte: Aber –, und ich wartete ihre Erklärung oder Ausrede erst gar nicht ab. Dann wenigstens ins neue Zentrum, ich würde mich mit dem begnügen, was unter den gegebenen Umständen möglich war, für ein, zwei Stunden ins neue Zentrum, und sie hatte zugestimmt, und jetzt sitzt sie mir im Café gegenüber, zwischen uns ein Schokoladen- und ein Käsekuchen, wir teilen den Kuchen, so wie vor vierzig Jahren den Ring mit dem Herz, den Haarreif, Goldpapierchen, Glanzbildchen von Engeln, aus einem Westchen gezupfte Wollflusen, getrocknete Blumen, aber Ora ist nicht wirklich bei mir, ihr Blick wandert durch das Einkaufszentrum hinter der Scheibe, als erscheine von dort gleich ein Prinz auf einem weißen Pferd, Mika war so gewesen, Liora und Schula auch, mit keiner von ihnen hatte ich mich enger angefreundet, und jetzt auch Ora?

»Das war ja nicht nur, weil –«, ich gehe sofort zum Angriff über. In den ungeschützten Unterleib.

»Weil?« Ora wird aufmerksam, jetzt ist sie wieder ganz dabei, beugt sich zu mir, hört genau hin, noch einen Moment, und sie wird das Ende meines Satzes erahnen, noch bevor ich ihn ganz gesprochen habe –

»Der Grund für diese Distanz. Das war ja nicht nur, weil du schwanger warst und geheiratet hast und nicht wolltest, daß ich es erfahre. Warum wolltest du nicht, daß ich davon erfahre, warum eigentlich nicht?«

»Weil du gesagt hättest, daß ich abtreiben soll – auf diese Art würde man nicht heiraten«, Ora beobachtet meine Augen. Ihre sind zusammengekniffen.

»Stimmt«, ich gebe es zu, »aber warum hast du es mir auch danach nicht erzählt, warum hast du mir nie ein Wort davon geschrieben?«

»Und du, hast du denn geschrieben?« Ora wendet sich ab.

»Ich habe dir eine Postkarte geschrieben, aber du warst mir böse. Du warst sauer, weil ich alles verkauft habe, weil ich Stewardess geworden bin – du warst mir schon vor deiner Hochzeit böse, noch vor der Schwangerschaft.«

»Nein«, beginnt Ora, muß aber unterbrechen, weil endlich eine Kellnerin kommt: schlank, jung, golden, mit Tablett in der Hand: »Einen kleinen Nescafé und einen Filterkaffee mit Zucker?«

»English Tea und einen Café Latte«, korrigiert Ora sie mit einer Mischung aus Rüge und Staunen, Wie-kommt-es-daß-du-den-Stoff-nicht-gelernt-hast. Die gerügte Kellnerin murmelt »*sorry*« und zieht sich ins Innere des Cafés zurück.

»Du warst mir nicht böse?« versuche ich Ora zurück ins Gespräch zu holen. Ihr Blick ruht auf dem leeren Stuhl neben ihr. Jemand hat dort eine Zeitung vergessen, und sie überfliegt die Schlagzeilen.

»Nein, ich bin dir nicht böse gewesen«, jetzt ist sie schon weniger aufmerksam, »ich glaube, ich habe dich ein bißchen beneidet«, sie senkt den Blick wieder auf die Zeitung, so als habe sie gerade nicht eine kleine, leise, aber gefährliche Bombe zwischen uns gezündet.

»Du mich beneidet?« Ich habe nicht vor, das zu schlucken, aber sie schaut auf die Zeitung.

»Seit Udi und Gili beim Militär sind, brauche ich nur eine Zeitung sehen ...« Ihre Stimme verliert sich. Sie liest schon wieder. Ich sitze ihr gegenüber und betrachte sie beim Lesen. Ein Zirpen wie von einer Grille dringt aus ihrer Tasche. Sie läßt die Zeitung, kramt erschreckt, zieht ein Handy heraus, klappt es auf, antwortet und sagt mir dann: »Vielleicht kommt Vered hier vorbei, sie will sich eine Bluse kaufen und möchte, daß ich mitkomme.«

»Mit fünfundzwanzig braucht sie ihre Mama, um sich eine

Bluse auszusuchen?« sage ich, will sie ärgern, aber sie ist noch immer unzugänglich. Sie lächelt süßlich.

»Ja, was ist dabei. Wir gehen auch zusammen ins Kino und einkaufen ...« Oras Augen kehren zur Zeitung zurück, aber zuvor wirft sie noch einen Blick ins Einkaufszentrum hinter der Glasscheibe. Sie hat mich vergessen. Ich kann auch aufstehen und gehen. Schon einmal habe ich eine Liebe mitten beim Essen verlassen – »Hör mal, was da steht«, sagt Ora, ohne den Blick von der Zeitung zu heben, aber sie nimmt mich wahr, sie liest mir aus der Zeitung vor: »Zweiundsechzigjährige Frau bekam befruchtetes Ei eingepflanzt und bringt gesundes Kind zur Welt.«

Will sie andeuten, daß auch ich noch könnte? Ich spüre, wie mir das Blut ins Gesicht schießt und sage: »Und du findest das –«

»Das gut?« Schau, jetzt ist es passiert. Sie kommt mir auf halbem Wege entgegen, spricht meinen Satz zu Ende oder gibt den Ball an mich zurück. »Nein, ich finde das furchtbar«, sagt sie, hebt den Blick von der Zeitung, »die Alten haben aufgehört zu sterben«, überrascht sie mich, sie klingt bitter, »bald sieht die ganze Welt aus wie ein einziges großes Altersheim, jeder Greis wird sich liften, absaugen, transplantieren lassen, Hormone schlucken und mit achtzig zum fünften Mal heiraten, ein Küken, das die Reise nach Indien, die Acid-Partys und Aids überlebt hat – sag mal, nimmst du Hormone?« Sie wartet meine Antwort nicht ab, kramt wieder in ihrer riesigen braunen Ledertasche und holt Calcium, Zink, Vitamin D, Vitamin A, Vitamin E, Vitamin B12 heraus, stellt die Döschen in einer Reihe auf den Tisch. »Gestern war ich in der Apotheke und habe achthundert Schekel dort gelassen, wo bleibt denn diese Kellnerin?«

Hier kommt sie – golden, bleich in ihren schwarzen Kleidern, und sagt in kindlichem Tonfall: »Wer bekommt den English Tea und wer den Café Latte?«

Ora zeigt es ihr mit dem Kinn, wartet, bis sie wieder weg ist, betrachtet den Aufmarsch der Döschen, versucht, eines aufzumachen, läßt es dann doch, wischt sie mit einer Bewegung alle wieder in die Tasche.

»Manchmal würde ich es am liebsten machen wie du«, sagt sie, schüttelt die Hand an der Seite des Tisches und schlägt fast gegen die Glasscheibe.

»Ich habe viele Sachen gemacht«, sage ich vorsichtig. Sie klingt wütend. Wird sie Gift spritzen wie ihre Mutter?

»Die ganze Welt zum Teufel wünschen – in ein Flugzeug steigen und –«, ihre Lippen zittern. »Was hindert dich daran?« Ich beuge mich vor, um den Tee zu trinken. Ihre große Erregung macht mich verlegen. »Mal im Ernst«, ich muß den Blick zu ihr heben, denn sie schweigt, »was hindert dich daran?«

Sie preßt die Lippen zusammen, ein Ausdruck, den ich bei ihr nicht kenne, und wendet sich ab. Auf der mir zugewandten Wange bebt es unter der Haut.

»Zwei Söhne bei der Armee und einer auf dem Gymnasium«, seufzt sie, als wolle sie sagen Was-weißt-du-schon, was-verstehst-du-schon, »und dann noch meine Eltern –«

Die Kellnerin, zarte Narzisse in schwarzem Kelchblatt, kommt an den Tisch, nimmt die leeren Kuchenteller, stellt sie auf das runde Tablett, schmeichelt sich ein: »Hat es Ihnen geschmeckt?«

Was machen diese ganzen jüdischen Bücher bei dir: *Midrasch Echa* in der Ausgabe von Schlomo Buber, *Das Buch Josippon,* Warschau 1874, ganz in Raschischrift, *Der Ertrag der Erde* von Joseph Schwarz, und Landkarten, in diesem Aktendeckel liegen alte Landkarten, wovon? Von Terra Sancta oder von Palästina, was hast du bloß auf Landkarten von sechzehnhundertnochwas gesucht? Ein neues Land? Denn das hier ähnelt in keiner Weise der vertrauten Küstenlinie auf den Spendenbüchsen des Nationalfonds, die in unserer Klasse hingen: Hier hat das Tote Meer die Form einer angenagten Banane, und das ganze Land westlich davon: Hügel, Türme, merkwürdige fremdländische Namen, und das Mittelmeer mit Wellen und Schiffen mit geblähten Segeln, auch eine strahlende, von Wolken umgebene Schriftrolle ist darauf zu sehen, und da ist auch eine hebräische Landkarte – bravo! Mit einem Typ wie Maimonides, der über das Meer regiert, auf dem »Philister« steht, und etwas nördlich davon »Großes Meer« und hier, hier hast du einen Pfeil eingezeichnet, hast einen Namen unterstrichen, ich muß ein paar Schubladen aufmachen, bis ich dein wertvolles Vergrößerungsglas – sorgfältig in ein Flanelltuch gewickelt – finde, hier, jetzt kann ich es lesen, da steht »Betar«. Betar? Liegt Betar nicht irgendwo in der Nähe von Jerusalem? In der judäischen Wüste? Ich muß mich irren. Aber hier ist noch eine hebräische Landkarte, *Wege der Wahrheit*, mit einer sehr merkwürdigen Wahrheit, denn im Süden von Beer Scheva gibt es eine Enklave mit dem Namen Moschav Amalek und zwischen Jaffa und Caesarea, fast an der Küste steht: Betar – Laut Graetz!!! Laut Jawitz!!! feiern deine Ausrufezeichen, auf den folgenden Blättern dann Skizzen, Zitate, mehrere Schichten von Anmerkungen in blauer Tinte, schwarzer Tinte, in einer immer wieder etwas anderen Handschrift, und überall Fragezeichen, Ausrufezeichen, Ratschläge an dich selbst, bei Tacitus prüfen, bei Cassius Dio, bei Raschi (*sic!*). War Bar Kochba ein König aus dem Haus des Herodes? Gab es einen Kampf zwischen den Hasmonäern und dem Hause Herodes? Wie soll ich das wissen – 1000 Schiffe, schreibst du, wer hatte 1000 Schiffe, das ist doch eine Unmenge, wie viele Schiffe waren an der Schlacht von Salamis beteiligt, viel weniger, wenn ich nicht irre, wer also hatte 1000 Schiffe, du schickst einen Pfeil zu Eleasar ben Charsom, von dem Typ habe ich, wenn ich mich recht erinnere, noch nie gehört. Eleasar der Hohepriester? fragst du, erwähnst die Münze, die wir in der Nähe von Caesarea gefunden haben. Einer von den zehn Märtyrern? fragst du. Eleasar Hamoda'i? Du schießt von seinem Namen drei Möglichkeitspfeile ab – Ein Verräter und Denunziant? Ein Doppelagent? Oder einer der Hasmonäer aus Modiin? Waren die drei ein und derselbe? Oder ein Triumvirat von Eleasar, Bar Kochba und Rabbi Akiba? staunst du. Rabbi Akiba war nach deinen Aufzeichnungen eine Art 007, reiste auf Schiffen, traf sich mit Hadrian zu geheimen Besprechungen, hatte eine wilde Affäre (*sic!*) mit der Frau von Tinnius Rufus, dem römischen Statthalter in Judäa, um von ihr Informationen zu bekommen, echt eine Art männliche Mata Hari, meinen wir wirklich denselben Akiba, die ganze Geschichte mit dem Garten, in den die vier hineingingen, ist sie bloß die Tarnung für ein Spionageunternehmen, vier wurden entsandt, und nur Rabbi Akiba kam zurück, legte in der Gegend von Caesarea an und ging zu Fuß bis nach Betar, und vielleicht wurde er dann festgenommen und mit Eisenkämmen zu Tode gequält, und seine Schüler, also die Bar-Kochba-Kämpfer, stürmten die Stadt, um ihn zu retten, kamen aber ums Leben, *askara* – keine Seuche!!! höre ich deine Stimme hinter den drei Ausrufezeichen donnern, sondern *askarej*, auf türkisch und arabisch die Bezeichnung für staatliche Bedienstete (also für Soldaten?), schreibst du in grüner Tinte, retten konnten sie ihn nicht, aber trotzdem, sie haben etwas erreicht: die 10. römische Legion wurde vernichtet! Die 22. römische Legion wurde vernichtet. Kaiser Hadrian begann seinen Bericht im Senat nicht mit der Standardformel: Ich und die Armee befinden uns wohl –

Wut steigt in meiner Kehle auf: Warum, verdammt noch mal, liegt das alles hier noch rum, während du schon graues Pulver und Knochensplitter bist –

Die Menschen der Antike, so hattest du erzählt, statteten ihre Toten mit allem aus, was man im Leben so brauchte: Gebäck, Trockenobst, Wein, Waffen, Schmuck, Kleingeld für die Auslagen der Reise – in deiner Geschichte wurde der Tod zu einem langen Schulausflug, zu dem sich manchmal auch ein Hund oder Pferd als treue Diener beigesellten. Und die haben das mitgemacht? hatte Nachum an der Öffnung der Höhle gefragt. Er haßte Höhlengräber. Ich glaube nicht, daß jemand sie gefragt hat, antwortetest du mit einem säuerlichen Lächeln.

Der Granatapfelbaum siecht dahin, aber der Garten jubiliert. Der Ficus glänzt wie vulkanisches Glas, die Zypresse wuchert in grellem Violett, zwischen den Blättern der Jacarandabäume sind rautenförmige Wassertropfen eingefaßt, die Stämme der Palmen stehen frischgewaschen da, wie drei silberne Fahnenmasten, die in den Himmel fahren – hier und da eine Bachstelze. Ein Anruf von Adriana – »Hast du das von Minales Sohn gehört?«

Der Körper verliert die Kontrolle über seine Produktionsabläufe, hatte Eliot mir erklärt, als Gesundheitsfanatiker wußte er viel über alle Krankheiten, nutzte umgehend jede Gelegenheit, ihnen zuvorzukommen, ging schwimmen, achtete darauf, viel frisches Obst und Gemüse zu essen, rührte keinen weißen Zucker an und aß kein rotes Fleisch, ich werde wie ein Bauer im Balkan leben, hatte er mir und sich versprochen, und mindestens hundertzwanzig Jahre alt werden. Er schwor auf Joghurt, er erkundigte sich über die Möglichkeit, seinen Körper einfrieren zu lassen, bis es einer späteren

Generation gelingen würde, Menschen für eine neue Runde aufzutauen – aber alle paar Monate war ihm das alles zuviel, dann gab er sich einem üppigen Mahl in einem französischen Restaurant hin, verdrückte drei Desserts, erholte sich bei einem schwarzen Kaffee, der in den Eingeweiden brannte, toastete auf »Das Leben ist kurz!«, feierte Urlaub von all den Gesetzen und Geboten, die jeden in die Pflicht nehmen, der sich entschlossen hatte, das Leben und den Tod zu überlisten.

»Man hat es bei ihm entdeckt, nachdem er mit der Klasse aus Polen zurückkam«, erzählt Adriana weiter, überzeugt davon, daß das kein Zufall war, »auch bei Minale nicht, einen Moment, da ist grad eine Kundin reingekommen –«

Liebe Chedwa,
bald ist hier Chanukka. Bei der vom Laden stehen schon Tabletts voller fettgetränkter und mit Puderzucker bestäubter Krapfen und die dünnen Kerzen für die Chanukkaleuchter. Trotzdem fehlt mir der dezemberliche Charme des Auslands: der Schnee, die Weihnachtsbäume in den Schaufenstern, mit all ihrem Schmuck, den silbernen Äpfeln, die erfrischende Verbindung von Feuerrot und Dunkelgrün, die Käufer, die ganze Aufregung – hier geht das bürgerliche Jahr ohne Glitzern zu Ende, ohne Schnee, fast ohne Kälte, die ganzen letzten Tage sind durchsichtiges Gold und Himmelblau, ich habe noch keinen Pulli getragen, kannst Du Dir das vorstellen?

Schabbat. Frühstück mit sechs Gästen. In deinem Haus. »Er hat nichts an diesem Haus verändert, nicht wahr?« Minale umarmt ihre Ellbogen, ihr Blick wandert über die Wände, über die Türbalken, behandle sie nicht wie jemanden, der im Sterben liegt, laß dein Mitleid, hatte Adriana klipp und klar gesagt. »Ich steh auf solche Häuser«, sagt Josefa. Wenn du uns jetzt sehen könntest, würdest du den Mund verziehen und sagen, warum hast du bloß all die wohltätigen WIZO-Damen hier reingelassen! Du mochtest ältere Frauen nicht, aber siehst du, jetzt bin auch ich so eine, und die schöne Ora auch. Arlosora stellt auf deinen Eßtisch Kosmetikprodukte ihrer Firma im Moschav Amirim, hergestellt aus allen möglichen Pflanzen, die in rauhem Klima gedeihen. »Loja, hast du Wasser aufgesetzt?« Als ich zurückkomme, sind alle schon bereit. Arlosora hat jeder ein breites elastisches Stoffband umgebunden, mit dem nach hinten weggenommenen Haar sehen alle etwas verschreckt aus. »Und jetzt, *girls*« – Arlosora im Schmeichelton wie damals – »befeuchtet jede ein Stück Watte mit Gesichtswasser«, die Flasche geht rund, wir säubern unsere Gesichter – Josefa und Ora mit energischen Bewegungen, Tikwa hat die Augen geschlossen, Adriana tut es lächelnd, Minale ganz sanft und mit übergroßer Vorsicht, Arlosora mit sachlicher Effizienz. »Du auch, Loja«, und ich gehorche, »das ist viel besser als deine ungarische Kosmetik – in Ungarn röstet die Sonne einen nicht, und das Wasser ist weich, man weiß heute, daß lokale Kosmetik immer am besten ist, und jetzt tragt das hier auf und seht, wie sich das anfühlt«, Arlosora gibt uns ein flaches Döschen mit Tagescreme, das von Hand zu Hand geht, »das ist aus Olivenöl, Aloe Vera, Salbei und Mineralien vom Toten Meer.« – »Ich war diese Woche auf einer Konferenz am Toten Meer«, erzählt Josefa, »da wimmelt es nur so von Archäologen, die graben wohl gerade in der Gegend.« – »Wo?« frage ich, springe sofort darauf an, »im Wadi Murabaat? Im Nachal Chever?« – »Seht mal, wie die sich auskennt! Ihr seid ja immer am Schabbat zu Ausgrabungen gefahren!« – »*Girls, girls!*« Arlosora klatscht in die Hände, um uns zum Schweigen zu bringen, auch sie ist Lehrerin. »Und jetzt tragt ihr diese Maske auf!« Wir reichen eine Tube herum, aus der eine weiße, nach Schwefel riechende Schlange quillt. »Vorsicht, nicht zu nah an die Augen!« – »Sie haben für uns einen Ausflug in die Gegend organisiert«, fährt Josefa fort, während sie die Creme auf ihrem Gesicht verteilt, es fällt ihr schwer, den Mund zu halten, »und sie haben uns gezeigt, daß Lots Weib schon bald ... wenn es noch mal so regnet wie letzten Winter, dann bricht die schlicht zusammen.« – »Dann wird Sodom ohne Lots Weib auskommen müssen?« fragt Minale mit geschlossenen Augen. – »Die finden bestimmt einen anderen Felsen, dem sie diese Geschichte anhängen können«, versichert uns Arlosora, »aber jetzt schschsch, die Masken müssen trocknen. Ihr dürft jetzt nicht reden. Schließt die Augen, und entspannt euch – hier, ich trage mir auch eine auf – zwanzig Minuten Stille, und ihr werdet den Unterschied spüren!«

Wir sind still. Völlig still. Draußen sägt eine Kohlmeise mit einer Silbersäge Glasplatten, und ein Honigsauger schmatzt, als hätte er eine Grille verschluckt, ich mache die Augen auf und erschrecke: um mich herum sechs Gipsmasken mit geschlossenen Augen, wie die Büsten von sechs römischen Kaisern.

Ich muß mich entscheiden. Bald beginnt das neue Jahr. Nach dem allgemeinen Kalender. Wer außer den Frommen und außer Grundschullehrerinnen benutzt überhaupt noch die jüdischen Monatsnamen Cheschwan, Kislew und Tewet. Ich muß die Zimmer aufschließen und auswählen, mit welchem Geist ich schlafen gehen will – mit deinem? Mit Nachums? Aber zuerst muß ich diese Tasche ausschütteln, die mich überallhin begleitet hat, alle Reißverschlüsse aufmachen, damit sie ausspucken kann, was sie in ihrem Inneren aufbewahrt – Reisepaß. Personalausweis. Eine Theaterkarte von vor vier Jahren. Einen feinen goldenen Armreif, den ich zur Reparatur bringen wollte, was ich aber vergessen habe, und den ich überhaupt vergessen habe. Einige Centimes, zwei Telefonmünzen für französische Telefone. Einen hellrosa Lippenstift, nicht von mir. Ein Sonnenbrillenetui. Eine Eintrittskarte fürs Museum. Einen Ohrring. Einen Schlüssel! Dann habe ich ihn Jean-Jacques letztlich doch nicht zurückgegeben. Einen Kugelschreiber, der nicht schreibt. Eine Pinzette. Eine zerdrückte längliche Pappschachtel, und darin eine Uhr, deren Ziffern mit grünem Phosphor gefüllt sind, die Uhr von meiner Bat Mizwa, ich erinnere mich, wie ich mitten am Tag Dunkel gesucht habe, um dieses glühwürmchengleiche Licht der Zeit zu sehen – nein, jetzt leuchtet sie nicht mehr, ob man sie wohl reparieren kann, ob sie mir noch ums Handgelenk paßt, ja, nur ein Loch weiter – den Karton, den kann ich wegwerfen, flachdrücken und wegwerfen – aber nein, da ist noch etwas eingeschoben zwischen dem Futter und der Unterseite der Schachtel, ein kleines Rechteck, hart, vielleicht ein Glückwunsch von Nachum und dir, der sechsunddreißig Jahre gewartet hat, ich reiße das Futter weg und finde ein weißes Kärtchen, auf dem steht: »Siegel & Siegel – Hundert Prozent Garantie!«

Erstickt

Diese Nacht kamen sie wieder mit ihren zugedeckten Töpfen voller Gekochtem, das einen Geruch von Familie und Enge verströmt, sie haben ohne Unterlaß auf mich eingeredet, mir immer wieder Orangensaft eingegossen, Baldrian angeboten, haben von Papa erzählt, der seine Leiche der Wissenschaft vermacht hat, schau mal, sagte Elchanans Vater und zeigte mir seine Augen, eines schmal und dunkel, sein eigenes, und das andere ist rund und wölbt sich etwas vor, wirklich wie das von Papa, auch die Hand hat er mir gespendet, sagte Elchanans Vater, drehte die Handfläche nach oben, um es mir zu beweisen, doch die Hand war groß, weiß, mit verschwommenen Linien, ähnelte mehr der von Jean-Jacques. Nein, sagte ich. Glaubst du mir nicht? Du glaubst mir nicht? Die Trauergäste standen auf, kamen näher, stellten sich besorgt und etwas ärgerlich in einem engen Kreis um mich herum und sagten: Aber am Ende wirst du es glauben, du wirst es glauben –

Wütend bin ich aufgewacht. Ich halte die Trauerwoche nicht ein, hatte ich verkündet, aber sie waren mit ihren zugedeckten Töpfen angekommen, hatten mich gefragt, ob ich einen Tee oder einen Kaffee oder Baldrian wolle, dein Vater, was für ein feiner Mensch ist er gewesen, er hat jeden gegrüßt, sie haben es ihm nicht vergessen, daß er Professor an der Universität war und fünf Tage die Woche mit dem Bus nach Jerusalem fuhr, Papas Kollegen kamen in einer kleinen Gruppe und redeten nacheinander, so als hätten sie schon vorher die Reihenfolge festgelegt, einer erzählte, wie stolz Papa gewesen war, daß ich mit sechs Jahren schon die althebräische Schrift schreiben konnte und mit zehn Jahren *Drei Geschenke* von J. L. Perez in Hieroglyphenschrift übertragen hatte, ob ich Geschichte des Altertums studieren wolle oder Sprachen, man könne mir wohl ein Stipendium organisieren, Papa hatte ihnen erzählt, daß ich bei den Filmvorführungen immer die hebräischen Untertitel daneben abgespult hatte, daß ich Sprachen aufschnappe wie andere eine Grippe, es reiche schon, daß einer in der Nähe auf russisch niese, und schon könne ich die Sprache, sogar den jeweiligen Akzent ahmt sie perfekt nach, ein echtes Naturtalent, ob ich schon mal etwas von Simultanübersetzung gehört habe, wollten sie wissen, man fahre zu allerlei Konferenzen in die schönsten Städte der Welt, das sei jetzt nicht der richtige Zeitpunkt, aber ich solle mal darüber nachdenken –

Schlomimama servierte Erdnüsse, Salzstangen und zu süßen Tee und fragte mich alle paar Minuten, ob ich nicht hungrig sei oder durstig oder müde, sie bestand darauf, dazubleiben und die ganze Woche über im Wohnzimmer zu schlafen, und Schlomi, der wegen Herzgeräuschen vom Wehrdienst freigestellt worden war, kam und wurde Einkaufen geschickt oder zu Botendiensten entsandt, und wenn er zurückkam, betrachtete er mich aus der Ferne und wagte es nicht, näher zu kommen, und Nachum kam ein paarmal von der Armee, saß in der Ecke und sagte kein Wort, du erschienst jeden Nachmittag, und wenn du reinkamst, machte sich eine gewisse Unruhe im Zimmer bemerkbar, die Nachbarn fanden plötzlich Gründe, warum sie es eilig hatten, bloß Schlomimama fürchtete sich nicht, sie machte euch beiden einen starken Kaffee, setzte sich neben dich zu einem Gespräch in gedämpftem Tschechisch, seht euch vor, ich verstehe jedes Wort, log ich, ich war zwanzigeinhalb, und

Schlomimama schlug die Hände zusammen, du bist noch so jung, du bist noch so jung, aber ich fühlte mich wie hundert –

Die Jungs kamen für eine Viertelstunde vorbei, in Uniform, Elchanan war Offizier, Bilu bei der Marine, Chesi trug das rote Barett der Fallschirmspringer, Adriana kam mit Ihrermama, Tikwa, Josefa, Arlosora kamen, und Ora, schon Kompaniechefin, kam für einen Abend: Loja, weinst du gar nicht?

Er ist tot – was gibt es da zu weinen. Wenn die Milch einmal verschüttet ist, was kann man da noch machen? Die Pfütze aufwischen, damit keine Ameisen kommen –

Bist du wütend?

Ich? *Adversus solem ne loquitur.*

Bitte die hebräischen Untertitel dazu.

Mit der Sonne diskutiert man nicht. Gegen Tatsachen aufzubegehren ist wie mit dem Kopf gegen eine Wand zu schlagen – aber ich war wütend, auf die ganze Welt, ich habe gekocht vor Wut, vor allem auf Papa, daß er mir gestorben ist, bevor ich dazu bereit war, ganz plötzlich, ohne vorherige Warnung, ohne Anzeichen von Schwäche oder Krankheit war er plötzlich mitten in der Bibliothek an einem Herzstillstand gestorben, sie haben ihn erst nach zwei Tagen gefunden, als sie die Bibliothek wieder aufschlossen. Gerade in jener Zwischenzeit, nach dem Militär und vor dem Leben, als ich weit weg war, verstrickt in eine harte Liebe, wollte ich keine Ratschläge und sah keinen Ausweg, ich lernte Französisch, Russisch und Italienisch, aber ich wußte nicht, wofür, ein Champollion, das wußte ich, würde ich schon nicht mehr werden, wollte ich auch nicht mehr, und auch dafür gab ich ihm die Schuld, wenn er und Davidi mich nicht so bedrängt hätten, wäre ich nicht mit ihnen auf die Ausgrabungen gefahren und Giora nicht begegnet, unter der Erde war er plötzlich aus einem Gang aufgetaucht, zuerst ein wilder Schopf messing- und kupferfarbener Locken, danach eine breite schweißglänzende Stirn, danach die Augen im Licht der Kerze, die sie golden machte, Wimpern wie Feuerfäden, und eine kräftige Schulter, staubig vom Kriechen in den Gängen, Muskeln, die sich anspannten und rundeten, als er sich hinauf ins Columbarium stemmte, wo ich auf Papa und auf dich wartete, mit einer Tonscherbe in der Hand, vielleicht war es ein Ostrakon. Die goldenen Augen lächelten, und ich dachte nur *Vor der Apollo-Statue*, trotz des mächtigen Schnauzbarts und des spöttischen Ausdrucks darunter, trotz der etwas hervorstehenden Vorderzähne. *Wie die Blindmaus grub ich mich aus der Tiefe empor, wie sie, voller Starrsinn, gebannt*, sagte er amüsiert und kam mit einem halben Sprung oben auf dem Rand der Öffnung zu sitzen, sein Körper war schon hier, seine Beine hingen noch im Dunkel. – Wie bitte? – Nathan Alterman! Er kam aus dem Loch herauf, ganz und gar Gold, und warf einen riesigen Schatten auf die Felswand. – Sehr angenehm, Nathan. Ich bin Loja. Loja Kaplan. – Er lachte laut, mit leicht geneigtem Kopf, das Columbarium füllte sich mit dem Widerhall seines Lachens. Ich wußte nicht, was ich sagen sollte, erklärte er mir am nächsten Morgen beim Kaffee, du hast mich erschreckt. Schwer zu sagen, ob er das ernst meinte oder ob er mich aufziehen wollte, auf dem Grund seiner Stimme schwang immer ein ironischer Ton, auch mit dir hatte er ein Wortgefecht, und du hast gekocht, er wußte viel weniger als du, das war ihm selbst auch klar, aber er sprach mit absoluter Selbstsicherheit, erst nach ein paar Minuten begriff ich, daß er sich verstellte, daß es ihm Spaß machte, zu kämpfen, dich auf die Palme zu bringen. Nathan Alterman, rief ich, damit er aufhörte, damit er zu mir kam, und er kam tatsächlich, stand warm und groß hinter mir und legte zwei große Hände auf meine Schultern:

Blindmaus zu Euren Diensten, er schloß seine Arme um mich und lehnte sein Kinn auf meinen Kopf. Hinter uns saßen die Ausgräber ums Lagerfeuer – Papa, du und noch sieben andere – vier Studenten und drei Freiwillige, die Ausgrabung war klein und nicht ganz legal. Kennst du die Sterne? fragte ich, wollte das Schwindelgefühl stoppen. Giora löste einen Arm und schwang ihn in den Himmel. Dort, zeigte er, ist der Pfeil des Nordens. – Und der zeigt wirklich nach Norden? – Mehr oder weniger. – Und der da? Ich zeigte auf einen sehr hell leuchtenden Stern in der Nähe. – Das ist Sirius. – Steht der immer da? – Unsinn! Der bewegt sich. – Bewegt er sich, oder sind wir es, die sich bewegen? In der Dunkelheit über mir spürte ich, wie er lachte, wie er das Gewicht seines Kinns von meinem Haar löste, dann warmen Atem in meinem Nacken, eine schwindelerregende Zunge von meinem Ohrläppchen den Hals herunter, für einen Moment verlor ich das Gleichgewicht. – Wir bewegen uns, sagte Giora und fing mich auf, keine Sorge, vom Licht ins Dunkel sieht man nicht, er meinte die ums Feuer Sitzenden, Papa, dich. – Komm, wir gehen rüber, ich wand mich aus seinen Armen, mit schmelzend süßem, fassungslosem Körper, umhüllt von der starren Schale von Was-werden-die-von-uns-denken und in der Not von Ja-aber-nicht-jetzt-nicht-hier marschiere ich vor ihm her zum Feuer. Giora hat mir die Sterne gezeigt, erkläre ich, bevor mich überhaupt einer fragt, doch ihr seid mitten in einer Diskussion. Ist das ein Bunker aus der Zeit Bar Kochbas oder nicht, ihr redet von den Lehren, die man aus Gamla, Jodfat und Massada ziehen könne, hier haben sie einen Minikrieg geführt, so hast du den Guerillakrieg genannt, zu Recht, natürlich, das hier ist Sirius, sage ich, zeige auf den Stern, der am hellsten leuchtet, und da hebst du den Kopf, um zu protestieren: Das? Das ist Avrek! Auch die anderen heben die Köpfe. Und das ist Orion, sagt einer aus der Runde und zeigt auf den Pfeil des Nordens. Der heißt Ksil, korrigierst du auch ihn. *Hebräisch ist der Himmel über uns, hebräisch die Luft, hebräisch auch der Wind!* deklamiert Giora in der Diktion der Schauspieler vom Nationaltheater, und du hörst seinen Spott, schweigst, wirfst mir einen Blick zu, als müsse ich mich zwischen Giora und dir entscheiden. So ein Unsinn, ich schüttele diesen törichten Gedanken ab, zucke mit den Schultern, schaue wieder zu Giora, der jetzt das ausgehende Feuer piesackt, es ins Herz sticht, schon erloschene Kohlen dreht er um, und sie werden wieder zu rotglühenden Rispen, die Diskussion verweht, nacheinander erheben sich die ums Feuer Sitzenden, kriechen in ihre Schlafsäcke, als vorletzter Papa, er wirft mir einen prüfenden Blick zu. Alles in Ordnung, sage ich, ich gehe auch gleich schlafen – und als nur noch Giora und ich übrig sind, steht er auf, klopft sich den Staub von der Hose und flüstert: Heute nacht gibt es eine Mondfinsternis. In dieser Nacht sahen wir, wie der Vollmond sich hinter einem halbdurchsichtigen Schleier verbarg. Und die Sterne wurden im Dunkel größer und funkelten stärker. Neben dem Pfeil des Nordens glühte ein roter Stern, und Giora umarmte von hinten meine Hüften und küßte meinen Hals. Nicht hier, flüsterte ich. Die Schlafenden waren sehr nah. Dann komm, Giora zog mich fort. Wir stiegen hinunter in die Zisterne. Giora hatte eine Taschenlampe vom Militär, deren rundes Licht über den Kalksteinfelsen tanzte, ein kleiner, konzentrierter Kreis, um ihn herum ein Hof aus dünnflüssigem Licht, beinah wie Wasser. Der Gang verbreitete einen Geruch von feuchter Kühle, Kalk und Lehm. Als ich dem Licht folge, das links und rechts hinter Gioras Schatten vordringt, kann ich meine eigene Hand vor Augen nicht sehen, er geht vor mir her, warnt mich: Bück dich – Achtung, Stufe – Vorsicht, ab hier mußt du kriechen, und ich fühle mich fast wie in der Kiste mit den Wintersachen, blind und schwindlig von den gefährlichen Gerüchen – von Mottenkugeln, tuberkulösem Schimmel und einer Traurigkeit à la Jane Eyre – komm, sagt Giora, sein Schatten richtet sich auf, auch ich richte mich auf, endlich das Columbarium. Giora rutscht den Rücken an die Wand lehnend auf den Boden, verschränkt die Beine, legt seinen Arm um mich, läßt den Lichtkreis über die Wände zittern. Schatten sammelt sich in den eingehauenen Nischen, vertieft sie unerträglich, macht sie zu achtundvierzig Augen, die uns anschauen. Hier hat man Brieftauben gezüchtet, sage ich, um ihr Starren zu unterbrechen, und Giora grinst und klopft mir mit jedem Wort, das er sagt, auf den Arm: Hier-hat-man-Tote-begraben-erst-verbrannt-und-zermahlen-dann-in-kleine-Kästchen – Ach was, Tote! protestiere ich, und die Wände werfen das Echo zurück, Tote-Tote, Giora schaltet die Lampe aus und verhängt über uns Dunkel.

Und im Dunkel lacht er, ein kurzes, unheimliches Lachen, umarmt mich dann, umhüllt mich mit trockener, beinahe elektrischer Wärme, versengt mich mit Küssen, betastet mit glühenden Fingern meine Haut, stellt fest, du bist ja eiskalt, verspricht, gleich wird dir warm, in dem undurchdringlichen Dunkel existieren weder seine Hand, noch sein Gesicht, noch seine Brust, nur seine Haut, seine Stimme, seine Berührungen, das Columbarium füllt sich mit dem Echo von raschelnd abgestreiftem Stoff, von Haar, das im Staub wühlt, von Atem und Herzschlag, wir sind ein einziges Knäuel Dunkel, schwer und drückend, fast zum Ersticken, glühendheiß, und als mir kalt wird, ist es schon nicht mehr dunkel, da ist der Glanz von Gioras Augen, und er läßt meine Haut von seinem Bart erschauern: Komm, laß uns rausgehen. – Nur noch einen Moment, ich hätte es nicht sagen dürfen, habe es aber getan und damit das feine Gleichgewicht zwischen Was-er-will und Was-ich-möchte gestört, aber damals konnte ich nicht anders, mir war es so bitter und sauer in den Falten des Körpers, und er rollte sich auf den Rücken, das Gesicht zum felsigen Himmel gewandt, fuhr mit einer rauhen Hand über mein Gesicht und zitierte: *Dich umkreisen meine Gedanken und lassen die Haut erschaudern*, er hat nichts zu sagen, zitiert deshalb, womöglich sogar aus demselben Gedicht, erst zwei Monate später kaufte ich *Sterne draußen* und *Freude der Armen*, und fand in einem der beiden Bände das Gedicht *Die Blindmaus*, lernte es Giora zu Ehren auswendig, aber ihn habe ich bis zum heutigen Tag nicht mehr gesehen –

Was für eine Geschichte! staunte Jean-Jacques, er hatte noch nie jemanden getroffen, der in unterirdischen Gängen von Guerillakämpfern aus dem zweiten Jahrhundert eine Liebesnacht verbracht hatte, und ich konnte ihn nicht davon überzeugen, daß das sehr viel weniger exotisch gewesen war, als es sich anhörte. *Alors*, protestiert er, und dieses Gedicht? Ich habe das Buch noch, gestehe ich ihm, und eine Woche später, bei einer Bootsfahrt auf der Seine auf einem langen Touristenboot, lese ich es ihm aus dem Buch vor, man merkt gleich, daß das Lyrik ist, stellt er fest, kann aber kein einziges Wort erraten, er entwindet mir das Buch vorsichtig, betrachtet für einen langen Augenblick die punktierten Buchstaben, hebt den Blick, und bevor ich herausbekommen kann, was der Grund für seine Not ist, schwingt er den Arm über das Geländer und läßt Alterman ins Wasser der Seine fallen –

Kannst du wirklich so viele Sprachen, fragt mich Giora, als wir aufstehen, um hinaufzusteigen. Ich-liebe-dich kann ich in zwölf Sprachen sagen, provoziere ich ihn, spüre, daß ich das jetzt tun muß, auf dem Weg nach draußen, nach oben, in den Morgen. Dann laß mal hören, fordert Giora vor mir, und ich folge ihm, gehe gebückt, rutsche auf dem Bauch, richte mich auf und zähle indessen das ganze Angebot auf, das unsere Siedlung zu bieten hat: Jiddisch, Arabisch, Russisch, Rumänisch, Bulgarisch, Griechisch, Polnisch, Englisch, Französisch, Italienisch, Ladino, Ungarisch. – Und in welcher Sprache meinst du es auch? Gioras Hand liegt schon auf der untersten Sprosse der letzten Leiter, aus der Höhe ruhen seine Augen auf mir. Nur auf hebräisch ist es bindend, sagt er grinsend und beginnt hochzuklettern, ich klettere hinter ihm her, Sprosse um Sprosse, er ist schon draußen, betrachtet mich, er ist ganz Schatten, nur seine Augen funkeln, und bevor ich mich in der Sprache verpflichten werde, in der die Bibel geschrieben wurde, hole ich erst einmal tief Luft, doch da beugt sich Giora schon über mich, reicht mir die Hand: Wenn du es auf hebräisch gesagt hättest, dann wäre es um uns geschehen gewesen, Spiel vorbei, für mich und auch für dich.

Wie oft habe ich diese Worte wiederholt – hatte er mich warnen wollen? hatte er gespottet? Ich konnte es nicht entscheiden, und Ora auch nicht, so beschloß ich zu schweigen, aber Ora drängte mich, schreib ihm, was kann schon passieren, so jedenfalls geht es nicht, und ich schrieb, deutete an, daß ich die Nacht der Mondfinsternis nicht so schnell vergessen würde, wählte mit Absicht eine gehobene Sprache, verließ mich darauf, daß er sie schon mit etwas Ironie verdünnen würde, und bekam keine Antwort, und inzwischen die Angst, schwanger zu sein, dann die Gewißheit, ich schrieb ihm wieder, nicht darüber, nein, darüber kein Wort, wählte einen anderen Ton, eine eher sarkastische Amüsiertheit, wartete auf Antwort, und inzwischen die Abtreibung, ich schrieb wieder, diesmal kurz, beinahe provokativ, und auf den Umschlag »Falls unzustellbar, bitte zurück an Absender«, doch der Brief kam nicht zurück, vielleicht ist er ihm nachgereist, auf die Osterinseln, zu den Gräbern der Azteken, wo sich seine Spur verloren hat, Südamerika ist nicht Amerika, kamen Ora und ich überein, und ich hatte mich bis zum Ende des Wehrdienstes zusammengerissen, dann schrieb ich ihm wieder, ich bin erst mal zu Hause, schrieb ich ihm, lerne ein paar Sprachen, habe mich noch nicht entschieden, was genau ich machen will, nicht die geringste Anspielung auf die Nacht in den unterirdischen Gängen, auf den Blutfleck, den ich aus einem Augenwinkel erspäht hatte, schon braunschwarz, aufgesogen vom Boden, auch nichts über meinen Gedanken, daß jemand eines Tages sagen würde, dies sei ein Zeugnis für den Heldenmut der Kämpfer, die im Dunkel bis zum letzten Tropfen Blut gekämpft hätten – Giora antwortete nicht. Irgendwann hatte ich dann meinen ganzen Mut zusammengenommen und war in seinen Kibbuz gefahren. Soll ich mitkommen? hatte Ora gefragt. Nein, ich wollte ihm lieber alleine gegenübertreten, ich konnte seinen Spott schon voraussehen: Na, hast du Verstärkung mitgebracht? Dazu sein Blick, der uns beide vergleicht, abschätzt. Ich nahm den Bus in den Norden, stieg an der falschen Haltestelle aus, ging fast eine ganze Stunde zu Fuß, erreichte seinen Kibbuz durstig, hungrig, glühend, kochend vor Wut, ich überquerte einen Rasen, um zu einem Wassersprenger zu gelangen und zu trinken, mich zu erfrischen. Kannst du nicht lesen! brüllte ein Mann hinter mir, er stand auf einem Weg, wedelte mit den Armen, ich ging mit nassem Gesicht auf ihn zu, und er wies mit anklagendem Finger auf das Schild: »Rasen nicht betreten«. Das habe ich nicht gesehen, entschuldigte ich mich, ich war so durstig, ich suche hier …, begann ich, doch er hatte mir schon den Rücken zugekehrt: Durstig! Durstig ist die Dame! schimpfte er laut vor sich hin, warum die Gemeinen immer so überheblich sprechen – ich erkundigte mich bei einer Frau, die vorbeilief, aber sie hatte keine Ahnung, und auch der Junge auf dem Tretroller nicht, der sich aus irgendeinem Grund nach mir umdrehte und mich lange anschaute, bei dem ganzen Besuch begleiteten mich ungute prüfende Blicke, auf meine Fragen antwortete man mit Schulterzucken oder demonstrativ unwillig. Du bist nicht die einzige, murmelte der Kibbuznik, der in der Speisesaal-Baracke, an die heute auch nichts mehr erinnert, auf jeden Tisch ein Gefäß für den Abfall stellte. Ein, zwei, drei Jahre danach sann ich noch immer darüber nach, wie es sein konnte, daß dieser Mann aus Fleisch und Blut von der Erde verschwunden war, ohne irgendwelche Spuren zu hinterlassen, und wie indessen die Erinnerungen immer mehr Platz griffen und zu einem Ort wurden, an den ich zurückkehre, dessen undurchdringliches Dunkel ich wieder betaste, ich atme die Mischung aus feuchtem Kalk, Lehm, auch Salz, auch die bittere Säure von Rost, ich höre das Pfeifen des Atems, spüre das pulsierende Blut die Ohren füllen, die Wärme, die er wie eine Aura verbreitet, seinen Geruch, den Geruch von Staub, von der Asche des Lagerfeuers, die Glut, das süße Zerfließen, den Schmerz, wie ist das möglich, daß es ist, als sei es nie gewesen, protestiere ich, Ora hört zu, nickt, fragt nach: Aber bist du sicher? Bist du denn sicher, daß es so war, daß er das gesagt hat? Und ich kehre zurück in die Nacht der Mondfinsternis, fast mit denselben Worten, klammere mich an sie, weil mit den Jahren das, was zwischen ihnen war, farblos geworden ist. Vielleicht besteht mein Sicherheitsnetz aus Maschen des Nichts, doch seit ich hier bin – vielleicht wegen der Farben der Geräusche, wegen der Farben des Lichts und der Gerüche –, erwacht vieles zu neuem Leben, aus Wörtern werden wieder Bilder: Das Dunkel, das durchsichtig grau geworden war, vermischt sich mit einem Licht aus der Ferne, komm, sagt Giora, nur noch ein bißchen, sage ich, möchte den Moment hinauszögern, alles verloren, Spiel vorbei, für mich und auch für ihn. Hinter ihm spannt sich ein klarer silberner Himmel mit grauen Wolkenstreifen. Die Schlafenden in den Schlafsäcken sehen aus wie Basaltblöcke. Gleich gibt es einen Kaffee, der Tote aufweckt, sagt Giora, macht schon Feuer, schon steigt der Geruch auf, lilabrauner Duft, ich hüpfe von einem Bein aufs andere, umarme mich selbst, wenn ich mir nicht selbst helfe, wer hilft mir dann, mir ist kalt, mir ist schlecht. Gleich, gleich, seine Stimme ist angespannt, als hätte ich ihn zur Eile getrieben, er hebt seine Augen zu mir, in ihnen tanzen zwei kleine Feuer: Hier-bit-te-schön, er schenkt mir ein Täßchen mit breitem Rand und ohne Henkel ein, trink, dann ist dir nicht mehr kalt, gießt auch sich ein, ich nehme einen Schluck, mit gespitzten Lippen, der Zucker hat diesem Kaffee seine Bitterkeit nicht genommen. Herrlich, sagt Giora, genießt das Werk seiner Hände, schaut mich über das Täßchen hinweg an. Bitter, sage ich. Zicke, sagt er lächelnd, zeigt die Zähne, und bevor ich protestieren kann: Ich mag Zicken –

»Was machst du?« Ein Anruf von Ora. Die Lehrerin hat trotz der Chanukkaferien viel zu tun, muß organisieren, vorbereiten, kann kaum mal Luft holen. Was ich mache? Im Grunde sehr wenig. Gestern zum Beispiel habe ich beschlossen, daß ich die Pyxis im Biedermeier neben den Alabasterstatuetten, den Stempeln und Münzen nicht mehr ertrage, diesen Gulliver im Land der Zwerge, ich habe vorsichtig die Glastür aufgemacht und sie ins Klebezimmer rübergetragen und in eines der offenen niedrigen Holzkistchen gestellt, zwischen die Scherben, die niemand mehr zu einem Öllämpchen oder einem Gefäß zusammenfügen wird, aber auch da ist sie noch zu groß, ragt heraus, verlangt eine konkrete Entscheidung, daß man sich kümmert, eine Endlösung. Du kannst ruhig vor Wut kochen, aber du warst es doch, der mir diese letzte Aufgabe übertragen hat. Und was ist sie bitte anderes als eine Strafe. Danach habe ich mich ein bißchen in die Hängematte gelegt, man braucht keine Flügel, um sich von einem Ort zum andern zu bewegen. Man braucht sich nur auf den Rücken zu legen, und die Augen, den Wind, die Vögel einfach sein lassen, vorbeifliegen lassen, und plötzlich entdecke ich, daß ich lange Momente gar nicht hier gewesen bin, ich bin durch die unvorhersagbaren Labyrinthe der Erinnerung gewandert, immer auf der Hut vor Minotaurus.

»Dann komm doch morgen um sechs zu uns, die dritte Kerze anzünden.«

Warum nicht. Wenn schon, denn schon – dann auch mit Chanukkaleuchter, Kerzen, Reibekuchen und dem Lied *Maos zur jeschuati* – ich bin pünktlich um sechs da, aber sie beginnen gerade erst mit den Vorbereitungen: Mottik ist losgefahren, seine Großmutter abholen, Jinon ist noch nicht vom Fußball zurück, Gili auf dem Heimweg vom Militär, und Ora setzt mich in die rot-weiße, auf italienische Art fröhliche Küche und brät Reibekuchen. Ich blättere in einem Heft für unsere Klassenlehrerin Ora von den Schülern der 3a. Schon lange habe ich keine Kinderbilder mehr angeschaut, und ich kann mich nicht entscheiden, ob ich über all die Eigentümlichkeiten irritiert sein soll oder nicht, auf einem Bild steht »Chanukka, das Fest der Blinden«. Das Fest der Blinden? Das erscheint mir doch ziemlich verrückt, aber Ora lacht. »Sind sie nicht auch bei euch gewesen, die vom Blindenwerk? Die kommen doch immer vor Chanukka sammeln.« Die Kinder von heute haben andere Namen: kein Dani, kein Joram, kein Zwika, keine Dalia. Sondern Dotan, Omri, Achas – Namen von solchen, die taten, was-böse-war-in-den-Augen-des-Ewigen, ob es wohl auch Achab oder Isebel gibt, nein, aber auf einem rot-gelben Kreisel prangt Hiram, der Name des Königs von Tyrus. Eine Kinneret hat Juda Makkabäus in Pumphosen gemalt, in einer Hand eine Pistole, in der anderen einen Krug Öl, auf dem Bild von Sahar leuchtet eine Fackel. Auf der letzten Seite war ein Liedvers so durcheinandergeraten, daß die Fackel nicht mehr erstrahlt, sondern erstickt. Es regnete immer, wenn wir an Chanukka den Fackelumzug machten, immer Schlamm und Wind auf dem Rückweg zum weithin sichtbaren Klassenzimmerfenster, in dem unsere auf schwarzen Karton geklebten Mosaike aus buntem Zellophanpapier hingen. »Ich geh mich umziehen«, erklärt Ora und verschwindet, einen Moment bevor die Verbindungstür zwischen den beiden Küchen aufgeht und Mechora hereinkommt und mit blendendweißem Gebiß lächelt. »Sei gegrüßt, Loja – was schaust du dir gerade an? Das hat Orinka von ihren Schülern erhalten!« Sie kommt an den Tisch, setzt sich mir gegenüber. »Orinka ist bei all ihren Schülern und im Lehrerkollegium sehr beliebt, man wird ihr demnächst die Schulleiterstelle anvertrauen, aber das hat sie dir sicherlich schon erzählt, oder? Nein? Ach, sie ist ja so bescheiden. Vielleicht zu sehr. Wir haben sie nicht dazu erzogen, mit ihren Begabungen anzugeben, aber vielleicht war das nicht richtig. Was meinst du? Haben wir sie richtig erzogen oder nicht?« Sie beugt sich vom andern Ende des Tisches zu mir herüber. – »Und dabei ist gerade Ora –« – »Ja, ich weiß, über die Maßen begabt. Die beste Schülerin der ganzen Schule. Auch das Militär hat sie mit Auszeichnung absolviert.« – »Ich erinnere mich, wie –« – »Ja, ja, ich bin davon überzeugt, daß du dich erinnerst, wie die Schulleiterin Doktor Hermona Schaltieli sie ohne Unterlaß gelobt hat. Und jetzt wird Orinka selbst Schulleiterin werden – das ist nicht einfach, mit zwei Söhnen bei der Armee, und Jinon ist ein arger Lausbub – hast du meine Enkelkinder überhaupt schon gesehen?«

»Ma-ma!« ruft Ora und rettet mich aus ihren Fängen, die Wohnungstür öffnet sich mit Mottiks dröhnendem »Schalom«, er ist da, samt seiner Großmutter. »Dreiundneunzig«, flüstert Ora mir zu. »Und wer ist das?« fragt die Großmutter, so dünn, so klein wie ich, und kommt auf mich zu, neugierig, als wolle sie mich gleich auch noch beschnüffeln. »Das ist Loja, eine gute Freundin von mir.« – »Und ich bin Gertrud«, sagt sie, gibt mir eine vertrocknete Hand für einen festen Händedruck, aus dem erst Mottik mich befreit, um sie ins Wohnzimmer zum Sessel zu geleiten. »Eine echte Jeckin«, flüstert Oramama. »Aus Berlin«, flüstert Ora. »Ist das wichtig?« flüstere ich. »Es erklärt einiges«, Ora zeigt mit der Hand auf die aufrechte, gepflegte Greisin, die sich aufmerksam umschaut. »Kommt Avi auch?« fragt sie. »Das ist Mottiks Bruder«, flüstert Ora mir zu, und die Tür geht wieder auf, und Jinon kommt herein.

Die Tage sind kürzer, aber das Licht ist wie geröstet, fast knusprig. »Ein israelischer Winter«, sagt Amitai, er kommt jetzt jeden Tag zu seinem Erdbeerfeld und bringt Arbeiter mit, um es zu bewachen. Zwischen den Erdbeerreihen hüpfen neue Vögel mit dünnen, langen Beinen, am Bauch sind sie schwarzweiß, und ihre angelegten Flügel auf dem Rücken haben eine Farbe von rauchigem Zimt, ihr anmutiger Gang erinnert mich an Monsieur Hulot in dem Film *Mon oncle*, aber Amitai schleudert Steine und saftige Flüche in ihre Richtung. »Sie suchen nach Würmern und fressen mir meine Erdbeeren auf«, antwortet er mürrisch auf mein »Was soll das?!«.

Abends bin ich bei Adriana in ihrer Dachwohnung in einem neuen achtstöckigen Haus, dort, wo man die alten Häuserblocks abgerissen hat, derentwegen wir damals Rassco 3 hießen. Auch Bilu und Anat sind da. Sie – nett, mollig mit sehr heller Haut, Locken und weit aufgerissenen himmelblauen Augen, erinnert mich an Chedwa, und er – so ganz anders als früher, mit Bauchansatz, beginnender Glatze, unerträglich süß. »Wie lange, meinst du, kannst du noch in der

Ruine von Davidi rumsitzen und Vögel zählen?« fragt Adriana, dreht ihren prächtigen Kopf von einer Seite zur andern, »ich fange demnächst einen Numerologie-Kurs an. Jeden Montagabend – von neun bis zwölf. Willst du vielleicht mitkommen?« – »Adriana hat auch schon Chirologie-, Astrologie- und Tarotkurse besucht«, erzählt Bilu Anat ohne den leisesten Anflug von Spott, das habe alles nach dem Sechstagekrieg begonnen, da habe sie Séancen gemacht, bei denen Dudu aus der Parallelklasse, der am Kanal gefallen ist, und Kobi aus der Klasse über uns, der in Jerusalem gefallen ist, alle ihre Fragen beantwortet haben. Adriana nickt. Was habe ich hier verloren, die sind ja alle totale Heiden geworden – an der Wand hängen Amulette, Hände aus Kupfer, Silber und Keramik gegen den bösen Blick. »Hast du keine Angst, allein in diesem Haus zu schlafen?« fragt mich Anat. »Wovor denn?« sage ich, zucke mit den Schultern. »Liest du denn keine Zeitung?« Jetzt fangen sie wieder damit an. Ein Glück, daß in diesem Moment Tikwa und ihr Mann reinkommen – »Kobi, sehr angenehm!« – eine gelungene Variation von Enrico Macias. »Tikwa hat mir gesagt, daß du ihren Cousin nicht kennenlernen wolltest, schade, wirklich schade, ein wunderbarer Mann. Meine Lebensmaxime? Jetzt hör mir mal gut zu. Kobis Lebensmaxime lautet: *Never say no*. Unverheiratet – in deinem Alter? Erzähl mir nicht, daß du das nicht brauchst, das kaufe ich dir nicht ab, Unsinn, du weißt ja nicht, was du brauchst. Hör auf Kobi: Verachte keinen Menschen! Dann warst du eben Stewardess, na und, was ist heute schon dabei, eine fliegende Kellnerin, mehr doch auch nicht, oder? Immerzu: Ja, bitte, mein Herr – nein, tut mir leid, meine Dame – früher haben sie dafür nur Schönheitsköniginnen genommen, aber auch damit ist es längst vorbei, und ich sage euch, wer Leute bedient, der soll wenigstens anständig aussehen, findet ihr nicht?« Bilu schaut ihn an, man sieht ihm seine Vorbehalte an, Adriana lächelt ein bißchen, und ausgerechnet Anat nickt, und Tikwa, Tikwa holt aus ihrer Gucci-Handtasche ein kleines Handy, drückt eine Nummer und murmelt: »Ich rufe nur schnell zu Hause an, ob Mutter vom Friedhof zurück ist«, und das gibt Kobi neuen Schwung. »Eine unglaubliche Frau, ihre Mutter. Einfach unglaublich. Fünfundvierzig Jahre schon geht sie jede Woche auf den Friedhof, bringt ihm Blumen, erzählt ihm ihre Probleme – ich sage euch, so eine Liebe gibt es in unserer Generation nicht, nein, so was gibt es einfach nicht mehr, sogar Tikwa und ich – wenn ich tot wäre, würde Tikwa mich dann vierzig Jahre lang am Grab besuchen kommen? Nie im Leben! Solche Frauen wie unsere Mütter gibt es nicht mehr!« Er blickt in die Runde, wartet auf Zustimmung, Adriana lächelt, Bilu lächelt, auch Anat lächelt, sie alle hatten wundervolle Mütter. »Mutter ist noch nicht zurück«, verkündet Tikwa nervös, »ich fahre zum Friedhof, wahrscheinlich hat sie den Bus verpaßt.« »Ich komme mit«, sage ich, setze mich schleunigst ab, und nach Flur, Fahrstuhl und weiteren fünf Minuten sitzen wir in Tikwas türkisfarbenem Auto, unterwegs zum Friedhof.

Tikwa fährt langsam, dicht am Gehweg, bittet mich, die gegenüberliegende Seite im Auge zu behalten. Feiner Regen glitzert im Scheinwerferlicht. »Auch dein Vater liegt hier«, sagt sie, wirft mir einen mahnenden Blick zu, »hast du sein Grab schon besucht?« – »Nein.« – »Mensch, du bist schon sehr verrückt!« Sie wendet den Blick von mir wieder auf den Gehweg. Ich gehe zum Angriff über: »Tikwa, glaubst du wirklich, daß dein Vater da unter dem Stein liegt und sich das alles anhört, was deine Mutter ihm erzählt?« – »Wie oft habe ich ihr gesagt, sie solle ein Taxi nehmen, und sie kommt mir mit ihrem Schade-ums-Geld!« Ich bestehe darauf, eine Antwort zu bekommen: »Glaubst du das wirklich?« Im verfälschenden gelblichen Licht der Scheinwerfer ziehen Gehwege vorbei, niedrige Steinmäuerchen, Hibiskushecken, ein paar Leute mit hochgeschlagenem Kragen, ein Mädchen mit Zopf gleitet auf Rollerskates vorbei, ignoriert den feinen Regen, lächelt vor sich hin, erinnert mich plötzlich an die Ora, die schon nicht mehr existiert, nirgendwo, außer in meinen Erinnerungen und vielleicht auch in ihren eigenen. »Wieso sollte man es nicht glauben«, murmelt Tikwa, »der Mensch stirbt, aber seine Seele –«, sie bremst mit quietschenden Bremsen, »da ist sie ja!« Sie dreht sich um, öffnet die hintere Tür. »Was ist denn passiert?« fragt sie vorwurfsvoll ihre Mutter, die sich naß und schwerfällig hinten reinzwängt. »Ist ja gut, mein Schatz. Ist schon gut«, Tikwamama macht es sich auf dem Hintersitz bequem, »ich hatte ein langes Gespräch mit dem Gott-hab-ihn-selig. Dein Vater sagt, du sollst nicht aufgeben. Am Ende wird alles gut. Das sag ich ja auch immer. Bloß nicht aufgeben. Am Ende wird alles gut – hab ich nicht recht, Loja?« Ich würde gern Also-wirklich sagen, schließe aber mit mir selbst einen Kompromiß und sage: »Vielleicht.«

Zuerst haben sie die Erdbeerreihen mit bläulich-durchsichtiger Plastikfolie überspannt, danach tauchten wie Farbtupfer zwischen ihnen arabische Arbeiterinnen auf und rissen die Folie wieder auf, damit die Erdbeerblätter atmen konnten. Danach kam Amitai mit ein paar Arbeitern, sie steckten an den Enden der Reihen dünne Metallbögen in die Erde, als wollten sie jede fest an die Erde klemmen, und bespannten diese mit neuem Polyäthylen, diesmal, durch die Bögen, in Tunnelform, diese Folie kann man aufmachen, hat mir Amitai erklärt, die Erdbeeren wachsen zwischen zwei Schichten Plastik, berühren kaum noch die Erde, sind sauber und tischfertig.

Ich gehe zwischen den Erdbeerreihen durch, die heute der sanften Sonne ausgesetzt wurden, ich sehe die Blätter, immer drei zusammen, hier und da leuchten eine Blüte mit Zitronenherz oder eine halbrote Erdbeere hervor, groß und fest, wie aus Wachs geformt, und zwischen den Setzlingen erstickt die Erde. Am Ende des Erdbeerfeldes wartet der Orangenhain auf mich. Der letzte Regen hat ihn erfrischt. Die Erde zwischen den Bäumen hat einen grünen Flaum bekommen. Als ich an dem Abend zu Adriana zurückkam, wartete Kobi bereits unten, nahm meinen Platz im Auto ein, winkte in meine Richtung und rief: Und vergiß nicht, was ich dir gesagt habe! Bilu und Anat waren schon gegangen, und Adriana zeigte mir ihre Wohnung – das ist mein Zimmer, dieses ist das von Scharon und das da von Natalie, sie liest unheimlich gern, und da hab ich ihr das so eingerichtet wie bei dir früher, sie öffnete die Tür zu einem kleinen Zimmer, lila-rosa-weiß, der Bettüberwurf passend zu den Vorhängen, ein kleiner Schreibtisch und darüber eine blaue Korktafel, auf der mit bunten Reißzwecken Merksprüche und Briefe festgepinnt waren. Adriana sagte lächelnd: Ist das nicht schön, und ich erschrak. Wie hatte ich bis zu diesem Moment die grüne Korktafel über meinem Schreibtisch vergessen können, Papa hatte die dort angehefteten Sprichwörter alle paar Monate erneuert, *Dum spiro spero* – So lange ich atme, hoffe ich, und daneben *Sic itur ad astra* – So steigt man auf zu den Sternen, und in der Mitte der Tafel ein Spruch, der besonders lange hängenblieb: *Festina lente* – Eile mit Weile, und darunter *Timeo Danaos et dona ferentes*, das du immer auf diese Melodie aus der Synagoge gesummt hast, wenn Schlomimama mit Kompott und Marmeladen ankam, und über allem in prächtigen Druckbuchstaben: *Historia magistra vitae* – Die Geschichte ist die Lehrerin des Lebens. Was sagst du dazu? fragte Adriana, was sollte ich ihr antworten, man steigt nicht zweimal in denselben Fluß, trotz deines Testaments, mit dem du mich, wie beim Monopoly, zum Startfeld zurückgeschickt hast, um noch einmal, Wurf für Wurf, weiterzukommen, Häuser und Plätze zu verkaufen, der Polizei in die Hände zu fallen, für zwei Runden wegen überhöhter Geschwindigkeit im Knast auszusetzen, zu sehen, wie mich die anderen Mitspieler auf dem Weg zum Sieg überholen, an mir vorbeiziehen – am Ende steht der Sieg, wenn du mich nicht zurückgeholt hättest, wäre ich jetzt in Boston, vielleicht auf der Jacht von Chedwa und Leibo, jedenfalls garantiert nicht hier, am Rand des Orangenhains an der Grundstücksgrenze, auf diesem Grundstück gibt es nichts außer Vögeln, aber die schreiten edel daher, wie Monsieur Hulot, mit ihren langen Beinen und hinterlassen ein Gekritzel spillriger Spuren – aber was ist das hier – grobe Fußspuren, menschliche, von einem, der es sehr eilig hatte, der weggerannt ist, alles zertrampelt hat, vielleicht wißt ihr, was hier los ist, frage ich die Vögel, aber sie reagieren nicht, du schaltest im Kopf immer sofort um, sagte Chedwa, du flüchtest einfach, sagte Brenda, jedesmal, wenn etwas Wichtiges oder Schmerzhaftes passiert, wechselst du einfach das Programm, ein einziges Mal in meinem Leben, habe ich zu Jean-Jacques gesagt, der mir ähnliche Vorhaltungen machte, ein einziges Mal im Leben bin ich in einen Zug gestiegen und bis zur Endstation gefahren, und das hat mir gereicht, aber Jean-Jacques wollte nichts von Zügen wissen, die zur Endstation fahren, und Eliot fand meine Mechanismen gerade gut: Wozu leiden? Leiden verkürzt nur das Leben, und er hatte sich ja entschieden, wie ein Bauer im Balkan zu leben und hundertzwanzig zu werden und sich nach dem Tod einer Gesellschaft zu vermachen, die die Toten einfriert, soll ich dich auch einschreiben, Loja? Loja? Loja! Am anderen Ende des Grundstücks, bei den Palmen, gestikuliert jemand Kleines energisch und ruft mich. Ist das Amitai?

Ich brauche wirklich eine Brille! »Loja, komm sofort her!« ruft er von dort, ich stehe am Rand des Orangenhains, frage mit Handbewegungen, was das denn solle, er kommt mit großen Schritten näher, bleibt dann plötzlich stehen, unterstreicht seine Forderung mit einer energischen Armbewegung, er gibt Kommandos wie ein Panzergeneral in einem Film. »Jetzt krieg schon den Arsch hoch!« schreit er aus vollem Hals. Oh je, ein Mister Hummus, ein Israeli bis ins Mark, grob, rauh, schnaubt vor guter Absicht, weiß alles besser, ich gehe auf ihn zu, absichtlich langsam, ich balanciere zwischen zwei Erdbeerreihen entlang, was ist denn los, was kann schon passieren, du kannst nirgendwo runterfallen, kannst auch nirgendwo zerschellen, am Horizont ist kein Brand zu sehen und auch keine Flut. »Schneller! Mach schon! Renn!« Er fuchtelt mit den Armen. »Soll ich dir auf die Beeren treten?« schreie ich ihm entgegen. »Egal, jetzt renn schon, schnell!« Und schon ist er da, packt mich an der Hand, zieht mich hinter sich her, schleift mich geradezu bis zu den Palmen, zu den Petunienbeeten, unter den Ficus, zum Haus. »Hast du abgeschlossen?« – »Nein, nein, ich habe nicht abgeschlossen, ich war nur für zehn Minuten draußen.« Er stößt die Tür auf, wirft einen kurzen Blick in die Küche, zieht mich dort hinein, befiehlt: »Du bleibst hier und rührst dich nicht vom Fleck!« Er schiebt seinen Gürtel zurecht, tastet seine Hüften von hinten ab, stellt sich aufrecht hin und geht ins Wohnzimmer wie Daniel in die Löwengrube. »Vielleicht erklärst du mir, was hier los ist?« Ich habe nicht vor, hier reglos stehenzubleiben, ich gehe hinter ihm her, sehe, wie er im Wohnzimmer auf- und abgeht, wie er die Fensterläden und Fenster untersucht, unters Sofa schaut, mit einem Ruck die Terrassentür aufstößt, sie wieder zumacht, abschließt, einmal, zweimal, einen Stuhl zur Tür trägt, ihn schräg stellt, die Lehne unter die Türklinke klemmt. »Was machst du da?« will ich wissen, doch er ist schon im Flur, macht mit einem Ruck die Tür zur Toilette, dann die zum Badezimmer auf, kämpft mit deiner Tür und mit der von Nachum. »Diese Zimmer sind abgeschlossen!« – »Wann hast du sie abgeschlossen?« Er ist total durchgedreht, setzt schon seine massive Schulter an, um die Tür aufzubrechen. »Ich habe sie noch gar nicht aufgemacht!« schreie ich, er öffnet mit einem Ruck das Klebezimmer, stürzt beinah hinein. »Paß auf!« Er vertreibt mich mit einer Armbewegung von der Tür, verschiebt Papiere, Bücher, sucht unter dem Tisch, berührt die Pyxis, öffnet sie. »Was ist das für ein Topf?« Ich stürme hinein. »Schon gut, schon gut!« Er läßt von ihr ab, packt grob mein Handgelenk, zieht mich hinaus, wirft noch einen kurzen Blick auf Bar Kochba, Betar und Co., macht die Tür zu und schließt ab. »Kannst du mir jetzt vielleicht sagen, was du suchst? Ich helfe dir gerne dabei«, sage ich, werde die Stewardess, die sich um einen verrückt gewordenen Fluggast kümmert. – »Das Telefon!« – »Im Wohnzimmer, hast du es nicht gesehen?« Aber ich komme ihm zuvor, nehme den Hörer ab. »Jetzt sagst du mir vielleicht mal, was los ist. Wer ist gestorben?« – »Du! Du Idiotin, du!« Er reißt mir den Hörer aus der Hand, wählt 100, verlangt den diensthabenden Polizeioffizier, alarmiert auch die Bürgerwehr und die Stadtverwaltung. »Mein Arbeiter ist verschwunden, vielleicht hat der was mit einem Mord zu tun, die Bewohnerin ist hier.« Meint er mich? »Sie steht neben mir, sie ist okay, nein, er ist nicht im Haus, das Haus habe ich schon durchsucht.« Amitai hat eine Pistole, erst jetzt merke ich es, ja, unter seiner abgetragenen Weste. »Ich bleibe hier, aber schicken Sie sofort Einsatzkräfte!« Wie der Reservist einer Spezialeinheit, wette ich mit mir selbst, ich bin schließlich mittlerweile Spezialistin für solche Typen, erkenne sie schon beim Einsteigen, sprungbereit wie Panther, schauen dauernd um sich, verdächtigen immer einige Passagiere, flüstern mit dem männlichen Flugbegleiter, bahnen sich den Weg ins Cockpit – so einer hat mal einen Typen, der am Durchdrehen war, überwältigt, noch bevor unser Mann von der Sicherheit überhaupt aufgestanden war. »Amitai«, sage ich, versuche tolerant und etwas amüsiert zu klingen, eine erprobte Mischung, um panische Leute zu beruhigen, »sei so gut und erklär mir doch, wer wen warum ermordet hat und warum ausgerechnet hier?« Doch Amitai läßt mich stehen und geht zur Haustür, die er zweimal abschließt, danach bezieht er vor den Parkateddys Stellung und wühlt in ihnen. »Wie viele hingen hier, drei?« – »Vier«, das weiß ich, ich habe sie gezählt, doch Amitai verschränkt die Arme vor seinem Befund: »Da sind nur drei!« – »Dann hab ich vielleicht nicht gemerkt – «, sage ich und bekomme eine Gänsehaut. Jemand ist hiergewesen, war hier im Haus und klaut – bei all den alten Stücken, die Unmengen wert sind, ausgerechnet einen alten Parka? »Gibt es hier sonst noch Schränke?« Amitai streift durch die Küche, macht die Schränke auf, die Speisekammer. »Suchst du eine Maus?« Ich gebe mir Mühe, unbekümmert zu klingen, fast spöttisch, aber er ignoriert meine Show, setzt sich an den Tisch, zieht seine Pistole aus dem Halfter, legt sie vor sich hin und verkündet: »Kaffee! Jetzt machst du uns einen Kaffee, und ich bleibe hier sitzen und warte mit dir zusammen auf das Eintreffen der Sicherheitskräfte.« Ich setze Wasser auf. Auch wenn die ganze Welt kopfsteht – immer wird es jemanden geben, der einen Kaffee von mir will. »Vielleicht geruhst du jetzt endlich mir zu verraten, was passiert ist?« – »Liest du denn keine Zeitung?« Endlich hat er's kapiert. Nein, ich lese keine Zeitung. »Und hast du heute früh nicht Radio gehört?« – »Das Radio hier ist halbtot – ziemlich eigenwillig.« – »Du lebst ohne Radio? Auch ohne Transistorradio?!« In einem Ton, als frage er: Auch ohne zu atmen?! »Was ist so lustig? Hier treiben sich die schlimmsten Verbrecher rum. Der Islamische Dschihad! Hamas! Issedin-el-Kassam!« – »Und die Fedajin«, steuere ich meinen Teil bei, aber Amitai lächelt noch nicht einmal. »Wo lebst du eigentlich? Vor zwei Tagen ist hier an der Kreuzung ein Mord passiert. Gestern kamen zwei vom Geheimdienst und haben meine beiden arabischen Arbeiter festgenommen. Und der dritte ist abgehauen. Mir haben sie gesagt, ich soll mich auf dem Gelände nicht mehr ohne Waffe bewegen.« Er rührt den Kaffee nicht an, steht auf, schaut aus dem Küchenfenster, sieht den nackten Granatapfelbaum und dahinter die Bougainvillea, schaut mit einem Ausdruck von Wie-lang-brauchen-diese-Idioten-denn-noch auf die Uhr. »Was bedeutet Gelände?« versuche ich herauszubekommen. »Dein Erdbeerfeld? Mein Orangenhain?« Doch Amitai hält meine Frage für keiner Antwort würdig. Er nimmt seine Pistole und schaut mich an. »Kannst du mit so was umgehen?« – »Sonst noch was? Tu bloß das Ding weg!« Er legt den Kopf schief, und jetzt höre auch ich von fern Sirenen, hysterisch, mehrere durcheinander, sie kommen näher und werden lauter. »Als ich vor zwei Wochen im Orangenhain spazierenging, hat es da so nach Kadaver gestunken«, erinnere ich mich plötzlich. »Warum hast du das nicht gesagt!« Amitai springt auf, zum Klang der Sirenen gesellen sich quietschende Bremsen, rennende Schritte, Hundegebell. »Sie sind hier!« Amitai schließt die Haustür auf und befiehlt mir: »Schließ hinter mir ab. Und schieb einen Stuhl unter die Klinke. Und such dir ein Versteck. Verdammt noch mal. Du dürftest überhaupt nicht hiersein, ich war mir sicher, daß sie dich informiert haben!« Und schon ist er draußen. Ich schließe hinter ihm ab, einmal hart, einmal weich, und noch ein halbes Mal, und kapiere noch immer nicht, wie plötzlich, mittendrin, mitten auf meinem Spaziergang, mitten an einem stellenweise bewölkten Wintertag – und bei wem? Bei dir, hier in unserer Siedlung, mitten in unserem Land – draußen hört man Getrampel. Schreie. Das Krächzen von Funkgeräten. Gebellte Befehle. Rennen. Schnaufen. »Mojsche, Mojsche«, immer wieder, »hörst du? hörst du?« Sicherheitskräfte umstellen das Haus, zertreten die Beete, ich gehe ins Wohnzimmer, spüre die Schmetterlinge des Versteckkens, sie flattern im Hals, in der Brust, aber dein Haus ist zu groß, es eignet sich nicht als Versteckkiste, als Nußschale, ich mache mir an den Fensterläden zu schaffen, schaue in den Garten. »Verschwinden Sie da! Das ist kein Cinema hier!« bellt mich einer vom Grenzschutz an und schiebt mit einer Handbewegung die Fensterläden von außen zu. Unglaublich, um mich herum tobt ein Sturm, und ich stehe im Wohnzimmer und schaue mich um – die Wände sind weit weg, das Nil- und das Donaudelta verzweigen sich im Putz, hinter dem Biedermeierglas erwidern kleine kanaanitische Götter meinen Blick – versteck dich irgendwo, aber wo, unter das Sofa paßt gerade mal eine Küchenschabe, unter dem Tisch im Klebezimmer, nein, da stehen die Schubladen, und da ist man auch gar nicht verborgen, ich habe wohl meine Fähigkeit, mich wie ein Schweizer Taschenmesser zusammenzuklappen, verloren, ich gehe in die Küche, hole das Brotmesser aus der Schublade, wickle es aus irgendeinem Grund in ein Geschirrtuch, weiß nicht, was genau ich damit will, draußen um dein Haus herum ist es ein bißchen ruhiger geworden, dafür ist es jetzt angespannt wie bei einem Hinterhalt, aber wen jagen sie? Mich. Ich mache die Speisekammer auf – da können sich nur Konservendosen verstecken, aber hier! Ich mache den Besenschrank auf, warum habe ich da nicht früher dran gedacht, ein Glück, daß ich den Wischlumpen heute früh draußen aufgehängt habe, ich ziehe die Tür zu mir, sie hat auch auf der Innenseite einen Griff – das war deine Idee, du hast bestimmt an Malinen gedacht, hinter einer doppelten Tür, in einem Zimmer, das sich hinter den Tiefen eines Schrankes öffnet, da haben sich ganze Familien versteckt, da wurden weinende Säuglinge erstickt, damit sie die andern nicht verrieten, auch in Naharia hat es so was Ähnliches mal gegeben, wir hatten im Flugzeug die Zeitungen verteilt, und ein paar Frauen waren in Tränen ausgebrochen – aber die Tür geht so nicht zu, und wenn ich den Besen und den Gummiwischer rausstelle, wird jeder, der sucht, gleich verstehen, daß jemand ihren Platz eingenommen hat. Ich lasse mich hinuntergleiten und sinke auf den Besenkopf, spüre den Besenstiel im Rücken, presse die Knie an die Brust, die Freude, mich an einem engen Ort zu verstecken, entläßt ein paar pfefferminzgrüne Schmetterlinge ins Zwerchfell, aber der Mund ist trocken, die Hände sind kalt, das Blut tost in den Ohren wie das Meer in einer Muschel, das eingewikkelte Messer drückt zwischen den Knien, sollte jemand den Lichtspalt in die Küche vergrößern, werde ich es sofort zükken und auf ihn richten, aber wie eigentlich, meine eine Hand zieht die Knie an die Brust, die zweite, nach oben gestreckt, hält den Türgriff fest, wenn jemand die Tür mit einem Schlag aufmacht, werde ich ihm samt Besen und Gummiwischer entgegenpurzeln, vielleicht schaffe ich es ein paar Schritte weit, bis ins Wohnzimmer, in den Flur, vielleicht ins Klebezimmer, kann auf den Tisch klettern, das Fenster aufmachen und rausspringen, der Besenstiel drückt mich in den Rücken, die Hand, die den Griff hält, schläft ein, ich muß meine Stellung ändern, ein Knie büchst aus, berührt die Schranktür, die sich plötzlich öffnet, in die gleißend helle Küche, die ist entsetzlich groß, und ich habe Durst, bin so durstig wie an Jom Kippur, was, zum Teufel, wird schon passieren, wenn ich diesen idiotischen Schrank verlasse und mir am Spülbecken ein Glas Wasser hole, steh auf, Loja, eins-zwei-und-drei – aber ich kann mich nicht bewegen – dann mach wenigstens die Tür wieder zu, verschwinde im Schrank, laß dich von der Wand verschlucken, wie der Storch in dem chinesischen Märchen, ich kann mich nicht bewegen, und draußen rüttelt jemand verzweifelt an der Haustür, zerrt an der Türklinke, schlägt mit Fäusten, vielleicht schmeißt er sich mit harter Schulter dagegen, er ruft die anderen. »Hier!« rufen sie ihn, »Mojsche, Mojsche, alles in Ordnung«, und wieder Gerenne ums Haus, das Haus ist umzingelt, direkt unter meinen Füßen ein langgezogenes Quietschen, Vibrieren, Poltern von Steinen, auch weiche Gegenstände fallen herunter und schlagen auf, ein abgehacktes Stöhnen – das, wovon ich dachte, es sei von Wurzeln durchflochtene Erde, ist ein bebender schwarzer Raum, der mit den Fäusten schlägt und raus will – ich habe schon keinen Durst mehr, es ist auch nicht mehr eng hier, ich sehe nichts, bin nur noch ganz und gar Ohr und lausche, was unter dem Holzboden des Schranks passiert, du warst dir sicher gewesen, das würde mir in der Luft passieren, vor allem nach Nachum, dann hörst du eben nicht auf mich, hattest du mir am Telefon entgegengeschmettert, was hättest du gesagt, wenn du gewußt hättest, daß sie mich hier, ausgerechnet hier auf der Erde, in deinem Haus, im Besen-, Gummiwischer- und Putzlumpenschrank umbringen würden, weil ich es nicht einmal schaffe, mit diesem Messer zurechtzukommen. »Hier, hier! Hast du ihn? Mojsche, Mojsche!« Direkt unter meinem kalten Hintern ein Schrei, Schläge, ein Aufprall, Schleifen. »Ruf den Sprengstoffexperten!« Krächzen eines Funkgerätes. »Abutbul, hörst du? Hörst du?« Rennen. »Zurück und in Deckung!« Lange Stille und plötzlich gewaltige Schläge gegen die Haustür, immer und immer wieder. »Loja, Loja, mach auf! Mach sofort auf! Ich bin es, Amitai! Es ist alles vorbei! Sie haben ihn! Haben ihn gekriegt! Hörst du mich? Mach auf, und komm sofort raus! Sie untersuchen nur noch, ob in deinem Keller ein Sprengsatz liegt!« Ich versuche zu sagen, ich höre dich, ich bin nicht taub, was schreist du so, aber statt der Worte entweicht mir ein Quietschen. Ich strecke ein Bein aus. Die Tür geht auf, das eingewickelte Messer fällt raus, hätte ich es jemandem in die Rippen rammen können, nein, nicht einmal einer Katze, nicht einmal einer Maus. Ich strecke mein zweites Bein aus, beide Beine sind voll bitterer Brause, ich hüpfe mit steifen Knien zur Haustür, schiebe den Stuhl weg, drehe den Schlüssel, mache auf, Amitai fällt mir fast entgegen, er hatte sich von außen an die Tür gelehnt, packt mich, zieht mich hinter sich her, rennt mit mir in Richtung seines Grundstücks, wo sich an die dreißig Polizisten und Soldaten versammeln und einige Männer in Zivil, jemand sagt etwas Metallenes über Megaphon – neben der Zypresse umringt eine Gruppe von Männern in Zivil eine Gestalt – genauso klein und schmal wie ich, vielleicht ein Junge, vielleicht einfach eine halbe Portion, die sind am gefährlichsten, hatte Eliot aus der Höhe seiner Einmetereinundneunzig verkündet und erklärt: Napoleonkomplex, geh sie mal durch, die Generale, die Kriegshelden, die Schauspieler – alles kleine Leute, die beweisen müssen, daß sie eine Mischung von Tarzan und de Gaulle sind, wäre ich in der Lage gewesen, dem ein Messer in die Rippen zu rammen, wenn er mich angegriffen hätte? Sie schlagen ihn dort, das sehe ich von hier, ein paar harte Schläge, ein Tritt. »Der lebt seit ein paar Wochen bei Ihnen im Keller«, sagt ein Polizeioffizier, der in der Nähe steht. »Unmöglich«, protestiere ich und erinnere mich plötzlich an den fehlenden Parka. »Wir haben ein ganzes Vorratslager gefunden, Konservendosen, Kerzen, Streichhölzer.« – »Aber haben Sie nachgeschaut, von wann die sind? Kann sein, daß das alles schon viel länger da liegt, noch bevor der hierherkam.« – »Gleich können Sie uns alles erzählen, was Sie wissen«, der Offizier schaut auf die

Uhr, hinter dem Haus tauchen nacheinander die Sprengstoffexperten in Schutzwesten auf, sie tragen kleine Koffer. »Das war's, alles vorbei, alles sauber, Ihr könnt runtergehn –«

Umringt von Polizisten in Uniform und Männern in Zivil, steige ich hinunter in deinen Keller. Nur einmal bin ich hier gewesen, 1957, direkt nachdem er gebaut worden war, nach dem Rückzug aus dem Sinai. Soweit ich mich erinnere, war es ein großer, dunkler Raum aus Beton, mit einem kleinen Belüftungsschacht, den man auch zumachen und abdichten konnte, mit einer Toilettenecke und einem Waschbecken. Die Lumpen auf der Matratze kenne ich nicht, aber hier ist der Parka, und die Matratze – ziemlich antik – hebt einer der Polizisten mit dem Fuß an. »Ja, an die Matratze erinnere ich mich, die war schon hier.« Die grauen Metallregale habe ich noch nie gesehen, auch nicht die Konservendosen, die darauf ordentlich aufgereiht sind – Mais, Erbsen, Oliven, Möhrenwürfel, Thunfisch, Büchsenfleisch, saure Gurken, Weißkraut, Ananas in Sirup – auch Streichhölzer, Kerzen, Batterien, Toilettenpapierrollen, Mineralwasser, ein eingestaubter Koffer, den die Polizisten ins Labor mitnehmen. »Der gehört bestimmt ihm«, sage ich, versuche die Hand auf deinen Koffer zu legen. »Wem? Dem vorigen Hausbesitzer?« fragt ein Polizeioffizier. »Ja, da bin ich mir sicher.« »Wir nehmen ihn sicherheitshalber mal mit und geben ihn später unversehrt zurück«, der Polizeioffizier reicht den Koffer einem Mann in Zivil, wohl einem vom Geheimdienst, und der verschwindet mit ihm, hier ist auch ein Erste-Hilfe-Kasten, ob du von unserem Versteck am Ende der Siedlung gewußt hast, ob du uns deshalb so großzügig, und ohne viel zu fragen, Streichhölzer, Lumpen, Nägel, leere Flaschen gespendet hast, auch du hast dir hier einen Überlebensbunker eingerichtet – die Tür steht weit offen, der Polizeioffizier läßt seine Taschenlampe über die Wände wandern, an der Decke zeigt der rauhe Beton noch immer den Abdruck der Bretter, die ihm seine Form gaben, und in der Ecke – was ist das? – kaum zu erkennen, weil zur Tarnung grau gestrichen, ein Notausgang, der sich nach oben öffnet, genau in deinen Besenschrank. Wie wärst du da hoch gekommen? Da, unter dem Waschbecken sehe ich eine kleine Leiter. »Und Sie haben gar nichts gehört?« Der Polizeioffizier wiederholt seine Frage zum dritten Mal. »Allen Anzeichen nach muß der etwa drei Wochen hier gewesen sein«, mit dem Fuß stößt er gegen den Müllhaufen in der Mitte des Kellers – leere Konservendosen, verbeulte Mineralwasserflaschen. »Nein, ich habe nichts gehört.« Was sollte ich sagen? Daß ich manchmal Plätschern, Gurgeln, Rascheln gehört habe und das Knacken alter Möbel? »Da haben Sie aber Mordsglück gehabt«, sagt der Polizeioffizier, der mich begleitet, aber der ranghöhere Polizeioffizier, der draußen auf uns wartet, ist sich da nicht so sicher. »Frau Kaplan, packen Sie ein paar Sachen und eine Zahnbürste ein, Sie kommen mit uns mit, wir haben ein paar Fragen an Sie.«

Das passiert wirklich, sage ich mir und kneife mich in den Arm, um mich zu vergewissern, daß das wirklich passiert, obwohl es nicht sein kann, es kann doch nicht sein, das bin nicht ich, die hier sitzt, vielmehr bin ich es, die mich in diesem kleinen Zimmer sitzen sieht, hätten mich Ufos auf den Mars entführt, wäre es auch nicht unglaublicher, und wenn es mich aus dem Bermuda-Dreieck in eine andere Realität gesaugt hätte, dann entspräche das in etwa dem, was mir hier passiert, während ich in diesem kleinen Zimmer sitze und verhört werde. Wollen Sie rauchen, nein, möchten Sie einen Kaffee, nein, nur Wasser, danke. Mir gegenüber erst ein Polizist, später ein Polizeioffizier, dann ein Mann in Zivil, sie fragen mich immer wieder, seit wann sind Sie hier, wann sind Sie weggegangen, warum sind Sie zurückgekommen, haben Sie Familie, die Namen bitte und auch die Personalausweisnummern und Geburtsdaten, wenn Sie sich erinnern. Aber wo bleibt das Wasser? Gleich, beantworten Sie uns nur noch ein paar Fragen. Was soll das? Bin ich in einem Verhör? Verweigern die mir das Wasser? Ich-möchte-meinen-Anwalt-sprechen, zitiere ich tausendundeinen Film. Wer ist Ihr Anwalt? Schmarjahu Betzer. In Ordnung, wir werden ihn verständigen, und bis er kommt, können Sie uns noch ein paar einfache Fragen beantworten, zum Beispiel, wo Sie geboren sind. In Venedig. Ach, in Venedig! So als kämen da keine Kinder zur Welt, als käme man da nur hin, um auf Gondeln zu fahren und Tauben zu füttern. Und wann sind Sie ins Land gekommen? Im Januar 1950. Und wo haben Sie zuerst gelebt? In Haifa. Bis wann? Bis ... 1951. Und wohin sind Sie von dort aus gezogen? In die Siedlung Rassco 3. Wer ist alles umgezogen? Mein Vater und ich und Davidi, der mir das Haus vererbt hat, und Nachum, sein Sohn, kann ich bitte etwas Wasser bekommen? Man holt schon welches. Ich kann es nicht glauben, wissen Sie was, ich beantworte Ihnen keine Frage mehr, bevor ich nicht ein Glas kaltes Wasser bekomme. Gut, dann warten wir eben. Er sitzt mir schweigend gegenüber, bis eine Polizistin mir einen dünnen Plastikbecher mit Mineralwasser bringt, von der Art, die man im Flugzeug verteilt, was soll dieser Geiz? Ist in Israel das Wasser ausgegangen? Bringen Sie mir eine ganze Flasche, befehle ich ihr von meinem Platz aus, wenn alle durchdrehen, dann kann ich das auch, der Polizeioffizier nickt, steht auf, läßt mich alleine, ich warte, erinnere mich, daß mich einmal, vor dem Radarkurs, einer verhört hat – wie hieß der noch? – Mischka vom militärischen Sicherheitsdienst, wir saßen in einem Zimmer des Stützpunkts – der *Ogonjok,* den Papa ein paar Jahre abonniert hatte, machte ihm Sorgen, er fragte eine ganze Reihe Fragen zum Kommunismus, aber ich lachte, da sind Sie bei uns falsch, und er ließ sich ziemlich schnell überzeugen, entschuldigte sich beinahe, drückte mir die Hand, wünschte mir viel Erfolg, warnte mich natürlich, keinem ein Wort davon zu erzählen, sogar mein Vater wußte nicht, daß sich der geheime Stützpunkt auf dem Karmel in Haifa befand, der Eingang war in einer Seitenstraße, neben einem Kloster, jeder, der auf dieser Straße fuhr, wußte, wohin er schauen mußte und was er daraus schließen durfte, man konnte von unten ein paar zur Tarnung mit Planen verhängte Antennen sehen, und trotz allem besaß das damals noch eine gewisse Logik – ein kleiner Mann in Zivil mit Topfschnitt tritt ein, mit Haaren wie rostige Stahlwolle und so tiefliegenden Augen, daß man kaum ihre Farbe und ihren Ausdruck ausmachen konnte, vielleicht hatte man ihn deshalb ausgesucht, Bürger im Schockzustand zu verhören, er reicht mir die Hand zu einem kurzen, trockenen Händedruck über den Tisch, der zwischen uns steht, Mike, stellt er sich vor. Natürlich ein Deckname, provoziere ich, ich kenne diese Typen ein bißchen von der Flugsicherheit, er geht nicht darauf ein, was ist mit meinem Wasser, ich bleibe stur, und was ist mit dem Anwalt. Eins nach dem andern, sagt er mit säuerlichem Lächeln, Sie sagen also, Sie seien 1951 in die Siedlung Rassco 3 gezogen? Ja. Warum bringen Sie mich mit Sachen durcheinander, die über vierzig Jahre her sind? Wir haben unsere Gründe, das können Sie mir glauben, er gibt sich Mühe, freundschaftlich zu klingen, aber ich glaube ihm nicht, in diesem Haus wohnten also Barak Davidi und Nachum Davidi, und Sie wohnten in welcher Straße? In der Straße der Hingerichteten, aber man hat hier die Namen geändert. Ja, ja, das wissen wir, er schlägt ein kleines Blöckchen auf, in der Weinstraße also. Wer wohnte noch in der

Weinstraße? Mein Vater und ich. Und Ihre Mutter? – Was ist mit der? –Ja, was ist eigentlich mit Ihrer Mutter? Er schaut mich mit bohrendem Blick an, wartet, ich zucke mit den Schultern, wenn die mich durcheinanderbringen wollen, wenn die mich kleinkriegen oder zum Heulen bringen wollen, dann wissen sie nicht, mit wem sie es zu tun haben, was ist mit meinem Anwalt, ich verschränke die Arme, Mike führt ein internes Telefonat, legt auf, sagt, er ist auf dem Weg. Sind Sie mit ihr in Kontakt? fragt er plötzlich. Aber natürlich, tagtäglich! Ich werde wütend, überrasche ihn, er zieht die Augenbrauen hoch, endlich kann man die Farbe seiner Augen sehen, sie sind braun, du kannst dir nicht vorstellen, wie häßlich das ist, ein rothaariger Mann mit rostigen Augen, sage ich im stillen, ich rate Ihnen, sich nicht lustig zu machen, sagt er mit strenger Stimme, wieso mache ich mich lustig, ich meine das ernst. Ich habe eine Freundin, Adriana Ferrara, sie macht Séancen, nach dem Sechstagekrieg hat sie es geschafft, die Geister von Kobi und Dudu heraufzubeschwören, fragen Sie, wen sie wollen, fragen Sie Bilu, er zieht einen Stift aus der Tasche. Welchen Bilu? Bilu Bilu. Jetzt meint er bestimmt, daß ich lüge, daß ich mich über ihn lustig mache, er preßt die Lippen zusammen, gleich wird er es aus einer anderen Richtung versuchen, er nimmt den Hörer ab, verlangt Wasser für die Dame, dieselbe Polizistin bringt mir eine halbleere Flasche. Hier wird gespart, was? sage ich zu ihr, trinke in großen Zügen direkt aus der Flasche, ich bin durstig, echt vertrocknet, haben Sie von Slánský gehört, schießt der Mann vom Geheimdienst plötzlich los, der Name kommt mir irgendwie bekannt vor, aber ich erinnere mich nicht. Von Dr. Voska? Von wem? Von Mordechai Oren? War da nicht mal ein Prozeß? Aber wozu all diese Fragen? Sie brauchen sich nicht aufzuregen, wir überprüfen bloß ein paar Möglichkeiten. Sie haben in der Armee gedient, sagt er, schlägt den Block auf, blättert darin, beim Radar, sagt er, damit ich weiß, daß sie informiert sind, und als Sie beim Militär waren, haben Sie da zu allerlei Leuten Kontakt gehabt? Was genau meinen Sie? Haben Sie Briefe geschrieben? Natürlich habe ich Briefe geschrieben. Können Sie sich noch erinnern an wen? Nach Hause, an Ora Berger, an Josefa Minikovski, an Adriana Ferrara, ich kann die Liste fortführen, aber ihm reicht es wohl, er holt ein Päckchen Zigaretten aus der Tasche. Stört es Sie, wenn ich rauche? Allerdings! Ich bin wild entschlossen, es ihm schwer zu machen, nicht die nette Frau zu spielen, er steckt das Päckchen wieder ein, es ist noch nicht angebrochen, er hat gar nicht vorgehabt zu rauchen, wollte nur den Feind verwirren, du wirst es nicht glauben, ich führe in Gedanken schon mein nächstes Überseegespräch mit Chedwa, ein verrücktes Land ist das, ein Polizeistaat. Sie waren viel im Ausland unterwegs, stellt er fest. Ich nicke. Sie waren Stewardess, waren Sie da in vielen Ländern? Ich nicke. Waren Sie in Libyen? In Libyen?! Noch was?! In Algerien? Hat sich nie ergeben. In Ungarn? Einmal. In der Tschechoslowakei? Noch nicht. Kennen Sie Giora Bar-Netzer? Mein Gesicht steht in Flammen, ich spüre es und schweige, was ist das hier für ein Verhör? Ohne Betzer sage ich kein Wort mehr. Sie waren vor sechs Wochen in seinem Kibbuz, Mike nagelt mich mit seinem Blick fest. Ich schweige. Hören Sie auf meinen Rat, sagt er, beugt sich zu mir vor, die Ellbogen auf dem Tisch – ich bin ganz Ohr –, Sie sind viel tiefer verstrickt, als Sie ahnen, und das nur, weil Sie sich weigern, meine elementarsten Fragen zu beantworten. Aber ich habe Ihnen alle Fragen beantwortet. Waren Sie im Gazastreifen? In Hebron? In Ramallah? Mein Fuß hat die besetzten Gebiete nie betreten, versichere ich ihm, und wissen Sie was? Auch Tel Aviv nicht und auch nicht Jerusalem. Siebenundzwanzig Jahre habe ich nur das Hotel Avia auf dem

Flughafen besucht, und wissen Sie was? Zu Recht! Wo ist mein Anwalt, will ich wissen, ohne ihn sage ich kein Wort mehr – und ich verschränke die Arme und presse die Lippen zusammen, und er verschränkt mir gegenüber die Arme und preßt die Lippen zusammen, und so sitzen wir eine Minute da, noch eine Minute, bis ich mich so dasitzen sehe und nicht glauben kann, daß mir das passiert, und ich breche in ein Lachen aus, das erst aufhört, als er mit strenger Stimme fragt: Kann ich mal Ihren Reisepaß sehen? Ich hole den Paß aus der Tasche, und er schaut ihn sich an, während er die Unterlippe kaut. Dann schreckt das Telefon uns beide auf. Er nimmt ab, sagt hm, hm, ja, in Ordnung, gut. Danach mustert er mich eingehend. Macht er mich zu Mata Hari? Wir werden Ihre Aussage überprüfen, sagt er schließlich, gibt mir meinen Paß zurück. Dann kann ich jetzt nach Hause? Ja, unter der Bedingung, daß Sie hier unterschreiben, er zieht ein Formular aus der Tasche, die neben ihm auf dem Boden steht – Ich verpflichte mich, das Land nicht zu verlassen, umgehend zum Verhör zu erscheinen, wenn ich geladen werde, und natürlich meinen Aufenthaltsort nicht zu wechseln – Das unterschreibe ich nicht! sage ich in einem Ton, der bei dir das Gut-daß-du-gekommen-bist-Göttin-Anat ausgelöst hätte, schade, daß du mich jetzt nicht siehst, wie ich dem Vernehmungsbeamten mit rostigem Haar direkt in die Augen schaue. Ich bestehe darauf, meinen Anwalt zu sprechen, wiederhole ich kühl den Text, den alle Gangster in Filmen immer sagen. Der ist schon unterwegs, sagt der Vernehmungsbeamte, lehnt sich in seinem Sessel nach hinten, als sei das Verhör beendet, als käme jetzt der informelle Teil. Nimm dich in acht, sage ich mir, die sind hier völlig durchgeknallt, und wieder klingelt das schwarze Telefon mit der alten Wählscheibe. Ja, bringen Sie ihn rein, und im nächsten Moment steht Rechtsanwalt Betzer in der

Tür, ein Berg von Mann mit rotem Kopf, schwitzend, ein Samowar in Menschengestalt –

»Was erlauben Sie sich eigentlich?« poltert er ohne Furcht und unterschiedslos den Vernehmungsbeamten und die Polizistin an, die zwischen ihm und der Tür durchschlüpft, er blockiert den Eingang. »Wir werden Anzeige erstatten! Damit kommen Sie nicht durch! Frau Kaplan – bitte kommen Sie!« Ich stehe auf, gehe auf den Flur, wo sind die Toiletten, und Rechtsanwalt Betzer bekommt ein Zeichen, einzutreten, und bedeutet mir, zu warten, und drei Minuten später sind wir auf dem Weg nach draußen –

»Dann bin ich jetzt frei? Kann ich mir morgen ein Ticket kaufen und mich auf und davon machen?« verhöre ich ihn im Auto. »Was haben Sie's denn so eilig?« Rechtsanwalt Betzer fährt vorsichtig. – »Was hat dieser Vernehmungsbeamte Ihnen erzählt?« – »Die sind an einem schwierigen Fall, alle möglichen schlafenden Hunde sind plötzlich aufgewacht, die haben da diesen Koffer, den sie gefunden haben – wollen Sie den nicht zurück?« – »Doch, aber was hat das mit dieser halben Portion zu tun, die sie in Davidis Keller gefunden haben?!« – »Ich staune über Sie«, Betzer schaut mich durch seine Brille an, »eine intelligente Frau wie Sie. Man verdächtigt Sie vermutlich, einem mutmaßlichen Terroristen Unterschlupf gewährt zu haben, denn der hält sich doch schon ein paar Tage bei Ihnen versteckt, oder? Vielleicht haben Sie ihn ja eingeladen? Vielleicht haben Sie ihm Essen beschafft?« – »Ich?!« – »Ich habe denen gesagt, daß Sie eine reine Weste haben, weiß wie Schnee, ich bürge für Sie, ich habe denen von Davidi erzählt, von seinem Testament – apropos, haben Sie sich schon überlegt, was Sie nun mit ...« – »Wann haben Sie denn das alles geschafft?« – »Auch mich haben sie verhört – sagen Sie, war das hier? Hier rechts?« Vor dem Tor vergewissert er sich: »Sie wollen wirklich nicht bei einer Freundin oder im Hotel schlafen?« – »Nein, wieso denn. Ich werde mir jetzt eine große Taschenlampe holen und in den Bunker runtergehen, und vielleicht schlafe ich sogar dort.« Aber die Polizei hat die unter einem Geißblattbusch verborgene Einstiegstür mit einem riesigen Schloß verschlossen, das nun unter den Blättern hervorblinkt. »Dürfen die das?« frage ich Betzer. »Bis die Untersuchung zu Ende ist«, sagt er, folgt mir zum Haus, »dieser Ficus!« Ja, ich weiß, ich mache die Haustür auf, er bleibt mir auf den Fersen. »Ich möchte mich selbst davon überzeugen, daß hier alles in Ordnung ist.« Draußen dämmert es schon, ich mache in der Küche Licht, auch im Wohnzimmer und im Klebezimmer. »Sehen Sie, alles in Ordnung.« Das Telefon klingelt, aber Rechtsanwalt Betzer hält mich am Ellbogen. »Kein Wort davon, was man Sie gefragt hat!« Ich zucke mit den Schultern, Ora ist am Apparat. »Loja! Was ist los?« – »Alles in Ordnung, ich rufe dich gleich zurück.« »Was suchen die hier also?« frage ich Betzer zum Abschied, ohne große Hoffnung, noch etwas Neues zu erfahren. »Ich nehme an«, sagt er gewichtig, mit Gerichtssaalstimme, »daß sie Kollaborateure suchen.« – »Was?« – »Kollaborateure.« Kollaborateure, Verräter, Judenratniks, Kapos, Quislinge, ich dachte, das hätten wir hinter uns, aber vielleicht sind wir ja auch die ganze Zeit im Kreis gefahren. »Radikale Linke«, läßt Betzer großzügig noch eine Information raus. »Juden?« frage ich in meiner Dummheit. »Sagt Ihnen der Name Udi Adiv etwas?« – »Aber«, ich beginne zu protestieren, gebe es auf, es ist alles so unsäglich dumm. Sind Sie für einen palästinensischen Staat? hatte mich der Vernehmungsbeamte plötzlich gefragt. Ich bin für das kanaanitische Imperium vom Euphrat bis zum Hafen von Karthago, hatte ich mich da rausgewunden. Wo liegt Karthago? Nicht anzunehmen, daß er das nicht wußte, aber er hat gefragt. Und wo Libyen ist, wissen Sie? Waren Sie mal in Libyen? hatte er weitergefragt, und jetzt wirft der Rechtsanwalt noch einen Blick ins Wohnzimmer und seufzt: »Da werden noch ein paar Monate ins Land gehen, bis wir einen Käufer finden.«

Die Presse weise ich ab. Verstecke mich vor dem Fernsehen, aber gegen Freunde-von-früher kannst du nichts machen, außer ihnen immer wieder versichern, ja, es ist alles in Ordnung, nein, es war nicht so schlimm, wie es sich anhört, die übertreiben doch, in der Zeitung übertreiben sie immer, nein, ich wollte mich nicht interviewen lassen, ja, es ging ganz schnell, nur ein paar Minuten, dann war's schon vorbei, nein, nein, ich habe nichts gehört, danke, aber ich bleibe hier, sie haben den Keller mit sieben Schlössern und Riegeln verschlossen, was soll da noch passieren, nein, Amitai hat mich nicht gerettet, in der Zeitung kommt er groß als Held raus? wenn's ihn glücklich macht, nein, nein, hab ich nicht gelesen, was gibt es da zu lesen, ich war schließlich dabei, mittendrin in diesem Kessel, oder?

Nur Ora, die mit Mottik vorbeikommt, »um ein bißchen bei dir zu sein, nach diesem Schock«, zeige ich den Schrank, in dem ich mich versteckt hatte, ohne natürlich zu wissen, daß wenn der Verdächtige den von dir geschaffenen Notausgang benutzt hätte, er mir just in den Hintern gekrochen wäre. Ora lächelt noch nicht einmal. »Hast du Angst gehabt?« Sie untersucht den schmalen Schrank, überlegt sich, ich hätte da nicht reingepaßt, denkt vielleicht sogar, ich hätte mich erst gar nicht versteckt, denkt, wer weiß, was sie jetzt denkt. »Nein«, lüge ich, und sie glaubt mir, sie merkt es also nicht, sie trinkt den Tee, den ich ihr gemacht habe, und erzählt Mottik von dem Untergrund, den ich in der fünften Klasse für einige Kinder organisiert habe, von der Aufnahmeprüfung, Mottik hört zu, die Arme über seinem kleinen Bauch verschränkt. »Und, hat dir das jetzt geholfen?« fragt er mit zu lauter Stimme, fast wie ein Ankläger vor Gericht. »Nein«, gebe ich zu. »Das Komische ist nur«, fange ich an, gebe auf, aber Ora läßt nicht locker, die Ora-von-früher kehrt für kurze Zeit zurück, legt ihre Hand weich auf meinen Unterarm. »Das Komische ist nur«, wiederholt sie den Anfang meines Satzes, drängt mich, ohne ein Wort zu sagen, doch weiterzureden, es rauszulassen, es auf den Tisch zu legen, aber ich weiß nicht wie. »Es ist, als ob es nicht passiert ist, nicht wirklich –«, so geht es nicht, ich versuche es noch einmal: »Als hätte mich jemand reingelegt«, nein, so auch nicht, also noch einmal: »Als ob das alles zwar passiert ist, aber nicht mir, so als ob ich in einem Film mitspiele, der gleich aus sein wird, und danach wird alles wieder wie – normal«, das kommt der Sache schon ziemlich nah, Ora beugt sich zu mir vor, schaut mich konzentriert an. »Es ist mir noch nicht mal gelungen, mich richtig zu fürchten, alles war so unwirklich, wie eine blöde Parodie auf etwas, was gar nicht sein kann, es konnte einfach nicht sein. Ich habe es nicht geglaubt –« Ora richtet sich auf, schaut zu Mottik, der noch immer mit verschränkten Armen dasitzt. »Weißt du, mit wem Loja reden muß?« wendet er sich an Ora, schaut aber mich dabei an, so als überprüfe er noch einmal seinen Befund. »Mit Avi«, sagen beide gleichzeitig und lächeln gleichzeitig. »Avi ist Mottiks Bruder«, sagt Ora, trinkt ihren Tee aus, »der ist Historiker.« Mottik hebt seine Teetasse an die Lippen, ob mein Gesicht etwas verraten hat? »Er erforscht die Shoah«, fügt Mottik hinzu, und ich atme auf – also nicht die Wurzeln der westlichen Kultur und auch nicht Bar Kochba samt Gegnern und Verbündeten, von denen hatte ich genug, »für seine Doktorarbeit ist er hier mit einem Tonband rumgelaufen, geradezu hausieren gegangen«, Ora steht auf, schaut unruhig auf die Uhr. »Wieviel Jahre ist das her?« frage ich, ignoriere ihre Zeichen, halte mich daran, daß Mottik ja noch auf seinem Platz sitzt, den Blick zu Ora hebt. »Vor neun Jahren oder zehn?« Ora nickt. »Hat er mit Chassia Horowitz geredet?« frage ich gespannt. »Nein, die ist ein paar Monate vorher gestorben, das alles hat erst nach ihrer Beerdigung angefangen, eigentlich erst, als ich ihm von der Trauerwoche bei Schlomi erzählt habe – Schlomi ist jetzt in New Jersey, weißt du das?« Ich weiß. »Er hat seinen Vater im Altersheim abgegeben und ist nach Amiland gefahren, um Professor zu werden, vor zwei Jahren war in *Ha-aretz* ein Bericht über ihn«, leichter Spott schwingt in Oras Stimme, vielleicht auch Neid. »Mit ihm mußt du reden«, sagt Mottik abschließend und folgt Ora notgedrungen, sie wartet bereits deutlich ungeduldig an der Tür, sie hatte das Ihre beigesteuert, und jetzt ab nach Hause und ins Bett –

Warum soll ich mit ihm reden? Wird er mich mit einem kleinen Kassettenrecorder aufnehmen, wird er mich verhören, wie der Ankläger mit dem merkwürdigen R? Warum haben Sie sich versteckt? Sie hatten ein Messer in der Hand – warum haben Sie es nicht benutzt? Wo haben Sie sich versteckt? Haben Sie geglaubt, das Versteck im Schrank würde Sie retten? Was haben Sie dann in diesen Momenten gedacht, beschreiben Sie uns, was Sie gedacht haben. Ich habe nichts gedacht, in dem riesigen Getümmel war ich ein toter Punkt. Vielen Dank. Herr Vorsitzender, die Zeugin hat ihre Aussage beendet –

Das Schlüsselloch zu Nachums Zimmer ähnelt der Göttin Tanit, ohne Arme und ausgefüllt mit Dunkel, wartet sie darauf, daß ich einen Schlüssel in sie stecke, einmal und noch einmal umdrehe und das Zimmer betrete, das sich vielleicht gar nicht verändert hat, seitdem ich mich daran erinnere –

Ich war nicht zur Beerdigung gekommen. Es war nicht so abgemacht gewesen, daß sie Nachum aus dem blauen Grab des Sees Genezareth fischen würden, er hätte in der Luft explodieren sollen, zu einer Rose aus Feuer, damit überraschte er mich in jener Nacht, nach jenem Flug, zu dem er mich aus den Fängen der Nachbarn, der Polizisten, der Gemeindeschwester und des Altesachenhändlers befreit hatte, er hatte mich herausgeholt zwischen den Kisten voller Historiker, Mommsen und Niebuhr und Schürer und Gibbon und Ranke und Burckhardt und dieser Holländer mit dem komischen Namen, Huizinga, und zwischen den Orangenkisten voller Kleider, Papiere, Hausrat. Komm! Ich spüre seine Hand auf meiner Schulter, er verkündet allen, ich nehme Loja mal mit, führt mich hinaus, ich frage, wohin, auch die anderen fragen, nein, nur Davidi, er schreit uns hinterher: Nachum! Nachum! Aber ich sitze schon in seinem Militärjeep, und Nachum läuft noch mal kurz zurück, kommt wieder, setzt sich ans Steuer. Alles in Ordnung, sagt er zufrieden, beinahe selbstgefällig, und ich lehne mich an die Scheibe, völlig erschöpft, fix und fertig, der Wagen schaukelt los, wiegt mich, ich weine lautlos in die Scheibe, aber die Bewegung des Wagens und Nachums wohltuendes Schweigen beruhigen mich. Wohin fahren wir? frage ich nach einer halben Stunde. Warte ab, du wirst schon sehen, Nachum klingt, als habe er eine Überraschung auf Lager, aber ich kann mir nichts vorstellen, bis wir am Rand eines kleinen Flughafens parken, aussteigen und auf eine zweisitzige Piper zugehen. Fliegen?! Wir fliegen?! Bis dahin war ich noch nie geflogen, nimm mich mit, hatte ich Nachum mehr als einmal gebeten, doch ich wußte, daß das unmöglich war. Nach dem Militärdienst, hatte ich mir versprochen, werde ich arbeiten, Geld sparen und dann fliegen, wenigstens einmal, wenigstens probieren, wie das ist, und siehe da, jetzt, jetzt passiert es wirklich, Nachum hilft mir reinzuklettern, ich bin aufgeregt, verwirrt, weil ich mich plötzlich freue, ich juble fast, Nachum schaut sich um, bevor er anfängt, über Funk zu reden, er macht den Motor an, die kleine Piper zittert vor Aufregung und Anstrengung. Nu, sage ich ihr im stillen, nu! Nun mach schon! Ich habe Angst, daß sie absäuft, aufgibt und wir unten bleiben, aber die Bahn rennt wie wahnsinnig unter den Tragflächen, und die Maschine zittert und brüllt. »Hast du Angst?« schreit Nachum. »Nein!« schreie ich zurück, das Flugzeug bei einem Amoklauf von Metall und Benzin an der Grenze des Möglichen – und schau, da löst es sich von der runden Umrißlinie des Globus, hebt die Gesetze der Erdanziehung auf, stellt ihr ganz andere Kräfte entgegen: die Anstrengung, den Willen, das Trotzdem, das Zur-Hölle-mit-allem, und Wow! jubele ich, ich bin ein Drachen, ein Vogel, eine Wolke, und du bleibst schön dort, sage ich laut zur Erde, die sich diagonal entfernt, jeden Moment kleiner wird, unwichtiger, wie eine Eierschale lasse ich das alte Haus hinter mir, die Kisten mit dem Porzellan und den Historikern, für die Nachbarn, für den Altesachenhändler, für Davidi, ich will Flügel haben, Amelia Earhart werde ich zwar nicht mehr werden, aber Stewardess schon, warum eigentlich nicht, binnen ein paar Monaten werde ich die Loja in schlichten Baumwollkleidern und Kibbuzsandalen hinter mir lassen und zu einer Catherine Deneuve in maßgeschneidertem Kostüm und mit hohen Absätzen werden, jeden Tag werde ich aus dem Fenster schauen und alles aus Wolkenperspektive sehen – unter uns eine braun glänzende, von Grün gesäumte Schnur, an der ein Silbermedaillon hängt, geformt wie ein verkürztes Südamerika, die Schnur zieht sich weiter, aber wir biegen ab nach Westen, das Meer, ganz Licht, bäumt sich zu unserer Rechten wie eine Feuertafel auf, und dann Sand, graue Adern, hier und da Pigmentflecken, die Erde ergraut, wird weiß, mineralisch, nur noch erstarrte Baumkronen und Pilze, gemeißelt aus Wind und Salz, sie glitzert, läßt einen undurchdringlichen Dunst von Schwefel und Pottasche aufsteigen, und hier, noch ein Medaillon, lila-türkis, atemberaubend weiß getigert. Salz! schreit Nachum mir zu, von oben offenbart sich einem auch die Logik der gewundenen Uferstraße, die sich versilbert und dann zu einem grauen Streifen glattgebügelt wird, das allmähliche Sich-Wölben der Erdoberfläche, die topographischen Rhythmen des Landes, eine dünne Schicht Erde, blendendhell, von Felsen zerrissen oder mit Salz glasiert, hier und da von Scherpilzflechte überzogene Bäume und metallisch glitzernde Rasenflächen im V eines Rasensprengers, und wieder karge Erde, aber geröstet, rötlich, und hier schon, einen Moment wie Saphir, einen Moment wie Silber, das Rote Meer, umgeben von den scharfen Silhouetten der im Lichtdunst rosafarbenen Berge. Angekommen! verkündet Nachum, und ich protestiere, nein, noch nicht. Aber jetzt geht uns das Land aus! schreit Nachum, konzentriert sich auf die Landung, wir nähern uns der Erde, armselige Häuserblocks, leere breite Straßen, Staub, Papierfetzen, ein paar gerupfte Palmen, nein, nein, nein, nein – Und als wir zurückkamen, war das Haus leer, leer von Menschen, leer von Kisten, zum Abriß bereit.

Fenster im Winter

Wenn, wenn, wenn, wir hatten früher so ein Spiel, wenn Eva nicht vom Baum der Erkenntnis gegessen hätte, sondern vom Baum des Lebens –

Dann würden wir ewig leben –

Dann könnten wir alle aus der Bibel auf der Straße treffen, Schalom, Moses, unser Lehrer, schalom, Mutter Rachel –

Unsinn! Wenn die aus der Bibel noch am Leben wären, würden sie alle im Haus des Präsidenten in Jerusalem leben –

Nicht im Haus des Präsidenten, Dummkopf, sondern im Tempel!

Und niemand würde mehr sterben – nicht der Papa von Tikwa und nicht die Mama von –

Und nicht meine ganzen Onkel von der Shoah!

Und nicht die alle von der Sintflut! Die würden immer weiterschwimmen –

Dann hätte es die Arche Noah doch gar nicht gebraucht –

Und Kain hätte Abel nicht erschlagen –

Wir verheddern uns immer mehr – man müßte dann auch alle Geschichten in den Büchern ändern, bei denen man am Schluß weint, *Das kleine Mädchen mit den Schwefelhölzern, Der glückliche Prinz, Die Jungen der Paulstraße, Der Ruf der Wildnis*. Aber wenn keiner stirbt, dann gibt es doch gar keine Geschichte, und außerdem, wie hätte man dann Kriege gewonnen, wollten die Jungen wissen, jemand schlug vor, daß man sich geprügelt hätte, jemand anders schlug vor, durch Armdrücken, aber es war klar, daß das nicht gehen würde.

Dann nehmen wir an, Eva hätte nicht vom Baum des Lebens gegessen, aber auch nicht vom Baum der Erkenntnis – diese überraschende Wunderformel kam von Josefa.

Dann hätte man sie nicht aus dem Paradies vertrieben –

Dann würden wir bis heute wie Tarzan zwischen den Bäumen herumhüpfen –

Und müßten nicht in die Schule –

Und keine Kleider anziehen! trompetet Bilu, von dem alle wissen, daß seine Mama bis zum Alter von sechzehn zusammen mit den Jungs geduscht hat, weil sie im Kibbuz gelebt hat und man da nicht viel von Unterschieden hält.

Würdest du da mitmachen, ohne Kleider rumzulaufen? flüstert Adriana mir ins Ohr. Uns erscheint dies unerträglich, aber die Jungen grölen schon: Wir würden euch nackt sehen! Wir würden euch nackt sehen!

Gar nichts würdet ihr sehen, protestiert Ora, denn Eva hat ja eben doch vom Baum der Erkenntnis gegessen –

Und wegen der müssen wir jetzt in die Schule, beklagt sich Bilu, und das sogar noch in der Nachmittagsschicht.

Die Tür zu deinem Zimmer knarrt auch nach all den Jahren nicht, Nachum. Diese Luftkiste konserviert den Geruch von Staub, kalten Laken und gesprungenem Holz – und schon gleite ich durch diese Luft, wie ein Messer durchs Wasser, sie schließt sich hinter mir, umschließt mich eng von allen Seiten, steht auch vor mir, bis ich die Fensterflügel öffne, die Fliegengitter und Fensterläden aufstoße und dann sofort die Vorhänge vor die beiden viel zu grellen Vierecke ziehe, wegen des Frühlingslichts draußen, dabei ist es jetzt doch Winter, Winter.

Das Zimmer ist blau und voller bebender Flugzeuge: Dakota, Vautour, Black Spitfire, Super Mister und Mirage, Skyhawk, Phantom – ich erinnere mich, wie ich, das Kinn auf die Fäuste gestützt, dasitze und deine hellen Finger verfolge, die eine Schachtel aufmachen, ihren Inhalt auf den Küchentisch leeren, mit leichtem Knacken die Teile voneinander lösen und den Rumpf zusammenbauen, die Kanzel, die Tragflächen, fast ohne daß du auf die Gebrauchsanweisung schaust, daß du da nicht durcheinanderkommst, frage oder denke ich, und du wirfst mir einen verlegenen Blick zu, wobei soll man hier durcheinanderkommen – im Wind, der die Vorhänge bläht, bewegen sich die alten Militärmaschinen, hier ist auch eine Messerschmitt und eine MiG 19, und hier die Nord Noratlas, mit einer Rumpfgondel zum Absetzen von Fallschirmspringern, das wußtest du schon als Kind, das machte diese Rumpfgondel logisch – ich war davon überzeugt, daß jeder Fallschirmspringer auf ihr entlang balancieren müsse, und erst wenn er in der Mitte anlangte, die Arme ausbreiten und springen würde – dieser Balanceakt auf einem schmalen Streifen mitten im Himmel war in meinen Augen eine wundersame Hannah-Szenes-Heldentat. Aber wieso bist du dann Stewardess geworden? haderte Jean-Jacques mit dieser Tatsache. Im Flugzeug muß ich ja nirgendwo runterspringen und auch nicht in der Luft balancieren, erklärte ich immer wieder geduldig das Selbstverständliche. Aber das ganze Flugzeug hängt doch in der Luft! protestierte Jean-Jacques. Es hängt nicht in der Luft – es fliegt! Doch Jean-Jacques schnitt stur Zeitungsausschnitte über Flugzeugabstürze aus, auf den Philippinen, in Honduras, über dem Indischen Ozean, in Portugal, in Japan, und umkreiste rot die Worte »keine Überlebenden« – es hatte keinen Zweck, ihm von der Kraft des Auftriebs zu erzählen, von der du sprichst, du hebst eine Feder, zerzaust sie und kämmst sie wieder glatt, erklärst, wie weise sie als Teil des Flügels konstruiert ist, der den Vogel trägt, und einmal, an einem Schabbat, als wir zum Ausgraben gefahren waren, hoben wir den Blick von unserem staubigen

Sandsieb zum Himmel, Loja, flüstertest du mir zu, so als könne deine Stimme die dort oben erschrecken, und ich setzte mich hin, legte mich dann neben dich und sah, wie sie durchsichtige Kreise ziehen und sich fast ohne Flügelschlag entfernen, bis Davidi uns plötzlich den halben Himmel verstellte und fragte: Wollt ihr eine Orange?

Vom Bett aus sehen die Flugzeuge aus wie Fische aus der Perspektive eines Ertrunkenen – und die Regalbretter – was hast du da? Ich stehe auf. *Der kleine Prinz* mit einer Widmung in meiner jungen Handschrift »Antoine de Saint-Exupéry ist der erste Satz, den man auf französisch kennen muß« und hier *Herz*, dritte Auflage – »empfohlen für Kinder zwischen neun und dreizehn Jahren«, aber ich war sechs, als ich es von Papa bekam, seine silbriggrauen Aquarellzeichnungen habe ich so gemocht – und auch die Monatsgeschichten darin – vor allem *Römisches Blut* über Ferruccio und seine gelähmte Großmutter und *Vom Apennin zu den Anden*. Nachts hatte ich versucht, all meinen Mut zusammenzunehmen, hatte sogar einmal ein paar Anziehsachen in den Ranzen gepackt und die Sparbüchse geplündert, aber ich wachte nicht auf, als der Wecker frühmorgens klingelte, konnte mich deshalb nicht davonschleichen und nach Haifa trampen, um dort ungesehen auf ein Schiff kommen, das zum Beispiel nach Italien fuhr, auf die Frage eines verärgerten Matrosen oder überraschten Kapitäns, was ich da verloren habe, hätte ich mit tränenverschleierten Augen – ich hatte schon geübt, mir die Tränen kommen zu lassen, mußte dafür nur an das überfahrene Kätzchen vor dem Kulturhaus denken – geantwortet: Ich fahre Meinemama suchen – und wie leid hatte es mir getan, daß ich keine Locken wie Shirley Temple hatte, mit denen wäre das Unternehmen bestimmt gelungen, denn wer würde es wagen, Shirley Temple nicht zu glauben, wer würde ihr etwas abschlagen können. Und was ist dieser kakaobraune Einband hier? *Märchen* von Nordau, das Buch schlägt sich von alleine in meiner Hand auf, Sechzehnte Erzählung, meine Tochter, antwortete die Königin der Kinder, den Herzfaden kann keiner durchtrennen, nicht ich und nicht der Tod, auch das Buch daneben ist von mir, und auch *Komm zu mir, lieber Schmetterling*, mit einer Widmung in Papas aus dem Ausland stammenden vokalisierten Handschrift: »Meiner lieben Loja, die schon lesen kann«, siebenundzwanzig Jahre nach seinem Tod spricht er noch immer in der dritten Person zu mir. »Loja, Loja, jetzt mach schon auf, Loja, das sind keine Terroristen, das bin ich«, und hinter ihr der schwarz-grüne Ficus und das mit Stimmen gescheckte Morgenlicht – drei Henker halten eine Wahlversammlung ab, Mafiosi ziehen auf dringender Mission durch die Lüfte, Sperlinge kommen, Sperlinge fliegen wieder weg, und auf dem Telefonkabel wird ein Honigsauger zum schwarzen Turmalin –

»Sie reißen das Haus neben dir ab«, sagt Josefa und zeigt in Richtung des unbewohnten Hauses hinter dem Ficus – wann hat da überhaupt mal jemand gewohnt –, sie tritt ein, ungeladen, ihre Hände umarmen die Ellbogen, ihr Blick wandert prüfend über die Wände, »auch bei dir sind überall Risse – waren die von der Bauaufsicht noch nicht hier? Ich glaube, man wird auch dieses Haus abreißen müssen, schau doch, wie das aussieht«, sie zeigt mit der Spitze ihres Stiefels auf die sich hochwölbenden Bodenkacheln, »und kalt ist es hier, wie in einem Grab. Ist dir nicht kalt? Komm, laß uns rausgehen, bring zwei Stühle raus!« Sie geht nach draußen, schaut sich um. »Hast du gesehen, was das hier geworden ist? Eine Versammlung aus aller Herren Länder!« Ich denke, sie meint die Vögel, aber sie meint das Grundstück, Amitai in der Ferne, die bunten Farbtupfen von erdbeerpflückenden Arbeiterinnen. »Wer wird dir dieses Haus abkaufen?« fragt Josefa, räkelt sich mit geschlossenen Augen in der angenehmen Wintersonne. »Aber das Grundstück! Ist dir klar, daß du hier auf tausendzweihundert Quadratmetern sitzt?« »Da ist Amitai«, sage ich, wechsle das Thema, Josefa öffnet ihre trüb hellblauen Augen, klatscht in die Hände. »Amitai, der große Held, wir haben in der Zeitung von dir gelesen!« Amitai kommt näher, in der Hand einen weißen Styroporkarton mit feuerroten Früchten. »Amitai, das ist Josefa«, ich stehe auf. »Schön«, sagt er unbeeindruckt, drückt mir den Karton in die Hand, »geh sie waschen, und bring einen Teller und Zukker. Und Sahne, wenn du hast. Und Teelöffel!« Er setzt sich auf meinen Platz, streckt die Beine aus. »Und hol dir auch einen Stuhl!« Ein Mister Hummus, wie er im Buche steht – ich komme mit gewaschenen Erdbeeren in zwei Tellern und mit Zucker, zwei Teelöffeln, zwei Servietten und einem Becher Sahne zurück, alles auf einem Tablett, einige Angewohnheiten von Flugbegleitern muß ich mir schleunigst abgewöhnen. »War nur eine kleine Arbeitsbeschaffungsmaßnahme«, sagt Amitai unter seinem Stoffmützchen, er weiß nicht, daß ich hinter ihm stehe und ihn höre – auf jedem Flug gab es zwei oder drei solche Typen, die-dir-Arbeit-beschafften, als sei das eine gute Tat. Josefa streut Zucker auf ihre Erdbeeren, rührt die Sahne nicht an, nimmt jede Erdbeere mit zwei Fingern, saugt sie mit trockenen Lippen in sich hinein und leckt danach von jedem Finger und von jedem silbrig lackierten Fingernagel den rosa Zucker. »Ach, ist das lecker, warum holst du dir keinen Stuhl?« »Macht nichts, soll sie stehen, wenn sie will«, sagt Amitai, hat die Erdbeeren mit Sahne, die er sich organisiert hat, aufgegessen, pflanzt das Tellerchen ins Gras und wischt sich den Mund mit dem Handrücken ab.

»Ich bin dann wieder weg«, sagt er, steht auf, den Blick in Richtung des in der Sonne funkelnden Erdbeerfeldes, »verfluchte Vögel«, er bückt sich, sucht einen Stein, findet keinen. »Deine Erdbeeren sind prima«, schmeichelt sich Josefa bei ihm ein, »die muß man erst mal so hinkriegen«, doch er ist schon gegangen, brummt etwas vor sich hin, macht sich noch nicht einmal die Mühe, zurückzublicken. »Heißer Typ«, sagt Josefa laut, wohl damit er es hört, ich zucke die Schultern, »also – du hast echt mit dem Messer in der Hand auf die Terroristen gewartet?« Über den Rand ihrer Sonnenbrille im Stil von Jacqueline Kennedy, die wieder modern ist, schaut sie mich an, ich schweige, was soll ich sagen, daß ich mich im Schrank versteckt habe, mit dem Besen im Rücken, genau wie eine aus dem Lager – das hatten wir über Minale gesagt. »Wie geht es Minale?« frage ich und setze mich auf den freigewordenen Stuhl. »Ach, ich habe jetzt keinen Nerv für ihre Sorgen«, seufzt Josefa, »aber Adriana und Ora wissen bestimmt Bescheid«, sie steht auf, streckt sich. Sie ist lang, dünn und vertrocknet. »Die werden dir hier ein vierstöckiges Haus hinstellen«, sagt sie und zeigt auf das Gelände hinter der Mähne des Ficus, »bist du sicher, daß du das Grundstück nicht doch verkaufen willst?«

Ich kehre ins blaue Zimmer zurück. In deinem nicht sehr großen Kleiderschrank gibt es noch Platz für meine nicht sehr vielen Kleider, ich muß nur deine ein bißchen zusammenschieben – jetzt bist du schon so lang hier und läßt noch nicht einmal deine Zahnbürste im Glas stehen, wenn du weggehst, hatte sich Jean-Jacques nach drei Monaten beschwert, nach vier, nach acht Monaten, nach einem Jahr. Du sehnst dich nach meiner Zahnbürste? versuchte ich ihn absichtlich mißzuverstehen. Eliot empfand gerade dies als angenehme Eigenschaft, er hatte mir Schlüssel zu seiner Wohnung in Toronto überlassen, zu seiner Wohnung in New York, kein Zeichen, daß du hier gewesen bist – aber jetzt kehre ich zu meinen schlechten Gepflogenheiten zurück: Ich laufe barfuß, esse mit den Fingern, lasse die Kleider auf dem Sessel liegen, so daß diese Haufen manchmal zu einem regelrechten Gespann von Zerberussen werden –

Soll ich also deine karierten Hemden zusammenschieben und meine Sachen danebenhängen? Was meinst du? Du sagst nichts. Gut. Dann entscheide ich. Schon über ein Vierteljahrhundert entscheide ich selbst, was ich tue und lasse, und meine Entscheidungen verpflichten niemanden außer mich selbst. Frei wie ein Vogel, hatte Chedwamama diesen Zustand genannt, bei dem einen Mal, an dem es Chedwa gelungen war, mich zu sich nach Hause abzuschleppen, um den berühmten Dachboden und ihr berühmtes Hochzeitskleid zu sehen, das jedes Jahr vor Pessach die Reinigung besucht. Kriegst du bei dem Kleid keine Lust zu heiraten? Chedwa streichelte das Kleid, lächelte es an, sogar ich kriege da Lust, noch mal zu heiraten. Warum soll Loja denn heiraten, mischte sich Chedwamama ein, und Chedwa jubelte: Hörst du sie? Sie wird echt wild in letzter Zeit. Was ist denn mit dir los, Muttchen – und Chedwamama, Rika, schaute auf die Uhr und lud uns ein, mit ihr und ihren Freundinnen einen Kaffee zu trinken und einen Toast zu essen und über das Leben zu reden, Thelma war vor zwei Jahren Witwe geworden, Pessia vor einem Jahr, und Mira war schon als Witwe zur Welt gekommen, es gab nur eine echt frische, Chajuta. Hast du so etwas wie sie schon mal gesehen?! Chedwa konnte sich nicht beruhigen wegen dieses Treffens, auch im Flugzeug nicht. Ich kenne sie alle von kleinauf, und glaub mir, die Männer verwesen vor sich hin, und sie sind auf einen Schlag zwanzig Jahre jünger. Das hängt bestimmt mit der wiederhergestellten energetischen Aura zusammen, sagte ich, spielte auf den letzten Bestseller an, aus dem sie mir in den letzten Monaten bei jeder Gelegenheit Perlen der Dummheit zitiert hatte. Ich meine das ernst! Chedwa war fast beleidigt.

Alle zwanzig, fünfundzwanzig Jahre sind wir jemand anders, in den ersten fünfundzwanzig Jahren sind wir – Grüner Salat mit Zitrone? Das hatte ich aus der Speisekammer von Jean-Jacques' Metaphern geklaut. Und in den nächsten fünfundzwanzig Jahren, fuhr Chedwa fort, sind wir – Fleischklops mit Püree? schlug ich vor, und Chedwa legte den Kopf schief, überlegte: Kann sein. Kann schon sein. – Also, und was ist mit deiner Mutter und ihren Freundinnen? – *Kaffee mit Schlagsahne*, Chedwa konnte wunderbar Jeckes nachmachen. Und zum Schluß? Das war echt schwer, und deshalb schlug ich ihr vor, daß wir zum Nachtisch Käse nehmen: In den letzten zwanzig Jahren werden wir zu einem Roquefort oder Bleu d'Auvergne, so bleich mit blauen Adern, daß wir schon von weitem stinken. – Nein, lachte Chedwa, in den letzten zwanzig Jahren werden wir Sülze sein! Ich hatte so etwas Ungeheuerliches einmal bei Ora gegessen, deshalb sagte ich: Aber hoffentlich wenigstens ohne Knoblauch –

Soll ich meine Sachen also neben deine Hemden hängen, die leer von dir sind? Vielleicht haben sie Phantomschmerzen, wer hatte mir davon erzählt? Brenda. Ich war schließlich mal Krankenschwester, du kannst mir das ruhig glauben, hatte sie gesagt, aber ich konnte mir nur schwer vorstellen, daß sie einen Schwesternkittel überhaupt zubekam. Das amputierte Glied, erzählte sie, tut mehr weh als der Stumpf, der übrig ist. Dann war Trumpeldor ein größerer Held, als man uns je erzählt hat, antwortete ich prompt, und Brenda fragte: Trumpel-*who*?, und ich erzählte ihr von dem berühmten Einarmigen, der gesagt hatte, es sei gut, fürs Vaterland zu sterben, und auch, daß Papa gesagt hatte, das stamme gar nicht von ihm, sondern aus der *Ilias*, aus dem 15. Gesang –

So. Jetzt hängen meine Kleider neben deinen, die schwarzen Seidenblusen neben deinen karierten Marlboro-Cowboy-Hemden, wolltest du wie der sein? Vielleicht, jedenfalls hättest du es verdient, wie er auszusehen, wo du doch ein *corvus albus** gewesen bist – wie leicht war es, das einem Schrank voll leerer Kleider zu sagen –

Auch für Jean-Jacques und für Eliot hatte ich karierte Hemden gekauft. Nichts geht über den Marlborotypen, hatte die Verkäuferin lächelnd zu mir gesagt. Er hat Krebs, weißt du, sagte Eliot, als er das Hemd zuknöpfte und es ihm zu eng war, obwohl ich XXL gekauft hatte, die Zigaretten … Eliot rührte keine an, er fürchtete den Tod genauso wie Jean-Jacques, der sich im Grunde fürchtete zu leben. Du warst aus einer anderen Liga, aber du hattest auch keine Wahl gehabt: Davidi hatte dich großgezogen und gelehrt, dich vor nichts zu fürchten und unter allen Bedingungen zu überleben – was war dein Vater, abgesehen von all dem, was wir wissen: rächender Partisan, Kanaaniter, räubernder Archäologe, Erfinder hebräischer Wörter, der wütende Briefe an die Zeitungen schrieb und über Hundebesitzer und städtische Arbeiter herfiel, wer war er hinter alledem? Mehr als einmal hattest du zu mir gesagt, wir sollten die Väter tauschen, und mich hat er wirklich nie angeschrien, außer dieses eine Mal, und da bist du gekommen und hast mich gerettet, während ihn die Nachbarn festhielten – und als wir aus Eilat zurückkamen, da sprach er schon nicht mehr mit mir, auch mit dir kaum noch, teilte dir nur mit, du sollest mir ausrichten, daß hier ein paar Kisten auf mich warten, und ich zog aus ihnen ein paar Klamotten raus, und ein Foto der Ausgräbertruppe, darauf Gioras Gesicht, erbsengroß, und bis heute sitze ich auf den Koffern.

Es hat nicht lang gedauert, meine Kleider hängen neben deinen, fast wie bei Bilu und Milli, Bruder und Schwester im selben Zimmer, warum sich genieren, hatte Bilumama gesagt, die im Kibbuz groß geworden ist und, bis sie sechzehn

* Lat.: Ein weißer Rabe [ungewöhnlicher Mensch].

war, zusammen mit den Jungs geduscht hat, sie hat mich einmal zu einem pädagogischen Gespräch beiseite genommen, Bilu mußte jeden Moment vom Arzt zurückkommen, und ich wartete auf ihn in ihrem puritanischen Wohnzimmer, statt auf einem bürgerlichen Sofa auf einem hochbeinigen Bett, bei dem meine Beine in der Luft hingen. Scham sei ein bürgerliches Gefühl, predigte mir Bilumama, die blaue, sehr schöne Augen und einen geflochtenen, gar nicht mütterlichen Zopf hatte. Als wir im Untergrund waren, verdächtigte ich sie, daß sie eine falsche Mutter war, vielleicht eine Spionin, sie sah nicht wie andere Mütter aus, benahm sich nicht wie andere Mütter, sie trug im Sommer kurze Hosen mit Gummibund, und von hinten konnte man wegen ihres Zopfs meinen, daß sie eine Oberschülerin sei, und sie hatte ungare Ansichten, war so überschwenglich wie eine aus der Jugendbewegung, die Art, wie sie redete, erinnerte einen an Ora, sie hatte auch so einen unmütterlichen Namen, wie hieß sie noch, Michmoret hieß sie, aber Bilus Vater nannte sie Miki, was nach Meinung aller ein Jungen- oder ein Hundename war, und ihre Schwester im Kibbuz hieß Zeeva* –

Meine Kleider hängen neben deinen, fast so wie bei Bilu und Milli, sagten wir, Bruder und Schwester, Vater und Vater, eine Familie für Ausflüge an den Feiertagen und am Schabbat – und hier *Tausendundeine Art, Drachen zu bauen* – halt mal, hattest du mich gebeten, halt mal die Schnur hier, und legtest mir ein Knäuel aufgerollte Schnur in die Hände und ranntest mit dem Drachen einen Hügel rauf oder runter, laß die Schnur laufen, gib Schnur nach! riefst du aus der Ferne, und manchmal kamst du gelb und rosa zurückgerannt, nahmst mir das Knäuel wütend aus der Hand, fast hättest du ihn abhauen lassen, fast hättest du ihn abstürzen lassen, und zeigtest mir mit energischen Bewegungen, wie

* Hebr.: Wölfin.

man diese geschwänzte Raute dazu bringen konnte, höher zu fliegen, immer höher, und mir war es zu heiß oder zu kalt, meistens zu heiß, und meine Augen brannten vom Licht, und ich wünschte mir, daß Papa oder Davidi endlich damit fertig wären, ihre unterirdischen Gänge oder Grabhöhlen zu erkunden und uns rufen würden, daß wir kommen und schauen sollten, in ihren Gängen konnte man nach der Sonne und dem Staub draußen wieder ruhig werden, sie waren immer kühl und halbdunkel, rochen nach feuchten Laken, und wenn sie uns riefen, war ich immer als erste da, du bliebst noch oben, den Drachen zurückholen, wachtest am Eingang, falls die Aufseher von der Archäologiebehörde, Grabräuber, Beduinen, Polizisten oder Araber kämen – ich war immer davon überzeugt, daß du die allesamt in Absprache mit unseren Vätern erfunden hattest, um unsere Schabbatexpeditionen mit ein paar fiktiven Gefahren zu würzen – denn ihr hattet doch Geheimnisse –, ich ahnte nicht, daß wir wirklich das Gesetz übertraten, die Orte, zu denen wir kamen, waren so dermaßen verlassen, schienen für niemand anderen außer für uns interessant zu sein – einmal haben sie eine Grabhöhle voller Sand gefunden, sie freigeschaufelt, den ganzen Sand rausgeholt, sie gesäubert und uns dann gerufen, wir sollten die wunderbaren Zeichnungen an den Wänden anschauen kommen, doch das waren nur Bruchstücke von Zeichnungen, und die auch bloß verwaschen, Teile von Krügen, Teile von Tieren. Nachum! rief ich dich aus der oben spitz zulaufenden Grabhöhle, aber du bliebst am Eingang stehen und fragtest in das hinein, was in deinen Augen wie Dunkel schien – nur ich sah, daß wir in einem ausgemalten feuchten Gang standen –, wie wir da bitte wieder rauskommen sollen, wenn das zusammenbricht? – Mehr als zweitausend Jahre steht das schon, meinst du, da wird es plötzlich dir zu Ehren einbrechen? schimpfte Davidi, und Papa schlug vor, daß wir alle rausgehen, doch dann wanderte der Strahl von Davidis Grubenlampe über eine griechische Inschrift, und ich kam raus zu dir, und die beiden blieben drinnen, um sie zu entziffern, und kamen dann ganz aufgeregt raus, Papa hatte sie mit schönen griechischen Buchstaben in den Block notiert, den er immer bei sich hatte, und reichte sie mir einige Tage später, ins Hebräische übersetzt und mit Vokalpunkten versehen, bis zum letzten Betonungszeichen: »Nichts kann ich nunmehr für dich tun, kann dir auch keine Lust bereiten, du Teuerster von allen. Mein Lager teile ich nun mit einem anderen. Doch liebte ich nur dich allein, dein Kleid bewahr ich dem zum Zeichen bei mir auf. Es lebe Aphrodite, die Göttin aller Liebenden, doch ich bin fort, geflohn ist meine Seele, und du, du bist jetzt frei, zu tun, was dir beliebt. Nur schlag nicht gegen diese Wand, und weck nicht meinen Tod.«

Vielleicht habe ich ein oder zwei Zeilen vergessen, es ist schon so lang her, »nichts kann ich nunmehr für dich tun« – daran hat sich nichts geändert, »du Teuerster von allen« – auch daran nichts.

Ich möchte sterben wie ein Meteor, sagtest du mir, als ich dir von Arlosoras Vater erzählte – er war mitten beim Essen in einem rumänischen Restaurant gestorben, war mit dem Kopf in die Ikra gefallen, und du wünschtest dir einen Tod in Licht und Wolken, es ist dir fast gelungen – und was ist das hier – ein Foto – du hattest es wohl aufhängen wollen und im Schrank liegenlassen – ein weißer Astronaut steht auf einem von der Seite beleuchteten Untergrund, jeder kleine Stein zu seinen Füßen wirft einen dreieckigen spitzen Schatten, Neil Armstrong ist die verzerrte Gestalt im Visier des gewölbten Helms von Aldrin, aufgenommen am 20. Juli 1969 auf dem Mond, neben dem Datum ein Ausrufezeichen in deiner Handschrift – vielleicht eine Ermahnung an dich selbst, daß dir jemand zuvorgekommen war –

Wie viele Sterne gibt es am Himmel? fragte ich Papa an einem der Freitagabende, die wir draußen verbrachten, uns an einem kleinen Lagerfeuer wärmten, in Zweimannzelten übernachteten – ich mit meinem Papa, du mit deinem, und manchmal waren auch die beiden in einem Zelt und du und ich im anderen, ich wartete, daß du einschliefst, damit du nicht merktest, daß ich schnarche, du schliefst auf einen Schlag ein, wachtest auf einen Schlag auf, warst in einer Minute gewaschen und angezogen, und ich brauchte immer für alles Zeit, Fräulein-wartet-auf-mich habt ihr mich genannt, Papa und du, und nur Davidi begegnete meiner morgendlichen Langsamkeit verständnisvoll, wenn ich dann schließlich kam, lächelte er mir zu, Gut-daß-du-aufgestanden-bist-Göttin-Anat! Möchtest du frühstücken? Wir haben dir was übriggelassen – wie viele Sterne es am Himmel gab, wußte Papa nicht. Er schickte mich los, mich bei deinem Vater zu erkundigen. Und Davidi schickte mich zu dir, doch die Antwort bekam ich erst in Eilat – ich hörte dich lächeln, im durchsichtigen Geflüster jenes trockenen Dunkels, die kleinen Wellen spielten mit dem Sand, grobem Sand aus zerriebenen Steinen, und der Wind hörte nicht auf zu wehen, stülpte die Baumkronen um, und nicht weit davon war auch eine Fahne oder ein zum Trocknen aufgehängtes großes Hemd, denn plötzlich hörten wir ein feuchtes Knallen wie Schüsse, das sich dann wieder beruhigte – wie viele Sterne gibt es, fragte ich dich, und du verschränktest die Hände unter dem Kopf und atmetest hörbar aus, in welcher Galaxie, fragtest du nach, wie viele Galaxien gibt es denn, wieder ein langes Ausatmen ins Geflüster der Nacht, viel mehr als zwanzig Millionen, und wie viele Sterne sind in jeder Galaxie, zehn hoch zehn, zehn hoch elf, wer kann sie zählen, nur wer es probiert, und du stütztest dich auf die Ellbogen und erzähltest mir eine sonderbare Geschichte von einem tatarischen Astronom mit Namen Ulugh Beg, der in Samarkand eine Sternwarte errichtet und mit deren Hilfe einen Katalog von tausendundsechzehn Sternen verfaßt hat, der aber von seinem Sohn ermordet wurde, bevor er berichten konnte, was er alles gesehen hatte – und ich legte die Hände unter den Nacken und versuchte diejenigen zu zählen, die man von hier aus sah, entdeckte plötzlich, daß sie nicht alle richtig blau waren. – Hast du's auch schon gemerkt, es gibt ganz verschiedene Arten von Sternen, eine Gruppe A und eine Gruppe B, sagte er. So wie Blutgruppen, lachte ich, blaue und rote, wie Blutgruppen, lachte ich noch mal, warum lachst du, fragtest du, und ich lachte, was ist so komisch, was ist daran so komisch, ich weiß nicht, ich auch nicht, gar nichts war in dieser Nacht komisch, und was genau in dieser Nacht passierte, werden wir nicht mehr klären können, nicht mehr zusammen – nur Davidi war in der Lage, aus dem Bruchstück einer Alabasterfigur, aus einer Münze, einer Perle eine ganze Geschichte zu machen, *ex ungue leonem**, Paläontologen bauen einen ganzen Saurier aus einem Steißbein und einem abgebrochenen Zahn, glaubst du das nicht? Professor Kaplan, nehmen Sie Ihren Quälgeist mit ins Naturkundemuseum, damit sie mit eigenen Augen sieht, denn sie muß es mit eigenen Augen sehen, sonst wird es sie nicht überzeugen – und er hatte recht gehabt, natürlich hat er recht gehabt. Im Klebezimmer hatte ich ihn gesehen, wie er Öllämpchen zusammenklebte und kleine Skulpturen und Schälchen wieder vervollständigte – wir haben damals in der Schule gerade Bruchrechnen gelernt, und ich fand einen Namen für seine Tätigkeit, was dabei rauskam, nannte ich einen »unechten Bruch«. Obwohl der Bruch doch echt war und nur die Reparatur unecht. Aber im Grunde war auch die Reparatur echt, nur das Füllmaterial war unecht – nein, auch das Füllmate-

* Lat.: Von der Klaue auf den Löwen (schließen).

rial war echt – und trotzdem – ein Stück aus dieser Zeit wurde angeklebt, um ein schwarzes Loch jener Zeit zusammenzukleben, bis man nicht mehr zwischen Neuem und Altem unterscheiden konnte, das hatte ich Jean-Jacques erzählt, der mich immer wieder über mein Leben vor ihm ausfragte. Mit der Neugier eines Staubsaugers gelangte er auch in jene Ecken, die immer von Spinnennetzen verhängt bleiben und in Ruhe gelassen werden wollten, er erweckte sie zum Leben und staunte dann: Tut das weh? Immer noch? Was soll das, sagte ich, wenn ich manchmal spürte, daß es genug war, ich erkunde dich, antwortete er, ich interessiere mich sehr viel mehr für dich als du selbst, rügte er manchmal, du lebst sehr fern von dir, hat er mir einmal entgegengeschmettert, was meinst du damit, ich wollte ihn nicht verstehen, um nicht mit ihm streiten zu müssen, du lebst ohne dir Rechenschaft abzulegen, vor wem genau soll ich bitte Rechenschaft ablegen, ich bin, Gott sei Dank, in jeder Richtung verwaist, vor dir selbst, flüsterte Jean-Jacques ziemlich schockiert, und ich habe mich davon freigestellt, mir Rechenschaft abzulegen, grinste ich, aber Jean-Jacques besaß keinen Humor und war auch nicht in der Lage, einmal aus sich herauszutreten, noch nicht einmal für fünf Minuten. Als hättest du Angst, dann niemanden mehr bei dir zu finden, wenn du zurückkommst, habe ich ihm gesagt, oder dann jemand anderen zu finden, du weißt ja nicht, wie recht du damit hast, sagte er, war mir dankbar für diese Diagnose, die heizte ihm die Öfen seiner Gedanken für die Tage, an denen ich nicht da sein würde, wegen eines Fluges nach New York oder London, und als ich landete, sah ich, wie er mich am Flughafen erwartete, bleich und grün. Ich schlug ihm vor, daß wir etwas Urlaub machen, ein Auto mieten, zwischen unbekannten Dörfern verlorengehen, dazu war er bereit, unter der Bedingung, daß wir mit dem Auto fuhren, und nach allen Vorbereitungen hatte er dann drei volle Koffer dabei, er nahm das ganze Haus mit, er konnte sich von nichts trennen, für jeden Ort und für jeden Anlaß hatte er die passende Garderobe, er war nicht eitel, er lebte eben nach den Regeln von Was-ißt-man-womit, Was-trinkt-man-wozu, Worüber-redet-man-wann-und-mit-wem und Was-man-wo-nicht-macht, es paßt echt zu dir, religiös zu sein, hatte ich mich mehr als einmal lustig gemacht, ihn damit aber nicht ärgern können, das Wort »religiös« brachte ihn nicht auf die Barrikaden – aber er hatte wirklich etwas Religiöses an sich, vielleicht kam es von seinen Jahren im Kloster, von denen er mal erzählt hat, nur in einem Satz, dann war Schluß gewesen, sein Mund wie ein angespanntes Rechteck, seine grauen Augen undurchsichtig – jemand, der so häßlich ist, muß sich mit Schiebermütze in die Ecke stellen und darauf achten, daß kein Licht auf ihn fällt, ging es mir manchmal durch den Kopf – nicht einmal ein Gedanke, eher ein Aufflackern, wie ein Messer im Licht, aber gerade hier bewies er überraschenden Mut, er stand immer im Zentrum, sprach mit großer Erregung laut und schnell, begleitet von ausladenden Handbewegungen, er fiel auf, ging aufrecht, die Hände in den Taschen, voll nervöser Energie, mit großen Schritten, sah aus wie ein verfolgter Intellektueller, der selber verfolgte, spottete, kritisierte, er hielt sich für einen, dem die Frauen, wenn er nur wolle – Aber warum du? so diskutierte die Ora-in-meinem-Kopf mit mir, ich weiß nicht, er hatte den dunklen, tyrannisierenden Zauber eines Verfolgten, er war ein Wellenbrecher, gegen den man anstürmen konnte, vielleicht würde ich durch mein Nicht-mit-ihm-Übereinstimmen meine Grenzen entdecken, er brachte mich in Wallung, ärgerte mich, weckte in mir Erregung und Trauer, und ich hatte geglaubt, das sei Liebe.

»Und nach ihm?« fragt die Ora von heute. Sie möchte eine Liste meiner Liebhaber, wie ein neuer Arzt, der vor allem andern wissen will, welche Krankheiten ich schon hatte: Röteln? Mumps? Windpocken? Ora weiß nur von Giora. »Und nach ihm?« »Ein französischer Journalist«, ich versuche so zu klingen, als sei mir sogar sein Name entfallen. »Und was war da?« Ich zucke mit den Schultern, wir sitzen beide in ihrer rot-weißen Küche. Auf dem Herd eine Linsensuppe für einen kalten Winterabend. Aber es ist nicht kalt. Mir ist nicht kalt. »Du hast ihn nicht geliebt«, stellt Ora fest. – »Kommt drauf an, was du Liebe nennst.« Ora steht auf, schaut nach, wie es ihrer Suppe geht. »Das Gefühl, daß ohne diesen Mann dein Leben kein Leben ist«, sagt sie zu der Suppe, rührt langsam um, »daß du, wenn er geht, stirbst.« – »Wenn Mottik plötzlich gehen würde, würdest du daran sterben?« Ich kann es mir nicht verkneifen. Ora kichert traurig, setzt sich schwerfällig hin. »Nein, natürlich nicht, ich werde nicht sterben, natürlich nicht, aber ich meine dieses Gefühl, daß ich sterben würde, wenn das passieren würde.« Ich schweige. Wenn das der Maßstab ist – »Was lächelst du so vor dich hin?« Ora beobachtet mich mit zusammengekniffenen Augen, zwei schmale Schlitze in ihrem Gesicht. »Nur so«, sage ich, zucke mit den Schultern. Jinon kommt reingestürmt und rettet mich vor dem Geständnis. »Mama! Hast du mir die Sachen gekauft? Ich bin schon zu spät dran.« Ora steht auf, geht zum Gefrierfach »*Hi*, Ilil, was geht ab«, sagt Jinon, lächelt mich an. »Ist das okay?« Ora holt eine Pakkung tiefgefrorener Steaks heraus, Jinon reißt sie ihr aus der Hand, sein »*Yalla, bye*« meint uns beide, und Oras »Willst du keine Tüte?« verhallt ungehört. Er ist schon draußen, die Tür kracht zu. »Heute machen sie keine Kartoffeln mehr«, Ora trocknet sich die Hände am Geschirrtuch ab, »kannst du dir ein Lagerfeuer ohne Kartoschkes vorstellen?« Mit einer brüchigen Schale aus Kohle, mit dem Geruch von Feuer und verbranntem Holz, bei jedem die Lippen versengenden Biß dampfen sie heiß, schade nur, daß wir kein Salz dabeihaben, immer vergessen wir das Salz – »Hast du ein Brot für mich?« Ich spüre plötzlich Hunger. »Ich dachte, daß du zum Abendessen bleibst, vielleicht kommt Avi auch.« Versucht sie, mich zu verkuppeln, nein, sie geht schon ein Brot abschneiden, verzichtet sehr schnell auf mich, zu schnell, ich möchte ihr sagen, weißt du, wenn es jemanden gab, von dem ich mir einfach nicht vorstellen konnte, mich je von ihm zu trennen, dann warst das du. Manchmal habe ich den Eindruck, daß das, was wir zusammen hatten, etwas sehr viel Besondereres war, als was ich mit – »Mit was?« Oras Stimme dringt in meine Gedanken. »Mit was du gerade da hast«, antworte ich, kehre wieder zurück ans Lagerfeuer, Bilu rollt eine verkohlte Kartoffel aus der Glut, und Elchanan, immer etwas heiser, fragt, wer hat noch nicht, wer will noch mal?

»Wovon träumst du?« fragt Ora. Auf einem sechseckigen Teller liegen zwei Scheiben Brot – eine mit Avocado und einem Stück Tomate, eine mit Quark und sauren Gürkchen. »Zwei?!« Ora zieht eine Schublade auf. »Zuviel oder zuwenig?« Sie holt ihre verbotenen Zigaretten raus. »Zuviel«, erinnere ich sie. »Du wirst noch so dünn sterben«, kommt es mit einem kleinen Lächeln über ihre Lippen, sie zündet sich eine Zigarette an, macht das Fenster auf. »Wenn meine Mutter reinkommt, wandert die Zigarette zu dir«, sie schenkt sich Kaffee ein, »ich habe nicht den Nerv, mit ihr zu streiten.« Sie setzt sich mir gegenüber, sieht mich aus den tief in ihrem verbrauchten Gesicht liegenden Ora-Augen an, »ich würde für mein Leben gern abnehmen«, sagt sie, trinkt mit weit aufgerissenen Augen ihren Kaffee, »meine Güte, was bin ich für eine Gastgeberin, und du – was bekommst du? Nes- oder Filterkaffee?« »Ich trinke keinen Kaffee«, erinnere ich sie. »Ach ja, natürlich, natürlich.« Ora drückt eine Hand an ihre Augenbrauen, versteckt Augen und Nase, »du trinkst keinen Kaffee, Jinon trinkt keinen Kakao, Mottik kann israelisches Bier nicht ausstehen, Vered hat eine Allergie auf den Süßstoff in Diätgetränken, Vater kriegt von Orangensaft Sodbrennen, Mutter trinkt nur Kräutertee«, sie trinkt einen Schluck Filterkaffee und nimmt sofort den Faden wieder auf, »also, was dann?« »Nichts. Ich habe keinen Durst. Setz dich doch mal fünf Minuten ruhig hin. Seit ich hier bin, springst du jeden Moment auf, ich habe schon aufgelistet: Geschirrspüler einräumen, Wäsche aufhängen, Uniform bügeln, Knöpfe annähen, einen Anruf von einem Schüler, einen von einer Lehrerin, und die Linsensuppe –«

»So ist das«, Ora steht wieder auf, schaut nach der Suppe, rührt um und sagt, »Ausruhen können wir dann im Grab.« Nein, sie meint es nicht im Spaß, die polnische Seele wird wohl wie eine Fackel von einer Generation zur nächsten weitergegeben. »Vielleicht bin ich ja zu einem ungünstigen Zeitpunkt vorbeigekommen«, ich versuche, ihr eine Leiter zu reichen, aber sie sitzt oben auf dem Baum und kommt nicht runter. »Nein, so ist das hier jeden Tag«, und ich war gekommen, um ihr zu erzählen, daß ich nun endlich Nachums Zimmer aufgeschlossen habe, daß ich dort Bücher von mir gefunden habe, *Herz* und *Der glückliche Prinz*, und um sie zu fragen, wie es in ihrer Erinnerung gewesen ist, sie war schließlich dabeigewesen, wenn auch am Rande, hatte alles oder fast alles gesehen, aber statt dessen rutscht mir plötzlich heraus: »Sag mal, bist du glücklich?« Sie stützt ihre Ellbogen auf den Tisch, das Kinn auf die Handrücken. »Die Frage ist doch schon lang passé, jetzt fragen wir: Wie geht's den Kindern? Was macht die Gesundheit? Habt ihr fertig renoviert? Wie war's im Urlaub?« Ich fühle mich getadelt. »Ißt du noch immer im Stehen aus Konservendosen?« überrascht mich

Ora, möchte wohl die Stimmung verbessern, ihre Augen in der Farbe von klarem Tee und in der Form einer halb aufgegangenen Sonne, umspült von erschöpftem Grau, fixieren meine Augen. »Wie habe ich dich um diese Mahlzeiten beneidet!« Sie bekam jeden Tag nach einer anämischen Hühnersuppe totgekochtes Huhn, Kartoffelbrei oder weißen Reis und viel Weißbrot, aber sie hatte einen gesunden Appetit. Ißt du nicht auf? hatte sie mich gefragt, und dann hatten wir die Teller getauscht, damit Ihremama mich nicht umbringt, weil ich nicht aufaß, was auf den Teller kam, wo in China doch die Hälfte der Bevölkerung hungerte –

Ein dichter Abend erfüllt langsam die Küche. Die Fenster stehen offen. »Schau«, sagt Ora, verfolgt mit den Augen den von ihrer Zigarette aufsteigenden und aus dem Fenster hinausziehenden Rauch, »das ist ja kein Winter ... Letztes Jahr hatten wir einen richtigen Winter, und auch vor zwei Jahren.«

»Hier gibt es keinen richtigen Winter«, versichere ich ihr. Sie mag diesen Ton bei mir nicht, schweigt aber. Raucht. Auch ich schweige.

»Ich bin umgezogen und schlafe jetzt in Nachums Zimmer«, sage ich schließlich. Ora raucht schweigend. Wartet sie, daß ich weiterrede? Nachums Zimmer, das entlockt ihr kein Was-tatsächlich?! Nun gut, von Eilat, von dem, was in Eilat passiert ist, hat sie keine Ahnung. Und sie wird es auch nicht erfahren. »Ein merkwürdiges Gefühl«, versuche ich mich anzunähern. Vor dreißig, fünfunddreißig Jahren hätte sie versucht, mir treffende Formulierungen für meine Gefühle vorzuschlagen, für was genau los ist, für was mich genau ärgert, ja, ich hätte ihr zustimmen müssen, stimmt, genau so, aber jetzt fragt sie hinter ihrer Zigarette nur: »Warum merkwürdig?« und wirft einen schnellen Blick auf die Uhr. Sie hat schon kein Interesse mehr, keine Geduld mehr –

Die Küche füllt sich mit Abend und gemischten Gerüchen von Kaffee und Rauch, dem Geräusch eines gedribbelten Balls, ein Kind ruft einen kleinen Bruder oder einen Hund. »Vielleicht, weil –« Jetzt fängt es an. Jetzt kommt es. Jetzt kommt es wieder. Ora drückt die Zigarette in einem Schälchen aus, wirft die Kippe sofort in den Müll, wäscht das Schälchen gut ab und versucht mit Handbewegungen, wie man eine Katze verjagt, die verrauchte Luft hinauszuwedeln. »Vielleicht, weil?« Ich kann mich nicht beherrschen. »Vielleicht, weil du nach allem, was passiert ist, ausgerechnet in der Ruine von Davidi wohnst.«

Oho.

»Was genau ist passiert?«

Die Wahrheit sitzt zwischen den Stühlen, hatte Jean-Jacques an dem Abend gesagt, an dem wir das Einjährige nach dem ersten und letzten Flug seines Lebens und unserer ersten Begegnung feierten. Wenn ich einen Artikel schreibe, frage ich immer mehrere Leute, was passiert ist, sonst gibt es gar keine Chance, auch nur in die Nähe dessen zu kommen, was tatsächlich passiert ist, du erinnerst dich an diesen Flug wie an einen ganz normalen Flug ohne Pannen, und ich erinnere mich an ihn wie an einen Alptraum, und wie stellst du dann den Durchschnitt zwischen Alptraum und Routine her? Ich bringe ein bißchen hiervon und ein bißchen davon und mache noch eine gute Sauce dazu –

»Ich verstehe die Frage nicht«, Ora hatte tatsächlich eine Lehrerinnenstimme bekommen, eine Contenance bewahrende Stimme, aber in Wahrheit ungeduldig, nicht wirklich interessiert, von vornherein die Antwort ablehnend –

»Du warst doch schließlich dabei. Du hast alles von außen mit angesehen, von der Seite – wozu hat man denn eine Freundin?« Unglaublich, ich zitiere sie beinahe Wort für Wort, und sie merkt es nicht. »Damals? Du meinst damals?«

Sie hatte gemeint jetzt, wegen des Terroristen, der sich im Bunker versteckt hatte. »Ich war da, und Schlomi und eure Nachbarn, wie hießen die noch, Familie Zuckermann, und Arlosoras Vater und Elchanans Mutter und die Mutter von Josefa und die Gemeindeschwester –«

Frag doch die, will sie mir sagen, nicht mich. Warum mich –

»Schlomi«, sage ich, picke mir einen Namen aus der Liste, »ist im Ausland, Familie Zuckermann – leben die noch?«

Ich muß nicht weitermachen. Sie versteht schon. Zündet sich eine neue Zigarette an. Gleich werde ich aus ihrem Mund eine andere Version der Wahrheit erfahren – wozu hat man denn eine Freundin –

»Es war entsetzlich«, Ora schließt die Augen, so als befinde sich das Bild der Erinnerung tief in ihrem Kopf, als kehrten sich ihre Augen um, damit sie nach innen schauen konnten. »Du hast geschrien – gekreischt – ich habe dich im Leben nie so kreischen gehört – und du hast die Tassen von eurem tschechischen Service zerschlagen, Schlomis Mutter bekam einen Kratzer ab, und Davidi hat dich fast umgebracht.«

»Er hat geschrien –«

Die Küche flattert plötzlich, zwinkert, summt und entschließt sich dann zu einem gleichbleibenden Neonlicht in der Farbe von Eis.

»Was sitzt ihr hier zusammen im Dunkeln wie zwei Konspirantinnen?« fragt Oramama mit einer Hand auf dem Lichtschalter. Ora reicht mir unter dem Tisch die zweite Zigarette, so wie man bei der Klassenarbeit einen Spickzettel weitergibt. »Loja muß gehen«, sagt sie und steht auf. Ich auch. »Du verläßt uns schon. Wozu diese Eile? Wer wartet denn zu Hause auf dich?« Mechora schnuppert. »Weder Kinder noch Eltern«, sagt sie mit einem süßsäuerlichen Lächeln, »Orinka beschwert sich immer, doch ich sage ihr, sie wird sich noch in die Zeit zurücksehnen, als wir alle um sie herum waren – was, du rauchst?« Sie starrt auf die Zigarette in meiner Hand. »Das ist a-ber äu-ßerst un-ge-sund, auch Orinka hat früher geraucht, aber wir, ihr Vater und ich, haben so lang nicht von ihr abgelassen, bis sie endlich aufgehört hat.«

»Papa nicht«, korrigiert Ora trocken.

»Papa nicht, Papa nicht, ich bin schuld, alles liegt auf mir, alles liegt auf meinen Schultern.« Oramama holt zitternd große und kleine Teller aus dem Schrank, spricht nur zu mir. »Papa mischt sich ja nicht ein. Papa schimpft nicht. Er ist einer der sechsunddreißig Gerechten. Auch ich wäre gern eine der Gerechten, aber dann müßtet ihr hier ohne Schabbesgoj zurechtkommen – was ein Schabbesgoj ist, weißt du?«

»Mama, Loja muß gehen.« Ora geht Richtung Tür, und ich folge ihr. »Wer erwartet dich denn zu Hause, außer deinen vier Wänden?« Oramama umfaßt mein Handgelenk. »Du kommst wirklich nur so selten ... und jetzt, wo du doch hier wohnst, so nah ... So setz dich doch, setz dich. Vielleicht ißt du mit uns zu Abend? Orinka, hast du Loja denn nicht eingeladen? Avi kommt doch auch – hast du Avi schon kennengelernt? Das ist Oras Schwager, der Bruder von Mottik. Ein wichtiger Professor für Jüdische Geschichte – erst letzte Woche haben sie einen Artikel aus seiner Feder in *Ha-aretz* abgedruckt ... Nun setz dich doch, setz dich. Was stehst du – nur tu bitte die Zigarette weg, mein Liebes!« Ihr Ton ist wie Hustensirup, das »mein Liebes« richtig giftig. Sie reicht mir eine kleine Tasse, um den Zigarettenstummel auszudrücken. »Seit Orinka mit dem Rauchen aufgehört hat, gibt es in diesem Haus keine Aschenbecher mehr.«

»Mama! Loja hat heute noch etwas vor!« Ora wartet in der Küchentür auf mich. Etwas vorhaben, das hilft. Oramama läßt mich los.

»Ich erinnere mich, ich war ja auch mal jung – geh, geh und amüsier dich schön. Und wenn du gute Nachrichten hast, freuen wir uns mit dir. Und dann kommt ihr beide zu uns zum Essen … Es ist nie zu spät, du erinnerst dich doch gewiß an eure Englischlehrerin in der zehnten Klasse, Frau Kuppermann, sie –«

Aber wir sind schon draußen. Ora zuerst, ich hinterher. Sie macht mir das Tor auf. Schließt es wieder. Macht wieder auf und schließt es. Das Tor quietscht. »Man muß das Scharnier ölen«, sagen wir beide gleichzeitig. Wie früher.

»Es hieß, er hätte dich von hier vertrieben«, sagt Ora plötzlich, »daß du wegen ihm –«

»Unsinn. Das hatte gar nichts mit Davidi zu tun, das war ganz und gar meine eigene Entscheidung.«

»O-ra!« Hinter Ora öffnete sich ein helles Rechteck, in seiner Mitte das Schattenbild der Mutter. »Was ist mit der Linsensuppe?«

»Die braucht noch zehn Minuten!« schreit Ora nach hinten.

»Kocht deine Mutter für dich?«

»Manchmal.« Ora denkt über andere Sachen nach, bewegt das heisere Tor zwischen uns. Du wirst es nicht glauben, erzähle ich Chedwa in meinem Kopf, die Klassenbeste, die mit den Geschichts- und den Bibellehrern diskutiert hat, Klassenarbeiten verlegen ließ, Streiks organisierte und als gelungenste Repräsentantin unserer Schule ins Haus des Präsidenten nach Jerusalem entsandt wurde, die hängt noch immer am Schürzenzipfel ihrer Mutter. Ihre Mutter ist zwar ein sehr seltenes Exemplar, aber –

»Nicht seinetwegen?« Ora kommt auf ihr Thema zurück.

»Ora!« Wieder das Schattenbild in dem Lichtrechteck hinten. »Den Salat heute mit Oliven- oder mit Maisöl?«

»Was ist heute für ein Tag?« flüstert Ora. »Warum?« flüstere ich. »Mittwoch – dann ist Udi heute dran. Mit Olivenöl!« ruft sie nach hinten, kehrt mit Flüsterstimme zu mir zurück: »Und zu Nachums Beerdigung bist du nicht gekommen.« Notiert auch sie, wie ihre Mutter, wer bei Beerdigungen fehlt? Sie hat vergessen, daß ich nicht an Beerdigungen glaube, nicht an Grabsteine, nicht an Friedhöfe, nicht an Gedenkkerzen, wer tot ist, wird wieder zu Staub und hinterläßt den kommenden Generationen nur ein paar Knochen –

»Ich saß irgendwo fest«, sage ich, erfinde etwas, habe aber keine Chance –

»O-ra!«

»Ich komme ja schon!« Oras Stimme ist wütend, ungeduldig, dem Weinen nah.

»Bleib in Kontakt«, flüstert sie mir zu.

»Ich ruf dich an«, sage ich in das Dunkel im Garten.

Gestern hat es die ganze Nacht geregnet: Der Regen fiel langsam, gerade und flüsternd, und heute wieder knallende Sonne, jedes einzelne Blatt wirft ihre spitzen Lichtstiche zurück, und es gibt einen neuen Klang – dünn und trocken, den Klang von durchsichtigem Knarren –

Ich war noch einmal in der Gärtnerei, um Setzlinge zu kaufen, als Ersatz für jene, die die Sicherheitskräfte zertrampelt hatten – ich weigerte mich, Gardenien und rosa Kamelien zu kaufen, begnügte mich mit Stiefmütterchen und Geranien. »Ich habe schon verstanden, was Sie wollen«, sagte der Bärtige, der mich wiedererkannte. »Sie möchten einen Garten im Stil von früher, ganz schlicht, ohne Elitäres und ohne Gebimmel, das mag ich auch, glauben Sie mir, ich sage den Kunden, warum nehmen Sie denn kein Immergrün, Petunien sind doch auch hübsch, aber heute wollen alle Gucci und Sushi. Wo steht Ihr Wagen? Sind Sie zu Fuß? Geben Sie mir

Ihre Adresse, nach Feierabend bringe ich Ihnen das mit dem Kombi vorbei. Na, wie finden Sie das?«

Wie kaltes Wasser, sage ich zu mir, nein, wie Brause: bunt, erfrischend, sprudelnd, billig, weckt wieder die Lebensgeister –

Nach seinem ersten Besuch hier war Eliot – ein guter kanadischer Junge – schockiert zurückgeflogen, und ich fand mich an seiner Seite marschierend, auf jeden Schritt von ihm kamen drei schnelle von mir, ich verteidigte vehement – kaum zu glauben – das Land, in dem ich schon zwanzig Jahre nicht mehr wohnte, wenn ich halbtot auf einer Straße umfallen würde, dann lieber in Tel Aviv als in Toronto oder New York. Mag sein, lächelte er mich aus seinen Höhen an, aber die meiste Zeit deines Lebens liegst du ja nicht halbtot auf der Straße rum – er hatte, wie Jean-Jacques auch, etwas Feuchtes, Weißes an sich, etwas von einem Wurm, als hätte man sie zu lange in Wasser und Aftershave eingeweicht, entsetzlich sauber, weichhändig, ohne Ecken und Kanten – so völlig anders als die hiesigen Inlandsprodukte, die vielleicht aus Krieg und grellem Licht gemacht sind und vielleicht aus dem dreifädigen Garn alte Freunde, Hummus und Chamsin gesponnen sind – Na, wie finden Sie das? Ich versuchte, den Karton zu heben. Er war leicht. »Danke, nein. Danke, ich komme schon zurecht«, sage ich und verlasse die Gärtnerei. »Es gibt Frauen, die sind stur wie Maulesel«, höre ich ihn zum nächsten Kunden sagen, »und dann heißt es noch, Frauen hätten Verstand –«

»Was machst du denn hier?« Wie kommt es, daß ich ihn nicht kommen gehört habe. »Ich versuche, den Garten wiederherzustellen, nachdem deine Freunde ihn mir zertrampelt haben«, vorsichtig drehe ich das schwarze Plastiktöpfchen um, ziehe einen feuchten, beinahe schwarzen, von bleichen

Wurzeln durchwachsenen Erdklumpen heraus. »Jetzt?! Die werden jetzt nichts«, stellt Amitai fest, »hat die Polizei dir schon den Koffer zurückgegeben?« Ich setze die junge Petunie in das Erdloch. »Die gehen jetzt nicht an. Das ist nicht die richtige Jahreszeit«, beharrt Amitai über mir, aber ich antworte nicht. Es gibt einen Engel, der für die jungen Pflänzchen und für das Gras auf den Wiesen zuständig ist, und der schlägt mit einem Stab aus Licht auf die zarten Blättchen, bald segnet er sie, bald zwingt er sie: Wachse und werde groß! So steht es im Hebräischlesebuch für die dritte Klasse. Einmal, an einem Wintertag, hatte ich diesen Engel in unserem Garten gesehen, wie er für einen Augenblick über den Erdbeeren schwebte, doch Ora hatte mir gesagt, wenn ich nicht an Gott glaube, könne ich auch nicht an Engel glauben. Ich habe ihr nicht geglaubt. Engel waren doch etwas völlig anderes, die waren blond und fast durchsichtig, sie flogen überall herum und achteten darauf, daß das Gras wuchs, daß die Grashüpfer hüpften, daß Kinder-die-ihren-Teller-leer-aßen-groß-und-stark-wurden. Es gibt Engel auf der Welt, diese Behauptung unterbreitete ich Papa, ich war mir sicher gewesen, daß er zustimmen würde, ich hatte doch mit eigenen Augen einen gesehen, der wie eine große Libelle in der Sonne gefunkelt hatte, doch Papa lächelte, schnitt uns Graubrot zum Abendessen ab und sagte, es gäbe keine, es gäbe keine Engel auf der Welt. Noch nicht mal einen einzigen? Ich versuchte zu feilschen. Noch nicht mal einen einzigen, versicherte Papa. Dann ist auch das bloß erfunden? forschte ich nach, und Papa nickte, und in jener Nacht konnte ich kaum einschlafen, denn der Engel, der für den Schlaf zuständig war, fühlte sich beleidigt und hatte sich in den feinen Schatten zwischen den Vorhängen verkrochen. Ich habe trotzdem einen im Zimmer, sagte ich am nächsten Morgen beim Frühstück, und Papa versprach, er werde das untersuchen, nicht jetzt, aber abends, wenn er zurückkäme. Wo ist er? fragte er mich, als er zurückkam, er hatte es nicht vergessen. Manchmal im Vorhang und manchmal unter dem Bett und manchmal im Schrank. Darf ich kommen und ihn mir anschauen? Seit wir in die Siedlung umgezogen waren und ich ein eigenes Zimmer hatte, achtete er darauf, immer anzuklopfen und mich zu fragen, ob er reinkommen dürfe. Nein, nein, nein, sagte ich zu ihm, wenn er dich sieht, haut er bestimmt ab. Aber Papa kam trotzdem herein. Schläfst du? fragte er mich flüsternd, und ich wußte nicht, ob er flüsterte, um mich sanft aufzuwecken, damit ich den Engel sehe, oder ob er mich nicht aufwecken wollte, damit ich ihn nicht sehe. Nein, flüsterte ich ihm zu, um den Engel nicht zu erschrecken, und Papa sagte, mach die Augen zu, und schaltete das große Licht an. Jetzt mach sie auf, sagte Papa, und ich setzte mich im Bett auf und blinzelte. Siehst du, hier sind keine Engel, sagte Papa. Er stand mitten im Zimmer und schaute sich um. Vielleicht ist er unters Bett geflüchtet, flüsterte ich. Schau nach, sagte Papa, hob den Rand der Bettdecke hoch, und ich schaute. Da waren nur karierte Hausschuhe und Staub. Oder hinter dem Vorhang, sagte ich, und Papa zog den Vorhang zur Seite und zeigte mir die Fensterscheibe, dahinter war das Fliegengitter und dahinter der Fensterladen. Jetzt kannst du in Ruhe schlafen, versprach er mir, aber ich habe in jener Nacht sehr geweint. Er hatte mich davon überzeugt, daß es auf der Welt keine Engel gab, auch nicht in meinem Zimmer, und daß niemand auf mich aufpassen würde, außer ihm.

Und er war die meiste Zeit nicht da.

Loja ist ein selbständiges und verantwortungsvolles Mädchen. Mit diesen Worten schmetterte er jeden Versuch von Nachbarn oder Bekannten ab, mich zu einem Drittel oder Viertel zu adoptieren, Loja kann das schon – »Warum pflanzt du Blumen zur falschen Jahreszeit?« beharrt Amitai. »Was ist denn das für eine Jahreszeit, kannst du mir das verraten?« Ich klopfe die feuchte Erde fest. – »Winter.« – »Winter?!« Ich bin in kurzen Ärmeln, die Sonne knallt vom Himmel, die Regensplitter von gestern werden, wenn man die Augen zusammenkneift, zu Lichtigeln, und Lichtdämpfe steigen von den Beeten auf. »Hier gibt es keinen Winter«, sage ich und richte mich auf, die Hände voll dunkler Erde, »der Verantwortliche hat vergessen, diese Jahreszeit bei uns in den Kalender einzutragen.« Amitai grinst, macht mit der Hand eine abfällige Geste und geht auf sein Grundstück zurück. Er hat überhaupt nicht gemerkt, daß mir ein »uns« herausgerutscht war.

Ich liege auf deinem Bett – Hände unterm Kopf, Beine überkreuzt, die Augen können nicht anders als deine Kriegs- und Bomberflotte anstarren, wie sie sich im Licht der Vorhänge, einem Licht blau wie Meerestiefen, um ihre eigene Achse dreht. Es war meine Idee gewesen, und du hattest dich nicht dagegen gesperrt, hast dir völlig ernst die Anweisungen angehört, Fragen gestellt – zu viele Fragen –, hast immer wieder mich und dich selbst untersucht, in den Taucheranzügen sahen wir unwirklich aus, wie schwarze Puppen, der Lehrer tauchte mit uns, vorsichtig, für Anfänger, wir schwebten über Salatköpfe aus Stein, über versteinerte Muster von Möhrenkraut und Unterwasserblumenkohl, über sich bewegende rosa Nudeln und schwarze Nadeln, die aus einem schwarzen, uns mit Glasaugen beobachtenden Kissen aufragten, und dazwischen zeigten sich, mit der Nonchalance von Mannequins auf dem Laufsteg, impressionistische Fische erst von der einen Seite, dann von der anderen, ein spitzer Rücken, ein Schwanz wie ein Schleier, eine Flosse wie ein Flügel, auch Fischschwärme wechselten von glänzend auf matt. Habt ihr die Barrakudas gesehen? fragte der Tauchlehrer, als wir wieder aufgetaucht waren, und nachdem wir uns aus der Gummihaut geschält hatten und Richtung Hotel gingen, sagtest du: Ich dachte, ich würde ersticken. Du hattest im Feuer sterben wollen, nicht im Wasser. Schon immer hast du große Weiten gebraucht, hast große Vögel gemocht, nicht die Gartenvögel, die hier rumhüpfen, sondern Albatrosse, Kondore, auch Drachen hast du gemocht, Segelflugzeuge, richtige Flugzeuge, umwerfend hohe, astronomische Zahlen. Das Licht braucht Lichtjahre, bis es ankommt, hattest du mir in jener Nacht erzählt, wir hatten auf dem groben Sand gelegen, am Narbenrand des Großen Afrikanischen Grabenbruchs, und in den Himmel geschaut. Alles, was du da jetzt siehst, kommt nicht von den Sternen, überraschtest du mich. Sondern? fragte ich mürrisch. Mir war nicht nach Rätseln. Dieses Licht hat die Sterne vor Hunderten, vor Tausenden von Jahren verlassen, begannst du in einem Ton von Jetzt-gibt-es-hier-einen-Vortrag-für-die-ungebildeten-Eingeborenen, darin ähneltest du Davidi etwas, der Himmel ist also nicht frisch, brachte ich deine Ausführungen auf den Punkt, und plötzlich sah ich den Pfeil des Nordens, ich zeigte auf ihn, der Gürtel des Orion, korrigiertest du mich. Wo siehst du da einen Gürtel? Diese drei Sterne in der Diagonale, siehst du die? Alnitak, Mintaka und Alnilam, und dort, das ist Saif-al-Jabbar. – Willst du mir erzählen, daß jeder Stern einen eigenen Namen hat? – Nein, nur die großen, die glänzenden, die, die man schon vor Tausenden von Jahren von hier sehen konnte, denen, die man heute entdeckt, gibt man in der Regel keine Namen, sondern Nummern. – Und was sollen diese Sterne bitte mit Orion zu tun haben? beharrte ich, und du zeigtest mir seine Schulter, auf der Rechten war ein großer eingefaßter blauer Saphir. Das ist Bellatrix, die Kriegerin, die linke Schulter ist verletzt, über ihr flackert groß und blutrot Beteigeuze, zwischen den Schultern und darüber der Kopf, der funkelnde Meissa. – Schultern, Kopf, Oberarme? Ja, der rechte ist ein bißchen angewinkelt, der linke erhoben, und unter dem Gürtel sehe ich eine Art hellen, verwischten Fleck. – Das ist der Orionnebel. – Wie groß? – Sechsundzwanzig Lichtjahre. – Zwischen ihm und uns? – Nein, das ist sein Durchmesser! Zwischen ihm und uns liegen tausendsechshundert Lichtjahre. – Dann hat er das verschwommene Licht, das wir jetzt sehen, etwa im Jahr 367 ausgesendet, und das da, das ist das Bein, ja? – Ja, dieser Stern heißt Rigel, also vom Hebräischen her wirklich fast Bein, Rigel und *regel*, das ist nah beieinander. – Und dieser Blaue da? – Ja, das ist ein riesiger Stern. – Wie riesig? – Sein Licht ist vierzehntausendmal stärker als die Sonne. – Warum erleuchtet er dann nicht den ganzen Himmel? – Weil er sechshundertzwanzig Lichtjahre von hier entfernt ist. – Der Schwarze Tod. – Wie bitte? – Der Schwarze Tod, die Pest, das Licht dieses Sterns ging im Jahr 1348 in unsere Richtung aus. – In Daten bist du stark, sagtest du anerkennend. – Und dreihundert Jahre vor dem Chmielnicki-Pogrom 1648/49. – Wenn du das sagst, wird es wohl stimmen. – Und fünfhundert Jahre vor dem Völkerfrühling. – Wie kannst du dir das nur alles merken? – Ach, das ist leicht, ich lege ein Schlüsseldatum fest, den Unabhängigkeitskrieg zum Beispiel, und von dort ziehe ich ab oder zähle hinzu, der Schwarze Tod, das war sechshundert Jahre vor dem Unabhängigkeitskrieg. – Nun gut, diese Berechnungen der Lichtjahre sind nicht so ganz exakt. – Und was ist mit diesem rötlichen Stern da auf seiner Schulter? – Riesig schon, aber auch schon alt. – Nachum! – Ich meine das ganz ernst, auch Sterne haben ein Alter. – Jetzt erzählst du mir gleich noch, daß sie auch sterben und geboren werden? – Ganz richtig. – Dann liegt der jetzt im Sterben? – Wer? – Dieser rote Stern! – Ja, und er wird auch sterben, natürlich nicht morgen oder übermorgen, er hat noch mindestens eine Milliarde Jahre. – Das beruhigt mich jetzt echt, aber theoretisch könnte es sein, daß er schon tot ist, und nur wir hier unten ihn noch weiter sehen, das heißt, nicht ihn, sondern sein Licht, das zu uns kommt, wie eine Hundeleine ohne Hund am anderen Ende? – Theoretisch, ja. – Dann ist alles, was wir jetzt da sehen – ich hob beide Arme zum sternenübersäten Firmament über Eilat – dann ist das alles nur Vergangenheit? – Das stimmt. Dieser Himmel dort ist nur die Geschichte seiner selbst. – Ich war sehr enttäuscht, fühlte mich beinahe betrogen. Theoretisch ist es also möglich, daß es in diesem Moment bereits keinen einzigen rettenden Stern mehr gibt! – Theoretisch, sagtest du mir mit einem Grinsen und beugtest dich über mich, schobst die Haare weg, die der Wind mir ununterbrochen über die Augen wehte. – Sag mal, das mußte ich jetzt ein für allemal klären, gibt es im Himmel eine Gruppe von Sternen, die durch ein Fernglas wie ein Fragezeichen aussehen? – Natürlich! Hier sind sie! – Wo? – Geh vom Ende des rechten Armes des Orion um fünfundvierzig Grad weiter. – Noch so ein roter Stern! – Richtig, das ist Aldebaran, und geh von dem aus noch dreißig Grad nach rechts. – Dort? – Ja, das sind die Plejaden. – Die sieben Töchter des Atlas? – Wenn du das sagst. – Orion ist ihnen nachgejagt, bis Zeus sich ihrer erbarmte und ihnen einen festen Platz im Himmel gab. – Wenn du das sagst.

Ich sage nichts. Ich betrachte die sieben Saphirsterne, die in Form eines Fragezeichens angeordnet sind. In der trockenen Eilater Nacht sieht man sie auch ohne Fernglas. Wann sehen wir uns wieder, hatte ich Giora über zwei Jahre zuvor gefragt, und er hatte mir ein Fernglas vor die Augen gehalten, hatte meinen Kopf gen Himmel gedreht und mir ein Fragezeichen gezeigt. Schau, sagtest du, berührtest meine Schulter, um mir einen vernarbten Mond zu zeigen, noch ein, zwei

Jahre, und sie werden dort landen, versprachst du. – Wer? – Die Amerikaner. – Was gäbe ich drum, den Mond zu betreten! – Ich auch, sagtest du mit einem Lächeln. – Als ich klein war, sagte ich zu deiner Überraschung, da dachte ich, es gäbe dort so ein Art Durchgangslager, ich war mir sicher, daß der Mond die erste Station der Toten sei. Nachdem sie sich da ein bißchen vom Tod erholt haben, verteilt man sie auf die passenden Sterne. – Wer verteilt sie? – Gott. – Hatte Gott bei dir die Rolle eines Verkehrspolizisten? – So ungefähr. Papa und Davidi bestanden darauf, daß er eine Erfindung der Angsthasen sei, aber … – Ich weiß, auch mir haben sie diesen Unsinn verkauft. Du hast dich auf den Ellbogen gestützt und mir die Haare von den Augen gestrichen, die der Wind, der diese ganze Nacht unaufhörlich wehte und die Baumkronen umstülpte, mir immer wieder ins Gesicht warf. Aber seit ich Astrophysik studiere, bin ich mir da nicht mehr so sicher. – Nachum! Wirst du jetzt etwa fromm?! – Ich ziehe verschiedene Möglichkeiten in Erwägung. – Was zum Beispiel? – Zum Beispiel diese, du hast dich vorgebeugt, ich spürte deinen Atem auf meinem Gesicht, und danach, mit sehr trockenen Lippen, den Kuß.

Von dieser Nacht wußten nur du und ich, und seit du tot bist, bin nur noch ich übrig, um sie zu bewachen, wie den Haufen Rucksäcke auf diesem Ausflug, an dem ich mir den Knöchel verknackst hatte. Soll ich bei dir bleiben, hatte Lea, unsere Lehrerin, gefragt, und ich dachte, das hat mir gerade noch gefehlt. Sie ließen mir zwei Wasserflaschen und Butterbrote – Graubrot mit Vierfruchtmarmelade – und drei zum Schälen eingeritzte Orangen da und versprachen, in einer oder eineinviertel Stunden zurückzusein. Ob ich so bequem säße? Ich solle das Bein am besten auf einen der Rucksäcke hochlegen. Hier ist ein Kreuzworträtselheft, bis du damit fertig bist, sind wir schon wieder zurück. Aber sie verspäteten sich um vier Stunden, und die Sonne ging unter, und es wurde kalt, und mein Pulli steckte tief unten in meinem Rucksack, der unter allen anderen lag, hätte ich nicht diese Verantwortung für all die Rucksäcke gehabt – Josefa hatte ein Transistorradio dabei, Elchanan Versteinerungen, Ora hatte ihre neue Uhr da reingesteckt –, ich hätte versucht, bis zur Hauptstraße zu humpeln und von dort in den Kibbuz zu trampen. Nachher haben sie sich entschuldigt, sich erst eingeschmeichelt und dann fast geschimpft: Das ist nur passiert, weil du nicht wolltest, daß noch jemand bei dir zum Bewachen bleibt – weißt du, Nachum, ich dachte, wir beide würden diesen Rucksack bewachen und ihn eines Tages aufmachen, umdrehen, ausleeren und schauen, was damals war und was danach passiert ist, wie ich mich in meinem Schmerz um Giora mit dir verhedderte, vielleicht war es seinetwegen oder weil Papa plötzlich gestorben war, ich kochte vor Wut über seinen unzeitigen Tod ohne Vorzeichen, war wild entschlossen, kaputtzumachen, aufzugeben, zu zerstören, zu verkaufen, wegzugeben, wegzufahren, zu vergessen, verbrannte Erde zu hinterlassen – was da zwischen uns beiden passiert war, war das nach dem Gesetz des Dornenabfackelns im Sommer geschehen – einfach wegen der Hitze, der Trockenheit und der Umstände, ohne Chance auf eine Fortsetzung – zumindest nicht bei mir, damals nicht, und wie war es bei dir? Oder war es anders, völlig anders: Hatten wir in dieser Nacht, die mit einem wunderbaren Flug begonnen hatte und mit meiner Idee weiterging, alles zu machen, was wir nie gemacht haben, wir sind hier, am Ende der Welt, wer kann uns was verbieten, mein Vater ist unter der Erde, deiner steckt bis zum Hals in den Entscheidungen, was aufheben, was verkaufen, was abgeben, was wegwerfen, er kocht vor Wut, kloppt sich mit dem Altesachenhändler, schreit die Polizisten an, macht der dicken Gemeindeschwester angst, die alarmiert worden war, um auch zu versuchen, ihn zu beruhigen, vielleicht eine Pille zu verabreichen, bevor man den Arzt erreichen konnte, hatten wir in ebendieser Nacht alles, was uns teuer war, zurückgelassen und ein neues Blatt aufgeschlagen, wir waren im Roten Meer getaucht, um zu entdekken, daß es türkis und himmelblau war, so wie die Flügel des umwerfenden Dubček, einen so wunderschönen Vogel hat es hier damals nicht gegeben, nicht als du hier gelebt hast, du hast ihn verpaßt, genauso wie du die Gelegenheit verpaßt hast, mit mir zu klären, was diese Nacht für mich, was sie für dich gewesen ist, einmal habe ich es versucht, nach Jahren, in einem transatlantischen Telefongespräch, du schliefst gerade, auf diesem Bett, warst aufgeschreckt und hattest zuerst gefragt, was passiert sei, erwartetest ein Unglück, und dann erklärtest du, es sei mitten in der Nacht, ob es denn so dringend sei, und ich sagte, nicht so sehr, ich wollte nur, daß wir darüber reden, was in dieser Nacht geschehen ist, ob du dich noch erinnertest, und du hast geschwiegen, aber ich bestand darauf, in Eilat, nach dem Flug, und du sagtest mit besonders ruhiger Stimme, ich weiß schon, welche Nacht du meinst. Laß uns ein andermal darüber reden. Nicht jetzt. Nicht so. Wieso nicht jetzt, warum nicht so, stritt ich mit dir, was kann passieren, ein ganzer Ozean und das Mittelmeer liegen zwischen uns, du kannst also alles sagen. – Loja, Loja, Loja, ich verspreche dir, wir werden darüber reden, aber nicht am Telefon, ja? – Wann dann? Und wie? – Ist es plötzlich so dringend? – Nicht plötzlich. Ich hab seitdem ziemlich viel darüber nachgedacht. – Ich auch, Loja. – Warum hast du mir dann nie etwas gesagt? – Warum hast du denn nichts gesagt? – Ich hatte Gründe, genauer gesagt, einen Grund. – Und was ist mit diesem Grund passiert? – Der existiert nicht mehr. Schon lange nicht mehr. – Auch ich hatte Gründe, genauer gesagt, einen Grund. – Und was ist mit deinem Grund passiert? Gibt es ihn noch? – Es gibt ihn noch, und ich werde ihn dir erzählen ... Wann kommst du nach Lod? – Ich komme nicht mehr zurück in die Siedlung. Nie im Leben. Vielleicht in Paris? Paris ist um diese Jahreszeit sehr schön. – Aber weder nach Paris noch nach London bist du gekommen. In Rom habe ich zwei Tage auf dich gewartet, ich hatte ein Auto gemietet, nach Venedig zu fahren, war meine Idee gewesen, erinnerst du dich noch an etwas aus der Wohnung, in der wir gewohnt haben, hattest du mich gefragt, wir werden sie ausfindig machen, sie anschauen, aber du bist nicht gekommen, hast mich zwei Wochen später im Hotel in New York erreicht. Ich hatte es mir schon gedacht – ich ersparte dir die Ausrede –, ich hatte unsere Flugzeuge in den italienischen Nachrichten gesehen. – Also, wann bist du wieder mal in Rom, hast du gefragt, aber ich war plötzlich müde und ließ dich mit einemmal los. Ist egal, Nachum, was vorbei ist, ist vorbei, vielleicht wenn wir einmal im Altersheim Zimmer an Zimmer wohnen, dann erzählst du mir, was diese Nacht so anders machte als alle anderen Nächte, wenn du dich dann noch erinnern wirst. – Ich werde mich erinnern, versprachst du, und zwei Jahre später erreichte mich die Nachricht auf dem Weg zum Flugzeug –

Welchen Grund hattest du gehabt, Nachum? In der sechsten Klasse war die Schulkrankenschwester reingekommen, hatte die Jungs zum Volleyballspielen auf den Hof geschickt und den Mädchen erklärt, was die monatliche Periode ist. Sie malte einen Teekessel an die Tafel und sagte, das sei die Gebärmutter. Danach sprach sie von Eierstöcken, von Ovarien, vermied dabei konsequent das Wort Monatsblutung. Und in der Turnstunde, sagte sie, könnt ihr zur Turnlehrerin gehen und ihr leise sagen: Ich habe einen Grund –

Vielleicht hast du mir unter all den Papieren in dieser Schublade einen Brief hinterlassen: Für Loja – der wahre Grund für alles – besser nicht nach dem Essen öffnen – so einen makabren Spaß, aber vielleicht auch ganz ernst: Für Loja – erst nach meinem Tod öffnen – aber du hattest nicht sterben sollen, du hattest beim Abspringen mit dem Fallschirm einen Unfall überlebt, hast dich einmal mit dem Schleudersitz aus einem Flugzeug gerettet, warst lebendig aus zwei schlimmen Kriegen zurückgekehrt, von Einsätzen und Aktionen, wer hätte damit gerechnet, daß du ausgerechnet in unserer nationalen Pfütze ertrinken würdest – wo du doch schon mit drei Jahren schwimmen konntest –

Nein, hier ist nichts, nur ein paar alte Ausweise und Unterlagen, in den letzten Jahren hast du nicht mehr hier gewohnt, und was ist das da, ein Paar versilberte Babyschuhe, von wem war denn die Idee, vielleicht wollte Deinemama etwas von deiner Babyzeit für Davidi aufheben, bis der von den Partisanen zurückkäme, wo habe ich solche Schuhe schon mal gesehen, ach ja, ich weiß, bei Chedwamama auf dem Klavier. Kannst du dir vorstellen, hatte Chedwa gesagt und sie mit dem Finger gestreichelt, sie hat immer darüber geklagt, sie habe Füße wie ein Känguruh und würde sich deshalb nie im Leben italienische Schuhe kaufen können, in China hätten sie sie im Zirkus als Kuriosität ausgestellt, kannst du dir vorstellen, daß ich mal so kleine Füße hatte? Und Ihremama sagte, was dachtest denn du? Daß du schon mit Riesenfüßen geboren bist? Meine Mama hebt meine ganzen Geburtstagskleidchen, seit ich ein Jahr alt war, auf, mit Mottenkugeln geschützt, und mein Hochzeitskleid gibt sie jedes Jahr Pessach in die Reinigung, Mama, wo ist das Kleid? Na, wo wohl, auf dem Dachboden, sagte Rika, und wir beide lachten los: In jedem schwarzweißen Mitternachtsfilm kam früher oder später ein Dachboden vor, der im Schein einer nervösen Kerze oder einer neugierigen Taschenlampe flackerte, und dort – zwischen theatralischen Spinnweben – eine verspielte Kinderwiege, ein Karabiner, eine Puppe mit fehlendem Auge in einem Scarlett-O'Hara-Kleid und irgendeine Spieluhr mit doppeltem Boden, und darin befand sich dann das wahre Testament. Genau wie auf dem Dachboden meiner Mutter, ich schwör's dir, sagte Chedwa dann immer, wenn sie mich mit dem Ellbogen anstieß, wenn sie und Leibo sich ein Haus bauen würden, würde es da einen riesigen Dachboden geben – nur du vernichtest alle Beweisstücke, als sei das Leben ein Verbrechen, im Ernst, normale Menschen heben Sachen auf, weißt du, bei meiner Mutter gibt es Briefe, die eine russische Anarchistin dem Vater meines Großvaters geschrieben hat, sie wurde zur Zeit des Zaren hingerichtet. Mama, wo sind diese Briefe? Deren Handschrift müßtest du sehen, sagte sie und legte mir die Babyschuhe in den Schoß, und für einen Moment schien es mir, als erschaudere das einbalsamierte Leder und rege sich, als gebe es unter der Versilberung ein entsetzliches, ausgestopftes Leben –

Ich lege die Schuhe zurück in die Schublade – die Schuhe sind gut erhalten, aber von der, die sie hat versilbern lassen, von der sind nur noch ihre guten Absichten übrig, kein einziges Bild – warum geht das, was man aus einer Schublade herausholt, danach nie wieder rein, jetzt muß ich hier alles rausholen. Autsch! Die Schuhe sind mir auf den Fuß gefallen, ich hätte nicht gedacht, daß sie so schwer sind, ich hebe sie auf, auf die rechte Schuhsohle ist in hebräischen Buchstaben eingraviert: »Lea, im Alter von einem Jahr, 27. 7. 1947.« – Moment mal, das ist doch mein Geburtstag – sind das meine Schuhe? Aber da steht »Lea«, eindeutig »Lea«, auch wenn das E etwas rund geraten ist, aber es ist ein E – dann hatte ich vielleicht eine Zwillingsschwester, die gestorben ist, so wie

Arlosora – Herzlina hatte sie geheißen, war aber mit einem halben Jahr gestorben. Lea und Loja – das klingt logisch, sogar schön, und es erklärt auch etwas, ich erzähle Chedwa in meinem Kopf von meiner Obsession, eine richtig gute Freundin zu haben, eine Art Zwillingsseele, so wie Ora und ich es bis gegen Ende des Gymnasiums gewesen sind. Wen kann ich fragen? Mama ist tot, Papa ist tot, Davidi ist tot, Nachum ist tot, Chassia ist tot, und Schlomi lebt jenseits des Ozeans – aber er hat mir mal seine Adresse gegeben, seine Visitenkarte, vielleicht ist sie noch in dem alten Mäppchen für Visitenkarten in der Außentasche des Koffers, Moment, Moment, hier, hier sind sie, die Visitenkarten von einem Zahnarzt, einem Gynäkologen, einem Psychologen, einem Naturheilkundler, alles aus Eliots Zeit, du mußt unbedingt immer die Visitenkarten von Versicherungsagenten und Rechtsanwälten bei dir haben, und hier, nicht zu glauben: Schlom-Ami Horowitz, Professor für Jiddisch, die Telefonnummer im College, die Telefonnummer zu Hause – wie viele Jahre liegt die schon hier, mindestens zehn, er ist bestimmt umgezogen, hat eine andere Nummer, nichts ist mehr am selben Ort, aber man kann es ja mal versuchen –

»Schlomi?« Es ist so einfach. Seine Stimme ist bereits beim »Hallo«–

»Loja?« Meine heisere Stimme verrät mich. »Was verschafft mir die Ehre?« Sein Hebräisch hat einen amerikanischen Geschmack, ist mit Jiddisch gewürzt, ob er wohl noch immer wie J. F. K. aussieht –

»Ich habe eine Frage an dich, ich glaube, nur du kannst sie mir beantworten.«

»Aber warum am Telefon? Wo bist du? In New Jersey? Dann komme ich vorbei –«

»Ich bin hier, in Israel.«

»Du in Israel? Was ist passiert?«

»Das ist eine lange Geschichte. Ich wohne im Haus von Davidi.«

»Ja, ich habe gehört, daß er gestorben ist.«

»Und ich habe hier in einer der Schubladen versilberte Babyschuhe gefunden.«

»Das war früher mal Mode.«

»Ich dachte, das seien Nachums Schuhe, aber auf der Sohle des rechten Schuhs steht: Lea, im Alter von einem Jahr, 27.7.1947.«

»Ja«, Schlomi klingt nicht überrascht oder schockiert. Er wartet, daß ich weiterrede.

»Am 27.7.1947 war ich genau ein Jahr alt – 27.7.1947, das ist mein Geburtstag.«

»*So what?*«

»Vielleicht weißt du, ob ich eine Zwillingsschwester hatte?«

»Soviel ich weiß«, er prustet los, es ist etwas zwischen Lachen und Spott, »nein, wieso kommst du denn darauf?«

»Wieso? Wegen Lea!«

»Aber Lea bist du!«

»Lea?! Ich heiße Lea?!«

»Erzähl mir jetzt nicht, daß du die Geschichte nicht kennst – nur wegen der unleserlichen Handschrift eines Beamten im Hafen bist du Loja geworden.«

»Und warum haben sie das nicht korrigiert?« Diese Geschichte kannte ich nicht. Und das war wohl nicht die einzige Geschichte, die ich nicht kannte.

»Wer weiß. Vielleicht hatten sie Dringenderes zu tun. Außerdem haben sie bestimmt gemerkt, daß Loja ein viel originellerer Name ist. Aber meine Mutter hat dich Lea genannt, weißt du nicht mehr?«

»Lea? Nein. Sie hat mich Leale genannt.«

»Eben.«

»Ich habe immer geglaubt, das ist eine falsch ausgesprochene Loja, so eine Art Kosename.«

»Sie hat dich wirklich geliebt. Wie lange bleibst du noch dort?«

»Wo?«

»In Israel.«

»Ich weiß noch nicht, ich muß noch alles mögliche erledigen. Kommst du nicht mal zu Besuch?«

»Doch, vielleicht, so um den Unabhängigkeitstag herum – bist du dann noch da?«

»Kann gut sein.«

»Dann reden wir.«

»Ja, machen wir.«

Lea. Einfach Lea. Ein unglücklicher Name, armselig wie ein Lumpen. *Die Augen Leas waren matt*. Die nicht auserkorene Frau. *Am Morgen, siehe, da war es Lea*. Sie kauft sich Liebe mit den Liebesäpfeln ihres Sohnes. Aber was für eine Liebe. Wenn's hochkommt ein Quickie, um die Pflicht zu erfüllen. Lea, die Vielgebärende. Bestimmt war sie dick. Plump. Hängebusen bis zur Hüfte. Der Name paßt echt nicht. Vielleicht habt ihr es deshalb bei Loja belassen. Wie heißt du? Lea. Brrr. Nur Jocheved wäre noch schlimmer.

Vielleicht ist ja Nachum deine wahre Liebe, hatte Chedwa einmal vorgeschlagen – Giora hatte sie wegen des gebrochenen Herzens, des Kummers, der Kränkung, der Sehnsucht und der Reue abgeschrieben. Und das alles nur, weil du zu spät angefangen hast, davon war sie überzeugt, wer verliebt sich denn auch zum ersten Mal erst mit achtzehn. Das ist ein bißchen wie mit den Kinderkrankheiten, nur wenn man sie früh genug kriegt, gehen sie glatt vorüber, wann hast du Windpocken bekommen? Mit fünf? Gut für dich. Ich habe sie mit sechzehn bekommen und mußte ins Krankenhaus – du warst einfach Giorakrank! Und erzähl mir nichts von deinem französischen Froschschenkelfresser! Jedesmal, wenn du in Paris an Bord kamst, sahst du aus, als kämst du gerade aus der Waschmaschine nach dem Schleuderprogramm. Das war keine Liebe, das war eine Strafe! Vielleicht ist ja Nachum deine wahre Liebe – dessen war sie sich fast sicher, nachdem sie Leibo geheiratet hatte, glaubte sie fest an die Liebe zwischen zweien, die nebeneinander schon auf dem Topf gesessen haben und über die Jahre eine tapfere Freundschaft ausgekocht hatten, ohne Peinlichkeiten, ohne Geheimnisse und ohne dunkle Höhlen – Liebe heißt, daß du neben ihm einen ziehen lassen kannst, ohne zu hoffen, daß die Erde dich verschluckt, sagte sie und wiederholte mit gewissen Variationen ihre Glaubensgrundsätze, Nachum hätte dir vor Jahren passieren müssen, davon war sie überzeugt, obwohl ich auch ihr nichts von dieser Nacht verraten hatte, warum dich mit noch einem Froschschenkelfresser verheddern, den weiß Gott was von innen auffrißt, Nachum kennst du von klein auf, du solltest dich mal hören, wie du von ihm redest. Eines Abends hätte ich ihr fast von Eilat erzählt, aber im letzten Moment habe ich mich beherrscht. Zuerst wollte ich das mit dir klären. Da rief ich dich an –

Heute nacht habe ich von Regen geträumt. Hellblauer Regen fiel auf den Golf von Eilat. Nicht in Tropfen, es war ein stetig fallender Regen, er fiel weich und beständig, wie ein Wasserfall in Zeitlupe, und der Golf wurde immer voller, schau mal, sagte ich zu Nachum, wir saßen beide im Flugzeug, nebeneinander, gleich müssen sie die ganze Bevölkerung evakuieren, doch er kicherte, als hätte ich Unsinn geredet, und dann sah ich, daß die Bucht nicht von Bergen, sondern von Wolken umgeben war. Haben wir's noch weit? fragte ich Nachum. Ich war besorgt. Unter uns war weit und breit kein Flughafen in Sicht. Wände von Wasser fielen vom Himmel, und das Wasser im Golf stieg immer höher, man hörte, wie es den Bauch des Flugzeugs leckte. Es ist nicht mehr weit, sagte Nachum und schaute auf die Uhren vor sich, schau mal, sagte er und schaute aus dem Fenster, hier ist der See Genezareth –

Ich stand auf, duschte, putzte die Zähne, kämmte mich, zog etwas an, aß ein Brot mit Käse und nahm ein Taxi nach Tel Aviv. Jahre war ich nicht mehr dort gewesen. Eine häßliche Stadt, häßlich-schön, schön – sie hat sich noch nicht entschieden. Sie verändert sich Viertelweise, nicht als Ganzes. Es gibt Straßen, die sind fast so wie früher – nur ein bißchen schimmliger, dunkler, vielleicht wegen der Bäume, die gewachsen sind und die Sonne verbergen, und es gibt Straßen, die sind völlig neu, mit Glasfronten, wie in der großen weiten Welt, sie funkeln in der Sonne, blinken richtig, mehr als die Auslagen sieht man in ihnen die Spiegelbilder der Leute, die sich Mühe geben, durch das verglaste Licht Kleider, Schuhe, Haushaltsartikel zu erkennen – hier bin auch ich, ich bin etwas dicker geworden, oder ist das eine verborgene Krümmung im Glas? Ich bin relativ klein, im Vergleich zu denen, die um mich herum und hinter mir stehen, mir über die Schulter blicken, man wechselt die Kleider an den Puppen im Fenster, zieht sie bis aufs nackte Plastik aus, nein, sie tragen Slips, um mich herum Grinsen, verlegene Witze, Leute gehen weiter, vor der Glasscheibe bleibe ich stehen, wer ist das, der mein Spiegelbild betrachtet, er kennt mich wohl, aber woher? Er sagt sich, hier bin ich, und wer ist die da? Ich drehe den Kopf, um das Original zu sehen. Er kommt mir bekannt vor, aber von woher kenne ich ihn? Von El Al? Vom Militär? Aus der Siedlung? Er identifiziert mich als erster: »Hallo-

hallo-hallo! Wen trifft man denn hier? Die Leiterin der vierten Schicht! Warte, warte! Sag mir nicht, wie du heißt – du hattest so einen besonderen Namen ... Nofar? Timna?« »Lea«, ich probiere an ihm den Originalnamen aus, überlege immer noch, wer er ist – hochgewachsen, dunkel, lächelnd, er hat Grübchen, schöne braune Augen, von der schwarzen Mähne ist nicht mehr viel übrig. »Nein«, sagt er, auch seine Stimme kenne ich, »nicht Lea. Da bin ich mir sicher, fast hundertprozentig.« Wenn er ist, für wen ich ihn halte – »Und ich war mir fast hundertprozentig sicher, daß du umgekommen bist, daß du hinter dem Kanal gefallen bist.« – »So ein Gerücht wurde mal verbreitet«, er amüsiert sich sichtlich, »wo bist du? Was machst du?« Wir beide sind Spiegelbilder in einem Schaufenster, in dem ein Mann große Puppen zuknöpft. »Ich wohne im Haus von Nachum Davidi.« »Was du nicht sagst, dann ist er schließlich gestorben, der verrückte Alte. Verheiratet? Kinder?« Ich schüttele den Kopf, zweimal nein, da wird er ernst. »Dann habe ich eine Wette verloren.« – »Was für eine Wette?« Unsere Blicke treffen sich im Glas. »Über dich – mit Nachum.« – »Über mich?!« Ich verliere für einen Augenblick das Gleichgewicht, stütze mich am Schaufensterglas. »Du hast mit Nachum über mich gewettet?! Wann?« – »Nach dem Flug nach Eilat.« – »Nachum hat dir von Eilat erzählt?« Und ich trage dieses Geheimnis all die Jahre mit mir herum, presse die Lippen zusammen, so als würde, wenn ich den Mund aufmachte, eine Viper herauskommen. – »Was denkst du, wer euch die Piper organisiert hat?!«

Gut, daß wir uns in Bewegung setzen. Die Sonne wärmt, blendet, warum bin ich bloß ohne Sonnenbrille losgegangen. »Was ist schon dabei?« fragt mich Rogel – nein, das kann nicht Rogel sein – über den Kopf einer Frau hinweg, die mit schweren Taschen zwischen uns durchgeht. – »Er hätte dir das nicht erzählen sollen«, ich verrate das Geheimnis, fühle mich betrogen, fühle mich dumm, aber Moment, wer weiß, was er genau erzählt hat und wieviel. »Er war deshalb furchtbar im Streß«, er bildet auf dem Gehweg voller Menschen, die in alle Richtungen eilen, eine Menscheninsel, »ich habe ihm gesagt, von einmal stirbt man nicht und verliebt sich auch nicht, ich habe mit ihm gewettet, daß wir dich in ein paar Jahren verheiratet und mit Kindern sehen werden, ich habe die Wette verloren.« Ich stehe ihm gegenüber. Meine Augen auf der Höhe seines Hemdausschnitts. »Und du, was ist mit dir?« frage ich. – »Verheiratet.« – »Kinder?« – »Drei Töchter und das vierte auch ein Mädchen«, mit einem kurzen Lächeln bestätigt er den Mythos, daß Piloten nur Töchter bekommen, »hör zu, es war toll, dich zu sehen, Lea. Lea? Bist du sicher? Na ja, leise rieselt der Kalk. Ich muß jetzt weiter.« Und schon ist er zwischen den Menschen und der blinkenden Sonne verschwunden. Auf dem Rückspiegel eines parkenden Autos bebt eine Bachstelze und traut ihren Augen nicht, sie legt den Kopf mal nach links, mal nach rechts, stößt dann plötzlich einen Schrei aus und pickt einmal schwach in den Spiegel.

Die Jacarandabäume werden kahl. An den beinahe nackten Zweigen schaukeln verschrumpelte Kastagnetten, und der Wind weht durch sie hindurch, scheppert und reißt an ihnen. Morgen, übermorgen werden die Wolken zurückkehren, wird der Winter zurückkehren, mit beschränkter Haftung. Ich schaue nach, ob Petroleum im Ofen ist, obwohl es draußen nicht besonders kalt ist, schafft es dein Haus, kalt wie ein Grab zu sein. Ich kaufe im Gemüseladen Grapefruits und gehe für Brot und Milch zum Lebensmittelladen.

»Das ist gewesen in Eurem Haus, der Terrorist, den die Polizei geschnappt hat, der, von dem sie haben gesagt im

Radio, daß er ist ein großer Terrorist«, brummt die vom Laden. »Das sind dorten immer Banditen«, der Zimmermannsstift zittert in ihrer Hand, »von allem Anfang an haben gelebt dorten Banditen!« – »Frau Morgenstern, von allem Anfang an, das ist seit 1951.« »Nu, das sag ich doch!« Sie schaut mich mißtrauisch an, nimmt die Brille ab und betrachtet mich mit zusammengekniffenen Augen. »Ihr seid Leale. Ihr habt gewohnt hier früher.« Endlich erinnert sie sich an mich. »Ich heiße Loja«, korrigiere ich sie trocken. »Nu, das sag ich doch.« Die aus dem Laden behält recht und schickt mich mit einem durch und durch sauren Lächeln fort.

»Chedwa –«

»Weißt du, wie spät es ist?«

»Interessiert mich nicht. Es ist SOS.«

»Was ist passiert?«

»Ich habe entdeckt, daß ich ursprünglich Lea hieß, stell dir vor!«

»Lea?« Chedwa stößt jenseits des Ozeans ein helles Lachen aus. »*Welcome to the club!*«

»Aber nicht deshalb haben wir uns hier versammelt – Hör zu, nein, im Ernst!« Sie lacht immer noch. »Erinnerst du dich an die Liste, die nach dem Jom-Kippur-Krieg rumgegangen ist?«

»Mit den Gefallenen? Was hast du denn auf einmal mit denen?«

»Ja, sag mal, erinnerst du dich, ob da auch der Name Jochanan Rogel draufstand?«

»Nur du könntest dich an so verrückte Sachen erinnern, ich erinnere mich nicht an die Namen von Toten, die ich nicht vorher gekannt habe.«

»Vielleicht erinnert sich Leibo.«

»Leibo erinnert sich noch nicht mal, wie der Hund heißt, aber weißt du was, sein Cousin ist im Verein für das Gefallenengedenken oder so ähnlich, ich kann dir seine Nummer zu Hause geben – wieso ist dir das plötzlich so wichtig?«

»Weil ich ihn gestern in Tel Aviv getroffen habe – und wir haben sogar geredet.«

»Du hast dich bestimmt getäuscht.«

»Am hellichten Tag?«

»Gut. Hör zu, ich ruf ihn an. Dann ruf ich dich zurück.« Sie erspart mir Erklärungen, Verlegenheit, Aufgewühltheit.

Auf deinem Bett alte Hefte der Zeitschrift der Luftwaffe und Fotoalben. Ich blättere darin, um das Gefühl des Verrats zu mildern, keinem habe ich so vertraut wie dir, du hättest dich hören müssen, wie du über Nachum redest, hatte Chedwa gesagt und recht gehabt, dir habe ich mehr vertraut als Papa, mehr als Davidi, und schau – jetzt fühle ich mich wie nach einem Nachtflug, irgendwas stimmt nicht, aber was, der Schlaf, der Appetit, die völlige Wachheit um drei Uhr morgens, das Sodbrennen, auf diesen Fotos ist dein Haar orangegelb, und du bist dünner, als ich dich in Erinnerung habe, die Nase eher von einem Adler, und deinen Leberfleck am Ohr hatte ich ganz vergessen, jedes Foto korrigiert dich ein bißchen, beweist mir, wie sehr ich mich geirrt hätte, wenn man nicht diese Kiste mit dem Schau-mal-ein-Vögelchen-klick-ein-Foto erfunden hätte. Auch Davidi ist hier, neben dir, aber anders, nicht Blitz und Funken, sondern grau, beinahe alt, und Papa – ist das Papa? Ohne Brille kaum zu erkennen, draußen in der prallen Sonne, sein Gesicht wie ein Ei, ohne Gesichtszüge, er steht in so einem rechteckigen, hellen Ausgrabungsfeld, und zu seinen Füßen, bis zu seinen Knien, ein nicht identifizierbarer Haufen, wer hat ihn so überbelichtet fotografiert – du? Davidi? Vielleicht ich? Haben sie mir den alten Fotoapparat in die Hand gedrückt und gesagt: Du mußt nur da draufdrücken?

Kann sein. Kann durchaus sein. Ich ziehe das dünne, klebende Zellophanpapier von dem Foto, versuche, es mit der Spitze des Fingernagels von dem festen Karton zu lösen, wenn ich nicht aufpasse, wird es zerreißen, aber hier, schau, es löst sich, das Papier auf seiner Rückseite reißt etwas ein, aber man kann noch immer lesen, was dort steht – »Für Professor Kaplan und seine Tochter, eine Erinnerung an die Ausgrab« – hier ist es zerrissen, dann ein unvollständiges Datum, vielleicht 1965, und in der Ecke verwischt und kaum zu entziffern: »Giora« –

Hat Giora Papa fotografiert? Ich nehme das Foto mit ins Klebezimmer, schaffe Platz auf dem Tisch, mache darüber die KGB-Lampe an – so hast du sie genannt –, hole dein Vergrößerungsglas aus dem Flanelltuch, das Foto selbst ist überflutet von Licht und Zeit, ohne Grautöne, somit wirklich ein reines Schwarzweißfoto, ein *černobílý-Foto*, ich höre Papas Stimme bei einen seiner seltenen Ausrutscher ins Tschechische, er beinahe wie eine Totenmaske, auch vergrößert glänzt sein Gesicht ohne Gesichtszüge, ausdruckslos wie ein Steinei, und der Haufen zu seinen Füßen – Moment, Moment mal, da ist doch was, da hockt ja jemand, da umarmt jemand seine weißen Knie mit einem weißen Arm, der einen Schatten wirft, Kopf auf den Knien, und diese Albinosonne auf dem Haar – großer Gott, dieser Haufen bin ich.

»Loja?«

»Weißt du, wie spät es ist?«

»Zeit, daß bei dir der Jetlag aufhören sollte.«

»Flugmüdigkeit.«

»Was?«

»Jetlag kann man auch übersetzen.«

»Da bin ich aber froh. Jetzt hör mal zu. Jochanan Rogel – nach dem hast du mich gefragt, oder?«

»Hast du das schon raus?« Ich setze mich im Bett auf, bin hellwach.

»Ja, also, kann nicht sein, daß du ihn in Tel Aviv getroffen hast. Der ist 1973 über dem Suezkanal abgestürzt.«

»Bist du sicher?«

»Tau-send-Pro-zent. Leibos Cousin hat es recherchiert und auch im Verteidigungsministerium nachgefragt.«

»Wie erklärst du mir dann –«, ich weiß nicht, was ich denken soll.

»Mit Jetlag?«

»Ich bin schon ein paar Monate hier.«

»Und du hast noch immer nicht die Geräte geeicht«, Chedwa versucht, amüsiert zu klingen, aber ich kenne sie. Sie macht sich Sorgen. »Also, wann verkaufst du endlich das Haus und kommst zurück?«

»Nachdem sie hier im Keller den Terroristen entdeckt haben, stehen die Chancen schlecht, einen guten Preis zu bekommen.«

»Deine Ausreden heb dir für die Polizei auf.«

»Erinnere mich nicht an die – die haben mir immer noch nicht den armen Koffer von Davidi wiedergegeben!«

Gegen die Scheibe hinter meinem Rücken klopft ein Regentropfen, noch einer, und noch einer, gleich wird es richtig regnen, der Regen wird mit feinen Fingern an die Scheiben klopfen, wird die Mähne des Ficus zerwühlen, in der Regenrinne klingeln, wird das Haus mit großen Glasnadeln umgeben, wird in die Erde stechen und von den länglichen Polyäthylengewölben abprallen, unter denen sich rot-grün, rot-grün, rot-grün die Erdbeeren verstecken.

Dunkle Wolken

Das Wetter ist wunderbar. Hellblaues, durchsichtiges Licht erfrischt alles – die Eukalyptusbäume, den Asphalt, die Hibiskusbüsche – ich mache einen Dauerlauf, atme frische Luft und den Duft von Challebroten, die gerade in den Laden gebracht werden, und sehe Tikwa in der Ferne. »Was rennst du?« fragt sie und kommt näher, sie trägt einen unförmigen Korb mit Paketen in braunem Packpapier. »Rate mal, was da drin ist«, sagt sie und stellt den Korb ab, »ich war auf dem Markt in Lod, da gibt es Stoffe zum halben Preis. Ich nähe Purimkostüme, auch für die Kinder von meinem Neffen.« Ich hatte ganz vergessen, daß sie einen großen Bruder hat, den Bruder von einem anderen Vater, der in Frankreich lebt »Sie wohnen jetzt hier, in Ramat Hascharon.« »Was für Kostüme nähst du?« Wir stehen beide unter den Eukalyptusbäumen, ein Moment so wie früher. »Für die Kleine mache ich das Mädchen aus *Unsere kleine Farm* und für den Jungen eine Ninja-Schildkröte. Die Große wollte als Madonna gehen, aber da macht mein Bruder nicht mit, abgesehen davon, daß es an Purim immer regnet.« In orangefarbenen Strohröckchen von Hawaii-Mädchen, als Ballerinas und Königinnen der Nacht waren sie immer fast erfroren, nur Katzen und Cowboys hatten es warm genug, und deshalb war ich drei Jahre als Katze und dann vier Jahre als Cowboy gegangen, und danach weigerte ich mich, mich noch länger zu verkleiden – »*Yalla, bye*«, verabschiedet sich Tikwa, und ich laufe weiter, energisch gegen Osteoporose und für die Beibehaltung der Muskelmasse, seit ich fünf war und bis zu meinem zehnten Geburtstag, wollte ich unbedingt Königin Esther sein, aber von wem hätte ich mir Unterkleid und Tüllrock ausleihen können – »Loja!« ruft Tikwa mir vom anderen Ende der Straße nach, »hast du noch deine Stewardessen-Uniform?« »Ja!« Auch ich muß schreien. »Dann komme ich vielleicht vorbei, sie abholen – das ist doch viel besser als Madonna.« Die Idee, sich als Stewardess zu verkleiden, war mir noch nie gekommen, aber warum eigentlich nicht. Eine Stewardess: nie müde, nie genervt, ißt nie, tobt nie los und geht noch nicht mal auf Toilette, und wenn alle vor Angst sterben, bleibt sie unbekümmert, beruhigt alle, lächelt, im Kurs hatten sie uns mit Beispielen aus dem Leben über vorbildliches Verhalten und Ruhebewahren in schwierigen Situationen gefüttert, man hatte uns beigebracht, auf hebräisch und englisch zu sagen, bitte die Sicherheitsgurte schließen, wir haben soeben den Hilfsmotor verloren, es besteht jedoch kein Grund zur Aufregung, das Kissen bitte auf die Knie legen, und jetzt vorbeugen und die Waden festhalten, ja, in dieser Embryostellung sind wir alle viel sicherer, bitte atmen Sie tief durch, es besteht kein Grund zur Aufregung, wir haben einen sehr erfahrenen Piloten, dies sind nur Vorsichtsmaßnahmen, wir bedanken uns, daß Sie bis jetzt El Al geflogen sind –

In einer Buchhandlung in New York habe ich ein Buch von einem MacPherson mit dem Titel *Black Box* gesehen. Dieser an Flugangst leidende Mann hat die letzten Wortwechsel der Piloten mit den Flugbegleitern, dem Kontrollturm und hier und da auch einer Stewardess gesammelt – ich hatte das Buch nach langem Blättern gekauft, um es Jean-Jacques zu schicken, hatte ihm sogar »Glaub nie einer Stewardess« als Widmung hineingeschrieben, aber einen Tag später hat es mich gereut, und ich sagte mir: Da du es bist, die gegangen ist, laß ihn jetzt auch in Ruhe –

Stewardess, das ist fast so wie Krankenschwester, hatte Brenda, die fünfzehn Jahre Krankenschwester gewesen war, einmal gesagt, ich hatte protestiert, wir befanden uns in dieser Zeit in einem dauernden Seilziehen, sie sagte: Du bist mir so ähnlich, ich konterte: Überhaupt nicht, kein bißchen. – Versorgst du nicht auch andere? Servierst? Putzt hinterher? Hast Geduld? Beruhigst? Lügst manchmal, um Panik zu vermeiden? Auf all diese Fragen hatte ich mit ja, ja, ja, ja, ja, ja geantwortet, doch die Fluggäste, und damit hatte ich den abgrundtiefen Unterschied gefunden, sind gesund. Die Fluggäste, hatte Brenda gelächelt, sind eine Risikogruppe, sie können jeden Moment sterben, wie die Patienten auf der Intensivstation, sogar noch schneller. Aber ich bin in derselben Situation wie sie! entgegnete ich. Richtig, stimmte Brenda mir mit weicher Stimme zu, deshalb bist du viel mutiger als ich. Da bin ich mir nicht so sicher, hatte ich geantwortet, sich jeden Tag gesund und unversehrt vor Krankheit, Leid, Degeneration und Alter hinzustellen, das braucht so viel mehr Mut, so viel mehr Mitleid. Da irrst du dich, protestierte Brenda, wenn du Mitleid empfindest, kannst du keine Infusion mehr legen. Eine Schwester trat auf leisen Sohlen in Minales Zimmer, und gleich noch eine zweite, in weißen Kitteln, wissend, sauber und beinahe gesichtslos, ob sie gelogen haben, als sie beim Verlassen des Zimmers diesmal Schalom sagten und nicht auf Wiedersehen? Hast du gemerkt, hatte Jean-Jacques mal gesagt und seine Lesebrille abgenommen, daß der Mörder oft ein Briefträger, Türsteher, Liftjunge oder ein Mönch ist. Ein Mönch? Das wunderte mich nun doch, Mönche hatten sein Leben gerettet. Jemand in Uniform, sagte er und weitete das Spektrum aus, ein Arzt, eine Krankenschwester, ein Schaffner, ein Polizist. Was hat das mit Mord zu tun? Ich verstand es nicht. In Uniform bist du nicht du selbst, erklärte er. Ich verstand den Zusammenhang immer noch nicht. Menschen morden, um aus der Reihe herauszutreten und zu sagen: *Je suis!* Er schlug mit der flachen Hand auf den Tisch. Und das geht nicht auch anders? fragte ich ärgerlich, wußte schon, worauf er rauswollte. Doch, sagte er, schlug das Buch auf und sprach, als lese er daraus vor: Indem man auf die Uniform verzichtet –

Als ich ein Kind war, kam der Zug der Zeit an Feiertagen zum Halten. Vielleicht, weil wir nicht in die Schule mußten, und vielleicht auch, weil Papa an den meisten Feiertagen da war und wir – ja, was haben wir gemacht? Wir sind losgefahren, um unter der Erde Geschichte zu entdecken, um uns auf Schwimmringen auf dem See Genezareth treiben zu lassen, oder wir blieben zu Hause und aßen an einem Tisch mit weißer Decke anderes Essen als sonst – seit ich mich beschwert hatte, daß es nur bei uns keinen Feiertag gab, doch es hatte eine Weile gebraucht, bis Papa sich dem gefügt hatte, er meinte zuerst, das sei nicht nötig, und es sei doch schade um die Zeit, um das Geld und den Aufwand, außerdem haßte er Zeremonien jeglicher Art, wenn Schlomimama uns einlud, saß er immer auf der äußersten Stuhlkante und wartete, wann das Essen mit gehackter Leber, Hühnersuppe und Kompott endlich vorbei sein würde, immer wieder schlug er vor, daß wir erst nach dem Essen hingehen sollten, zu Wassermelone oder Orangen, aber Chassia ließ nicht locker, das Mädchen sei so bleich, und Papa, der ihr nicht den Blutdruck hochtreiben wollte, warf mir einen Blick von Was-kann-ich-machen zu. Einmal hat er versucht, mich vor seinen Karren zu spannen und behauptet, du ißt ja eh nicht gern bei Chassia, doch, doch, überraschte ich ihn, aber du ißt da fast gar nichts, sitzt nur da und schiebst das Essen von einer Backe in die andere, aber da ist es festlich, hatte ich ihm erklärt, seine schütteren Augenbrauen hoben sich über dem Brillenrand, auch wir können es uns zu Hause festlich machen, versprach er. Mit weißem Tischtuch, Challa und Malzbier, das waren meine Bedingungen, Papa hatte sich dem gefügt, und seitdem gab es an jedem Fest und jeden Freitagabend ein weißes Tischtuch, Challa und Malzbier und sogar Hühnersuppe aus einem Suppenwürfel und Backerbsen aus der Tüte, bis die Treffen des Untergrunds und Klassenfeste diese Stunden beanspruchten und ich eine dicke Scheibe Challa auf den Weg mitnahm und Papa mit der Lektüre eines dicken historischen Schmökers am Tisch mit der weißen Decke zurückließ – an den Feiertagen kam der Zug der Zeit zum Halten. An Purim zum Beispiel. Im Galanteriewarenladen von Macht-daß-ihr-wegkommt-Herschkowitz, der die Kinder verjagte und den Müttern Knöpfe, Faden und Nylonstrümpfe verkaufte, während seine Frau Anleitung zum Stricken gab, in seinem Galanteriewarenladen gab es vor Purim Juteindianer, Estherköniginnen aus weißem Satin und schwarze Augenmasken für Piraten oder Mosche Dajans, silbrige Plastikschwerter, Königszepter aus vergoldetem Plastik und Königsmäntel aus roter Futterseide, und was gibt es jetzt? Hier, im neuen Zentrum, bei »Damendessous Brigitte«, Häschenstrampler für Babys, an der Konditorei auf einem weißen Karton »Täglich frische Hamantaschen« und in kleineren Buchstaben »mit Mohn, Nüssen, Marmelade«, in der Luft, das hatten Chedwa und ich beide erlebt, verliert man das Gefühl von Was-schon-wieder-Chanukka? oder Schon-Pessach? Nach zwei Jahren gibt es weder Tag noch Nacht, weder Frühling noch Herbst, weder Werk- noch Feiertag, und nach drei Jahren über der Erde ist das einzige Fest, das nicht verschwimmt *Christmas*: einen Monat lang Geschäfte in Knallrot und Lebendgrün, Bäume, die Lichtfrüchte tragen, Hirsche und Schnee, Doppelgänger dieses Großvaters mit der roten Zipfelmütze und eingewickelte Geschenke mit Krakenarmen von Geschenkband –

Tikwa kommt, die Stewardessen-Uniform abholen. »Ich weiß nicht, ob ihr das paßt«, sie mißt mich mit den Augen, breitet die Kostümjacke auf dem Tisch aus. »Sie ist schon ziemlich entwickelt.« Ohne Geburten und ohne Stillen, sie hat den Busen einer Dreizehnjährigen, so hatte Eliots Mutter über mich geredet, als stünde ich nicht dabei oder als verstünde ich kein Englisch. »Sehnst du dich nicht nach der Arbeit?« fragt Tikwa, als sie das Kostüm zusammenlegt. »Gar nicht«, gebe ich gerne zu, und sie nickt. »Zum Schluß wird einem alles über«, sie geht zur Tür, »und was ist mit dem?« »Mit wem?« Sie macht sich noch immer Sorgen, daß ich mich nicht verkuppeln lasse und daß ich so gar nichts in dieser Richtung unternehme. »Mit dem, der dich vor dem Terroristen gerettet hat. Ich habe sein Bild in der Zeitung gesehen.« »Was soll mit ihm sein?« Wir sind draußen. Ein wunderbarer Tag. Der Himmel klingelt vor Licht – doch plötzlich kommt sehr schnell ein böser Donner angerollt, der alles ohrenbetäubend überflutet, sich dann wieder entfernt und fassungslose Luft, zitternde Scheiben und ein langanhaltendes Echo zurückläßt, so als fiele es der Stille schwer, sich zu erholen. Und dann ist der Himmel wieder sauber, so durchsichtig, daß es blendet, und das Licht füllt ihn wie Champagner. »Kobi hat wegen denen eine Beschwerde ans Verteidigungsministerium geschrieben«, Tikwa geht den Weg entlang, und ich folge ihr, sie bleibt unter den Palmen stehen und schaut auf die bunten Tupfen, die Arbeiterinnen, die in den Erdbeeren arbeiten. »Jetzt nimmt er nur noch Frauen«, stellt sie fest, winkt, und Amitai kommt näher, »na, komm schon, bring ein Kästchen rüber«, ruft sie ihm zu. »Deine Freundin?« Er schaut mich an, ich nicke, und er macht eine Na-gut-Handbewegung, geht zu der kleinen Überdachung am Rand des Grundstücks, unter der schon seit zwei Wochen durchsichtige Schälchen pfundweise mit Erdbeeren gefüllt werden. »Netter Kerl«, stellt Tikwa fest, und in diesem Moment schaue ich nach oben und sehe sie wieder: Sie blitzen wie Metallstückchen über dem Grundstück und dem Orangenhain auf und sind wieder verschwunden, und erst danach kommt der Krach, überfällt dich, daß du kaum atmen, kaum denken kannst, und schon sind sie weg, aber der Krach ist noch da, ein zorniges Grollen von Metall, das man gezwungen hat, Flugzeug zu sein, 1,2 Mach, auch Metalle nutzen sich ab, hatte Nachum in jener Nacht gesagt, wie Steine im Wasser, wie Menschen im Lauf der Zeit, und der Krach ist noch da, schon schwächer, aber noch da, und an den Rändern der Stille das Echo eines Echos eines Echos –

Ich gehe zurück in Nachums Zimmer, zu der stummen Flugzeugstaffel, stelle fest, daß der Wind, der ins Zimmer gedrungen ist, seit ich hier schlafe, das Mobile etwas verändert hat, die Sikorsky schwebt über meinem Haar wie eine riesige Heuschrecke, die Tupolew gerät ins Schlingern – auf dem Radarschirm sahen sie alle wie glänzende Holzspäne aus, und man sah die angekündigten Wunder der Freund-Feind-Kennung, die man uns versprochen hatte, um zu erkennen, welches glänzende Blinken im Radarbild von uns und welches von unseren Feinden ist, das ist der Schalter, erklärt man uns, wann ist es einsatzbereit, bald, sagt man uns, und wer kann bis dahin zwischen Freund und Feind unterscheiden? Vielleicht die Vögel, aber auch die merken es zu spät, das heißt, die merken es dann schon nicht mehr –

In deinem Bettkasten Dutzende von Postern, aufgerollt wie Schriftrollen – wie hatte dein Vater sie genannt? Wandrollen. Ich breite auf dem Bett eine beinahe lebensgroße Pilotenkabine aus, mit allen Uhren, Armaturen, Schaltern, danach eine Luftaufnahme, das Land ist aus der Luft ein braun-gelber Flickenteppich mit violetten Schatten zwischen gezackten Basaltbergen, wie der Rücken oder das Maul eines Drachen. Die Gegend von Sodom im Mittagslicht, man kann die salzige Hitze spüren, Dämpfe von Licht und Salz einatmen, kann sehen, wie fleißig hier Wind und Zeit die Steine geformt haben, wenn es einen Gott gibt, dann ist das seine Perspektive, von wem stammt denn das? Von Zwika, Zwika Sa'ar, der zusammen mit dir zu meinem Stützpunkt kam, um mich wegen der Störche anzumachen. Darf ich vorstellen, Obergefreite Loja Kaplan, die Leiterin der vierten Schicht, hattest du gesagt. Deine Schwester, stellte Zwika fest, er fragte noch nicht einmal, wir lächelten beide, in den Augen hiesiger braungebrannter Schwarzhaariger sahen wir, die blonden Seifenstücke, alle gleich aus. Zwika schaute mich an, dann dich, wieder mich, und sagte schließlich, du bist es also, die uns wegen der Störche aufscheucht, und ich war beleidigt und bestand darauf, ihn in den Radarwagen mitzunehmen und ihm auf dem Radarschirm zu zeigen, wie leicht man sich da täuschen konnte. Diese Störche, sagte er, nachdem er eine halbe Stunde über die Schulter der Soldatin auf den runden Bildschirm gestarrt hatte, die da, die haben uns mehr Flugzeuge runtergeholt als die Syrer. Dann geh dich beschweren, sagte ich trocken. Bei wem? Er stand auf, lokkerte die Beine, verließ den summenden, dunklen Radarwagen und trat hinaus in den blendenden Tag, warf einen Blick auf die plumpe, sich drehende Antenne und schimpfte: Als ob es nicht schon reicht, daß wir hier ein Land haben, in dem man keine Runde fliegen kann, ohne ein bißchen bei den Nachbarn anzukratzen, da haben sie uns auch noch den See Genezareth mitten reingesetzt. – Was ist so schlimm am See Genezareth? Ich wußte es noch nicht. – Da liegt eine ganze Staffel unter Wasser. – Eine ganze Staffel? – Und außerdem, Vögel-aller-Länder-vereinigt-euch, ist der Himmel in jeder

Jahreszeit voll mit neuen Verrückten. Wir waren schon auf dem Weg zum Speisesaal. – Erinnerst du dich an die Geschichte von Ikarus? – Ich werde mich an sie erinnern, wenn ich in die Nähe der Sonne komme, sagte Zwika und ersparte mir die Fortsetzung –

Einmal kamen wir vom Purimumzug zurück und sahen an den Eukalyptusbäumen die Todesanzeigen von Schmuliks Großvater.

Tot sein heißt nicht atmen, sagte Arlosora.

Und man fühlt nichts. Sogar, wenn man dir was abschneidet, sagte Josefa.

Tote sehen nichts, sagte Bilu.

Tote hören nichts, sagte ich, denn was blieb sonst noch übrig. Alle starrten mich an, als hätte ich was Falsches gesagt. Aber ich war mir sicher, daß sie nichts hören, auch nicht, wenn man weint, wenn man sie ganz laut ruft. Tote erinnern sich auch nicht, machte ich im Brustton der Überzeugung weiter, und man kann sie um nichts mehr bitten.

Man begräbt sie in der Erde, sagte Minale.

Aber ihre Seele ist nicht im Grab, ihre Seele stirbt nicht, sagte Adriana.

Wo ist sie dann? fragte Elchanan.

In der Luft, sagte Ora.

In der Luft?! Elchanan lachte – er war Kapitän Cook mit einem Hemd aus orangefarbenem Satin, schwarzer Weste, Augenklappe, Ohrring und einem Haken am Ende seines linken Armes. Schaut mal! rief er und zeigte mit dem Haken in die Luft, hier fliegt Schmuliks Opa vorbei!

Nicht in dieser Luft! Tikwa, als schwarzhaarige Holländerin, nahm ihren ganzen Mut zusammen, um Ora zu widersprechen. In dieser Sache wußte sie besser Bescheid als die

Klassenbeste. Sie war schließlich ein Diplom-Waisenkind. Tote fahren auf in den Himmel –

Tikwa hat recht behalten, zwei Tage vor Purim ist es mit dem wunderbaren Wetter vorbei. Sie ruft mich an, fragt, ob sie die Stewardessen-Uniform oben rum etwas weiter machen dürfe, und ich erlaube es ihr. »Du kannst sie behalten«, sage ich. »Willst du sie nicht als Andenken?« – »Wozu?« – Und nach einem Moment, wo sie mit jemandem in Hintergrund redet, kommt sie zurück. »Weißt du, wer bei mir ist? Arlosora ist grade hier, sie sieht spitze aus! Komm doch vorbei, schau sie dir an.«

Und schon bin ich unterwegs.

Arlosora hatte als erste geheiratet und inzwischen bereits drei Enkel. Auch ihre Schwestern hatten jung geheiratet, das wußte ich von Minale, die mich im Krankenhaus auf den neuesten Stand gebracht hatte, stimmt, die hatten Namen, die uns schon damals merkwürdig vorkamen – Balfourit, die wir alle Blufferin nannten, und Ordit, nach Orde Wingate. Ihren eigenen Kindern hat Arlosora dann aber normalere Namen gegeben, erzählt Minale, nur ihre Erstgeborene, die hat sie Moschit genannt, nach ihrem Vater Mosche, der mit dem Gesicht in der Ikra gestorben war. Seit sie weggezogen sind, sieht man sie gar nicht mehr, beklagt sich Ora, man könnte meinen, Ramot Savyon liege am hintersten Ende von Galiläa. Aber trotzdem, sagt Minale lächelnd, wir telefonieren zweimal die Woche, und glaubt mir, sie berichtet mir haarklein, was in der Siedlung alles passiert. Wir drei lachen. Ein weißer Kittel mit einer Schwester drin tritt ein. Schön, daß hier so gute Stimmung ist, erzählt mir den Witz, ich möchte auch ein bißchen lachen, sagt sie, und Ora erklärt: Wir haben uns nur an eine gemeinsame Freundin erinnert. Die Schwester überprüft die Infusion und sagt zu Minale:

Schön, wenn man gute Freundinnen hat, und Minale nickt traurig, sie weiß genau, daß keine gute Freundin in der Lage ist oder bereit dazu wäre, ihr ihre Last auch nur für eine Stunde abzunehmen, noch nicht einmal für fünf Minuten, Krebs ist kein schwerer Rucksack auf einem Klassenausflug –

Arlosora hat immer gewußt, wer nicht kam, weil er wirklich krank war, wer einen Onkel aus Amerika zu Besuch hatte, wessen Eltern sich scheiden lassen würden, daß Schoschanamama nicht zum Elternabend kommen konnte, weil man sie eingewiesen hatte, und sie wußte auch, daß eingewiesen bedeutete: in der Irrenanstalt, sie wußte, daß Bilus Vater ein Funktionär war und Nitza aus der 3b ein Adoptivkind, daß Chesis Cousin in Ramle im Gefängnis saß und daß alle in der Regierung korrupt waren, bei ihr zu Hause schaltete man nicht auf Jiddisch um, wenn man über solche Dinge sprach, und man schickte die Kinder auch nicht zum Spielen nach draußen, *Ein Kind kommt zur Welt* stand bei ihnen in dem Bücherregal direkt neben der Eingangstür, zwischen *Kennst du das Land* und dem *Buch der Palmach* –

»Was höre ich über dich!« ruft Arlosora ohne Brille mit einer kleingeringelten Dauerwelle im feuerfarbenen Haar. »Du hast was mit dem, der dich vor dem Terroristen gerettet hat?«

»Arlosora kommt in die Siedlung zurück. Sie wird Sekretärin der Stadtverwaltung«, sagt Tikwa, bringt bernsteinfarbenen Tee und mit Puderzucker bestreutes Ma'amoulgebäck.

»Das muß ja eine Heidenangst sein, heute in einem Haus am Rand des Orangenhains zu wohnen«, Arlosora nimmt einen Ma'amoul-Keks, bereut es, legt ihn zurück. »Waren die von der Stadtverwaltung schon bei dir?«

»Wer soll bei mir gewesen sein?«

»Jemand von der Bauaufsicht und – gut, ich werde dem

nachgehen. Ich bin jetzt dabei, mich einzuarbeiten. Du weißt, daß dieses Haus eigentlich an die Gemeinde fallen sollte.« Sie nimmt jetzt doch einen Keks, beißt vorsichtig ein Stückchen ab, Puderzucker hängt an ihren Lippen. »Ich habe mir die Unterlagen angeschaut. 1985 hat er sich verpflichtet, das Haus der Gemeinde zu vermachen, unter der Bedingung, daß sie es renovieren und dort eine Gedenkstätte für die Partisanen in den Wäldern einrichten.«

»Josefas Mann hatte schon Pläne dafür eingereicht«, fügt Tikwa hinzu.

»Aber die lassen sich doch scheiden«, ich komme durcheinander.

Tikwa und Arlosora reden über Darlehen, Parzellierung, Baugenehmigungen, Abrißbescheide, Zinsen, Prozente, Bauaufsicht und Intrigen, und ich denke an dich, was hat dich wirklich dazu gebracht, deine Entscheidung zu ändern, was zu der Überlegung, mich zu zwingen, hierher zurückzukommen – und sei es nur, um einige Papiere zu unterzeichnen und zu entscheiden, was ich mit dem mache, was in der Pyxis ist – Betzer hatte das Testament an einen Referendar weitergegeben, er hatte keine Lust mehr, sich um dieses verrückte Testament zu kümmern, die meisten Testamente seien vorhersehbar, hatte er mir auf der Fahrt vom Flughafen hierher erzählt, eine Hälfte für Dani, die andere für Dana oder alles für die Witwe, ab und zu gebe es einen Verrückten, der alles dem Staat oder dem Tierschutzverein vererbt, es gibt so Leute, die da ihre Abrechnung mit der Welt machen, ein Reicher hat alles seiner Putzfrau vererbt und seine drei Söhne wie begossene Pudel stehenlassen, eine Frau hat alles, was sie hatte, ihren beiden Perserkatzen vermacht, aber in der Regel bewegen sich die Leute im Rahmen des Annehmbaren. Die Frage ist, was Im-Rahmen-des-Annehmbaren bedeutet, hatte ich mir überlegt, sogar wenn einer die Hälfte seiner angetrauten Frau und die andere Hälfte seiner Geliebten vermacht, ist das in seinen Augen annehmbar –

»Eigentlich waren sie ja beide mit derselben Frau verheiratet –«

»Wer?« horche ich auf, über wen reden sie da?

»Na, wer wohl«, Arlosora holt eine Zigarette heraus, doch Tikwa hält sie zurück, Kobi haßt es, wenn in der Wohnung geraucht wird. »Was schaust du mich so an, Loja?«

»Weil das genauso ist wie deine Geschichten über Schoschanamama –«

»Welche Schoschana? Silberschlag? Die, die in Beer Jakov eingeliefert war?«

»Sie ist da zur Dialyse hingefahren«, sage ich, froh, daß ich Dinge zurechtrücken kann. Wenn auch erst nach einem Vierteljahrhundert –

»Vielleicht hat man sie ja von Beer Jakov, von der Psychiatrie, zur Dialyse gefahren«, unter ihrer roten Dauerwelle dreht Arlosora die Dinge immer noch so, daß sie zum Schluß recht behält, und wenn nicht ganz, dann wenigstens ein bißchen.

»Erzähl mir nicht, daß du das nicht weißt.« Sie kommt wieder auf mich zurück, als sei ich nur deshalb hierher zurückgekommen, um mit dem Nagel des bösen Fingers den Rand des Schorfs anzuheben, um nachzuschauen, was darunter ist, Blut oder Haut –

Im Spiegel an deiner Kleiderschranktür: ich, nicht zu glauben, ungeschminkt, in Naturfarben, ungekämmt, verwahrlost, gebe mir mit einem Schlag keine Mühe mehr, das bin ich, pur, nicht mehr, um-zu-gefallen, noch nicht einmal mir selbst. Ich hole das Federbett aus dem obersten Fach, das ist es, was ich tun will: mich in diese Decke einrollen und schlafen –

Er hat eine Tochter in deinem Alter, Papa sitzt auf der Bettkante, spricht leise. Ich bin noch schläfrig, ich brauche meine Zeit, um wach zu werden. Auf dem Stuhl wartet schon Schlomis Cowboykostüm. Es ist besonders gelungen, Seinemama hat es ihm genäht. Müssen wir da hin? Ich versuche zu kneifen. Da kann man nicht verkleidet hingehen. Papa nimmt die Brille ab, betrachtet sie aus der Ferne, nickt. Auch ich nicht? Du bist schon groß, Papa setzt die Brille wieder auf, schaut mich an. Wie alt war ich damals? Elf. Er hat eine Tochter in deinem Alter, sagt Papa, und die ist jetzt Waise. Auch ich bin Waise, sage ich, setze mich im Bett auf, schlinge über der Decke die Arme um meine Knie. Papa schaut mich an, sagt kein Wort. Warum bist du traurig? frage ich. Papa schweigt. Er war doch nicht von uns, aus der Familie? Ich erschrecke plötzlich. Vater schüttelt den Kopf. Aber heute ist Purim, quengele ich. Loja! Papa steht auf. Sein Ton macht klar, daß jeder Widerspruch sinnlos ist. Das Kostüm schaut mich vom Stuhl aus an: blaue Hose mit Lederflicken auf den Knien, ein kariertes Hemd, ein Westchen aus Wildleder, sogar ein kleines Halstuch. Und ein schwarzer Hut aus Karton. Und ein Gürtel mit Pistolenhalfter. Und die Pistole wie echt. Eine Korkenpistole. Dann wenigstens die Pistole, möchte ich ihn bitten, aber Papa ist schon aus dem Zimmer. Ich beschließe, die Pistole zwischen Hose und Unterhose zu stecken, unter den Pulli. Wir fahren nach Tel Aviv: Ein Bus, wir steigen aus, warten, noch ein Bus. Was ist mit Davidi? frage ich Papa. Der kann nicht kommen, flüstert Papa, wirft einen Blick auf die anderen Fahrgäste, als habe er soeben ein militärisches Geheimnis verraten. Wir steigen aus und gehen zu Fuß weiter. Verkleidete Kinder – Holländerinnen, Spanierinnen, Clowns, Soldaten, Araber, einer geht als Anzeigentafel, Estherköniginnen – sie gehen in kleinen Grüppchen oder Hand in Hand mit ihren Müttern, die Straßen sind für den

Kostümumzug festlich geschmückt, und ich gehe neben Papa her, spüre einen kleinen fröhlichen Purimschmetterling in der Gegend meiner Pistole unter dem Pulli, und danach bleiben wir noch zum Umzug, sage ich und ziehe an seiner Hand, mal sehen, sagt Papa, er ist so angespannt, daß ich noch einmal nachfrage, der ist doch nicht von unserer Familie? Nein. Wir nähern uns einer Ansammlung von Menschen, und Papa hält meine Hand, damit ich ihm nicht verlorengehe, wie heißt er denn, frage ich mißtrauisch, irgendwas läßt mir keine Ruhe. Kasztner, Israel Kasztner, sagt Papa, er versucht, sich einen Weg zu bahnen. Der, über den ihr euch die ganze Zeit gestritten habt? Ich staune, denn in den lauten Diskussionen ging es sonst immer um Leute, die schon seit Jahrtausenden tot waren, und nun plötzlich das. Wie ist er gestorben? will ich wissen, obwohl ich von Papa nur noch einen mich hinterherziehenden Arm, eine Schulter und einen halben Rücken sehe. War er alt? Ich bestehe darauf, daß Papa stehenbleibt, daß er sich zu mir umschaut, die Leute bemerken uns, jemand über mir macht, schschsch, Kind, sei still, und eine Frau weint, sie haben ihn ermordet, ermordet haben sie ihn! Ermordet? Papa wird von anderen Menschen blockiert, bewegt sich nicht weiter, die Menge vor mir, hinter mir und zu meinen Seiten reckt still lauschend die Köpfe in eine Richtung, die Frau, die gesagt hat, Sie-haben-ihn-ermordet, weint leise in ihr Taschentuch, sie hat eine blaue Nummer auf dem Arm, aber die mit der Nummer, das weiß ich aus der Siedlung, die sagen zu fast jedem Mörder oder Nazi. Die Leute setzen sich in Bewegung, wir auch, aber plötzlich bleiben sie stehen, was ist passiert, was ist passiert, der Wagen der Beerdigungsbruderschaft hat einen Platten, es klingt wie ein Säuseln, noch nicht mal anständig beerdigen kann man ihn, und wieder gehen wir weiter, wo haben sie den Sarg reingetan, in einen Bus, in was für einen Bus, in den von denen, die den Toten begleiten, und wieder bleiben alle stehen, wieder stehen wir zwischen Leuten, die der Rede von jemandem lauschen, der weit weg steht, einige weinen. War er ein wichtiger Mann? frage ich, ziehe Papa am Arm und ernte ein wütendes Schschsch und bin beleidigt. Ich beschließe, mich auf die Zeiger der Uhr an Papas Handgelenk zu konzentrieren: Der Purimumzug beginnt in eineinviertel Stunden. In einer Stunde und fünf Minuten, in einer Stunde, in fünfzig Minuten, vierzig Minuten, einer halben Stunde, das schaffen wir noch, das schaffen wir noch, die Menge löst sich langsam auf, zerstreut sich, auch wir kehren um, die Straßen sind voller Kinder, Purimrasseln, Mütter, Masken. Schau mal, ich ziehe Papa an der Hand, er schlurft langsam, er ist fassungslos. Pa-pa! Ich schüttele fest seinen Arm, er schaut mich an. Schau mal! Ich ziehe die Pistole unter dem Pulli hervor, ich auch, genau wie die andern, ein Mädchen mit einem der Eltern auf dem Purimumzug, ein Glück, daß diese Beerdigung war, sonst wären wir jetzt nicht hier, schau mal, rufe ich, fuchtele mit der Pistole, schieße in die Luft, Papa zuckt zusammen wie getroffen, reißt mir mit einer plötzlichen, harten Bewegung die Pistole aus der Hand und wirft sie in die nächste Mülltonne – weil ich ihn betrogen habe, da war ich mir sicher, ich schlucke die Tränen runter, beiße die Zähne zusammen, was denn, habe ich denn kein Recht auf Purim, auch ich bin ein Waisenkind. Ich stecke die Hände in die Taschen, für die Pistole habe ich mein ganzes Chanukkageld ausgegeben, die hätte er nicht wegwerfen dürfen, ich rede nie mehr mit ihm, bis er sich nicht entschuldigt, kein Wort rede ich mehr mit ihm, um uns herum wird gefeiert, Katzen beißen in rotglasierte Äpfel, kleine Soldaten sperren das Maul vor der Zuckerwatte auf, Mamas zücken Taschentücher, befeuchten sie mit Spucke, putzen die Mundwinkel ihrer Kinder, schon sieht man niemanden mehr von dieser Beerdigung, nur Papa und ich bahnen uns einen Weg durch die Menge, die uns zum Purimumzug entgegenströmt, wenn er so wütend ist wie ich, dann werden wir nie mehr im Leben ein Wort miteinander reden –

Wie wurde diese ganze Geschichte in ein schwarzes Loch gesaugt, weggewischt, als sei sie nie gewesen. Ich bin in deinem Zimmer, auf deinem Bett, über mir Flugzeuge aus Balsaholz und angemaltem Karton, auch wenn du leben würdest, könntest du mir nicht genau erzählen, was dort passiert war, diese Geschichte hat sich nur auf unserer Seite abgespielt – aber vielleicht weiß Oramama etwas, schließlich erscheint sie zu allen wichtigen Beerdigungen, ich stehe auf, ziehe mich an, kämme mich, schminke mich ein bißchen, Ora hat Ferien, ich rufe nicht an, um mich anzukündigen, was haben wir gemacht, als noch nicht jeder ein Telefon hatte, wir sind losgegangen, haben die Schuhe auf der Fußmatte am Eingang abgeputzt, an der Tür geklingelt und gewartet, daß einer aufmacht. Oras Tor steht offen, noch zehn Schritte, dann stehe ich vor der Haustür. Hinter der Tür wütende Stimmen, Mottik und das Radio in einem lautstarken Duett – ich klingele, erzeuge auf einen Schlag hinter der Tür Stille, nur noch das Radio, sehr laut, klingt aufgeregt und doch dumpf, aus dem gesendeten Chaos kann ich kein Wort verstehen, mach schon aus, schalt es aus! Ist das Oras Stimme, schwer zu sagen von hinter der Tür, und die wird plötzlich aufgerissen: Ora, ihr Gesicht kreidebleich – ein Gesicht von Unglück –

»Was ist passiert?«

Im Hintergrund Vered, Udi, Mottik.

»Hast du keine Nachrichten gehört?«

»Nein.«

Ich trete ungebeten ein, da keiner mich reinbittet.

»Ein Massaker!« Ora zündet sich eine Zigarette an, mitten am Tag, mitten im Wohnzimmer, ihre Hände zittern.

»Was?!« Ich beobachte sie, Vered, Udi, Mottik sitzen schockiert auf dem Sofa. Ora geht durchs Wohnzimmer, macht das Fenster auf, streut die Asche nach draußen. – »Wo?« – »Na, wo schon«, sagt Udi in Uniform bitter, »in Hebron!«

»Wie viele Juden haben sie diesmal umgebracht?« frage ich, denke an dich.

»Nicht Juden – Araber!« Vered steht auf, geht zum Fernseher, schaltet ein, Krach und Schneeflocken auf schwarzem Hintergrund. »*Shit!*«

»So ein Maniak von den Siedlern hat seine M16 genommen und die Betenden in der Höhle Machpela niedergemäht«, sagt Udi, steht auf, lockert die Beine, »mein freies Wochenende kann ich vergessen. Die rufen bestimmt gleich an.«

»Betende Muslime?« Ich kann es nicht glauben.

Ora nickt.

»Wie viele Tote?«

»Weiß man noch nicht genau.« Mottik geht zum Fernseher, schaltet ihn aus, macht das Radio an – vierundsiebzig nach Angaben der Muslime, sagt der Nachrichtensprecher, etwa vierzig nach Angaben der Armee –

Das Radio, das Telefon. Udi: »Das ist das Militär, ich wußte es!« Mottik: »Ich bringe dich zur Bahn.« Ora: »Ich werde wahnsinnig. Ich werde wahnsinnig. Ich werde wahnsinnig.« Vered: »Warum wirst du wahnsinnig, das war doch zu erwarten!« Plötzlich steht auch Oramama mitten im Wohnzimmer. »Ich bin herübergekommen, um euch zu sagen, daß ihr das Radio anschaltet, aber ich sehe, das war nicht nötig.«

»Hört ihr das etwa?!« schimpft Ora. Warum? »Loja, verzeih, aber –«, sie ist schon auf dem Weg nach drüben, »tut mir leid, komm lieber heute abend«, sie begleitet mich hinaus.

»Ist schon okay, ich wollte nur kurz vorbeischauen.«

»Loja, komm heute abend. Und bleib über Nacht bei uns. Bleib jetzt nicht allein in dem Haus – jetzt muß ich rüber, nachsehen, wie es meinem Vater geht und meiner Mutter.«

»Ich bin nur kurz vorbeigekommen, um sie zu fragen, ob sie auf Kasztners Beerdigung gewesen ist.«

»Was?!« Ora packt mich fest am Handgelenk. Genau wie ihre Mutter vor vierzig Jahren. »Daß du es nicht wagst, seinen Namen auszusprechen«, sagt sie im Hebräisch ihrer Mutter, fixiert mich mit deren Augen, »nicht in ihrer Gegenwart, das mußt du mir versprechen!«

»Großes Indianerehrenwort«, sage ich, versuche, ihr ein Lächeln zu entlocken und löse immerhin ein Zittern aus.

»Und komm heute abend. Komm zum Übernachten. Wer weiß, was jetzt noch alles passiert –«

Ich gehe zurück, treffe Amitai vor der Tür.

»Ha, da bist du ja!« Aus dem Transistorradio unter der Überdachung dröhnen Stimmen. Das Grundstück liegt verlassen da, die Arbeiterinnen sind allesamt auf und davon – Amitai reibt sich die Hände. »Na, hilfst du mir, Erdbeeren pflücken?«

»Ich?!«

»Warum nicht. Das ist keine große Kunst, Massaker hin oder her, wenn wir die nicht pflücken, kann ich sie alle auf den Mist schmeißen«, er wendet sich zu seinem Grundstück, »los, zieh dir was Bequemeres zum Arbeiten an, schau, was für ein wunderschöner Tag das ist, verdammt!«

Fünf Stunden lang hocke ich wie ein Frosch da, ertaste zwischen den Blättern, welche Beeren schon erntereif sind und welche noch warten können, und Amitais Transistorradio ergießt die Stimmen aufs Feld, nicht alles kann ich verstehen. Der Empfang ist schlecht, der Wind verweht Teile des Gesagten, ich entferne mich immer mehr in Richtung Orangenhain – aber was ich mitbekomme, klingt entsetzlich – und nicht weniger entsetzlich als das Massaker ist das Jubeln: Auf das Leben laßt uns trinken, fröhliches Purim, liebe Juden, Licht und Freude –

Abends bin ich wieder bei Ora, verhindere damit, daß Amitai mit seiner Pistole bei mir im Wohnzimmer auf dem Sofa übernachtet, hat mir der eine Terrorist nicht gereicht? Ora öffnet und umarmt mich, als sei ich zu einem Trauerbesuch gekommen. Mottik sitzt im Wohnzimmer, klebt an den Nachrichten, nickt kaum zur Begrüßung. Ich setze mich zu ihnen, um zu sehen, was man im Fernsehen zeigt, das endlich repariert wurde, der Techniker ist am Nachmittag gekommen, wir dachten schon, der würde nicht mehr kommen, weißt du, ein Araber aus Jaffa. Nach fünf Minuten ist mir übel. Ich halte das nicht aus. Die Nachrichten fallen mit Messern über mich her. Man kann es nicht glauben, aber man kann es auch nicht nicht glauben. »Ich begreife es einfach nicht«, flüstert Ora, das Gesicht in den Händen versteckt, »und dazu noch ein Arzt.« »Doktor Baruch Goldstein«, sagt Mottik, steht auf, schaut um sich und sagt: »Soll einer verstehen, was so einem durch den Kopf geht!«

»Scha-lom *every-body*!« Jinon kommt fröhlich rein, dribbelt seinen Ball, »was sitzt ihr hier rum, als wär jemand gestorben?« Er dribbelt, dreht sich um sich selbst. »Endlich hat denen mal einer mal so richtig eine reingehauen«, er hält lächelnd inne, wartet, wie wir reagieren. »Jinon!« Ora schimpft ihn, wie einen Schüler, der mit Kreide nach ihr geworfen hat. »Kahane lebt!« ruft er, macht das Victory-Zeichen, sein Lächeln wird immer breiter. »Schalom, Ilil, schalom, Papa, es lebe Baruch Goldstein!« »Jinon!« Ora steht auf, geht zu ihm hin, gleich wird sie sagen: Jetzt gehst du sofort zum Schulleiter. »Jinon«, der Junge äfft sie nach, weicht etwas zurück, läßt den Ball von einer Hand in die andere gleiten, sprudelt wie Soda. »Morgen«, provoziert er, »morgen gehe ich zu Ilus und lasse mir eine Glatze machen.« »Du wirst es nicht wagen!« Ora wird lauter. »Das ist ja keine Demokratie«, Jinon lächelt mich an, als seien wir Verbündete. »Die«, sagt er und schüttelt seine Lockenpracht in Richtung der Eltern, »die sind scheißliberal bis zu dem Moment, wo ich ihnen meine Meinung sage ... daß ich für Kahane bin!« Er fordert sie heraus, vertraut anscheinend darauf, daß ihm in meiner Gegenwart nichts passieren kann – was können sie ihm schon tun. In dem Moment kommt Oras Vater herein. »Baruch Goldstein«, sagt er verwirrt und tastet in der Luft, als habe er gehofft oder gefürchtet, hier im Wohnzimmer den Mann zu treffen, der diesen Namen trägt. »Papa, Papa, setz dich«, Ora eilt auf ihn zu, führt ihn zum Schaukelstuhl, »Mottik, bring ihm ein Glas Wasser!« Mottik eilt in die Küche. »Jinon, geh nachschauen, was mit Oma ist!« »Komm, komm«, Oras Vater gibt Jinon ein Zeichen, »setz dich zu mir, *jingele*. Weißt du, wer das ist, der Baruch Goldstein?« Jinon gefällt das, er dribbelt den Ball in Richtung seines Großvaters, legt ihm den Ball zu Füßen, setzt sich darauf. »Baruch Goldstein ist ein Held«, sagt er. Mottik kommt mit dem Wasser. Oras Vater trinkt. Seine Hand zittert sehr. Vor Aufregung? Parkinson? »Mottik, geh die Mutter holen«, befiehlt Ora. »Baruch Goldstein ist ein Held«, Oras Vater lehnt den Kopf nach hinten, schließt die Augen, sein Gesicht verdunkelt sich, verzerrt sich, er nickt. »Waffen hat er reingeschmuggelt, und die Nazis haben es nicht gemerkt.« »Papa, Papa!« Ora beugt sich über ihn, schüttelt ihn. »Soll ich den Krankenwagen rufen?« frage ich. »Bist du auch dagegen, daß er seine eigene Meinung hat?« fragt Jinon auf dem Ball, dreht sich halb zu mir, berührt dann das Knie seines Großvaters. »Auch Opa steht hinter Baruch Goldstein!« Oras Vater schlägt die Augen auf. »Ein ruhiger Mann mit goldenen Händen.« Mechora kommt rein, gefolgt von Mottik. »Warum läßt du ihn auch Nachrichten schauen?« attackiert Ora, und Mechora geht zu ihrem Mann. »Was soll er denn sonst den ganzen Tag machen. Wo soll er leben? Auf dem Mond? Baruch, was ist denn passiert?« »Nichts ist passiert, Oma«, Jinon steht auf, hält den Ball in der Hand, »Opa steht hinter Baruch Goldstein, und deshalb glaubt Mama, daß er geistig verwirrt ist – sie ruft schon den Krankenwagen, damit man ihm seine rassistischen Ansichten aus dem Kopf putzt und ihn zu einem astreinen Linken macht.« Oramama bringt ihn mit einer Handbewegung zum Schweigen, beugt sich über ihren Mann. Jinon dribbelt nach draußen, singt im Rhythmus des Dribbelns: »Er war ein Held, er zeigt's der Welt!«

Ora ringt die Hände. »Siehst du«, sagt sie zum Rücken ihrer Mutter. »Was soll ich sehen?« Ihre Mutter dreht sich zu ihr um. »Wozu braucht Papa Nachrichten? Kann man ihm das nicht ersparen? Wenn du Nachrichten hören willst, dann komm zu uns rüber!« Ora steckt eine Hand in die Tasche, holt ein zerdrücktes Päckchen Zigaretten raus, nimmt sich eine, sucht Streichhölzer. »Hast du dir das noch immer nicht abgewöhnt!« schimpft ihre Mutter Oras Rücken, Mottik beugt sich über Baruch Berger und fragt ihn laut flüsternd, ob er einen Tee wolle, Ora wendet sich mit brennender Zigarette zu ihrer Mutter. »Loja lebt schon ein halbes Jahr hier und schaut keine Nachrichten!« Erst jetzt bemerkt mich Oramama. »Tatsächlich?« »Baruch Goldstein«, hört man Oras Vater vom Schaukelstuhl, Mottik geht ihm einen Tee machen, und Ora stellt sich nahe vor ihn. »Papa«, sagt sie, legt eine schwere Hand auf seine Schulter, »es kann nicht sein, daß du unterstützt, was Baruch Goldstein gemacht hat.« »Er hat im Baulager gearbeitet«, murmelt Oras Vater. »Er ist verwirrt.« Ora löst sich mit einem Seufzer von ihm, geht zum Telefon, drückt ihre Zigarette in einem Blumentopf aus. »Darf ich vorstellen«, sagt Mottik, und ich drehe mich um, sehe Mottik mit einem Glas Tee, und hinter ihm einen zweiten Mottik, etwas größer, etwas dünner und dunkler. »Das ist mein Bruder Avi.« Ich drücke eine trockene Hand, Mottik geht mit dem Tee zu Baruch, Ora nimmt den Hörer ab, Ihremama geht zu ihr und sagt: »Das ist nicht nötig, Orinka, das ist doch nicht nötig.« »Kannst du mir erklären, was hier los ist«, flüstert Avi mir ins Ohr, aber Ora hört es, hebt den Kopf, hält den Hörer in der Hand. »Diese Nachrichten bringen Papa noch um, jetzt ist er fest davon überzeugt, daß Baruch Goldstein im Ghetto Wilna war.« Avi durchquert das Wohnzimmer, zieht sich einen Stuhl aus der Eßecke heran, stellt ihn vor Oras Vater, setzt sich, beugt sich zu ihm vor. »Schalom, Baruch, ich bin Avi, Mottiks Bruder. Erinnert Ihr Euch noch an mich, Baruch Berger?« Oras Vater hebt einen trüben Blick zu ihm. Das Teeglas zittert in seiner Hand. »Du bist doch nach Sowjetrußland gefahren, um etwas in den Archiven zu forschen.« Avi nickt. »Und was hast du herausgefunden?« Das Teeglas zittert sehr. Avi streckt die Hand aus, nimmt es ihm ab, stellt es auf ein kleines Tischchen, das Ora eilends anbringt. »Alle«, sagt Oras Vater, zeigt mit knochigem Finger auf uns, »alle reden heute von Baruch Goldstein, ein Goldjunge, er hat im Baulager gearbeitet«, sein Kinn sinkt auf die Brust, er nickt mit gesenktem Kopf. »Ein Goldjunge war er, ein Goldmensch«, so als wolle er seine Knie davon überzeugen. Avi steht auf, wendet sich an Ora. »Dein Vater hat recht. Im Ghetto Wilna gab es einen Juden mit Namen Baruch Goldstein. Er wohnte in der Kommune in der Straschunstraße 12 und arbeitete in den Werkstätten zum Reparieren von Waffen – ihm ist es gelungen, eine Pistole ins Ghetto zu schmuggeln.« Oras Vater hebt den Kopf, lauscht, ein Lächeln strahlt auf seinem Gesicht.

Bis elf bleibe ich bei ihnen. Kurz nach zehn kommt Bilu vorbei, ist überrascht, mich dort zu sehen, schlägt Mottik vor, sich der Bürgerwehr anzuschließen, jetzt wird es schlimme Anschläge geben, habt ihr gehört, was in Jaffa los ist, und auch Tikwas Kobi kommt in derselben Sache vorbei, »die Araber, das sage ich euch, die werden keine Ruhe geben, bis sie nicht auch uns dreißig, vierzig Leute umgebracht haben, die müssen erst mal die Rechnung begleichen, Rache, das steckt denen im Blut«, und ich – geschafft von der Arbeit auf dem Erdbeerfeld und nicht weniger von dem Gerede, den Vermutungen, den Bildern der aufgebrachten Menge im Fernsehen, den Diskussionen – ich sinke in den Sessel und betrachte alles aus einer Höhe von zwanzigtausend Fuß. »Loja ist müde«, sagt Ora und steht auf. »Ich mache dir das Bett in Gilis Zimmer.« Aber mir reicht es. Ich muß hier raus, brauche ein bißchen Ruhe in deiner Höhle, ein bißchen Alleinsein, mehrstündiger Aufenthalt in Gesellschaft laut diskutierender Menschen ist wohl nichts mehr für mich, ich stehe auf, alles tut mir weh, der Rücken, die Beine, sogar die Arme. »Nein, danke, ich gehe zum Schlafen nach Hause. Das ist schon in Ordnung.« Ich widerstehe allen Protesten und Warnungen, allem Drängen. An der Tür fragt Avi: »Du fährst trotzdem nach Hause?« »Ich fahre nicht, ich laufe, es ist nicht weit.« »Ich begleite dich«, er überrascht mich, und ich, zu müde, um zu protestieren, zucke mit den Schultern, bitteschön –

Wir gehen die Straße entlang. Man muß über irgend etwas reden. »Hat es im Ghetto Wilna tatsächlich einen Baruch

Goldstein gegeben, oder hast du das bloß gesagt, damit –« »Doch, doch, den gab es – Baruch Berger ist ein feiner Mensch. Wie er ins Wilnaer Ghetto gekommen ist, die Geschichte dauert ein paar Stunden.« Wir gehen auf der Straße im Wechsel von Straßenlaternenlicht und Baumschatten. »Er war mit einer deutschen Baronin verheiratet«, sage ich ihm, versuche, mich genauer zu erinnern, Oras Fotos, das Schloß, die jungen Leute in Reithosen, die wunderschöne junge Frau am Klavier, die den Mund öffnet, um zu singen oder um zu schreien – »Das kann nicht sein.« Avi klingt ungeduldig. »Aber Mechora«, fange ich an, dieses Gespräch mit ihr, so giftig, so intensiv – »Mechora, Mechora«, sagt Avi grinsend, distanziert sich von ihr mindestens genauso wie ich, ist sofort mein Verbündeter. »Du bist also Shoah-Forscher?« Jedes Thema ist mir recht, bloß nicht, was gerade in den Nachrichten kommt. »In erster Linie bin ich Historiker«, korrigiert er, ohne zu sticheln. »Mein Vater war Historiker«, verrate ich ihm, warum eigentlich, was tut das zur Sache? Aber über irgend etwas muß man ja reden, bis dieser kurze Weg zu Ende ist. »Auch ich hatte Historikerin werden sollen, das wurde zumindest erwartet.« Ich lasse alle Schutzschilde fallen, bin jetzt ungeschützt, hier, noch diese Straße, dann sind wir da. »Ich weiß. Ora hat mir erzählt, daß du immer alle Daten auswendig wußtest – und daß du Latein und Ugarit konntest.« Er lächelt. Im Dunkel kann ich sein Gesicht nicht sehen, aber er lächelt. Seine Stimme lächelt.

»Und wie bist du dann Shoah-Forscher geworden?« »Und wie bist du dann Stewardess geworden?« fragen wir im Duett.

»Zuerst du«, sage ich, versuche, mich nicht mitreißen zu lassen. Er weiß zuviel über mich. Was hat Ora ihm noch erzählt? »Im Geschichtsunterricht haben das alle gehaßt«, sage ich.

»Aber ihr habt doch gar nichts über die Shoah gelernt.«

»Nein, nein, über die Shoah kein Wort, ich weiß nicht, wie alt du bist, als Ora und ich auf dem Gymnasium waren, da war die Shoah noch nicht Teil der Geschichte – aber die Pogrome, die Kosaken, Chmielnicki, Petljura, alles nördlich von Bar Kochba haben wir gehaßt.«

»Genau deshalb.« Wir kommen immer näher.

»Und heute fahren sie mit den Gymnasiasten zu Studienreisen nach Auschwitz«, sage ich und denke an Minales Sohn.

»Auch deshalb.«

Wir gehen durch das durchsichtige Dunkel zwischen Straßenlaterne und Straßenlaterne. Gleich sind wir da. Er hat eine Stimme wie brauner Cordsamt, etwas abgewetzt, anheimelnd – was bedeutet »auch deshalb« frage ich mich, aber ich werde jetzt nicht anfangen zu fragen, hier ist der kleine Weg, das Tor, die Zypresse. – »Dann wohnst du erst mal in Davidis Haus?« Auch das weiß er also, früher konnte man sicher sein, daß Ora Geheimnisse für sich behält.

»Wieso erst mal? Ich wohne hier. Punkt.« Ich überrasche mich selbst und ihn auch, schließe die Haustür auf, einmal hart, einmal weich und noch eine halbe Umdrehung, mache das Licht an. »Magst du einen Kaffee?« Auf einmal finde ich das Haus leer und kalt. »Du bist sehr müde.« Er schaut mich aufmerksam an. Er erinnert mich dabei etwas an Jean-Jacques – diese fürsorgliche Zugewandtheit, diese Neigung, zu beschützen – Vorsicht, Vorsicht, Vorsicht. »Und ich trinke nie Kaffee.« Ich spüre, wie ich rot werde. Ob Ora ihm auch das erzählt hat, daß ich keinen Kaffee trinke, oder ob er wirklich – »Ich würde dich gern ein paar Dinge fragen«, plötzlich fällt es mir ein, »diese ganze Sache mit Kasztner – wenn du dich damit nicht auskennst, kannst du mir vielleicht jemanden empfehlen, an den ich mich wenden kann, oder wo ich was dazu finden kann.«

»Loja«, er legt mir die Hand auf die Schulter. Eine warme

Hand, durch die Kleider hindurch. »Über die Kasztneraffäre können wir zwei Wochen lang reden. Geh jetzt erst mal schlafen.«

Ich nicke. »Aber du schuldest mir eine Geschichte.« Wir stehen beide auf der Türschwelle. »Du mir auch«, flüstert er auf mein Haar. »Ich?« Ich hebe den Blick. Er ist eineinhalb Köpfe größer als ich. »Warum du beschlossen hast, Stewardess zu werden.« Ach so, das. »Hat Ora dir das nicht erzählt?« Ich kann mich nicht beherrschen und beginne die Stacheln aufzustellen. »Ora erzählt nicht viel.« Avi lehnt sich an den einen Türpfosten, ich mich an den gegenüber. Ein Glück, daß wir beide dünn sind. »Woher weißt du dann, daß das Davidis Haus ist?« Ich stelle die Stacheln ganz auf. Eine Begegnung mit dir, hatte Chedwa mich mal gewarnt, ist manchmal sehr ähnlich wie die mit einem Igel. »Ich habe mit ihm gesprochen«, überrascht mich Avi. »Wann? Worüber?« Ich bin ganz aufgeregt. Die Müdigkeit verwandelt sich in Sodbrennen. »Nicht jetzt, aber ich werde es dir erzählen. Ich schulde dir wirklich eine Geschichte.« Und wieder die Hand auf meiner Schulter, eine leichte Berührung, beinah unpersönlich, und er geht.

Ein außergewöhnlich warmer Tag. Über dem Erdbeerfeld flimmert der rote Duft von kochender Erdbeermarmelade. Amitai arbeitet mir gegenüber, skandiert im Rhythmus des Erntens »Freies-Land-hebräische-Arbeit«, und ich korrigiere: »Freie-Einwanderung-hebräischer-Staat«, er grinst und erzählt, daß keiner von denen, die mit der letzten freien Einwanderungswelle nach Israel gekommen sind, bereit sei, Erdbeeren zu ernten. »Die sind aus Moskwa und Lenjingraad«, imitiert er ihren russischen Akzent, »und das hier ist *rabota** für Israelski primitivski.« Kommst-du-oder-kommst-du-nicht,

* Russ.: Arbeit.

so hatte er mich am Morgen mit einem Klopfen an die Fensterläden aus einem wirren Traum geweckt. *Agnosco veteris vestigia flammae.** Jetzt fang nicht wieder damit an, hatte ich mir gesagt, steh lieber auf, komm schon, bleib nicht im Bett liegen wie ein Kartoffelsack, Avi ruft heute eh nicht an und morgen auch nicht, gib ihm mindestens eine Woche, nein, zwei Wochen, komm, steh auf, draußen scheint die Sonne, alle Vögel sind schon da, und das Transistorradio schweigt. »Ich habe die Nase voll von diesem ganzen Durcheinander«, verkündet Amitai und schlägt einen letzten Nagel in die Ecke des Transparents »Das Volk steht zum Golan«. »Du auch?« frage ich, ich habe viele solche Parolen gesehen, die sich an den Häusern im Viertel im Wind blähen. – »Wer die Golanhöhen zurückgeben will, ist verrückt.« Amitai pflückt in der Reihe mir gegenüber, sehr schnell und effizient. »Findest du nicht auch?« Ich beginne zu pflücken. »Ich weiß nicht, bin da noch nie gewesen.« – »Im Ernst nicht?« Seine Augen sind wegen der Sonne nur zwei Schlitze. »Du warst noch nie auf dem Golan?« – »Was habe ich dort verloren?« – »Die Verteidigung des Sees Genezareth!« Amitai ist schon ein ganzes Stück weiter, ich komme mit seinem Tempo nicht mit. »Soll der See Genezareth doch abbrennen«, höre ich mich sagen, denke an Nachum, Amitai reagiert nicht, vielleicht hat er es nicht gehört, vielleicht habe ich auch nur mit mir selbst gesprochen, das ganze letzte halbe Jahr rede ich mit mir selbst, und so bin ich mir nicht mehr sicher, was ich laut gesagt habe und was nicht, als wir wieder parallel arbeiten – er ist bereits in der übernächsten Reihe –, erzähle ich ihm, daß es im Ghetto Wilna einen Mann mit Namen Baruch Goldstein gab, doch das beeindruckt ihn nicht. »Und? Du mußt bloß ein Telefonbuch aufschlagen, jeder vierte da ist ein Baruch Goldstein oder Schimon Misrachi oder Avi Cohen!«

* Lat.: Ich erkenne die Spuren des alten Feuers.

Avi. Avi. Avi. Avi – wovon ist Avi die Abkürzung? Von Abraham? Von Absalom? Von Aviezer? Von Avischai? Von Avinadav? Avinoam?

Alles auf der Erde, alles vergeht, alles auf der Erde, alles vergeht, so hatte der Schulchor gesungen, und an dieser Stelle setzte die zweite Stimme ein und wiederholte und bekräftigte: *Alles auf der Erde, alles vergeht* – doch da hatte die erste Stimme bereits ihre Meinung geändert: *Nur unser Lie-ie-ied, nur unser Lie-ie-ied, nur unser Lie-ie-ied besteht.* Den Text kannte ich natürlich, aber wegen meiner heiseren Stimme hatten sie mich nicht in den Chor aufgenommen, und bei Klassenfeiern und Schulzeremonien bewegte ich nur die Lippen, sang ohne Stimme *Alles auf der Erde, alles vergeht* oder umgekehrt: *Juda wird allzeit hier bleiben, Juda wird nimmer gehen, und Jerusalem, und Jerusalem wird immer und ewig bestehn,* und beim Lagerfeuer an Lag Ba-Omer, am Unabhängigkeitstag oder am Ende des Schuljahrs, *Wanja, Wanja, nimm mich mit, in den Krieg, mein Bester. Mein Sohn als roter Kommissar, und ich als Krankenschwester –*

In der Mitte des großen Bücherregals, in dem geschlossenen hölzernen Kasten, keine Flaschen von Brandy Medicinal und Slibowitz und kein Spiegel, in dem sich die dickbodigen Gläschen verdoppeln, sondern alte Schallplatten, sehr bekannte, vom Chor der Roten Armee, Papa hatte mit geschlossenen Augen entspannt im Sessel gesessen und den Liedern jener Doppelgänger von Shmuel Rodensky in *Anatevka* gelauscht, fernen Liedern, die immer näher kamen, immer stärker anschwollen, als marschiere ein ganzer Trupp singender Soldaten, und der Hörer steht am Rand der Straße, hört-sieht, wie sie näher kommen, hört-sieht, wie sie sich entfernen, wie sie weiterziehen, langsam zu Mutter Rußland weiterziehen – überall weite Ebenen, tote Helden, Melkerinnen mit schönen Zöpfen. Um mir mit den Untertiteln, die ich neben den Filmen abspulte, sicherer zu sein, war ich zu Elchananmama gegangen. Was willst du Russisch lernen, staunte sie beim ersten Mal, das ist die Sprache von Gojim, möge ihr Andenken ausgelöscht werden, ich will sie vergessen, ich will, daß du mich lernst Hebräisch, aber sie war trotzdem bereit, es war immerhin für das Cinema, und sie servierte mir schwere Mahlzeiten, bei denen sich einem der Magen umdreht, weil ich immer so dünn und so bleich war, und ich aß harte Knödel und klebrige Nudeln und handelte hebräische gegen russische Wörter, und Elchanan stieß manchmal dazu und wich zurück, er war zwar hübsch, aber sehr scheu, fast alle Mädchen aus der Klasse waren in ihn verliebt, sogar Ora, die es nicht zugab, und jetzt ist sie verheiratet plus vier, und Adriana ist geschieden plus zwei, und Arlosora verheiratet plus drei, und Josefa in Scheidung plus zwei, und Minale liegt im Sterben und hat ihren einzigen Sohn nach ihm genannt, auch diese Platten hast du für mich gerettet, aber ich fürchte, einen Plattenspieler dafür kann ich nur noch auf dem Flohmarkt finden – zur Dekoration, mit einem verstummten trompetenförmigen Trichter –

»Wie geht es deinem Vater?« erkundige ich mich bei Ora. Sie seufzt. »Sogar im Golfkrieg hat er nicht so schlimm reagiert.« Wir sind in ihrer Küche. »Jinon bringt mich noch um«, sie schneidet Salat, spricht von Udi, von Gili, über Minales Sohn, er ist jetzt zu Untersuchungen im Krankenhaus, was für eine tragische Sache, über die Enkelinnen von Arlosora, die ihre neue Stelle bereits angetreten hat, sie sagt, man werde das Viertel sanieren, alle Häuser aus den fünfziger Jahren, die noch stehen, abreißen und dafür neue, mehrstöckige Häuser hochziehen, ob die von der Stadtverwaltung noch nicht bei mir gewesen sind? Gut, jetzt sei sowieso erst mal alles eingefroren, ob ich bleiben und mit ihnen zu Abend essen wolle. »Kommt Avi auch?« Ich versuche noch nicht einmal, mich zu beherrschen. »Nein, warum sollte er? Hat er kein Zuhause?« Ich spüre einen Stich. Zuhause, was bedeutet das? Frau und Kinder oder bloß eine Mietwohnung in Ramat Aviv? »Wofür ist Avi die Abkürzung?« Ich begebe mich in Gefahr, Ora wirft mir einen kurzen Blick über die Schulter zu. »Avichai – Avichai und Mordechai, sie sind Zwillinge, das weißt du, oder?« Sie tut Zitrone an den Salat. »Hat auch er seinen Familiennamen zu Gadot geändert?« frage ich ihren Rücken, ich weiß, ich werde ihn anrufen. »Sie haben alle zusammen den Namen geändert. Von Gerstein zu Gadot.« »Wie viele Geschwister sind sie?« Ich versuche, nicht ganz so gierig zu klingen. »Vier.« Ora merkt nichts, sie reißt den Kopfsalat in Stücke, für einen weiteren Salat. »Avichai und Mordechai und Chaimke und Menachem: Jeder Sederabend ist ein Projekt.« Sie deckt den Tisch. »Also, soll ich für dich mitdecken?« »Er ist es doch, mit dem zu reden ihr mir geraten habt?« Ich vertusche weiter, unglaublich, flüstere ich Chedwa in meinem Kopf zu, ich versuche es vor Ora zu verbergen. »Haben wir gesagt, daß du mit ihm reden sollst? Wann denn?« Ora macht einen Schrank auf, holt Teller raus, denkt an etwas anderes. »Nachdem sie diesen Terroristen in Davidis Bunker gefunden haben«, erinnere ich sie. Sie schaut mich mit müden Augen an. »Ach ja, richtig, aber da war er gerade im Ausland.« »Kannst du mir seine Telefonnummer geben?« Ich nehme mir ein Herz. Sie denkt an etwas anderes. Sie wird nichts merken. Sie wird nichts wissen. Sie schickt mich zum Telefonbuch der Familie im Wohnzimmer, ja, das kleine braune, neben dem Telefon, daneben liegen Zettel und Stifte, ich schlage es auf, finde die Nummer, gehe zurück in die Küche. »Sind da keine Zettel?«

Ora schaut auf meine leeren Hände, lächelt müde. »Ach so, ich habe vergessen, daß du dir alles auswendig merken kannst.« – »Nur, was mich interessiert«, und ich will ihr von Kasztners Beerdigung erzählen, die nach Jahren aus der völligen Vergessenheit plötzlich wiederaufgetaucht ist, aber sie unterbricht mich gleich am Anfang:

»Loja, Avi ist verheiratet.«

»*So what?*«

»Ich wollte nur, daß du das weißt.« Ora wird rot.

In diesem Moment kommt Mottik in die Küche. »*Hi*, Loja. Avi läßt dich grüßen, er hat gesagt, er wird dich anrufen.«

Ich schaue Ora an.

Eins zu null für mich.

»Vielleicht Ihr wollt Hamantaschen kaufen«, die vom Laden schiebt mir einen flachen Pappkarton mit puderzuckerbestreuten Hamantaschen rüber, »halb umsonst! Weil niemand hat Stimmung.« Die Hamantaschen sehen aus wie archäologische Fundstücke, trotzdem kaufe ich ein halbes Kilo. »Die sind gut, sehr gut«, verspricht sie mir, »nur weil niemand hat Stimmung wegen des Unglücks, sie sollen liegenbleiben bei mir?« Sie reicht mir die Plastiktüte. »Aber Ihr immer habt gute Stimmung«, sie haßt mich, »Ihr seid jung, und Ihr seid schön. Und Ihr lest nicht keine Zeitung.«

Hat das Telefon geklingelt? Nein, aber ich falle fast hin. Ich muß den Fußboden wirklich richten lassen. Hier steht noch eine Bodenkachel hoch – wenn ich mich draufstelle, wackelt sie, überträgt den Herzschlag der arbeitenden Erde, irgendwo im Zentrum des Erdballs brodelt flüssiges Feuer, manchmal bahnt sich eine glühende Ader den Weg bis zur Spitze eines abgeschnittenen Kegelbergs, ergießt sich über dessen

Rand, dick, dunkel, bestickt mit Funken lebendigen Feuers, atemberaubend –

Tikwa kommt. »Du wartest auf einen Anruf?« Sie spürt es gleich, ich streite es ab. »Purim ist zwar vorbei, aber ich habe dir was mitgebracht.« Sie packt goldene Teigblumen aus, die von Öl und Honig glänzen. »Jakobsrosen«, erklärt sie, »Hamanohren, das essen nur Aschkenasen – hier, versuch mal, die schmecken besser und sehen dazu noch schöner aus.«

Daß sie besser schmecken, davon bin ich nicht so überzeugt, aber schöner sind sie, mit klebrigen Fingern entblättere ich die in sich gekehrte Form und erinnere mich, ich kann nicht anders, als mich an Brenda zu erinnern. *A rose*, hatte sie gesagt. Das habe ich noch nie gesehen, sagte ich, dann wird es höchste Zeit, sagte sie, wovor hast du Angst, das ist nur ein Körper, dein Körper. – Und der wird in fünfzig Jahren Erde sein, ich stelle die Stacheln auf. – Ist Erde denn abstoßend? Brenda lächelte, fast wie die Schulkrankenschwester, bevor sie dir eine Spritze gab, Brenda, meine letzte und wirklich allerletzte Liebe. – Versuch es, bedrängte sie mich, was kann schon passieren, das hast du noch nie versucht, dann versuch es doch, vielleicht ist ja gerade so eine Liebe das Richtige, du hast nichts zu verlieren, kannst nur dazulernen, über das Leben und über dich selbst, versprach sie mir und hielt ihr Versprechen. Aber du hast was gelernt, das wiederholte sie am Flughafen. Sie hatte darauf bestanden, mich zum Flugzeug zu begleiten. Wir saßen im Café, sie mit dem Rücken zum Fenster, ich mit Blick zum Fenster, auf die Rollbahn, auf die geparkten Flugzeuge. Und, hast du was gelernt? Sie legte ihre Hand auf meinen Handrücken. Ich nickte. Ich hatte Angst zu reden. Mein Gaumen war voll Weinen. Ich betrachtete die Flugzeuge: Swissair, British Airways, Alitalia, El Al. Ich wußte, daß sie mich beobachtet, aus den aufgerissenen runden himmelblauen Augen in ihrem vollen, reinen, beinahe leuchtenden Gesicht. – Loja? – Ich schaue sie nicht an, sehe sie aber trotzdem, weiche kastanienbraune Locken, strahlende Haut, gemalte Lippen, ein gut gepolstertes, warmes Nest ohne Ecken. – Loja? Sie schüttelt meine Hand, möchte, daß ich sie anschaue, versteht nicht, daß ich sie auch sehe, wenn ich auf die Flugzeuge schaue, wie zwei Bilder übereinander, wie eine Panne beim Fotografieren –

Mein Fehler, Brenda. Und dein Irrtum. Aber hast du was gelernt? Daß Trennungen mehr weh tun, wenn du auf den, von dem du dich trennst, keine Wut hast, keinen Groll, wenn du keine Vorwürfe hegst und für dich bei der Trennung nichts herausspringt, außer die neu entstehende Freiheit, die mit den Jahren immer mehr zu einem Sich-ins-Schneckenhaus-Verkriechen wird. Rühr-mich-nicht-an. Rühr-mich-nicht-an. Ob das hier noch wächst, frage ich mich, eine Pflanze, die sich schnell ausbreitet, aber bei der kleinsten Berührung erschrickt, ihre Blätter einklappt, Rühr-mich-nicht-an nannten wir die Mimosen, aber wir haben sie immer wieder berührt, nachdem sie sich beruhigt hatten, um uns zu vergewissern, daß der Mechanismus noch funktioniert und daß wir noch in der Lage waren, eine Pflanze so zu erschrecken, daß sie hüpft –

Ich laufe durchs Haus, aber das Telefon bleibt still. Hier hatte ein Museum für die Partisanen entstehen sollen, was hatte dich dazu bewegt, diesen Plan zu ändern und das Haus und den vertrocknenden Orangenhain zu einem Lasso zu machen, das mich an der Schwelle völliger Erschöpfung an diesen Ort zurückbringt, heute weiß ich, daß ich bleiben werde. Wetten, daß? Ich werde sogar eine neue Hängematte kaufen und an die Jacarandabäume hängen, ein paar proletarische Blumen pflanzen, werde lernen, die Vögel zu unterscheiden und wie die Zeit geordnet vergeht – Morgen – Mittag – Nachmittag – Abend – Nacht, ich werde nachts wieder schlafen, werde den Wechsel der Jahreszeiten spüren, und wie dabei Licht und Kälte, Hitze und Wind miteinander streiten –

Ich laufe durchs Haus, aber das Telefon bleibt still. In deinem Arbeitszimmer Tonscherben, alte Landkarten, Bücher, Blätter mit Bemerkungen, ein entsetzlicher Krieg, ein verlorener, wer hat die Kraft, die ganze Zeit zwischen Ruinen zu leben. In Nachums Zimmer Flugzeuge. Alben voller Freunde, Landschaftsaufnahmen aus der Luft, ein paar Briefe, Kinderbücher, nur ich komme mit einem Minimum durchs Leben: Nach jeder Affäre – plötzlich dieser Wunsch, alles abzuschütteln – Briefe, Zettelchen, Postkarten, kleine Souvenirs, ein paar Schmuckstücke, gemeinsame Fotos – wieder leicht zu werden für einen neuen Start – und ich stecke alles in einen großen Umschlag, lege ein paar runde Bachkiesel oder Steinchen dazu: Die Jean-Jacques-Erinnerungen sind in der Donau versunken, die Eliot-Zeit ist im Tiber und meine teure Brenda in der Seine untergegangen. Die Trennung im Wasser war sanft, versöhnlich. Dreimal habe ich auf einer großen europäischen Brücke gestanden, das Wasser im Fluß betrachtet – undurchlässige Glasschindeln, gräulichgrün, matt-glänzend-matt, und einen Umschlag fallen lassen. Nur in Paris sagte ein vorübergehender israelischer Tourist: »Da ist was runtergefallen«, und er war überrascht, daß ich ihn verstand. »Ist schon okay«, sagte ich, auch auf hebräisch, und er hob die Hand zum Gruß und eilte weiter. Der Umschlag mit der Liebe trieb für einen Moment auf dem Wasser, saugte sich voll und ging unter. Ob Fische Papier fressen? Vielleicht wird in ein paar Jahren ein armer

Fischer einen Fisch fangen, und seine Frau wird in den Innereien des Fisches eine Perle finden. Von mir, Madame. Ein echtes Geschenk. Ein-, zwei-, dreimal kehrte ich zu diesen Brücken zurück und stellte mich an dieselbe Stelle. Ich betrachtete das Wasser – gräulichbraun schillernd, ununterbrochen in Bewegung, ich weiß, es ist dieselbe Brücke, aber nicht dasselbe Wasser, und auch ich bin nicht mehr die, die ich war, als ich den Umschlag fallen ließ, alles fließt und verändert sich, sogar die Vergangenheit verändert sich immer mehr, je weiter ich mich vom Ausgangspunkt entferne. Und wer hat dieses Foto gemacht? Papa am Tisch in unserer Küche mit einem Glas Tee in der Hand. Rühr da nicht, hatte er mit einer Stimme, die keinen Widerspruch duldete, gesagt, als ich versuchte zu fragen. Aber was, was wollte ich fragen? Nichts, ein Loch in der Erinnerung. Verloren. *Kaputt*. Und wieder Papa auf einem Schwarzweißfoto, einem *černobílý*-Foto, in einer nicht zu identifizierenden europäischen Stadt, an seiner Seite eine Frau, verschwommen, hat sich wahrscheinlich beim Fotografieren bewegt, und hier der sehr junge Davidi vor einem Wald, neben ihm eine große Frau – gewiß eine mutige sowjetische Partisanin, sie hat stolz eine Maschinenpistole umhängen, und wieder eine nicht zu identifizierende Frau, die sich über ein Baby im Kinderwagen beugt, wer ist das Baby, wie kann man das wissen, sie sehen sich alle so ähnlich, mit dem Mützchen auf dem Kopf –

Ich laufe durchs Haus, nur dein Zimmer ist noch abgeschlossen. Wäre es nicht an der Zeit, es aufzumachen? Was werde ich dort entdecken, abgesehen von einem Doppelbett für einen einzelnen Menschen, einem alten Regal, einem Kleiderschrank, einer Lampe – wo ist der Schlüssel zu deinem Zimmer, hier ist er, was kann schon passieren, ich stecke ihn ins Schlüsselloch – einen Moment, das Telefon, das ist das Telefon –

Ich laufe schnell ins Wohnzimmer.

»Hallo?« Neben dem Telefon steht Tikwas Teller mit den Jakobsrosen. Ich nehme eine – warum? – die goldene Jakobsrose tropft von Öl und Honig –

»Loja? Avi hier. Wie geht's«, ohne Fragezeichen in der Stimme, wie es heutzutage üblich ist.

»Alles in Ordnung«, meine Lippen sind süß.

»Guten Appetit«, Avi hat es gemerkt, »was ißt du?« Seine Stimme ist warm, kichernd. Er versucht nicht, mich zu erziehen.

»Eine Jakobsrose.«

»Purim ist schon vorbei.«

»Hm.«

»Ein entsetzliches Purim«, seine Stimme ist ernst und beherrscht, die Stimme eines Historikers.

»Du schuldest mir eine Geschichte«, wage ich ihn zu erinnern.

»Deshalb rufe ich an, kannst du am Donnerstag in die Uni kommen? So um elf, viertel nach elf, kannst du da? Schön. Dann treffen wir uns in dem kleinen Restaurant am Eingang.«

Absolut fair. Absolut geschützt. Absolut verheiratet. Na und. Na und. Ich stürze mich auf die ungarische Kosmetik, die all die letzten Monate unbenutzt rumgestanden hat, reinige das Gesicht, trage eine Maske auf, warte, daß sie trocknet, schäle sie ab, trage noch eine auf, warte mit geschlossenen Augen unter der in Eiswasser getränkten Watte, und ich dachte schon, das sei vorbei, ich hätte inzwischen die große Ebene erreicht, von hier bis zum Horizont keine Berge mehr, keine Herausforderungen, kein Baum, keine Quelle, keine braune Gazelle, kein goldener Löwe, ein sicherer Raum, eben wie bei Papa, wie bei Davidi, ich hatte es doch gesehen, ein Leben ohne Honig und ohne Stachel, ich habe genug erlebt, ab jetzt wird sich kein Blatt mehr rühren, kein Vogel wird mehr zwitschern, ich bin diese Zypresse, diese alte Junggesellin, die unter einer sprunghaften Bougainvillea zum Skelett wird, aber warte, warte, am Donnerstag gegen Mittag, in dem kleinen Restaurant am Eingang zum Campus, es war ein entsetzliches Purim, das halbe Land ist im Schock, aber schaut euch Jinon an, und im Gegensatz dazu, ganz anders, schaut mich an, schaut mich jetzt an –

Heiß, heißer, ganz heiß

An einem Frühlingsmorgen wie Kristall, als diese Welt – neue Zeile – *in ihrer Reinheit dastand, wie im ersten Glanz* – hier habe ich was vergessen – und jetzt in Klammern *(Gewiß genauso wie an jenem Morgen,* – neue Zeile – *als Abraham der Erzvater* – neue Zeile – *früh morgens aufstand, seinen Sohn zu opfern*) – neue Zeile – *stand meine Mutter auf und betete* – doch wie geht es dann bei Bialik weiter, ich finde im Bus einen Sitzplatz, fahre jemanden treffen, der vorsichtig ist, der vielleicht schon fast verliebt ist, bei jedem Halt des Busses wird diese angenehme Spannung in mir stärker, nein, ich werde nicht zu spät kommen, ich bin sowieso zu früh dran – wie sie hier alles verändert und verbreitert haben, mit heidnisch hellem Marmor gepflastert, der schon jetzt blendet, wie wird das erst im Sommer sein –

Das ist also das kleine Restaurant. Sie versuchen, das Licht etwas zu dämpfen, doch die Sonne überflutet den Raum mit prächtigem Licht. Avi? Hier, auch er zehn Minuten zu früh, sitzt da und liest in einem Buch, überflutet von Lichtschrägen, in denen Luftkrümel tanzen. »Was für eine Sonne«, ich entscheide mich, das Gespräch so zu eröffnen, und er hebt den Blick, lächelt. »Man spürt den Frühling. Hast du es gut gefunden?« Ich nicke, er bestellt für uns beide frischgepreßten Orangensaft. »Trinkst du auch einen?« Und als der Saft kommt, möchte er auch etwas essen. »Hast du schon gegessen?« Er staunt, daß ich nichts bestellen möchte, kann sich nicht vorstellen, daß man an einem solchen Morgen wie Kristall nichts essen kann. »Dann entschuldige, wenn ich trotzdem«, er ruft die Kellnerin mit einer Handbewegung, bestellt ein Frühstück, falls das noch serviert wird, sie lächelt, klar, daß sie ihre Verbindungen zur Küche spielen lassen wird, sie kennt ihn, immer kommt er knapp vor Mittag und bestellt ein Frühstück, zwei Fliegen mit einer Klappe. Benutze deine Augen, dann wirst du dich nicht langweilen, hatte mir Jean-Jacques gesagt, als ich mich über die französischen Mahlzeiten beschwerte, vier Stunden am Tisch, um zu essen! Beobachte beim Essen die Leute, und du wirst staunen, was du dabei alles über sie erfährst, wie sie die Gabel halten, was sie mit dem Messer machen, in welcher Geschwindigkeit sie kauen und schlucken, wo die Serviette liegt, manchmal habe ich das auch im Flugzeug geübt, jetzt also bei Avi, der ja nicht ahnt, was ich bei der Beobachtung Tausender essender Menschen gelernt habe – er verschlingt arglos ein Omelett, Salat, ein Brötchen mit Butter, ist offensichtlich hungrig, aber er ißt, um satt zu werden, um ein Loch zu stopfen und dann zur nächsten Sache überzugehen –

»Möchtest du noch ein Glas Saft? Gut, bringen Sie uns noch zwei Gläser, und räumen Sie bitte den Tisch ab.« Er lächelt die Kellnerin an, nicht überheblich, lächelt mich an, stützt die Ellbogen auf den Tisch, auf dem jetzt in der Sonne nur die zwei Gläser voll dickflüssigem Orange und ein funkelnder Salzstreuer stehen –

»Meinetwegen bist du hierhergekommen«, sagt er, schaut mit hellbraunen, beinahe grünen Augen zu mir, lächelt mehr vor sich hin als mich an.

»Ich bin gekommen, um eine Geschichte zu hören.« Ich verstehe nicht, worauf er hinauswill.

»Das ist die Geschichte. Wegen mir bist du hier, in Israel.« Er verschränkt die Arme, beugt sich dann zu mir vor, als wolle er mir etwas Geheimes zuflüstern.

»Ich bin zurückgekommen wegen des Testaments von«, beginne ich, spüre schon, wie die Wut in meinen Hals tropft, nicht das hatte ich erwartet –

»Einige Monate bevor Davidi starb, hatte ich ein langes Gespräch mit ihm, da haben wir auch über dich geredet – und ein paar Tage später rief er an und sagte mir, daß er sich entschlossen hat, sein Testament zu ändern – dir alles zu vererben, unter der Bedingung, daß du hierherkommst.« Avi lächelt.

»Dann bist auch du für die Sache mit der Pyxis verantwortlich?« Ich bin sicher, daß nicht, frage aber trotzdem. Er soll wissen, daß auch er nicht alles weiß.

»Mit der was?« Er ist verlegen, ich hatte recht. »Nein, davon weiß ich nichts, das ist, nehme ich an, etwas zwischen euch beiden.« Und er fragt nicht. Zwei Punkte für ihn. Ich warte noch immer auf die Geschichte. »Warum hast du gerade mit Davidi geredet?«

»Nicht nur mit ihm habe ich geredet. Drei Jahre bin ich bei euch in der Siedlung rumgelaufen und habe jeden auf Band aufgenommen, der bereit war, mir zu erzählen, was er während der Shoah erlebt hat – ich habe die Informationen miteinander verglichen, aber –«

»Aber?«

»Wen du auch fragst – jeder hat eine andere Version. Das heißt, im großen ganzen ist es dieselbe Geschichte, aber die Details – auch du hast eine interessante Lebensgeschichte.«

»Ich?!« Was will er da andeuten? Er beugt sich über seine Tasche, zieht einen von einem Gummi zusammengehaltenen Packen Karteikarten heraus und einen Federhalter aus der Hemdtasche. Er ist nicht verliebt. Er ist noch nicht einmal auf dem Weg. Noch ein großer Irrtum meinerseits. Es ist Zeit, daß ich mir das abgewöhne –

»Komm, machen wir es nicht so kompliziert.« Er schreibt oben auf eine Karte: »Loja Kaplan, 1946«.

»Lea«, korrigiere ich. Er schaut überrascht auf, zieht die Augenbrauen hoch, streicht »Loja« durch, schreibt »Lea« darüber. »Du bist in Venedig geboren«, das weiß er, »aber deine Eltern sind aus der Tschechoslowakei«, auch das weiß er.

»Hat Ora dir das erzählt?«

»Nicht Ora. Davidi. Und auch Gedalja Horowitz.«

»Ach ja?« In meinem Hals kriecht ein Schrecken hoch, ich möchte, daß eines ganz klar ist: »Meine Eltern waren nicht in der Shoah.«

Avi versucht, ein Seufzen zu unterdrücken, das besagt, die Geschichte kenne ich schon. Er lehnt sich zurück.

»Was genau meinst du, wenn du sagst, daß sie nicht in der Shoah waren?«

»Sie waren nicht im Lager, nicht in Auschwitz, sie hatten keine blaue Nummer auf dem Arm, wie die Morgenstern vom Laden und wie der aus dem Umzugscontainer und wie Chassia Horowitz und Minalemama.«

»Auch Oras Vater hat keine blaue Nummer auf dem Arm.«

Mich durchfährt ein Schrecken. Denn es stimmt. Und ich hatte das nicht bemerkt. Und hatte in meiner Dummheit angenommen, daß wer keine blaue Nummer hat –

»In deiner Altersgruppe«, Avi dreht das Kärtchen um, vermeidet es, mich anzuschauen, »hat man darüber nicht gesprochen.« Er spannt ein Sicherheitsnetz unter mir auf, wartet einen Moment. Versucht es noch einmal. »Weißt du, wo deine Eltern zwischen 1940 und 1945 waren?«

»Mein Vater ist in Prag geboren. Er war die meiste Zeit in Prag. Prag wurde ja nicht zerstört.«

Bei den Filmvorführungen zum soundsovielten Jahrestag des Kriegsendes wurden manchmal zittrige Dokumentarfilme in Schwarzweiß gezeigt, mit schwerfällig voranrollenden Panzern, feuernden Geschützen, mit Mündungsfeuer, das fast die Leinwand versengt, die Geschützrohre fahren zurück, unerklärlich langsam stürzen Häuserfronten ein, hohe Flammen, Löschwasserfontänen, Schatten der Feuerwehr, Städte über Städte voll zerstörter Häuser, Flugzeuge mit abgebrochenen Tragflächen trudeln im Feuer der Explosion und stürzen ab, ein Glück, daß ich erst danach geboren bin, ich schrumpfe neben Papa zusammen, hier muß ich keine Untertitel abspulen, Filme diese Art haben eine ernste hebräische Tonspur. Haben sie auch Prag so zerstört? flüstere ich Papa zu, sein Kopf wiegt sich im lodernden Licht des Films nach rechts und links, was hat er für ein Glück gehabt, denke ich mir, fühle mich beschützt, dieses Glück, bin ich mir sicher, geht von einer Generation auf die nächste über, so wie das richtige Aussehen auch, die helle Haut, die hellen Augen, helles Haar retten einem das Leben –

»Aber irgendwann haben sie ihn nach Theresienstadt geschickt.« Avi spricht mit völliger Sicherheit.

»Du meinst nach Terezín? Da war er ein oder zwei Jahre, aber das war ja kein Konzentrationslager, das war so eine Art Ghetto für angesehene Leute, die Beziehungen hatten, da gab es Konzerte und Theater und Fußballspiele.« So habe ich es in Erinnerung.

»Und deine Mutter?« Avi schaut mich konzentriert an.

»Die war Kommunistin.« Das dauernde Summen der Gerüchte wird in meinem Mund plötzlich zu Worten.

»War sie auch in Terezín?«

Ich zucke mit den Schultern. Vielleicht. Vielleicht auch nicht. Keine Ahnung.

»Ich glaube, meine Eltern haben sich nach dem Krieg in Italien kennengelernt.« Das ist nicht wirklich eine Antwort, aber das ist alles, was ich zu bieten habe. Es ist zumindest logisch.

»Und Davidi?« Avi weicht vom Thema ab. Vielleicht spürt er, daß ich nervös bin.

»Davidi war bei den Partisanen.« Hier fällt es mir viel leichter zu antworten. »Er hat gegen die Nazis gekämpft.«

»Hat dein Vater dir erzählt, was er in Terezín gemacht hat?«

»Nein, nicht wirklich. Hier und da einen Satz. Er hat da in der Bibliothek gearbeitet. Die hatten eine riesige Bibliothek, mehr als 60000 Bände.«

Avi nickt. Wartet auf die Fortsetzung. Aber es gibt keine Fortsetzung. Da gab es Theater, Konzerte, aber das habe ich schon gesagt.

»Und von den Deportationen?«

»Von welchen Deportationen?«

Avi senkt den Kopf. Die Sonne glänzt auf seinem Haar, das sicher einmal voll war, jetzt ist es schütter und strähnig. Er schüttelt den Kopf, als schlage er dem Tisch eine Bitte ab.

»Dein Vater hat dir ein sehr ... bruchstückhaftes Bild vermittelt.«

»Mein Vater war ein ehrlicher, aufrechter Mann«, sage ich, hebe dabei die Stimme. Avi lehnt sich nach hinten, verschränkt die Arme.

»Das ist keine Frage der Aufrichtigkeit«, sagt er, als er endlich einen wohlabgewogenen Satz herausbekommt.

»Mein Vater war sehr verschlossen. Er konnte mir stundenlang von römischen Kaisern erzählen, aber über sich selbst – nichts, *nado* – wenn ich ihn fragte, hat er gesagt: Rühr da nicht.«

»Rühr da nicht?«

Ich rühre mit dem Strohhalm in dem Rest Orangensaft, führe vor, wie das, was sich unten abgesetzt hat, wieder aufsteigt. »*Warum hast du mich aufgestört und mich heraufsteigen lassen?*«

Avi nickt. »Ja, ich kenne das. Ich nehme an, daß er dir nichts von Davidi erzählt hat.«

»Ich weiß nur, daß Davidi an der Universität in Prag bei Papa studiert hat, er war aus einem kleinen Städtchen nach Prag gekommen, Banská Bystrica, wenn ich mich nicht täusche.«

Avi nickt. Die Information stimmt. »Das Zentrum des Aufstands«, sagt er.

»Von welchem Aufstand?« Ich habe nur vom Warschauer Ghettoaufstand gehört.

»Vom Slowakischen Nationalaufstand.«

Alles paßt irgendwie mehr oder weniger zusammen, und es paßt auch zu den Beteiligten, Papa saß im Ghetto der Angesehenen in der Bibliothek, während Davidi bei den slowakischen Partisanen kämpfte. Vielleicht ist es das, was über zwanzig Jahre wie ein Schatten zwischen euch stand –

»Fünf Monate nachdem Davidi nach Theresienstadt kam«, beginnt Avi.

»Davidi war nicht in Terezín!« protestiere ich. Avi beugt sich zu mir, Ellbogen auf dem Tisch. Wirft mir einen kurzen Blick zu, senkt den Kopf, verschiebt den Salzstreuer einen Zentimeter nach vorne und einen nach links, wie einen Turm beim Schachspiel. Ich warte. Er läßt den Salzstreuer los, hebt den Kopf. Seine Zähne drücken sich in die Unterlippe.

»Davidi ist Ende April 1942 da hingekommen«, seine Augen, grünbraun, zusammengekniffen, durchbohren mich mit ihrem Blick, »und fünf Monate später haben sie ihn nach Treblinka deportiert.«

»Treblinka?« Dieser unsägliche Name. Grotesk mit seinem »ka« am Ende, wie ein Kosename, wie Kalinka, wie Orinka oder Lojinka –

»Aus Theresienstadt hat es zehn Deportationen nach Treblinka gegeben«, Avi stützt sich auf Ellbogen und Unterarme, dringt in meine Hälfte des Tisches vor, »und danach dann nach Auschwitz.« Ich rieche das Omelett aus seinem Mund.

»Von Treblinka nach Auschwitz?« Ich weiche zurück, lehne mich nach hinten.

»Von Treblinka fuhr man schon nicht mehr weiter.« Avi senkt den Kopf auf seine verschränkten Unterarme, nickt, seufzt ungeduldig. »Treblinka war ein Vernichtungslager.«

»Wie Auschwitz?« Meine Stimme klingt heiser.

»Wie Auschwitz-Birkenau – ein Teil von Auschwitz war auch Konzentrationslager. Kennst du den Unterschied zwischen Konzentrationslager und Vernichtungslager?«

Er lehnt sich zurück, verschränkt die Arme, umarmt seine Ellbogen. Die Sonne, die vorher zwischen uns war, ist weitergewandert. Der Salzstreuer ist erloschen. Die Orangensaftgläser sind leer.

»Ich kann es mir schon vorstellen«, sage ich, und er muß sich vorbeugen, um mich zu hören.

Ich habe Durst.

«Aber die blaue Nummer auf dem Arm –« Die hat Davidi nicht gehabt, da bin ich mir sicher.

»Die war gerade ein Zeichen der Hoffnung«, Avi preßt die Lippen aufeinander, »wer so eine Nummer bekam, erhielt damit noch eine Art Aufschub, manchmal für eine Woche, manchmal für einen Monat. Einige haben auch noch ein ganzes Jahr durchgehalten.«

»In Treblinka?«

»Nein, in Auschwitz.«

»Und in Treblinka?« Ich räuspere mich, um meine Stimme wiederzufinden.

»Nein, in Treblinka«, Avi hebt die Hand, »sind sie durch den Schornstein –« Ich erinnere mich plötzlich an diesen Ausdruck von Minalemama.

»In Treblinka hat keiner überlebt?« Wie dann Davidi? Wie dann bitte Davidi? Was will Avi mir hier für eine Geschichte erzählen?

»Nur ein paar Hundert – die meisten Überlebenden sind in den ersten Monaten geflohen, und dann im Zuge des Aufstands 1943. Davidi ist es gelungen, nach über acht Monaten zu fliehen und – aber das ist wirklich eine lange Geschichte – nach Banská Bystrica zurückzukehren.«

»Und in Treblinka gab es Gaskammern und Krematorien –« Nein. Er wird nein sagen, denn wenn ja, wie hat Davidi dann, wie hat Davidi dann –

»Gaskammern ja, Krematorien wie in Auschwitz-Birkenau nicht. In Treblinka hat man die Leichen in offenen Gruben verbrannt.«

»Wer hat sie verbrannt?«

»Kleine Gruppen von Gefangenen, die man so lange am Leben ließ, bis sie –«

Holz brennt, Fleisch brennt, Fett brennt besonders gut – deine Stimme, laut und heiser, dein böses Lachen, und Papa hält dich umarmt, geht mit dir auf und ab, versucht, dich zu beruhigen ...

»Davidi auch?« Meine Stimme knarzt.

Avi schaut mich lange an, als prüfe er, was seine Antwort in mir anrichten würde. Er nickt beinahe unmerklich.

»Aber wie kommt es, daß sie meinen Vater nicht, wie kommt es, daß mein Vater nicht nach –« Meine Augen brennen. In meinem Kopf brodelt es.

»Ich dachte, das könntest du mir vielleicht erzählen – ich nehme an, er hat Glück gehabt. Vielleicht auch Beziehungen. Kann sein, daß er als ›A-Prominenter‹ galt. Weißt du, wo er studiert hat? In Berlin? Kann sein, daß er Kontakte zu Professoren hatte, die nach der Machtübernahme der Nazis Anhänger Hitlers wurden.«

Die Kellnerin kommt mit zwei Gläsern kochendem Wasser und einem hellen Holzkästchen voller Teebeutel. Sie stellt es laut auf den Tisch. Avi sucht sich einen Minzetee, reißt ein

Zuckertütchen auf und noch eins und noch eins, die Körner sinken auf den Boden des Glases, sie schweben langsam. Avi nimmt den Teelöffel, rührt um, der Teelöffel klingt am Rand des Glases, die Körnchen werden erst durchsichtig und dann zu feinen Netzen im goldgrünen Wasser, gleich wird nichts mehr an sie erinnern. Avi rührt und schweigt. Wartet er auf eine Reaktion?

»Solche Fälle hat es gegeben«, sagt er schließlich, die Augen auf sein Teeglas geheftet.

Ich trinke. Schlucke heiß, sehr heiß, kochend, das macht mir nichts, ich trinke weiter, kriege keine Luft mehr, breche in einen Husten aus, spucke das heiße Wasser auf meinen Handrücken –

Avi –

Die Kellnerin –

Eine Serviette mit Eiswürfeln für die Verbrennung auf dem Handrücken –

»Bist du okay?« Avi drückt die Eisserviette auf meine Hand.

»Hast du mit Davidi auch über meinen Vater gesprochen?« frage ich, als ich mich etwas erholt habe.

»Ja, aber viel hat er nicht gewußt. Ihn hatte man ja nach Treblinka deportiert, und dein Vater –«

»Ist bis Kriegsende in Terezín geblieben«, erinnere ich mich plötzlich, »er hat etwas von einer Typhusepidemie erzählt, die direkt nach der Befreiung ausbrach.«

»Ja«, Avi wirft einen Blick auf seine Uhr, schaut mich an, »hör mal, das ist genug für heute. Ich bringe dich jetzt nach Hause – sag nicht nein. Du siehst aus, als würdest du mir gleich ohnmächtig. Komm, laß uns fahren. Wir machen ein andermal weiter.«

Avi fährt langsam, schaut alle ein, zwei Sekunden zu mir rüber. Draußen schüttet die Sonne wie aus Eimern, das Licht tobt auf den Scheiben, auf den verchromten Teilen der Autos, in den letzten Resten flacher Pfützen. Ich habe meine Sonnenbrille im Restaurant vergessen, meine Augen brennen, eine mir bekannte Übelkeit meldet sich oberhalb des Zwerchfells –

»Hör mal, Loja ... Es tut mir leid ...«, Avi stammelt, noch zwei Punkte für ihn, er ist nicht aus Holz, »ich dachte nicht, daß du so vieles nicht ... nun gut, du warst die letzten zwanzig Jahre nicht im Land ...«

»Was hat das damit zu tun!« Es war nicht so gemeint, aber es kommt zornig heraus. Ich habe jetzt keinen Nerv für zionistische Reden. Mir ist schlecht.

»In den letzten Jahren ist hier viel Material erschienen – viele Gedenkbücher, es gab Interviews, Fernsehsendungen«, er bremst an einer Ampel, nutzt die Gelegenheit, mein Gesicht zu mustern. »Wie geht's dir jetzt?«

»Diese Sonne, diese Sonne macht mich wahnsinnig. Sie knallt mir auf den Kopf.« Ich schließe die Augen, aber die Sonne sticht durch die Lider, sendet Feueradern in die Ohren, in die Kehle, wenn wir nach Hause kommen, muß ich mich sofort in das gute, feuchte Dunkel legen, wie in ein feuchtes, dunkles Leichentuch, in das man einen Körper wickelt, den man aus einem bequemen Grab ins grelle Licht gezerrt hat, um die Essenzen seines Lebens zu bewahren –

Dieser Morgen hat sich gegen mich gewendet: Als ich losfuhr, strahlte die Sonne, die Akazien blühten in winzigen Sonnen links und rechts der Fahrbahn, golden tanzte die Luft, und ich – *carpe diem**, hatte ich mir gesagt –

»Hier?« Avi biegt schon ins Viertel ab. »Links und dann rechts«, ich weise ihm den Weg zu etwas, das sich als Säge-

* Lat.: Nutze den Tag.

lärm entpuppt. Er parkt den Wagen am Eingang zu dem kurzen Wegchen zwischen deinem Garten und dem des jeckischen Ehepaars und geht nachschauen. »Die zersägen gerade deinen Ficus.«

Wenn mein Kopf nicht so gekocht hätte, wäre ich steil hochgegangen wie du. Was fällt Ihnen ein, mit welchem Recht ... über Jahre ist dieser prächtige Ficus hier gewachsen, nein, du hättest nicht Ficus gesagt, Absalombaum hast du ihn genannt, aber mein Kopf, der Brechreiz, und jetzt zittern auch die Knie, wie soll ich aus diesem Auto aussteigen, wie soll ich in diesen entsetzlichen Lärm hineingehen –

»Hier setze ich dich nicht ab«, entscheidet Avi für mich, »ich muß zurück in die Uni«, er fährt langsam, »ich bringe dich zu Ora. Ora ist nicht zu Hause, aber Mechora ist da, ich werde ihr sagen, daß es dir nicht gutgeht, damit sie dich nicht nervt.«

Als ich aufwache, bin ich in einem fremden Zimmer. Wie bin ich hierhergekommen? Gestützt von Avi, der mit Oramama tuschelt, sie bringt mir ein Glas Wasser, reicht mir eine Tablette. »Von Baruchs Tabletten – ich habe so was nie gebraucht, aber ich bin ja auch aus Eisen.« Nach der Farbe der Zwischenräume zwischen den Latten der Fensterläden zu schließen, ist es schon Abend. Ich versuche aufzustehen, stoße irgendwas um, Schritte nähern sich –

»Loja?« Das ist Ora, sie füllt die Türöffnung aus.

»Ja ... ich bin aufgewacht«, ich versuche mich aufzusetzen. Mir schwindelt.

»Hast du uns erschreckt«, Ora kommt rein, »Avi hat schon dreimal angerufen, um zu fragen, wie's dir geht – was ist denn passiert?«

»Ich habe eine wahnsinnige Migräne.«

»Hast du deine Tage?«

Das Klingeln des Telefons rettet mich davor, mit nein antworten zu müssen, nein, schon seit drei Jahren nicht mehr – Mottik antwortet irgendwo dort im Wohnzimmer: »Ja, ich glaube, sie ist gerade aufgewacht – ich glaube, sie ist okay – bleib dran, ich schau mal nach.« Er klopft an die halboffene Tür. »Loja, willst du Avi beweisen, daß du noch lebst?« fragt er und hält mir den Hörer und das Telefon hin.

»Loja?« Seine angenehme Stimme wirft mich sofort Jahre zurück. Denn dieser Morgen liegt Jahre zurück. Wo bin ich jetzt, und wo ist jene Loja geblieben, die an einem hellen Frühlingsmorgen in den Bus stieg, um jemanden zu treffen, der vorsichtig war und vielleicht schon fast verliebt –

»Ja, wie geht's?« Ich reagiere blöd.

»Wie es mir geht?! Wie geht's dir? Was macht der Kopf?«

»Der Kopf? Der kehrt langsam an seinen Platz zurück, glaube ich«, und plötzlich fällt mir der Ficus ein, der Absalombaum, der von einer kreischenden Motorsäge zersägt wird –

»Hör mal … wenn du dich ein bißchen erholt hast … falls du Hilfe brauchst …« Schuldgefühle. Schuldgefühle. Ich spüre sie schon drei Meilen gegen den Wind.

»Sag mal, kann man vielleicht irgendwo herausfinden – von wann bis wann mein Vater in Terezín war, und eventuell, ob meine Mutter auch dort war –«

»Kein Problem – dafür genügt ein Anruf im Kibbuz Givat Chaim Ichud – die haben dort in der Gedenkstätte Beit Terezín auch ein Archiv, ich brauche nur den vollen nichthebräischen Namen deiner Eltern und die Geburtsdaten.«

»Avi«, Ora nimmt mir sanft den Hörer aus der Hand, »vielleicht klärt ihr diese Familiengeschichte, wenn Loja sich ein bißchen erholt hat? Im Moment ist sie noch ziemlich grün.« Sie hört ihm mit gesenktem Kopf zu, beobachtet mich dabei. »Gut«, sagt sie und dann noch einmal: »Gut. In Ordnung. Also dann Schalom«, und zu mir: »Avi ruft dich an, wenn er Antworten hat.« Aber ich habe ihm doch gar keine persönlichen Daten gegeben, erinnere ich mich, und das beruhigt mich, sehr gut: Ich habe ihm keine persönlichen Daten gegeben –

Die ganze Woche versuche ich zu retten, was von dem Ficus noch zu retten ist. Telefonate mit Rechtsanwalt Betzer, mit der Stadtverwaltung, dem Rat für ein schönes Israel, der Gesellschaft für Naturschutz, dem Umweltamt – ich hatte nicht gewußt, daß es so viele grüne Adressen gibt und daß eigentlich keine von ihnen etwas ausrichten kann.

»Loja?« Arlosora hat schon angefangen, in der Stadtverwaltung zu arbeiten. »Jetzt mach nicht so einen Wirbel. Davidi hat einen Ficus gepflanzt, der sich auf das Nachbargrundstück ausgebreitet hat. Jetzt muß man dort den Baugrund ebnen, Fundamente ausheben. Die ziehen da ein vierstöckiges Haus hoch, und der Ficus steckt ihnen wie eine Gräte im Hals. Was wir noch machen können, ist, zu versuchen, ihn zu verpflanzen, ihn bei dir rauszuholen und im Gefallenengedenkpark einzupflanzen – ja, hinter dem neuen Zentrum, hör zu, ich schick dir die Gartenarchitektin vorbei!«

Diese Bulldozer hättest du sehen müssen. Vielleicht hast du mir das Haus ja vererbt, damit ich verhindere, daß sie es dir plattmachen, hast gehofft, daß ich hier ankommen werde wie die Göttin Anat, daß ich *das Volk der Küste und das vom Aufgang der Sonne zermalmen werde, daß ich die Eroberer mit dem Stock, die Ränkeschmiedenden mit dem Bogen in die Flucht treiben werde, daß ich meine Knie, meine Lenden im Blut der Krieger baden werde* – nie habe ich verstanden, was genau die ugaritischen Dichter damit gemeint haben, aber es klang fast so schön wie die Bibel, war ihr auch sehr ähnlich, und es war genauso leicht auswendig zu lernen wie die Bibel –

Ich stehe draußen und sehe, wie sie das Geißblatt niedermachen, die Stiefmütterchen und die neuen Petunien plattwalzen, wie sie die Wegplatten aus Jerusalemstein zertrümmern, um zu den Überresten des Ficus zu gelangen, sich in sein Wurzelwerk hineingraben und einen riesigen Klumpen Erde mitsamt amputiertem Stamm und halber Krone herausreißen – mit einemmal ist der Blick auf das Nachbargrundstück frei, das Haus dort haben sie schon abrasiert, überall sind Arbeiter und Landvermesser. »Ich weiß nicht, ob er das überlebt«, sagt die Gartenarchitektin zu mir, sie ist sehr braungebrannt, trägt einen alten Strohhut. »Schade, daß wir nicht früher dran gedacht haben, schade um so einen schönen Baum.« Der Baum wird mit einem Kran auf eine große Transportpalette gehoben. Ich stehe vor dem klaffenden Loch, in das abgerissene Wurzeln hineinragen. Ich frage mich, ob sich abgetrennte Wurzeln so verhalten wie Schwänze, ob sie noch ein bißchen weiterleben und zukken, ob die starke Wurzel, die unter meinem Haus langgeht und mir die Bodenkacheln hochhebt, sich jetzt beruhigen wird, ob sie ersticken wird aus Mangel an Licht und an Luft?

»Füllt das auf, macht das wieder eben!« befiehlt Amitai den Arbeitern. »Ihr könnt hier doch nicht so ein offenes Grab zurücklassen!« Sie füllen das Loch mit der Erde, die sie vorher ausgehoben haben – Erde in der Farbe von rötlichem Ton – und schütten darauf noch einen Haufen in der Farbe von Bitterschokolade.

»Jetzt kannst du hier einen Blumengarten anlegen«, sagt Amitai, »die meisten Blumen mögen Sonne, und die Jahreszeit ist jetzt auch genau richtig.«

Doch ich gehe im Gefühl meiner Niederlage ins Haus. Ich verstehe allmählich, warum du Bulldozer gehaßt hast –

Und die persönlichen Daten? Geburtstage haben wir nicht gefeiert, nicht bei Davidi und nicht bei Papa. Bei Nachum haben wir nach der Bar Mizwa aufgehört, bei mir auch, das heißt, Ora merkte sich meinen Geburtstag und brachte mir immer ein kleines Geschenk – wo kann ich eure Geburtsdaten bloß finden – die Abteilung für die Suche vermißter Angehöriger ist schon lange tot –

Vielleicht in deinem Zimmer –

Du warst in Terezín – doch darüber nie ein Wort. Sie haben dich nach Treblinka deportiert – wie hast du die Gaskammern überlebt? Und Nachums Mutter – wo ist die gewesen? Wann ist sie geboren? Und ... mein Gott, wie hieß sie überhaupt? Ich weiß noch nicht einmal ihren Namen, du hast so viel versteckt. Vielleicht hast du ja gewartet, daß ich frage. Und ich habe nicht gefragt. Und Nachum, hat er es gewußt? Hat er es nicht gewußt? Während des Eichmannprozesses war er in der Flugausbildung – du bist ja gewissenhaft jeden Tag hingefahren, Papa auch, aber der hat in Jerusalem auch gearbeitet. An einem Abend bist du zu uns rübergekommen, Papa war schon zurück, und du warst ganz außer dir, Papa hat dir einen Slibowitz eingegossen – ich stand mit Bleistift und Radiergummi in der Tür meines Zimmers, ihr habt mich gestört, mich zu konzentrieren: Ich mußte eine Landkarte von Mitteleuropa zeichnen, und ihr strittet in wildem Tschechisch, spritztet Loewenstein und Edelstein und Murmelstein und Eppstein wie Funken aus Stein, der Radiergummi fiel mir hin, kullerte zu deinen Füßen – entschuldige, einen Moment, entschuldige, ich schob deinen Knöchel leicht zur Seite, um an den Radiergummi zu kommen, und berührte etwas Hartes. Hast du eine Pistole im Strumpf? Ich erschrak, du antwortetest nicht, drehtest dich nur um und stürmtest hinaus –

Zwei Wochen später wagte ich es, Papa zu fragen, worüber ihr gestritten hattet. Über eine alte Sache, Papa wedelte mit der Hand vor seinem Gesicht, als wolle er eine dunkle Wolke vertreiben.

Seid ihr jetzt für immer verkracht? fragte ich, um das, was ich in seinen Augen sah, ins Lustige zu ziehen, aber tief im Herzen fürchtete ich wirklich, daß es so war. Davidi kam schon nicht mehr auf-fünf-Minuten vorbei, um dann stundenlang bei uns in der Wohnungstür zu stehen und erst nach langem Drängen – Aber-nicht-zum-Abendbrot! – reinzukommen, sich dann hinzusetzen und mit einem Glas Tee und Keksen bewirten zu lassen. Davidi ist nicht bereit, das Vergangene ruhen zu lassen, hatte Papa geantwortet, und ich fragte: Den Eichmannprozeß oder Bar Kochba? Denn über diese beiden Themen stritten sie heftig, doch Papa begnügte sich mit einem Kopfnicken, das vielleicht ja und vielleicht auch nein heißen konnte, und wollte nichts mehr dazu sagen. Als Nachum aus dem Kurs für ein freies Wochenende nach Hause kam, fragte ich ihn, ob er etwas über den neuen Krach wisse, aber auch er wußte nichts. Vielleicht wußte er auch etwas und wollte es mir nur nicht sagen – ich war ja noch klein –

Zwischen mir und dem Bauplatz haben sie einen Zaun aus grauen Pfosten gezogen. Dahinter kann ich den Betonmischer hören und was die Arbeiter sich auf arabisch zurufen.

Abends schließe ich die Haustür sorgfältig zu, hole einen Stuhl und klemme die Lehne unter die Türklinke. Ich achte darauf, daß das Telefon in Reichweite steht. Gestern habe ich das Brotmesser unters Kopfkissen geschoben –

Das zugeschüttete Loch glänzt in der Sonne wie eine große Narbe, nichts sprießt aus dieser Erde. Schwarze Erde, tot. Nur die Sonne glänzt auf ihr, ein bißchen schadenfroh. Noch mal lege ich keinen Garten an.

Der Lärm und das Licht haben die Vögel vertrieben, kein Kaiser, kein Specht, kein Dubček. Sie sind vielleicht alle mit dem Absalombaum in den Gefallenengedenkpark umgezogen. Auch die französischen Kellner, die polnischen Tanten, die Henker sind alle weg. Nur die Mafiosi fürchten nichts, schwarz und arrogant funkeln sie in der Sonne und fluchen auf italienisch –

Pessach ist dieses Jahr sehr früh, höre ich im Lebensmittelladen, und zu Hause erwartet mich das klingelnde Telefon – Avi – Avi – Avi – und ich habe noch immer nicht rausbekommen, wann all die Toten geboren sind –

»Was machst du am Sederabend?« Das ist Tikwa.

»Weiß ich noch nicht.« Es fällt mir schwer, die Enttäuschung zu verbergen und die Erleichterung.

»Dann bist du bei uns!« Tikwa entscheidet für mich, weil alle-Juden-füreinander-einstehen-und-sich-immer-einer-beim-andern-einmischt-und-einer-den-andern-nicht-atmen-läßt –

Fällt Pessach dieses Jahr wirklich so früh? Vielleicht duftet der Orangenhain deshalb noch nicht, vielleicht ist der Granatapfelbaum deshalb nackt und noch gar kein Baum, sondern eine Art Reisigbesen, in dem sich die Sonne bei jedem Untergang für ein paar Minuten verfängt. Alle Bücher aus deiner Bibliothek trage ich hinaus auf die auf dem Gras ausgebreitete Pikeedecke: Vielleicht wird aus einem ein altes Dokument herausfallen, die Fotokopie eines Reisepasses – hier sind sie, die Kanaaniter, Sidoniter, die frühen Hebräer, daneben Bücher über den Kult der Ugariter, über Bar Kochba und seine Freunde und über die römischen Kaiser, die ihm nach dem Leben trachteten, und hier ist auch unser Freund Hannibal – und schau an, hinter dieser Bücherwand steht noch eine zweite Reihe von Büchern – die sind von

Papa! Obwohl es Bücher auf deutsch sind, habt ihr mir Ranke, Burckhardt und Mommsen aufgehoben, und hier Collingwood und Croce, und auch die älteren Bekannten Plutarch, Polybios, Titus Livius, Thukydides, ich schlage sie alle auf, aus einem fällt eine Busfahrkarte, die wohl als Lesezeichen gedient hat, aus einem anderen eine Eintrittskarte für einen Chanukkaball: Die Herrschaften werden gebeten, ihren Platz einzunehmen und von Rascheln und anderen Ruhestörungen abzusehen – und hier ein Zeitungsausschnitt: *Höre Israel! Was wir befürchtet haben, ist geschehen. Das größte nationale Unglück der Geschichte ist über uns gekommen. Wir werden nicht schweigen – Blut um Blut! Volk gegen Volk! Rache und Erlösung! Wenn nicht jetzt – wann dann? Der Hasmonäerbund* – ich schüttele noch ein Buch und gewinne einen Lotterieschein, eine Lebensmittelkarte, den Neujahrsgruß eines Kollegen mit Silberkörnchen, einen vergilbten Zeitungsausschnitt, *Davar*, November 1952: *Werden die Zionisten und Israelis, die nach der Staatsbürgerschaft zweier Länder gieren, jemals verstehen, daß sie nur in der einen Heimat freie Menschen sind – während sie dort, in der anderen Heimat, im Reich des Kominform, von vornherein geknechtet sind?* – Ich erinnere mich nicht, daß wir zu Hause *Davar* gelesen haben, warum hast du ausgerechnet das ausgeschnitten? Und hier noch ein Zeitungsausschnitt, *Ha-aretz*, auch November 1952, was ist da passiert: *Die israelische Öffentlichkeit fordert, daß sie in den Schoß ihres Volkes zurückkehren, so wie eine Mutter von ihren Kindern verlangt, daß sie zu ihr zurückkehren. Werden sie ihr diesen Wunsch abschlagen?* Wieviel Pathos, und was für ein Hebräisch – und hier noch ein Ausschnitt – aus welcher Zeitung? Das läßt sich nicht erkennen, handschriftlich hast du auf dem Rand vermerkt: »Diskussion in der Knesset« – der Text ist fast völlig verblaßt, dein Versuch, manches durch Unterstreichen hervorzuheben, macht die Sache nur noch schwerer, jetzt kann man kaum noch was entziffern, *unser Volk ist mit einem langen Gedächtnis gesegnet, es wird niemals vergessen* – aber was, das ist schon nicht mehr erkennbar, *wird skrupellos an die Seite gedrängt von* – wovon? – *es gibt eine Nemesis in der Geschichte* – welcher Knessetabgeordnete kannte diesen Begriff? *Sie haben gelernt, daß es das Wort »Heimat« nicht im Plural gibt. Ein Volk hat nicht zwei Heimaten, so wie ein Mensch keine zwei Mütter hat, die ihn geboren haben.* Warum hat dich das beschäftigt? Und hier, auch das ist unterstrichen, eine *Slánský-Clementis-Bande von Spionen und Verrätern* – hängt das nicht mit irgendeinem Prozeß zusammen? Aus dem Buch von Polybios – Nichts ist geeigneter, uns den rechten Weg zu weisen, als die Kenntnis der Vergangenheit – fallen weitere Zeitungsartikel, *Al Hamischmar*, März 1953: *Die fortschrittliche Welt betrauert Stalins Tod* – ja, daran erinnere ich mich – *der große Führer und Feldherr, ein gewaltiges, in der Weltgeschichte einzigartiges Phänomen* – aber was hat dich dazu bewogen, diese Ausschnitte aufzuheben? Zustimmung? Ablehnung? Der Wunsch, zu gegebener Zeit den israelischen Aufmarsch der Dummheit zu erforschen und vielleicht wie Herodot, hier steht er, mitten in der Reihe der historischen Werke, aus dem Griechischen übersetzt von Dr. Alexander Schor, vielleicht wie Herodot einfach zu sammeln, was wert ist, erinnert zu werden, die unvorstellbaren Taten der Menschen – und hier – wie schön – die vier kleinen Bände der hebräischen Ausgabe von Mommsens *Römischer Geschichte*, und was hängt da aus dem zweiten Band raus, ein Ausschnitt aus *Davar*, mit Füller blau umkreist: *Unbekannter warf Stein auf Tschechische Gesandtschaft in Tel Aviv – Scheiben zerbrochen – Angestellter sah den Unbekannten fliehen* – Davidi? Das war Davidi! Ich bin mir fast sicher – wenn ich nur den wahrsten Grund – *alethestate prophasis* – dafür wüßte, auch das ist im November 1952 passiert – gut, ich suche erst einmal weiter nach Unterlagen, nach einem Dokument, einem Führerschein, nach irgend etwas, aber nein, nichts, noch eine Eintrittskarte für eine Chanukkafeier, eine Fahrkarte der israelischen Eisenbahn, ein paar Hochzeitseinladungen, ich öffne die Bücher in der Sonne, lasse den Geruch eingemachter Zeit aus ihnen entweichen, gehe zurück ins Haus, öffne die Fenster, trage das Bettzeug nach draußen, ich beginne früh mit dem Pessachputz, alle Bakterien des Dunkels wird das Feuer der Sonne verbrennen, das Haus wird gelüftet, es wird sich erholen – warum habe ich das nicht früher getan, vielleicht sollte ich den Maler bestellen, im rostigen Briefkasten lag ein offizieller Brief der Stadtverwaltung an mich, wir schicken Ihnen jemanden, um zu prüfen, ob Ihr Haus nicht einsturzgefährdet ist – bitte schön, sollen sie ruhig kommen, im neuen Zentrum gibt es einen Baumarkt, da bekommt man Spachtelmasse für die Risse, Putz und eine breite Bürste zum Auftragen der Kalkfarbe, die nach feuchter Sauberkeit riecht – sollen sie doch kommen, nur zu, den Baum habe ich nicht retten können, aber dieses Haus wird bereit und rausgeputzt sein wie eine Kaserne zum Appell – die wissen ja nicht, mit wem sie es zu tun haben –

»Pessachputz?« fragt Adriana lachend aus der Tür ihrer Boutique, als sie mich mit dem Eimer Kalkfarbe und den Pinseln sieht. »Komm mal kurz rein, ich habe umwerfende Ware aus Mailand bekommen!«

Ich schaue hinein, vielleicht kaufe ich mir was Neues zum Anziehen, es stimmt ja, wie es im Lied heißt, *der Frühling ist gekommen, Pessach steht vor der Tür.* »Wo bist du zum Seder?« fragt Adriana zwischen zwei Kleidern, und ich zucke mit den Schultern. »Probier mal das hier an«, sagt sie, hält mir eine Komposition in Beige hin. »Ich flüchte«, erzählt sie vor dem Vorhang der Umkleidekabine, »ich schicke die Mädchen nach London und mache eine Kreuzfahrt à la *Love Boat*.« Ich komme angezogen aus der Kabine. »O nein«, Adriana schlägt die Hände zusammen, »zieh das bloß wieder aus, die Farbe ist ja schrecklich an dir, macht dich mindestens zehn Jahre älter, nein, du brauchst etwas Lebendigeres – probier mal das hier.« Ich gehe zurück in die Kabine und ziehe etwas in Weinrot an, und sie schlägt mir inzwischen vor, mit auf ihre Schiffsreise zu kommen, vielleicht gibt es ja noch Plätze, sie wird mit ihrem Reisebüro reden, wäre das nicht was? Nein? Wirklich nicht?

»Eifrig, eifrig!« Amitai lädt sich zu einem Mineralwasser ein, setzt sich auf das mit einem Laken abgedeckte Sofa und schaut mir zu, wie ich mir an einem Riß besonders weit oben zu schaffen mache, seine Ränder mit Schmirgelpapier glätte, ihn anfeuchte, wie der Verkäufer es mir erklärt hat, ein bißchen abwarte und jetzt das Nildelta mit einem besonderen weißen Material fülle.

»Schade um deine Arbeit«, Amitai streckt die Beine von sich, gefällt sich gut, so unbeleckt von jeglichen Umgangsformen, denkt nicht im Traum daran, seine Hilfe anzubieten. »In ein paar Monaten hast du den Riß woanders – die Erde arbeitet hier gewaltig … Dieses ganze Haus steht auf ziemlich wackligen Hühnerbeinchen.« Er bewegt mit der Fußspitze eine Bodenkachel. »Was hat dich denn plötzlich gepackt?« »Es ist Pessach – oder?« Mit dieser Antwort kann ich ihm wohl am besten den Mund stopfen, aber auch dazu hat er einen Kommentar parat. »Ich sage ja schon lange, die Frauen hier, die haben das in den Genen, wenn Pessach in Sichtweite ist, egal, ob fromm oder nicht, sofort schrubben sie, räumen die Schränke aus und tünchen das Haus.« »Und was ist daran schlecht?« frage ich von den Höhen der Leiter herab. »Ich habe nicht gesagt, daß das schlecht ist – macht nichts, ihr Frauen könnt gern ein bißchen arbeiten, da bin ich Feminist.« In diesem Moment klingelt das Telefon. O nein, er hebt ab. »Ja? Ja. Wer möchte sie sprechen? Nein, sie ist nicht da.« Ich steige von der Leiter, reiße ihm den Hörer aus der Hand. »Hallo?« – »Loja?« Es ist Ora. Bloß Ora. »Wer ist der Idiot, der mir da gerade geantwortet hat? Dein Bauer? Schmeiß ihn raus, aber achtkantig.« Amitai beobachtet mich neugierig, und ich winke ihm zu, *bye*, na geh schon, jetzt geh endlich, geh! »Er ist gegangen«, berichte ich, bin bereit zu hören. Aber Ora hat keine besonderen Neuigkeiten. »Ich wollte nur fragen, ob du schon weißt, wo du am Sederabend bist. Ich mache gerade die Liste, ja, dieses Jahr sind wir bei uns. Wer alles kommt? Bisher sind wir in voller Besetzung, Menachem mit seiner neuen Frau und Avi –« – »Avi?« – »Ja, und vielleicht auch Gadi, der Freund von Vered.« – »Dann setz mich auch auf die Liste«, unterbreche ich sie. Avi, Avi, Avi. »Freut mich«, sagt Ora, sie freut sich wirklich – erst danach erinnere ich mich, daß auch Tikwa – habe ich ihr zugesagt? Nein, ich habe ihr nichts versprochen. Dann ist es ja in Ordnung. Ich werde am Sederabend bei Ora sein. In dem weinroten Kleid, das Adriana mir verkauft hat. Ich brauche noch neue Schuhe. Und einmal Haarschnitt mit Tönung. Und bis dahin werde ich die Sonne überall reinlassen. Für Nachums Zimmer kaufe ich einen neuen kleinen Teppich – ich habe einen hellblauen gesehen – nur dein Zimmer ist noch übrig – wenn sie kommen, um das Haus zu inspizieren, werden sie verlangen, daß ich auch dein Zimmer aufmache – wer weiß, vielleicht ist da ein schwarzer Riß vom Fundament bis hinauf zur Decke –

Soll ich aufschließen? Was kann schon passieren. Das große Bett, vielleicht gemacht, endlich ruhig, und was noch?

Fotos? Dokumente? Kleider? Lederstiefel von den Partisanen? Du hast schließlich gewollt, daß ich hierher zurückkehre. Frau Loja Kaplan höchstpersönlich, sie und kein Bote, sie und kein Vertreter, sie und kein Bevollmächtigter, nur sie höchstpersönlich – Rechtsanwalt Betzer hatte mir die Vorbemerkung zu deinem Testament vorgelesen. Wann hat er das diktiert? hatte ich am Telefon gefragt, ich war gerade in Ferien, nutzte sie, um mit Chedwa in Boston herumzuspazieren, eine hübsche Stadt, aristokratisch, universitär, hier würde es dir gefallen, du könntest meine Nachbarin werden, Chedwa sprudelte über von Plänen und praktischen Ratschlägen, und bei ihr erreichte mich dann schließlich der mich suchende Anruf nach ein paar Wochen. Ist er gestorben? war meine erste Frage gewesen, als klar wurde, daß es sich um einen Rechtsanwalt aus Tel Aviv handelte, um ein Testament, dessen Vollstreckung einzig und allein von mir abhängig sei, ist er gestorben? Wann ist er gestorben? Vor eineinhalb Monaten, die Antwort überquerte den Ozean im Nu, aber diese Information kam nicht an, es war unmöglich, dich zu annullieren, ein Vierteljahrhundert hatte ich dich nicht gesehen, dreizehn Jahre lang, seit Nachums Tod, nicht mehr mit dir gesprochen, und trotzdem bist du die ganze Zeit dort gewesen, also hier, hier in diesem Haus, voller Charme und Wut, eisenschwarze und silberne Locken, glühende silberne Augen, auch Papa war, noch einige Jahre nachdem er gestorben war, braun, glatzköpfig und still da, Jahre vergingen, bis die Erinnerung an ihn hohl wurde, wie bei den Toten unter der Lava in Herculaneum – weißer Gips, der in die Hohlräume gefüllt wurde, die sie hinterließen, ganz präzise und verlogen, so echt, daß du erschauderst, und trotzdem tot-weiß, so als sei er aus dem kalten Material des Mondes gemacht, dem Durchgangslager der Toten, ich habe diese Gipstoten gesehen – keiner von ihnen glaubte, daß das sein Ende sein sollte – auch Papa nicht, in der Bibliothek, Freitag, Samstag, Sonntag –

Manchmal bist du mir in Träumen erschienen, merkwürdig, nie als du selbst. Einmal warst du die Leiche in einer Anatomiestunde von Rembrandt und hast plötzlich den Kopf gehoben – Eliot pflegte Träume sofort nach dem Aufwachen aufzuschreiben, bevor sie sich im Morgenlicht verflüchtigten, ich war zu faul dazu, ich habe sie ihm manchmal erzählt – nach ein paar Monaten erinnerte ich mich dann weniger an den Traum selbst als an die Wörter, in denen sich der Traum festgehakt hatte, wie ein feiner Schal in einem Dornbusch – die Erde arbeitet, die Erinnerung arbeitet und verändert sich, auch die Toten liegen nicht tatenlos da, aber du hattest noch gelebt, und ich hatte gewußt, wenn ich nur wollte, könnte ich direkt in deiner funkelnden Wut landen, die, wenn ich das jetzt sagen darf, eine Art Liebe war –

Wann hat er Ihnen das Testament diktiert? erkundigte ich mich über den Ozean hinweg. – Einen Monat vor seinem Tod. – Waren Sie in den letzten Momenten bei ihm? Ich war wütend, daß mir keiner Bescheid gesagt hatte, aber wie hätte man mich finden sollen, ich war in Urlaub, hatte keine Spuren hinterlassen, bei wem genau sollte ich mich beschweren. – Mehr oder weniger, antwortete der Rechtsanwalt. – Was heißt das, mehr oder weniger! Ich ließ meiner Wut freien Lauf. – Ich war bei ihm in der Geriatrischen Klinik und habe in Anwesenheit von zwei Zeugen mit ihm gesprochen, keine Sorge, das ist alles ganz koscher, er war völlig klar im Kopf, erst einen Tag später hat er das Bewußtsein verloren. – Was waren seine letzten Worte? Was gäbe ich darum, das zu wissen – Giordano Bruno sagte auf dem Scheiterhaufen zu der Bäuerin, die Reisig in das Feuer seines Todes legte, *o sancta simplicitas*, o heilige Einfalt, aber Rechtsanwalt Betzer konnte sich nicht erinnern. – Warum soll ich Ihnen was vormachen, er hat über alle möglichen Dinge geredet, alle möglichen Sachen. – Goethe hat gesagt, mehr Licht. Vielleicht erinnern Sie sich ja trotzdem, bedränge ich ihn. – Ich kann mich nicht für die genauen Worte verbürgen. – Ich habe keine Feinde, hat Iwan der Schreckliche auf dem Sterbebett zu dem Priester gesagt, der ihm die Beichte abnahm und ihn bat, allen seinen Feinden zu vergeben, ich habe sie alle umgebracht. Warum war es ihm wichtig, daß ich komme? – Das ist doch ziemlich klar, oder? – Aber er hat es nicht an die Bedingung geknüpft, daß ich auch in Israel bleibe? Meine Sorgen, hatte Marie Antoinette kurz vor der Guillotine gesagt, enden in diesem Moment, und eure beginnen erst. – Nein, ich habe ihn davon überzeugt, daß das keinen Sinn hat, daß Sie kommen und verkaufen können und das Geld nehmen und nach Gaza fahren. Wie bitte? Ach, das ist so ein Ausdruck hier. – Ja, ich erinnere mich. Erinnern Sie sich sonst an nichts mehr? Gott wird mir vergeben, hat Voltaire gesagt, das ist schließlich sein Beruf –

Aufschließen. Was hinter dieser Tür ist, kann keinem mehr weh tun. Und du auch nicht mehr. Noch nicht einmal den Trost, daß du dich nach und nach in Phosphate und Kohlenstoffverbindungen auflöst, in Grundstoffe zerfällst und durch die Wurzeln aufsteigst, den Stamm hinauf, zu Blättern wirst, die das Licht aufnehmen, dich im Regen badest, kurz, daß du in pflanzlicher Form in diese Welt zurückkehren wirst, nicht einmal diesen Trost hast du mir gelassen, Unsummen sind dafür draufgegangen, hatte der Rechtsanwalt mir erzählt, für das Ausfliegen der Leiche nach Zypern, die Rücksendung der Schachtel mit der Asche, die jetzt erst mal in der Pyxis liegt, ist das eine Prüfung? Und wenn ja, wofür? –

Das Telefon. Diesmal ist es Avi. Ich bin mir sicher –

»Loja, wie geht's dir?«

»Ich habe mich erholt, aber ich habe hier noch immer keine Unterlagen mit den Geburtsdaten gefunden.«

»Schade.« Avi klingt ehrlich enttäuscht. Ein Forscher, dem seine Beute entwischt ist? »Aber man kann noch etwas machen – auch wenn du nur ungefähr das Geburtsjahr kennst, kannst du dort in Beit Terezín nachforschen. Die haben Listen von allen, die ins Ghetto gebracht worden sind, wann sie reingekommen sind und wann sie –«

»Sag mal, diese Listen – kann man sich auf die verlassen?«

»Die sind sehr genau.«

»Haben die Deutschen tatsächlich jeden Juden registriert, der kam und ging?«

»Das haben die Juden gemacht.«

»Die Juden?!«

»Im Ältestenrat gab es dafür eine eigene Abteilung.«

»Der Ältestenrat war so eine Art Judenrat?«

»Ja.«

»Hier in der Siedlung hat es einen gegeben, von dem es hieß, er sei im Judenrat gewesen.« Erinnerungen fallen über mich her, die Worte stürzen aus meinem Mund. »Einmal haben sie ihm ›Verräter!‹ ›Mörder!‹ ans Haus geschrieben.«

»Loja –«

»Und Macht-daß-ihr-wegkommt-Herschkowitz vom Galanteriewarenladen«, es sprudelt aus mir heraus, als sei ein Damm gebrochen – Erinnerungen und Wörter in einem, »den hat man hinter seinem Rücken ›Kapo‹ genannt, der hatte eine blaue Nummer auf dem Arm, und dann hat es noch einen gegeben, der hat in einem dieser Umzugscontainer aus Holz gewohnt, der wollte in kein Haus ziehen, auf den haben wir aus der Ferne Kieselsteine geworfen, und wir sind um sein Haus herumgerannt – nach dem Eichmannprozeß fand man ihn aufgehängt in Abramsons Orangenhain –«

»Loja –«

»Aber keiner hat darüber gesprochen, man hat überhaupt nicht darüber gesprochen, außer Minale, und die hatte echte Horrorgeschichten.«

»Ja, Ora hat mir von dem Ausflug nach Jerusalem erzählt.«

»Welcher Ausflug nach Jerusalem?«

»Am Ende der dritten Klasse.«

Keiner hatte seither davon gesprochen, auch wir selbst wollten nicht mehr daran denken, was da in uns gefahren war – eine ganze Klasse geht mit der Klassenlehrerin Drora, mit Bilumama und Dinamama, die Krankenschwester war, und mit einem Vater mit Waffe, Elchanans Vater, auf Klassenfahrt. Wir hätten gar nicht erst auf den Lastwagen aufsteigen dürfen – Minale wollte nicht, da hat Elchanans Vater sie hochgehoben und sie wie ein Flugzeug eine halbe Runde fliegen lassen und auf die Bank gesetzt, und Josefa hat Ich-auch, Ich-auch gebettelt, und Arlosora und Ruthi auch, Ora war selbst hochgeklettert, aber ich wurde für einen Moment hochgehoben, breitete die Arme aus, ich bekam eine ganze Runde, vielleicht weil ich die Kleinste und die Leichteste war, und landete, viel zu schnell, am Ende der vordersten Reihe, ich schlängelte mich an den Knien der Jungen und denen der Mädchen vorbei bis zu Ora, die mir einen Platz zwischen sich und Minale freimachte, und binnen weniger Minuten sangen wir bereits *Wir fahren, wir fahren, wir fahren um die Welt. Es schaukelt unser Wagen, bis einer runterfällt*, und der Lastwagen fuhr, und in jeder Kurve kamen wir in Schieflage zwischen Lachkrämpfen und Was-drückst-du-mich-so und Was-soll-ich-denn-machen-die-sind-alle-auf-mich-drauf-gerutscht, eine Tüte mit Fruchtbonbons geht von einem zum andern, bitte, greift zu, und in diesem Durcheinander von Wer-will-was-trinken, Wie-spät-ist-es und Wieweit-ist-es-noch, höre ich neben mir ein leises Krächzen, anhaltend, kaum hörbar, dann aber immer lauter, warum weinst du, Ora beugt sich über meine Knie hinweg zu Minale, aber die hört nicht auf, hält die Fäuste vor die Augen, ihr Weinen wird stärker, Bilumama bahnt sich einen Weg zu ihr, versucht, etwas aus ihr herauszubekommen, bietet ihr eine Banane an, fragt sie, ob ihr schlecht sei, ob sie sich übergeben müsse, ob man einen Moment anhalten solle, das sei nicht schlimm, das komme manchmal vor, vielleicht ein bißchen Wasser aus der Wasserflasche oder Tee aus der Thermoskanne, aber Minale weint und weint, die weiter entfernten Kinder verstummen, beginnen zu flüstern, was ist mit ihr los, warum weint sie, und das Weinen wird immer stärker, Minale sperrt einen rosa Rachen auf, schreit irgendwas, ihre Augen versteckt sie hinter den Fäusten, Minale, schau mich mal an, schau mich doch einen Moment mal an, Bilumama hat sich vor sie gekniet, sie streckt die Hände aus, umfaßt Minales Handgelenke, versucht, ihre Augen freizulegen, doch Minale schlägt um sich, schreit, kreischt los. Sie wollen aus den Kindern Würstchen machen! Kapo! Du bist ein Kapo! schreit sie Bilumama an, schlägt sie. Du willst aus Kindern Wurst machen! Du fährst uns in die Wurstfabrik! Und das entsetzliche Weinen steckt an, geht auf Arlosora über, auf Josefa, Dina, Ruchama, Adriana und Sarka, ein Junge am andern Ende der Reihe ruft: Schreit! Wehrt euch! Damit sie den Lastwagen anhalten! Er fängt an, mit seinen Wanderstiefeln auf den Metallboden zu stampfen, und Ora bahnt sich einen Weg zum Rückfenster der Fahrerkabine, trommelt mit den Fäusten dagegen, anhalten, anhalten, anhalten, und der Lastwagen bremst, hält am Straßenrand zwischen kahlen Hügeln, und die Lehrerin Drora kommt aus der Fahrerkabine, und Elchanans Vater und Bilumama heben gemeinsam die laut weinende, um sich tretende Minale hinunter, die sich mit aller Kraft wehrt, als werde sie zur Schlachtbank geführt, wir schweigen, das Anhalten des Lastwagens schockiert uns, von oben beobachten wir Minale zwischen den Erwachsenen, eine davon ist die Krankenschwester, die Minale etwas zum Trinken geben will, aber Minale weigert sich standhaft, dreht den Kopf weg, preßt die Lippen zusammen, als wolle man ihr Gift einflößen, sie weint noch immer, aber leiser, sie zittert sehr, auch der Fahrer des Lastwagens steigt aus, kommt zu uns, er hat einen gewaltigen pechschwarzen Schnauzbart, was ist los, was ist denn hier los, fragt er, und Elchanans Vater reicht ihm das tschechische Gewehr und spricht mit ruhiger Stimme zu uns – kommt, Kinder, steigt kurz aus, bestimmt müssen auch ein paar Pipi machen, ihr könnt nach da hinten gehen, hinter die Büsche – und er streckt die Arme aus und hilft uns herunter, Minale weint schon leiser, erschöpft, man trägt sie in die Fahrerkabine – und wir umringen den Lastwagen und schauen uns um: eine schmale Straße zwischen hohen Hügeln mit großen Felsbrocken und kleinen Bäumen – schaut mal, Kinder, sagt Elchanans Vater, das hier ist Bab-el-Wad –

»Loja? Bist du noch dran? Okay, dann sehen wir uns am Sederabend bei Ora.«

»Ich weiß noch nicht, ob ich komme.« Ich wehre mich gegen etwas. Plötzlich habe ich die Lust verloren oder die Kraft.

»Aber Ora hat mir gesagt, du würdest kommen«, protestiert er. Also bin ich ihm nicht egal –

»Weißt du, wie lange ich bei keinem Seder mehr war?«

»Dann lohnt es sich doch vielleicht gerade deshalb.« Versucht er, mich zu überzeugen?

»Mal sehen –« Alle-Juden-stehen-doch-füreinander-ein –

aber ich muß ja nicht: bin eben keine Verwandte, keine Angehörige, bin wirklich völlig frei, ledig und verwaist –

»Ora wäre sehr enttäuscht, wenn du nicht kämst.« Ja, er versucht tatsächlich, mich zu überreden!

»Die wird schon darüber hinwegkommen, keine Sorge.« Ich balanciere auf einem dünnen Seil. Was genau will ich?

»Seid ihr nicht gute Freundinnen? So hat das bei Ora immer geklungen, weißt du, wie oft ich von ihr gehört habe: Wart-ab-bis-du-erst-Loja-kennenlernst.«

»Aber wann war das! Vor einem Vierteljahrhundert? Wir waren richtig gute Freundinnen, als wir klein waren, aber seitdem ist jede eigene Wege gegangen.« Ich zitiere Mechoras gemeine Prophezeiung. »Schade.« Avis Stimme klingt etwas traurig. Schweigen. Ich warte. Er will noch was sagen. Er zögert. Ich warte. »Mein bester Freund ist im Jom-Kippur-Krieg gefallen«, sagt er und schweigt. Die Fortsetzung ist klar. Würde er heute noch leben, wären sie weiter beste Freunde – und vielleicht auch das Gegenteil, würde er heute noch leben, wer weiß –

»Vielleicht komme ich ja doch zu Ora.« Ich überlege laut, wäge in mir ab, entscheide, ja, ich komme, in dem neuen weinfarbenen Kleid, und ich suche mir einen Friseur, der meine Haare wieder in Form bringt und mir eine Tönung macht, und eine Maniküre, denn ich habe mir mit dem Schmirgeln und Tünchen die Fingernägel kaputtgemacht – ich komme so schön, wie ich nur kann. Und dann werden wir ja sehen.

Vollmond. Der rundeste Mond im ganzen Jahr – genau auf der Hälfte des Monats, genau in der Mitte des jüdischen Jahres, der Duft aus den Orangenhainen durchflutet die Siedlung, und alle Straßen sind voll geparkter Autos. Gäste kommen mit zugedeckten Schüsseln, Blumen oder einem großen

Blech, auf dem Alufolie blinkt, ich mit einem festen Pappkarton mit zwei Flaschen Yarden-Wein in der Hand, den besten, wo es hat, hatte die vom Laden gesagt, und Euch einen schönen *jontef*. Bei ihr habe ich auch zwei Pakete mit ganz besonderen Matzen gekauft, die einen mit Eiern, die anderen mit Apfelsaft, solche habe ich noch nie gegessen, ob es ihnen wohl gelungen ist, den Geschmack von Wüstenstaub zu veredeln?

Auf dem Gehweg vor dem Haus von Ora und Mottik parken schräg drei große Autos. Das Küchenfenster steht offen, voll Licht und Stimmen. Mein Puls pocht, die Ohren tosen, als hielte ich eine Meeresmuschel daran. Ich klingele mit kaltem Finger. »Loja! Schaut doch, wie schön sie ist!« Ora im schwarzen Kleid polnischer Frauen bei einer wichtigen Hochzeit, sie freut sich wirklich, mich zu sehen, »Jinon, deine Freundin ist da!«

Jinon – völlig kahlgeschoren bis auf einen merkwürdigen Kamm, in Dreiviertelhosen und einem schwarzen T-Shirt mit zwei entsetzten silbernen Schädeln und dem Silber tropfenden Schriftzug »Metallica« – lächelt mich an, nimmt mir den Wein aus der Hand. »Wir können heute eine Bar aufmachen, mit dem ganzen Wein – weißt du, wie man mixt?« Und schon bin ich im Wohnzimmer, ein langer, schimmernder Tisch füllt es ganz aus, darauf langstielige Gläser, Kerzen, Glasschälchen, Pessach-Haggadot aller Art und wie ein Kranz rundherum festliche Menschen – Oramama stellt die Salzstreuer auf eine Linie mit den Meerrettichschälchen und den Charosset-Schüsselchen, Oras Vater sitzt sprachlos in der Ecke, Vered, Gilad und Udi lachen über etwas, drehen kaum den Kopf, um Schalom zu sagen, Mottik spricht zu einem hochgewachsenen Mann mit zerzauster Mähne in Begleitung einer schönen Frau, ein paar Kinder rennen rein und raus, auch die archäologische Großmutter ist hier, sie ist schon bereit, winkt mir, erinnert sich an mich, man wartet nur noch auf Avi, Avi netto? Wir werden sehen –

Avi kommt. Schulterklopfen, Händeschütteln, er beugt sich über die Großmutter, gibt ihr einen kleinen Kuß, ein flüchtiger Blick zu mir. »Du bist ja doch gekommen.« Unklar, ob er sich freut oder nur überrascht ist. »Avi, du sitzt hier«, sagt Ora vom Ende des Tisches, placiert ihn weit von mir entfernt, weist allen im Oberfeldwebelton ihre Plätze an. »Mottik – du dort, Mama, du und Papa, ihr sitzt hier, Vered, du neben Loja.« Vered bricht eine Matze durch, tunkt sie in die Charosset, steckt sie in den Mund. »Ich bin ganz verrückt nach Omas Charosset«, grinst sie, als sie Oras mahnenden Blick sieht. »Kannst du mir erklären, wer die ganzen Leute sind?« frage ich sie flüsternd »Uns kennst du ja«, antwortet sie, den Mund voller Charosset, »das da ist mein Onkel Menachem und seine schicke Frau mit seinen neuen Kindern – Aner, Chazav und Clil, Clil ist das Mädchen – und neben ihnen mein Onkel Avi, Papas Zwillingsbruder, wie du siehst.« Ihre Stimme klingt wie die einer Touristenführerin in Madame Tussauds Wachsfigurenkabinett. »Der hat keine Familie?« wage ich die Frage, möglichst beiläufig, beinahe belustigt, ich spiele ihr Spiel mit. »Die ist gerade am Zerbrechen, seine Frau, Nechama, wollte nicht mehr aus den USA zurückkommen, und seine Söhne, er hat zwei, Chagai und Omri, die machen im Silicon Valley Millionen.« »Schschsch«, zischt Ora uns zu, richtet sich auf ihrem Stuhl auf, klatscht in die Hände. »Wir fangen an! Wir fangen an!« Vered bricht sich noch ein Stück Matze ab, knabbert daran, beugt sich zu mir, um weiterzuflüstern. »Meine Mutter kann sie nicht ausstehen.« »Wen?« flüstere ich. »Nechama, obwohl sie eigentlich ganz nett ist – ein bißchen geizig, aber sonst ganz in Ordnung.« Vered wirft Ora einen provozierenden Blick zu, doch die ist bereits in die Haggada vertieft, man diskutiert die traditionellen Fragen, Jinon weigert sich, das Lied mit den Fragen zu singen, gibt diese Ehre mit dem Argument »Du bist die Jüngste« an Clil weiter, »jetzt ist sie das arme Schwein«, und als er sich mit dem Krug zum Händewaschen zu mir herunterbeugt, sagt er: »Ausgerechnet ein Junge muß bei uns um den Tisch laufen und allen den Wasserkrug reichen, und dann waschen sich nicht nur die Männer die Hände, sondern auch noch die Frauen, aber so ist das eben, wenn die eigene Mutter Schulleiterin ist.« »Was, du weißt nicht, daß sie jetzt Schulleiterin ist? Du bist echt nicht auf dem laufenden«, sagt Vered. »Wer gibt seiner Tochter schon den Namen einer Rolladenfabrik«, flüstert Jinon, reicht uns das Handtuch, das über seinem Arm hängt, damit wir unsere Finger abtrocknen können »Clil mit C, nicht mit K, du Idiot«, zischt Vered, zieht das Schüsselchen zu sich heran und schlingt Charosset in sich hinein – wenn sie nicht aufpaßt, sieht sie in ein paar Jahren wie Ora aus. »Vered!« schimpft Ora über den Tisch. »Macht doch nichts, macht doch nichts, Orinka, ich habe ja genug gemacht, im Kühlschrank stehen noch zwei volle Gläser.« Oramama steht auf, geht in die Küche, kehrt mit zwei Schälchen zurück, in jedem ein graurosa Berg Charosset. »Alle Achtung, Großmutter!« ruft Udi, und Gilad lacht, ich merke, hier gibt es Parteien, Mechora und ihre Enkel gegen Ora, Mottik und Vered gegen Ora, Avi und Oras Vater flüstern etwas, die jeckische Großmutter schlummert selig vor sich hin, keiner besteht auf dem vorgeschriebenen Ablauf des Sederabends außer Ora, die mich vielleicht eingeladen hat, um jemanden auf ihrer Seite zu haben, sie verschafft sich Ruhe, sie schimpft, sie verteilt, wer welche Stelle vorliest, Menachem steht ihr bei, aber seine hübsche Frau, Claudine, zieht ihn am Ärmel, stört ihn. »Schade, daß Nechama nicht da ist, sie hat so einen umwerfenden Humor, wenn sie beim Seder dabei ist, kommt man aus dem Lachen nicht mehr raus«, flüstert Vered mir zu, »nur Mama kann sie nicht ausstehen.« Sie trinkt einen Schluck Wein. »Darf ich noch nicht trinken? Na gut. Was soll's, dann ist der Wein eben erst in drei Minuten dran. Mama macht mich verrückt mit diesen ganzen Vorschriften – als ob hier im Haus irgendwer fromm wäre, das ist doch alles nur Fassade.« »Warum kann deine Mutter sie nicht ausstehen?« Ich bin wild entschlossen, aufs laufende gebracht zu werden. »Du kennst die Geschichte nicht?« Vered löffelt weiter Charosset. »Mama war eigentlich in Avi verliebt, Papa ist nur die zweite Wahl.« Ich hebe den Blick, mustere die Runde mit anderen Augen, stimmt das? stimmt das nicht? Nun sind wir bei den hartgekochten Eiern, die in Salzwasser getunkt werden. »Weil den Kindern Israel, als sie durchs Rote Meer zogen, das Wasser bis zu den Eiern stand!« Das ist Jinon, dem es gelingt, seine jüngeren Cousins in Verlegenheit zu bringen – einige Monate nachdem Eliot begonnen hatte, eine Kippa zu tragen, hatte uns sein Rabbi zum Sederabend eingeladen. Wir kamen mit dem Auto. Die ganze Feier wurde auf englisch und in einem auf aschkenasisch ausgesprochenen Hebräisch abgehalten – das ist das letzte Mal, habe ich zu Eliot gesagt, nie mehr im Leben mache ich bei so einem Zirkus mit, aber nun sitze ich hier, und die, die mal meine-beste-Freundin war, verteilt eine anämische Hühnersuppe mit vier Matzeklößchen für jeden in die Suppentassen.

»Tut mir leid, aber das ist nicht das Wahre«, sagt Udi und legt den Löffel aus der Hand.

»Schade, daß du nicht auch dieses Jahr Oma die Matzeklößchen hast machen lassen«, pflichtet Gilad ihm bei. »Echt gute Steine für die Intifada«, jubelt Jinon, als ihm ein hartnäckiges Klößchen wegglitscht und auf die Tischdecke fliegt. Mechora lächelt bescheiden. Ora preßt die Lippen zusammen.

»Sie sind doch sehr gut«, lügt die schöne Frau am Ende des Tisches. Sie gibt sich noch Mühe, zu allen nett zu sein.

»Ich habe ihr doch das genaue Rezept gegeben«, bemerkt Mechora und löffelt ihre Suppe, die Knödel hat sie an den Tellerrand bugsiert. »Aber die Suppe ist gut ...«

»Die hat auch Oma gemacht«, sagt Jinon und blinzelt mir zu. Avi, der neben ihm sitzt, scheint völlig woanders zu sein. Er senkt den Kopf, beugt sich beinahe über Oras Vater, hört ihm zu, flüstert ihm zu. Das Telefon klingelt. Jinon springt auf. Er scheint enttäuscht: »Avi, für dich!«

Avi steht auf, sein Stuhl knarrt. Dreht dem Tisch den Rükken zu, hört mehr zu, als daß er spricht. Wer ruft mitten am Sederabend hier an – seine Frau?

»Das ist bestimmt Nechama«, sagt Claudine. Mottik tauscht Blicke mit Ora. Avi redet lange.

»Aus Amerika!« Ora kann es kaum glauben. Sie serviert den nächsten Gang – Braten, Kartoffeln und süße Möhren. Die anderen essen brav, bloß ich nicht, ich habe schon keinen Hunger mehr –

Avi kehrt mit besorgtem Gesicht an den Tisch zurück.

»Wie geht's Nechama?« versucht es Claudine.

»Bist du verrückt geworden?« lacht Vered links von mir. »Nechama würde doch nicht eine Viertelstunde aus Amerika anrufen.« »Wer war das?« fragt Mottik, der schon aufgegessen hat. Er ißt schnell, genau wie Avi.

»Paul«, sagt Avi und beugt sich über seinen Teller.

»Mein Onkel Avi«, erklärt mir Vered unaufgefordert, »sammelt Zeugnisse über die Shoah. Er hinterläßt den Leuten seine Visitenkarte. *If you remember anything else, please give me a call*, wie Inspektor Columbo –«

»Das ist nicht komisch, Vered«, warnt Ora aus der Ferne.

»Natürlich ist das nicht komisch! Eines Tages«, Vered lehnt sich vor, um mit Avi in Blickkontakt zu kommen, »wird sich noch einer das Leben nehmen, wegen der Sachen, an die du ihn erinnert hast, sich zu erinnern.«

Avi hebt den Kopf vom Teller. Unsere Blicke kreuzen sich. Ein großer schwarzer Schmetterling flattert aus meiner Kehle und setzt sich auf mein Herz –

»In zehn, fünfzehn Jahren wird es niemanden mehr geben, der sich noch erinnert.« Seine Stimme ist ruhig.

»Aber warum die Leute quälen? Warum sie noch mal in diese Hölle zurückschicken?« Vered redet fast wie Ora früher, in den Diskussionen für und wider die Militärverwaltung in den arabischen Dörfern, für und wider Todesstrafe für Terroristen, mit demselben Eifer, im selben Tonfall –

»Ich zwinge niemanden zu reden.« Avi spricht zu ihr, schließt mich aber mit ein in seinen intensiven braungrünen, warmen Blick.

»Du weißt ja nicht, was letztes Pessach hier los war«, erzählt mir Vered. »Wir haben den fünfzigsten Jahrestag des Warschauer Ghettoaufstands gefeiert –«

»Was wollte Paul denn?« will Menachem wissen, versucht auch, die Aufregung zu dämpfen. Er ist anscheinend der gute Bruder. »Was er wollte? Nichts Besonderes«, Avi schiebt den Teller von sich weg, »der Sederabend hat ihn an die ganze Sache mit Lederer erinnert –«

»Was für eine Sache?« Jinon begleitet die Frage mit einer Handbewegung und wirft dabei sein Weinglas um. »Salz, schnell, streut Salz drauf!« Mechora ist schon aufgesprungen, salzt eifrig den rosa Fleck, der sich auf der Tischdecke ausbreitet.

»Ist ja nichts passiert«, sagt Ora von ihrem Platz aus, »kein Sederabend, an dem nicht mindestens eine Tischdecke draufgeht.«

Als nächstes kommt das Kompott.

»Wie geht die Geschichte von Lederer?« Jinon läßt nicht locker.

»An einem anderen Sederabend vor genau fünfzig Jahren ist er geflohen, aus –«, beginnt Avi, doch Mottik unterbricht ihn sofort. »Nicht jetzt, Avi, ich flehe dich an, nicht jetzt!«

Oras Vater ist eingeschlafen. Die Großmutter zu meiner Linken schnarcht schon eine Viertelstunde selig. Gilad versucht das Kompott, steht auf und verkündet, daß er geht. Udi sagt, auch er werde in zehn Minuten aufbrechen. Die Kinder von Menachem und Claudine haben sich vor den Fernseher im Schlafzimmer von Ora und Mottik gepflanzt. Clil schläft schon, verkündet Claudine, die rübergegangen war, um zu sehen, warum es plötzlich so still ist. Ora kämpft gegen alle und für die Fortsetzung der Sederzeremonie. Sogar Mechora nickt immer wieder ein. Mottik stippt mit angefeuchtetem Finger Matzebrösel auf, Avi starrt die Wand an. »*Chad gadja, chad gadja*, ein Zicklein, ein Zicklein«, singt Ora mit rauher, abgenutzter Stimme, und ich könnte heulen.

Avi begleitet mich nach Hause. Auf der Türschwelle hält Ora uns einen Moment zurück, möchte etwas sagen, läßt es aber. Straßen in Gipslicht, eingetaucht in eine Mischung aus Orangenblütenduft und Autoabgasen, die Autos parken mit zwei Rädern auf dem Gehweg, wenn wir nebeneinander gehen wollen, müssen wir auf der Fahrbahn gehen –

»Was ist die Geschichte von Lederer?« frage ich, um eine Bresche in sein Schweigen zu schlagen.

»Lederer war Offizier in der tschechischen Armee und Mitglied in der Untergrundorganisation von Colonel Weidmann, bis man ihn gefaßt und nach Theresienstadt gebracht hat.«

»Lederer war in Terezín?« Mein Interesse erwacht.

»Er ist von der Kleinen Festung aus dorthin geschickt worden – man hat ihm eine Arbeit bei der Feuerwehr organisiert, aber auch das hat ihn nicht vor der Deportation bewahrt. Im Dezember 1943 haben sie ihn mit noch fünftausend Menschen ins Familienlager in Auschwitz-Birkenau deportiert – zu dieser Zeit gab es dort ein tschechisches Familienlager.« Avi seufzt, schweigt einen Moment. »Im März 1944, als diejenigen, die ein halbes Jahr vorher ins Familienlager deportiert worden waren, ermordet wurden, begriff Lederer, daß denen, die mit seinem Transport gekommen waren, genau dasselbe bevorstand, und floh mit Hilfe eines volksdeutschen SS-Mannes, Viktor Pestek, der in eine junge Frau aus dem Familienlager verliebt war und versprochen hatte, sie und ihre Mutter zu retten. Pestek benötigte für diese Aktion einen Partner. Er hatte bei einigen Häftlingen vorgefühlt, die fürchteten eine Falle, doch Lederer beschloß, das Risiko einzugehen. Am Sederabend verließen sie das Familienlager durch das große Tor, Lederer als SS-Mann verkleidet, begleitet von Pestek, der sich als sein Adjutant ausgab, sie stiegen in einen Zug aus Krakau und wechselten dann beim nächsten Halt unbemerkt in einen Eilzug und fuhren bis Prag.«

»Klingt wie ein drittklassiger amerikanischer Film.« Ich kann es nicht glauben.

»Und das ist noch nicht alles.« Avis Stimme ist trocken und bitter. »Lederer kehrte nach Theresienstadt zurück und schmuggelte Waffen ins Ghetto. Erst als das Gerücht aufkam, daß sich im Ghetto ein bewaffneter Partisan aufhalte, verließ er es und ging zurück in den Untergrund. Er war beim Slowakischen Nationalaufstand dabei, Davidi hat ihn in Banská Bystrica getroffen.«

»Davidi?« Ich bleibe mitten auf der Straße stehen. Ein Auto nähert sich langsam. Hupt. Avi packt mich am Ellbogen, zieht mich in Richtung Bordsteinkante. »Hat er den Krieg überlebt?«

»Ja.« Wir nähern uns deinem Haus. »Und er hat eine Heldenauszeichnung bekommen.«

»Lebt er noch? Ist er in Israel?« Ich werde ihn finden.

»Nein, er ist Ende der siebziger Jahre gestorben.« Wir sind am Gartentor angelangt. Nachdem der Ficus weg ist, fällt die Zypresse sehr auf, ein dunkler Stalagmit vor dem Hintergrund des metallenen Himmels, reglos wie Lots Weib.

Wir stehen auf dem im Mondlicht blau schimmernden Weg. Die Palmen bilden eine schwarze Kolonnade.

»Nur noch einen Moment!« Ich bleibe auf der Stufe stehen. »Kasztner hat mit der ganzen Terezíngeschichte aber nichts zu tun, oder?«

»Nur am Rande«, Avi streckt die Hand aus, um sich im Nacken zu kratzen, »Kasztner erschien im April 1945 in Theresienstadt, kurz vor der Befreiung – er hat es wohl geschafft, die Nazis zu überzeugen, daß sie die Juden, die noch im Ghetto waren, nicht umbringen.«

»Wohl?!«

»So hat er es behauptet. Alles, was die Kasztneraffäre angeht«, Avi verlagert sein Gewicht von den Fersen auf die Zehenspitzen, »ist nicht so ganz klar und eindeutig.«

»Verdankt mein Vater ihm sein Leben?« unterbreche ich ihn.

»Das ist gut möglich.« Avi seufzt und macht einen Schritt rückwärts. Stünde der Ficus noch hier, könnte ich ihm sagen, paß auf, dieser Baum hat Wurzeln wie eine gewundene Schlange, du wirst gleich an eine stoßen – was ist zwischen dem letzten und diesem Treffen passiert, ist er erschrocken, hat Nechama angerufen und eine halbe Stunde aus Amerika mit ihm geredet, hat Ora ihn zusammengestaucht, ist beim letzten Treffen überhaupt nichts passiert – »Also dann gute

Nacht, oder möchtest du vielleicht –«, für einen Moment überlege ich, ihn einzuladen.

»Gute Nacht.« Hat er mich nicht gehört, weil er schon zu weit weg ist? Oder hat er mich gehört und tut lieber so, als habe er nicht? Er geht rückwärts, das Gesicht mir zugewandt, winkt mit schlaffer Hand, mit eingeknicktem Arm, wie ein Kind, dem man gesagt hat, jetzt wink mal schön der Tante, die an Bord geht –

Ich strecke eine Hand nach drinnen, schalte das Licht an. Er ist verschwunden, vom Licht ins Dunkel sieht man nicht – nach dem Fest werde ich dorthin fahren, beschließe ich. Ich mache das selbst. Ich habe es doch mit eigenen Augen gesehen, als ich zu Gioras Kibbuz getrampt bin, dieses provokative orangefarbene Schild, das mitten im Land Israel »Theresienstadt« verkündet –

Versengt

Die Fenster sind offen, über dem Erdbeerfeld, das wieder zu Erde geworden ist – die Saison ist vorbei, hatte Amitai gesagt, wir lassen die Erde etwas ausruhen, und dann säen wir wieder –, weht der Duft des verlorenen Orangenhains in einem noch unreifen, stotternden, von Windstreifen durchzogenen Chamsin und bringt mich zurück zu jener Schneenacht in New York: Die auf dem Flughafen festsitzende Crew spielte Schiffe versenken, Stadt-Land-Fluß und schließlich Definieren, definiere Pilot, definiere Stewardess, definiere Wolke, Stern, Liebe, mit einem treffenden Wort oder, wenn das nicht geht, mit möglichst wenigen Worten, definiere El Al, definiere Israel, definiere Chamsin-und-Orangenhainduft, sagte Schai, der Purser, und Chedwa weitete den Auftrag aus, definiere Sand-Chamsin-und-Orangenhainduft, und Achikam, der Pilot, erweiterte zu Hummus-Sand-Chamsin-und-Orangenhainduft, und Dudu, der Co-Pilot, protestierte, wir sollten uns wieder an die Spielregeln halten, aber was war denn schlecht an Alte Freunde-Hummus-Sand-Chamsin-und-Orangenhainduft, das war schließlich unsere Geschichte in möglichst wenigen Worten –

Die Fenster sind offen. Auch in deinem Zimmer, Davidi. Ich habe es endlich aufgeschlossen. Es besteht vor allem aus Bett, mit je einer Kommode an den Seiten. Auf der rechten ein riesengroßes altes Radio. Ein Fenster nach Westen, darin die Jacarandabäume, noch immer nackt, und hinter ihnen die Hibiskushecke – der lebende Zaun –, und ein Südfenster, das auf das umgepflügte Grundstück hinausgeht, an dessen Ende der Orangenhain, der die Erde mit dem Himmel verbindet, und der ist schon nicht mehr durchsichtig, sondern seit dem Morgen etwas rauchig –

Pessach. Nach dem letzten Tag der Pessachwoche fährt Tikwas Bruder extra nach Jaffa, bringt einen Haufen großer Fladenbrote mit, deren Duft Haus und Garten erfüllt und auch die Brigadenstraße, heute Zypressenstraße, entlangzieht, nach dem Fest dann gerade mal eine Woche Pause, und schon kommt der Shoah-Gedenktag, der alle daran erinnert, daß die Sanduhr des Jahres bereits umgedreht wurde und es schon auf sein Ende hin rieselt, heiß, heißer, ganz heiß, bald gibt's Zeugnisse, bald dürfen wir abends nach Tel Aviv fahren und erst gegen Morgen heimkommen, heiser wie nach einem Klassenausflug, verraucht von Kartoschkes, mit einem Geruch von Verbranntem, von Meersand und mit einer Müdigkeit, die man nicht ausschlafen kann – brennende Augen, Sodbrennen, etwas leicht Verschwommenes, Schwebendes –, die man noch ein paar Tage mit sich herumschleppen muß, bis sie verfliegt –

Frühling in matten Farbtönen, mit der Patina von Chamsin, vermischt mit einem leichten Anflug von Depression, was hast du denn, iß Joghurt, viel Joghurt, hat Adriana mir empfohlen, das ist gut für die Haut und gut für die Seele, und Honig, Honig auch, im Laden stehen auf der Theke in Sechserreihen zwei Brigaden von Seelenkerzen – eine in Blechbecherchen, die andere in kleinen Gläsern, solche kenne ich noch nicht, Leute kommen rein, kaufen zwei oder drei, gehen hinaus, kehren zurück. »Manche kaufen zehn«, sagt die vom Laden, »oder zwanzig oder dreißig, eine für jeden, der bei ihnen in der Familie gegangen ist. Eine Kundin hat fünfundsechzig gekauft, Joghurt ist da, soviel wie Ihr wollt, aber für Honig, dafür Ihr müßt kommen zu *Rosch Haschone.*«

Endlich habe ich in deinem Radio einen Sender gefunden, der nicht so hustet – das grüne Auge auf der Stoffstirn blinzelt – Ende einer Melodie mit griechisch-bitterem Geschmack, schade, daß sie schon vorbei ist, jetzt beginnt ein heiserer Song über eine auch jetzt verschlossene Küchentür, wann wird der Krieg vorbei sein, diese Frage bleibt offen, und jetzt diese in Wäschestärke getauchte und aufgebügelte Stimme für Unglücksmeldungen, warum reden sie immer so feierlich, habe ich Eliot einmal gefragt, wir aßen im Wohnzimmer, der Fernseher uns gegenüber sendete Werbespots von Beerdigungsinstituten, die Herren der Trauergesellschaft trugen Abendanzüge, die Damen im kleinen Schwarzen hatten die Gesichter mit Femme-fatale-Tüll verhüllt, und die Totengräber schwebten um sie herum, bedienten elegant und diskret den Tod, wen wollen die beeindrucken, Gott oder den Gott-hab-ihn-selig, plötzlich erinnere ich mich an die dicke Frau, die mit gezückter Rasierklinge auf mich zukommt, um mir die Gurgel durchzuschneiden, nein, sie zielt auf etwas weiter unten ab, auf das Revers der Bluse, das ist das Einreißen des Gewandes in Trauer, Oramama hält mich die ganze Beerdigung über am Arm, und danach, iß etwas, du mußt was essen, wie kannst du bei diesen Bildern auch nur einen Bissen runterkriegen, hatte ich Eliot gefragt, wenn wir nicht essen, sterben wir, hatte er lächelnd gesagt, er hatte recht – »Und was ist aus ihm geworden?« fragt Adriana, wir beide stehen in ihrer Küche. »Versicherungsvertreter in Jerusalem.« – »Was, er ist hier?!« »›Hier‹ würde ich das nicht nennen, er ist total fromm geworden: Kippa, Bart, Schläfenlocken, Schaufäden und bestimmt längst verheiratet mit dreihundert Nachkommen.« »Was du nicht sagst, nun gut, die Lasagne braucht vierzig Minuten im Ofen, nein, mach nicht aus, ich brauche das, daß diese Sendungen laufen, auch wenn ich nicht hinschauen kann.« Im Fernsehen ein grauer Wald voll marschierender Nazihelme, Schnee, Schüsse, mehr Schnee, ich komme zurück in die Küche, auf dem Tisch eine Zeitung mit dem Foto einer Frau, die auf Eisenbahnschienen sitzt, auf Schienen ohne Schwellen, die zu einer Art Baracke mit einem Schornstein führen, und unter dem Bild, weiß auf schwarzem Hintergrund, steht *»Kinderblock«* und darunter, in riesigen schwarzen Buchstaben, »Im Schatten der Schornsteine«. Als er klein war, hatte Papa mir erzählt, glaubte er, wenn er den Schornsteinfeger berühre, bringe das Glück. Warum gibt es hier keine Schornsteinfeger? hatte ich traurig gefragt. Gibt es hier denn Schornsteine? Papa hatte mich sokratisch erzogen: Fragen statt Antworten – Eine Frau sitzt vor den Überresten des Kinderblocks des Familienlagers in Auschwitz, lese ich, also sind das gar keine Eisenbahnschienen, sondern Betonstreifen, zwei Geraden eines sehr langen Rechtecks, auf dem früher Mauern standen, und zwischen den Mauern, über dem, was jetzt runtergetretenes Gras ist – »Möchtest du die Zeitung? Nimm sie mit, nimm sie ruhig mit. Ich habe nicht mehr die Kraft, diese Sachen zu lesen.« Adriana setzt sich mir gegenüber. »Erinnerst du dich, wie keiner darüber gesprochen hat?« Ich nicke: »Außer Minale –« »Diese Lasagne«, sagt Adriana und zeigt in Richtung Backofen, »ist für sie, sie haben sie nach Hause geholt«, sie unterdrückt ein Seufzen, »man kann ihr nicht mehr helfen. Damit sie wenigstens in Frieden stirbt.« – »Weiß sie es?« Adriana nickt. »Alle wissen es. Sie gewöhnen sich an den Gedanken, im Grunde trauern sie schon jetzt.« – »Furchtbar.« Ich bekomme eine Gänsehaut. Auf einen Schlag sterben: Eine Feuerblume öffnet sich im Himmel – ohne Vorbereitungen-Abschiednehmen-Schläuche-Siechtum – ohne es kommen zu sehen, ohne daß es sich über dich beugt und mit knochigen Fingern dein Kinn umfaßt – »Furchtbar schon, aber –«, Adriana ist nicht meiner Meinung, »wenn es so plötzlich kommt – erinnerst du dich, wie das war, als dein Vater starb?« In diesem Moment stürmen die Mädchen mit großem Gejohle hintereinander in die Küche. »Lasagne zum Abendessen! Die riecht man kilometerweit, wann ist sie fertig?«

»Guten Morgen, Loja.« Avi wartet nicht auf die Erwiderung seines Morgengrußes, er ist offensichtlich sehr in Eile, ruft nur an, um mir zu sagen, daß heute abend *Shoah* von Lanzmann im Fernsehen kommt. »Wenn du den Film noch nicht gesehen hast, es lohnt sich sehr – nein, ohne Horrorszenen, es ist ein Film aus lauter Aussagen von Augenzeugen. Du hast keinen Fernseher? Echt nicht? Dann geh zu Ora, auch ihr habe ich gesagt, daß sie das anschauen soll, als Lehrerin muß sie so einen Film gesehen haben.«

Das war's. Und Schalom – Schalom.

Pferde meines Herzens, kehrt zurück in euren Stall.

Mittags dann Ora.

»Loja? Ich komme gerade aus der Schule – Avi hat mich angerufen – Dann kommst du heute abend? Schön, ich habe nämlich nicht die Kraft, mir das alleine anzuschauen, und Mottik und die Kinder wollen bestimmt Kanal Zwei sehen, wenn überhaupt – Was da kommt? Irgendsoein amerikanischer Kitsch, aber ich will Lanzmann sehen – Moment, wart mal kurz – Mutter, ich höre dich nicht, ich bin gerade am Telefon. Was? Was haben sie im Radio gesagt? O Gott, eine Autobombe in Afula? Hörst du? Mach das Radio an, und du kommst heute abend, ja?«

Das Radio in deinem Zimmer bringt Einzelheiten vom Tatort, sieben Tote, Dutzende mit Brandverletzungen, ein Selbstmordanschlag, genau vierzig Tage nach dem Massaker in Hebron, Krankenwagensirenen – Pfeifen, Räuspern, trokkener Husten deines alten Apparats – ich wechsele den Sender, schlage wütend auf den Kasten und bekomme dafür plötzlich glasklar Tod-den-A-ra-bern! Tod-den-A-ra-bern! und Hintergrundgeschrei, Weinen, und wieder Geräusche, der skandierte Ruf Ra-bin-Ver-rä-ter! Ra-bin-Ver-, und dann ein langes Pfeifen und danach völlige Stille – eine absolute, vollkommene Stille. Schon lang ist es nicht mehr so still gewesen. Stromausfall? Nein, das Licht brennt. Was dann? Ich gehe hinaus und merke: Auch auf dem Bauplatz hinter dem Zaun absolute Stille. Alle Arbeiter sind weg. Ich stehe auf der Ficusnarbe und schaue durch einen Spalt: Der Betonmischer steht still, keiner da, außer einer Gestalt, die näher kommt –

»Sie sind weg«, sagt er, »haben die Nachrichten gehört und die Beine in die Hand genommen, sind in ihre Dörfer zurück. Ich habe ihnen gesagt, warum haut ihr ab, wer tut euch denn hier was zuleide, das hier ist ein ruhiges Viertel, kultivierte Leute wohnen hier, wir sind ja nicht in Afula oder Migdal Ha-Emek, hier wohnen Rechtsanwälte, Doktoren, und dann sagt mir einer von ihnen, Goldstein war auch ein Doktor, Sie sehen ja, wozu der fähig war.« Der Mann kommt näher, ist nicht mehr jung, unrasiert, raucht. »Sie wohnen hier? Sehr angenehm. Ich bin der Wachmann. Sie haben sich bestimmt gewundert, daß es plötzlich so still ist. So still ist es besser. Alle mögen die Stille. Aber hier gibt es keine Ruhe, und es wird auch keine geben. Sie haben uns an unserem Shoahtag einen Shoahtag gemacht. Wenn jemand Sie fragt, sagen Sie bitte, der Wachmann sei auch nach Hause gegangen. Der Mensch geht ja kaputt bei diesen Nachrichten – keine Kraft mehr, einfach keine Kraft mehr, glauben Sie mir, ich kaufe die Zeitung und lese nur den Sportteil – das ist ein Land, das seine Bewohner frißt –«

Über der Spüle in Oras Küche hängt ein flackernder, hellgelber Schein. »Bei dir stehen sie immer noch im Spülbecken«, sage ich. »Damit sie nicht das Haus abbrennen«, zitiert Ora sich selbst, zitiert Ihremama vor vierzig Jahren. »Es hat gerade angefangen.« Sie führt mich ins Wohnzimmer, und ich, die ich in der Erwartung von Schwarzweißbildern mit hohen und zu schnellen Mäusestimmen gekommen bin, sehe den ganzen Bildschirm voll sattem, großzügigem Grün, Grün von frischem Wald und saftigem Gras, das Silbergrün eines Flusses und der Ufer, ein Ruderboot treibt auf dem Wasser, man hört ein süßes Lied –

»Ist es das?« – »Ja, das ist es, setz dich hin.« Ein Mann mit weichen Locken und mit einem Kindergesicht singt mit schöner Stimme und verstummt dann, er zieht die Unterlippe ein, und wieder zieht er die Unterlippe ein, als wolle er sein Lied runterschlucken, traurig, fassungslos geht er auf einem Feldweg, zu seiner Rechten Wald, nichts zu hören außer seinen Schritten, einem unterdrückten Seufzen, kurzem Husten – die Augen starren entgeistert, er bleibt stehen. Er schaut. Nickt. Steht vor Gras, sieht aber etwas ganz anderes – Gaswagen – Öfen – Leichen – Das Feuer ist gegangen zum Himmel, er zeigt mit einer schnellen Handbewegung nach oben. Zum Himmel? fragt eine unsichtbare Stimme. Ja. Er spricht Jiddisch. Das war immer so ruhig hier. Immer. Niemand hat geschrien. – Grüne Wiesen, Bäume, ein Flüßchen, ein bewaldeter Hügel mit einer Kirche auf der Spitze, ein weißer Turm, rotes Ziegeldach: Alles leugnet seine Geschichte. Ein anderer Überlebender lächelt ununterbrochen mit Zähnen, die nicht seine sind, ob es gut sei, davon zu sprechen, wird er gefragt. Es ist nicht gut, antwortet er, für mich ist es nicht gut. Auch er spricht Jiddisch, eine Frauenstimme übersetzt das Jiddisch ins Französische. Frag ihn, warum er die ganze Zeit lächelt, das Französisch wird wieder zu Jiddisch, hätten Sie es lieber, fragt der Überlebende zurück, daß ich weinen würde?

Eine sehr schöne junge Frau, schwarzes Haar, schwarze Augen. »Die erinnert mich an dich«, flüstere ich Ora zu. »Vor Urzeiten«, stimmt sie zu, wehrt es aber gleichzeitig ab. Die junge Frau sagt, mein Vater war ein stiller Mann, es fiel mir schwer, an ihn heranzukommen – sie spricht auch in meinem Namen und an meiner Stelle –, und dann, als ich größer war, als ich die Kraft hatte, ihm gegenüberzustehen, habe ich ihn gefragt und gefragt, mußte ihm jede Einzelheit entreißen – die Kamera schwenkt auf das Gesicht ihres Vaters vor einer frisch geschlagenen Lichtung, im Wald von Ben Schemen – gefällte Baumstämme, verbrannte Erde, große Felsbrocken und in der Ferne blaue Berge. Man kann sagen, daß die Gegend hier Ponar ähnelt, sagt er, nur daß es dort keine Felsen gab, und die Bäume waren höher, größer, und hier sind wir wieder zwischen hohen Bäumen, grünender Erde, drei kleine Menschen gehen durch einen Wald. Wird im Wald von Sobibór gejagt? erkundigt sich Lanzmann auf französisch, dann wird es ins Polnische übersetzt, auf polnisch beantwortet und wieder ins Französische übersetzt und erscheint auf dem Bildschirm als hebräischer und darunter noch als englischer Untertitel – die Kamera gleitet zärtlich über die Landschaft voll satt blaugrüner Wälder bis zum Horizont. Ja, das ist der Charme unserer Wälder, sagt die polnische Stimme, die Deutschen haben hier drei-, vierjährige Kiefern gepflanzt, um alle Spuren zu verwischen. Ein Tarnschirm aus Bäumen? Lanzmann ist ironisch, doch Ironie läßt sich in die andere Sprache wohl nicht übersetzen –

Und wieder das Gesicht des lächelnden Überlebenden, was er gefühlt habe, als er die Gaswagen auslud, wird er gefragt, was sollte er machen, er habe geweint, seine Augen füllen sich mit Tränen, sein Mund beginnt zu zittern, die Mundwinkel hängen, er bekommt sie wieder unter Kontrolle, am dritten Tag habe er seine Frau und seine Kinder gesehen, er habe seine Frau in die Grube gelegt und gebeten, daß sie auch ihn töten, aber die Deutschen hätten ihm gesagt, er habe noch die Kraft zum Arbeiten. Ob es sehr kalt gewesen sei? Lanzmanns Stimme beharrt auf Details, bohrt sich in den Schrecken hinein. Sie wurden begraben, in vier, fünf Schichten übereinander, wie Heringe Kopf an Fuß gelegt. Die Lichtung des Waldes ist flach, das Gras wird gelb, hat Flecken von Schnee, nichts zeugt mehr von der Grube, nichts von den Toten. Ob sie es waren, die die Leichen aller Juden von Wilna da wieder herausgeholt und verbrannt haben, fragt Lanzmann beharrlich die Überlebenden von vorher und wird ins Hebräische übersetzt, hinter ihnen lehnt die schöne Tochter des Überlebenden mit Zigarette, mein Handgelenk schmerzt, Ora umklammert es, starrt mich an. Ich habe meine Mutter und meine drei Schwestern unter den Toten entdeckt, sagt der Vater. – »Mein Vater auch«, flüstert Ora. – Wie kam es, daß Sie sie wiedererkannt haben? fragt Lanzmann grausam nach. Sie waren gut erhalten – sie waren vier Monate lang unter der Erde, es war Winter gewesen – das Gesicht des Überlebenden ist traurig, aber weit entfernt vom Weinen, auf seiner braunen Stirn drei waagerechte Falten, die älteren Leichen zerfielen beim Rausholen, hier liegen 90 000, hat uns der Gestapochef von Wilna gesagt, von denen darf nicht die geringste Spur zurückbleiben – und wirklich, es gibt keine Spuren mehr, der Wald wächst, der Schnee fällt, die Leute schweigen oder verstummen oder reden nur wenig, vor einer Brücke an einem Fluß sitzt ein braungebrannter Mann, bärtig, gepflegt, in blendendweißem Hemd erzählt er von der phantastischen Feuersbrunst in allen möglichen Farben, und auf einmal stand einer auf von seiner Pritsche, wir wußten, er war Opernsänger gewesen in Warschau, und er fing an ein Lied zu singen, das ich nicht kannte ... *eli, eli, mein Gott, mein Gott, warum hast du uns verlassen* – und wir sind wieder bei dem singenden Überlebenden, dem mit dem Kindergesicht, er geht über die Wiese, schaut sich um. Die zerstoßenen Knochen haben wir in den Fluß geschüttet, und die Strömung hat es weggespült, der Fluß wird zu einem großen Strom, glänzend wie Seide, ganz in Rosa und Pfirsich –

Plötzlich Verkehrsgeräusche – eine bläuliche Straße, ein entgegenkommender Bus – die Stadt Auschwitz. Haben in Auschwitz Juden gelebt? Eine bebrillte, grauhaarige Polin mit dicken Backen freut sich, daß man sich für sie interessiert. Ja, es waren achtzig Prozent der Bevölkerung, antwortet sie. Ob sie weiß, was mit den Juden von Auschwitz geschehen ist? Ich glaube, sie kamen ins Lager, alle, sagt sie, lächelt zufrieden. – Gab es in Włodawa Juden? Ja, es gab eine Synagoge, eine sehr schöne sogar, Włodawa war eine jüdische Stadt, und was hat man gedacht, als alle Juden aus Włodawa nach Sobibór gebracht wurden? Es war ihr Ende, aber sie haben es selbst vorhergesehen, antwortet eine gar nicht so kleine Menschenmenge beflissen. – Und gab es Juden in Koło? Ein kleines, im Regen vermoderndes Städtchen, mehr Juden als Polen, sie wurden in der Synagoge versammelt, die, die nicht laufen konnten, hat man gleich erschlagen, sie wurden zum Bahnhof getrieben, von dort nach Chełmno gebracht, die Zeugenaussage eines schwarzhaarigen Polen, solche gibt es auch, Grübchen auf dem Kinn. Ein kastanienbraunes Pferd mit Stern auf der Stirn zieht einen Wagen voll Heu. Obenauf ein Bauer in rotem Hemd mit kleiner Nase und riesigem Unterkiefer, jetzt in Nahaufnahme auf seinem Hof, Bauernarme auf seinem roten muskulösen Schwangerenbauch, das war hier, ob er es gesehen hat, natürlich hat er es gesehen, das war ja bei seinen Feldern, hier fuhren die Züge lang, da, wo dieser gerade fährt, ein langsamer Güterzug, graulila hinter ziemlich nahen Bäumen. Dann konnten Sie also alles wie von einem Logenplatz aus sehen? Sarkasmus überwindet die Sprachgrenzen nicht, natürlich, sagt der Rotschwangere, es war klar, daß man sie umbringen würde, nur nicht wie. Hatten Sie Angst um die Juden? erkundigt sich Lanzmann scheinbar beiläufig, der Bauer verzieht das Gesicht zu einem Nein-wieso-sollte-ich und redet nun in einem Fluß mit ausladenden Gesten, die Übersetzerin zögert, genau zu übersetzen, was er sagt: Er sagt, wenn ich mir in den Finger schneide, dann tut es ihm nicht weh. Die Juden aus dem Ausland kamen in Pullmanwagen, sie trugen Pelzmäntel, man konnte durch die Fenster sehen, wie die Frauen sich frisierten und schönmachten – der Bauer imitiert sie, versucht nicht einmal, seine Schadenfreude zu verstecken – sie wußten nicht, wofür – aber er hat es gewußt, und er hat es ihnen gezeigt, als sie vorbeifuhren, und er fährt mit dem Finger über seinen breiten Hals, zufrieden mit sich und mit dem, was man ihnen angetan hat, seine drei Nachbarn – alle mit gefurchten Wangen, zusammengekniffenen Kiefern, tiefliegenden Fuchsaugen und Schirmmützen auf dem Kopf, das scheint die nationale Kopfbedeckung der Polen zu sein – bezeugen, markdurchdringende Schreie gehört zu haben, ob sie das nicht gestört habe, erkundigt sich Lanzmann mittels seiner Übersetzerin. Ja, am Anfang schon, danach gewöhnt man sich. – Man gewöhnt sich an alles, nicht wahr? Lanzmanns Sarkasmus kommt nicht rüber, denn einer antwortet mit einem langen Ja, das selbstverständlich meint, na klar, was sonst, und was sagen die Häuser, die Straßen, die Bäume, die Gänse, der Schlamm, die Höfe, alles in ewigem Grau, wir kehren zu dem Rotschwangeren zurück, er beschreibt genüßlich, wie die Ukrainer auf Juden, die in ihren Waggons ra-ra-ra plapperten, geschossen haben. Was bedeutet das: lala-la? erkundigt sich Lanzmann angewidert bei seiner Übersetzerin. Er ahmt ihre Sprache nach. Die Juden haben Krach gemacht, und die Ukrainer, die wollten, daß Ruhe herrscht. Ob er Jüdisch verstehe? Lanzmann stellt sich dumm, das langgezogene Nein des Dicken ist begleitet von einer Geste der Abscheu –

Ein Lokführer neben seiner Lok, den Kopf gesenkt, traurig, so als stehe er auf einer Gedenkfeier, warum er so traurig sei, erkundigt sich Lanzmann, weil er gesehen habe, wie Menschen in den Tod gefahren wurden, antwortet er, als sei nicht er es gewesen, der sie über anderthalb Jahre zwei-, dreimal in der Woche nach Treblinka gefahren hat. Innenaufnahme: Lanzmann und der Lokführer – ohne Schirmmütze, dafür mit Brille, denn sie beugen sich über eine Landkarte. An der Wand hinter ihnen ein großes Kreuz, an dem ein proportional viel kleinerer Jesus hängt. Hat die Lokomotive die Waggons hinter sich hergezogen oder vor sich hergeschoben? Lanzmann gräbt nach Einzelheiten. Geschoben, antwortet der Lokführer mit angestrengter Stimme, und ein Zug, der rückwärts fährt, füllt den ganzen Bildschirm –

Ein graues Haus – Ziegeldach – drei Fenster – ein Garten – ein Zaun. Fünf Bänke. Schienen. Alles noch so wie 1942? Auf einer Bank sitzen Lanzmann, die Übersetzerin und der Bahnwärter, er wird schon kahl, trägt einen erdfarbenen Pullover, stützt sich auf einen Spazierstock, nein, auf einen langen, dünnen Ast, hier, er hebt ihn und zeigt in die Richtung, hier war ein Zaun, bis zu den Bäumen dort, und ein anderer Zaun führte bis zu den Bäumen da drüben. Dann stehe ich jetzt innerhalb des Lagers? fragt Lanzmann, als könne er es nicht glauben, einfach grünes Gras, eine schöne Sonne, Gleise. Ja, richtig, die Stimme des Bahnwärters ist melodisch, als erzähle er ein Märchen. Das hier ist der polnische Teil, und dort, das war der Tod? Lanzmann stellt sich schwer von

Begriff, der Pole nickt bestätigend, ein orangefarbenes Huhn wackelt durchs Gras, ein kleines Schild, schwarz auf weiß: Sobibór. Hier also begann die Rampe. Lanzmann zeigt auf seine Schuhe. Ja. Sind das noch dieselben Gleise? Er, die Übersetzerin und der Bahnwärter stehen auf einer Bahnschwelle. Ja, dieselben, nichts hat sich verändert. Hier hat man die Opfer ausgeladen, die für die Vernichtung bestimmt waren? Ja. Kamen sie in Personenwaggons? Es ist ein warmer Sommertag, die Kamera schwenkt liebevoll über die Wälder – Wälder bis zum Horizont, satt grün bis blau. Gab es damals auch so schöne Tage wie heute? Lanzmann kann sich die Ironie nicht verkneifen. Ja, sagt der Bahnwärter, oft noch schönere –

Plötzlich Verkehrslärm – New York. In fließendem, aber kantigem Englisch, ähnlich dem von Papa, erzählt ein schwarzhaariger Überlebender mit einem abgründigen Lächeln, wie er die Transporte in Auschwitz ankommen sah. Mindestens zweihundert. Scheinwerfer. SS-Männer. Hunde. *Schnell-schnell* – und Schläge. Und manchmal auch Humor: Guten Morgen, meine Dame … Schön, daß Sie hier sind – in kürzester Zeit war die Rampe wieder gesäubert – es blieben keine Spuren – der Film wiederholt das zwanghaft, keine Spuren sind geblieben, nicht von denen, die kamen, nicht von ihren Habseligkeiten, nicht von ihrem Tod, der Mord fuhr wie ein Messer durchs Wasser, und die Welt schloß sich wieder, ohne Narbe, Koffer sind übriggeblieben, auf ihnen Namen in weißer Farbe – Sal. Freitag, Singer Leon, Kurt Wieluner, Pasternak – Was geschieht da, wo sind die ganzen Menschen, hat Richard damals gefragt, heute steht er auf dem Balkon in Basel, im Hintergrund die Brücke und der Fluß, ich konnte es nicht glauben, erzählt auch der Friseur aus Holon, was ist mit den ganzen Menschen passiert, haben wir gefragt. Ihr wißt das nicht? Sie sind alle vergast –

Franz Suchomel, der mit versteckter Kamera gefilmt wird, erscheint wie ein blauer Geist auf dem Bildschirm. Sie sind ein wichtiger Augenzeuge, schmeichelt Lanzmann und drängt ihn: Sie können erklären, wie es in Treblinka war. Das waren die heißen Augusttage. Das Erdreich hat sich bewegt. Wie Wellen. Durch die Gase. Ja, die Gase aus den Leichen. Das war ein Inferno, beklagt sich der ehemalige SS-Unterscharführer, der Geruch war infernalisch, so daß man es kilometerweit ... Kilometerweit? versichert sich Lanzmann für all jene, die gleich sagen werden, sie hätten nichts-gesehen-nichts-gehört-nichts-gerochen. Ki-lo-me-ter-weit! betont der Mörder jede Silbe, erzählt von immer mehr Ermordeten, immer mehr Leichen, was sollte man machen, man hat Fachleute aus Bełżec kommen lassen –

Schnee fällt auf eine graue Mauer, vor ihr eine dunkle Wand, an ihrem Sockel Kränze. Die Erschießungswand in Auschwitz. Eine weiche, ergriffene Stimme, die Stimme eines Überlebenden, der fünf Liquidierungen des Sonderkommandos in Auschwitz überlebt hat, weißes Hemd, braungebrannt, seine tiefliegenden dunklen Augen sind fassungslos, erzählt, wie ein SS-Unterscharführer ihn abkommandiert hat, die Leichen »rühren« –

Nie habe ich mit den großen Fragen begonnen, sagt Raul Hilberg, Historiker, blau-weiß kariertes Hemd, das Haar nach hinten gekämmt, er spricht leise, die linke Augenbraue wölbt sich über dem Brillengestell, der linke Mundwinkel zuckt, wenn er schweigt – Ich habe es vorgezogen, mich den Details zuzuwenden, um mir mit ihrer Hilfe ein Bild zusammenfügen zu können, das – wenn schon keine Erklärung – doch wenigstens eine umfassende Beschreibung dessen wäre, was sich ereignet hat. Beinahe alles haben sie aus dem Arsenal der Vergangenheit hervorgeholt, faßt er zusammen, die Verordnungen, die administrativen Maßnahmen, die Propaganda, sogar ihr Zerrbild des Juden – nur die Endlösung haben sie noch selbst erfinden müssen. Auschwitz. Häuser aus beigebraunem Stein glänzen im Regen wie der Asphalt, wie die Fensterbänke, wie die Dächer, die Stacheldrähte, das bekannte Eingangstor, jeder, der den Film sieht, geht jetzt mit hinein, geht durch es hindurch – plötzlich wird deutlich, daß die Form der Öffnung genau zum Verschlingen von Eisenbahnzügen gemacht ist – und Regen, feiner Regen, Pferde stampfen mit den Hufen über Asphalt, der einen bleiernen Glanz bekommen hat, Dörfer vermodern im unaufhörlichen Regen, hier ist es passiert, hier, in dem Hof, in dieser Kirche, man hat sie mit Zügen angefahren, Züge, Züge, Züge fuhren graublau durch die Länder des Regens, alte Güterzüge, mit Kohle gefeuert, man sieht die Kohle, sie glänzt im Regen, leuchtet im schwarzen Licht, man sieht den Lokführer, wie er sich aus dem Fenster lehnt, nach hinten schaut, auf seine Waggons, um sich zu vergewissern, daß ihm auch keiner fehlt, wie er sich mit dem Finger quer über den Hals fährt, wenn sein Zug sich dem Schild nähert, das hinter öffentlichen Toiletten, etwas Wiese, einer Bank und ein paar Blumentöpfen verkündet: Treblinka –

Ein weicher Sandweg durch bewaldetes Gebiet, danach Bahnschwellen ohne Schienen, so niedrig aufgenommen, daß sie aussehen wie eine Reihe Grabsteine, und immer wieder Grüppchen grauer Steine, hellgrau, dunkelgrau, spitzige Steine wie versteinerte Menschen, Hunderte Male Lots Weib, es gibt auch Steine wie Zypressen, und etwas bräunliche, auch goldfarbene – oder ist das die Sonne – die Kamera zoomt auf einen Stein in der Farbe von dunklem Honig – Częstochowa – ein Überlebender aus dieser Stadt vor dem Hintergrund des Meeres von Tel Aviv-Jaffa spricht ein rundes, beinahe italienisches Englisch, sein Blick starrt in die Erinnerung, doch der Mund, schau auf den Mund, hatte mir

Jean-Jacques beigebracht, dessen Geschichte für immer verborgen blieb, der Mund sagt alles, die Leute wissen nicht, daß sie auf ihren Mund achten müssen, der Mund von Frau Michelsohn verzerrt sich vor Gemeinheit, als sie sich mit warmen Gefühlen an ihre deutsche Jugend in Kulmhof erinnert, unternehmungslustig sei sie gewesen. Welcher Eindruck ihr von diesem Ort geblieben sei? Primitiv, und noch mal primitiv, sagt sie, begleitet ihre Worte mit einer abfälligen Handbewegung. Was heißt das? fragt Lanzmann. Die sanitären Anlagen waren eine Ka-ta-stro-phe. Es gab doch nirgends Toiletten –

Chełmno. Der singende Überlebende mit dem Kindergesicht auf dem Platz vor der Kirche, umringt von Menschen, meist älter als er, alte Frauen mit Kopftüchern links und rechts von ihm, heute ist ein Feiertag, der Geburtstag der Jungfrau Maria. Ob sie sich freuen, ihn wiederzusehen, fragt Lanzmann, sehr, sagen sie beinahe im Chor, eine Frau mit rotem Kopftuch erzählt über die Schulter des Überlebenden hinweg, er hat gesungen, seine Füße waren in Ketten, und er war so abgemagert, wirklich schon reif für den Sarg. Der Überlebende lauscht, nickt, sein Mund ist geschlossen, wie ein Strich, seine Hände halten einander fest, und um ihn herum wird erzählt, ja, man erinnere sich, sie haben sie tags und nachts in Lastwagen abgeholt, die Lastwagen haben hier angehalten, hier an der Kirchentür, ja, sie haben gewußt, daß es Todeswagen waren, es war unmöglich, das nicht zu wissen, der Überlebende raucht, die angewinkelte Hand verdeckt seinen Mund, die Juden haben zu Jesus gerufen, zu Maria, zu Gott. Die Zeugenaussage wird unterbrochen und beinahe fortgerissen von der Prozession, die aus der Kirche strömt – Marienfahnen, Priester, kleine Mädchen in Weiß streuen Rosenblätter – die Zeugenaussage geht an derselben Stelle weiter, der Überlebende steht in der Mitte, in sich gekehrt, die Hände in den Taschen, sein Mund ein schweigender Strich. Warum den Juden das passiert sei? Lanzmann stellt sich dumm. Weil sie sehr reich waren, die Versammelten zögern nicht, sprudeln über vor guten Gründen, weil sie den unschuldigen Jesus zum Tode verurteilt haben, erklärt ein bebrillter, kahl werdender Mann mit spitzer Nase, seine Hand weist wie eine Pistole nach vorn, und die Leute nicken eifrig, und auch die mit dem roten Kopftuch drängt sich nach vorn und zitiert aus dem Neuen Testament.

Wald. Das Haar des Überlebenden ist gewellt, grau, schön, er starrt vor sich hin, wie von selbst erzählt seine Stimme von Menschen, die lebendig in brennende Öfen geworfen wurden, er läuft hin und her, als suche er etwas, bückt sich, hebt etwas auf, nimmt Erde in die Hand, schließt um sie eine Faust, drückt sie zusammen, öffnet die Faust wieder, läßt los, geht weiter. Als ich das gesehen habe, hat es keinen Eindruck auf mich gemacht, sagt er mit unbeteiligter Stimme, ich war dreizehn und hatte in meinem Leben nichts anderes gesehen als Leichen ... Im Ghetto Lodz ... auch dort sah ich Menschen gehen und tot umfallen ... Ich habe gedacht, das ... das ist normal ... Ich habe auch gedacht, wenn ich leben bleibe, dann will ich nur eine Sache: fünf Brote soll man mir geben zu essen, sagt er und bringt mich wieder vor den Kleiderschrank von Chassia und Gedalja Horowitz, voller Brot, ich kann nicht mehr, ich stehe auf, ich gehe, Ora sitzt gebannt vor dem Bildschirm. »Warte, es ist gleich vorbei.« – »Nein, ich kann nicht mehr.« Ich gehe, im Dunkel, bis zu deinem Haus –

Ich mache kein Licht. Taste mich durchs Dunkel. Öffne ein Fenster. Noch eins. Lege mich in Kleidern auf den Bettüberwurf, sehe in den Fenstern die Nacht, Sterne hängen zwischen den Rippen der Bäume, der Blütenduft der Orangen füllt das

Zimmer: Der vertrocknende Hain blüht – du warst in Terezín. Von dort haben sie dich nach Treblinka geschickt – und ich Dummkopf dachte, die Pyxis sei dazu da, mich zu bestrafen – vielleicht hast du hier etwas Schriftliches hinterlassen, in diesem Zimmer oder in deinem alten Koffer, den kann ich jetzt abholen, da war ein Einschreibebrief, jeden Tag zwischen neun und dreizehn Uhr auf der Polizeiwache, bitte Personalausweis vorlegen. Was hättest du zu diesem Film gesagt, grüne Wiesen, Wälder, Dörfer im Regen, dieses ganze satte Grün und immer irgendwo ein roter Fleck – ein Mantel, ein Kopftuch, das Dach einer Kirche, ein Pullover – alle paar Minuten grauschwarze Züge, wie große Reißverschlüsse öffnen sie sich zu neuem Schweigen – du hast es in dir verborgen oder in einer der Schubladen, ich stehe auf, ziehe die erste heraus, graues Morgenlicht fällt traurig auf alte Unterwäsche, grobe Knäuel von Männersocken, einen um die Schnalle gerollten Ledergürtel, noch eine Schublade – Taschentücher, Pyjamas, lange Unterhosen, und in der darunter – eine Wollmütze aus dem Unabhängigkeitskrieg, auch an dem hast du teilgenommen, wie hatte ich das vergessen, ein Stoffhütchen, eine Lederschirmmütze, von den Partisanen? In der rechten Kommode sind die Schubladen schwerer, diese hier läßt sich kaum rausziehen, bleibt stecken, ein gezielter Schlag bringt sie wieder in die Bahn, was gibt es hier, Postkarten, Postkarten, alles Postkarten in meiner Handschrift, mindestens zehn Jahre lang habe ich regelmäßig geschrieben, und du hast nicht geantwortet, hast nicht verziehen. Vielleicht hast du gehofft, dieses Schweigen würde mich drängen, zurückzukehren, und sei es nur, um mich dir zu stellen und laut zu streiten. *Deine Locken halte ich mit meiner Rechten, dein Haar mit der großen Kraft meiner Hand. Ich werde das Haar deines Schädels ausraufen, werde dich mit Gewalt in die Unterwelt hinabbringen. Ich kenne dich, meine Tochter, du bist mannhaft*, du wirst mir antworten wie El aus den sieben achtmal verschlossenen Kammern.

Was begehrst du, Jungfrau Anat? Wissen will ich, wissen, wissen, wie viele Postkarten ich dir geschrieben habe – diese Schublade geht nicht ganz auf – sie steckt wirklich fest – warte – plötzlich springt sie aus ihrer Schiene, fällt mir auf die Füße – das Grau im Fenster ribbelt sich auf bei einem durchdringenden klaren, mir vertrauten gezackten Ruf. Dubček? Ich humpele zum Fenster. Sehe gerade noch das Winken seines umwerfenden Himmelblau. Er ist da. Zurückgekommen, um mit lauter Klage die Ankunft des Morgens zu künden –

Ich humpele zu der umgekippten Schublade, die auf dem Haufen Postkarten liegt, hebe sie hoch. Moment. Was ist denn das für ein Brett – war hier ein doppelter Boden? Ein dünnes Brett, scheinbar der Boden, balanciert auf dem Haufen all dessen, was ich dir geschrieben habe, und darauf, nun sichtbar, das, was darunter versteckt gewesen war: ein mittelgroßer brauner Umschlag mit – Dokumenten? Unterlagen? Briefen? – Ich drehe ihn um, erkenne darauf deine Handschrift, groß und ungestüm: »Loja, mach das auf!«

Und wenn ich es aufmache – und wenn ich es aufmache – werde ich dann mit einemmal so groß sein, daß ich das ganze Haus ausfülle, einen Arm zum Fenster hinauszwänge und ein Bein den Kamin hinauf und mein Kopf das Dach hochhebt, oder wird mir alles um die Ohren fliegen wie ein Kartenspiel – vergilbte Papierfetzen fallen aus der Öffnung des Umschlags – verteilen sich rundherum – jetzt fehlt nur noch ein plötzliches Kaninchen, das in einen Kaninchenbau springt und von einem Gang verschluckt wird, der in den Bauch der Erde unter dein Haus hinabführt und von dort in eine andere Welt –

Alte Zettel in unterschiedlicher Größe, was eben zur Hand war, mit verblaßter Tinte oder undeutlichem Bleistift auf hebräisch beschrieben, in der winzigen, dichtgedrängten Schrift eines Menschen, der kein Papier hat, und doch kann man erkennen, es ist eine Handschrift aus dem Ausland, eher gemalt als geschrieben, wann hast du das geschrieben, vielleicht sind es Aufzeichnungen aus der Partisanenzeit – vielleicht aus dem Unabhängigkeitskrieg – schwer zu entziffern – hier, das ist lesbar: »Juden mit Schirmmützen« – und hier mit Bleistift: »Staub, Dunkel und Chaos« – und auf diesem Zettel: »die Seele dem Chaos ausliefern« – das sind Aufzeichnungen aus Treblinka – wie hast du es geschafft, da zu schreiben? Auf einigen Zettelchen kann man ein Datum erkennen – Moment, Moment – diese Neun mit dem langen Abstrich, die ist aber von Papa, nicht von dir, und auch die Sieben ohne Querstrich – »die Zahl der Toten wächst jeden Tag« – von wann ist das – »Leichen … zum Brennhaus« – und hier etwas auf lateinisch –

Das hat Papa geschrieben, nicht du –

Gut. Aber nicht jetzt. Ich stecke alles zurück in den Umschlag – Moment, da ist noch etwas drin – ein, zwei, drei dünne Briefe in Luftpostumschlägen mit fröhlichen Rändern. Einer ist in Vaters stilisierter Handschrift adressiert an Dr. Leo Baeck, London, England, mit einer Frohes-Fest-Briefmarke, aber nicht abgestempelt. Dieser Brief ist nicht abgeschickt worden, fragt sich, warum nicht – ich reiße den Umschlag an der Seite auf, ja, das ist Papas Schrift, ein Brief vom 25. 6. 1955, geschrieben auf deutsch, in einer Sprache, die zu lernen ich mich immer geweigert habe und die ich jetzt nicht lesen kann, Papa wollte, daß ich sie lerne, das ist eine wichtige Sprache, viele wissenschaftliche Untersuchungen wurden auf deutsch geschrieben, und Goethe und Schiller und Heine, die werden wir eines Tages noch zusammen lesen, hatte er mir versprochen. Wie alt ich da war? Neun? Acht? Am Anfang des Schuljahrs hatte Jossi Kupperstein ein zweistöckiges Federkästchen aus hellem Holz aus dem Ranzen gezogen, der oberste Stock drehte sich auf einer Achse, und auf dessen Deckel war in Braun- und Grautönen, ganz lebensecht, ein Hirschkopf mit verzweigtem Geweih gemalt, in einem Rahmen aus gelb-rot-schwarzen Linien, und in der großen Pause, nachdem die Pausenbrote gegessen waren und die Lehrerin Tirza die Klasse verlassen hatte, haben wir uns um seine Bank gestellt und einer nach dem andern auf das Federkästchen gespuckt. Jossi weinte: Ich habe das geschenkt bekommen, meine Onkel haben mir das geschickt, aber das half ihm auch nichts. Nachdem wir alle draufgespuckt hatten, nahm Ora das glänzende Kästchen und ließ es, von allgemeinen Pfuirufen begleitet, in den Papierkorb in der Ecke fallen, putzte sich gleich darauf mit ihrem Taschentuch die Hände ab und warf auch dieses vorsichtshalber weg. Nie im Leben werde ich Deutsch lernen! hatte ich Papa erklärt. Er hatte geschwiegen, und du warst mit mir zufrieden. Und jetzt siehst du ja –

Der zweite Brief steckt in einem stummen Umschlag, ohne Anschrift, ohne Absender, ohne Briefmarke, er muß wohl an einem Spiegel gelehnt oder auf einem Tisch an auffälliger Stelle gelegen haben, so daß der Empfänger wissen konnte, von wem er war – was steht drin – was drin steht, steht da in energischem Tschechisch, vom 1. 5. 1951, auf den Buchstaben lauter Kreise, Haken und Striche, ich kann es lesen, klar, denn Tschechisch spricht man, wie man es schreibt, aber ich verstehe kein Wort, ein kurzer Brief, unterschrieben mit einem großen M, auffallend, wie der Deckname der Vorgesetzten von James Bond – einer unnachgiebigen und unsichtbaren Frau. In Eurem Haus, das sind dorten immer Banditen, hatte die vom Laden gesagt, vielleicht muß ich sie fragen, vielleicht weiß sie etwas, der dritte Brief ist aus der Schweiz, wurde von ungeübter Hand getippt, ich lese *je mi líto* – das ist Tschechisch, und das verstehe ich – es tut mir leid – darunter eine unleserliche Unterschrift –

Das Ende eines Fadens. Das Ende eines Fadens hast du für mich aufgehoben – aber nicht, damit ich den Weg hinausfinde, sondern damit ich in ein dunkles Labyrinth hineingehe, aus dem ich wer weiß wie wieder rauskommen werde, und warum, verdammt noch mal, warum paßt das, was aus einem Umschlag rauskommt, danach nie wieder rein –

»Habe ich dich geweckt? Tut mir leid – es ist schon zwölf Uhr mittags, und ich dachte, daß – hast du gestern *Shoah* gesehen? Was meinst du? Wer, Raul Hilberg? Ich habe sein Buch auf englisch, wenn du willst – soll ich es dir heute abend zu Ora mitbringen? Ich komme auch, ich besuche sie immer an diesem Gedenktag. Hast du die Nachrichten gehört? So ist das hier. Gut. Dann sehen wir uns heute abend!«

Ja. Nein. Ja. Nein. Ja. Nein. Ja.

Aber ich komme zu spät. Länger als ein Vierteljahrhundert war ich immer pünktlich zum *pick-up* bereit, fertig geschminkt, tipptopp, zwölf Zentimeter größer, um in einer Höhe von vierzigtausend Fuß Kaffee einzuschenken und Mahlzeiten aufzuwärmen, und was habe ich jetzt den ganzen Nachmittag über getan, habe bloß auf deinem Arbeitstisch auf die vergilbten Zettelchen gestarrt und versucht sie chronologisch zu ordnen, ohne diese Ordnung kann man nicht verstehen, wie alles zusammenhängt, ich habe sie nach Papierart, Tintenfarbe und der Dicke des Bleistiftstrichs in Untergruppen geordnet, ab und zu gab es ein eindeutiges Datum –

Aber das hat Zeit.

Vielleicht wird mir heute ja noch etwas anderes klar –

Also dann Jeans und Turnschuhe.

Aber es hat ja eh keine Chance –

»Komm rein, komm rein.« Ora macht mir auf, während ein Güterzug an grünen Bäumen vorbeifährt und ein blonder Junge in rotem Anorak unbeschwert an den Schienen entlanggeht. Avi sitzt, nach vorne gebeugt, gebannt vor dem Bildschirm. »*Hi*«, flüstere ich, er nickt, schaut auf den Bildschirm, da sagt der Nazi von gestern, Treblinka war ein kleines Dorf, und tatsächlich Schlamm, Hütten, weiße Gänse, die Kamera schwenkt auf den Weg zurück, den alle gingen, die man dorthin gebracht hat, sie hält an den Gedenktafeln, biegt ab, erklimmt den sanften Hügel bis zu den Gaskammern, an deren Stelle jetzt ein Denkmal aus riesigen grauen, unterschiedlich großen Steinquadern steht, sie klaffen in der Mitte auf, zu einem Spalt Dunkel, vielleicht das Tor der Gnade im Moment, bevor es geschlossen wird, vielleicht die Bundestafeln, die zu zwei Schornsteinen wurden, da wurden sie durch den »Schlauch« hinaufgeschickt, erklärt der Nazi, noch immer bläulich und geisterhaft, wie breit war der »Schlauch«, Lanzmann will es genau wissen, und die Frauen – warum hat man sie nicht geschlagen, warum diese Menschlichkeit? Es war doch sowieso der Tod. Unglaublich, der Nazi ist schockiert angesichts dieses unanständigen Vorschlags, doch er faßt sich wieder und sagt schließlich, als verrate er ein Geheimnis: Am Eingang in die Gaskammern hat man auch sie geschlagen …

Das bläuliche Innere eines Friseursalons. Der Kunde mit zitronengelbem Umhang und Locken, silbrig wie Eisen, fast so wie deine, aber deine waren wilder, mehr Mähne – der Friseur, hinter dem man gestern das Mittelmeer sah, ist jetzt bei der Arbeit und erzählt, man hört das Klappern der Schere, sein Englisch ist rund, seine Bewegungen sind es auch, er streicht zart über die Locken seines Kunden, ein guter Friseur, man sieht, daß er seine Arbeit mag, er schneidet, geht um seinen Kunden herum und erzählt, wie die Frauen ankamen, nackt, wie er und seine Kollegen ihnen die Haare abschneiden mußten. Was haben Sie damals gefühlt? hakt Lanzmann nach. Tag und Nacht zwischen Toten, da fühlt man nichts mehr, antwortet der Friseur, mein Kollege hat gesehen, wie seine Frau und seine Schwester reinkamen – er schiebt seine dünnen Lippen vor und zieht sie wieder ein, so als dürfe das, was ausbrechen will, nicht ausbrechen, er wischt sich mit einem kleinen Handtuch das Gesicht, dreht den Rücken zur Kamera, dreht sich wieder um, fährt mit der Zunge über die Unterlippe. Sprechen Sie weiter, Abe, drängt Lanzmann ihn, doch er schüttelt den Kopf, es ist zu furchtbar, sein Mund zittert, Tränen überschwemmen seine Augen, es war nicht möglich, ihnen zu sagen, daß das der letzte Augenblick ihres Lebens ist, sagt er schließlich, die SS stand dahinter, er konnte sie nur umarmen, versuchen, noch einen Moment länger mit ihnen zu sein – die Kamera kehrt zurück auf den bienenwabenähnlichen gelblichen Stein von Częstochowa – er fällt auf unter den anderen –

Es war sehr wichtig, daß keiner von uns etwas sagte, was Panik auslöste, erzählt der Schwarzhaarige mit dem ironischen Blick, ein gutaussehender Mann, erstaunlich jung – »Das ist Walter Rosenberg«, flüstert Avi, obwohl der Untertitel ihn als Rudolf Vrba ausweist, »er ist ein paar Tage nach Lederer aus Auschwitz geflohen«, flüstert Avi. – Wenn wir ihnen auch nur angedeutet hätten, wo sie sind, hätte man uns hinter einem Waggon erschossen, und die weiche Stimme des Überlebenden vom Sonderkommando erzählt von der Täuschung, wie sie ruhig in den Auskleideraum gingen, die Kamera gleitet langsam über den Ausschnitt eines Raums voller

Gipsfiguren von Menschen in verschiedenen Phasen des Sich-Entkleidens, noch arglos, noch ahnen sie nicht, was sie im nächsten Raum erwartet, die Kamera fährt jetzt dort hinein, stellt scharf auf zusammengedrängte, verkrampfte Gipsleichen, die versuchen, einer über den andern die Wände hinaufzuklettern, zur Decke, sie fährt etwas zurück, um in der Mitte dieses entsetzlichen Gedränges einen leeren Kreis zu zeigen, da hat man die Zyklon-B-Kristalle eingeschüttet, erklärt die weiche Stimme des Mannes, der die ineinander verkrallten Leichen wie Basaltblöcke dort herausgeholt hat, nachdem sie die Schwelle übertreten hatten, war es sinnlos, ihnen noch die Wahrheit zu sagen, und er erzählt von einer Frau aus Białystok, der ein Häftling vom Sonderkommando, der sie kannte, die Wahrheit gesagt hatte, sie hatte es den anderen Frauen weitererzählt, und dann wurde sie so entsetzlich gefoltert, bis sie verriet, wer es ihr gesagt hatte, er wurde lebend in den Ofen geworfen, und sie wurde vergast, und von denen, die sie hat warnen können, hat ihr keiner geglaubt –

Ich gehe hinaus, etwas Luft holen, kehre zurück zu dieser mondsüchtigen Bläue der Aufnahmen mit versteckter Kamera, diesmal ist es Walter Stier, ehemaliger Bürochef in der Generaldirektion der Ostbahn, schmaler Mund, schmale Nase, die Haut spannt über das totenkopfähnliche Gesicht, der Verantwortliche für die Sonderzüge hat nie einen solchen Zug gesehen, konnte vor lauter Arbeit nie von seinem Schreibtisch fort. Umsiedler haben wir … wurden sie genannt … Verbrecher … – Es gab Sonderzüge für Verbrecher? – Nein. Nein. Wir haben das so nur im Volksmund gesagt, erklärt er. Ich war ein Schreibtischmann, ein reiner Schreibtischmann. Ja, natürlich, verspottet ihn Lanzmann, doch der bekommt den Spott nicht mit, stimmt begeistert und entschieden zu, ja, ja. Und wann haben Sie Bescheid gewußt? beharrt Lanzmann, der sich als Dr. Sorel vorgestellt hat, und der bläuliche Beamte stottert, also, es gab da Gerüchte, also, man hörte hier und dort mal, zum Ende des Krieges ... Und das war eine große Überraschung für Sie? fragt Lanzmann-Sorel. Völlig, ja. Ja. Mit nachdrücklichem Kopfnicken. Wie heißt das Lager noch in ... das in den Bezirk Oppeln gehört? ... Na, Auschwitz, erinnert er sich plötzlich. Die Polen haben alles gewußt, Lanzmann stellt sich dumm. Ja, das ist ja kein Wunder, Herr Dr. Sorel, antwortet der Beamte beflissen, die haben ja in der Nähe gewohnt, die hörten und sahen ja auch viel, und die brauchten ja auch nichts zu verschweigen –

Ich stehe auf, mein Kopf will zerbersten. Meine Augen brennen. Ora und Avi sitzen wie festgeschweißt vor dem Bildschirm. Ich gehe in die Küche, nehme mir ein Glas Wasser. Als ich zurückkomme, hält der Historiker Hilberg ein nicht als geheim deklariertes Dokument in Händen – eine für die Sonderzüge typische Fahrplananordnung, die an wenigstens acht Empfänger gerichtet war – ein langer Zug mit fünfzig Güterwagen verließ Sędziszów am 30. September 1942 um 16.18 Uhr, erreichte Treblinka um 11.24 Uhr am nächsten Morgen, fuhr schon um 15.59 Uhr wieder fort – leer –, um die Opfer aus dem nächsten Ghetto abzuholen – um drei Uhr morgens fuhr er wieder vollbeladen nach Treblinka – es handelt sich hier um ein und denselben Zug – Hilbergs Finger wandert über das Dokument, zählt die vollbeladenen Züge – auf diese eine Fahrplananordnung kommen etwa 10 000 Juden. Mehr als 10 000! protestiert Lanzmann, der ihm gegenübersitzt. *We will be conservative*, sagt Hilberg ironisch, preßt die Lippen zusammen, das hier ist das Originaldokument, das hat der Beamte seinerzeit auch in der Hand gehalten – er hält das Blatt in beiden Händen – das ist ein Artefakt, das einzige, was noch übrig ist. Die Toten sind nicht mehr –

Er hebt den Blick. Seine Unterlippe schiebt sich protestierend nach vorne –

»Ich gehe«, sage ich, stehe auf. Mein Kopf ist voller Hämmer. Die Augen brennen.

Ora und Avi drehen sich nicht um. Im Fernsehen rollen weiter die Züge.

Rote Mauer

Ich weiß nicht, ob ich alles richtig geordnet habe, in der Reihenfolge, in der sich die Geschichte ereignet, in der Ordnung, die Chronos, der Gott der Zeit, ihr diktiert hat, das Frühe zuerst, dann das Spätere, aber ich hoffe, daß ich auch so in deiner *terra incognita* herumreisen kann, vielleicht den wahrsten Grund, *alethestate prophasis*, für deinen ein-, zwei-, dreimaligen Rühr-da-nicht-Blick verstehen kann und für dein *sapienti sat*, nach dem ich nicht mehr weitergefragt habe – was hast du mit diesen Zetteln vorgehabt? Wolltest du sie verbrennen? Warum hast du sie nicht verbrannt? Du hattest mehr als zwanzig Jahre Zeit dazu – oder wolltest du diese Chronik vielleicht bearbeiten, *sine ira et studio*, damit daraus Geschichte wird, wolltest *res gestae ut gesta* erzählen, wie Herodot die Erinnerung an die Taten der Barbaren bewahren und wie Polybios auf keinen Fall, behüte, dabei die Götter ins Spiel bringen –

Siehst du? Ich erinnere mich. Ich kann dich sehen, *tristissimus hominum**, wie du neugierig um dich schaust, der *eigenen Anschauung* verschrieben, wie du Fakten sammelst, Anblicke, Gerüchte –

Und um den Sinn – da soll sich die Vorsehung kümmern.

* Lat.: Unbekanntes Land. – Genug für den Verständigen. – Ohne Zorn und Eifer. – Das Geschehene, wie es geschehen ist. – Traurigster unter den Menschen.

Die ersten Blätter stammen aus einem Block Briefpapier und sind leserlich mit Füllfederhalter geschrieben, von einem, der Zeit und Papier hat und haben wird, aber was ist es – Deprimiertheit? Argwohn? Selbstbeherrschung? – vielleicht leiser Protest – ein Protest von deiner Art, mit Pokerface und verschlossenem Blick – was zwingt dir dieses störrische, ungelenke Hebräisch und diese Kürze auf? Es geht *medias in res** –

19. 11. 39
Meine Schülerin wurde bei einer Demonstration verletzt. Habe sie zu Hause besucht. In Sachen Mut ist sie die Lehrerin, und ich bin ihr Schüler. Viele flüchten. Schweres Gespräch mit M.

28. 12. 39
Es ist verboten, ins Theater zu gehen, in Restaurants, in Parks. Die Denkmäler von Moses und vom Maharal wurden entfernt. Was wird aus der Altneuschul? Und was aus der Uhr mit dem Ziffernblatt in hebräischen Buchstaben, die gegen die Zeit läuft? Unser Dienstmädchen ist in ihr Dorf zurückgekehrt. Großer Streit, ob es nicht Zeit ist, wegzugehen.

20. 3. 40
Rechtsanwalt K. hat sich von seiner nichtjüdischen Frau getrennt, um sie zu schützen. Gespräch mit M. darüber. Vielleicht können wir ein Zertifikat zur Ausreise nach Holland bekommen. Der Nachbar sagt: Sie haben sich geweigert, seine Frau im Krankenwagen ins Krankenhaus zu bringen.

* Lat.: Mitten in die Dinge.

30. 7. 40
Auch Frankreich ist gefallen. Schlechte Nachrichten aus Pilsen. *Relata refero**: Man will alle Juden in Madagaskar konzentrieren ... Wo ist Madagaskar. Im Indischen Ozean. Da gibt es Berge, Wälder, viel Regen und Plantagen von Kaffee, Zucker und Tabak. Ironie der Geschichte: Die Deutschen werden der Judenfrage eine zionistische Lösung geben, indem sich alle Juden an einem Ort versammeln und handwerkliche Berufe erlernen. Einige meiner Studenten freuen sich. Ich dämpfe ihre Freude: Werden die französischen Kolonisatoren und die Eingeborenen mit verschränkten Händen dasitzen und darauf warten, daß Millionen Juden sie von dort verdrängen?

28. 11. 40
Es wurde von der Versenkung der Patria berichtet, die Namen der Ertrunkenen aber nicht. Juden dürfen nur noch eine Stunde am Tag einkaufen gehen, aber in den Läden gibt es nichts. M. wird bei den Tschechen auch für die Familie meiner Schülerin einkaufen, die schon drei Monate bei uns wohnt.

20. 12. 40
Brief von G. aus Palästina: Er ist dort vor fünf Monaten angekommen. Keine Arbeit, keine Wohnung, die Hitze ist schwer, die Sprache auch. Er bereut es, hingefahren zu sein.

25. 12. 40
Verbot, Tauben zu züchten, zum Friseur zu gehen, die Reichsfahne zu hissen. Gibt es einen Juden, der darüber traurig ist?

* Lat.: Berichtetes berichte ich.

2. 1. 41
Gestern nach dem Festessen verkündete M. mir, daß sie geht. Sie könne »die Enge dieses jüdischen Lebens« nicht mehr ertragen etc. Sie hat ihre Kleider und ihren Schmuck mitgenommen. Den Hund Max hat sie mir dagelassen. Lange lag er deprimiert auf der Schwelle.

Dann bist du also aufgestanden und hast ihn verlassen – vielleicht hat er mir genau das ersparen wollen, vielleicht auch die antisemitische Ader, die er plötzlich bei dir entdeckte, die unter deiner Haut schlug und das Blut zum Herzen pumpte – er wurde nach Terezín geschickt, und du bliebst in Prag, bis er zurückkam, abgemagert, wahrscheinlich schon mit Glatze, und dir vorschlug, da weiterzumachen, wo ihr aufgehört hattet – hatte er dir verziehen? Oder wollte er lieber zu dem zurückkehren, was er kannte, aus Angst vor neuen Herzensstürmen, vor Veränderungen, spürte er, daß sein Leben ohnehin verloren war, und wollte vor allem Ruhe und keine Überraschungen mehr – aber du, aus welchem Grund du? Aus Gewissensbissen? Schuldgefühlen? Liebe? – Gibt es in der Geschichte von euch beiden Liebe? Immerhin warst du bereit, mit ihm bis nach Italien zu ziehen, mich zur Welt zu bringen, sogar Nachum, der seine Mutter verloren hatte, zu adoptieren, bis Davidi aus all den Kriegen zurückkommen würde, du bist nach Israel eingewandert und nach einem Jahr dann – das große Schweigen: kein Grabstein, kein Grab, kein Gedenktag, noch nicht mal ein Tod. Sie ist gegangen, hat er mir über dich gesagt, wohin ist sie gegangen, weit weg, wann wird sie wiederkommen, im Herbst, danach: im Winter, und danach: im Frühling, im nächsten Jahr, wenn du groß bist –

8. 2. 41
Meine Schülerin schrubbt Fußböden im jüdischen Krankenhaus, ich unterrichte Gymnasiasten, seit meine Arbeit an der Universität beendet wurde. Sie interessieren sich nicht für den Unterricht, jede Stunde gibt es große politische Diskussionen. Die Kommunisten glauben an die Völkergleichheit. Die Assimilanten sagen: Wir sind Tschechen, und die Zionisten spotten über alle beide.

18. 4. 41
Jugoslawien ist geschlagen. Das Netz zieht sich zu, die darin gefangenen Fische kochen. Sie haben das Fernsprechen verboten. Viele leben unter fremdem Namen, bis alles vorbei sein wird. D. meint, sich an einem Ort zu konzentrieren würde die Rückkehr ins Ghetto bedeuten. Er hat Prag verlassen und sich bei einem kommunistischen Freund in irgendeinem Dorf ein Zimmer genommen. Der Vater meiner Schülerin, der bei uns wohnt, sagt zu seinen Töchtern: Das ist nicht die Zeit für Heldentaten. Jetzt muß man sich totstellen. Wenn das böse Tier kommt, wird es schnuppern und weiterziehen.

10. 6. 41
Die Schwester meiner Schülerin und ihre Freundin sind untergetaucht. Sie haben das geeignete Aussehen, himmelblaue Augen. Aus der Zeitung: Doktor der Philosophie züchtet Hühner in Amerika. Professor für Geschichte eröffnet Kaffeehaus in Mexiko. Fabrikbesitzer errichtet Käserei in Chile.

20. 9. 41
Die Rückkehr des Mittelalters – jeder Jude ab sechs Jahren muß einen »Judenstern« auf dem Herzen tragen. Heiße

Diskussion unter meinen Schülern – den Stern tragen oder nicht? Man darf die Wohnung nicht verlassen. Worte des Präsidenten: Die Tschechen sind an der Seite der Deutschen in deren Krieg. Vielleicht hofft er insgeheim auf ihre Niederlage vor General Winter. Man hört: Juden in Brno und in Ostrava wurden verprügelt.

22. 9. ...
Verboten werden Musikinstrumente, Grammophone, Hunde.

26. 9. 41
Abends kam M., um Max abzuholen. Sah den Stern der Juden auf meinem Mantel. Sagte kein Wort. Der Hund empfing sie freudig, leckte ihre Hand, wedelte mit dem Schwanz und ging gerne mit. Wenn Prof. Pavel und Dr. Václav mich nicht mehr grüßen – warum sollte ich mich dann über den Hund beschweren.

Schade, daß du mir das nicht erzählt hast, weißt du. Ich hätte dich dann nicht von der fünften bis zur achten Klasse genervt, ob ich nicht trotzdem einen Hund bekommen könnte, so einen kleinen, süßen, ich werde ihn auch baden, ich werde mit ihm Gassi gehen, werde daran denken, ihn zu füttern –

4. 10. 41
Neujahrsfest der Juden. Seit meiner Kindheit habe ich das nicht mehr gefeiert. Man sagt, binnen acht Monaten werde das Protektorat »*judenrein*« sein. Die Roten werden verlieren. In Brno hat man junge Leute aufgehängt, weil sie den Stern der Juden nicht getragen haben. Den Präsidenten haben sie ins Gefängnis geworfen.

15. 10. 41
Die »Säuberung« hat begonnen. Verbannungsbefehl an fünftausend Juden, unterschrieben vom Polizeipräsidenten. Einige meiner Studenten, die zum Transport einbestellt wurden, werden nicht gehen. Was wird passieren, wenn sie nicht erscheinen?

30. 10. 41
Das ist es, was passiert ist: Zwei Angestellte der für die Transportlisten zuständigen Abteilung wurden festgenommen. Heute heißt es, sie seien bei der Flucht aus dem Straflager ertrunken. Man sagt: Die zum Transport Einbestellten werden mit dem Zug nach Polen gebracht. Vielleicht versammelt man alle Juden dort und macht Polen zu Madagaskar.

3. 11. 41
Prag – ein Kessel der Gerüchteküche. Es heißt: In Polen versammelt man die Juden in Holzhäusern und zündet sie an.

29. 11. 41
Man hört: Vierzehn Mitglieder des Hechaluz, die versuchten, über die Grenze in die Slowakei zu kommen, wurden festgenommen und aufgehängt. D. kam aus B. Jemand hat ihn und seine Leute verraten, sagt er. Er hat sich keinen Stern der Juden aufs Herz genäht. Er trägt sich noch mit dem Gedanken unterzutauchen. Seine Freunde, die Kommunisten, werden ihm helfen.

1. 12. 41
Heimlich ist die Schwester meiner Schülerin gekommen, brachte Lebensmittel, auch frischen Salat. Erzählt, für fünf-

tausend Kronen könne man eine Arbeitserlaubnis kaufen. Man müsse nur den gelben Stern abnehmen. Meine Schülerin weigert sich. Jetzt wird sie in der Armenküche arbeiten. Von dort bringt sie ein Gerücht mit: Man würde alle Juden in einer Stadt des Protektorats versammeln, die Zionisten hätten schon eine Vorhut geschickt, um den Ort vorzubereiten. Der Student P. erzählte mir von einer Übersetzerin von Kafka ins Tschechische, einer Christin, die sich den Stern der Juden an den Mantel genäht und alle Tschechen aufgefordert hat, es ihr gleichzutun. Der Vater meiner Schülerin fragte: Und wo ist diese heldenhafte Frau jetzt? Und wo sind all die Tschechen mit dem Stern? Dieses Jahr hat mich gelehrt: Nicht alle Tschechen mögen die Juden. Viele freuen sich, an das geraubte Hab und Gut ranzukommen. Vielleicht ist es das beste, alle Juden in einer Stadt zu versammeln, bis der Krieg vorbei ist. Der Bruder meiner Schülerin sagt: Das wird keine Judenstadt werden, sondern eine Falle. Sein Vater sagt: Was streitet ihr? Uns werden sie nicht fragen. *Nolens volens** werden wir gehen.

15. 12. 41
Die Menschen rennen hin und her wie Mäuse in der Falle – wollen Handschuhe, eine Taschenlampe, Batterien, einen Wintermantel, Lederfett, Kerzen. Viele kaufen schwarz. Viel Galgenhumor: Mitten in der Nacht klopft es bei Familie Cohen an die Tür: Gestapo! Sofort aufmachen! – Gott sei Dank. Wir dachten schon, es sei der Bote von der jüdischen Gemeinde!

* Lat.: Ob man will oder nicht.

1. 1. 42
D. hat eine kommunistische Zeitung vom 15. Oktober 1941 mitgebracht. »Eines der letzten Verbrechen der Menschen deutscher Kultur war es, unsere jüdischen Bürger nach Polen zu deportieren« – wenn das wahr ist und keine Kriegspropaganda, dann ist die Absicht klar: Das Sammeln, das Sammeln der Juden! Es würde mich nicht erstaunen, wenn Terezín bloß eine Station auf dem Weg nach Polen wäre. Sie werden Polen zum »Judenland« machen, und das ganze germanisierte Europa wird *»judenrein«*. Vielleicht denken sich die Nazis: Soll der Haß der Polen die Juden umbringen, und unsere Hände bleiben sauber.

20. 1. 42
D. erfuhr von einem Bahnarbeiter: Mitte Januar wurden einige Hundert in Terezín angekommene Juden nach Polen weitergeschickt …

29. 1. 42
Mitten in der Nacht klopfte ein Bote der Gemeinde an die Tür, gab den Befehl ab, im Messepalast zu erscheinen, alle persönlichen Dokumente mitzubringen, Paß, Geld, Schmuck, Lebensmittelkarten, eine Liste des gesamten in der Wohnung verbleibenden Besitzes, Wohnungsschlüssel.

1. 2. 42
Unter D.s Freunden ist eine junge Kommunistin, ein »*Mischling*«, Krankenschwester im Militärlazarett in Terezín, wo sie auch wohnt. Sie berichtet: Die Zahl der nach Terezín gebrachten Juden ist bereits größer als die der Tschechen, die dort wohnen. Man drängt die Juden in den Kasernen zusammen. Kontakt zwischen Juden und Tschechen ist verboten. Es heißt, im Januar seien einige Juden

aufgehängt worden, weil sie Briefe an ihre Familie geschrieben haben.

Was ist das: ein *Mischling*? Eine Spionin? Doppelagentin? Ein Code aus dem Untergrund? Ein Kosename?

3. 2. 42
M. kam. Brachte Marmelade und bat um meine Unterschrift unter ein Scheidungsdokument. Unsere Koffer stehen offen da, jede Stunde legt man etwas hinzu, nimmt etwas anderes heraus. Ich nehme Bücher mit, viel Papier zum Schreiben, viele Stifte. M. betrachtet ironisch meine Vorbereitungen: »Kannst du es nicht mehr erwarten, der erste Historiker des letzten Ghettos zu sein?« Vielleicht hat sie recht. Sie hat mir versprochen, auf mich zu warten, »um sechs nach dem Krieg«, mein Ring steckt noch an ihrem Finger.

Hier enden die Blätter aus dem Briefpapierblock und die leserliche Schrift mit edlem Füllfederhalter, es folgen Notizen, die auf dem geschrieben wurden, was gerade zur Hand war, zerrissene Umschläge, Blätter eines karierten Rechenblocks, graues Packpapier, alle mit schwachem Bleistift beschrieben, in winziger, enger Schrift –

Ich lese langsam, entziffere Wort für Wort. Ab hier bin ich mir in der Reihenfolge nicht sicher. Eines ist schon klar, meine *matka** – deine M. – ist tatsächlich in Prag geblieben, um auf dich zu warten, wie auf den braven Soldaten Schwejk, bis um sechs nach dem Krieg, aber was hat sie später dazu bewogen, sich dir anzuschließen auf der Schiffsreise ins Land der sengenden Sonne, nur um hier etwas länger als ein Jahr zu brennen und hinter Glastüren mit Eisblumenmuster zu verlöschen –

* Tschech.: Mutter.

10. 2. 42
Terezín. Sudetenkaserne. Der Zug fuhr etwa drei Stunden. In Bohušovice haben sie die Waggons aufgemacht – Juden mit Schirmmützen, tschechische Gendarmen und SS-Männer erwarteten uns. Es war unter Null. Die Koffer und die Invaliden wurden auf Wagen weggefahren, die Gesunden in Dreierreihen nach Terezín geführt. Nach zwei Stunden sahen wir die rote Mauer. Wir wurden hineingelassen, jeder mit seiner Nummer um den Hals, wie Vieh. Das Städtchen hat sich nicht sehr verändert, seit ich es mit meinen Geschichtsstudenten besucht habe. Die Straßen sind kerzengerade, kreuzen sich, jede Straße etwa 500 Meter lang. Im Hohenelber Lazarett hier war der Attentäter Gavrilo Princip an Tuberkulose gestorben … Die Straßen sind leer. Wo sind alle, die vor uns hierhergekommen sind? Einer von der Ghettowache flüstert mir zu, man hat angeordnet, daß sie drinnenbleiben, um Konterbande zu vermeiden.

11. 2. 42
Im Keller der Kavalierkaserne Staub, Dunkel und Chaos. Sie öffnen die mitgebrachten Bündel – nehmen alles an sich – Rauchutensilien, Fotoapparate, Borseifen. Der Bruder meiner Schülerin gibt keine Ruhe. Zwei seiner Freunde sind bei der Ghettowache und retten ein paar Blätter und Stifte. Ein kommunistischer Bekannter von D., Ing. P., hat uns da schnell rausgeholt. Meine Schülerin haben sie in die Dresdner Kaserne geschickt. Ihr Vater und ihr Bruder sind mit mir in der Sudetenkaserne, die Kaserne der Ghetto-Pioniere. Am Eingang wachen ein tschechischer Gendarm und einer von der Ghettowache. Betten gibt es nicht, nur Matratzen aus Holzwolle auf dem kalten Boden. Es gibt keinen Tisch, keinen Schrank, keinen Stuhl. Der Ältesten-

rat tagt in der Magdeburger Kaserne, über deren Eingang Pferdeköpfe hängen.

17. 2. 42
Auf das bißchen Essen wartet man in einer langen Schlange. Zum Schluß hält man Napf und Essensmärkchen hin und bekommt eine kalte Suppe. Es regnet. Der Regen fällt ins Essen.

... 2
Erlaubnis, einmal im Monat eine Postkarte zu schreiben, in Druckbuchstaben und auf deutsch. Man darf nichts Schlechtes über hier schreiben. Ich schreibe an M. Ich bin in Ordnung, aber mir fehlt sehr die Gesellschaft meines guten Freundes Herrn Chléb.

Ich erinnere mich, wie du fünf, sechs Scheiben Brot pro Mahlzeit gegessen hast, Brotscheiben ohne irgend etwas darauf – *chléb*, Brot, netto, hast es auch mir empfohlen, mich beinahe gedrängt, iß Brot, iß viel Brot, sorgst dich, du ißt ja kaum Brot –

... 42
Ich arbeite in der »Hundertschaft«. Schiebe einen schwarzen, mit schönen Säulen und Kronen verzierten Leichenwagen. Darauf, statt Leichen, Kartoffeln oder Brotlaibe. Links und rechts von den Wagenschiebern laufen Männer der Ghettowache und schützen uns vor den Hungrigen. Andere Leichenwagen lärmen mit ihren Holzrädern auf den schlechten Straßen, transportieren Koffer, Bücher und auch mit dünnem Papier bedeckte Tote in die Leichenkam...

Das Datum ist kaum zu entziffern, vielleicht: 5. 3. 42.

Meine Schülerin kommt, um in der Sudetenkaserne den Boden zu putzen. Nur so kann sie ein paar Worte mit ihrem Vater und ihrem Bruder wechseln. Ihr Gesicht ist hager, sie sieht schlecht aus. Sie bereut es, den Stern der Juden nicht, wie ihre Schwester es ihr riet, abgelegt zu haben. Als sie mit der Arbeit fertig ist, gehe ich mit ihr bis zum Kasernentor, versuche sie etwas aufzubauen. Auf den Festungswällen wächst Gras – Frühlingsgeruch liegt in der Luft. Wenn du nach Norden schaust, siehst du blaue Bleiberge über der Mauer, wie eine Hoffnung – nicht sehr nah, aber auch nicht fern …

8. 3. 42
Heute haben wir auf den Leichenwagen Tote transportiert. Nahe der Leichenkammer sahen wir einen kleingewachsenen breitschultrigen Mann, der die Arbeit eines Pathologen verrichtete. Die Herrschenden möchten wissen, woran die Toten gestorben sind, denn sie fürchten Seuchen. Beim Rausgehen erzählte mir der Bruder meiner Schülerin, dieser Mann sei der Henker, der die jungen Juden im letzten Januar aufgehängt hat. Ein Jude? Ja, sicher. Hier machen alles die Juden …

10. 3. 42
Nachts kamen Boten von der Magdeburger Kaserne, wo der Ältestenrat tagt, mit Papierstreifen in der Hand. Der »Blockälteste« bekommt die schmalen, langen Papierstreifen, liest die darauf geschriebenen Namen, geht zu den Schlafenden, weckt sie auf, ihrem Schicksal entgegen. Wer im Ghetto ruhen kann und wer gehen muß, bestimmt hier die »Polenkommission«. Jedes Mitglied dort kämpft dafür,

daß seine eigenen Leute im Ghetto bleiben können. Ing. P. hat meinen Namen zusammen mit dreißig »seiner Leute« abgegeben, die vor dem Transport geschützt sind. Aber den Vater meiner Schülerin haben sie heute nacht gerufen. Ich half ihm, seine wenigen Kleider zusammenzupacken und lieh ihm ein Buch. Er versprach, von dem neuen Ort zu schreiben. Vielleicht ist es dort besser als hier ... Er hat in Polen viel Familie. Er hofft, sie zu treffen. Er hinterließ mir einen Brief an meine Schülerin, für den Fall, daß ...

... 42
Es heißt, bald ginge noch ein Transport ab. Viele Gerüchte (*bonkes*) machen die Runde, Spekulationen der Angst und der Hoffnung, doch nur das Gerücht über den Transport erweist sich als wahr. Man hat hier ein paar Leute von Mandlers »Zirkus« getroffen: Sie hatten mit eiserner Hand Juden aus mehreren Dörfern zu einem Transport nach Terezín zusammengetrieben und sind schließlich selbst in die Falle gegangen. Bei der Verlesung des Tagesbefehls wurde gejubelt, denn die Lebensmittelration wurde hochgesetzt: Brot von 347 g auf 372 g (aber Hülsenfrüchte wurden von 24 g auf 4 g reduziert).

18. 3. 42
Noch ein Transport ging ab. Es heißt: in Viehwaggons. Man hat die Alten, Kranken und Kinder weggeschickt. Gerücht: Man richtet ein neues Ghetto in Mähren ein.

20. 3. 42
Vor jedem Transport drängen sich viele Menschen im Flur vor Büro 85a in der Magdeburger Kaserne, weinen, betteln, schmeicheln sich ein. Alle wissen, daß Junge und Zionisten bevorzugt werden. Einige nennen die Magdeburger

Kaserne *Das Schloß*, nach Kafkas Buch. Wie dort gibt es auf dem Weg zum »Schloßherrn« Bürokratie, Vitamin B und Bestechung.

27. 3. 42
Aus Prag kommt ein kleiner Transport mit den Frauen der Prominenten, direkt ins »Schloß«. Man hat sie nicht in der *Schleuse* festgehalten und beraubt. Sie brachten gute Möbel mit, schönes Geschirr, schöne Teppiche, Essen. Eine immer größere Kluft tut sich auf zwischen den »Herren des Schlosses« und den einfachen Leuten. Mein Nachbar kam zwei Tage in Haft, wegen Beleidigung der Ghettowache.

Ich habe etwas Zeit gebraucht, aber jetzt bin ich mir fast sicher – »Transport« bedeutet Deportation. Wer mir noch immer ein Rätsel ist, ist »meine Schülerin«, die du noch nicht einmal beim Anfangsbuchstaben ihres Namens nennst – laß mich raten: Ist Mama ihretwegen in Prag geblieben – jung, dunkel, schön, vielleicht ein bißchen wie Ora – hier ist sie wieder, ohne Datum – »Meine Schülerin wird mit anderen Frauen zum Arbeiten in den Wald gehen« – was war zwischen euch? Was hat sein können? Hier auf diesem Zettel – »Männer und Frauen getrennt. Nur die vom Ältestenrat wohnen mit ihren Familien zusammen. Der Torhüter der Hamburger Kaserne sagte mir« – hier fehlen wohl ein paar Blätter, denn es geht dann auf anderen Zetteln weiter, die sind jetzt kariert und mit weichem Bleistift geschrieben, sehr verblaßt, es gibt einen Sprung und geht im Mai weiter –

1. 5. 42
Zum Fest der Kommunisten kam mein früherer Student D. Er kam von der *Schleuse* zur Sudetenkaserne. Er sieht gut

aus, war aber sehr wütend. Er hatte ein großes Paket für mich mitgebracht, das ihm M. aus Prag mitgegeben hat, aber in der *Schleuse* haben sie ihm alles abgenommen.

Was ist das: *Schleuse*? Hat es vielleicht etwas mit »schließen« zu tun, vermutlich – also Wegsperren? Eine Art Sammelstelle? Quarantäne? Durchgangslager?

10. 5. 42
Noch ein Transport ist abgegangen – das hier ist kein Ghetto, sondern nur eine Durchgangsstation. Unzählige *bonkes* gehen um, und man kann nicht wissen, was daran wahr ist und was Angst. Es gibt welche, die freuen sich zu fahren – jeder Ort wird besser sein als das Ghetto ... Der Frühling kommt, die Sonne schickt ihre warmen Strahlen, und die Alten sitzen auf den Höfen und lesen sich die Läuse von den Kleidern ... Die Leute bekämpfen die Situation mit Humor: Jeder Pudel in Terezín erzählt, er sei in Prag ein Bernhardiner gewesen.

18. 5. 42
Der Lagerkommandant hat die große Ghettopolizei (zweihundertfünfzig Polizisten) aufgelöst und an ihrer Stelle eine kleine Polizei (fünfzig Leute) eingesetzt. Die Spaßmacher sagen: Sie haben die Polizei verkleinert, weil es kein Verbrechen mehr gibt. Die Pessimisten sagen: Sie haben die Polizei verkleinert, weil die Herrschenden ihre Macht fürchten. Heute habe ich mit dem Leichenwagen sehr viele Tote zur Desinfektion gebracht. Die Alten sind dünn wie Papier. Ihr Essen im Ghetto ist noch armseliger als das der anderen. ...nge Männer und Frauen gehen jeden Tag aus dem Ghetto und bewirtschaften die Gärten außerhalb der Mauern, sie *schleusen* Kartoffeln oder ei... Salat.

Auch die Arbeiter in der Küche und der Bäckerei *schleusen* Essen, und die von der Wache *schleusen* ... aus den beschlagnahmten Bündeln der Ankommenden. Viele Menschen sind hier so weit gekommen, daß sie Dinge tun müssen, die ihren Überzeugungen widersprechen.

... 5. 42
D. berichtet: Es gibt nicht genug Platz, um die vielen Toten zu begraben – man wird ein großes Brennhaus bauen, sie haben Bauarbeiter gesucht. Er hat sich gemeldet ... Seine Freundin ist heimlich ins Ghetto gekommen, hat nachts unter Lebensgefahr die Straße von der Seite der christlichen Terezíner zu den jüdischen Terezínern überquert. Morgens ging sie ins Zimmer der alten Kranken, aber da wollte man sie nicht arbeiten lassen, bis sie nicht ihren Namen angab. Sie hat sich namentlich gemeldet. Man hat ihr versprochen, daß Krankenschwestern nicht auf den Transport gerufen werden ... Von M. kein Zeichen und kein Paket ... weil ...

26. 5. 42
Man sagt, es kämen übermäßig alte Juden aus dem Reich ... Vielleicht ein Zeichen, daß das Ende naht. Auf den Straßen werden keine deutschen Zeitungen mehr angeschlagen ... Vor drei Tagen ging ein Transport ab. Viele Bündel von denen, die gingen, sind zurückgeblieben. Mein Nachbar sagt, man wird ihnen neue, festere Kleidung geben. D. hat mich um Bücher über Bar Kochba gebeten ... für seinen Freund, der ist enttäuscht aus Palästina zurückgekehrt und in die Falle Terezín gegangen. Wenn alles vorbei ist, wird er die Spuren des großen Aufstands in dem alten Land suchen. Ein interessanter psychologischer Prozeß: Die Leute überwinden die Mauern durch Gedanken an

ihre Vergangenheit oder ihre Zukunft. Für die Gegenwart gilt bloß *iberlejbn.*

30. 5. 42
Verschwörung zu einem Attentat auf den *Reichsprotektor* ... Man sucht die Konspiranten. Viele Festnahmen. D. sorgt sich um das Schicksal seiner kommunistischen Freunde.

5. 6. 42
Die Flagge der Feinde wurde auf halbmast gesetzt. Der »Pascha« ist seinen Wunden erlegen. Man hört: In Prag wurden viele Schriftsteller und viele Professoren, Kollegen von mir, ermordet. Ironie der Geschichte: Hier, in Hunger, Enge und Dreck, zwischen den Läusen, bin ich sicherer als meine in der Hauptstadt zurückgebliebenen Kollegen.

13. 6. 42
Vor drei Tagen hat man meinen Nachbarn mitgenommen, um draußen zu arbeiten, und gestern ist er zurückgekommen, er sagte kein Wort. Heute hat er mir erzählt, man habe sie in ein brennendes Dorf gefahren ... ihnen befohlen, ein großes Loch auszuheben und in das Loch Dutzende von Männern zu werfen ... Ermordete ... Zuletzt haben sie auch zwei Hunde erschossen und sie auf die Ermordeten draufgeworfen ... Mein Nachbar und noch andere aus Terezín haben ohne Pause und ohne Essen gearbeitet, bewacht von betrunkenen SS-Leuten. Zum Schluß haben sie die Schafe, die Ziegen und Gänse von dort nach Terezín getrieben. Deren Leben haben sie geschont, bis sie bei der SS auf den Tisch kommen ...

16. 6. 42
Man hat alle hinausgerufen in die Höfe, und wir mußten eine Jacke, ein Fahrrad, einen Rucksack identifizieren. Eine alte Frau wollte den Rucksack aus der Nähe sehen ... Wie alt bist du? Sie antwortete: Zweiundachtzig. Sagt er ihr: Die Juden leben zu lange ...

Das Datum fehlt auf diesem Zettelchen, vielleicht gehört er hierhin.

Ein Transport ging ab. Diesmal mit kräftigen jungen Menschen. D. sagt: Die Herrschenden wollen das Ghetto schwächen, aus Angst vor Aufstand oder Verschwörung ... Mein Nachbar P. sieht darin jedoch ein gutes Zeichen: Sie schicken kräftige junge Juden zum Arbeiten nach Deutschland, das heißt, daß alle jungen Deutschen im Krieg im Osten sind.

20. 6. 42
Juden aus Köln sind angekommen. Sie erzählen, die ganze Stadt sei durch die Bombardierungen der Engländer zerstört. Ihnen erscheint alles schlecht – man hat ihnen einen Kurort im Grünen versprochen, und was sehen sie: dreistöckige Pritschen, Läuse, keine Hygiene, Hunger, Krach. Die tschechischen Juden verstehen ihr Deutsch, stellen sich aber taub. Ich habe gehört, wie manche zu den Neuankömmlingen sagten: Um für euch Platz zu machen, hat man unsere Freunde aus Terezín nach dem Osten geschickt.
Relata refero: In Prag erschießen sie Menschen auf der Straße. Kein Lebenszeichen von M.

27. 6. 42
Terezín ist »*gojimrein*«. Auch die Familie der Freundin von D. (der Vater Tscheche, die verstorbene Mutter Jüdin, die zweite Frau des Vaters Tschechin) hat die Stadt verlassen. Nur ihr Halbbruder arbeitet noch als Gendarm am Tor. In ein paar Tagen werden sie uns erlauben, uns in den Straßen aufzuhalten, mit Ausnahme vom Marktplatz, Hotel Viktoria, den Parks und der Straße, die nach Prag führt. Man hört: Tausende Juden umgebracht in …len. K. hat eine Karte von seinem Bruder bekommen, der am 15. 1. auf den Transport gegangen ist … »Es ist schwer, aber man kann die Schwere überwinden, bis zum Ende.«

7. 7. 42
… Man darf bis neun Uhr abends auf der Straße sein … Die Straßen sind voller Menschen. Menschen, die sich lange nicht gesehen haben, umarmen sich, staunen, machen Witze: Wie elegant du ausschaust. Draußen ist es warm und angenehm. Ich habe meine Schülerin getroffen. Sie ist von der Arbeit in den Wäldern zurückgekommen. Ihr Gesicht ist schön, sonnengebräunt. Jetzt lebt sie gut – sie ist mit einem Mann von der Wirtschaftsabteilung befreundet. *Ubi bene ibi patria.** Auch holt sie bei der Post Pakete für drei Frauen ab, die schon längst von Terezín weg auf Transporte geschickt wurden. Dieser Tage arbeitet sie im Gemüsegarten. Sie hat mir eine halbe Zitrone gegeben. Sehr sauer.

Ich kann eine verborgene Weichheit in deiner Stimme hören, wenn du »meine Schülerin« sagst – fast wie ein Streicheln, deine anderen Schüler nennst du »Studenten«. – Rühr da nicht. Rühr da nicht. Denn wenn du rührst, wirst du *anguem in herba*, die Schlange im Gras, entdecken – dein dürres

* Lat.: Wo es gut ist, da ist das Vaterland.

Hebräisch bedeckt wie Schorf die Wunde, doch mein Mund ist sauer, so als hätte ich gerade eben in die Zitrone gebissen, die »deine Schülerin« dir gegeben hat – das nächste Blatt ist besonders groß – wo hattest du das her, hat sie es dir zusammen mit der Zitrone gegeben?

12. 7. 42
Tausende von Alten aus dem Reich sind auf der Straße, aus Wien ... alte Frauen mit weißem Haar, schwarzen Hüten, schwarzen Handschuhen und Gehstöcken mit silbernen Kugelgriffen. Viele aus dem Reich tragen »Skimützen«, die denen der Nazis sehr ähnlich sehen. Ich gehe durch die Straßen, betrachte die hier versammelten Juden – die Juden ähneln mehr den Nichtjuden ihres Landes als einander. Nur wenige von ihnen sind semitische Typen mit Mandelaugen und großer Nase. Einige der Juden aus dem Rheinland sagen: Wenn der Führer nur wüßte, wie schlecht wir hier leben, er würde nie zulassen, daß man uns hier so behandelt. Es gibt hier große Kriegshelden, mit dem Eisernen Kreuz und anderen deutschen Orden. Unter ihnen berühmte Professoren, wie mein Bekannter, Prof. Philippson von der Universität Bonn.

Jetzt ein Zettel mit unleserlichem Datum, aber vermutlich aus dem Jahr 1942.

D.s Freundin, die als Krankenschwester in der Kavalierkaserne arbeitet, berichtet: Zwei Schwestern des Dr. Sigmund Freud sind angekommen. Sie sind über achtzig Jahre alt ... Meine Arbeit jetzt: Ich schiebe Bücher auf Leichenwagen zu L 304. Wer nach Osten geschickt wurde, hat seine Bücher hiergelassen. *Habent sua fata libelli.* *

* Lat.: Bücher haben ihre Schicksale.

Datum unleserlich, die ersten Zeilen auch.

... die vor der Sonne schützen. Am Eingang zur Latrine steht ein alter Mann vom Ordnungsdienst ... Verirrte werden sich nicht erinnern, wo sie wohnen, ein Schild mit einem Totenkopf warnt »Vorsicht! Desinfektion mit Giftgas! Lebensgefahr!« An den Wänden steht in schwarzer und roter Schrift – »Abfall, Pissoir, Reinlichkeit-Ordnung-Kameradschaft«.

1. 8. 42
Tagesbefehl: Der Ältestenrat erhält viele Hinweise auf Diebstähle. Diebstahl wird mit Haft, Essensentzug, Beschlagnahme von Hab und Gut, öffentlicher Brandmarkung bestraft. Wer einen Dieb stellt, hat ihn der »Ordnerwache« zu übergeben. Wenn er dies unterläßt, wird er genauso bestraft wie der Dieb.

3. 8. 42
Die Zahl der Toten ist zu groß ... Man schreibt schon nicht mehr das Geburtsdatum neben ihre Namen.
Wegen der Hitze, der Läuse, des Drecks schlafen die Leute in den Höfen. Bekanntgabe, daß morgen noch ein Transport abgeht. Drei Menschen haben sich das Leben genommen. Einer hat sich ins Fenster der Kavalierkaserne gestellt und ist kopfüber aus dem zweiten Stock gesprungen. Er ist mir zu Füßen zerschmettert. Die Brote sind vom Leichenwagen in den Straßendreck gefallen. Die Ghettowache vertrieb sofort die Leute, die um das Brot und um den Toten zusammenliefen. Die Brotlaibe haben wir wieder auf den Wagen geladen. Den Toten haben sie an Armen und Beinen genommen und weggetragen. Auf dem Rückweg, mit Blut am Hosensaum, traf ich meine Schülerin, ihr Gesicht war

fahl, sie hielt den länglichen Todeszettel in der Hand – sie steht auf der Transportliste. *Stat sua cuique dies.*[*]

Du bist schadenfroh? Der Mann mit dem braunen Eierkopf, dessen Blick sich hinter dicken Brillengläsern versteckte und der nie, in fast keiner Situation, die Stimme erhob –

5. 8. 42
Meine Schülerin wurde in letzter Minute durch ihren Freund vor dem Transport bewahrt. Sie ist nicht die einzige, die mit einem angesehenen Mann im Ghetto schläft, um sich zu retten. Außer ihrer Schönheit hat sie nichts. Die Freundin von D. berichtet: Tote Greise liegen neben Alten, die bald sterben werden. Junge Mädchen aus dem *Heim*, die zum Helfen gekommen sind, fliehen nach dem ersten Toten. Heute hat sie mir *novissima verba*[**] von den Sterbenden vermacht, die sie aufgeschrieben hat: »Ich habe schon lange keinen Strudel mehr gegessen.« »Sucht im Keller.« »Ich gehe in eine bessere Welt.« »Grüßt meinen Sohn in Mexiko.«

13. 8. 42
G. hilft mir, die vielen Bücher derjenigen zu sortieren, die auf die Transporte geschickt wurden. G. ist Zoologe ... Er sagt, das Ghetto ist ein großes Laboratorium, wo man das Verhalten vieler Menschen in einem kleinen Käfig untersuchen kann – Einschmeichler, Opportunisten, Egoisten, Gangster, Machtgierige, Ruhmsüchtige, kurzum: »das auserwählte Volk«. Barmherzige Seelen sind hier *corvo quoque rarior albo*[***].
Tagesbefehl: eine Geburt, hundertzwanzig Todesfälle.

* Lat.: Jedem ist sein Tag bestimmt.
** Lat.: Letzte Worte.
*** Lat.: Seltener als ein weißer Rabe.

17. 8. 42
D.s Freundin sagt, auch Kafkas Schwestern seien im Ghetto angekommen. Gestern habe ich die jüngste von ihnen getroffen, Frau Davidová, sie hat sich von ihrem christlichen Mann scheiden lassen, ist hierhergekommen, um mit den Menschen ihres Volkes zu sein. Ihre Töchter sind bei ihm … aber …

30. 8. 42
D.s Freundin ist schwanger. Es ist verboten, eine Abtreibung zu machen. Schwangere Frauen werden auf einen Transport nach Osten geschickt. D. möchte sie heiraten, aber er hat Angst: Seine Arbeit beim Bau des Brennhauses ist fertig, kann sein, daß sie ihn als »Spezialist« für diese Arbeit nach Osten schicken, und seine neue Frau mit ihm. Was tun? Im Ghetto kann man keine guten Ratschläge geben. Einen Tag versprechen sie Familienzusammenführungen, und am nächsten schicken sie den Mann nach Osten, und die Frau bleibt hier.

3. 9. 42
Frau Pollaková, Kafkas Schwester, hat eine Einberufung zum Transport bekommen. Frau Davidová ist zu den Kulturleuten gegangen, hat gebeten, daß sie ein Wort für sie einlegen, aber keiner half.

11. 9. 42
Jüdisches Neujahr. Der Ältestenrat wünscht das Beste, dankt allen für ihre aufopfernde Arbeit, ruft alle auf, weiterhin eiserne Disziplin zu bewahren. Sie haben Potemkinsche Läden eröffnet. Es wird bekannt – auch Frau Trude Herzl-Neumann ist hier. Eine schöne Frau. In der Seele erschüttert. Sie erinnert die Zionisten an die Verdienste

ihres Vaters, aber sie werden ihr nicht helfen, und das wegen eines alten Streits mit ihrem Mann (der sich schon vor Jahren von ihr getrennt hat …)

17. 9. 42
Mitteilung des Ghettokommandanten: Ingenieur Leo Hess wird beschuldigt, mit Ariern außerhalb des Ghettos Kontakt aufgenommen und Lebensmittel-Konterbande betrieben zu haben. Er wurde aus dem Ältestenrat entfernt und kommt in einen Transport nach Osten (*Weisung*).

20. 9. 42
Abends hat mich der Zimmerälteste gerufen: Du hast einen Gast. Auf der Schwelle stand meine Schülerin. Ihr Beschützer ist ein Freund von Ingenieur Hess, der auf *Weisung* nach Osten geschickt wurde. Jetzt haben auch ihr Freund und sie einen Transportbefehl bekommen. Ob ich ein Buch für sie hätte, das ihr die lange Fahrt verkürzen könne. Ich habe ihr ein verbotenes Buch gegeben, Stefan Zweigs *Ungeduld des Herzens*. Meine Schülerin ist optimistisch. Im Osten soll es möglicherweise gar nicht so schlimm sein. Vielleicht wird sie ihren Vater finden. Sie versprach mir zu schreiben, was aus ihr wird.

21. 9. 42
Jom Kippur. Einige fasten, andere essen und sagen: Das ganze Jahr fasten wir und kasteien unseren Leib. Auch heute ging ein großer Transport mit Alten aus dem Reich ab. Wenn alles vorbei ist, wird unser Volk nur ein Volk der Jungen sein, ohne Väter, ohne Mütter, ohne Großeltern. Ein Volk ohne Tradition, das von Null anfängt …

... 42
Reorganisation des Sicherheitswesens: An der Spitze ein Dr. Loewenstein, hochdekorierter Kriegsheld, Leiter der jüdischen Polizei in Minsk. Sie haben ihn geholt, damit er in die tschechische Unordnung Ordnung bringt.

27. 9. 42
Im Tagesbefehl: Man sucht einen Fachmann zur Herstellung künstlicher Fliegen zum Angeln. Das Brennhaus ist fertiggestellt. D.s neue Arbeit: Leichen von der zentralen Leichenkammer in den Stadtmauern zum Brennhaus fahren. Er sagte, es gebe am Tag etwa zweihundert Tote. Die Asche tun sie in eine Pappschachtel mit dem Namen des Toten und stellen sie ins »Columbarium«. Ich sage ihm: Du hast viel Arbeit. Dich werden sie nicht fortschicken. Du kannst deine Freundin heiraten ... Ich merke, mein Herz ist hart geworden ...

Daher also das Columbarium – ein Aufbewahrungsort für Aschebehälter und nicht ein Taubenstock, Davidi, und hier bist du und fährst Leichen von der zentralen Leichenkammer zum Krematorium. Du hast viel Arbeit, schreibt hier dein früherer Dozent für Geschichte der westlichen Zivilisation, nur solange zweihundert Menschen am Tag sterben, wird man dich nicht deportieren – wie hat es dich dann trotzdem nach Treblinka verschlagen – haben sie in Terezín aufgehört zu sterben? Und was ist aus dieser Krankenschwester geworden? Und wieso fiel nie ein Wort – niemals – vielleicht steht die Antwort hier, vor meinen Augen. »Mein Herz ist hart geworden.« Nicht nur Papas Herz, deines auch. Und ihr konntet den Stein nicht wegrollen – oder anders: Ihr wolltet nicht, daß Nachum und mir ein Stein auf dem Herzen wächst –

3. 10. 42
*Mala avis**: Sie haben den Ältestenrat ausgewechselt – Edelstein steht noch an der Spitze, aber an die Stelle angesehener Tschechen haben sie jüdische Würdenträger aus Berlin und Wien gesetzt. Viel Wut unter den Tschechen. *Divide et impera.***

6. 10. 42
Nachts hat mich der Bote geweckt, gab mir den Todeszettel mit meinem Namen. Falls mir kein Vitamin B hilft, gehe ich am 8. Oktober auf den Transport –

7. 10. 42
Prof. Utitz hat mich unter den Drängelnden im »Schloß« gesehen und mir versprochen: Wir werden alles in unseren Möglichkeiten Liegende tun. Es würde Ihnen helfen, wenn Sie verstecktes Gold oder Tabak hätten …

9. 10. 42
Großes Chaos, Gedränge, Weinen. Ich habe die Arbeitskarte und die Lebensmittelkarte abgegeben. Mit Kalkfarbe haben sie die Buchstaben »Bu« auf meinen Koffer geschrieben. Die Koffer wurden zur Station Bohušovice gebracht. Die zum Ghetto führenden Tore der Hamburger Kaserne, wo unsere Gruppe sich versammelt, wurden von Männern der Ghettowache bewacht. Plötzlich kam Dr. R., der SS-Arzt, er ging in ein kleines Zimmer. Man rief mich zu ihm. Ich gab ihm den Brief von Professor Philippson, samt einem Ring mit einem kleinen Diamanten, den Ring meiner Mutter, den meine Schülerin mir ins Revers genäht hat, bevor wir Prag verließen … Der Arzt las den Brief des

* Lat.: Ein schlechter Vogel [schlechte Nachricht].
** Lat.: Teile und herrsche.

Professors, nahm den Ring, sagte: Verlassen Sie das Zimmer nicht. Ich wartete in dem kleinen Zimmer bis Mitternacht. Hinter der Tür großer Aufruhr. Danach Gerenne, Gebrüll: *Schnell, schnell, Saujude* … Danach Grabesstille … Im Morgengrauen begleitete mich ein Mann von der Ghettowache zusammen mit noch fünf aus diesem oder jenem Grund vor dem Transport Geretteten zu unserem Wohnort … Die Straßen waren so leer wie bei unserer Ankunft. Alle mußten in ihren Unterkünften bleiben, bis alle, die nach Osten gebracht wurden, fort waren.

13. 10. 42
Ich bin zur Kavalierkaserne gegangen, um D.s Freundin nach ihm zu fragen. Sie schaute mich an, als sehe sie einen Toten. D. war in der Reserve für den Transport Bu gewesen; das Vitamin B, das mich gerettet hatte – hat ihn an meiner Stelle auf den Transport geschickt. Neben meinen Namen hatte Dr. R. »transportunfähig« geschrieben. Das beschützt mich derweil …

Achilleus und Patroklos, Aeneas und Achates, Alexander und Hephaistion? Nein, mehr, viel mehr, ein Lehrer und sein Schüler, der an seiner Stelle in die Hölle geschickt wird – jetzt wird alles verständlich – deine endlose Geduld ihm gegenüber – wie du deinen Arm um ihn gelegt hast – dein beherrschtes Reden – deine plötzliche Sorge: Loja, vielleicht springst du mal schnell rüber und schaust nach, wie es Davidi geht – die Verantwortung, auf ihn aufzupassen, damit er nicht – damit er nicht, was – und auch diese kochende Bitterkeit – laß mich raten: Du hättest mir diese Chronik nicht zum Lesen gegeben, du hättest nicht gewollt, daß ich das erfahre – aber Davidi hat es gewollt – Davidi hat mich hierher zurückgebracht, um mir dieses Zeugnis zu übergeben –

17. 10. 42
Auch Ärzte und Krankenschwestern erhalten den Transportbefehl ... M. bittet mich flehentlich, ich solle eine Eheerklärung beantragen. Ihr Bruder, der beim Wachdienst arbeitet, hat von einem Bahnarbeiter gehört: In einem der Viehwaggons, die nach »Bu« fuhren, habe man mit Kreide geschrieben gefunden: Drei Uhr, Warschau, wir fahren ohne Essen und ohne Wasser ...

Noch eine M.?! Ein Schreibfehler? Ein Zufall? Oder, viel einfacher: die Abkürzung für *Mischling*?

27. 10. 42
Großer Aufruhr. Zum Transport »By« sind viele Leute nicht angetreten. Die Herrschenden haben das Verlassen der Kasernen verboten, Taschenlampen wurden beschlagnahmt, alle Vorträge und Zusammenkünfte abgesagt.

10. 42
Sie durchsuchen alles, zählen alle Menschen. Suchen die Versteckten. – Es ist das erste Mal seit Bestehen des Ghettos, daß um die hundert Menschen sich nicht zum Transport einfinden. Viele warten ab und wollen sehen, ob die Versteckten es schaffen. Man sagt, viele seien über die Mauern geflohen, bis nach Prag gekommen und »untergetaucht«.

30. 10. 42
MALA AVIS: Die meisten, die sich nicht zum Transport eingefunden haben, hat man gefaßt ... Wir haben einen Eheschließungstermin ...

11. 42
Wir haben ein groteskes Dokument unterzeichnet: Die Brautleute verpflichten sich, ihr weiteres Leben gemeinsam zu führen, einander in allen Lebenslagen beizustehen und zusammenzubleiben, wohin sie auch gehen. Sie geloben, ihren Bund bei erster Gelegenheit in eine rechtlichgültige Ehe umzuwandeln. Ich habe zum Schluß der Zeremonie mit dem Fuß einen Papierkegel zertreten, »meine Frau« kehrte in ihre Unterkunft in der Hamburger Kaserne zurück, ich in meine in der Sudetenkaserne.

Verworrener, als ich dachte – und vielleicht auch einfacher – schon beinahe symmetrisch – Davidi wurde »an deiner Stelle« nach Treblinka geschickt, und du hast »an seiner Stelle« seinen *Mischling* geheiratet, um sie (und ihr ungeborenes Kind) vor kommenden Transporten zu bewahren –

25. 11. 42
Sie haben die Bibliothek (L 304) eröffnet, der Leiter ist Prof. Utitz. Ich werde die Bücher in Kisten ordnen und auf dem Leichenwagen zu den jeweiligen Blockältesten bringen. Belletristik für die Jungen, Zionistik für die Mitglieder des Hechaluz, des Makkabi etc., Klassik für die Alten, beschädigte Bücher – für die Kranken. Gestern haben sie ein Jahr seit Ghettobeginn gefeiert ... Der Ältestenrat bittet alle, weiterhin Gemeinschaftssinn und Disziplin zu bewahren.

8. 12. 42
Man kann zwei Stun... im Kaffeehaus sitzen, Ersatzkaffee trinken, Jazz hören. Es gibt keine Transporte mehr. Vielleicht ist das Ende nah. General Winter kämpft im Osten gegen die Deutschen ... »Meiner Frau« ist die Schwanger-

schaft kaum anzusehen. Sie hat aufgehört, bei den Kranken zu arbeiten, um das Embryo nicht zu gefährden. Eine Freundin hat für sie Arbeit in der Küche der Hamburger Kaserne organisiert … Ihr Halbbruder, der Gendarm, schmuggelt Gemüse für sie herein. Kein Zeichen von meiner Schülerin. Kein Zeichen von D.

3. 1. 43
Neujahr bei den Christen. Wir haben mit einem grünen Baumzweig gefeiert, den ihr Bruder uns gegeben hat. Wir standen in großer Kälte auf der Straße und sahen, wie die jüdische Polizei im Nazigänsemarsch vorbeizieht … Die in der Poststelle Beschäftigten machten sich eine schöne Silvesterfeier mit gestohlenen Lebensmitteln aus anderer Leute Paketen.

16. 1. 43
Kälte zum Zähneklappern. Die Herrschenden haben die Wohnungen der Prominenten besucht und angeordnet, sie zu erweitern … Auch diesen Bevorzugten bringe ich Bücher. Meinem Freund, dem großen Geographen Professor Philippson, dem Professor Emil Klein, ein Mann von internationalem Ansehen und ein großer Snob, der Sängerin Henriette Beck, Trägerin einer hohen Auszeichnung für ihren Einsatz für deutsche Soldaten im letzten Krieg, der Enkelin von Bismarcks Bankier, einem Verwandten des Baron Hirsch, dem sächsischen Ministerpräsidenten – *sic transit gloria mundi**.

31. 1. 43
Die Machthabenden haben Dr. Eppstein aus Berlin zum Judenältesten ernannt und den tschechischen Zionisten

* Lat.: So vergeht die Herrlichkeit der Welt.

Edelstein zu dessen Stellvertreter degradiert ... Aus Prag ist Dr. Kahn angekommen. Sie haben die dortige *Zentralstelle* aufgelöst. Jetzt ist es beinahe gelungen, uns völlig von der Welt abzuschneiden.

5. 2. 43
Langes Gespräch mit Rabbiner Dr. Leo Baeck. Er hat 1935 Palästina besucht. Sein Eindruck: Juden und Araber leben wie gute Nachbarn ... Nach Terezín kam er mit dem Transport des neuen *Judenältesten*. Hier meldete er sich freiwillig zur Hundertschaft, obwohl er aufgrund seines Alters (siebzig Jahre) und seiner Stellung (*A-Prominent*) nicht mehr muß. Auch der berüchtigte Mandler, der den »Zirkus« geleitet hat, ist ins Ghetto gekommen, er hat für seine große Hilfe beim Zusammentreiben der Juden und ihres Besitzes *A-Prominent* bekommen. Einige junge Leute haben ihn zusammengeschlagen. Jetzt liegt er im Krankenhaus. Die Krankenschwestern weigern sich, ihn zu pflegen (Zeugnis von M.).

Rabbiner Leo Baeck? Der, an den du den Brief nach London geschrieben hast? Nach so vielen Jahren? Aber warte – so viele waren es gar nicht: Seit du dies hier geschrieben hast und bis du den Brief an ihn geschrieben und nicht abgeschickt hast, waren nur zwölf Jahre vergangen –

10. 2. 43
Man hört: Großer Streit im Judenrat. Dr. Kahn weigert sich, dort irgendein Amt zu übernehmen. Er hat zu Edelstein gesagt: »Jene sind der Arm, und ihr seid die Finger.«

Datum unleserlich, auch ein paar Zeilen. Ich nehme an, daß das hierhergehört.

Typhus. Man darf sich nicht mehr die Hand geben. Ein Oberarzt aus Deutschland ist gekommen. Der stellvertretende Leiter der Poststelle wurde wegen Diebstahls festgenommen. Vielleicht hat M. mir ein Paket geschickt, und hier hat man es geraubt? Gespräch mit Professor P., der vor zwei Wochen aus Prag gekommen ist – er wollte seinen Ohren nicht trauen, daß man in der Schreibstube die Namen der nach Osten Geschickten zusammenstellt ... Warum machen wir die Arbeit unserer Feinde? fragt er. Er wird sich noch an diese Situation gewöhnen.

15. 2. 43
»Meine Frau« ist in ihrem Zimmer in der Hamburger Kaserne niedergekommen. Aus Angst vor Typhus ist sie nicht ins Krankenhaus gegangen, und auch, damit man den Namen des Babys nicht in die Listen schreibt ... Befreundete Krankenschwestern haben ihr geholfen ... Der Junge ist klein, aber gesund. Keine Nachricht von seinem Vater.

15. 2. 43? Herzlichen Glückwunsch, Nachum! In deinem Personalausweis stand Tschechoslowakei, und ich hatte aus irgendeinem Grund immer angenommen, du seist in Prag geboren. Noch ein paar Zettel, dann werde ich vom Tod deiner Mutter erfahren, dann wird auch klar werden, wie du gerettet wurdest – vom Onkel Gendarm? – und vielleicht durch ein geradezu unwahrscheinliches Zusammenspiel von Glück, günstigen Umständen und Beziehungen – es ist so merkwürdig, weißt du – dein Vater wurde statt meinem nach Treblinka deportiert, meine Mutter zog dich groß statt deiner eigenen – wärst du noch am Leben, könntest du mir mehr

über sie erzählen, als ich weiß, für mich ist sie nur ein schwaches Echo, eine Collage aus Erinnerungen und Fetzen von Schwarzweißfilmen auf der Wand des Kulturhauses im Sommer, eine sowjetische Krankenschwester mit prächtigem blondem Zopf wie ein Heiligenschein, sehr tatkräftig und energisch, plötzlich schaue ich zum Fenster, weine lautlos – als jedes Kind an Chanukka mit Seinermama Ich-hab-eine-kleine-Kerze tanzte, habe ich mit Lehrerin Malka getanzt. Wo ist deine Mama? fragten sie mich gegen Ende der Feier, und sofort kam Ora dazu, um mich zu beschützen: Ihre Mama ist weggefahren. Wann kommt sie zurück? Josefa glaubt es nicht. In den Großen Ferien, wiederhole ich leise die Lüge, Lüge, Lüge. Warum ist sie denn für so lang weggefahren? fragt Minale mit einem Anflug von Beschwerde, verbündet sich mit mir, aber im Grunde gegen mich. Sie ist ins Ausland gefahren. Ora rettet mich aus ihren Händen, steht hinter mir, einen halben Kopf größer, sicher, warm, eine Mauer, dann ist deine Mama eine Abtrünnige, säuselt Arlosora, schon hat sich um uns ein Pulk gebildet, Bilu und Elchanan und Chesi und Zwika und Dina und Dudik und Ruthi und Nizchija. Deine Mama ist ausgewandert, sie ist eine Abtrünnige, wiederholt Minale – ein weißes Quarkklößchen mit Kirschenmund, und ich, um Mama zu retten, um mich vor der Schande zu retten, verkünde mit brüchiger Stimme, sie ist nicht ins Ausland gefahren, sie ist viel, viel weiter als nur ins Ausland gefahren! Elchanan prustet verächtlich, dreht diesem Kinderkram den Rücken zu, aber die anderen Kinder glauben es, sie starren mich schweigend an. Kinder, was steht ihr denn hier rum, kommt, greift zu, es gibt frische Krapfen, die Stimme der Lehrerin Malka weht fröhlich und süß über uns, und einige eilen schon zu den an den Wänden des Klassenzimmers in U-Form aufgestellten Tischen, doch einige bleiben noch stehen, hören Minale, die sich ein bißchen aufplustert und dann feierlich ihr Urteil verkündet: Noch weiter als Ausland – das ist tot –

Die Erinnerung: Manchmal verbirgt sie sich, wie eine Graswurzel unter der Erde, wie das Wasser in einem eingemauerten Rohr, gurgelt, streckt einen krummen Finger aus, der Wasserhahn, in dem es dunkel ist, und tiefer drinnen, was ist es, das nur darauf wartet, rausgelassen zu werden ans Licht, eine gläserne Schlange zuckt, spritzt Silbersplitter und sammelt sich eilig im Abfluß des Waschbeckens, um in einem anderen Rohr zu verschwinden, denn nichts geht verloren, nicht das Wasser, nicht der Regen, nicht die Wolken, nicht das Licht der Sonne, und auch nicht, was vor Tausenden von Jahren gewesen ist, siehst du, hier war der Markt, und das waren die Wohnhäuser, und hier war eine Straße, und da noch eine, mit einem Badehaus, siehst du? Aus der Ferne, von der Spitze des Hügels, kann man die ganze Stadt sehen, aber sobald man hinuntersteigt, zerfällt sie wieder, hier ein Stein, da ein Stein und Sonne und Staub –

Meinemama ist nicht tot. Ich versuche, meine Ehre zu retten. Minale zieht einen Flunsch. Mit acht Jahren ist sie bereits eine ziemliche Expertin in Sachen Tod. Sie ist sich ganz sicher. Deine Mama ist doch tot, sagt sie, begleitet von einem leichten Kopfnicken, das Doch-doch-doch-doch-doch sagt, deine Mama ist tot, und die Nazis haben aus ihr Seife gemacht –

Am Sederabend essen wir Brötchen. Aber alle anderen essen Matzen, beschwere ich mich. Ich mag Matzen nämlich. Am nächsten Tag werden sie mich zu Chassia schicken, ein paar Matzen holen, nur für mich. Inzwischen kann man schon mal Charosset essen. Chassia hat ein Schüsselchen vorbeigebracht. Streich das auf die Brötchen, das schmeckt gut – aber die runden Brötchen sehen für mich plötzlich wie Seife aus, und ich bekomme nichts mehr runter.

Wo ist Mama?

Eine schlimmere Frage konnte ich nicht stellen. Davidi steht auf. Papa hustet furchtbar. Nachum schaut mich an, schaut Papa an, schaut weiter Papa an, plötzlich scheint es, als sei er hier der Verantwortliche, er öffnet den Mund, um zu antworten, aber Davidi legt ihm seine Archäologenhand auf den Kopf, damit er es nicht tut.

Ist das eine der Fragen, die man an Pessach stellt? Seine Stimme klingt versengt. Seine Augen – zwei Schlitze brodelndes Silber.

Minale hat gesagt, Die-Nazis-haben-aus-ihr-Seife-gemacht, flüstere ich in einem Atemzug.

Wie bitte?!

Davidi ist schon unterwegs zu ihnen, um mitten am Sederabend einen Skandal zu machen. Papa steht auf, versucht ihn aufzuhalten, doch Davidi stößt ihn zurück, stürmt wütend raus, rennt fast und schleift Papa mit, der ihn am Ärmel hält, bis in die Mitte des Gartens – Nachum und ich laufen zur Tür, aber alles ist schwarz, warte, Nachum geht wieder rein, macht die Lichter aus, und aus dem Dunkel ersteht der Garten, schwarze und graue Schatten beben in blauem Schimmer, das Bewässerungsrohr beschreibt ein riesiges S aus Zinn auf der Wiese, und links und rechts davon Papa und du, ihr faucht euch in einer schwarzen, pfeifend-knarrenden Sprache an. Tschechisch, flüstert Nachum mir zu. Was sagen sie? frage ich, aber Nachum schüttelt den Kopf, er versteht nicht, oder er versteht und will es nicht sagen oder will nur, daß ich endlich still bin, damit er zuhören kann –

Das Gartentor knallt zu.

Papa kommt mit schweren Schritten zurück, versucht zu

lächeln – Kommt, Kinder, setzen wir uns wieder hin – aber es ist unmöglich weiterzuessen – er setzt sich hin, und wir stehen links und rechts von ihm, warten, und plötzlich, so als habe er einen Entschluß gefaßt, hebt er die weiße Tischdecke hoch, zieht die Schublade heraus, holt einen Stift und den kleinen Einkaufsblock und schreibt auf das erste Blatt in schönen gemalten Ziffern: 1939-1945. Würdest du das mal vorlesen, Loja? Ja, in diesen Jahren war der Zweite Weltkrieg, er reißt das Blatt ab, legt es in die Mitte des Tisches unter den Salzstreuer. Und wann bist du geboren? Er erwartet, von mir am 27. Juli 1946 zu hören, und ich sage es, und er schreibt es auf. Vor oder nach dem Krieg? Er schaut mich an, ich bin beleidigt. Danach! sage ich, und er reißt den Zettel ab, legt ihn etwas näher zu uns hin, beschwert ihn mit dem Wasserkrug, schreibt das Datum 5. 1. 1950. Und was ist da passiert? Da sind wir eingewandert, weiß Nachum, und wir haben in Haifa gewohnt, wenn Davidi nicht dabei ist, blüht er richtig auf, traut sich, lächelt. Und wir haben im Hafen phönizische Schiffe gesehen, sage ich, will auch mitmachen, doch auf Papas Stirn zeigen sich drei Falten des Staunens. Phönizische Schiffe?! Ich schaue zu Nachum, er hatte sie mir schließlich gezeigt, und Nachum bestätigt mich mit einer energischen Bewegung des Kinns, ja, die haben wir gesehen, obwohl ihm sonnenklar ist, daß das Kinderblödsinn war. Wißt ihr, wann die Phönizier waren? Papa klingt sogar ein bißchen erleichtert, er schreibt eine große Null, reißt den Zettel ab, schickt mich los, ich soll das Datum unter den Meerrettich stecken, das ist das Geburtsdatum von Jesus, hier beginnt die christliche Zeitrechnung, erklärt er, während er bildschön das nächste Datum malt, 333, es abreißt, nun selbst aufsteht und es unter den Serviettenhalter steckt, den wir im Werkunterricht gebastelt haben, vor der allgemeinen Zeitrechnung natürlich, sagt er im Gehen, da hat Alexander der Große das Land Israel erobert – und hier, er umkreist den Tisch und legt auf Davidis verwaisten Teller einen Zettel mit 814, natürlich vor, da wurde Karthago gegründet, er legt eine Gabel drauf, damit er nicht wegflattert – die Phönizier haben Karthago gegründet, sie kamen aus Tyrus und Sidon. Und Hannibal? frage ich, Papa ist überrascht, er hatte mir nicht von Hannibal erzählt. Hannibal hat da die Alpen überquert, er schreibt 218, natürlich vor, schickt mich, den Zettel zwischen den Serviettenhalter und den Meerrettich zu legen und ein Glas draufzustellen. Und Judas Makkabäus? Paß auf, Loja. Papa schreibt 161. Na-türlich vor, sagen Nachum und ich im Chor. Da wurde Judas Makkabäus ermordet, und ich weiß schon, ich muß ihn näher zu uns als Hannibals Alpenüberquerung legen. Und Bar Kochba? will Nachum wissen. Und Bar Kochba? Papa schaut ihn an und schreibt 132, nach, sagt er, um unserem gemeinsamen Refrain zuvorzukommen, seufzt, legt das Datum zwischen Jesus und den Zweiten Weltkrieg, beschwert es mit einem Weinglas. Und was ist da dazwischen? frage ich. Das bittere Exil, antwortet Nachum. Papa schaut ihn amüsiert an, lächelt beinah, läßt es aber gelten, er schreibt weitere Jahreszahlen auf, was wird er machen, wenn der Block alle ist? 1950-1951, er reißt den Zettel ab, damals haben wir in Haifa gewohnt. Wo soll ich den hinlegen? fragt er uns beide, und Nachum und ich zeigen beinahe gleichzeitig auf das Glas, das nahe bei ihm steht. Damals habt ihr auf dem Balkon gestanden, nicht wahr? Papa schaut erst mich an – dann Nachum – dann wieder mich. Ja, wir nicken beide. Und da konntet ihr tatsächlich phönizische Schiffe sehen? Sokratisch, wie es seine Art war, zeigt er mit dem Kinn auf den Tisch, Nachum und ich messen die Entfernung der Jahre zwischen dem Glas, das nahe bei uns steht, und dem Zettel, der auf Davidis verwaistem Teller am anderen

Ende des Tisches liegt, zwischen uns und ihm waren Bar Kochba, Jesus, Judas Makkabäus, Hannibal, Alexander der Große und noch mehr, der Tisch liegt voller Zettelchen aus dem Block, sie flattern leicht im Wind, der, getränkt vom Duft der Orangenhaine, tröstlich von Richtung Tür hereinweht. Ich gähne. Bist du müde? fragt Papa, schaut mich an und schreibt: 8. 5. 1945. Das ist das letzte Datum, verspricht er. Auch Nachum kennt es nicht, Papa klopft mit der Spitze seines Stifts auf den Zettel, macht ihm blaue Sommersprossen. Da haben die Alliierten die Nazis endgültig besiegt. Und wann bist du geboren, Loja? Davor oder danach? Ich bin sehr müde, lehne mich auf den Tisch, bin mir schon nicht mehr sicher, was richtig ist, danach, flüstert Nachum mir zu, danach, flüstere ich ihm nach, und deshalb kann es nicht sein, daß die Nazis Mama umgebracht haben, sagt Papa, wendet sich zu mir, doch meine Augen sind fast geschlossen. Sie haben sie besiegt und alle umgebracht, höre ich Nachum sagen. Nein! ruft eine Stimme hinter uns, ich bin sofort wach, das ist Davidi, er ist zurückgekommen, er nähert sich unserem historischen Tisch, die meisten Mörder laufen noch immer frei herum –

17. 3. 43
Theodor Herzls Tochter ist gestorben ... Gespräch mit Frau Davidová. Prof. Utitz hat zusammen mit ihrem Bruder, dem Schriftsteller, am Deutschen Gymnasium am Altstädter Ring gelernt. Wenn ihr Bruder noch leben würde, sagt Frau Davidová, wäre er heute im Land Israel. Er habe auch Hebräisch gelernt ... Nach dem Pogrom im November 1920 habe er gesagt: Menschen, die an einem Ort bleiben, wo man sie haßt und jagt, sind wie Schaben, die selbst giftige Chemikalien nicht aus dem Badezimmer vertreiben können –

20. 3. 43
Der Typhus breitet sich immer mehr aus. Man sucht nach einem Weg, das Baby hinauszubringen. Vier Menschen sind gestorben, sie hatten nicht lang genug abgewartet, nachdem ihr Zimmer mit Zyklon B gegen Flöhe desinfiziert worden war. Noch ein Frühling hat begonnen … Die Jungen spielen im Hof der Dresdner Kaserne Fußball.

25. 3. 43
Heute habe ich das »Bündel« seinem Onkel übergeben. Wir warten sehr nervös auf Nachricht.

30. 3. 43
Das Zeichen ist da! Das »Bündel« ist wohlbehalten angekommen … Wir gingen die Operette *Das Ghettomädel* anschauen. Nach der Aufführung kam der Leiter der Ghettowache zu mir, fragte, ob das Stück meiner Meinung nach dazu beitrage, das schlechte Ansehen der Ghettopolizei zu mindern … Warum gibt er was auf meine Meinung?
Er habe gehört, daß ich die Geschichte des Ghettos schreibe, er werde dieses Geheimnis für sich behalten, werde mir auch Papier und Stifte geben, es sei nur wichtig, daß ich das Bild aus der richtigen Perspektive darstelle, daß ich die Wahrheit sage, ohne sie zu schönen oder zu schwärzen. Seit er zur Polizei gekommen sei, habe er den Diebstahl und die ungleiche Verteilung von Lebensmitteln bekämpft, und deshalb würden die, die davon profitierten, ihn jetzt anschwärzen.

Aber die folgenden Notizen sind nicht auf besserem Papier geschrieben – hast du also das Geschäft mit dem Leiter der Ghettowache abgelehnt?

8. 4. 43
Ausgangssperre und Lichtsperre. Der Grund: Sechs Menschen sind aus Terezín geflohen! Warum nicht auch wir? fragt M. Sie sehnt sich nach ihrem Kind. Sie hat ihre Freundinnen, die in der Küche arbeiten, zurechtgewiesen, weil sie Lebensmittel gestohlen haben, und sie haben ihr schon gedroht: Noch ein Wort – und sie geben ihren Namen preis, für den nächsten Transport!

Wieder M.: Mina? Mila? Malinka? Marjuscha? Martha? Marina? Mascha? Mona? Magda? Und vielleicht – Milena – wie der Name meiner Mutter, die in Prag auf dich wartet, bis um sechs nach dem Krieg.

Hier sind ein paar unlesbare Zettelchen – das nächste, was ich lesen kann, steht auf der Innenseite eines aufgerissenen Briefumschlags –

... 43
Drei Menschen wurden festgenommen, wegen Kartoffelklau – große Wut auf den Leiter der Ghettowache, daß er die Bahnbauarbeiter aufgefordert hat, zugunsten der Alten und Kranken auf ihren Zuschlag bei der Essensration zu verzichten. Sport auf der Bastei – jeder, der da hochklettert, sieht ein bißchen Freiheit: Bäume, Weiden, Gänse, grüne Gärten. M. arbeitet wieder bei den Kranken in der Hohenelber Kaserne ...

28. 6. 43
Sie haben das Bankgebäude geputzt, haben die Fenster poliert, für einen Besuch von Journalisten aus dem Reich. Die besichtigten die Unterkünfte der Prominenten, unterhielten sich ein bißchen mit ihren Bekannten. Ich habe eine

Vorstellung von *Das Grab* mit der Schauspielerin Schönová gesehen …

23. 7. 43
Sie haben die Straßennamen »poetisiert«: Seestraße, Parkstraße, Turmgasse, Südstraße, Bahnhofstraße etc. Das Ziel der Herrschenden ist klar: die Beschönigung ihrer bösen Taten vor dem Ende … Sie fürchten sich vor dem Gericht der Völker. Ihre Furcht wird uns vor ihrer Bosheit bewahren.

2. 8. 43
Dringender Befehl: Die Sudetenkaserne ist binnen vierundzwanzig Stunden zu räumen. Meine neue Adresse? Hannover Kaserne. Auch die Bodenbacher Kaserne und das Zeughaus müssen geräumt werden – viele Vermutungen über das Ziel dieser Maßnahme. Die Optimisten sagen: Sie werden hier wichtige Deutsche unterbringen, um sie vor den Alliierten zu schützen. Die Hitze ist unerträglich … Die Menschen sind sehr angespannt.

10. 8. 43
Neuer Befehl – die Namen aller vierzehnjährigen Jungen bis sechzigjährigen Männer sind für einen großen Arbeitstransport zusammenzustellen … Viele melden sich. Sie haben genug von der Hitze, der Enge, von den Flöhen … Man hört: Außerhalb der Mauern, in »Kreta«, werden neue Baracken gebaut.

15. 8. 43
Man hört: Nach Prag gelangte eine Postkarte der nach Polen Transportierten: »Wir essen wie an Jom Kippur, schlafen wie an Sukkot, ziehen uns an wie an Purim.« Der Witz ist zu gut, um wahr zu sein.

19. 8. 43
Der Leiter der Ghettowache wurde seines Amtes enthoben. Viele der Ghettowache wurden für den Transport aufgelistet ... Der Grund: ein neues Ghetto im Osten zu bauen.

23. 8. 43
M. berichtet: Die Schwester von Kafka und weitere Krankenschwestern und Ärzte wurden in die Baracken in »Kreta« geschickt, außerhalb der Mauern. Es heißt, dorthin kämen jüdische Waisenkinder aus Polen. Der Humor der Herrschenden: Alle Leute mit zarten Händen haben sie für den Arbeitstransport eingetragen.

26. 8. 43
Von meinem Nachbarn Z.: Sie haben den Küchenleuten befohlen, Verpflegung für tausendfünfhundert Leute vorzubereiten ... zu den Viehwaggons in der Bahnhofstraße zu bringen ... und dann sofort von dort zu verschwinden. Aus der Ecke eines Fensters in der Hamburger Kaserne sah er, wie die SS die verschlossenen Waggons aufmachte: Hunderte abgemagerter Kinder mit riesigen Köpfen drängten aus den Waggons und machten sich wie Verrückte über das Essen her ... Dann mußten sie zurück in die Waggons, die wieder verschlossen wurden. Sind das die polnischen Waisenkinder?

29. 8. 43
Von einer Arbeiterin der Gesundheitsabteilung: Man hat die mageren Kinder unter Aufsicht der SS ins Desinfektionsbad gebracht ... Es war verboten, mit ihnen zu reden. Die Kinder wollten sich nicht ausziehen und nicht in die Duschen gehen ... Sie haben geschrien: Gas! Gas! Hier

beklagen wir uns, daß wir hungrig sind, aber beim Anblick der polnischen Waisenkinder sehen wir, welch entsetzliche Schäden der Hunger an den Körpern und den Seelen anrichtet.

7. 9. 43
Ein Transport mit fünftausend Menschen ist abgegangen. Unter ihnen auch Janowitz, Leute vom A.K.1, der Sportler F. Hirsch, der Ordnungsdienst, Dr. Weiss von der Kripo. Man sagt: Das ist der stärkste Beweis, daß im Osten ein neues Ghetto errichtet wird.

20. 9. 43
Deutsche sind gekommen, um in Terezín zu woh ... Es ist verboten, die Fenster in den Kasernen, die nach ... fnen. Man hört: Die Waisenkinder in den Holzhäusern außerhalb der Mauern sind aus dem Ghetto Białystok. Sie werden hier wohnen, bis sie sich von ihrem Hunger und den Aufregungen ihrer Seele erholt haben, dann sollen sie alle nach Palästina geschickt werden, im Austausch gegen deutsche Kriegsgefangene.

... 43
Die Waisenkinder sind nach Palästina losgefahren, zusammen mit ihren Gruppenleitern, Krankenschwestern und Ärzten, die sich um sie kümmern. Die Ironie der Geschichte: Kafka hatte sich für eine Kommune (einen Kibbuz) im Land Israel beworben und wurde von seinen jüdischen Genossen dort abgelehnt, wegen seiner Krankheit und seiner »zarten Hände« – und seine Schwester, die sich von ihrem christlichen Mann getrennt hat und ins Ghetto kam, um bei ihrem Volk zu sein, wird jetzt von den Nazis ins Land Israel geschickt ... Man hört: Die Waisenkinder

bekamen neue Kleider, ohne den Stern der Juden ... Statt der Kinder hat man in die Holzhäuser ein paar hundert Juden aus Dänemark gebracht. Man hat ihnen eine schöne Mahlzeit serviert, hat ihnen erlaubt ... zu rauchen. Ihr König beschützt sie sogar hier. Warum halten die Nazis die Meinung des Königs eines kleinen Landes für so wichtig? Alles weist darauf hin, daß das Ende naht.

30. 10. 43
M. kommt und wohnt mit mir im *kumbalek* ... Gute Nachrichten von dem »Bündel«, aber sie hat Angst, daß es nicht bis zum Ende ... überl... wird –

Was ist *kumbalek*? Acht Monate sind seit der Geburt des Kindes – seit der Geburt Nachums – vergangen, und seine Mutter ist noch am Leben, ist nicht bei der Geburt gestorben und auch nicht direkt danach – vielleicht hat man sie später mit dem Transport nach Treblinka oder nach Auschwitz geschickt, aber in der Zwischenzeit ist sie mit dir zusammengezogen – wo? wie? als was?

11. 11. 43
Sie haben eine große Volkszählung gemacht – auch jeder Greis und jedes Kind marschierten aus den Mauern hinaus, immer zu fünft in einer Reihe, ein Straßenzug nach dem anderen, ab sechs Uhr früh. Um zehn Uhr war die Wiese voll mit Abertausenden ... Rundherum bewaffnete tschechische Gendarmen und SS-Leute, die auf Motorzyklen zwischen den Reihen herumfahren ... der Kommandant auf einem großen schwarzen Pferd. Man zählt und zählt noch mal ... Der Schurke Mandler marschiert mit seinen Gesellen durch die Reihen, sie tragen weiße Papierturbane, wie Köche, und helfen bei der Zählung der

Juden. Ein kalter, nebliger Tag. Viele *bonkes*, es heißt: Zionisten seien geflohen, Kommunisten seien geflohen, Christen seien mit tschechischer Hilfe geflohen, die Herrschenden wüßten nicht, wie viele geflohen und wie viele noch da sind. Wir standen da, bis es dunkel wurde. Alte sind auf ihrem Platz ohnmächtig geworden ... Es hat geregnet ... Plötzlich hörte man: Zurück nach Terezín ... und alle drängten ins Ghetto, wie Herdentiere.

12. 11. 43
Warum finden die Deutschen es wichtig, wie viele Juden sie noch in ihren Fängen haben? Weil Chaos ihnen Todesangst bereitet. Sie lieben die Ordnung. Solange Ordnung herrscht, kann man die Massen leicht regieren. Jeder, der ihnen hilft, die Ordnung aufrechtzuerhalten, arbeitet gegen die Interessen seines Volkes.

13. 11. 43
Edelstein wurde festgenommen! Sie sagen: Weil er die Namen einiger Lebender mit denen von Toten vertauscht habe.

16. 12. 43
Noch ein großer Transport. Man sagt, auch Edelstein und seine Familie sind dabei, auch viele Junge, Kinder, Tuberkulosekranke. Das neue Ghetto werden sie in Neuberun errichten ...

25. 12. 43
Die Menschen sind gegangen, ihre Bücher sind geblieben: 10800 hebräische Bücher, 10930 jüdische und zionistische Bücher, 5300 Bände Belletristik, 3000 Bände Klassiker, 1300 Geschichte, 600 alte Sprachen und anderes. Von

denen aus dem Septembertransport ist eine Karte angekommen: »Das Leben geht geordnet weiter. Den Herrn Malachhamawet* sieht man oft.« Wir könnten dasselbe schreiben: Den Herrn Malachhamawet sieht man auch hier viel in der Geniekaserne, in der Jägerkaserne und der Kavalierkaserne.

15. 2. 44
Heute ist die Geburt des Kindes ein Jahr her, seine Mutter sagt, er läuft schon und spricht schon ein paar Worte. Die meisten ihrer Freundinnen sind auf die Transporte gegangen. Die Hiergebliebenen mußten die Hamburger Kaserne verlassen, dorthin kamen an ihrer Stelle Juden aus Holland … Die Dänen bekommen von ihren Landsleuten dicke Pakete. Schon gibt es junge Mädchen, die sie um der Margarine willen mögen.

1. 3. 44
Den Holzzaun um den Marktplatz haben sie abgerissen und mehr als tausend Rosen gepflanzt … Sie streichen das Bankgebäude, die Post, das Feuerwehrhaus, die Bibliothek. In der Sokolovna richten sie eine schöne Bibliothek mit einem großen Lesesaal ein …

8. 3. 44
Geburtstag unseres Präsidenten Masaryk. Seit gestern ist man nicht mehr verpflichtet, die Herrschenden mit Hutabnehmen zu grüßen. Sie haben die Namen geändert: Nicht mehr Ghetto Terezín, sondern »Jüdisches Siedlungsgebiet«, nicht mehr »Tagesbefehl«, sondern »Mitteilungen der Selbstverwaltung«, nicht mehr »Judenältester«, sondern »Herr Bürgermeister« … Andere Wörter schaffen

* Hebr.: Todesengel.

eine andere Realität. Es würde mich nicht wundern, wenn man nach dem Ende sagen wird: Es hat gar kein Ghetto gegeben und auch keine Toten, das ist alles jüdische Propaganda …

20. 3. 44
Der Frühling kommt. Man pflanzt Blumenzwiebeln, Rasen … Man hat fünfzig Geistesgestörte nach Osten geschickt, um Terezín von den unästhetischen Elementen zu »säubern«.

27. 3. 44
Die Bibliothek wird nach L 514 umziehen. Man hört: Postkarte eines Gruppenleiters vom Septembertransport sei angekommen. Er schreibt »Sofi ist ganz in meiner Nähe.« Sein Bruder sagt: In seiner Familie oder unter seinen Bekannten gibt es keine Frau mit Namen Sofi.*

4. 4. 44
Die Bücher bringen wir auf Leichenwagen in die Sokolovna. Man baut einen Musikpavillon auf dem Marktplatz … Gestern haben sie mir noch eine Postkarte aus Birkenau gezeigt. Datiert vom 25. 3. 44: »Es geht mir gut. Wenn ihr hierherkommt, fahrt nicht mit dem Wagen. Geht lieber zu Fuß.« Es gab eine große Diskussion über diese Zeilen, die logischste Erklärung war: Wer mit dem Wagen fährt, zeigt, daß er keine Kraft mehr hat. Wer zu Fuß geht, hat noch Kraft, den nimmt man für die Arbeit draußen auf dem Feld … Sie haben mich nach meiner Meinung gefragt, ich habe gesagt: Nur in einem bin ich mir sicher: daß der Schreiber am 25. 3. 44 noch am Leben war –

* Hebr.: Mein Ende.

20. 4. 44
Sie haben eine Speisehalle für die Alten eingerichtet. Sie müssen nicht länger anstehen und in der Sonne oder im Regen essen –

Hier ist das Blatt abgerissen – wahrscheinlich fehlen ein paar Seiten – kein einziges Wort schreibst du über Nachums Mutter – vielleicht ist sie schon tot – vielleicht wird sie auf einem der nächsten Zettel sterben –

5. 5. 44
Immer mehr Gerüchte über die Niederlage der Deutschen. Der Orel-Saal wurde im Beisein einer großen Menge eingeweiht ... Prominente haben Vorhänge und schöne Bilder aufgehängt. Die Leute aus Dänemark bekommen schöne kleine Zim-

Auch hier ist das Blatt abgerissen – aber jedenfalls verbessert sich die Lage, du schreibst nichts über »Transporte«, vielleicht hast du mir deine Terezín-Geschichten unter dem Eindruck dieser besseren Monate erzählt – Theateraufführungen, Konzerte, Vorträge, sogar ein Singspiel für Kinder hat man da aufgeführt – wie hieß das noch, *Brunenbar*, nein, *Brundibár* – mal sehen, ob du es noch erwähnen wirst –

15. 5. 44
Die Alten, Erschöpften und Tuberkulosekranken kommen auf Transporte nach Osten, um die »Verschönerung« Terezíns nicht zu stören ... Auch mein Freund P. kam auf den Transport ... ußballspie ... auf dem Südberg, auf den Wällen, Staffellauf in den Straßen des Ghettos ... Wer für das Leben bestimmt ist, der lebt und treibt Sport, wer für den Tod, fährt stumm wie ein Lamm davon.

30. 5. 44
Ein Schreiner, der die Bretter für die Bücherregale macht: Er war schon in dem Waggon nach Osten gewesen, aber sie haben ihn wieder rausgeholt. Jeder Handwerker wird zur Stadtverschönerung gebraucht.

7. 6. 44
Heute hat man mir befohlen, die Straße zu reinigen. Den ganzen Tag über sind Leute an mir vorbeigegangen, die Sachen getragen haben – Spielzeug, Kleider. Vom Platz, auf dem die Rosen blühen, hörte man die Musiker üben. Diejenigen, die noch gut aussehen, nicht ausgemergelt sind, werden gebeten, ihre besseren Kleider anzuziehen und im Stadtpark zu wandeln.

Der Rest ist verwischt – schau mal, Nachum: Dieses ganze Material in meinen Händen, und ausgerechnet das Schicksal deiner Mutter werde ich vielleicht nie erfahren – wie hast du mir mal gesagt? Man kann nicht alles wissen. Eines ist schon fast klar: Mit meiner Mutter hat sich Papa erst nach seiner Befreiung aus Terezín wieder getroffen – in Prag wohl, oder werde ich vielleicht noch entdecken, daß sie sich gemeldet hat, um nach der Befreiung die Typhuskranken zu pflegen –

15. 6. 44
Vortrag von Rabbiner Dr. Baeck: Viel hat er von Dilthey genommen, viel von Hermann Cohen. Das wichtigste beim Schreiben der Geschichte sei, den Sinn der Ereignisse herauszufinden und zu beweisen, daß sie bestimmten Gesetzen gehorchen … Ich habe viele Ereignisse in Terezín gesehen, und nur ein Gesetz galt für alle, wie Polybios schon gesagt hat: Es gibt kein bösartigeres und grausameres Tier als den Menschen.

Auch hier ist die Schrift fast ganz verblaßt, unmöglich zu entziffern – interessant, du nennst kaum Namen – um die Betroffenen zu schützen? Oder denkst du, daß sie nur zufällige Beispiele für allgemeine Gesetze sind? Aber ein paar Namen kehren immer wieder – diesen Rabbiner hast du schon mal erwähnt – ob du in deinem Brief an ihn weiter über die Gesetze, die Zufälle und die historischen Schlußfolgerungen diskutierst, die man aus der Unterordnung oder Nichtunterordnung der Ereignisse unter die Gesetze ziehen muß –

Vielleicht werde ich Avi bitten, ob er –

Gut leserlich mit Tinte auf gutem Papier geschrieben:

24. 6. 44
Gestern kam der Besuch. Vier Abgesandte vom Roten Kreuz und der Lagerkommandant und seine Leute in Zivil. Ein großer Tag für den »Bürgermeister« Dr. Eppstein: Er trug einen Gehrock und Zylinder, fuhr im Auto, sein Chauffeur, ein SS-Mann, hat ihm die Tür aufgemacht. Das Orchester spielte im Pavillon, die Rosen dufteten, die Leute wandelten auf und ab, Kinder spielten auf dem Spielplatz. Die Brotlaibe lud man mit weißen Handschuhen von den Leichenwagen. Es gab Sportwettkämpfe … Der Besuch dauerte von elf Uhr bis sieben Uhr abends. Die Besucher gingen zu den Dänen. Die saßen in ihren verschönerten Zimmern, beklagten ihre Not und baten um … Bücher. Heute dankte der »Judenrat« allen für die von ihnen im Dienste der Stadtverschönerung geleisteten Arbeiten. Die Belohnung: heute ab mittags und morgen allgemeine Arbeitsruhe. Keiner hat an der Lügenfassade gekratzt.

12. 7. 44
Die Leitung der Jugendfürsorge wurde abgesetzt. Die Speisehalle wurde geschlossen ... Sie suchen Leute mit typisch jüdischen Gesichtern für einen Dokumentarfilm, ein jüdischer Schauspieler aus Berlin, Kurt Gerron, wird den »Regisseur« geben.

16. 7. 44
Woche zum Gedenken an Theodor Herzl. Vorträge, gemeinsames Singen, Tänze von Pionieren (»Hora«). Ich habe den Vortrag von Dr. Kahn gehört. Er klang nicht optimistisch, endete seinen Vortrag aber mit: »Das Volk Israel lebt« ... Warum erlauben die Herrschenden eine solche Demonstration jüdischen Nationalbewußtseins? Die Optimisten: Weil das Ende naht. Die Pessimisten: Weil unser Ende naht. Die Zyniker: Alles ist Cinema. Habt ihr nicht Kurt Gerron im Publikum sitzen sehen, auf der Suche nach »jüdischen, aber fotogenen Gesichtern«?

30. 7. 44
Man hört: Sie haben die Maler festgenommen. Die Leute von Gerron laufen durch die Stadt, filmen spielende Kinder, Jugendliche, die im Garten arbeiten. Es gibt Leute, die hören im Schlaf den Donner der Kanonen.

15. 8. 44
Jetzt arbeite ich in der Bäckerei. Das erste Mal, seit ich in Terezín bin, esse ich Brot, bis ich satt bin, und bringe auch M. in meinen Kleidern etwas mit. M. weigert sich, gestohlenes Brot zu essen.

20. 8. 44
Flugzeuge im Himmel über Terezín, laute Sirenen ... Alle verstecken sich in den Häusern. Die Straßen sind leer – aber das Herz ist voll Hoffnung.

22. 8. 44
Sie haben mich zurückversetzt, in den Hunger zwischen den Büchern. Heute kam das Aktualita-Filmteam in die Bibliothek. Wie Anthropologen bannen sie die Geschichte dieses aussterbenden Stammes auf Zelluloid ...

10. 9. 44
Man hört: In der Slowakei haben slowakische Partisanen gegen die Deutschen gekämpft. Im Warschauer Ghetto haben Juden gegen die Deutschen gekämpft und viele umgebracht ... Englische Fallschirmspringer sind in Paris abgesprungen ... Sowjetische Artillerie in Bratislava. Keiner kann sagen, wieviel Wahrheit und wieviel Ungeduld in den Gerüchten der letzten Tage vor dem Ende steckt.

23. 9. 44
Bekanntmachung: Ein großer Transport wird zusammengestellt, um bei Dresden ein Arbeitslager zu errichten. Allen vorneweg geht Otto Zucker. Nur junge Männer sollen gehen. Ihre Frauen und Kinder werden sie im Ghetto lassen ... Man verspricht ihnen eine gute Postverbindung.

28. 9. 44
Bekanntmachung: Alle Frauen, die zusammen mit ihren Männern in das neue Arbeitslager gehen wollen, sollen sich eintragen. Die junge Fritzi Zucker erzählte, der Herrscher Günther habe ihr das »Ehrenwort eines Deutschen«

gegeben, sie werde gleich nach ihrer Ankunft ihren Mann treffen. Sie hat acht Koffer mitgenommen.

3. 10. 44
Große Transporte mit den Prominenten des Ghettos sind rausgegangen – Zucker, Redlich, Schliesser ... Eine Krankenschwester, die mit M. arbeitet, hat erzählt, sie habe den Rabbiner Leo Baeck gefragt, was sie machen soll – ihr Mann sei mit dem letzten Transport weggefahren. Ob sie sich eintragen und gehen soll? Der Rabbiner hat gesagt: In unserer Tora steht, es ist nicht gut, daß der Mensch allein sei. Sie hat sich eingetragen und wird in zwei Tagen auf den Transport gehen ...

8. 10. 44
Jeden Tag viele Transporte: Es gehen Ärzte, Krankenschwestern, Kinder, deren Erzieher, die Schauspieler, die Musiker ... Zionisten ... Die Optimisten sagen: Sie nehmen die Besseren, um noch ein »Musterghetto« zu errichten. Die Pessimisten: Bevor es aus ist, werden sie alle Juden mit sich ins Grab nehmen.

23. 11. 44
Schnee hüllt das Ghetto in ein weißes Totengewand. Wir bekamen Befehl umzuziehen. M. zieht zu ihren Kranken. Ich werde in die Magdeburger Kaserne verlegt, wo die Prominenten wohnen ... Nur noch drei Leute pro Zimmer, es sind Professoren, ihre christlichen Frauen sind draußen (in Prag, Ostrava). Prof. Gutholz geht im Schnee spazieren. Er hat einen guten Mantel. Prof. Hermann heizt den Ofen mit Kohlen, röstet dünnes Brot, legt Sardinen darauf. Prof. Gutholz kehrt aus dem Schnee zurück, holt einen Apfel aus der Tasche. Prof. Hermann schneidet

ihn in drei Teile. Seit ich hier angekommen bin, ist das der erste Apfel.

28. 11. 44
M. arbeitet mit noch weiteren Frauen und Kindern im Brennhaus. Sie geben die Behälter mit der Asche der Toten von Hand zu Hand weiter, bis zu einem Wagen, der zum Fluß fährt und die Asche in den Fluß schüttet. Mit makabren Witzen machen sie sich Mut: Schau, das ist mein Onkel! Nein, das ist die Tante! Hartes Gespräch über die Sardinen, die sie als »Prämie« von ihrer Arbeit mitgebracht hat. Jetzt dient auch sie den Interessen der Herrschenden – um in Terezín jedes Zeugnis der an Hunger, Krankheit, gebrochenem Herz und gebrochenem Geist Gestorbenen zu vernichten.

11. 2. 45
Ein Transport in die Schweiz ist abgegangen. Auf den Gleisen von Terezín kamen schöne Waggons hereingerollt ... Wer wegfuhr, bekam als Wegzehrung Süßigkeiten, Marmeladebrote, Vitamine. Die Slowaken aus Sered, die in Terezín ankommen, verspotten die Fahrenden: Sie sind nicht die ersten, die in schönen Waggons nach Auschwitz gebracht werden und durch den Schornstein auffahren – sie erzählen Greuelgeschichten aus zweiter und dritter Hand. Unter ihnen sind aber keine Augenzeugen. Greuelpropaganda wie im Ersten Weltkrieg.

26. 2. 45
Alle Arbeiter aus Zossen sind zurückgekommen. Aus Prag kamen Transporte mit Kindern aus Mischehen (*Mischlinge*).

Dann sind *Mischlinge* also Kinder aus Mischehen? Und was genau bedeutet das? Halbjuden?

6. 4. 45
Besuch vom Roten Kreuz. Die Straßen wurden mit Wasser geschrubbt. Auf dem Marktplatz blühen die Rosen. Ein weißes Auto mit einem roten Kreuz fährt durch die Straßen. Prof. Gutholz sagt: Beim nächsten Transport in die Schweiz fahre ich mit.

15. 4. 45
Die Dänen sind in schwedischen Omnibussen in die Freiheit gefahren. Ihre Abreise wurde gefilmt. Winkende Hände von gutaussehenden, fröhlichen Menschen – das wird das visuelle Zeugnis von Terezín und seinen Menschen sein. Wer etwas anderes erzählen wird, den wird man für einen Lügner halten, sagt Prof. Hermann. Ich antworte: Aber unsere Erinnerung wird uns keiner nehmen. Darauf Prof. Hermann: Die Zeit, mein verehrter Herr Professor Kaplan, die Zeit wird uns alles nehmen – Gesundheit, Liebe, Schönheit, gute Freunde und schlechte Erinnerungen ... Die Zeit ist die größte Betrügerin der menschlichen Spezies. Abends aßen wir von den guten Paketen, die die Dänen zurückgelassen haben.

16. 4. 45
Dr. Murmelstein kam in die Bibliothek, mit ihm einige der Herrschenden und ein Jude, der mit ungarischem Akzent Deutsch sprach. Der Jude fragte Prof. Utitz nach der Zahl der Leser. Der Lagerkommandant antwortete an seiner Stelle: »Es gibt keine Leser. Die Leute schlendern lieber durch die Straßen.« Abends hörte ich von A., der ungarische Jude habe verkündet, daß die Befreiung sehr nahe sei.

Wer ist dieser Jude, warum läuft er mit den Nazis herum, als sei er schon von klein auf mit ihnen befreundet? Und woher weiß er, was sie nicht wissen?

Ist es möglich, daß das Kasztner war? Du nennst seinen Namen nicht – vielleicht später, es sind nur noch wenige Zettel übrig –

18. 4. 45
Es geht das Gerücht um, die Deutschen seien schon abgezogen. Die Leute haben sich gefreut, gejubelt ... Sie haben ihre Bündel gepackt, sind hinaus auf die Straßen. Dieses Ereignis fand ein gnädiges Ende durch die Rede des Lagerkommandanten: »Sehr geehrte Damen und Herren, das Ende des Krieges ist nah. Bewahren Sie Ruhe und Ordnung, das ist zum Wohle aller.«

20. 4. 45
... Eine Prozession wandelnder Skelette, wahnsinnige Augen in Totenschädeln ... zerrissene gestreifte Kleider, völlig verlaust. Wer sind diese Leute? Sie kommen aus den schlimmen Konzentrationslagern. Sie humpeln, sind krank. Das sind Terezíner! schreit einer ... Eine Mutter erkannte ihren Sohn und wurde ohnmächtig. In dem halben Jahr, seit sie von hier weg sind, haben sie sich bis zur Unkenntlichkeit verändert ... Auf den Leichenwagen schiebe ich sie von der Desinfektionsstation in die Quarantäne ... Es gibt nicht genug Ärzte, nicht genug Krankenschwestern.

26. 4. 45
M. arbeitet bei den lebenden Toten. Sie kam selbst wie tot zurück. Das sind keine Menschen, das sind hungrige, böse

Tiere. Plötzlich schlagen sie sich gegenseitig tot, wegen eines Zuckerwürfels ... Viele sind apathisch, starren in die Luft, sprechen kein Wort. M. hat viele von ihnen nach Dolochowski gefragt, nach Frau Davidová, nach den Ärzten ... Sie hat auch nach meiner Schülerin gefragt. Auf alle Fragen bekam sie als Antwort: Nein – kaputt – frag besser nicht – durch den Schornstein –

30. 4. 45
Einige beklagen sich: Jetzt, so kurz vor dem Ende, werden wir alle an der Seuche sterben, die diese Muselmänner aus den Todeslagern mitbringen. Ich habe mich gemeldet, um bei den Kranken zu arbeiten. Vielleicht finde ich unter ihnen meine Schülerin. Sie unterschreiben heute Ihren eigenen Totenschein, sagte der Arzt, als ich das Krankenhaus betrat.

1. 5. 45
Nicht für alle gibt es Betten. Viele liegen auf dünnen Matten, ausgemergelt wie Schatten des Todes, wälzen sich in ihren Exkrementen ... Nicht alle sind Terezíner. Es gibt auch Griechen und Türken und Polen. Sie sind Nervenbündel und schreien: Ihr seid schlimmer als die Nazis in Buchenwald! Ich frage nach meiner Schülerin. Keiner weiß was. Eine Pionierin von denen vom Septembertransport kreischt: Gut ist sie gewesen? Gut ist sie gewesen? Alle Guten sind tot. Nur die Schlechten leben noch ... Plötzlich, in einer Ecke, zusammengekauert wie eine kleine Maus, sah ich Lea Schechter. Sie schaute mich mit glasigen Augen an. Erkannte mich nicht, auch nicht, als ich sie beim Namen rief. Der Arzt sagt, sie hat den Verstand verloren, und auch ihr Körper macht es nicht mehr lange, sie wird wohl in wenigen Tagen sterben.

Dann bin ich also nach dir genannt, Lea Schechter?

6. 5. 45
Dr. Murmelstein ist zurückgetreten. Es heißt, man wird ihn vor Gericht stellen, zu beflissen hat er den Willen seiner deutschen Herren ausgeführt. Der Rabbiner Leo Baeck ist der neue Vorsitzende des Ältestenrates. Er gibt bekannt: Das Rote Kreuz hat Terezín unter seinen Schutz gestellt (ein schöner Titel für ein Buch). Wer Terezín verlasse, setze sich allen Kriegsgefahren aus. Der Krieg sei noch nicht beendet. Nach Kriegsende würden die Rücktransporte raschestens beginnen. Die gesamte SS ist weg. Übrig geblieben ist der Lagerkommandant Karl Rahm, er fährt auf seinem Fahrrad, verschließt die Tore der Stadt, steckt die Schlüssel in seine Tasche. Die Terezíner schauen ihm zu – keiner unternimmt was. Ein junger Mann von den Zurückgekehrten erzählt, wie sie am Tag der Befreiung einen *Kapo* totgeschlagen haben. Wir sind keine Barbaren, sagt ein Terezíner von den Hiergebliebenen. Vielleicht ist es an der Zeit, daß wir auch das endlich lernen, antwortet ihm der Jüngere. Aber keiner rührt sich von der Stelle. Und Karl Rahm, der Lagerkommandant des Musterghettos Terezín, fährt auf seinem Fahrrad, mit den Schlüsseln unserer Stadt in der Tasche.

8. 5. 45
Gestern abend feuerten die Deutschen um sich, während sie abzogen. Eine Granate fiel in den Hof von Q 704. Ein alter österreichischer Offizier kam ums Leben, ein holländischer General wurde verletzt. Um neun Uhr abends rollte der erste russische Panzer ein – viele Menschen sind auf ihn zugerannt, haben geklatscht, gesungen. M. hatte die ganze Zeit darauf vertraut, daß die Roten den Krieg

gewinnen würden. Der Krieg hat sie in ihrem Kommunismus noch bestärkt.

9. 5. 45
Die Rote Armee ist da! Sie haben Zigaretten, Brot, Zukker, Tee, Schokolade gebracht. Die Leute sitzen zusammen mit sowjetischen Soldaten – viele unter ihnen sind Juden – ums Lagerfeuer, singen und erzählen. Jeder jüdische sowjetische Soldat zeigt mit dem Finger aufs Herz und sagt *amcha**.

11. 5. 45
Die Tore der Stadt sind offen ... Man kann hinausgehen, Frühlingsluft atmen, die Straße nach Prag anschauen, voll mit Wehrmachtssoldaten, die ins Kriegsgefangenenlager marschieren, verletzt, in zerrissenen Uniformen. Man bewirft sie mit Steinen, schreit ihnen Sachen nach. Noch mehr Flüchtlinge aus den Lagern kommen nach Terezín. Die Stadt ist voll mit Kranken und Siechen ... Ich darf nicht mehr hinein, meine Schülerin sehen – der Flecktyphus. Auch Milena sucht unter den Rückkehrenden verzweifelt nach Dolochowski.

Milena? Noch eine Milena? Kann schon sein, in unserer Klasse war auch noch eine Lea, beim Militär gab es gleich zwei, und in der zweiten Crew bei El Al, in der ich war, auch noch eine, aber war das nicht auch der Name von Kafkas Geliebter –

25. 5. 45
Heute verließen wir Terezín. Wir gingen zu Fuß bis Bohušovice, von dort fuhren wir mit dem Zug nach Prag. Vom

* Hebr.: Dein Volk.

Bahnhof holte uns Milenas Vater ab. Wir sind zu ihrem Bruder und dessen Frau gegangen. Das Baby Jan läuft schon, redet schon und sagt zu seiner Tante *maminko*. Aber alle, die ihn sehen, sagen: Milena ist seine Mutter.

30. 6. 45
Ich bin zu meiner früheren Wohnung gegangen, um Magda für die Pakete zu danken. Max, der Hund, hat mich erkannt, aber Magda nicht. Ich habe ihr erzählt, daß ich verheiratet bin, daß ich im Ghetto eine gute Frau gefunden habe, Magda nahm meinen Ring von ihrem Finger und sagte: Ich habe es immer gewußt, daß du zu den Juden zurückkehren würdest. Ich habe ihr nicht verraten, daß Milena ein *Mischling* ist, daß sie in ihrem Herzen noch nicht mal eine halbe Jüdin ist, sondern eine Kommunistin, die jede Religion als »Opium für die Massen« ansieht.
Ich ging zurück in die Wohnung von Milenas Vater. Ihr Bruder hat mir aufgemacht. Ich sah Milena da sitzen, mit dem kleinen Jan auf dem Arm, Kopf an Kopf. In Terezín hatten wir ein groteskes Dokument unterschrieben, daß wir bei der ersten Möglichkeit unsere Eheschließung legalisieren würden. Was sie wohl dazu meint? Dolochowski wird, wenn er bis jetzt nicht zurückgekehrt ist, nicht mehr zurückkommen, und über den Tod von Lea Schechter hatte mich der Arzt, drei Tage bevor wir das Ghetto verlassen haben, unterrichtet. Ja, ich bin bereit, ein Vater für das Kind und ein guter Mann für sie zu sein. Wenn sie mich nicht zurück an die Universität lassen, fahren wir vielleicht nach Palästina.

Und wenn sie nicht gestorben sind, dann leben sie noch heute, stand in den Kinderbüchern immer unten auf der letzten Seite, und so hatte ich mir das erklärt: Die geschriebene Geschichte ist vorbei, aber das ist noch nicht das Ende, denn die Helden sind danach weiter großgeworden, haben geheiratet und Kinder bekommen, sind reich geworden oder verarmt oder krank geworden oder in ein anderes Land gefahren, zum Beispiel nach Palästina –

Und all die Jahre – nicht ein einziges Wort –

Vielleicht hast du gewartet, bis ich einundzwanzig sein würde, in dem Alter, in dem man in zivilisierten Ländern, wo alles seine Ordnung hat, Besitz, ein Schloß oder das Königtum erbt – hast du vorgehabt, mich zu einem »Gespräch« ins Wohnzimmer zu bitten – das hast du nur zwei- oder dreimal gemacht, nicht öfter – Loja, komm, setz dich bitte mal hin – das »bitte« milderte den Ton, der keine Weigerung zuließ, nur ein wenig – Ich möchte mit dir sprechen. Aber miteinander gesprochen haben wir nicht, du bist im Wohnzimmer auf und ab gegangen und hast zu den Spitzen deiner Schuhe gesprochen, zum Teppich, zu den Fußleisten, und ich saß im tiefen Sessel, mit in der Luft baumelnden Beinen, folgte dir mit den Augen, ab und zu bliebst du stehen, fragtest mich: Verstehst du? Und ich sagte immer ja, hatte Angst, dich zu enttäuschen, hatte Angst, wovor? Warum habe ich nie versucht zu protestieren: Nein, ich verstehe gar nichts, erklär es mir noch mal von vorne, erklär es mir wie einem kleinen Mädchen. Doch das war das schlimmste gewesen, als kleines Mädchen zu gelten. Loja ist schon groß, behauptetest du von mir, seit ich mich erinnern kann, Loja versteht das, Loja kann das, du kannst nicht weinen wie ein kleines Kind, schimpftest du mich, mit vier Jahren war ich schon groß – wie bequem, so hast du mich nicht großziehen müssen, du hast mich einfach für groß erklärt, an dem Tag, als Mama Milena uns verlassen hat – warum »verlassen hat«, warum diese Lüge – sie ist tot, hörst du, sie ist tot. Mausetot. Absolut tot. Sie hat einen mit M unterzeichneten Brief hinterlassen und sich das Leben genommen. Man hat sie jenseits der Friedhofsmauer verscharrt. Deshalb gibt es kein Grab, keinen Todestag, keine Gedenkfeier, keinen Tod –

Vielleicht kommt sie nächstes Jahr zurück, hast du gelogen, mit dieser süßen Stimme, einer Stimme von Unglücken, die versucht, brennendes Jod aufzutropfen, weil es sein muß, und dann gleich bläst, um den Schmerz zu lindern. Wieviel ist ein Jahr? versuchte ich zu begreifen. Ein Jahr, das ist Frühling, Sommer, Herbst und Winter, erklärtest du, wir saßen auf dem Balkon, umgeben vom Duft der Zypressen und von heißem Staub. Und was ist jetzt? fragte ich. Jetzt ist Sommer, und wir essen Melonen und Weintrauben und fahren ans Meer. Und danach? fragte ich. Danach ist Herbst, sagtest du, da ziehen wir um, an einen neuen Ort, und da kommst du in den Kindergarten. Und danach? fragte ich. Danach kommt der Winter, erzähltest du mir. Und was wird im Winter? Da kaufen wir dir neue Stiefel und gehen in den Orangenhain von Davidi und Nachum und pflücken Orangen und machen Saft. Und danach? fragte ich. Danach kommt der Frühling, der Regen hört auf, es wird wärmer, und wir kaufen dir Sandalen. Und dann kommt *maminko* zurück? Ich ließ nicht locker. Vielleicht, sagtest du, du hast Jod getröpfelt und geblasen, wie viele Jahre lang – drei? vier? Ich zählte die Jahreszeiten Sommer-Herbst-Winter-Frühling, immer habe ich im Sommer begonnen, Sommer-Herbst-Winter-Frühling, wie der Abzählvers Liebe-Haß-Eifersucht-Freundschaft, an dem wir die Buchstaben der Namen abgezählt haben, um zu erfahren, wer wen liebt, wer wen beneidet, Sommer-Herbst-Winter-Frühling, die Jahre wurden mit dem Alter schneller, ich weiß nicht genau, wann ich begriff, daß sie tot ist und daß ich dich noch so nerven kann, ich werde immer nur einen glasigen Blick und ein Rühr-da-nicht bekommen –

Du und Dolochowski-Davidi und Jan-Nachum und Lea-Loja in einer kleinen Wohnung in Haifa auf dem Carmel, und mit uns eine Mama Milena – von Nachum und von mir – das ist das Geheimnis, Nachum, nicht wahr? Das ist der Grund dafür, daß – wußtest du es, als wir in Eilat waren, oder hast du es erst später erfahren? Man kann keinen mehr fragen. Man kann mit keinem mehr reden. Nur ich bin noch da. Die Toten – sind tot –

Sommer, Herbst, Winter, Frühling – du hast mir einen Kalender über dem Bett gemacht, Gelb für den Sommer, Grün für den Herbst, Orange für den Winter, wegen der Orangen, und Hellblau für den Frühling, und als ich zehn wurde, hast du ihn in aller Feierlichkeit ersetzt durch eine Tafel mit lateinischen Sprichwörtern, die jeder kultivierte Mensch in seinem Gedächtnisschatz haben sollte: *Historia magistra vitae* – Die Geschichte ist die Lehrerin des Lebens – *Adversus solem ne loquitur* – Mit der Sonne diskutiert man nicht. Doch: *Sapere aude* – Wage es zu wissen. Zögere nicht, denn: *Nihil est annis velocius* – Nichts vergeht schneller als die Jahre – *Maxima quaeque ambigua sunt* – Das Wesentliche bleibt strittig – *Nescire quid ante quam natus sis acciderit id est semper esse puerum* – Nicht zu wissen, was vor deiner Geburt geschehen ist, heißt, immer ein Kind zu bleiben –

Wir steigen aus dem Wasser in schwarzer Haut. Pellen uns langsam, legen weiße Haut frei. Bruder und Schwester? lächelt der Tauchlehrer über den Sauerstofflaschen. Wir schauen uns an. Wir bestätigen es nicht, protestieren aber auch nicht. Wir sind es schon gewohnt, daß man fragt. Bruder und Schwester. Fast. Fünfzig Prozent gemeinsame Gene. Wir hätten vielleicht ein Genie oder ein Monster zur Welt gebracht.

Am Leben

Ein trauriger Geruch. Der Geruch von einem Zuhause ohne Familie. Was hatte ich erwartet? Wenn ich in die Wohnung in der Rue d'Amsterdam kam, streiften Kochdüfte um mich herum wie ein Schwarm goldener Wölfe. Jean-Jacques steht in der Küche, ganz bei einer Pastete oder einem Soufflé, antwortet noch nicht einmal auf mein Rufen, aus Angst, das, was bei ihm gerade auf dem Küchentisch oder im Ofen aufgeht, zu erschrecken, ich gehe durchs Wohnzimmer, stehe in der Küchentür, sehe seinen Rücken – sehr schmal unter den Kleidern – den Knoten der Schürze um seine Hüften – er wirft mir schnell einen halben Blick über die Schulter zu, rührt weiter, immer mit einem großen Holzlöffel und auf kleiner Flamme, immer ohne zu unterbrechen, damit es nicht ansetzt, nicht stockt, nicht anbrennt, diese Düfte, habe ich ihm oft gesagt, empfangen mich in deinem Namen, und er lächelte – hast du Hunger?

»Wo ist die Toilette?«

Vor zehn Jahren hätte ich mir das nicht erlaubt – als erste Frage bei einem fremden Mann zu Besuch –, aber ich bin schon groß, kein Baby mehr. Und die Sache hat eh keine Chance. Die Toilette ist sauber. Aber auch sie hat einen Geruch. Wonach? Nach muffigem Handtuch und einem Spray gegen schlechte Gerüche, und die Seife ist trocken und rissig –

Avi erwartet mich an dem niedrigen Tisch mitten im Wohnzimmer mit einem gekauften Kuchen und zwei Tassen

Kaffee – hat er gelogen, als er sagte, er trinke keinen Kaffee? Der Kaffee verbreitet einen frischen Duft von Kardamom. »Ist das Hel?« frage ich. *»Heaven – not hell!«* lächelt er. Versucht er, schlagfertig zu sein? Ich schließe die Augen und nehme einen Schluck. Es schmeckt, wie immer, entsetzlich.

»Was hast du gefunden?« fragt er. Ist es berufliche oder persönliche Neugier? Er sitzt breitbeinig da, beugt sich über den Kaffee.

Ich atme tief durch.

»Das-Tagebuch-meines-Vaters-aus-dem-Ghetto-Terezín.« Ich breche ab, um zu sehen, welchen Eindruck das macht. Er ist durchaus beeindruckt. Jetzt richtet er sich auf, neigt den Kopf leicht, um mein Gesicht zu betrachten. »Auf hebräisch«, füge ich hinzu. Er zieht die Augenbrauen hoch. Beinahe lächelt er. Ich habe ihn überrascht. Total. Gleich wird er fragen, ob er es lesen darf. »Und auch drei Briefe«, sage ich eilig, um ihn auf den Zweck meines Besuches aufmerksam zu machen, obwohl mir klar ist, daß die für ihn uninteressant sind, »einer auf deutsch, zwei auf tschechisch, ich dachte, du könntest mir vielleicht –«

»Ein Tagebuch? Ein richtiges Tagebuch? Mit Daten?« Ich wußte, die Sache mit dem Tagebuch würde ihn in Aufruhr versetzen. Was hättest du, Davidi, um ein Tagebuch von Bar Kochba gegeben –

»Die Briefe«, ich verliere mein Anliegen nicht aus den Augen, »einer auf deutsch und zwei auf tschechisch –«

»Hast du was Interessantes entdeckt?« Avi ist schon wieder bei dem Tagebuch. Natürlich, er will es haben. Er formuliert seine Frage vorsichtig, versucht seine Begeisterung zurückzuhalten, damit ich keinen Rückzieher mache. In Ordnung, ich habe schon verstanden, ich kann ihm etwas beisteuern –

»Kafkas Schwestern waren in Terezín« – eine Rosine, aber nichts Persönliches.

Avi nickt. Er wirkt nicht überrascht. Das weiß er aus anderen Quellen. Aber mal sehen, ob er auch weiß, daß –

»Kafkas jüngste Schwester wurde aus Terezín mit einer Gruppe von Waisenkindern nach Palästina geschickt.«

Avi schüttelt den Kopf, als wolle er das nicht glauben.

»Das steht in dem Tagebuch! Eine Gruppe von Waisenkindern, die aus Białystok kamen – man hat sie gegen deutsche Kriegsgefangene ausgetauscht.« Ich spüre, wie mir im Hals die Wut hochkriecht –

»Ja, ich weiß«, sagt Avi mit müder Stimme, »nur sind die Waisenkinder und ihre Betreuer nie hier angekommen. Man hat sie nach Auschwitz geschickt«, seine rechte Hand löst sich von der linken, macht eine kleine Bewegung nach oben, die Bewegung von: durch den Schornstein –

»Dann hat sich mein Vater geirrt –«

»Er hatte keinerlei Möglichkeit, die Wahrheit zu wissen.« Avis Stimme ist leise, flüstert fast.

»Mein Vater hatte Beziehungen.« Ich betrete das Minenfeld.

Avi nickt. Er sieht nicht überrascht aus.

»Nachdem sie Davidi deportiert hatten, hat er dessen Verlobte geheiratet, um sie vor der Deportation zu schützen.« Ich bewege mich so vorsichtig wie möglich auf dem verminten Gelände.

Avi senkt den Kopf. Als erwarte er einen Schlag.

»Aber sie war ein *Mischling*«, sagt er leise zu seinen Fingern, die seine Knie umklammern. Davidi hat es ihm also erzählt!

»Ja, und?« Ich wehre mich, wie eine betrogene Frau, ich bin die letzte, die es erfährt –

»Dann hat sie ihn vor der Deportation bewahrt und nicht

er sie – entsprechend den Anweisungen, welche die Schreibstube im letzten Jahr des Ghettos bekommen hatte.« Avi bricht ab, versucht abzuschätzen, was seine Worte bei mir auslösen.

»Von wem kamen die Anweisungen?« Mein Mund ist trocken, meine Stimme klingt noch heiserer als sonst, als hätte ich mein Leben lang geraucht.

»Von der SS.«

»Und mein Vater hat das nicht gewußt?« fragen meine Lippenbewegungen, und Avi liest sie. Er senkt den Kopf.

»Ich nehme an, daß nicht – es sei denn, er hat in der Schreibstube gearbeitet oder hatte Beziehungen zu jemandem, der dort arbeitete.«

Kann man nicht wissen. Ich habe nur Papierfetzen in der Hand –

Schweigen.

»Loja«, Avi streckt die Hand nach den Briefen aus, »sind das die Briefe? Den deutschen kann ich dir übersetzen, aber die tschechischen, die faxe ich meiner Assistentin, die kann Tschechisch.« Er schaut mich mit zusammengezogenen Augenbrauen an, als versuche er, das Ausmaß meiner Enttäuschung zu ermessen. »Ich sage ihr, daß es eilt.«

»So eilig ist es dann auch nicht – kann es wohl nicht mehr sein, diese Briefe sind vierzig Jahre alt.« Ich spreche mit ihm, aber er hört nicht zu. Er schielt auf den Umschlag, der nach London adressiert ist.

»Dieser Brief ist an Rabbiner Leo Baeck!« Er klingt verärgert. Nein, beunruhigt. Vielleicht verwirrt, was weiß ich schon über Avi.

»Wieso überrascht dich das so sehr? Mein Vater erwähnt ihn in seinem Tagebuch – dieser Rabbiner war im Ghetto Terezín.« Ich rede, Avi nickt, stimmt mir zu –

»Aber dieser Brief ist nicht abgeschickt worden, die Marke

ist nicht abgestempelt.« Avi zeigt mir den Umschlag. »Von wann der wohl ist – darf ich?« Er schaut mich kurz an, ich nicke, und er zieht den Brief aus dem an der Seite aufgerissenen Umschlag und faltet ihn auf. »Der ist vom 25.6.1955 – also ist er nicht –«

»Nicht was?«

»Ich dachte, er wurde nach Leo Baecks Tod geschrieben und deshalb nicht abgeschickt.«

»Weißt du, wann er gestorben ist?«

»Anfang November 1956.«

»Hier im Land?«

»Nein, in London.« Seine Augen lesen schon. Die Augenbrauen sind zusammengezogen, die Lippen zusammengepreßt. Er ist bereits auf der zweiten Seite. Kehrt zur ersten Seite zurück. Ein leises, unterdrücktes und doch langes Seufzen.

»Darf ich dir was sagen?« Er hält das eine Blatt des Briefes in der rechten, das andere in der linken Hand, sie zittern etwas, eine Armlänge von ihm entfernt. »Nicht als Historiker –«

Ich versuche, seinen Blick zu erhaschen. Doch er schaut auf die Blätter –

»Gut, daß er den Brief nicht abgeschickt hat.«

»Würdest du mir bitte übersetzen, was er da schreibt?« Mein scharfer Ton läßt ihn die Augenbrauen hochziehen und leicht mit dem rechten Mundwinkel zucken.

»Du willst, daß ich ihn dir so übersetze? Hier? Ich kann ihn dir auch –«

»So. Hier. Jetzt.«

Avi betrachtet das Blatt in seiner Rechten. »Er hat das drei Tage nach der Urteilsverkündung im Kasztnerprozeß geschrieben.«

»Wir waren auf seiner Beerdigung –« Fange ich jetzt an zu erzählen, um die Übersetzung des Briefes hinauszuzögern?

Avi hält inne.

»Also, was schreibt er?« Ich bemühe mich das Nun-übersetz-endlich zu unterdrücken.

Avi legt die Blätter wieder aufeinander, legt sie auf den niedrigen Tisch, stützt die Ellbogen auf die Knie, übersetzt in dieser Haltung –

Sehr verehrter Herr Rabbiner Doktor Leo Baeck,

vor drei Tagen saß ich im Saal 2 des Obersten Gerichtshofes des Staates Israel, um das Urteil in der Verleumdungsklage des Staates Israel gegen einen alten wunderlichen (»oder exzentrischen«) Juden mit Namen Malkiel Grünwald zu hören, der unseren Bekannten, Doktor Israel Kasztner, der Kollaboration mit den Nazis bezichtigt hat. Der Richter, Dr. Benjamin Levi (»Es muß Halevi heißen«, sagt Avi und wirft mir einen Blick zu) begann morgens um acht das Urteil zu verlesen und endete erst in den späten Abendstunden.

Gestern gab mir ein befreundeter Journalist den vollständigen Text des Urteils, über zweihundert Seiten, den er, wie andere Journalisten, beim Gerichtssekretariat für zwei Israelische Pfund erstanden hat. Jetzt, da es mir schriftlich vorliegt und ich mich nicht nur auf meine Erinnerung verlassen (»oder ihrer bedienen«) muß, erlaube ich mir, Ihnen, ehrwürdiger Herr Rabbiner, einige Sätze des Urteils zu übersetzen.

Die meisten Juden des kleinen ungarischen Städtchens Cluj (»Das heißt etwa zwanzigtausend Menschen«, Avi schaut mich an, während er mich aufklärt) stiegen in die Züge nach Auschwitz-Birkenau (»jetzt Zitat«, sagt Avi), »weil sie das wahre Ziel der Reise nicht kannten und der falschen Bekanntmachung glaubten, man schicke sie in ein Arbeitslager in Ungarn«. (»Ende des Zitats«, sagt Avi.) Es waren die Nazis, die (»Und hier wieder Anführungszeichen, dein Vater zitiert aus dem Urteil«) »diese falschen Gerüchte über jüdische Kanäle verbreitet hatten, den deutschen oder ungarischen Machthabern hätten die Juden im Ghetto nicht geglaubt, aber ihrer jüdischen Führung glaubten sie ... (»Hier hat er wohl etwas Text ausgelassen, er hat drei Pünktchen geschrieben«, Avi zeigt mir das Blatt mit der schönen und präzisen Handschrift, aber ohne Brille kann ich wohl keine drei Pünktchen mehr erkennen.) Viele Juden hätten versuchen können, über die Grenze (»Von Ungarn nach Rumänien«, Avi hebt den Blick, wenn er mir zusätzliche Informationen liefert) zu entkommen, trotz des nicht besonders großen Risikos, von den Grenzern erwischt zu werden, doch sie haben ihr Glück erst gar nicht versucht, weil sie nicht wußten (»Oder: weil sie überhaupt keine Ahnung hatten«, Avi hebt die Augenbrauen), daß ihnen die Gefahr der Vernichtung drohte ...« (»Zitatende, drei Pünktchen.«) Diejenigen, die wußten, welches Schicksal die Deportierten erwartete und ihre eigenen Leute nicht warnten, wurden (»Jetzt zitiert er wieder«) »nicht zusammen mit ihnen verschleppt, sondern kamen fast alle in die Deportation nach Bergen-Belsen ...« (»Zitatende, drei Pünktchen.«) Der Zug nach Bergen-Belsen mit 1684 Prominenten (»Den Honoratioren«, erklärt Avi. »Ich weiß schon«, sage ich) war die Gegenleistung (»Oder: die Vergütung – oder vielleicht: die Belohnung – nein, nein, nicht Belohnung, aber Vergütung«), die Kasztner von den Nazis für seine Zusammenarbeit erhielt, das heißt für sein Schweigen: Er wußte, wohin die Züge fuhren, er wußte, was die Deportierten erwartete, und er hat kein Wort gesagt. (»Und hier zitiert er wieder.«) *»Timeo Danaos et dona ferentes** (Avi hebt fragend den Blick. »Lies weiter«, sage ich, »das verstehe ich«) – und indem Kasztner dieses Geschenk annahm, verkaufte er seine Seele dem Teu-

* Lat.: Ich fürchte die Danaer, auch wenn sie Geschenke bringen.

fel.« (»Zitatende.« Ich erinnere mich verschwommen an so etwas. Große Schlagzeilen. »Aber hat der Richter das tatsächlich gesagt?« »Der Richter hat das in seinem Urteil geschrieben«, antwortet Avi, den Blick unten auf die erste Seite des Briefes gerichtet.)

Anders als Sie, ehrwürdiger Herr Rabbiner (»Oder: Ganz im Gegensatz zu Ihnen«), glaube ich weder an Gott noch an den Teufel. (»Ganz richtig«, werfe ich ein. Avi schaut mich an. Der Anflug eines Lächelns huscht über seine Lippen. Danach wird er wieder ernst und kehrt zum Ende des Briefes zurück.) Aber ich glaube, daß einer, der sich als geistiger Führer versteht und es akzeptiert, von anderen als solcher gesehen zu werden, eine Verantwortung hat. (Avi liest auf der nächsten Seite weiter.)

Als Sie, ehrwürdiger Herr Rabbiner, als Präsident der Reichsvertretung der deutschen Juden amtierten, sprachen Sie sich gegen eine Massenemigration aus Deutschland aus, weil Sie dies als Kapitulation vor den Absichten (»Oder: vor den Plänen«) der Nazis ansahen, als ein Aufgeben (»Oder: eine Preisgabe«) des glanzvollen Erbes des deutschen Judentums. Sie, ehrwürdiger Herr Rabbiner, waren natürlich ein geistiger Hirte und kein Prophet. (»Jetzt ist er sarkastisch«, Avi blickt auf. »Das höre ich«, sage ich.) Danach amtierten Sie als Präsident der Reichsvereinigung der Juden in Deutschland. Muß ich Sie, ehrwürdiger Herr Rabbiner, daran erinnern, was Sie selbst mir über die Aufgaben und Tätigkeiten (»Oder: Funktionen«) der Reichsvereinigung erzählt haben? Die Erstellung von Namenlisten für die Gestapo, die Aushändigung der Deportationsbefehle an die jüdischen Familien, die Entsendung jüdischer Ordner zur Umzingelung der Opfer. (»Stimmt das?« frage ich. Avi nickt, hebt den Blick nicht von dem Brief.) Auch damals waren Sie, ehrwürdiger Herr Rabbiner, und Ihre Kollegen Repräsentanten, keine Propheten.

Doch während Ihres Aufenthaltes im Ghetto Terezín bekamen Sie zuverlässige Informationen aus erster Hand über das, was in Auschwitz-Birkenau vor sich ging. Ich meine den ehemaligen Offizier Vitezslav Lederer. (»Der, von dem du mir erzählt hast?« frage ich. Avi nickt, schaut auf den Brief.) Lederer, der zu den im Dezember 1943 Deportierten gehörte und dem es dann gelungen war, aus Auschwitz-Birkenau zu fliehen, und der im April 1944 ins Ghetto zurückkehrte. Von meinem Kollegen Berko Dolochowski, auch er ein ehemaliger Gefangener in Terezín, der im Slowakischen Aufstand an Lederers Seite (»Oder: Schulter an Schulter mit ihm«) gekämpft hat, erfuhr ich, daß Lederer Sie, ehrwürdiger Herr Rabbiner, und Mitglieder des Ältestenrates vor diesen Deportationen gewarnt hat. Er hat Ihnen erzählt, was das Schicksal der Deportierten vom September 1943 und auch aller vorher Deportierten gewesen war.

Von Mai bis Ende Oktober 1944 wurden über fünfundzwanzigtausend Gefangene aus Terezín nach Auschwitz-Birkenau deportiert. Als sie in der Bahnhofstraße in die Waggons stiegen, glaubten sie, sie würden in ein Arbeitslager in Schlesien verschickt. Kein einziger der Deportierten kannte (»Oder: ahnte«) die Wahrheit. Sie, ehrwürdiger Herr Rabbiner, kannten sie – und Sie haben geschwiegen. Und Sie, ehrwürdiger Herr Rabbiner, eine sehr angesehene und international bekannte Persönlichkeit mit einflußreichen Freunden in Deutschland, A-Prominent im Ghetto Terezín, Sie wurden nicht in den Tod geschickt.

So sagen Sie mir doch bitte, ehrwürdiger Herr Rabbiner: Was unterscheidet Sie von Doktor Kasztner, über den der in Berlin promovierte Richter des Gerichtes in Israel am Ende seines langen Prozesses mit vielen Zeugen urteilte, er habe »seine Seele dem Teufel verkauft«?

Was – außer der unangefochtenen Tatsache, daß es Doktor

Kasztner immerhin gelang, 1684 Juden aus den Klauen der Nazis zu retten?

Ehemaliger Terezín-Häftling
Professor Ota Kaplan
Hebräische Universität Jerusalem

Avis Augen ruhen auf dem Brief, der leicht in seinen Händen zittert. Ich weiß nicht, was ich sagen soll. Ich schweige. Avi auch. Er faltet den Brief zusammen, versucht ihn in den Umschlag zurückzustecken, den ich unachtsam aufgerissen hatte, schafft es nicht, läßt es, reicht mir den mit der Schrift nach innen gefalteten Brief. Ich nehme ihn und stecke ihn in die Tasche.

»Von selbst weiß niemand, wer sein Vater ist«, zitiere ich schließlich die Worte von Telemachos, Odysseus' Sohn, denn was soll ich schon sagen –

Avi steht auf, geht zum Fenster, die Hände in den Taschen.

»Warum hast du gesagt, daß es gut war, daß er den Brief nicht abgeschickt hat?« Ich rede zu seinem Rücken.

»Weil die Weitergabe dieser Informationen auch nicht viel geändert hätte – nicht sehr viel –«

»Warte, warte, willst du mir erzählen, die Menschen in Terezín wären, wenn Rabbiner Baeck sie vor den Deportationen gewarnt hätte, trotzdem in die Züge gestiegen?«

»Ja, sie hätten sich wie Schafe zur Schlachtbank führen lassen.« In seiner Stimme schwingt etwas Protestierendes mit. Seine Hände stecken tief in den Taschen. Er starrt nach draußen, ins Dunkel.

»Aber nach dem, was mein Vater geschrieben hat, gab es da Handwerker, Gärtner, Ingenieure, man hat da renoviert – er hat das aus irgendeinem Grund ›Verschönerung‹ genannt, bestimmt hatten sie dort Hämmer, Sicheln, Sägen. Wenn sie gewußt hätten, wohin die Züge fahren, hätten sie das Werkzeug verstecken können, in ihrem Handgepäck zum Beispiel, und die Waggons unterwegs aufbrechen und rausspringen –«

Avi mit dem Rücken zu mir tritt von einem Fuß auf den andern, jetzt nickt er auch –

»Das hätte einige wenige Juden retten können – ein paar Dutzend – aber nicht die Massen, nicht Tausende –«

»Wie willst du das wissen?«

»Ich weiß es nicht, ich kann es nur mit ziemlich großer Wahrscheinlichkeit annehmen, schau –« Er redet, als stünde ich draußen, hinter dem Fenster, mit den Händen in den Taschen, nur seine Schultern bewegen sich. »Das mit dem Wissen ist so eine Sache – dein Vater erwähnt Kasztner – im Januar 1943, im März 1943, im Mai 1943 gelangten sehr präzise Gerüchte über das, was in Auschwitz-Birkenau passierte, nach Ungarn – aber jetzt Kasztner zu dem einzigen Menschen zu machen, der es wußte, und zu sagen, weil er es uns nicht erzählt hat, haben wir es nicht gewußt, und man hätte keine andere Möglichkeit gehabt, es zu erfahren, das ist ein bißchen – muß ich noch mehr sagen? Im Wilnaer Ghetto, im Warschauer Ghetto, im Ghetto Białystok haben die Mitglieder des Untergrundes die Informationen über die Vernichtung mündlich und auf Flugblättern verbreitet, und auch das hat Abertausende nicht davon abgehalten, in die Züge zu steigen – es gibt ein schockierendes Zeugnis von Chaika Grossman«, Avi geht ins Nebenzimmer, kommt mit einem dicken grauen Buch zurück, schlägt es kurz hinter der Mitte auf und liest daraus vor: »Unsere Kuriere sind im ganzen Ghetto unterwegs, sie beschwören die Menschen: Juden, geht nicht freiwillig ... das Verlassen des Ghettos bedeutet den Tod in den Gaskammern ... aber die Menschenwelle strömt weiter, strömt endlos dahin ...«, seine Augen suchen etwas unten auf der Seite, »wie willst du diesen Drang von Tausenden und Abertausenden erklären, zur Jurowieckastraße zu rennen? ... Vergeblich haben wir versucht, die Menschen zur Rückkehr in ihre Häuser zu bewegen. Sie wollten nicht auf uns hören –« Avi klappt das Buch laut zu. »Deshalb ist es sehr wahrscheinlich, daß die meisten, selbst wenn sie gewußt hätten, wohin man sie bringt, sich wie Schafe zur Schlachtbank hätten führen lassen.«

Provokativ insistierend wiederholt er diese Formulierung –

»Du hast gesagt, daß man das heute nicht mehr sagt«, erinnere ich ihn an seine eigene Bemerkung am Sederabend.

Er macht eine abfällige Handbewegung, als befinde er sich in einer bitteren akademischen Diskussion mit unsichtbaren Kontrahenten. »Das ist ein völlig authentischer Ausdruck.« Er geht wieder ins Nebenzimmer und kommt mit einigen Büchern zurück, blättert in einem neuen hellen, dicken Buch: »Emanuel Ringelblum, ein Historiker aus dem Warschauer Ghetto«, er findet die gesuchte Stelle und liest: »Dezember 1942: Die jüdische Intelligenz ging genauso zur Schlachtbank wie die Masse des Volkes. Ruhig, ohne zu protestieren und ohne Widerstand zu leisten ...« Er legt das Buch auf den Tisch, schaut kurz auf die anderen Bücher, wählt eines aus, das ist dünner, aber auch neu. »Und das ist das im Versteck geschriebene Tagebuch eines Agronomen mit Namen Calek Perechodnik, der bei der jüdischen Polizei gearbeitet hat«, er blättert, »hier, hör zu: Ehre sei dir, deutscher Genius, der du es geschafft hast, die Menschen so zu verdummen und sie in einen Zustand kollektiver Verblendung zu versetzen, daß sie sich wie Schafe zusammendrängten, um auf ihre Henker zu warten.« Er legt das Buch weg, er setzt sich nicht wieder zu mir, geht bis zur Wand, kommt wieder zurück. »Heute versucht man, das etwas zu entschärfen.« Er bleibt vor dem

Fenster stehen. Im Fenster das Dunkel. »Aber wer behauptet, es gäbe keine größere Blindheit als die eines Menschen, der etwas nicht wissen will, der macht es sich zu leicht.« Er spricht mit dem Rücken zu mir. »Die einzige intelligente Erklärung für dieses Phänomen hat ein holländischer Historiker mit Namen Louis de Jong.« Avi dreht sich um, beugt sich über den Tisch, sucht ein Buch heraus und blättert darin. »Hier, ich hab's.« Er richtet sich auf und liest vor: »Aber es ist eine historische und auch psychologisch wohl erklärbare Tatsache: Die Nazi-Vernichtungslager wurden für die meisten erst dann zur psychischen Realität, und auch da noch nicht ganz, als sie und eben weil sie aufhörten zu existieren.«

Er klappt das Buch zu, drückt es sich mit verschränkten Armen an die Brust.

»Die Vernichtung konnte man also in Echtzeit nicht begreifen und verstehen – deshalb haben sich die Leute wie Schafe zur Schlachtbank führen lassen, und deshalb hatte es auch keinerlei Sinn, den Opfern die Wahrheit zu sagen, ist es das, was du sagst?«

»Man hat es nicht begreifen können, und man hat es nicht verhindern können, nicht im großen.« Avi spricht aus seiner Höhe zu mir. »Und übrigens hat dein Vater sich geirrt: Leo Baeck wußte bereits in Deutschland von der Vernichtung durch Gas, noch bevor er ins Ghetto kam. Er beschloß, noch nicht einmal den Mitgliedern des Ältestenrates davon zu erzählen, weil er Angst hatte, die Information würde durchsickern und sich im Ghetto verbreiten.«

»Und wenn sie durchgesickert wäre?«

»Leo Baeck hatte Angst, daß die Nazis es entdecken und das Ghetto vernichten würden.«

»Und so haben sie es nicht vernichtet?! Wie viele haben denn überlebt von den Abertausenden, die dort waren?«

»Etwa elftausend Menschen.«

»Und unter ihnen natürlich der Rabbiner Leo Baeck – «

»Und auch dein Vater, Loja.«

Ich spüre, wie mir das Blut ins Gesicht steigt. Ich lehne mich an die Sofalehne. Rede mit ihm mit geschlossenen Augen, mit brüchiger Stimme –

»Und trotzdem, erklär mir – als einer, der den Rabbiner Leo Baeck rechtfertigt, und nicht als Historiker: Wer verdammt noch mal hat diesem Rabbiner die moralische Autorität gegeben, den zum Tode Geführten eine Information vorzuenthalten, um es den Mördern leichter zu machen, sie zu ermorden, und um es ihnen leichter zu machen, sich ermorden zu lassen? Unser Herr, unser Gott, der einzig ist?!«

Avi schweigt. Ich warte mit geschlossenen Augen auf seine Antwort. Ich kann die Augen nicht öffnen. Sein Schweigen liegt wie ein Stein auf meinem Herz.

»Ich bin kein Richter – die Geschichte wird richten«, sagt er leise, spricht von der Wand aus zu mir.

»Was heißt das: Die Geschichte wird richten?!« Plötzlich finde ich in mir eine Stimme zum Schreien und stehe auf. »Seit wann kann die Geschichte richten?! Geschichte wird von Menschen geschrieben, und Menschen –« Meine Stimme bricht. Avi lehnt an der Wand. Beobachtet mich und sagt kein Wort. *Es ist nicht das Meer, das zwischen uns steht*, kommt es mir in den Kopf, aus einem dünnen blauen Bändchen von Lea Goldberg, *wir beide sind es, wir stehen zwischen uns*.

Der Granatapfelbaum treibt zaghaft erste Blättchen. Zwischen ihnen sind die Zweige noch immer dürr wie Knochen, einander zugewandt, ohne Stamm in der Mitte und ohne Krone, die Bougainvillea blüht mit aller Kraft, umklammert die Zypresse mit ihren Nägeln wie einen riesigen Stalagmit in den Farben von Fleisch und Pfirsich, der Himmel ist durchsichtig und hoch, voll leichter Wolken, die langsam dahintreiben. Doch nach längerem Hinsehen verändert sich alles: Er erhebt sich mit seinen gemeißelten Wolken über mir wie ein Gemäldehimmel. Und die Zypresse – mit der an ihren Wurzeln klebenden Erde und mit der Erde, die an der Erde hängt, die an ihren Wurzeln klebt, die Zypresse und alles um sie herum bewegt sich. Die Erde fährt. Ich verliere das Gleichgewicht und lande auf den wildwachsenden Blumen – Kreuzkraut, Skorpionsschwanz, Gänsedistel, aber unter den zerdrückten Pflanzen spüre ich die Erde: Eine Bewegung, wie ein langsames Dehnen von Muskeln, ein dumpfes Pulsieren in den Tiefen, ein fernes Schütteln und Blubbern, als drehe sich dort, im Zentrum der Erde, eine riesige Wäschetrommel und wasche mit Feuerwasser flüssiges Eisen.

Aus dem Viertelbeet, das übriggeblieben ist, schauen mich ein paar gelbe und lila Stiefmütterchen an, und eines ist karmesinrot, und dieser Fleck, dieser dunkle Fleck im Herzen – bei allen –

Telefon. Telefon. Was haben wir bloß gemacht, bevor es das Telefon gab? Ora? Chedwa? Adriana? Vielleicht Avi – daß die Briefe –

»Von der Polizei«, kräht die Stimme einer Polizistin.

»Wie bitte?«

»Von der Polizei, gute Frau, von der Polizei. Sie sind Frau Loja Kaplan, nicht wahr? Also, dann sind Sie die, der man diesen Lagerraum versiegelt hat. Also, jetzt schicken wir jemanden, der ihn wieder aufmacht. Nur besorgen Sie ein neues Schloß, ein eigenes. Daß der nicht offenbleibt und Sie noch mal so ein Theater haben. Und, einen Moment noch – dieser Koffer, der beschlagnahmt wurde, den können Sie auch abholen kommen. Nein, nein. Den bringen wir Ihnen nicht. Das hier ist die Polizei, gute Frau, nicht der Roomservice. Jeden Tag zwischen acht und vierzehn Uhr – ja, heute auch, bei der Polizeiwache in der Jabotinskistraße, fragen Sie nach Feldwebel Ben-Schimol oder nach Sarit.«

Dein Koffer kommt zu mir zurück, segelt auf den Schaltertisch vor mir. Ausgeblichenes Bordeaux, zusammengehalten von einem verschlissenen Ledergürtel. »Machen Sie ihn auf«, drängt mich der Polizist hinter dem Schalter, »schauen Sie nach, ob nichts fehlt.« Ich mache die Schnalle auf, zwei Metallverschlüsse hüpfen beim Draufdrücken in meine Handflächen, der Koffer geht auf – khakifarbene Hosen, Unterwäsche, ein graues Hemd, ein paar khakifarbene Socken, ein Taschentuch, eine zerdrückte Ledermütze – die Partisanenmütze?, zwei Pässe – dein Gesicht, aber nicht dein Name – und das, was ist das, auf dem Boden des Koffers ein präziser Schnitt in Form eines U, ein Koffer mit doppeltem Boden, was sonst, und dort, in einem Umschlag mit Rostflecken, noch ein alter Brief, vermutlich auf tschechisch – »Den hat man dort gefunden«, erklärt der Polizist, sie haben ihn wahrscheinlich auch aufgemacht und gelesen, so etwas wie Privatsphäre hat man hier noch nicht entwickelt, Davidi. »Unterschreiben Sie hier, und da, und da.« Der Polizist markiert die Stellen auf dem Formular, und ich unterschreibe, packe alles wieder ein, mache den Koffer zu. »Morgen kommen wir Ihnen den Bunker aufmachen«, verkündet der Polizist nach telefonischer Rückfrage. »Haben Sie ein gutes Schloß gekauft?«

Wozu brauche ich ein gutes Schloß, wo man hier so leicht durch jedes Fenster und über die Terrasse einsteigen kann, seit sie den Ficus herausgerissen haben, ist das Haus noch buckliger geworden, heute ist im Wohnzimmer ein großes Stück Putz von der Decke gefallen, und in deinem Zimmer habe ich einen Riß entdeckt – eine schwarze Wurzel schickt ihre Ausläufer in den Putz –

Telefon. Telefon. Was haben wir bloß vor dem Zeitalter des Telefons gemacht? Ora? Josefa? Tikwa? Vielleicht Chedwa aus Amerika? Sie ist in Urlaub gefahren, und alle meine brühwarmen Geschichten warten darauf, daß sie zurückkommt – oder vielleicht Avi – Avi mit der Übersetzung –

»Loja? Das ist Arlosora von der Stadtverwaltung«, sie spricht, als ob wir uns nicht kennen. »Hör zu, wir haben dir einen eingeschriebenen Brief geschickt – wir schicken dir jemanden vorbei, der das Haus anschaut, ob es nicht baufällig ist, wann bist du zu Hause? Okay. Kommst du zu Elchanans Todestag auf den Friedhof?«

Sie verbreitern die Straße. Tikwa lenkt mit einer Hand, in der anderen hält sie das Handy, ohne zu wollen, höre ich: »Ja, Lieber. Sag ihm, daß ich das bis morgen brauche. *Bye*, mein Schatz. Nein, ich bin nicht allein. Loja ist bei mir. Ja, die Stewardess, die uns das Kostüm gegeben hat. Also, *bye*.«

Sie verbreitern die Straße. Am Straßenrand stehen Erdbeeren in schräggestellten Kistchen, Berge von Orangen. Etwas weiter schwarze Eimer mit Blumen in allen Farben –

»Sollen wir Blumen kaufen?« Ich hole das Portemonnaie raus.

»Was ist denn in dich gefahren?« Tikwa marschiert energisch los, ich laufe hinterher, wir sind schon zu spät dran. »Der Militärfriedhof ist immer voller Blumen. Jeder Soldat hat ein richtiges Beet auf seinem Grab – hast du das vergessen?«

Die Wege sind mit Jerusalemstein gepflastert. Eingeteilt in verschiedene Abschnitte, nach den Kriegen. Es gibt auch Bäume und Bänke, falls einer nicht mehr stehen kann. Jedes Grab mit einem Stein als Kissen und einer Decke aus niedrigen Blumen, ab und zu ein wilder Kaktus oder eine unerwartete Vase mit toten Gladiolen. Tikwa eilt über den gepflasterten Weg. »Da sind sie ja!« Wir haben uns wirklich verspätet, die kleine Gruppe, die sich versammelt hatte, geht schon auseinander. »Und hier kommen Loja und Tikwa«, sagt Ora. Die Auseinandergehenden halten für einen Moment inne. Tikwa geht zu einem Paar, küßt – die Eltern von Elchanan? Ich hätte sie nicht erkannt, sie sind geschrumpft und verblaßt –

»Loja!« Elchanans Mutter umarmt mich mit zitternden Händen, weht ein trockenes Feuer über meine Wange.

»Loja!« Elchanans Vater zerquetscht mir bei einem langen Händedruck die Hand. Alle schauen uns an – Bilu und seine Frau, Ora und Mottik, Adriana, Josefa, Arlosora, Chesi und Dina, und Batscheva und Sofie und Herzl und Tikwa, Ruthi ist auch da, und das sind bestimmt Elchanans Schwestern Massada und Jodfat, Tikwa umarmt sie, ich drücke ihnen die Hand, fünfundzwanzig Jahre sind vergangen, und keiner weint mehr, auch daran gewöhnt man sich anscheinend, jetzt wissen sie nicht mehr, ob sie gehen sollen oder nicht, flüstern, als hätten sie Angst, die Toten zu wecken, jetzt redet Avi leise allein mit Elchanans Eltern, als sei er ein naher Freund oder ein Angehöriger, ich werfe Ora einen fragenden Blick zu. »Avi hat sie interviewt«, antwortet sie kaum hörbar auf meine stumme Frage, über die Shoah, verstehe ich. »Eure halbe Siedlung hat er interviewt«, sagt Mottik, Avi hört es, zieht die Augenbrauen hoch, weiß, daß es um ihn geht, macht mir ein Zeichen, daß ich warten soll, ich nicke. »Ich nehme an, du fährst mit ihm zurück.« Oras Flüstern ist angespannt, stichelnd, schmerzhaft. »O-ra«, sage ich zu ihr in einem Ton, bei dem ihr Mund zuckt, »haben sie dich vom Rabbinat geschickt, oder was –« Anscheinend enthält die Geschichte, die Vered mir erzählt hat, mehr als nur einen Funken Wahrheit, ich drehe Ora den Rücken zu, verabschiede mich von Tikwa und folge Avis langen Schritten. Der Parkplatz ist fast dunkel. Die Autos knirschen auf dem Kurkarstein, blenden für einen Augenblick mit den Scheinwerfern, wenden und fahren weg –

»Warst auch du in ihn verliebt?« Avi beugt sich vor, um den Motor anzulassen. Ich kann sein Gesicht nicht sehen.

»In wen?«

»Schnall dich an«, er richtet sich auf, »vorgestern hat mich ein Polizist erwischt, und ich durfte vierhundert Schekel Strafe zahlen.« Er startet den Motor. »In Elchanan – warst auch du in Elchanan verliebt?«

»Ich war in Saul Tschernichowski verliebt.«

Avi atmet spöttisch aus. Vielleicht glaubt er mir nicht. Ich kann ihn nicht deuten. Ist er heiß oder kalt, nah oder fern? Wir fädeln uns in den abendlichen Verkehr ein.

»Deine Briefe sind noch nicht zurück.« Avi fährt vorsichtig, er spricht mit mir, ohne mich anzuschauen.

»Du wirst es nicht glauben, aber ich habe noch einen tschechischen Brief für dich – den haben sie in Davidis altem Koffer gefunden, bei der Polizei, der Koffer hat einen doppelten Boden gehabt.«

»Wirklich wie in einem Detektivfilm.« Avi überholt, hupt, schaut mich immer noch nicht an. Will er witzig sein? »Auch aus den fünfziger Jahren?«

»Eben nicht«, sage ich schon genervt, »der ist von 1968 – vom Februar 1968.«

»Steck ihn in meine Tasche – ja, die liegt hinten, ich faxe ihn gleich morgen. In ein, zwei Tagen, höchstens einer Woche, lösen wir alle deine Rätsel.«

Kein Zweifel, daß er tschechischen Briefen von 1968 keine Bedeutung beimißt. Das ist ja nicht Geschichte, das ist schon fast Journalismus.

Er schaltet das Radio an, exakt zu: Sie hören Nachrichten. Das Wichtigste in Kürze: Der Zustand der Verletzten des Anschlags –

»Ora hat mich zusammengestaucht«, sagt er nach den Nachrichten. Beide Hände am Steuer.

»Meinetwegen?« Ich weiß es.

»Meinetwegen –« Sein Gesicht wird von entgegenkommenden Autos erhellt, schält sich aus dem Dunkel und verlischt wieder. Könnte ich ihn wohl lieben?

»Ich kann mich noch nicht daran gewöhnen«, das ist das einzige, was ich schließlich rausbekomme, »jahrelang habe ich in Paris gewohnt, und keiner hat mir je mehr zu sagen gehabt als *bonjour.*«

»Das kenne ich«, sein Gesicht schmilzt, »wir haben zwei Jahre in den USA gelebt.«

»Und hier –«

»Kleines Land mit Schnauzbart –«

»Mit was?!«

»Ach nichts, das ist nur so ein Song.« Er bremst quietschend. »Endstation.«

Wir sind wirklich da. Ich öffne die Autotür. Gelbes Licht überflutet uns beide.

»Loja?«

»Ja?«

Er schweigt. Beide Hände am Steuer. Sein Blick konzentriert sich auf die Windschutzscheibe, als fahre er noch. Ich warte.

»Ich warte hier, bis ich sehe, daß du drinnen bist«, sagt er schließlich.

»Ist schon okay. Ich habe keine Angst, du kannst ruhig fahren.« Ich steige aus.

»Ich warte«, sagt er mit der Stimme von einem, der sich mit einem Verdikt abgefunden hat.

»Dann mach bitte die Scheinwerfer aus.«

»Soll ich dir nicht den Weg leuchten?« Avi streckt den Kopf aus dem Fenster.

»Das stört mich, die Sterne zu sehen.«

Im Gartenhimmel ohne Ficus blinkt die verwundete Schulter Orions, des großen Jägers, Orion selbst – sein leuchtender Kopf, der schräge Gürtel, das Schwert – ist schon verloren. Aber sein Hund ist noch mit uns und die aus einem Schwanenei geborenen Zwillinge, Castor und Pollux, und nicht weit von ihnen kauert ein Löwe des Dunkels, ein Stern leuchtet auf seinem Nacken, einer am Ende seines Schwanzes, und mittendrin ein orangefarbener Stern, der Schlechtes kündet – Mars, der Kriegsgott, mitten in meinem Garten –

»Sind sie noch alle da?« ruft Avi aus dem Auto.

»Fast.« Ich lasse ihn mit den Sternen draußen und gehe hinein: *Schalom, liebes Haus, schalom, liebe Tochter, wo bist du gewesen, was hast du gemacht?* Ich war auf dem Friedhof, und jetzt bin ich hier, öffne den Kühlschrank, um etwas zu trinken, weißes Totenlicht flutet mir entgegen, ich trinke aus der Flasche, mache den Kühlschrank zu, taste durchs Dunkel, stolpere fast, noch eine Bodenkachel hat sich gelöst, den Ficus haben sie zwar herausgerissen, doch seine Wurzeln rumoren unterirdisch weiter, *schalom, liebes Haus*, schalom, meine lieben Toten, schalom, Davidi, schalom, Nachum, schalom, Chassia, schalom, Elchanan, schalom, Papa, schalom, Mama. *Wo seid ihr gewesen, in all diesen Jahren, wo seid ihr gewesen, was habt ihr gemacht –*

An der Ecke Granatapfel-, Zyklamenstraße steht eine rustikale Anzeigentafel aus rauhem Holz: Neu eröffnete Tanzgruppe für Tänze der sechziger Jahre, Cha-Cha-Cha, Rumba, Samba, Twist – Dreistöckige Villa wegen Wegzug zu verkaufen, nur an seriöse Interessenten – Motorrad, wie neu, günstig zu verkaufen – Einladung zur Gefallenengedenkfeier auf dem Schulhof am Mittwoch um 10.45 Uhr, und in der rechten Ecke mit runder Lehrerinnenhandschrift: Bitte in weißen Hemden erscheinen. Eine plötzliche Bö fährt in mein Haar und hebt auch die Ränder der Zettel – auf diesem rauhen Holz klebt nichts wirklich fest. Was ist unter dem, was ist? Diplomierte Kosmetikerin – Flötenkurs – Rassereine Rottweilerwelpen zu verkaufen – und unter der Einladung zum Gefallenengedenktag noch eine, sehr ähnlich, aber nicht ganz, selbe Größe, selber Schrifttyp: Gedenktag für die Opfer und die Helden der Shoah. Die Zeremonie findet statt in – hier läßt sich das Blatt nicht weiter ablösen, aber in der Ecke rechts in derselben Lehrerinnenhandschrift dieselbe Bitte: In weißen Hemden –

Sanftes Licht. Die Bäume sind sehr grün. Die Zypresse tropft rote Bougainvillea, hinter dem Zaun ist es ruhig. Die arabischen Arbeiter sind nicht zurückgekehrt, um das vierstökkige Haus für die russischen Einwanderer weiterzubauen, die im Laden Butter und Milch auf russisch kaufen können. Und die von der Stadtverwaltung entsandten Leute von der Bauaufsicht waren da. Sie sind durch die Zimmer gegangen, haben sich alles angeschaut und Notizen gemacht. Ein Mafioso in schwarzem Samt verflucht mich in hellem Italienisch. Bin ich daran schuld, was hier passiert? Das Grundstück hinter den Palmen ist bereits umgepflügt, an die Erdbeeren erinnern nur noch Haufen schmutziger Totentücher aus Polyäthylen neben der kleinen Überdachung, wie die Nachgeburt eines riesigen Wals, der hier geboren und sofort von der Erde verschluckt wurde – der Orangenhain am Ende des Grundstücks trocknet vor sich hin. Rechtsanwalt Betzer hat mir am Telefon mitgeteilt, er werde einen Kunden vorbeischicken. Für den Hain. Das Haus, das hat er schon verstanden, denn er braucht nicht viele Andeutungen, er ist ein alter Fuchs, das Haus werde ich nicht so schnell aufgeben. Mein Bericht über die Leute von der Bauaufsicht und ihre Notizen hat ihn beunruhigt. Ich solle mich endlich entschließen, was ich mit der Asche des Verschiedenen mache, sonst könne er das Grundstück nicht auf mich umschreiben – und zwar bitte bald, denn wenn erst mal der Abrißbescheid da sei, würde ich noch viel weniger bekommen – stimmt, das Haus selbst ist fast gar nichts wert, aber so ist das, so ist das eben. Was, wenn es nicht so gekommen wäre, sondern anders. Wenn ich hiergeblieben wäre: Ich hätte Elchanan geheiratet und wäre mit dreiundzwanzig Witwe gewesen. Oder: Ich wäre sonnenverbrannt und heiser vom Staub durchs Land gezogen, hätte unverheiratet, mit großem Strohhut und Katze, die Erde von römischen Mosaiken weggepinselt. Dritte Möglichkeit: Ich hätte Schlomi geheiratet, wäre Professorin für alte Sprachen geworden. Wir hätten zwei Söhne und eine Tochter. Ein Sohn wäre in einem der Kriege gefallen. Oder ich wäre hiergeblieben, und eines Tages – Giora –

Plötzlich tut das alte Radio wieder. Das grüne Auge auf seiner Stirn flackert, übersetzt den Klang in Zyklopenlicht. Papas Blätter liegen auf der rechten Kommode – ich blättere nicht noch einmal in ihnen, aber sie liegen hier, beobachten mich mit Buchstabenaugen. *Wir sind doch beide aus demselben Dorf, erkletterten dieselben Bäume,* singt das Radio, und das grüne Auge blubbert, *wir träumten doch dieselben Träume, und heute schweigst du unterm Gras,* ein schönes Lied, es sticht ins Herz, früher haben sie auch immer angesagt, von wem der Text ist und wer es komponiert hat, aber das weiß man jetzt wohl schon, und sie hängen einen Song an den andern, *Zwar geh ich wieder tanzen, doch allein,* wer singt, unterdrückt ein Weinen, unterdrückt einen Schrei, kocht vor Schuldgefühlen, *Ich tanz allein, im Herz die toten Kameraden,* dieses Lied haben wir an jedem Gedenktag mit saurer Akkordeonbegleitung gesungen, direkt vor der Sirene, die immer genau um elf Uhr ertönte und bei der man trotzdem erschrak, sie begann entsetzlich, begann und endete wie ein echter Alarm, *Unser Lied bringt keiner zum Schweigen, unser Lied, es wird immer bestehn*, behauptet der Refrain im Radio, aber ich schalte es aus –

Dringend. Per Motorradboten. Das Gebäude ist einsturzgefährdet und nicht mehr bewohnbar, es muß abgerissen werden – sind die verrückt geworden? Rechtsanwalt Betzer ist nicht im Büro. Er ist bei einer Gedenkfeier. Ein Cousin von ihm ist im Libanon gefallen. Arlosora in der Stadtverwaltung erklärt mir, es sei ein Irrtum. »Aber ich bitte dich, nicht heute, weißt du was, bring mir das Schreiben mit, du kommst doch zur Gedenkfeier in der Schule? Du kommst nicht? Ach was, komm und bring es mit, ich werde auch dort sein, ich bringe dir das in Ordnung, aber nicht heute, nicht diese Woche – nächste Woche –«

Das Licht dampft, ist dickflüssig und klebrig. Ein Wachmann in der Uniform einer privaten Wachgesellschaft mit Funkgerät und Waffe öffnet mir das Tor zum Schulhof. »Sie wollen zur Gedenkfeier?« Ich nicke. »Seit wann wird das hier so bewacht?« – »Schon seit Jahren. Wo leben Sie denn? Und zur Zeit, wie man so sagt, um so mehr. Die Eltern zahlen dafür, daß hier den ganzen Tag ein Auto der Wachgesellschaft steht. Ich stehe nur heute am Tor, wegen der Gedenkfeier. An normalen Tagen gehe ich über den Schulhof und alle Stunde, anderthalb Stunden auch hinter dem Gebäude nachsehen. Wonach? Was weiß ich, Sprengsätze, Terroristen, glauben Sie mir, ich mache hier schon vier Jahre Wachdienst, was habe ich da nicht alles gefunden, Pullover und Pausenbrote, die die Kinder wegwerfen, das sind reiche Kinder hier, ihre Mutter macht ihnen einen Sandwich, und sie werfen ihn weg und kaufen sich diesen Dreck am Kiosk, nein, nein, sie dürfen das Schulgelände nicht verlassen, aber sie tun es trotzdem, sie klettern über den Zaun, kein Problem, ich sage Ihnen, wenn Terroristen die Schule stürmen wollten, das ist kein Problem, der Zaun hier bringt gar nichts, und ich, was kann ich schon machen, nur über Funk Hilfe rufen, das hier ist meine echte Waffe.« Er umfaßt fest sein Funkgerät, und plötzlich geht die Sirene los – sie ist hier verdammt nah – ohrenbetäubend – viel lauter als zu Hause – ein paar entferntere Sirenen schließen sich an, wie bei einem ansteckenden Weinen, ich stehe schon stramm, der Wachmann auch, auf dem Gehweg gegenüber erstarren drei Mütter und ein alter Mann, die Sirene schwingt sich auf einen gleichbleibenden Ton ein und hört nicht mehr auf, heult ununterbrochen, bis die gellenden Ohren ihr schon fast zustimmen, sich daran gewöhnen, daß sie hier in der Luft schwingt, lebensnotwendig wie Sauerstoff, eine Mischung aus Metall und Elektrizität, eine bittere, andauernde Präsenz, sie füllt Mund und Nase, geht die Luftröhre runter – aber jetzt schwillt sie ab, der Ton wird tiefer, dieses entsetzliche weinende Ausklingen, das dir ein Loch in den Bauch reißt, und die anderen in der Ferne schließen sich ihr an wie das Echo eines Echos eines Echos, als erster bewegt sich der Wachmann, ich warte noch einen Augenblick, bis sich auch die erstarrten Mütter bewegen, hier, die Mutter mit dem Baby beugt sich hinunter und hebt ihr Kind aus dem Wagen, es weint, und eine andere Mutter kommt schnell über die Straße zum Tor gelaufen. »Die Feier hat schon begonnen«, sagt sie schnaufend und fragt mich: »Können Sie mir bitte aufmachen?« – »Ich? Nein, ich habe keinen Schlüssel, hier gibt es einen Wachmann, warten Sie kurz, wo ist er denn jetzt?« Der Wachmann kommt aus seinem Häuschen gelaufen, hält weit von sich gestreckt ein Transistorradio, als sei es ein gelber Skorpion, damit wir es ihm abnehmen, damit wir hören, damit wir hinhören – noch ein Anschlag, in Hadera –

Ora, im Wohnzimmer, über das Radio gebeugt. »Hast du gehört?«

»Und was berichten sie noch?«

»Sechs Tote, dreißig Verletzte, achtzehn von ihnen Soldaten, erst jetzt bringen sie die letzten Toten weg.« Sie schaltet das Radio aus und richtet sich auf. »Ich rufe alle an und sage ab«, verkündet sie nicht mir, sondern Mottik, der aus dem Garten reinkommt, gefolgt von Avi. »Unabhängigkeitstag hin oder her – das ist kein Abend zum Feiern –«

»Ora, warte, Ora ...« Mottik trägt kurze Hosen, er ist verschwitzt, das gemähte Gras klebt an ihm, er hat gerade den Garten fertig vorbereitet, geht zu ihr hin, Avi ist schon festlich angezogen, gibt mir mit der Hand ein Zeichen, das ich nicht deuten kann – meint er, die Briefe sind fertig? Will er sie mir gleich geben? Sagt er: Hab noch etwas Geduld?

»Wieso warten? Worauf sollen wir noch warten? Ich rufe jetzt alle an und sage die Party ab!« Ora nimmt den Hörer, blättert mit der anderen Hand im kleinen Telefonbuch der Familie.

»Und was machen wir mit den ganzen Sachen, die wir eingekauft haben? Die Getränke, das ist kein Problem, aber das ganze Fleisch, ich habe es schon aufgetaut, und bei diesem Chamsin –« Mottik klingt entsetzt und verletzt. Er streckt die Hand aus, greift nach – dem Hörer? nach Oras Hand, die den Hörer hält? Ora dreht sich um, sieht, wie wir sie anschauen –

»Was geht ab?« Jinon kommt rein, in weißem Hemd, verschwitzt. »*Hi*, Ilil, *hi*, Avi, *hi*, Eltern, was ist los, wer ist tot?«

»Jinon!« Ora legt den Hörer aus der Hand.

»Mama will die Party heute abend absagen!« Mottik versucht, seinen Benjamin zu mobilisieren.

»Prima!« jubelt Jinon. »Dann nehme ich die Steaks mit zu meinen Kumpels!« Der Indianerkamm auf seinem glattrasierten Kopf macht ihn nicht häßlich, im Gegenteil, er gibt ihm was Exotisches. »Jeden Unabhängigkeitstag machen sie hier eine Feier, und dann singen sie diese Lieder aus dem Altersheim«, erklärt er mir grinsend.

»Ich finde, du solltest die Unabhängigkeitsfeier nicht absagen«, kräht Mechoras Stimme aus der Küchentür, »sogar in den Jahren der Shoah hat man hier Purim mit Verkleidungen und Purimball und *schlachmones* gefeiert, stimmt's oder hab ich recht, Avi!«

»Mama, jetzt laß mich bitte in Ruhe mit der Shoah!« Ora nimmt wieder den Hörer, reckt das Kinn nach vorn, spannt das Doppelkinn, imitiert mit nicht geringem Erfolg ihr Gesicht von vor fünfunddreißig Jahren, Ora von *No pasarán**, sie wird herumtelefonieren und absagen, wenn sechs Familien ihre Terroropfer betrauern, wird sie nicht zulassen, daß hier bei ihr, in ihrem Garten, bei Steaks und Bier gefeiert wird. »Was ist Adrianas Nummer?« fragt sie sich selbst, vielleicht auch mich oder Gilad und Vered, die gerade reinkommen.

»Wenn du die Unabhängigkeitsparty absagst, wäre das ein Sieg für unsere Feinde«, verkündet Oramama apodiktisch.

»Tod den Arabern! Tod den Arabern!« jubelt Jinon, fuchtelt mit den Fäusten in alle Richtungen, bis Vered eine seiner Hände festhält.

* Span.: Sie werden nicht durchkommen [Kampfruf der Antifaschisten im Spanischen Bürgerkrieg].

»Hör auf, du Spinner. Und geh sofort duschen, du stinkst ja!«

»Ich stinke? Entschuldige, entschuldige, entschuldige, daß ich überhaupt existiere – entschuldige, daß ich eine eigene Meinung habe – ich stinke wohl, weil ich eigene Meinungen habe, man hat ja keine Chance in dieser Kommune hier!« Er verneigt sich, lächelt und blinzelt mir zu, verläßt das Wohnzimmer, kommt zurück. »Gibt es wenigstens Warmwasser in diesem Haus?«

»Komm, mein Enkel, komm bei Oma duschen. Bei der Oma gibt es immer Warmwasser!« Oramama faßt ihn am Handgelenk, hebt seinen Arm, führt ihn aus der Küche, wie ein Ringrichter, der am Ende des Boxkampfs den Sieger verkündet.

»Dieser Junge ist der schlagende Beweis, daß eure Produktionslinie im Eimer ist«, sagt Vered zu ihren Eltern. »Ihr hättet nach dreien aufhören sollen –«

»Darf ich darum bitten, daß diese Kundgebung jetzt aufgelöst wird?« Ora nimmt wieder den Hörer ab. Gilad flüstert Vered zu: »Jetzt hast du's aber wirklich übertrieben.« Avi kommt zu mir und flüstert: »Ich habe die Briefe.« – »Schon übersetzt?!« – »Nur zwei, den dritten hat sie noch nicht geschafft. Ich habe ihr gesagt, wenn sie den heute abend noch fertig bekommt, soll sie ihn an Ora faxen.«

»Vielleicht sagen wir nur das gemeinsame Singen ab?« Mottik bekniet Ora, schaut uns dabei an. Avi schaut zu Ora und nickt. Ora gibt nach. Sie setzt sich in den Sessel, senkt den Kopf. Ihr gefärbtes Haar ist so schütter, daß es weh tut. Sie gibt sich geschlagen, Gilad geht rüber, um nachzusehen, warum bei Mechora die ganze Zeit der Wasserhahn tropft. Vered erklärt mir, ich müsse das richtig verstehen, für Papa sei das ein echter Schlag, das gemeinsame Singen abzusagen, er habe ein ganzes Jahr lang auf diesen Unabhängigkeitstag gewartet, er besitze Dias mit allen Texten der Lieder noch von vor der Staatsgründung. Und Avi verspricht mir, die übersetzten Briefe abends mitzubringen, erinnert Ora daran, daß ein Fax für ihn kommen wird, nicht für ihn, sondern für Loja –

Ich dusche bei offener Tür, und das grünäugige Radio singt so laut es kann, um bis zu mir hinter die Wasserfäden durchzudringen, *Ihr werdet uns nicht vergessen, die Kameraden von Bab-El-Wad*, fährt klagend fort, *die in den Panzerwagen den Weg sich erkämpften zur Stadt*, ich trockne mich schon ab, *Laß es doch geschehn, alles, was wir wünschen, ach, laß es doch geschehn*, ich gehe barfuß hinaus, um die Lautstärke etwas runterzudrehen, um die Nachbarn nicht zu stören, obwohl ich, seit ich wieder hier bin, noch keinen Nachbarn gesehen habe und diese Aufforderung heute auch nicht mehr im Radio gesendet wird, vielleicht sind inzwischen alle taub hier, *Unter dem Himmel des Mittelmeers*, klagt ein Lied, *Was wird uns das alles kosten*, und dann in ganz anderem Ton, viel energischer, *In weißem Hemd und weißer Bluse, wie einst in Kindertagen*, und ich, was ziehe ich jetzt an? Schwarze Hosen, schwarze Bluse, einen schmalen vergoldeten Gürtel und Sandalen, in dieser Hitze bloß Sandalen, aber wo sind die Sandalen nur, und wo bin ich, am Vorabend des Unabhängigkeitstags, in den Einheitshosen mit der weißen Pflichtbluse, ich zerreiße fast zwischen dem, der sich vor mir einen Weg durchs Gedränge bahnt, und dem, der meinen anderen Arm nach hinten zieht, bloß nicht loslassen, auch nicht mit den allerdurchgedrücktesten Armen, damit wir uns nicht verlieren in der Menge, die sich um die Bühne schart, und was jetzt, wer kann was sehen, man hört nur die Lautsprecher, und die schütten über uns einen verschnörkelten jemenitischen Gesang aus, aber die Menschenmenge und das Geschubse, jemand tritt mir auf den Fuß – *Freunde, hier bin ich geboren,* singen sie aus deinem Radio mit selbstgefälliger Stimme – Zum Feuerwerk! Das Gedränge im Dunkel, eine Wellenbewegung, drängele doch nicht so, wie soll das gehen, man kriegt kaum Luft, schaut, schaut, dort, schaut dort oben, eine goldene Palme entfaltet sich, blaue Chrysanthemen aus Licht explodieren, werden zu kristallenen Kronleuchtern, verblühen als Spinne aus Rauch, der Wind fegt sie weg, das war's, nein, noch nicht, unmöglich, das Allerschönste war noch nicht, das Allerschönste heben sie immer bis zum Schluß auf, und heute abend, wird es heute ein Feuerwerk geben, oder wird es keines geben? Morgen wird das Militär am Strand von Tel Aviv eine Parade für das Publikum veranstalten, mit Schiffen der Marine und Hubschraubern der Luftwaffe, man wird eine Rettungsaktion vorführen. *Niemals werden wir uns ergeben, schaut, wir sind am Leben, am Leben!*

Der Garten hinter Oras Haus liegt in völligem Dunkel, und er ist voller Menschen, schummriges Licht dringt aus halb mit Sand gefüllten Papiertüten, in denen jeweils ein Seelenlicht brennt. Das war Adrianas Idee, es ist sicherer und brennt auch länger als Teelichter. Schon, aber man kann doch nicht … Wieso kann man nicht? Wer ist denn das? Loja? Du bist in Israel? Habt ihr sie nicht am Laubhüttenfest bei Tikwa gesehen? Da war ich nicht dabei. Und wer ist das? Behira? Wie soll man hier was sehen, Ora hat hier eine echt ägyptische Finsternis geschaffen! Keine Sorge, gleich gewöhnt ihr euch daran, schaut doch mal, wie schön das aussieht, genießt es doch, ach, wie schön! Wie auf dem Friedhof ist es hier, und wer ist für das Fleisch zuständig? Der Herr des Hauses, wo ist der denn? Da in der Ecke, unter diesem gelben Stern. Dem Arcturus? Von mir aus, jedenfalls gehört er zum Sternbild des Hüters. Wen hütet der denn? Den Großen Bären? Du meinst bestimmt die Große Bärin, das hat noch keiner genauer untersucht, ob es ein Männchen oder ein Weibchen ist, zugegeben, dafür ist es ein bißchen weit weg. Wie weit? Der Arcturus? Etwa zweiunddreißig Lichtjahre. Das ist doch ein Katzensprung für uns, Chesi, steig in deinen Volvo, da fahren wir hin, aber warum hinfahren, der kommt von sich aus mit einer Geschwindigkeit von fünf Kilometern pro Sekunde auf uns zu. Was du nicht sagst, he, Leute, laßt mal kurz die Politik, hört euch diese Science-fiction an, wann wird der Zusammenstoß denn passieren, Herr Professor? Wer sagt, daß es einen Zusammenstoß geben wird? Die Chancen sind viel größer, daß er vorher stirbt. Wer stirbt? Dieser Stern da, der ist schon alt. Du nimmst uns auf den Arm! Nein, das sieht man an seiner Farbe. Na gut, dann zeig uns doch jetzt mal einen jungen Stern. Okay, dann schaut mal von Arcturus etwas zur Seite, da, seht ihr den da, diesen hellen? Das ist Regulus, das ist ein junger Stern. Und dieser gelbe da? Das ist Asad Australis. He, wir haben gesagt, heute abend keine Politik, also bitte, Leute! Keine Frage, Assad tanzt uns allen auf dem Kopf herum. So ein Quatsch! Fragt doch Nezach! Warum sollte ein Stern gerade Assad heißen? Auf arabisch bedeutet das: Löwe. Schaut mal, schaut mal, wo ist Assad? Da, über den Salaten! Wer hilft Mottik am Grill? Ihr habt es hier so dunkel gemacht. Komm, komm, setz dich hin, du gewöhnst dich gleich daran, und dann siehst du die Sterne. Wer ist das? Avi, Oras Schwager. Also, Nezach, erzähl weiter, wie weit ist dieser Assad von uns noch entfernt? Etwa 346 Lichtjahre. Wieviel ist das, so ein Lichtjahr? Sehr viel … Vielleicht kann man sich das besser so vorstellen: Das Licht, das wir in diesem Augenblick sehen, hat diesen Stern vor 346 Jahren verlassen. Loja, wo ist Loja?!

Sag uns mal, was vor 346 Jahren passiert ist! Chmielnickipogrom, Sabbatai Zwi, der Westfälische Frieden. Okay, okay, das reicht schon, wir haben's kapiert, du willst sagen, daß das Licht, das wir jetzt sehen, von diesem Stern ausging, als die Kosaken die Ur-ur-urgroßmütter unserer Großmütter vergewaltigt haben? Er will noch mehr damit sagen, mische ich mich ein, er will sagen, daß dieser Stern vielleicht schon tot ist, ja, gar nicht mehr da, kaputt, Friede-seiner-Seele. Warum sehen wir ihn dann noch? So wie wir ein Überschallflugzeug erst hören, wenn wir es längst nicht mehr sehen. Ich benutze Nachums Vergleich, den Vergleich meines toten Bruders, aber sie glauben mir nicht. Die verschaukelt uns doch, Nezach, oder? Ich hätte diesen Vergleich nicht gewählt, aber im Grunde hat Loja recht. Es kann sein, daß dieses ganze Sternbild, das wir gerade sehen, bereits gar nicht mehr existiert, was wir heute sehen, ist nicht das, was heute existiert, sondern das, was mal war. Was wir jetzt sehen, ist Geschichte, mische ich mich wieder ein. Jemand fällt fast auf mich drauf, wer ist das? Dubi. Fast wär ich in der Dunkelheit auf dich draufgetreten, von wem war denn diese Schnapsidee? Das ist wegen der Dias, für das gemeinsame Singen. Aber heute gibt's doch gar kein gemeinsames Singen. Warum nicht? Wegen des Anschlags! Ach deshalb, wer will was trinken? Was ist das? Kinley? Gut, reicht mal rüber. Ist Minale hier? Noch nicht. Sagt mal, wie geht es ihr denn? Nicht gut, zu Elchanans Gedenkfeier konnte sie nicht kommen. Ist es schon so schlimm? Das ist nicht nur der Krebs, sondern das sind auch die Anschläge, vor einer Woche Afula, heute Hadera, übermorgen werden sie uns hier das Kulturzentrum hochjagen! Nein, der nächste Anschlag wird in Jerusalem sein. Wer ist denn dieser Klugscheißer? Arlosoras Mann, der ist Orientalist. Der nächste Anschlag wird in Jerusalem sein, wiederholt die Stimme selbstgewiß, oder in Tel Aviv, jedenfalls an einem zentralen Ort, zum Beispiel im Dizengoff-Center. Und warum bitte nicht in Givataim oder in Holon? Weil die in Symbolen denken, Hadera ist das Symbol der frühen zionistischen Siedlungsbewegung, Afula die Hauptstadt der Jesreelebene, die wollen uns beweisen, daß sie uns mitten im nationalen Konsens treffen können. Du meinst mitten innerhalb der grünen Linie, sozusagen in der Milz? Ich meine das ernst. Wer will ein Steak im Fladenbrot? Ach, riecht das gut! Wer hat hier gerade Milz gesagt? Habt ihr schon mal Kalbsmilz gegessen? Hier ist ja Minale! Komm, komm, setz dich hierher, wie geht's dir? Ich hole mir jetzt ein Steak im Fladenbrot, und was ist mit dir? Nein, uns hat's schon den Appetit verschlagen, da sitzen so zwei Typen, Avi und wie heißt du? Aldema. Ja, und die beiden beschließen gerade, wo die nächste Bombe hochgehen wird. Wer ist das, Mottik? Nimm, nimm und iß, willst du auch ein paar Pommes? Ora, reichst du mal die Pommes rüber! Was kann ich dir geben, Minale? Gar nichts. Gar nichts gibt es nicht, also, was willst du, wir haben auch Salate. Leute, gebt mal einen Teller mit ein paar Salatproben rüber. Was für Salate es gibt? Alle haben was mitgebracht, wer steht denn gerade bei den Salaten? *You name it*, hier gibt es alles: griechischen Salat, türkischen Salat, russischen Salat, französischen Kopfsalat, Juden aller Länder vereinigt euch, gebt das mal an Minale durch, hierher, hierher! Ora, man sieht echt nichts in dem Dunkel, das ihr hier veranstaltet habt. Ratet mal, wer da gekommen ist! Los, sag mal was! Schalom euch allen! Wer ist das? Ist das nicht Schlomi Horowitz? *Scholem alejchem*, Schlom-Ami! Gesegnet, der da kommt in das Land der Gestraften! Wie lange gedenkst du, in unserem explosiven Land zu weilen, was, nur fünf Tage? Schade, dann bist du schon weg, wenn es im Dizengoff-Center den nächsten Anschlag gibt, und auch, wenn sie die Knesset hochjagen! Keine Sorge, ich kann das auf CNN verfolgen. Habt ihr das gehört? Auch wir werden es auf CNN sehen, stimmt doch, haben wir nicht auch den ganzen Golfkrieg auf CNN gesehen? Apropos Golfkrieg: Wir haben Neuigkeiten für dich, Schlom-Ami, siehst du diesen Stern da oben? Das ist Saddam! Nein, du Idiot, das ist nicht Saddam, das ist Assad! Assad, Saddam, Arafat, alles dasselbe, diese Araber, alles dasselbe, diese Sterne, setz dich, Schlomi, setz dich da hin. Schalom, Schlomi, sage ich. Loja? Du bist noch im Land? Er umarmt mich unbeholfen, Stuhllehnen stehen zwischen uns. Dann bist du zurück? *For good?* Komm, komm, wir suchen uns ein helleres Eckchen, laß dich anschauen. Wir stehen auf, gehen ins Haus, die Küche ist hell erleuchtet, Avi steht dort und macht Kaffee, man muß die beiden nicht bekanntmachen. »Wie geht's deinem Vater?« fragt Avi. »*On and off*«, antwortet Schlomi, sogar im tödlichen Neonlicht ist er noch immer ein sehr schöner Mann, braungebrannt, gut erhalten von den hellen braunen, mit Silberfäden durchwirkten Haaren bis zu den Fingerspitzen, Professor für Jiddisch an einem College in New Jersey, wer hätte das gedacht, der schmale, immer verschnupfte Schlomi, verheiratet plus zwei, betrachtet mich mit einem amerikanischen Lächeln, aber ich lese in seinen Augen die Enttäuschung: Ich bin dicker und älter geworden. – »Gut siehst du aus«, lügt er. – »Du auch.« Ich sage die Wahrheit. – »Willst du die Briefe jetzt? Ich habe sie hier.« Avi geht aus der Küche, kommt zurück, nachdem ich Schlomi erklärt habe, worum es geht, reicht Avi mir zwei zugeklebte Briefumschläge. Nein, die sind nicht per Fax gekommen, seine Assistentin hatte noch etwas im Büro in der Uni zu erledigen und hat sie ihm dort hingelegt.

»Willst du sie hier lesen? Jetzt?« Avi staunt.

»Vor Schlomi habe ich keine Geheimnisse«, sage ich lächelnd und öffne den ersten Umschlag.

Avi beobachtet uns aus der Küchentür. Eifersüchtig? Hoffentlich. Ich schaue zu ihm rüber und warte. Er versteht und verschwindet, ohne ein Wort zu sagen –

Mir gegenüber, einen Meter entfernt, Schlomis schöne Augen. Das Kinn auf die Faust gestützt, prüft er mich. »Als wir Kinder waren, war ich total verrückt nach dir«, sagt er. Ich lächele und ziehe die beiden Blätter, Original und Übersetzung, aus dem Umschlag –

1. 5. 1951
Meine Lieben,
wenn Ihr diesen Brief findet, werdet Ihr verstehen, daß ich vom Aufmarsch zum 1. Mai nicht mehr zurückkommen werde. Ich will in den Kibbuz Kfar Masaryk fahren und mich den Genossen anschließen, die in die Tschechoslowakei zurückkehren. Ich würde nicht wegfahren, wenn ich nicht wüßte, daß Ihr gute Väter sein und Loja und Jan mehr geben werdet, als ich ihnen je geben könnte. Ich konnte mich nicht zwischen Euch entscheiden, und ich konnte auch nicht in Eurem Land bleiben, das leider in Euren Augen momentan die einzige Option ist. Ich mache Euch keinen Vorwurf. Wäre nicht der Krieg gewesen, hättet auch Ihr gesehen, daß der zionistische Staat den imperialistischen Interessen Amerikas dient, daß er eine einzige Korruption ist, eine-Hand-wäscht-die-andere. Nach allem, was Bertscho hier passiert ist, hättet doch auch Ihr erkennen müssen, daß die Zionisten hier nach ebendem Modell von Vitamin B weitermachen, das schon in Terezín üblich war! Aber es hat keinen Sinn, unsere fruchtlosen Diskussionen zu wiederholen. Ich hoffe, daß in ein paar Jahren wenigstens einer von Euch aus dem zionistischen Taumel erwachen wird und in die Tschechoslowakei zurückkehrt und den Sohn, die Tochter mitbringt.

Ich werde versuchen Euch zu schreiben, sobald ich eine feste Adresse habe.

Schützt die Kinder vor Eurer furchtbaren Sonne – M.

Mein Mund ist ganz trocken. Ich hebe den Blick zu Schlomi.

»Das ist der Abschiedsbrief von meiner Mutter – sie ist zurück in die Tschechoslowakei gegangen – sie ist gar nicht tot!«

»Wer hat dir denn gesagt, daß sie tot sei?!« Schlomi klingt schockiert.

»Alle haben gesagt, sie sei ›gegangen‹ – du weißt doch, so hat man von denen gesprochen, die gestorben sind: Sie sind in der Shoah gegangen – sie sind durch den Schornstein gegangen.« Ich bekomme keine Luft mehr. Meine Hände, merke ich, pressen gegen meinen Mund, meine Daumen krallen sich in meinen Hals –

»Trink was, Loja, trink was«, sagt Schlomi an meiner Seite, hält ein kaltes Glas an meinen Handrücken. Ich greife nach dem Glas. Meine Hand zittert.

»Nimm einmal tief Luft«, Schlomi übersetzt aus dem Englischen, »und laß sie wieder raus.« Ich trinke nur einen Schluck. Mehr geht nicht.

»Schlomi, ich habe eine Mama.« Ich reiche ihm den Brief. Er setzt sich mir gegenüber, liest interessiert. Hebt seine rauchgrauen Augen.

»Loja – dieser Brief ist von 1951.«

»Aber sie kann noch am Leben sein – nein? Dein Vater lebt ja auch noch, Elchanans Eltern leben noch, Oras Eltern, sogar die Großmutter von Mottik und Avi –«

»Hast du vielleicht noch einen neueren Brief als diesen hier?« Schlomi beugt sich zu mir, mit einem sanften Blick, der mich plötzlich an seine Mutter erinnert.

»Ich habe noch einen.« Ich öffne den zweiten Brief, obwohl ich weiß, obwohl ich mir sicher bin, der ist nicht von ihr –

5. 5. 1953
Lieber Ota,
ich schreibe dir auf Milenas Bitte hin. Ich weiß nicht, wann dieser Brief dich erreichen wird, denn er wird in der Schweiz abgeschickt werden. Vor zwei Wochen habe ich Milena in Prag getroffen, und obwohl sie sich nicht mehr an mich erinnert hat, habe ich sie erkannt und bin stehengeblieben, um zu fragen, was sie in der Tschechoslowakei macht und wie es dir geht, dort im heißen Palästina. Milena sah sehr müde aus und erschrocken, auf der Straße wollte sie nicht reden. Schließlich war sie bereit, mit mir einen Spaziergang in einen kleinen Park zu machen, und dort erzählte sie mir zwischen Kindergeschrei und Hundegebell, daß die Polizei sie direkt nach ihrer Rückkehr hierher wegen Kontakten mit zionistischen Elementen festgenommen hat. Nach schlimmen Verhören, die anderthalb Jahre dauerten, hat man sie freigelassen. Aber sie fürchtet die ganze Zeit, daß man sie wieder festnimmt, sie spürt, daß man sie überallhin verfolgt, sie wagt es nicht, einen Brief nach Israel zu schreiben, weil sie Angst hat, man würde das als Vorwand für eine weitere Festnahme nehmen. Sie hat mich gebeten, Dir und Herrn Dolochowski zu schreiben und Euch mitzuteilen, daß sie wieder in ihrem Beruf arbeitet, daß sie soweit zurechtkommt, und sie bittet Euch, den Sohn und die Tochter ihrer Liebe zu versichern. Sie bittet Dich, zunächst keinen Kontakt mit ihr aufzunehmen – die Zeiten sind nicht leicht, und jeder Versuch in dieser Richtung könnte sie wieder in Schwierigkeiten bringen. Es tut mir leid, hat sie gesagt. Sie verspricht, Kontakt mit Euch aufzunehmen, sobald »der Himmel wieder himmelblau ist«. Ich füge noch hinzu, daß ich selbst mit einem Bergbauinge-

nieur verheiratet bin und wir zwei gesunde und schöne Söhne haben. Ich hoffe, wir sehen uns irgendwann einmal –
»Mutter von Max«

»Schlomi!« Ich spreche mit geschlossenen Augen.

»Soll ich dir einen starken Kaffee machen?«

»Gut.«

»Ist der Brief von deiner Mutter?«

»Nein, der Unterschrift nach ist der wohl von der ersten Frau meines Vaters.«

»Und was schreibt sie?«

»Daß meine Mutter festgenommen wurde, sie war anderthalb Jahre in Haft – mein Vater würde das Ironie der Geschichte nennen: Israel hat sie wegen ihres Kommunismus verlassen, und in der Tschechoslowakei hat man sie wegen des Zionismus festgenommen –«

»Hör mal«, Schlomi reicht mir den Kaffee, steht hinter mir, massiert meine verkrampften Schultern, »wenn man die Prager Prozesse und das alles bedenkt, dann sind die Chancen minimal, daß deine Mutter noch lebt.«

Ich bekomme keine Luft.

Ich stehe auf. »Schlomi, komm, laß uns rausgehen!«

Wir gehen wieder hinaus zu *Mit rasselnden Ketten rollen die Panzer hinaus durch das große Tor* in Mottiks lauter und schöner Stimme, also doch ein Abend mit gemeinsamem Singen, *Wir dürfen nicht aufgeben, uns wird's auch morgen geben*, nach dem Licht in der Küche bin ich beinah blind, wo ist Ora, ich muß ihr das erzählen, vorher saß sie zwischen Minale und Adriana, aber in dem singenden Dunkel, *Wir sind doch beide aus demselben Dorf*, wo ist sie, da, da, Hände des Dunkels recken sich zu mir, paß auf, du siehst nicht, wo du hintrittst, nein, ich sehe noch nichts, nur ein hingebungsvoll singendes Dunkel, das sich bewegt, wer hat wohl entschieden, daß trotzdem gesungen wird, *Er kannte ihren Namen nicht*, singen sie jetzt, *er sah nur ihren schwarzen Zopf*, wo ist Ora, da, da am Rand, im Lehnstuhl neben Minale, ja, ich sehe sie, ich bahne mir einen Weg. Ora singt mit heiserer Stimme, Minale auch. Ora, sage ich, beuge mich über sie, ich habe keine Chance, wenn sie einmal mit dem gemeinsamen Singen anfangen, ist es wie in der Synagoge, sie können nicht mehr aufhören, und man darf auch nicht stören, wenn du den Text nicht kennst, dann summ eben mit geschlossenem Mund mit, und wenn du falsch singst, dann mach nur die Mundbewegungen und sei still. Ora, ich packe sie an der Schulter, mein Gesicht ist nahe an ihrem, ich habe eine Mama, will ich ihr erzählen, ich fliege nach Prag und werde sie finden, das weiß ich plötzlich, aber Ora faucht *Sss-Sss-Samsons Füchse*, wo haben sie bloß diese ganzen Lieder ausgegraben, sagen zwei, die an uns vorbeigehen, ich ziehe mir einen Schemel heran, setze mich Ora zu Füßen. »Ora, Ora, hör doch mal kurz, die Briefe –« – »Kann das nicht warten, Loja?« Sie unterbricht ihr Singen für fünf Worte und schließt sich wieder den Füchsen an.

Ich stehe auf. Ein appetitanregender Geruch steigt stark und reißend von dem verbrennenden Fett auf, das zu Rauch wird und das Licht der Sterne verdunkelt. Ich folge dem Geruch. Avi steht bei den Holzkohlen, dreht mit einer Hand die Fleischstücke um, in der anderen hält er ein prallgefülltes Fladenbrot, das gleich platzt, er beißt hinein, fragt mich mit vollem Mund: »Nun, Loja, hast du alle Rätsel gelöst?« »Fast«, antworte ich, spüre erst jetzt das freudige Jubeln in mir aufsteigen, ich habe eine Mama, stark wie Eisen, sie ist in den Rachen des Löwen zurückgekehrt, man hat sie festgenommen, verhört, wieder freigelassen. »Was hast du anzubieten?« frage ich Avi. »Steak, Rippchen, Würstchen, Hamburger.« »Gib mir einen kleinen Hamburger.« »Halt mal kurz!« Avi hält mir sein Fladenbrot hin, greift hinter sich, holt ein Fladenbrot, schneidet es mit dem Messer auf. »Hummus? Tahina? Krautsalat? Saure Gürkchen? Willst du mir nicht erzählen, was du in den Briefen entdeckt hast?« »Alles!« Ich habe Hunger, könnte die ganze Welt verschlingen, und Avi ist schnell, effektiv, reicht mir ein hochschwangeres Fladenbrot. »Nimm dir dort eine Serviette, das tropft bestimmt gleich!« Ich beiße einen Mundvoll ab, schon lang hat es mir nicht mehr so geschmeckt, diese Woche, noch diese Woche fliege ich nach Prag, ich bin mir ziemlich sicher, daß ich ihr die Pyxis mit deiner Asche mitnehmen werde, was meinst du, *Glaub mir, Kameradschaft im Kriege, die kann sonst keiner ermessen*, und einer, der nicht warten will, bis die Stelle kommt: *Liebe, geheiligt mit Blut, unser Herz wird sie niemals vergessen,* unterbricht: Genug, es reicht jetzt mit diesen Trauerliedern, der Gefallenengedenktag ist schließlich vorbei, der Unabhängigkeitstag hat seit ein paar Stunden begonnen, einige protestieren, aber der Anschlag, und andere pflichten ihm bei, er hat ja recht, heute sollten wir feiern, Mottik, sing doch mal ein optimistisches Lied aus jenen Tagen, und Mottik schmettert los *Es ist, Genossen, kein Märchen, ihr seht doch den Dornbusch, der brennt! Das Volk wird wieder zurückkehrn in die Wüste, die es schon kennt!* Und die Leute singen und klatschen mit, aber das Lied kommt nicht zu seinem Ende, es geht in einem Streit unter. Wie konnten wir nur den Sinai zurückgeben, wir sind doch Weicheier, Idioten sind wir! Was willst du denn? Sicherheit will ich, warte noch ein bißchen, dann geben wir auch noch die Westbank und den Golan zurück! Das werden sie nicht tun. Was heißt, sie werden das nicht tun, hast du nicht Peres reden gehört? Und Rabin? Ich schwöre euch, dieser Rabin, den bringt eines Tages noch einer um. So ein Quatsch! Ich bin gerade vom Reservedienst in den besetzten

Gebieten zurück, und was ich da von einigen Siedlern gehört hab, glaub mir, Baruch Goldstein haben sie zu einem Halbgott gemacht. Und, was schlägst du dann vor? Was ich vorschlage? Es reicht, Leute, genug für heute mit der Politik, heute feiern wir, wer will Kaffee, und wer will Tee, es gibt tolle Kuchen! Adriana steht auf, ein langer Schatten streckt dunkle Finger aus, an denen er abzählt: Josefa, was trinkst du? Bilu? Tee, okay. Anat, gar nichts? Mottik? Ruthi? Batscheva? Nezach? Arlosora? Du kannst meine Hand dazu haben, sagt Chesi, bietet ihr freiwillig seine Finger an. Jossi? Aldema? Schlomi? Ora? Aber Ora steht auf, jemand soll einen Krankenwagen rufen, Minale fühlt sich nicht gut, und dann Chesis Stimme: Ich habe ein Handy, wie ist die Nummer? Das Wählgeräusch. Ora, was ist die Adresse hier? Ja, es ist dringend, es ist sehr dringend – einen Moment, ich gebe Ihnen ihren Mann – wo ist Juda –

Viertel nach vier am Morgen. Perlenlicht läßt die Sägeblätter der Palmen schwarz erscheinen, milchiger Dunst liegt über den Totentüchern aus Polyäthylen. Dubček fliegt vor meinen Augen vorbei, mit seinem gezackten Klageruf, Hier-bin-ich, Hier-bin-ich, und zwei Henker antworten ihm mit gemessenem Gehüstel. Ich weiß noch immer nicht, was in dem Brief von 1968 steht – aber solange mir keiner deinen Tod mitteilt, lebst und existierst du. Und ich kann mit dir reden –

Wir haben nicht miteinander geredet, du und ich, niemals.

Was hätte ich dir sagen können, bis ich vier war – *maminko*, schau mal, *maminko*, es tut weh, *maminko*, trinken? Einmal bin ich hingefallen und habe mir das Knie aufgeschlagen. Du hast es mit sicherer Hand versorgt – Jod, Gazebausch, Pflaster – getröstet hast du mich nicht. Die Narbe habe ich noch.

Hier, schau! Ich erinnere mich nicht an dein Gesicht. Nur an deine Hände, sehr flink und tüchtig, mit Sommersprossen. In welcher Sprache habe ich mit dir geredet – auf tschechisch? Das ist bei mir ausgelöscht, bis zum letzten Wort, nur selten flattert da noch etwas, fällt ein Wort aus dem anhaltenden Dunkel –

Wen hättest du gewählt, wenn du nicht weggegangen wärst? Das finde ich nicht mehr heraus. Alle sind tot. Nur wir beide sind noch übrig – nichts haben sie mir von dir erzählt. Haben nur gesagt, du seist gegangen, und du bist tatsächlich gegangen, vielleicht haben sie ihre Wut über dein Weggehen ausgedrückt, indem sie dich von der Tagesordnung gestrichen haben, dich in einer gut gepanzerten Stille gefangenhielten, dich nie eine Option in meinem Leben werden ließen. Frag nicht nach Nachum, keine Ahnung, wieviel er wußte, wieviel er wissen wollte – mich jedenfalls hat keiner gefragt. Wer warst du? Ich muß mir noch mal Papas Aufzeichnungen anschauen, alle Stellen suchen, die mit M. zu tun haben – keiner von ihnen hat eine andere Frau an deiner Statt genommen, obwohl Papa in den letzten Jahren seines Lebens jemand in Jerusalem hatte – ich habe sie nicht gekannt, habe sie nur auf der Beerdigung gesehen, in der Trauerwoche kam sie mir ihr Beileid aussprechen, aber ich – du hättest mich sehen sollen: Sie haben die Gemeindeschwester gerufen, den Arzt, die Polizei, Davidi – für dich Dolochowski. Aber Bertscho, so hast du ihn genannt, nicht wahr? Bertscho ist dir treu geblieben, bis zu seinem letzten Atemzug – oder was weiß ich –, ich weiß nur, daß er nicht wollte, daß ich das Haus verkaufe, daß ich es ausliefere, daß ich aufstehe und weggehe. Wenn ich gewußt hätte, daß du eine Option bist, hätte ich dann einen Weg gefunden, zu dir zu kommen? Sie haben mich als Waise aufgezogen. Sie haben mir keine Wahl gelassen, haben mich einfach vor vollendete Tatsachen gestellt – aber wer hat in dieser ganzen Geschichte überhaupt eine Wahl gehabt, auch sie wurden vor vollendete Tatsachen gestellt – nur du nicht, nur du hast gewählt, du hast gewählt, dich anzuschließen, dich zu trennen, zu fahren, zurückzukehren – *Wo ist meine Heimat?* Die tschechische Nationalhymne. Haben sie dich da wieder festgenommen? Haben sie dich vor ein Erschießungskommando gestellt? Und du willst nicht, daß man dir die Augenbinde anlegt, du schaust ihnen in die Gewehrläufe und singst *Die Internationale*?

Nein, noch nicht.

Wir haben uns gerade erst kennengelernt, da kannst du mir jetzt noch nicht sterben.

Ich sitze auf Davidis Bett. Durchs offene Fenster sieht man das umgepflügte Feld und am Ende, zwischen Erde und Himmel, das dichte, dunkle Stickwerk des Orangenhains. Er stirbt, aber auf der Schwelle seines Todes schickt er mir noch eine scharfe Erinnerung an den Duft, den er an einem Chamsintag noch immer von sich geben kann – was werden sie mit ihm tun?

Ihn mit Bulldozern plattmachen, so wie das Haus von Papa und mir, bis heute war ich nicht in dieser Straße, habe nicht nachgeschaut, was auf den Trümmern unseres Hauses entstanden ist – Josefa hat mir erzählt, sie hätten da eine Villa im mediterranen Stil hingestellt. Papas Aufzeichnungen liegen auf der rechten Kommode. Der Wind aus dem Orangenhain blättert in ihnen, gleich wird er mir Früheres und Späteres durcheinanderwirbeln, ich muß etwas zum Beschweren holen, hier, aus dem Biedermeier: die eiserne Anat.

Hätte ich gewußt, daß du lebst, hätte ich vielleicht nicht alles zerbrochen, weggegeben, verkauft, wäre nicht weggefahren, im Grunde ganz ähnlich wie du, aber wie hätte ich überhaupt wie du sein können, wo ich doch gar nichts von dir wußte –

Das Licht ist noch sehr schwach. Mir ist kalt, aber das ist nur die Müdigkeit, die ganze Nacht habe ich nicht geschlafen, mir ist kalt, hörst du, auch wenn du mir sagen wirst, hier sei es nicht kalt, der Winter sei kein Winter, der Wald kein Wald, die Berge seien keine Berge, alles sei ziemlich dürftig und armselig, außer der kaiserlichen Sonne, die uns mit ihren feurigen Lanzen schon ab fünf Uhr morgens aufspießt – das Licht nimmt zu, mit ihm die Vogelschar. Wir haben im Garten Henker, Mafiosi, polnische Tanten und einen bunten Vogel, der im Profil wie Dubček aussieht und mich jeden Morgen weckt – hattest du das Glück, den Prager Frühling mitzuerleben? Oder hast du da im Hungerstreik dahinvegetiert, vielleicht wurdest du auch unter den Raupen der sowjetischen Panzer zerquetscht, als du wieder auf die Straße gingst, demonstrieren, protestieren, für Gerechtigkeit kämpfen – Göttin-Anat, plötzlich ist mir klar, warum und wer: Davidi hat all die Jahre mich angeschaut und dich gesehen –

Hör zu. Heute ist der Unabhängigkeitstag des zionistischen Staates, über den hast du deine Meinung bestimmt nicht geändert, ich kann deshalb erst morgen zum Reisebüro gehen und ein Flugticket nach Prag bestellen – es gibt jetzt Direktflüge, in ein paar Stunden kann ich in deiner Nähe sein, deine Adresse herausbekommen, durch Terezín streifen, das Haus finden, in dem du gewohnt hast, versuchen herauszubekommen, wo die Kasernen waren, von denen Papa schreibt, wo die Gleise langgingen, wo das Krankenhaus war, in dem du gearbeitet hast – wo dein Grab ist. Es würde mich nicht wundern, wenn auch du gewählt hättest, zu Asche und gemahlenen Knochen zu werden, wie Davidi. Ich werde dir die Pyxis mitbringen, werde sie auf dein Grab stellen oder neben deine Urne, wie Abaelard und Héloïse – das gefällt dir nicht, aber die Toten, *maminko*, die haben kein Rederecht, solange du gelebt hast, hast du gemacht, was du wolltest – jetzt bin ich dran –

Telefon. Um sechs Uhr früh? Bestimmt falsch verbunden. Ich nehme nicht ab. Aber es klingelt noch mal. Vielleicht ist es Chedwa, zurück aus dem Urlaub – warte, wenn sie erst hört, was ich ihr zu erzählen habe –

»Loja?«

»Ora?! Was ist passiert?«

»Habe ich dich geweckt? Tut mir leid – hörst du, ich bin im Krankenhaus, in Tel Haschomer, Minale ist vor einer halben Stunde gestorben, Juda ist zusammengebrochen, ihr Sohn weiß es noch gar nicht, und jetzt muß man das alles organisieren –«

»Ich komme, wo finde ich dich?«

»In der Eingangshalle, neben dem Hotel, neben dem kleinen Ladenzentrum, da ist ein Taxistand, das kannst du nicht verfehlen –«

Das Taxi fährt durch die heller werdenden leeren Straßen. Meine Augen brennen vor Schlaflosigkeit, sind randvoll mit einer schweren Flüssigkeit, von der ich nicht weiß, ob es Trauer, Bedrückung, Wut oder Ungeduld ist, Minale ist tot, Minale ist tot, noch vor ein paar Stunden habe ich ihr ein Glas Mineralwasser gereicht, und jetzt ist sie tot, sie war nie eine nahe, geliebte Freundin, aber wenn die Kindheit das Mosaik eines Gesichtes ist, dann ist sie wohl die Pupille, der kleine schwarze Stein –

Ora wartet auf mich am Eingang der Halle. Ihr Gesicht ist grau. Die Augen sind geschwollen. Das schüttere Haar steht in störrischen Strähnen ab, ich laufe auf sie zu, und sie umhüllt mich, groß, warm, weich, mit einem Geruch von Rauch und Chanel N° 5, schließt ihre Arme um meine Schultern und zittert. Weinen tut sie nicht.

Nach all dem Organisieren klingelt ihr Handy, es ist Mottik: Oras Vater hat sich nicht gut gefühlt, er hat ihn ins Ichilov-Krankenhaus gebracht, zusammen mit Mechora, natürlich, Avi ist bei ihnen. Wir sitzen auf einer Holzbank in dem Innengarten, eingeschlossen von Betonmauern und kranken Fenstern. Ora trinkt einen Kaffee aus dem Automaten. Die halbaufgegangene Sonne ihrer Augen verliert sich in einer rötlichen Schwellung, umgeben von grauen Ringen. »Man muß es Elchanan sagen, er ist mit seinen Freunden an den Strand von Palmachim gefahren, und man muß festlegen, wann die Beerdigung ist, wußtest du, daß ihre Mutter noch lebt?« Oras Blick schwebt über ein paar Schattengewächse, Kiesbeete, Beton. Ich beobachte sie. »Willst du nicht nachfragen, wie es deinem Vater geht? Hier ist ein öffentliches Telefon.« Ora schüttelt den Kopf, zeigt auf das Handy, das aus ihrer Tasche ragt. »Vered hält mich auf dem laufenden.« »Machst du dir keine Sorgen?« taste ich mich vor. »Mein Vater ist fünfundachtzig.« Ora starrt auf den Kies. »Irgendwann muß der Mensch auch an was sterben.« »Und deine Mutter?« frage ich, will wissen, wie alt sie ist. »Meine Mutter, die wird nie sterben –« Ora kämpft plötzlich gegen ein trockenes Weinen, hustet, der Kaffee schwappt aus dem Becher auf ihre Hose. Ich nehme den Becher, bis sie fertig gehustet hat. Sie holt ein Papiertaschentuch aus der Tasche, putzt sich laut die Nase, sucht noch eins.

»Loja«, sie hebt den Blick zu mir, als sähe sie mich zum ersten Mal, »ich habe das völlig vergessen«, sie reicht mir ein zusammengefaltetes Blatt. »Dieses Fax ist bei uns angekommen, das ist für dich.«

»Hast du's gelesen?« Ich nehme das Blatt aus ihrer Hand. Oras Augen werden rund vor Staunen, sie ist fast beleidigt – nur ihr nehme ich es ab, daß sie noch nicht einmal einen Blick darauf geworfen hat, und genau das macht es mir in diesem Moment nicht leichter.

Ich nehme das Blatt aus ihrer Hand und starre es an. Dein Tod erwartet mich, dreigefaltet. Aber noch nicht.

»Willst du's nicht lesen?« Ora hat sich wieder gefangen, jetzt beugt sie sich vor, stützt die Ellbogen auf die Knie, schaut mich mit schiefem Kopf an.

»Ich lese es zu Hause«, sage ich und stecke das Blatt in die Handtasche.

Zwika, Judas Bruder, hat uns die weiteren Prozeduren abgenommen. Wir gehen ein Stockwerk höher, schauen, wie es Juda geht. Er schläft. Chanoch, Zwikas Sohn, ist mit dem Motorrad nach Palmachim gefahren, um es Elchanan zu sagen. Ora und ich fahren mit ihrem Auto zurück in die Siedlung. Opa schläft, verkündet Vered übers Handy. »Ein wunderbares Mädchen«, sagt Ora, »was würde ich ohne sie tun.« Sie fährt langsam, ihr ist klar, daß sie müde und unkonzentriert ist, und vielleicht versucht sie auch einfach die Rückkehr nach Hause so lang wie möglich hinauszuzögern – Avi bringt Mechora in seinem Auto zurück, Vered bleibt bei ihrem Großvater –

Sie fragt mich nicht nach den Briefen – ihr Jetzt ist ausgefüllt mit neuen Nöten. »Danke, daß du gekommen bist.« Mir zuliebe kramt sie aus ihren dunklen Sorgenwinkeln ein Lächeln hervor, setzt mich in der Rosmarinstraße ab. »Ich rufe dich an und sage dir, wann die Beerdigung ist.« »Kann sein, daß ich dann nicht hier bin, ich fliege nach Prag«, sage ich schnell, um spätere Überraschungen und Mißverständnisse zu vermeiden. Ora kneift erst die Augen zusammen. Dann die Lippen. »Kannst du das nicht verschieben?« fragt sie im Ton einer Klassenlehrerin. »Nein, das läßt sich nicht verschieben.« Ora seufzt, schüttelt wie ihre Mutter verständnislos den Kopf. »Ich gebe dir trotzdem Bescheid.« Sie läßt mir noch ein Türchen offen und fährt weiter –

Und jetzt dein Tod.

Wer wird uns wohl über ihn informieren? Wieder die Mutter von Max? Max ist schon lange tot – sogar Argos, der Hund von Odysseus, ist nach zwanzig Jahren gestorben –

25. 2. 1968
Lieber Bertscho,
letzte Woche bin ich aus fünfzehn Jahren Haft entlassen worden, wegen regimefeindlicher Umtriebe. Doch inzwischen weht hier ein anderer Wind, und ich nutze die Gelegenheit, Euch ein Lebenszeichen zu schicken. Bei Otas erster Frau erwarteten mich ein paar Briefe von den Freunden aus Kfar Masaryk, darunter auch Dein Brief, in dem Du mir von Otas Tod berichtest. Es tut mir sehr leid um ihn. Er hätte eine Frau verdient gehabt, die ihn mehr liebt, und ein besseres Leben.

Wie geht es Loja und Jan? Ich würde sie gerne sehen, sie kennenlernen, mit ihnen reden. Ob Ihr drei hierherkommen könnt? Oder, wenn Du nicht bereit bist, nur der Sohn und die Tochter? Der Tochter kann ich ein Zuhause anbieten, und wenn schon nicht meine Mutterschaft – da mache ich mir nichts vor –, dann doch eine nahe Freundschaft, so hoffe ich –

Ich bitte Dich inständig, daß Du die beiden auf die Begegnung vorbereitest. Und mich auch: Schick mir Fotos, erzähl mir von ihnen, was mögen sie, was machen sie, haben sie schon geheiratet – in ein paar Monaten, wenn ich besser aussehe, schicke ich ein Foto von mir, ich will sie nicht erschrekken.

Ich wohne wieder unter meiner alten Adresse in Terezín. Prag konnte ich nicht ertragen: der Krach, der Verkehr, das Gedränge – nach so vielen Jahren im Gefängnis brauche ich eine ruhige und vertraute Umgebung – und Terezín sieht fast noch aus wie vor dem Krieg.

Und wie geht es Dir, mein lieber Bertscho? Du hast bestimmt geheiratet und mit deiner neuen Frau weitere Kinder. Auch die würde ich gern kennenlernen. Milena Hruzová

Die alte Adresse? Auf dem Umschlag. Der Umschlag ist bei Avi, und der hat ihn wahrscheinlich seiner Assistentin gegeben – Avi ist in der Uni oder bei Ora oder schon zu Hause – keine Angst, ich werde dich finden, tot oder lebendig

Und dann werden wir ja sehen.

Noch immer fährt man mit einem Bus bis zur Maschine. Am Fuß des Flugzeugs junge Stewardessen, sie sehen ungepflegt aus, ihr Lächeln wirkt beinahe natürlich, aber ihr Blick ruht anderswo. Mein Platz ist am Fenster, vor der Tragfläche, ein großer, schwerer Mann setzt sich neben mich und flucht von der ersten Minute an, er habe keinen Platz für die Beine, ich wende den Kopf zum Fenster. Die Sonne bricht sich in den Fensterritzen zu einer Chrysantheme aus Licht, die Stewardessen laufen herum, schließen mit wohlklingendem und entschlossenem Klicken die Gepäckfächer, suchen mit gesenktem Blick lose Sicherheitsgurte, noch ein Moment und noch einer, das Flugzeug bebt vor Wut, sammelt Kräfte zum Abheben, fährt auf der Rollbahn, langsam, schwer, wie eine Ente, aber der Start wühlt schon in seinen Eingeweiden, ich spüre ihn mit den Füßen, die sich krümmen, um das Flugzeug zu packen und hochzuheben, hoch in den blauen Himmel – flieg, Metall, flieg – ich wiederhole meine Beschwörung, flieg Metall, gegen alle Schwerkraft, flieg, und siehe da – wieder verpasse ich den wunderbaren Moment des Abhebens, das Flugzeug ist schon in Steillage, die grünen Felder ziehen sich sanft zurück, die Straßen werden immer schmaler, die Autos kleiner, die Häuser stehen in U-Form oder als Halbmond, Sonnenkollektoren schicken Diamanten in den Himmel, und hier ist schon der Sand, hier das große Spitzendeckchen des Meeres, das grüne Wasser versteckt seinen Schimmer, sammelt Gold, und schon ist da auch die gräuliche, zerfranste Watte – aus dieser Höhe sieht man deutlich, daß dieser Dunst Menschenwerk ist, erst weiter oben reines Himmelblau, das immer blauer wird, mit weißen Wolkenhainen und in der Ferne ein riesiger Cumulonimbus-Amboß aus gleißend weißem und hellblauem Marmor – »Frühstück?« »Nein danke.« Ich kann nicht, aber mein Nachbar spricht die Stewardess an, als sie zurückkommt. »Bringen Sie noch ein Frühstück, die Dame hat es sich anders überlegt.« Er lächelt, als er meinen erstaunten Blick sieht. »Es stört Sie doch nicht, daß ich esse, was Sie nicht wollen?« »Guten Appetit«, wünsche ich, nehme das gereichte Tablett mit dem passenden Gesichtsausdruck entgegen und reiche es an ihn weiter. »Alles ist hier für Zwerge bemessen«, beschwert er sich, »die Sitze, das Essen!« Er reißt ungeduldig die Alufolie auf und schaufelt, fast ohne zu kauen, das heiße Pilzomelett in sich hinein, erinnert mich an Eliot, einseinundneunzig mit lächelnden Grübchen angesichts meiner netto einssechzig, die Liebe zwischen uns kam für uns beide überraschend, vor mir hatte er nur sehr große, athletische Frauen gehabt, er selbst war mal Basketballspieler gewesen, beim dritten Treffen hat er mir Fotos von sich vor zehn Jahren gezeigt, als er in seiner ganzen Größe sehnig und muskulös gewesen war, schau, hatte er mich gedrängt, schau, was für ein Körper, so als wolle er mich davon überzeugen, daß das, was ich im Bett sehe, nicht er sei, sondern ein bedauerlicher Fehler, eine temporäre Störung, er hat es sich nicht verziehen, daß er zugenommen hatte, und mir, mir gefiel gerade dieses abgewetzt Teddybärenhafte an ihm, die Jahre hatten ihm gutgetan, dachte ich mir, gut, daß er dick geworden war, weniger selbstverliebt, weniger hochmütig, besser geeignet für die Liebe, was hatte er nicht schon alles versucht: Vegetarismus und Algenkapseln, Trennkost, Weightwatchers und Akupunktur, und jedesmal hatte er zehn, zwanzig Kilo abgenommen und dann wieder zugelegt, er schickt alles zum Teufel, sucht ein gutes Restaurant für uns aus und verschlingt mit Genuß und Begeisterung beeindruckende Mengen, sagt mir, ich würde wie ein Vogel essen, und ich lege auf seinen Teller, was ich auf keinen Fall mehr essen kann, keinen Krümel mehr, und er verschlingt es, wischt sich den Mund, der Teller ist sauber, nie habe ich ihn glücklicher gesehen als vor und während und nach einem Essen, schon bei der Auswahl des Restaurants fing es an, bei der telefonischen Tischbestellung, der Überlegung, was anziehen, und dann das Eintreten in ein vor Kerzenlicht knisterndes Dunkel, die leisen Kellner, der kundige Dialog mit ihnen, das Händereiben, das strahlende Lächeln eines Kindes, wenn es ein Geschenk auspackt. Nach dem Essen konnte er dann vorschlagen, daß wir zu einem Aussichtspunkt fahren, um die Landschaft mit den nächtlichen Lichtern zu sehen, oder in eine Mitternachtsvorstellung gehen, nur für das Liebesspiel hatte er keinen Sinn und keine Lust, er pflegte mich in eine warme Umarmung zu hüllen und zufrieden bis zum nächsten Morgen zu schlafen, und dann stellte er sich auf die Waage und haßte sich, laß mich so was nicht tun, hatte er mich gebeten, fast von mir gefordert. Nur einmal versuchte ich, seiner Bitte nachzukommen, ihn zu überzeugen, daß wir nicht ausgehen, er solle sich mit Omelett und Salat zufriedengeben. »Noch ein Brötchen, auch für die Dame«, sagt der Bär neben mir zur Stewardess. Aber er nahm es mir übel, verlangte, daß ich ihn so liebte, wie er war, schau, mir fehlten nach seinem Geschmack zwanzig Zentimeter an Länge, was kann man machen, keiner ist perfekt – jetzt leg die Sache endlich auf den Tisch, hatte Chedwa gesagt, das nagt an dir schon mindestens ein Jahr – und ich hatte ein Restaurant mit grauen Samtvorhängen, elfenbeinfarbenen Tischdecken, langen Kerzen in Silberleuchtern gewählt, um Eliot zu fragen, was mit uns werden solle. Ich bin schon neununddreißig, erinnerte ich ihn und haßte mich selbst. Ich konnte nicht glauben, daß ich schon neununddreißig war. Und ich liebe dich, sagte Eliot und lächelte mit geschlossenem Mund, er kapierte nicht, daß dies vielleicht unser letztes Gespräch war. Schmeckt es dir nicht? Nachdem er das halbe Essen verdrückt hatte, bemerkte er, daß ich nichts anrührte. Nein, es schmeckt mir nicht, sagte ich mit einer Stimme, die seine volle Gabel auf halbem Weg zum Mund stoppte. Und kann das Was-auch-immer-es-ist nicht bis nach dem Essen warten? Ich nickte stumm aus Angst, laut zu werden oder, wie im Film, ihm ein Weinglas ins Gesicht zu schütten. Ich saß ihm gegenüber und beobachtete ihn, wie er aß, fleißig, mit Hingabe, fast wie der Bär neben mir, solchen Typen kann nichts den Appetit verderben, soll er doch an diesem Bissen ersticken, aber Eliot aß weiter, ich gehe mir die Nase pudern, verkündete ich, stand auf, nahm meine Tasche und ging auf die Toilette, und dort in dem großen Spiegel sah ich eine kleine saure Loja, wie sehr willst du wirklich zu diesem Schwein zurück, das sich da gerade zu Tode frißt, fragte ich mich, und ich wußte die Antwort, ich gehe einfach nicht zurück, ich verlasse die Toilette, gehe an der Garderobe vorbei, nehme meinen Mantel und trete hinaus in die Nacht, winke mir ein Taxi – auf dem Rückflug nach Israel war ich bester Laune. Nach zwei Tagen im Avia-

Hotel hatte ich einen Flug nach Paris. Meinst du nicht, du solltest ihm das erklären? fragt mich Chedwa über der Türkei. Ich zuckte mit den Schultern. Er hat immerhin gesagt, er liebe dich, rief sie mir über Griechenland in Erinnerung. Ich machte den Kaffee heiß, sie wärmte die Brötchen. Du kennst sie nicht, diese Amerikaner kanadischer Herkunft, antwortete ich. Trotzdem überlegte ich: Sollte ich ihm schreiben? Mich erklären? Vielleicht mich entschuldigen? Noch an den Ufern der Seine setzte ich das Für und Wider fort. Es war ein schöner Tag, das Wasser schillerte wie geschmolzene Jade, die Häuser am Ufer gegenüber verschwammen in hellem Nebel. Seine Unbekümmertheit, sein Hochmut, seine Genußsucht, seine Unabhängigkeit – alles, was vor vier Jahren für ihn gesprochen hatte, hatte sich nun gegen ihn gewendet. »Danke«, sagt der Bär neben mir, streckt mir seine aufgedunsene Hand entgegen. »Jehuda Levizki.« – »Angenehm.« – »Ihren Namen habe ich nicht verstanden.« Er beugt sich zu mir. – »Ich habe ihn nicht gesagt.« Ich wende mich ab, zum Fenster –

Was gibt es im Fenster? Das Meer. Lichtsplitter und Lichtlinien auf einem gallertartigen, halbdurchsichtigen Blau und darauf eine Insel, ein braunes, samtenes Relief, umgeben von einem hellen Sandstreifen in einem wunderschönen Rahmen von Türkis und Lila. Ein winziges Schiff zieht zwei Kielwasserlinien und entfernt sich. Der Cumulonimbus-Amboß ist näher gerückt, rein und fest steht er da und wirft auf sich selbst einen zarten hellblauen Schatten –

Und ich fahre, ich fliege durch den Himmel, nicht mehr dort und noch nicht hier, bist du mal geflogen, *maminko*? Es würde mich nicht wundern, wenn nicht, wenn ich gewußt hätte, daß du lebst, hätte ich – nein, hör auf, hör auf damit, jetzt bau nicht solche Erwartungen auf, neben dir schnarcht der Bär mit offenem Mund, eine Stewardess läuft vorbei, schaut noch nicht mal, es ist eine andere Generation, die Stewardessen sind anders, von denen hätte sich keine um Jean-Jacques gekümmert, naß vor Angstschweiß, bleich, Entsetzen in den Augen, keine hätte gelächelt, um ihm zu versichern, daß dieses Flugzeug nicht runterfallen wird, Ehrenwort, seine Lippen hatten gezittert, ich fürchtete, er würde gleich anfangen zu weinen, aber nach drei Jahren wußte ich, das tat er nicht. Ich saß auf der Ecke meines kleinen Koffers, einen Meter von der Wohnungstür entfernt. Du hast noch zehn Stunden bis zum Flug, schimpfte Jean-Jacques verärgert, er wußte immer genau, wann ich startete, landete, seine Sorge zog sich wie ein Lasso immer enger um mich. Ich werde mir die Zeit bis zum Flug schon vertreiben, mach dir keine Sorgen um mich. Um dich?! Jean-Jacques verschränkte die Arme, um dich muß man sich keine Sorgen machen, du bist wie eine Straßenkatze, fällst immer auf die Füße, geh, geh, geh doch, seine Stimme wurde giftig, und ich beschloß zu gehen, bevor er zubiß. Ich stand auf, hob den Koffer. *Schalom*, verabschiedete ich mich auf hebräisch. *Schalom*, äffte er mich spöttisch nach und machte mir mit Schwung die Türe auf. Ich ging hinaus. Loja! Seine Stimme schloß sich um mich, aber ich drehte mich nicht mehr um. Ich winkte mit der Hand, irgendwas zwischen Schalom und Jetzt-laß-mich, und ging schnell die Treppe hinunter und von dort auf die Straße und von dort in die Métro und kam erst in der Nähe von Notre-Dame wieder ans Tageslicht, gönnte mir einen langsamen Spaziergang an der Seine, sah die langen Touristenboote auf dem graubraunen Wasser und fragte mich, aus welchem er wohl Alterman ins Wasser geworfen hatte, *nur scheinbar hat man dich von mir gerissen, jedoch in Wahrheit kehre ich zu dir zurück*, vielleicht hatte ich wirklich all die Jahre Giora gehört, und Jean-Jacques war nur eine Sackgasse gewesen, ein Navigationsfehler, ein Straucheln –

Ich ging am Seineufer entlang, zog das wackelnde Köfferchen hinter mir her, fühlte mich frei, spürte die Energie, die sich in der Körpermitte sammelte, wie das wütende Beben des Flugzeugs vor dem Start, ließ wie eine Eierschale alles hinter mir, was mich eingeengt, gebremst und mich glauben gemacht hatte, daß ich so sei und nicht anders, daß mir nicht zu helfen sei. »Etwas zu trinken?« flüstert die Stewardess, um den Bär nicht zu wecken. »Grapefruitsaft«, bestelle ich, Grapefruit hat sie nicht, vielleicht Orangensaft, gut, dann eben Orangensaft, sie schenkt mir ein, reicht mir den Becher, ihr Blick schwebt schon zum nächsten Platz, ich kehre zum Fenster zurück, Dorfsplitter kleben an Berghängen, trocken, bewaldet, saftig, grün, die Täler zerteilt in Rechtecke grüner und brauner Felder, ein sich schlängelnder Fluß, einen Moment silbern, einen Moment hellblau, eine Wolke wirft einen rundrandigen Schatten wie eine riesige dunkle Anemone, ich wußte nicht, was ich mit dir machen sollte, hatte mir Nachum gesagt, nachdem wir zum Rückflug gestartet waren, das hast du sehr gut gemacht, versicherte ich ihm, es war das einzige, was erprobtermaßen hilft, lächelte er, beim Fliegen kannst du nicht depressiv sein. Er tauchte ein in die Landschaft des Negev – kamelfarben, Kies, Kurkarstein, diesiges Licht, ein bloßliegendes Land, besteht nur aus Zähnen, Fingernägeln, großen knochigen Knien, ab und zu drängen sich messerscharfe Palmenkronen zusammen, wie eine erschrokkene Herde, und immer mehr trübes Beige, ein trockenes Land, runzlig, mit grauen Adern und Pigmentflecken, es wird immer blasser, scheidet Höllengerüche von Schwefel und Pottasche aus, wird mineralisch, stalagmitisch, später dann geronnene Wolken und riesige angefressene Pilze, ein Monster aus Salz und Chamsin funkelt in der Hitze mit plötzlichen Speerspitzen, atmet glühende Dämpfe aus, Sodom und Gomorrha, schreit Nachum nach hinten, neigt das Flugzeug, die Erde gerät in Schieflage, wird gleich runterfallen, sogar der Salzsee, der sich jetzt lila-türkis-blau zeigt, nur auf der Erde kriegt man Depressionen, schreit Nachum, eine Herde schwarzer Ziegen in der staubigen Hitze, ein verkohlter Hirte. Können wir weiter nach Norden? frage ich, packe Nachum an der Schulter, doch er schüttelt den Kopf. Warum nicht? schreie ich. Da ist die Grenze! Hast du die Karte vergessen? Er neigt das Flugzeug, biegt scharf nach Südwesten ab, nein, nein, das Hexenprofil, das von Osten in uns eindringt, hatte ich nicht vergessen, die gerümpfte Nase bei Latrun, den zahnlosen, eingefallenen Mund des Jerusalemer Korridors, in dessen Rachen die halbe Hauptstadt festsitzt, das markant hervorragende Kinn der judäischen Wüste. Beer Scheva, schreit Nachum mir über grauen Häuserblocks mitten in einer kamelfarbenen Wüste zu, ein paar Ziegen, ein paar schwarze Zelte mit spitzen Ecken wie Fledermausflügel, Nachum biegt nach Nordwesten, bringt die Felsenhügel in Schieflage, eine Straße, Autos. Hast du Angst? Nein, nein, ich habe keine Angst, wilde Freude füllt mich aus, ich weiß schon, was ich tun werde – ich werde alles tun, um die Welt aus einer Höhe von ein paar tausend Metern betrachten zu können. Gleich landen wir, schreit Nachum, und im Fenster nur das diesige Hellblau des Himmels und das glänzende Hellblau des Meeres – wie landen wir, wenn man nirgendwo landen kann? »Na, das war's dann, Gott sei Dank.« Der Bär ist aufgewacht, das Flugzeug senkt sich in die Wolkenwatte, schon umgibt uns das graue, feuchte Licht des Auslands, Sommer, draußen siebzehn Grad und leichter Regen, teilt der Pilot mit. *Sei herzlich willkommen* – wie geht das erste Gedicht in Bialiks Gedichtband – *Sei herzlich willkommen, mein lieblicher Vogel, aus heißen Gefilden, willkommen bei mir* –

Epilog

Feiner, stiller Regen, im dämmrigen Licht glitzern nur die feuchten Straßen und die Blätter der Bäume, eine niedrige Wolkendecke, das augenfreundliche graue Einheitslicht verbreitet etwas Depressives, wie soll man da wissen, ob es sieben Uhr früh oder ein Uhr mittags ist –

Im Büro des Verkehrsvereins nahe dem Václav-Boulevard – *Václavské Náměstí* nennen sie ihn, Wenzelsplatz, obwohl es eine breite doppelte Allee ist mit einem dichtbepflanzten Rechteck Blumen in der Mitte, sie führt auf einen kleinen Hügel, auf dem ein Heiliger zu Pferd steht, beide aus Bronze, und dahinter der Palast des Nationalmuseums – im Büro des Verkehrsvereins erfahre ich, daß es keine Zugverbindung gibt, was sie wohl mit diesen Schienen gemacht haben, aber mehrmals am Tag gebe es einen Bus von der Florenc-Station, ich solle etwas früher dasein und mir am Schalter eine Fahrkarte kaufen, die Fahrt dauere nur eine Stunde, und ein Hotel, ja, es gebe dort ein Hotel – das Parkhotel in der Máchovastraße –, wenn ich wolle, könne ich dort übernachten, und wenn nicht, dann gebe es hier, nahe der Florenc-Station ein ganz annehmbares Hotel, »Axa Hotel«, schreibt die zuvorkommende Angestellte mir auf –

Der Busbahnhof ist klein und heruntergekommen, schmale Bussteige ohne Überdachung, bedrückte Leute warten im Regen, gekleidet im Stil der fünfziger Jahre, die meisten haben keinen Schirm, sie ziehen einfach die Schultern hoch und warten unter einer Schirmmütze an einer langen Backsteinmauer – die Bussteige sind fast leer, nur beim Bus nach Terezín bildet sich eine kleine Schlange: ein paar schwere Frauen mit Körben, drei Männer mit Schirmmütze, drei mit Fotoapparat bewaffnete Israelis – Großvater, Vater und Sohn unterhalten sich in aufgeregtem Hebräisch, ich wende mich ab, versuche sie zu ignorieren, mich nicht zu verraten – sie können es nicht ahnen, mein »geeignetes Aussehen« läßt mich als Einheimische erscheinen – obwohl die hiesigen jungen Frauen sehr hochgewachsen sind, eher skandinavisch als slawisch, viele von ihnen sind schön –

Der Bus ist überraschend gut, große Fenster, hinter ihnen, nach den Ausläufern der Prager Vororte, Felder, weiße Blumen, Bäume, vereinzelte Häuser, hier und da ein kleines Dorf oder Städtchen, ein paar Fahrgäste steigen aus, alles ist alt, ausgeblichen, mit bröckelndem Putz, Osteuropa eben, die Häuser sind höchstens zweistöckig, ocker- oder bananenfarben verputzt, ohne Fensterläden, die länglichen Fenster sind mit dünnen, milchigen Gardinen verhängt, aber es gibt kein Licht, denen fehlt es an Licht, der Bus fährt weiter, noch mehr Felder, ein flaches Land, fruchtbar, aber verkühlt, die Sonne, nach dem Nieselregen kühl gelb, beleuchtet dieses Grüngrün, das bis an den Straßenrand heranreicht, nackte Erde gibt es hier nicht, überall explodiert Gras und Grünzeug, die Israelis bereiten sich vor, der Großvater rutscht auf seinem Sitz hin und her, schaut gespannt aus dem Fenster, wenn sie aussteigen, dann steige ich auch aus. »Ist das die Kleine Festung?« fragt der Enkel. »Ja«, antwortet sein Vater, »und von da aus gehen wir dann zu Fuß nach Terezín.« Sie steigen aus, und ich setze mich wieder hin, also noch eine Station – der Bus fährt in ein Städtchen, hält an einem bananen-karamellfarbenen großen Haus, das ist das Rathaus, hier ist es –

Zuerst den Koffer loswerden – die Pyxis wiegt eine Tonne – ein Glück, daß sie mich am Flughafen nicht angehalten haben. Ich frage ein junges Mädchen auf englisch, wo das Parkhotel ist, sie versteht, antwortet aber auf tschechisch: »*zde blízko*«, hier, ganz nah, verstehe ich, folge ihrem Finger geradeaus und rechts, in die Máchovastraße, vor meinen Augen, am Ende der Straße, die Mauer: schwarze, gelbliche, rötliche Backsteine in einer Höhe von drei oder vier Metern, und dahinter, ganz klar und zum Greifen nah: blaue, knochige Berge – ob das die Bleiberge sind, Papa, ich gehe weiter, die Straße ist kerzengerade, auch hinter mir – ich drehe mich um – fünf oder sechs Laufminuten entfernt: die Mauer – wie klein ist die Stadt und beinahe leer – die Häuser, ein- oder zweistöckig, stehen dicht beieinander, sind vergeblich in den Farben des Lichts getüncht, blasses Gelb, Senf, Ocker, helles Eiergelb, Rosa, das schon bessere Zeiten gesehen hat, ein winziges Städtchen, grau geworden wie eine zu oft weiterverschenkte Bonbonniere, zu meiner Linken jetzt ein modriger dunkler Park, hohe und dichte Bäume, schwarze Stämme erheben sich aus Moderschlamm, zu meiner Rechten das Parkhotel, ja, sie haben ein Zimmer frei, die Empfangsdame spricht ein rechtwinkliges Englisch, die Toiletten sind am Ende des Flurs, sie mustert mich, fragt sich, ob ich eine von den Touristen bin, die hierherkommen, um genau zu sehen, wo – »Es gibt ein Museum«, sagt sie, zeigt auf englische und hebräische Faltblätter für Touristen, »Museum Ghetto Terezín« steht über dem Foto eines riesigen grauen Steinleuchters auf einer bleichen Wiese, aus der kleine, gleichgroße, vielleicht dreieckige Grabsteine wachsen, vor einem weißen Bauernhaus, hinter dem Pappeln stehen – das Faltblatt hat einen numerierten Stadtplan mit Erklärungen – den schaue ich mir an, versuche mich zu orientieren – wo bin ich jetzt – Máchovastraße – wo ist die Máchovastraße – wo ist der Bedřich-Smetana-Park, nach dem benannt, von dem wir die israelische Nationalhymne geklaut haben – der Stadtplan erscheint auf den ersten Blick ganz einfach strukturiert, eine rechteckige, in Quadrate und Rechtecke unterteilte Stadt – nur die sie umgebende Stadtmauer hat Ausbuchtungen, in Form halber Achtecke, Fünfecke, Dreiecke – in der Mitte liegt ein großes, von Kreisen umgebenes Rechteck, vielleicht sind es Bäume, wer sie gemalt hat, muß von Orangen geträumt haben, ob das der Park ist, den ich auf der anderen Straßenseite gesehen habe. »Kann ich Ihnen helfen?« fragt die Empfangsdame, als sie sieht, wie sehr ich mich in den Plan vertiefe. »Ich sehe nicht, wo wir uns befinden, wo ist das Parkhotel, wo ist die Máchovastraße?« Die Empfangsdame dreht meinen Plan zu sich, umkreist rot die Nummer 15 und in die Straße zwischen ihr und dem, was auf der Karte *Brunnenpark* heißt, schreibt sie »Máchova« – aber das ist nicht, was auf der Karte steht – ja, die Namen wurden seitdem einige Male geändert, der Plan ist nicht von der gegenwärtigen Stadt, die Blocks sind aber so geblieben, auch die Straßen und die Parks, nur die Namen hat man geändert, hier, jetzt sehe ich es, Máchovastraße war Lange Straße, und hier ist das Museum, sie umkreist eilig den schwarzen Punkt, auf den weiß die Zahl 1 gedruckt ist, schreibt in das, was der Plan als *Hauptstraße* ausgibt, »Komenského«, auf den angrenzenden *Stadtpark* schreibt sie »Jan Hus« – den kenne ich, Dekan der geisteswissenschaftlichen Fakultät 1401, Rektor der Universität Prag 1409, scharfer Gegner des Ablaßhandels, wurde vom Kaiser verraten, vor ein Kirchengericht gestellt und am 6. Juli 1415 auf dem Scheiterhaufen verbrannt, seine Anhänger haben sich auf einem Berg in der Nähe von Prag verbarrikadiert und diesen Berg Tabor genannt, die ganze Welt ist ein einziges kleines Dorf – in die Mitte des Plans, mitten in den rechteckigen Park zwischen den Orangenkreisen, schreibt die Empfangsdame mit ihrem roten Stift die Abkürzung für etwas, was wahrscheinlich Platz der tschechischen sozialistischen Armee heißen muß, gut, in Ordnung, ich habe das Prinzip verstanden, ich bedanke mich, nehme den Plan an mich, verstehe, daß ich mit einem Schlag ein Problem los bin, ein Besuch im Archiv bleibt mir damit erspart, wenn es hier überhaupt so etwas gibt, und auch das Stöbern in quietschenden Schubladen, um einen Stadtplan aus jener Zeit zu finden, hier, in diesem Faltblatt für Touristen steckt die ganze Information, die ich brauche, ich muß niemanden fragen, hier, jetzt sehe ich unten auf der Karte: *Seestraße*, ganz nah von hier, einfach geradeaus und gleich rechts und die zweite Straße links, drei, vier Minuten vom Parkhotel, welches die rot umkreiste Nummer 15 ist, und hier waren, so lese ich unten auf hebräisch, die Kantine und die Wohnräume der Ghettoleitung, der SS-Kommandantur – »Gibt es noch ein anderes Hotel?« frage ich. Nein, natürlich nicht, das ist eine sehr kleine Stadt, fast ein Kibbuz.

Also, was mache ich zuerst – vielleicht das Museum, es hat bis sechs offen – ich fliehe geradezu aus der ehemaligen SS-Kommandantur, wie hat es mich bloß dahin verschlagen, aber ich werde dort schlafen müssen – Nein, heute gibt es keinen Bus mehr nach Prag, *to je škoda*, leider, verstehe ich, was kann ich machen – nur eine Nacht, morgen nicht noch einmal – wenn ihr es da ein paar Jahre ausgehalten habt, werde ich von einer Nacht wohl nicht sterben – hier ist das Museum, ein solide gebautes Haus, bogenförmige Fenster im Erdgeschoß, die darüber sind rechteckig, die Rahmen in angenehmem Ocker gestrichen, das sich von den gelblichen Mauern absetzt, um das Haus ein dunkler Gitterzaun, eine stilvolle große Tür, über ihr ein Bogen wie ein geöffneter Fächer, und darüber auf zwei massiven Säulen ein grauer Architrav, darauf steht in schwarzen hebräischen Buchstaben: *Jiskor** –

* Hebr.: Gedenke.

Die Treppen sind breit und bequem – früher sind hier Kinder hoch- und runtergerannt – jetzt hängt alles voller Bilder – Zeichnungen – auf den meisten spürt man eine furchtbare Enge, hastige Bewegungen von nervösen Menschen, ja, ich meine, etwas davon spüren zu können, aber nur, wenn es mir gelingt, den geräumigen, musealen, hell erleuchteten Raum um mich herum zu vergessen und in die Bilder einzutauchen, Porträts von Männern mit hervorstehenden Kehlköpfen und Dubček-Gesichtern, Frauen mit wildem Haar, verschrumpelt, wenn du hier noch lebst, *maminko*, siehst du vielleicht aus wie diese alte Frau hier – oder wie die da – ein paar Kleidungsstücke mit einem gelben Flicken – »Stern der Juden« hast du ihn genannt, hast du das erfunden, um die Erniedrigung in ihr Gegenteil zu verkehren –, daneben zwei dunkle Koffer, auf denen mit Kalkfarbe eine Transportnummer steht, sie sehen deinem Koffer sehr ähnlich, Davidi, aber alle alten Koffer sehen sich ähnlich, links die Liste der zum Transport Bestimmten, getippt auf einer alten Schreibmaschine, Seite für Seite, abgeheftet in einem dünnen Ordner, Zeichnungen von Menschen, die sich auf den Weg machen, in engen Reihen, von schweren Bündeln niedergedrückt, Augenbrauen ohne Gesichter, gebeugte Menschen warten auf Essen, jeder streckt kraftlos seinen Napf aus, in der Ferne steigen Menschen mit riesigen Bündeln auf dem Rücken in Viehwaggons, im Vordergrund des Bildes ein SS-Mann von hinten, Reithosen, schwarze Stiefel, die Hände in die Hüften gestemmt, und hier kommt ein Transport an, Menschen ergießen sich aus dem Waggon, ein SS-Mann kommandiert sie herum, aufrecht im langen Mantel, die Hände in den Taschen, steht er breitbeinig da, und hier eine Theaterkarte – *Sitzplatz* steht darauf –, Blätter aus einem hebräisch-tschechischen Taschenwörterbuch – Wanze, Floh, Turnus, Lindenblütentee, Geheimpolizei, Wirtschaftspolizei, Delikatessen – und, ich kann es kaum glauben, eine Eintrittskarte zum Sederabend 1945: »Bitte Löffel und gute Laune mitbringen«. Und hier einer der Leichenwagen, von denen du geschrieben hast, beladen mit gebeugten Menschen oder Bündeln, schwer auszumachen, und ein Zimmer der Prominenten, nur zwei Betten, karierte Decken, Geschirr hängt an einem Regalbrett, ein getipptes Programmheft für *Figaros Hochzeit*, anscheinend auf derselben Maschine getippt wie die Transportlisten, aber mit Kulissen und Engeln verziert –

Ich habe genug, ich gehe hinaus, vielleicht gehe ich ein bißchen durch die Stadt, finde die Seestraße, auch von hier ist sie sehr nah, geradeaus und links, höchstens zehn Minuten zu Fuß, aber ich laufe hinter dem israelischen Dreigespann her, sie sind inzwischen zu Fuß in Terezín angekommen, Großvater, Vater und Enkel, nein, es ist der Schwiegersohn, die Tochter ist nicht mitgefahren, sie wollte nicht, entnehme ich ihrem Gespräch, sie möchten sich anschauen, wie man ein Zimmer in der Magdeburger Kaserne rekonstruiert hat, im Amtssitz des jüdischen Ältestenrates, ich folge ihnen, in dem gewölbten Eingang verkauft ein Touristenladen Broschüren in verschiedenen Sprachen, Tonbandkassetten, im Ghetto geschriebene Musik, Bücher zum Thema, die meisten sind auf deutsch, kein Mensch zu sehen, aber wer will hier schon was klauen, ich gehe hinter den dreien die Treppen hoch, die Decken wölben sich wie wohltuend schützende Hände, die Stufen sind niedrig, bequem zu steigen, in den Fluren viele Fenster auf den gepflasterten Innenhof, zwei fahrradschiebende Schirmmützen stellen ihre Gefährte zwischen dafür bestimmte Eisenbogen und setzen sich auf eine Holzbank, ich gehe den Flur weiter, am Ende weist eine uniformierte dicke Frau mit wortloser Geste auf eine offene Tür, ein dikkes Seil hindert den Betrachter, den rekonstruierten Wohnraum zu betreten – dreistöckige Pritschen, überall Regale,

Koffer, aufgehängte Kleider, Eßgeschirr, alles vollgepackt, dunkel, aber klug und effektiv ausgenutzt, schwejkisch, mit dem deutlichen Willen zum Überleben, man kann da nicht rein, klar, denn was wäre, wenn jeder Besucher reingehen und ausprobieren würde, wie es ist, auf einer Pritsche zu schlafen, auf der man noch nicht mal sitzen kann, wie es ist, an den Koffer unter dem Kopfkissen rankommen zu wollen, es ist so schon sehr eng, ohne daß Menschen den Raum mit ihren Körpern, Atemzügen, Stimmen und Klagen ausfüllen, ich und die drei Israelis drängen uns in der Tür, mehr hätten auch nicht Platz, etwas zu sehen, sie gehen wieder runter, diskutieren, ob ich Israelin bin oder nicht, ich gehe ihnen nach, wende mich aber nach Süden, auch von hier kommt man zur Seestraße, ich gehe an der Hamburger Kaserne entlang, hier hast du gewohnt, *maminko*, bis die Holländer kamen, hier links in der Mauer ein Ausgangstor, in die Straße eingelassene Eisenbahnschienen, die von den Ghettoinsassen verlegt worden waren, um die Transporte zu beschleunigen, erklärt der Plan, und wenn ich der nach draußen führenden Straße folge, werde ich in beiden Seiten der Mauern die Nischen sehen, rechts die Leichenkammer und links das Columbarium – ja, und hier draußen ist die Mauer fast schwarz, die gewölbten Öffnungen in ihr sind frisch geweißt, sie blenden einen, sie rufen den Touristen, schnell in die Poterne zu kommen, in den dunklen Gang, der die beiden Mauern der Stadt miteinander verbindet – das ist der Ort, da muß ich die Pyxis hinstellen, in dieses leere Columbarium, aber nein, sie würde auffallen, es könnte einer kommen und sie mitnehmen – nein, ich gehe hinaus, folge dem Pfeil auf der Karte zum jüdischen Friedhof und zum Krematorium, ein großer Parkplatz, umgeben von blühenden Hecken, ein breiter Weg, gesäumt von hohen, wie Meer rauschenden Pappeln, und dahinter liegt diese Wiese aus dem Faltblatt für Touristen mit den verstreuten Grabsteinen, dem grauen Leuchter aus Stein und dem weißen Bauernhaus mit den Pappeln, das ist das Krematorium, das du gebaut hast, es hat noch geöffnet, ich gehe hinter einigen amerikanischen Jugendlichen hinein, der Geruch treibt mich fast wieder raus, das verrußte Innere riecht noch immer nach verbranntem Holz, nach Benzin, vier offene Eisenöfen, Asche liegt noch auf ihrem Boden, die Jugendlichen zünden Seelenkerzen an, ich nicht, bei uns zündet man keine Seelenkerzen an und pflegt auch keine paganen Bräuche, vielleicht bringe ich dich hierher, schütte dich, wenn keiner hinschaut, in einen der Öfen, warum konntest du nicht einfach sterben und ruhig unter einem Grabstein liegen – Betzers Referendar hat sich mit den Zollbehörden gestritten, hat bezahlt und ist gleich darauf zum Soldatenfriedhof auf dem Herzlberg gefahren, um dich auf Nachums Grab zu verstreuen, aber er hat mir die Hälfte übriggelassen, nur wenn ich für die andere Hälfte deiner Asche einen Platz finde, würde das Testament in Kraft treten, das mache ich nicht mit, hatte ich losgepoltert, hatte versucht zu diskutieren, aber Rechtsanwalt Betzer sagte, Sie können ja beschließen, den Rest in seinem Garten zu verstreuen, wo liegt das Problem, glauben Sie mir, ich habe schon schlimmere Testamente gesehen, Sie müssen ja nicht einen zurückgebliebenen Sohn bis zu dessen Tod pflegen oder sich um dreißig Angorakatzen kümmern oder zwei Bulldoggen dienen, als seien sie Prinzen des englischen Königshauses. Beschließen Sie, was Sie wollen, aber machen Sie schnell, denn die Stadtverwaltung – einen Tag nach Minales Beerdigung hörte das Telefon gar nicht mehr auf zu klingeln, zweimal habe ich den Flug verschoben, und inzwischen starben Yigal Mossinsohn, Jacqueline Kennedy Onassis, Chaim Bar-Lev, die Sterne, so hatte Adriana beteuert, die Sterne stehen gegen uns, aber ich hatte beschlossen, jetzt loszufahren und einen Ort für dich zu finden – vielleicht also wirklich hier? Nur daß hier überall diese Aufseher rumlaufen, die mich mit mißtrauischen Blicken verfolgen – »Was hat man mit der Asche gemacht?« frage ich. Man habe sie in den Fluß gekippt, erklären sie mir, stimmt, davon hat Papa geschrieben, ist der Fluß weit, nein, nicht weit, dann vielleicht dort, ich gehe hinaus, das Gelände erkunden, es gibt einen Weg, Bäume, wilde Wiesen, Blumen, die Erde ist feucht und fruchtbar, es ist schon Abend, aber der Himmel ist noch hell, dem modrigen Geruch nach zu schließen, muß ich gleich da sein, ja, hier ist das Ufer, neben einer Trauerweide ein kleiner Grabstein, hier, soll ich dich hier in das seidige Wasser sinken lassen, damit du dich nach fünfzig Jahren mit den anderen Toten vereinigen kannst, was meinst du, *denn wir müssen alle sterben und sind wie das Wasser, das man auf die Erde schüttet und das man nicht wieder einsammeln kann*, also, was willst du, warum bist du so störrisch, Papa hatte beschlossen, seine Leiche der Wissenschaft zu vermachen, hatte es aber nicht richtig organisiert und war dann so plötzlich gestorben, daß er doch eine ganz fromme Beerdigung bekam, Nachum hat das Kaddisch gesprochen, und du hast geschimpft und protestiert, hast versucht, den Ablauf der Beerdigung zu stören und geschworen, daß man dich nicht so unter die Erde bringen werde, über deiner Leiche werde man keine Dankverse an Gott murmeln, mit dem hattest du nichts zu schaffen, schon lange nicht mehr, was hast du vor, hatte Nachum dich gefragt, und du hattest versprochen, du würdest schon eine andere Prozedur für dich finden, du hast es versprochen und gehalten, und diese andere Prozedur bin ich –

Ich gehe zurück nach Terezín, bevor es ganz dunkel ist. Schummrige Laternen erleuchten die Straßen – etwas heller beleuchtet ist der Eingang zu einem Mittelding zwischen

Laden und Kiosk, um den sich eine kleine Traube von Betrunkenen versammelt, sie verströmen Biergeruch, im Laternenlicht fällt es mir schwer, den Plan zu lesen, ich frage nach dem Parkhotel, sie streiten sich, *napravo, nalevo*, rechts, links, ich werde es schon selbst finden, ich gehe geradeaus weiter, verpasse anscheinend die Abzweigung, biege zu spät links ab, nein, hier ist es nicht, hier kann es nicht sein, hier ist ja schon die Mauer, ich muß nach rechts, da ist eine bessere Laterne, also, wo ist der Plan, ich bin jetzt in der – Seestraße: Hier in einem der kleinen Häuser hast du gewohnt – morgen, morgen früh werde ich hierher zurückkommen und schauen, ob jemand etwas über dich weiß, aber nicht mehr heute abend – nicht jetzt, jetzt muß ich zurück ins Hotel, muß duschen, es ist neun Uhr abends – nein, ich habe noch Zeit, ich kann noch ein bißchen rumlaufen – der Himmel leuchtet noch, nur die Stadt ist schon dunkel – was ist das hier auf der anderen Straßenseite – die Sudetenkaserne – hier haben sie dich zusammen mit dem Vater deiner Schülerin und ihrem Bruder hingebracht, frag mich ruhig, Papa, ich erinnere mich, ein großes, eckiges Gebäude mit gleichmäßig gewölbten Eingängen zu einem Innenhof, in dem einige kaputte Autos stehen und auf Reparatur warten, die Sudetenkaserne ist heute eine Autowerkstatt, das, was auf dem Plan als E 1 bezeichnet wird, heißt heute *Náměstí Dukelských Hrdinů*, Heldenplatz. Namen ändern muß ein weltweites Hobby sein, den Feind verwirren, unter neuen Preisschildchen den alten Preis verstecken, so wie unsere rabbinischen Gelehrten Judas Makkabäus ignorieren – kein Wort über diesen Mann, und auch über Bar Kochba kaum etwas, wer hat mir das erzählt, wenn nicht du, Davidi, und auch du hast den Namen geändert, ich kehre zurück in die Seestraße, eine relativ breite Straße mit Gehwegen und Bänken und Bäumen, sie hat auf dem Plan keine Nummer, also hat es hier keine SS-Leute gegeben und keine tschechischen Gendarmen, keine Folterkeller, keine Lagerräume für beschlagnahmte Gegenstände, einfach nur kleine Häuser, ich kann mich auf diese Bank setzen, kann mich da sogar hinlegen, es ist nicht kalt, ich kann diese Nacht hier schlafen, sie werden mein Nichterscheinen in dem ehemaligen SS-Hotel nicht vermerken – die Tasche wird mein Kopfkissen sein. Man wird denken, ich sei besoffen, aber hier kennt mich ja keiner. Die Blätter fächeln mir kühlen Dämmer zu, und die Stille wird nur ab und zu von abgehacktem Lachen gestört. Ich werde hier schlafen – was kann mir schon passieren –

Jemand schüttelt meine Schulter. Ein Vertreter des Gesetzes. Spricht auf tschechisch zu mir. »*Rozumíte mi?*« Verstehen Sie mich? Es ist schon hell. Ich habe geschlafen wie ein Stein. »*Nerozumím, nerozumím*«, ich schöpfe aus den Tiefen, ich verstehe nicht, er versteht mich, schaltet auf deutsch um, »*nerozumím, nerozumím*«, ich wiederhole den Refrain, »*mluvíte anglicky?*« bricht eine plötzliche Erinnerung aus mir hervor. »*Trochu*«, er lächelt, versteht, daß ich Touristin bin, ja, er spricht ein bißchen Englisch, Glück gehabt, ich suche eine Frau, die hier wohnt, ich krame in der Tasche, hole den Zettel heraus, auf den ich deine Adresse notiert habe, aber der Polizist weiß nichts, versteht nichts, wiederholt nur das Wort »*zakázano*«, verboten, es ist verboten, auf der Straße zu schlafen, so scheint es, »*je mi líto*«, tut mir leid, er läßt es mir durchgehen, zieht mich hinter sich her – zur Polizeiwache? Nein, er zeigt mir, daß es von hier zum Museum geradeaus geht, okay, da war ich schon, »*vřelý dík*«, vielen Dank, er läßt mich laufen, und ich gehe wieder zurück – die Arbeiter aus der Autowerkstatt kommen schon zur Arbeit, schauen mich mit Blicken an, die fragen Wer-sind-Sie, Was-machen-Sie-hier, der Ort ist klein, fast jeder kennt jeden, ich nehme meinen Mut zusammen, gehe zu einem, der ganz sympathisch aussieht. »*Můžete mi pomoci*«, können Sie mir helfen, ich entdecke in mir in kleinen, notwendigen Brocken die vergessene Sprache, »*bydlí tu paní Kaplan?*« Wohnt hier eine Frau Kaplan, versuche ich es, er zieht die Mundwinkel nach unten. »*Kaplanová?*« korrigiere ich mich selbst, sein Kollege kommt zu uns, ein hübscher blonder junger Mann mit schwarzen Zähnen, schon um acht Uhr früh mit Bierfahne, eine alte Frau, wie sagt man auf tschechisch alte Frau? »*Babička*«, sage ich, sie schauen mich an, jetzt kommt noch einer dazu. »*Mluvíte anglicky?*« Ich wage den Versuch, er lächelt verlegen, die drei schauen sich an, zucken mit den Schultern, geben mich auf, gehen an ihre Arbeit in der Sudetenkaserne. Was mache ich jetzt? Was ich auch zu Hause tun würde, an eine Tür klopfen und fragen, wir sind ja nicht in New York, frag, und man wird dir antworten, wenn man dich versteht, wenn man etwas weiß, ich gehe zu den aneinanderklebenden Häusern, nur die Farbe des Putzes und die unterschiedlichen Vorhänge verraten, daß sie in verschiedene Wohnungen unterteilt sind, eine Tür geht auf, eine schwere alte Frau, das Haar zu einem Dutt zusammengenommen, führt einen kleinen Hund aus, der schon bessere Tage gesehen hat, sie weiß es bestimmt, sie ist von damals. »*Paní, paní, prosím* …«, aber sie dreht sich nicht um, vielleicht ist sie taub, was mir keine andere Wahl läßt, als den Innenhof zu betreten und an eine der Türen zu klopfen. An welche? Es gibt mehrere. Der Hof ist klein, da stehen ein Eimer und ein Fahrrad, eine Leiter, ein Waschbottich aus Blech, ein alter Kessel, und auch eine Katze schleicht herum, aber die Türen sind prächtig, aus massivem Holz mit Schnitzereien, so als gehörten sie mindestens zu einer staatlichen Bank, einer Regierungsbehörde, einem Liebespalast, man müßte sie nur mal neu streichen, dann könnte man sie direkt nach Paris schicken, ich versuche herauszufinden, ob es Namen gibt, nein, an den Türen stehen keine Namen, also, wo soll ich dann klopfen, ich entscheide mich für eine weniger prächtige Tür, eins, zwei, drei und – keine Reaktion. Ich nehme meinen Mut zusammen, klopfe noch einmal, kräftiger. Keine Reaktion. Ich mache eine Faust und klopfe – hier sind sie doch nicht zum Segeln in die Karibik gefahren – eine Nachbarin öffnet die Tür gegenüber. »*Co si přejete?*« fragt sie mich harsch, was wollen Sie? Eine kleine Frau, verdorrt, faltenübersät, ihr schütteres Haar verrät, daß sie mal blond war, ihre Hände sind sehnig, sie kommt mit vorgerecktem Kinn auf mich zu, auf der Oberlippe ein kleines Bärtchen. »*Co je to?*« Was ist das, will sie wissen, und »das« meint anscheinend mich, wie soll ich ihr erklären, daß ich hier jemanden suche, der *paní Kaplanová* gekannt hat, Moment, vielleicht hat sie ihren Mädchennamen wieder angenommen, *paní Hruzová*, wie sagt man auf tschechisch: ich suche, verdammt noch mal, »*paní Hruzová*«, sage ich, »*paní Hruzová*«. Sie kommt noch einen Schritt näher, jetzt steht sie ganz nah vor mir, trägt einen alten geblümten Morgenrock und darüber eine braune Strickjacke, die typische Kleidung der Flüchtlinge aus Osteuropa, häßlich und praktisch, »*paní Hruzová*«, wiederhole ich, atme in ihr Gesicht, ihre Augen sind hellblau, haben einen Schleier des Alters, »*paní Hruzová*«, beharre ich, vielleicht ist auch sie schwerhörig, vielleicht etwas schwer von Begriff, vielleicht versucht sie auch, sich zu erinnern. »*Jak se jmenujete*«, sie will meinen Namen wissen, sie ist völlig senil, »*já turista*«, erkläre ich, »*turista from Israel*« – ihr Gesicht verzieht sich in Angst, sie weicht zwei Schritte zurück. »*Odkud?*« fragt sie heiser, will wissen, wo ich herkomme, gleich wird sie mich davonjagen. »Israel.« Ich wende mich zum Gehen, wie soll ich ihr erklären, daß ich extra gekommen bin, um – Aber was soll's, mein ganzer Körper tut mir weh, ich habe nicht die Kraft, mir die Zähne an den Brocken Tschechisch auszubeißen, die meinen Mund füllen. »Meine *matka*, verstehen Sie? Nein, Sie verstehen mich nicht – *matka* ist auf hebräisch die Bezeichnung für einen Ballschläger, am Meer spielt man mit ihnen Strandball, klick-klock-klick-klock!« Ich ahme den Klang nach, wenn der Ball geschlagen wird, begleite ihn mit der Bewegung, sie starrt mich an. »Aber was erzähle ich Ihnen da – kennen Sie eine Frau Kaplan? Frau Dolochowski? Davidi? Hruzová? Gut, jetzt habe ich alles durchprobiert – einen wunderschönen Tag wünsche ich Ihnen noch, *babička*.« Ich wende mich zum Gehen, doch sie umklammert mit steifen Fingern meinen Arm, mustert mich, als hätte ich ihr etwas stehlen wollen, und beginnt zu schreien – nicht zu mir, sondern zu der Frau mit dem Hund, die gerade von ihrem Spaziergang zurückkommt, sie hält mich fest und schreit in Richtung dieser Frau, vielleicht sagt sie, sie soll die Polizei rufen, der kleine Hund bellt mich laut an, bei jedem Bellen hebt er ein paar Zentimeter vom Boden ab, vielleicht will er beißen, noch eine Nachbarin öffnet die Tür, die, bei der ich vorher geklopft hatte und die nicht aufgemacht hatte, Morgenmantel, Lockenwickler im Haar, rundlich mit Zigarette in der Hand, ist wohl neugierig, was hier los ist, ich versuche, loszukommen, habe aber keine Chance, die drei Alten stürzen sich auf mich, umzingeln mich, strecken ihre Hände nach mir aus, die wollen mich ausrauben. *Pomoc!* Hilfe! Wieviel Geld habe ich im Portemonnaie, die erste Alte zieht mich am Ärmel, und die anderen beiden schieben mich, so daß wir uns alle in einem Pulk zu ihr hineinbewegen, ein winziges Wohnzimmer, dunkelbraun, mit schweren Möbeln, Plastikgladiolen in einer geschliffenen Kristallvase, sie setzen mich auf einen harten Stuhl, was wollen sie, die erste Alte läßt mich endlich los, die Hundebesitzerin geleitet sie zu einem

Stuhl mir gegenüber, den Hund hat sie draußen gelassen, sie stellt sich hinter sie, und die mit der Zigarette steht hinter mir, als passe sie auf, daß ich nicht abhaue, sie beraten sich über meinen Kopf hinweg. »*Pas*«, bitten sie wie im Chor, *pas*, was ist das, *pas*, eine vermaledeite Form eines englischen *peace*, oder, wie beim Militär, ein Passierschein, ich kann es nicht glauben, vielleicht sind sie alle drei verrückt, »*pas*«, sagen sie, zeigen auf meine Tasche, Moment mal, vielleicht ist das die Abkürzung von *passport*, ich hole meinen Ausweis heraus, lege ihn auf den Tisch zwischen mir und der ersten Alten, die mich mit schweren Blicken festnagelt, ich nehme an, daß sie ihn falsch herum aufschlagen werden, natürlich, sie werden sich vertun, ihn bis zum Ende durchblättern und dann verstehen, daß das der Anfang ist, sie werden mein Foto von vor zehn Jahren anschauen, werden es der zeigen, die vor mir sitzt, sie scheint die Intelligente unter ihnen zu sein, ja, sie fordert »*brýle*«, was ich verstehe, noch bevor die mit dem Hund die Brille aus dem anderen Zimmer anbringt und ihr gibt, sie setzt sie auf und vertieft sich in meinen Ausweis, vielleicht hat sie diese Angewohnheit noch aus ihrer Zeit beim KGB. »Loja Kaplan«, liest sie langsam meinen Namen, ich nicke, mein Ausweis zittert in ihren Händen, sie nimmt die Brille ab, starrt mich über den Ausweis hinweg an, »Lo-ja Kap-lan«, wiederholt sie, ihr Mund schäumt, sie stülpt die Lippen nach vorn und zieht sie wieder ein, sie beben in den Mundwinkeln und wölben sich wieder vor, als wolle etwas ausbrechen, das zurückgehalten wird, geschluckt wird, sie kaut meinen Namen, aber jetzt reicht es, die Befragung ist beendet, ich stehe auf, strecke die Hand nach meinem Ausweis aus, wenn sie ihn mir nicht von sich aus gibt, werde ich ihn ihr entreißen, wieviel Kraft kann diese Frau schon haben. »*Prosím*«, bitte, sage ich energisch, aber sie schüttelt erschreckt den Kopf, winkt mir mit der

Brille, »*prosím, prosím*«, das vertraute eiserne R stammt jetzt nicht von ihr, sondern von der Nachbarin hinter ihr, auch die streckt die Hand nach mir aus, sagt etwas sehr Langes, sehr erregt, woraus immer wieder das Wort *Izrael* hervorsticht, okay, das Heilige Land, habe schon verstanden, die Alte hinter mir legt mir eine schwere Hand auf die Schulter, damit ich mich wieder hinsetze, ich setze mich, strecke aber fordernd die Hand nach meinem zitternden Ausweis in der Hand der Wohnungsbesitzerin aus, die noch immer etwas kaut – ein Weinen, Wut oder beides, und die, die hinter ihr steht, zeigt auf sie und sagt zu mir, indem sie mit dem Finger von ihrem Kopf zu meinem Kopf wedelt: »*Hruzová, paní Hruzová*«, was redet sie da, jetzt zeigt sie auf den nur noch von spärlichem Haar bedeckten Kopf der Wohnungsbesitzerin, die noch immer meinen Ausweis hält, das kann nicht sein, das kann einfach nicht sein – »*Maminko?!*« Ich spüre, wie meine Lippen zittern, die Alte steht auf, ist das meine Mutter, die Größe würde stimmen, das Haar war früher blond, sehr glatt, hellblaue Augen, jetzt kommt sie auf mich zu, um mich zu umarmen, sie geht um den kleinen Tisch herum, stößt die Nachbarin weg, soll ich aufstehen, aber meine Knie sind geschmolzen, meine Füße sind erstarrt, mein Mund ist trocken, sie gibt mir mit der Hand ein Zeichen, so was wie nur noch einen Augenblick, gleich wirst du sehen, warte nur noch ganz kurz, »*počkejte chvíli*«, so bestätigt die Hundebesitzerin meine dritte Annahme, *paní Hruzová* geht ins Nebenzimmer, gefolgt von der Hundebesitzerin, es kann wirklich auch ein Zufall sein – wenn dieser Name so verbreitet ist wie Kaplan oder Davidi – vielleicht ist sie ja eine Tante, die Frau des Gendarmen, der Nachum als Baby rausgeschmuggelt hat, ich versuche aufzustehen, aber die Hand der dicken Nachbarin drückt schwer auf meine Schulter, »*počkejte, počkejte*«, warte, warte, nicht jeden Tag ereignet sich hier so ein Drama, sie kehren gemeinsam zurück, die Alte hat ein Fotoalbum in der Hand, ich atme auf, sie stößt die Dicke zur Seite, die darüber wacht, daß ich sitzen bleibe, legt das Album über meinen Kopf hinweg auf den Tisch, ihre schlaffen Brüste streichen über meinen Kopf, sie schlägt es auf, ihre Oberarme über meiner Schulter, ich muß den Kopf einziehen, ihr Kinn ruht auf meinem Kopf, ihr krummer Finger klopft auf ein altes, graues Foto, verdeckt es, die Dicke mit den Lockenwicklern steht mir jetzt gegenüber, protestiert, schiebt die zeigende Hand weg, und so sehe ich ein mir unbekanntes Foto meiner selbst – so eine Frisur habe ich nie gehabt – hinter mir, in meinem Rücken, sagt die Alte etwas, ihre Finger lösen sich von dem Foto, lösen sich vom Tisch, umfassen kalt und wie Krallen mein Gesicht, sie redet, und die Nachbarin schaut von meinem gefangenen Gesicht auf das Foto, sie nickt, ja, sehr ähnlich, meine Mutter weint trocken in mein Haar, hält meinen Kopf in Händen, dann meine Schultern, tut mir weh, sie hält mich verkrampft, wie Tote einen letzten Brief, eine Fahnenstange umklammern, manchmal muß man ihnen richtiggehend die Finger brechen, sie lehnt sich von hinten auf mich, die Stuhllehne ist zwischen meinem Rücken und ihrem Bauch, ihr Kopf liegt schwer auf meinem, ihr Gesicht sehe ich nicht, ich kann mich auch nicht zu ihr umdrehen, sitze fest zwischen Tisch und Stuhl, und sie steht hinter mir, die Nachbarin, die diese Szene beobachtet, bewegt sich von ihrem Platz weg, zieht den Stuhl, an den sie bisher ihren Bauch gelehnt hat, hinter sich her und stellt ihn nahe an die, die auf meinem Kopf weint, faßt sie an der Schulter und setzt sie neben mich hin – und noch immer sehe ich nicht ihr Gesicht – sie verdeckt es mit einem großen Herrentaschentuch –

Als sie mich betrachtet, hat sie das Weinen bereits hinter sich: Ihre Augenränder sind rot, die Nasenspitze auch, aber sie schaut mich neugierig an, begierig, alles über mich zu erfahren, jetzt, sofort, über vierzig Jahre in fünf Minuten, sie stützt den Ellbogen auf den Tisch, legt ihre eine Wange in die Hand, beobachtet mich mit einem Auge, fast wie ein Wiedehopf, gleich wird sie mir ihr anderes Auge zuwenden, mit der anderen Hand umklammert sie mein Handgelenk, sie fragt mich etwas, nur was. »*Sprechen Sie deutsch?*« fragt die Nachbarin, ich schüttele den Kopf, und die Alte verstärkt ihre Umklammerung und wiederholt ihre Fragen, »*můj syn, můj syn*«, *my son*, nehme ich an, sie fragt nach Nachum, »*dead*«, sage ich auf englisch, »*muerto*«, füge ich auf spanisch hinzu, »*tojt*«, vielleicht versteht sie Jiddisch, »*kaputt*«. Sie hat verstanden, ihre Umklammerung wird noch fester, sie schürzt die Lippen, um nicht loszuweinen, sie zieht sie ein, schiebt sie wieder vor, »*kdy*?« fragt sie schließlich, wann? Ich gebe mit meiner freien Hand ein Zeichen, daß sie mir einen Stift bringen sollen, die Dicke mit den Lockenwicklern bringt eilig einen kleinen Block und einen Bleistift, ich schreibe 5.3.1980, bereue es sofort, in jenem Jahr hat es keinen Krieg gegeben, wie soll ich ihr seinen Tod erklären, ihr Kopf neigt sich zur Seite, liegt fast auf ihrer Schulter, sie verlangt von mir eine Antwort. Bin ich die Hüterin meines Bruders, *maminko*? Er ist bei einem Flugzeugunfall ums Leben gekommen, ist mit dem Flugzeug in den See Genezareth gefallen, schau mich nicht so an, da liegt eine ganze Fliegerstaffel. »*Accident*«, sage ich, hoffe, daß sie ein paar Wörter Englisch versteht, sie schürzt die Lippen, schüttelt starrsinnig den Kopf, fragt mich weiter etwas, *syn, dcera*, will vermutlich wissen, ob ich verheiratet bin, ob sie Enkel hat, nein, ich schüttele den Kopf, nein, und jetzt fragt sie nach Dolochowski, ich schreibe sein Todesdatum in den Block, 5.8.1993, sage vorsichtshalber zweimal »*kaputt*«, sie nickt, hat verstanden, sie begreift schnell, betrachtet mich mit ausgehungertem Blick, aggressiv, als wolle sie alles über mich und mein Leben aus mir heraussaugen, aber wie? Und wie kommt es, daß ich nicht gemerkt habe, wie die Hundebesitzerin hinausgegangen ist und zurückkommt, den Hund auf dem Arm, damit er, Gott behüte, das Schauspiel nicht verpaßt, gefolgt von einer jungen Frau, vermutlich ihrer Enkelin, die ein einfaches Englisch spricht und sich freut, es aufzufrischen, und mir erklärt, ja, das sei meine Mutter, sie sei Ende 1968 noch einmal festgenommen und erst 1990 wieder freigelassen worden, sei dann zwei Jahre im Krankenhaus gewesen, aber jetzt sei sie in Ordnung, sie wohne wieder im Haus ihrer Familie, sie habe sogar nach Israel fahren wollen, sie habe immer erzählt, daß sie da einen Sohn und eine Tochter habe, aber dazu hatte das Geld nicht gereicht, die junge Frau spricht, stammelt, sucht Wörter, begleitet ihr Reden mit Handbewegungen, die das Fehlende wettmachen, meine Mutter verfolgt sie mit starrem Blick, mischt sich manchmal in die Übersetzung ein, protestiert, dann versteht sie also doch etwas, wenn ihr die Übersetzung gefällt, nickt sie mit Nachdruck, mein Handgelenk ist noch immer in ihrer Hand gefangen, und inzwischen füllt sich der Tisch mit hausgemachten Marmeladen, Käse, Wurst, Würstchen in brauner Sauce, man gießt mir Kaffee ein, schneidet einen frischen Mohnkuchen auf, das Album wird weggelegt, der Tisch ist frei, die Frau mit den Lockenwicklern klopft leicht auf die sommersprossige Hand, damit sie mich losläßt, jetzt ist Platz, siehst du, sagt sie ihr wohl, meine Mutter läßt von mir ab, hinterläßt mir aber einen roten Fleck auf der Haut, bemerkt ihn, lächelt verlegen, versucht ihn wegzuwischen, wegzustreicheln, ihre Hand ist rauh wie Schmirgelpapier, ihre Freundin verscheucht diese Geste vom Tisch, macht Platz für das Schwarzbrot, dichtes Dorfbrot, es riecht säuerlich. »*Chléb*«, sage ich, will sie mit dem erfreuen, was ich noch weiß, »*mléko*«, sage ich, zeige auf die Milch, dann »*palačinki*«, denn auch die werden soeben von der Hundebesitzerin hereingebracht, meine Mutter nickt, bestätigt, beginnt ihren Kaffee zu trinken, noch bevor die beflissenen Nachbarinnen sich Stühle herangezogen haben, sie ist hier die Königin, das ist nicht zu übersehen, die Enkelin läuft raus, um aus der Wohnung der Großmutter noch einen Stuhl zu holen, mehr als vier Stühle gibt es hier nicht –

Wir sitzen zu fünft enggedrängt um den runden Tisch, ich bin nicht weniger hungrig als die, die mir gegenübersitzt. Zwischen ihr und mir eingeklemmt die Übersetzerin – jung und schön, hochgewachsen, athletisch, braungebrannt mit kastanienbraunem Haar – jetzt ißt auch sie, und der Hund, ein Pekinese scheint mir, schürzt eine plattgedrückte Nase und erhält seinen Zehnten, meine Mutter ißt und redet schnell, verschluckt sich, hustet, die Frau mit den Lockenwicklern steht sofort auf und klopft ihr auf den Rücken, wäre das meine Aufgabe gewesen? Vielleicht, aber ich kann mich nicht bewegen, meine Knie existieren nicht mehr, keine Ahnung, wie ich von hier weggehen soll, meine Mutter fängt wieder an zu reden, sie wartet nicht ab, übersetzt zu werden, die Jüngste unter uns wirft mir einen Blick zu, sie kommt bei diesem Tempo nicht mit, versteht aber wie ich, daß es für meine Mutter wichtiger ist, zu sprechen als verstanden zu werden, ich esse, hebe manchmal den Blick und nicke, damit sie glaubt, daß ich verstehe, ich nehme an, sie erzählt mir ihre Geschichte, vielleicht von den langen, immer neuen Gefängnisaufenthalten, vielleicht von der Zeit des Ghettos, vielleicht von ihrer Entscheidung, am 1. Mai einfach wegzugehen, ich versuche, Schlüsselwörter mitzubekommen, Koordinaten, aber diese Sprache ähnelt keiner anderen, und sie redet immer noch, die dichtgedrängten Nachbarinnen, Ellbogen an Ellbogen, rutschen auf ihren Stühlen hin und her, etwas ist ihnen unangenehm. »Was erzählt sie?« frage ich meine Übersetzerin leise, sie zögert, schaut in die Runde, sucht die richtigen Worte, um diesen ganzen Redeschwall in einen zusammenfassenden Satz zu packen, zuckt schließlich mit den Schultern, ich verstehe, noch eine Haftzeit und noch eine Haftzeit, wie viele Jahre ist diese Frau in Gefängnissen gewesen, von 1951 bis 1968 und von 1968 bis 1990, fast vierzig Jahre, und das ohne die Zeit in Terezín und die beiden Jahre im Krankenhaus, ich lächele sie an, doch jetzt schaut sie zornig, sagt nun ab und zu *Izrael*, ob sie mir da gerade einen Vortrag hält, vermutlich ja, die Nachbarin mit den Lockenwicklern steht auf, streichelt ihre Schultern, versucht sie zu beruhigen, macht den Vorratsschrank in der Ecke auf, holt einen Slibowitz heraus und gießt fünf unterschiedliche Gläschen ein – »*na zdraví!*« –

Ich habe den Koffer aus dem Hotel geholt. Diese Nacht schlafe ich bei ihr. In dem Moment, als sie mir die Tür aufmachte, verstand ich, was für ein Geruch das war, der die kleine Wohnung erfüllte, der Geruch von altem Moder, zu dem sich jetzt noch Kohl und Kartoffeln mischen, sie steht am Herd und kocht, trägt einen alten Trainingsanzug, darüber eine Strickweste, sie ist sehr dünn, lächelt mich an und redet, zeigt mit der Hand ins andere Zimmer, ich rolle den Koffer dort hinein, es ist so dunkel in ihrer Wohnung, hier ist das Schlafzimmer, ein hohes Bett voller Kissen und Federbetten beherrscht den Raum, und daneben steht ein Feldbett – da lege ich den Koffer mit der Pyxis drauf – keine Sorge, Davidi, ich lasse dich nicht hier –

Ich möchte duschen. Wie sage ich das auf tschechisch? Ich kehre in die kleine Kochnische zurück, die vom Wohnzimmer durch einen Vorratsschrank abgetrennt ist, und versuche, mit Pantomime zu erklären, ich scheuere meine Kleider mit geballter Faust, hebe eine Hand mit ausgestrecktem Finger über den Kopf und mache »tschschsch«, versteht sie mich? Ich weiß nicht, ihre Augen sind bei dem Essen, und mit der Hand macht sie eine abtuende Geste, »*neteče horká voda*«, sagt sie, hat nicht verstanden, was ich wollte, »*douche*, *shower*, Dusche«, versuche ich, und sie wiederholt beinahe zornig: »*neteče horká voda*«. Ich beschließe, sie nicht zu fragen und einfach die Dusche zu suchen und den Hahn aufzudrehen, das Badezimmer ist winzig, die Dusche durch einen weißen, mit blauen Glocken bemalten Plastikvorhang von der Toilettenschüssel getrennt, der Toilettendeckel mit einem hellblauen synthetischen Fell überzogen, das kleine Brett unter dem Spiegel ebenfalls hellblau, alles ist sehr sauber und verrät ein bürgerliches Streben, wie die Gladiolen in der Kristallvase auf dem Fensterbrett auch, hier ist der Modergeruch fast zum Ersticken, so als steige der Fluß dunkel und schleimig in allen Röhren und in den bleichen Stromleitungen hoch, ich ziehe mich aus, lege meine Kleider auf den Toilettendeckel, öffne den Heißwasserhahn, eiskalte Glasnadeln springen aus dem Duschkopf an der Decke, zersplittern zu meinen Füßen in brennende Späne, ich hatte vergessen, wie kalt Wasser im Ausland sein kann, aber ich habe doch das warme Wasser aufgedreht, ich warte, »*neteče horká voda*«, sie steht in der Tür und betrachtet meine Nacktheit, es gibt kein Heißwasser, jetzt fällt bei mir der Groschen, verdammt noch mal, es gibt kein Heißwasser, und sie steht da und betrachtet meine Nacktheit, eine Hand in der Hüfte, ich hüpfe mit einem Satz unter das eisige Wasser, und es verschlägt mir den Atem, eine erschreckende Kälte, ich werde bei ihr noch einen Herzanfall kriegen, der Puls rast, wo hat sie Seife, hier, ein altes, zerbrochenes Stück, ich drehe den Hahn zu, versuche, mich einzuseifen, ihre Hand schiebt den Glockenvorhang weg, und sie steht da, betrachtet mich mit einem erheiterten Lächeln, »*to nevadí, to nevadí*«, macht nichts, sagt sie zu mir, nach all dem, was sie durchgemacht hat, soll ich nicht so verwöhnt tun, und sie dreht sich um und geht wieder in die Küche, nach einen Fön muß ich erst gar nicht fragen, und ein Handtuch, wie sagt man Handtuch, aber sie hat mir schon ein graues Handtuch auf den Kleiderberg hingelegt, ich trockne mich schnell ab, gehe ins Zimmer, hole einen bequemen Trainingsanzug und Hausschuhe aus dem Koffer, damit sie nicht das Gefühl hat, eine kapitalistische Verwandte sei bei ihr gelandet –

Wir beide, einander gegenüber. Werde ich in dreißig Jahren so aussehen? Ihr Gesicht ist von Falten zerpflügt, um ihre Augen eine rötliche Linie, wie die Augen von Nachum, das Haar glatt, trüb gelb, im Nacken zu einem dünnen Mäuseschwanz zusammengenommen, läßt den rosa Schädel durchschimmern. »All die Jahre habe ich gedacht, du seist tot«, sage ich zu ihr, sie nickt, jetzt bin ich dran, jetzt rede ich, und sie hört zu, ihre Augen kleben an mir, aber was versteht sie schon. »Ich habe gedacht, du seist tot«, sage ich ihr, »wie konntest du es wagen, wegzugehen und zwei kleine Kinder allein zu lassen«, ich rechne mit ihr ab, »und wofür –«, ich erzähle ihr von Nachum und mir in Eilat, ich muß diese Geschichte einmal über die Lippen bringen, und wer ist daran schuld, wer, wenn nicht du, ich beende meine Rede, und sie nickt, stimmt allem zu, was ich sagen muß, sagen muß, sagen muß, ich erzähle ihr von Papa, von Davidi, von seinem Testament, empfinde ihre schweigende Geduld als wohltuend, bis ich merke, daß sie eingenickt ist, sie ist einfach eingeschlafen –

Ich räume den Tisch ab. Die Mahlzeit war schwer, klebrig und zu salzig. Ich spüle das Geschirr in dem kleinen Spülbecken unter kaltem Wasser. Gehe zurück ins Wohnzimmer. Sie schläft immer noch. Du hast eine Mama, sage ich mir, betrachte sie, ich kann die Ähnlichkeit zwischen uns erkennen, und gerade die stößt mich zurück, erregt fast Abscheu – sie schläft, den Kopf auf die Brust gesunken, die Arme verschränkt, schnarcht leicht, und ich setze mich ihr gegenüber hin und versuche zu spüren, ob da irgend etwas fließt – Wärme – Nähe – Mitleid – Zärtlichkeit – aber nichts, ich bin ausgetrocknet, verdorrt, in mich eingerollt, wie eine alte Schriftrolle, nur in Telenovelas und in amerikanischen Fernsehserien fallen sich Mutter und Tochter, wenn sie sich über vierzig Jahre nicht gesehen haben, um den Hals, küssen sich, weinen, streicheln einander, werden binnen fünf Minuten beste Freundinnen, gehen zusammen einkaufen – kochen – die Mutter bringt der Tochter bei, wieviel Salz man nimmt und wieviel Mehl und daß man die Eier eine Stunde vor dem Schlagen aus dem Kühlschrank holt, die Tochter nimmt die Mutter in einen Film aus den vierziger Jahren mit, beide besuchen irgendein Grab – des Vaters, des Geliebten oder der jung verstorbenen kleinen Schwester – legen Blumen darauf – gehen gemeinsam in den Zoo, ins Café, darf ich vorstellen, sagt die Tochter zu ihren Freundinnen, das ist meine Mutter, jetzt bewegt sie sich ein bißchen, gleich wird sie aufwachen, und ich – was soll ich ihr sagen – daß ich gedacht hatte, ich würde ein Grab oder eine Urne mit Asche finden, aber schau, da bist du, dünn, aber da, selbständig, kochst für dich selbst, gehst einkaufen, wäschst, regierst über deine Nachbarinnen, so hältst du gut noch zwanzig Jahre durch – und was machen wir? Sollen wir dich nach Israel bringen? Sollen wir dich hierlassen?

Am Abend kommen die Freundinnen zurück, mit Anhang – noch eine Nachbarin samt Mann und Tochter, ihr Englisch ist gar nicht schlecht, und wieder sitzen wir alle um den Tisch, der ausgeklappt einen Meter länger ist, der Vorratsschrank wurde verschoben, das Sofa auch, *paní Hruzová* hat eine festliche bestickte Decke aufgelegt – es fällt mir leichter, sie in Gedanken *paní Hruzová* zu nennen –, das Gespräch plätschert auf tschechisch. Die Tochter der Nachbarn, knapp über dreißig, redet auf englisch mit mir, begeistert sich dafür, daß ich Stewardess war, auch sie hatte das mal vor, *paní Hruzová*, erzählt sie mir von meiner Mutter, wie von einer lokalen Attraktion, bekommt eine staatliche Rente, das ist der Moment, in dem ich vorfühlen kann, eine phantastische Gelegenheit, es einzuflechten, ich sage: »Ich habe überlegt, sie nach Israel mitzunehmen.« »Wozu denn das«, Anetka wirft einen kurzen Blick auf die Nationalheldin, »was fehlt ihr denn hier, und bei euch in Israel ist es furchtbar heiß und gefährlich und dauernd Krieg, und sie ist schon nicht mehr jung.« »*Paní Hruzová*, wie alt sind Sie?« fragt sie meine Mutter, die den Salat mischt, übersetzt mir ihre Antwort, fünfundsiebzig. »Würden Sie gern mit der Tochter nach Israel fahren?« Anetka wirft mir einen Blick zu, als sage sie, ich frage das nur, damit du siehst, daß ich recht hatte. »Hier, hör dir die Antwort an, Gott behüte, sagt sie, nein, sie wird nirgendwo mehr hinfahren, sie ist in diesem Haus geboren, und in diesem Haus wird sie sterben«, übersetzt mir Anetka beinah simultan, »aber sie hofft, daß du sie öfters besuchen kommst –«

Die Gäste sind gegangen. Erste und letzte Nacht mit Mama. Sie schaltet das Licht an – nackte Glühbirnen –, im Schlafzimmer holt sie Bettzeug aus dem schweren Schrank, bietet mir das Feldbett an, und ich stehe mit verschränkten Armen da und schaue mich um. An einer Wand ein Fenster auf den Innenhof. An einer anderen ein großes gerahmtes Foto. Ich gehe näher ran, um mich zu versichern, daß es nicht Papa ist und auch nicht Davidi, es ist ein fremder Mann. Ihr Vater? Ihr Bruder? Noch ein Geliebter? Der Mann ist bebrillt, spitz, zwischen vierzig und fünfzig, sie sieht, daß ich ihn betrachte, versucht mir zu erklären, wer das ist, aber ich verstehe sie nicht, über ihrem Bett hängt ein kleines Kreuz aus Eisen, ich strecke die Hand danach aus – ist das ihres? Ist sie religiös geworden? Sie bemerkt die Bewegung, lächelt, nickt, sagt etwas, was ich nicht verstehe –

Jetzt ist sie im Bett, und ich liege auf dem Feldbett. Sie beobachtet mich von hinter den Federbettbergen, nimmt sich die Zähne aus dem Mund und ist auf einen Schlag noch zwanzig Jahre älter, legt sie in ein halbvolles Wasserglas auf dem Nachttisch zwischen uns. »*Dobrou noc*«, sagt sie mit einem Hexenlächeln. »*Laila tov*«, wünsche ich ihr auf hebräisch ebenfalls gute Nacht, und zu meiner Überraschung antwortet sie mir »*laila toff*«, schaltet das Licht aus und verhängt über uns Finsternis. Finsternis. Finsternis. Finsternis. Das Feldbett unter mir knarrt fürchterlich, die Decke, die sie mir gespendet hat, eine schwere Wolldecke, riecht nach Mottenkugeln, die Luft um mich herum ist dick, modrig, die Nachtgeräusche sind anders, sie seufzt – im Schlaf? nicht im Schlaf? Sie dreht sich um, seufzt wieder, hustet, ich hatte vergessen, wie schrecklich es ist, mit noch jemandem im Zimmer zu schlafen, sie atmet tief, und was, wenn sie mir hier diese Nacht wegen der ganzen Aufregung stirbt, Unsinn, diese Frau ist aus Eisen, sie wird heute nacht wie ein Baby schlafen und morgen wie neu aufwachen, nur ich werde dann vollends einen Hexenschuß haben, gestern auf der Bank, heute auf diesem Feldbett –

Ich bin eingeschlafen, sinke *wie ein Stein ins tosende Wasser.*

Das erste, was ich sehe, ist das milchige Fenster. Morgen. Es ist schon Morgen. Wo bin ich? Ich brauche einen Augenblick, um das mit den Wänden zu klären – das Kreuz wurde abgenommen – wann? – bestimmt meinetwegen. Sie ist weder dumm noch senil – sie liegt nicht mehr im Bett – wo ist sie – wie spät ist es – Viertel vor zehn, wer hätte das gedacht – ich habe wirklich geschlafen wie ein Stein – aber das Licht im Fenster ist ein Licht von sechseinhalb morgens, diesen Ausdruck hat Papa immer verwendet, wahrscheinlich eine Übersetzung aus dem Tschechischen – wo ist sie?

Aus der Küche höre ich das leise Säuseln von Gas, das Kochen von Wasser in einem alten Kessel, sie trägt den abgewetzten Morgenmantel, arbeitet leise, schneidet etwas, rührt etwas um. »*Dobré ráno*«, überrasche ich sie, sie dreht sich um, lächelt, Gott sei Dank mit Zähnen im Mund, »*boker toff*«, erwidert sie auf hebräisch meinen Morgengruß, ich bekomme plötzlich Angst, vielleicht will sie, daß ich hierbleibe, ihr Hebräisch beibringe, in einem halben Jahr wird sie die Sprache beherrschen, dann wird sie mit mir nach Israel zurückfahren, meine Sprachbegabung habe ich wohl von ihr, und was noch? Was soll's, es hat eh keine Chance, ich setze mich zum Frühstück, kämpfe, um sie nicht zu beleidigen, mit dem Palatschinken, der in einer Butterpfütze zittert, habe das Gefühl, Beton zu schlucken –

Danach gehen wir raus, sie versucht mir etwas über ihre Zeit im Ghetto zu erklären, benutzt dazu den Plan in meiner Hand, führt mich zur Hohenelber Kaserne, da war das zentrale Krankenhaus, da hat sie gearbeitet, ich weiß, aber sie weiß nicht, daß ich weiß, oder vielleicht denkt sie auch, daß Papa mir das erzählt hat, warum eigentlich nicht, sie führt mich in die Pražská ulice – vermutlich Prager Straße –, bleibt an der Ecke Pražská und Komenského stehen, zeigt auf ein Haus, sagt »*knihovna*«*, keine Ahnung, was sie meinen kann, der Plan bleibt hier stumm, wir gehen nach Süden, am Smetana-Park vorbei, biegen rechts ab, da ist schon die

* Tschech.: Bibliothek.

Mauer, sie zeigt auf eine zugemauerte gewölbte Öffnung in der Mauer, sagt aufgewühlt »*gas, gas*«, meint anscheinend etwas anderes, in Terezín hat es doch keine Gaskammern gegeben, jetzt gehen wir zurück in die Seestraße, an ihrer Wohnung vorbei, biegen links ab, in Richtung des zentralen Platzes, sie zeigt auf einen großen Altwarenladen, wir gehen hinein, altes Porzellan, Nachttöpfe, schwarz angelaufene Silberlöffel, Militärorden, abgewetzte Samtdecken mit grünlich gewordenen goldenen Fransen, eine Milchflasche für ein Baby, ein Fußball, aus dem die Luft raus ist, von Gürteln zusammengehaltene Koffer, über diese Auslagen regiert ein rotgesichtiger Riese, der mit ihr ein paar Worte auf deutsch wechselt, warum wir hier reingegangen sind, ist mir nicht klar, laut Plan wurde hier im Dezember 1942 ein Café eröffnet, dann hat man hier also gesessen, eine trübe Flüssigkeit getrunken und einer hervorragenden Jazzgruppe gelauscht, hier, wo all diese mitleiderregenden Altwaren rumliegen, Schallplatten ohne Hüllen, Unterröcke, ein halberblindetes Fernglas, Tischdecken, Handtücher aus dritter Hand, ein Kupferlöffelchen, Matrosenknöpfe, ich lasse die Nationalheldin mit dem Nazi allein, gehe hinaus, gehe los in Richtung ihrer Wohnung, in einer halben Stunde kommt der Bus hier vorbei, und ich bleibe keinen Tag länger –

Der Tag ist verloschen. Der Himmel hängt niedrig, eine Schicht über der andern filtern die grauen Wolken das säuerliche, sich nicht verändernde Licht der Sonne. Sie bringt mich zur Busstation. Wenn ich sie richtig deute, ist sie erleichtert, daß ich gehe – vielleicht hatte sie Angst, ich würde mich entscheiden, ab jetzt auf dem Feldbett neben ihr zu schlafen, oder darauf bestehen, sie nach Israel mitzunehmen. Diesmal trägt sie einen engen blauen Rock und eine rosa Bluse, Kleider aus den sechziger Jahren, aber für sie der Gipfel der Eleganz, ich ziehe den Rollkoffer hinter mir her, in dem die Pyxis liegt, wir fahren wieder nach Hause, Davidi, hier lasse ich dich nicht zurück –

Aus der Wohnung der Nachbarin mit dem Hund haben wir im Axa Hotel in Prag angerufen und ein Zimmer für drei Nächte reserviert, bis zum nächsten Direktflug nach Tel Aviv – vielleicht spaziere ich bis dahin ein bißchen durch Prag – Prag ist sehr schön, hat Papa mal gesagt, sogar schöner als Paris –

Wir stehen beide an der Busstation neben einem dicken Baum, sie schaut auf ihre Uhr, eine alte Herrenuhr, vielleicht von dem bebrillten Mann auf dem Foto an der Wand ihres Zimmers, sie hebt den Blick und lächelt mich mit einem Lächeln von »gleich« an, er wird kommen, mach dir keine Sorgen, du bleibst nicht hier, ich lächele zurück, unser Schweigen macht uns verlegen, aber wir haben keine gemeinsame Sprache, und wenn wir eine hätten, was würde sie mir dann sagen, sie versucht jetzt, mir etwas mitzugeben, sucht in ihrer Tasche, vielleicht holt sie auch nur ein Taschentuch oder eine Zigarette raus, nein, einen Umschlag, noch ein Brief? Nein, der Umschlag ist schwer, da ist etwas anderes drin als Papier, ein Schmuckstück, vielleicht eine Brosche, ich beginne, den Rand des Umschlags aufzureißen, doch sie – wieviel Kraft sie hat – umschließt meine Hand, läßt mich nicht, nachher, verstehe ich, wenn ich allein sein werde, nicht, wenn sie dabei ist, in Ordnung, hier kommt schon der Bus, vor mir steigt ein Mann in mittlerem Alter ein, dann ein junger Mann, eine ganz kurze, harte Umarmung zum Abschied, und ich bin schon im Bus, bezahle beim Fahrer und suche mir einen Sitzplatz, der Bus fährt schon, und ich sehe sie unglaublich klein neben dem riesigen Baum, sie winkt mir, dreht sich um und geht.

Wartet noch nicht einmal, bis der Bus die Station verlassen hat –

Ich drehe den Kopf, um noch was zu sehen – aber der Baum stört – Häuser – der Bus biegt ab, schon sind wir auf einer anderen Straße – das ist die Landstraße – schon nicht mehr Terezín –

Sie hat mir noch nicht mal einen Kuß gegeben.

Ich ihr auch nicht.

Jetzt mal sehen, was sie mir mitgegeben hat. Der Umschlag ist schwer, enthält einen runden, flachen Gegenstand, wohl eine Brosche oder ein Medaillon, nein, eine alte Medaille, vielleicht ihre Tapferkeitsmedaille, bräunlich, beinahe schwarz, auf der einen Seite auf tschechisch beschrieben, auf der anderen ein kleines Reliefbild, ich halte sie gegen das Licht, erkenne drei große Helden im sowjetischen Stil, wenn sie eine Medaille bekommen hat, warum hat man sie dann festgenommen, vielleicht ist es das, was sie mir versucht hat zu erklären und was ich nicht verstanden habe, ich kann Avi fragen, sobald ich zurück bin, er kann seine Assistentin fragen und die ihren Vater, einen ehemaligen Refusnik, die ganze Welt ist ein einziges kleines Dorf, hier sind auch wieder die drei Israelis, »schalom«, überrasche ich sie, nein, der Sohn wendet seinem Vater ein triumphierendes Gesicht zu und sagt: »Ich habe doch gesagt, daß sie Israelin ist« –

Nicht weit vom Busbahnhof das Axa Hotel: Die Lobby ist winzig klein, sogar der große Spiegel erzeugt keine Illusion, der Aufzug ist alt, zu dem Zimmer, das ich bekommen habe, führt ein langer, dunkler Flur geradeaus, dann biegt er links ab, geht noch ein Stück geradeaus weiter und biegt nochmals nach links, die schmale Lobby verriet nichts von diesem Gedärm, der Teppich in dunklem Khaki, schwache Lampen, ab und zu ein rechteckiges Fenster, von trüben Gardinen verhängt, filtert es das deprimierend graue Licht und geht hinaus auf – ich ziehe einen Vorhang zur Seite – ein weiteres, sehr nahes Gebäude, hier ist mein Zimmer, winzig klein, das

Bett in der Ecke ist mit einer Längs- und der Kopfseite dicht an die Wand geschoben, das Fenster schaut auf ein niedrigeres Dach, dahinter ragt noch ein Gebäude auf, kein Stückchen Himmel, ich habe das Gefühl, daß ich nicht atmen kann, aber das wird gleich vorübergehen, die Toilette ist sauber, ich war schon in schlimmeren Örtlichkeiten, ich hoffe, daß es hier Heißwasser gibt, ich werde mich abschrubben und lege mich dann sofort schlafen –

Schlafe ich? Wie soll man hier schlafen können, ich bekomme kaum Luft, ich glühe, hier ist keine Luft, ich muß auf Toilette, mein Magen dreht sich um, kalter Schweiß bedeckt mich, ich muß einen Virus erwischt haben, was tun, erst mal viel trinken, aber das Wasser schmeckt krank, schmeckt zum Erbrechen, und dieses Fenster – ich werde um ein anderes Zimmer bitten, und bis dahin schlafen, und wieder wache ich auf, es ist nicht Tag und nicht Nacht, das Laken ist naß und verkrumpelt, die Augen brennen, die Ohren sind voll heißer Luft, mein Rachen besteht aus Schmirgelpapier, und der Nacken – steif – ich kann kaum den Kopf drehen – vielleicht kann eine heiße Dusche, beinah kochend heiß, die Muskeln lösen, die sich in der Nacht bei ihr verspannt haben – und wenn das nichts hilft, dann geht es nicht anders, dann braucht es einen Arzt – wie, verdammt noch mal, ruft man hier die Rezeption –

Zwei Wochen im Krankenhaus in Prag. Was ich hatte? Bis jetzt sind sie sich noch nicht sicher, vielleicht eine Hirnhautentzündung und vielleicht auch nicht, Hauptsache, es ist vorbei, die Laboruntersuchungen sind in Ordnung, Sie können fliegen, wenn Sie zu Hause sind, gehen Sie bitte zu Ihrem Arzt –

Im Flugzeug finde ich meinen Platz und schlafe ein, wie ein Stein. Eine Stewardess weckt mich nach der Landung. »Alles in Ordnung?« Ich nicke, nehme zusammen mit den anderen Passagieren den Bus, der uns zur Paßkontrolle bringt – mit verkrampften Muskeln schleppe ich mich zum Taxi, lasse mich auf den Rücksitz fallen, sage, ich will in die Siedlung, nach Hause, bloß schon zu Hause sein, das Licht in den Fenstern ist geschmolzenes Feuer, der Fahrer dreht sich um, fragt, ob ich über das neue Autobahnkreuz oder den alten Weg fahren will, denn, wissen Sie, es gibt Leute, die bevorzugen den alten Weg, der ist länger, hat aber weniger Staus, und so ist er dann doch wieder kürzer, man muß ja auch die Zeit bedenken, nicht nur die Entfernung, wer bin ich, daß ich mit einem israelischen Taxifahrer streiten würde, ich sage: »Nehmen Sie den alten Weg« und ändere nach drei Minuten meine Meinung. »Nein, wissen Sie was, fahren Sie nach Hadera!« Der Fahrer dreht sich zu mir um, ein dunkler Kopf mit dichtem grauem Haar. »Nach Hadera? Das ist eine ganz andere Richtung!« »Ich weiß, fahren Sie nach Hadera.« Ich gebe mir Mühe, entschlossen zu klingen, und sinke in den Sitz, es ist unerträglich heiß, der Wind, der zu den Fenstern hereinweht, glüht. »Könnten Sie bitte die Klimaanlage anschalten?« Der Fahrer lacht: »Und wenn nicht? Die ist nämlich hinüber, gute Frau, die ist hinüber, gestern haben sie versprochen, mir eine neue zu bringen.« Er schaut mich im Rückspiegel an. »Ihnen ist heiß? Nicht so schlimm. Wie haben die Leute hier gelebt, bevor sie die Klimaanlage erfunden haben, Vater, Mutter und fünf Kinder in einer Blechhütte in den Camps für die Neueinwanderer, und, glauben Sie mir, wir haben nicht so gejammert wie heute, meine Kinder, die laufen keinen Meter zu Fuß, Papa, bring mich hierhin, bring mich dahin, die fahren noch nicht mal mit dem Fahrrad, ist ihnen zu heiß oder zu kalt, ich sage Ihnen, wenn wir in den vierziger Jahren so gewesen wären, wär's uns dreckig gegangen, wir hatten keinen Staat, aber was, die Menschen waren damals anders – mein Vater und Ihr Vater, die haben uns ein Land aufgebaut, und heute können wir nicht mal mehr ohne Klimaanlage, hab ich nicht recht?« Er fährt gemächlich, redet, schaut manchmal kurz zu mir. »Wenn Sie wollen, halte ich an und kaufe Ihnen was Kaltes zu trinken, auf meine Rechnung, weil die Klimaanlage nicht tut. Sie sehen so aus, als ob Ihnen wirklich heiß ist, sagen Sie mir nur, wo – und ich halte an, Ihr Gesicht ist feuerrot, was soll ich Ihnen sagen, die Aschkenasen, für die ist es hier nicht gut ...«, er schaut mich an, legt den Kopf schief, lächelt. »Nicht, daß Sie sagen, ich sei ein Rassist, aber Hand aufs Herz, ihr *wuswusim*, dieser Ort ist nichts für euch, die Sonne bringt euch um, und mit den Arabern könnt ihr auch nicht reden – ich sage Ihnen, das beste wäre, hier einen Ministerpräsidenten orientalischer Herkunft zu wählen, dann gäbe es Frieden, aber keinen Moment vorher!« Ich sinke noch tiefer in den Sitz, gleich werde ich verdampfen – und schlage die Augen wieder auf bei »Gute Frau, gute Frau, was haben Sie denn« und sehe eine kleine Flasche Mineralwasser, wir halten neben Ständen am Straßenrand, an denen Obst, Erdnüsse, Spielzeugbären, Korbmöbel verkauft werden. »Wir sind in Hadera.« Der Fahrer steht draußen, neben dem Auto, die Tür ist offen, er trinkt im Stehen eine Cola. »Trinken Sie, trinken Sie, und dann sagen Sie mir, wohin in Hadera Sie genau wollen.« Ich schaue mich um. »Nein, hier ist es nicht, das ist noch weiter nördlich.« Der Fahrer wischt sich den Mund ab und steigt ein. »Weiter nach Norden? Wohin nach Norden? Paljam-Kreuzung? Nach Or Akiba? Zur Binjamina-Kreuzung?« »Nach Or Akiba!« Ich tippe, das erscheint mir am ehesten richtig, denn Rabbi Akiba ist ja nicht weit von Caesarea an Land gegangen und gefangengenommen worden, dann saß er ein paar Jahre im Gefängnis und wurde gefoltert, bis seine Seele entwich. Ich sitze angespannt da. »Fahren Sie langsam!« Ich suche, es hat sich alles so verändert, aber trotzdem, die Wölbung eines Bergrückens, eine Ruine, nein, ich kann es nicht erkennen. »Das ist Or Akiba!« verkündet der Fahrer. Schon? Ist das so nah? »Abbiegen?« Ich nicke, er biegt nach Westen ab, fährt auf einer geteerten Straße, nein, das ist es nicht, Bäume links und rechts, wo war es dann, wir erreichen ein bebautes Gebiet, das sehr an das Südende unserer Siedlung erinnert, zweistöckige Häuserblocks, verwahrloste Höfe, Zeitungsfetzen und leere Plastikflaschen und Plastiktüten, die im Wind herumfliegen, der vom Meer kommt, ich erinnere mich nicht an all diese Häuser, und dort, was ist das dort, grasbewachsene Sandhügel am Ende der Straße. »Was ist das da?« – »Die neue Straße Haifa–Tel Aviv, Autobahn.« – »Dann kommt man von hier aus nicht ans Meer?« – »Das Meer, das haben wir gleich!« Der Fahrer wirft mir einen fröhlichen Blick zu, nimmt die Herausforderung an. »Sie müssen nur sagen, wohin Sie wollen, der Zähler tickt.« Er fährt in aller Ruhe weiter, drosselt die Geschwindigkeit noch mehr, streckt den Kopf aus dem Fenster, fragt einen der Einheimischen, wo das Meer sei, geradeaus und rechts, antwortet man ihm, und er fährt, die Häuser sehen anders aus, blendendweiße Villen, eine breite zweispurige Straße. »Das ist das neue Or Akiba«, erklärt mir der Fahrer, »ich wollte mir hier mal eine Villa kaufen – na, raten Sie mal, warum!« Aber ich rate nicht, ich sitze auf der Kante des Sitzes, der Wind vom Meer ist salzig, lindernd, gleich werde ich sehen, gleich sind wir da, aber nein, wir sind – was ist denn das? Caesarea?! Wir sind schon in Caesarea? Der Parkplatz ist von Autos überfüllt, Touristenbusse, die Ausgrabungen sind restauriert, leuchten weiß in der Sonne. »Fahren Sie noch ein bißchen, nur noch ein bißchen weiter«, bitte ich, und der Fahrer fährt langsam weiter. »Hier ist schon der Kibbuz Sdot Jam«, verkündet er. »Der Kibbuz von

Hannah Szenes«, sage ich, weiß genau, daß es nicht hier war, aber hier in der Nähe, der Fahrer parkt den Wagen auf einem Parkplatz. »Da kann man zum Meer runtergehen«, er zeigt auf einen Touristenpavillon, neben dem tatsächlich ein Weg zum Meer hinunterführt. »Gehen Sie da runter – ich warte hier, ich haue nicht ab.«

Ich gehe hinunter zum Meer, auf einem Weg, eingesunken zwischen künstlich aufgeschütteten Hügeln, die von einer Art Plastiknetz zusammengehalten werden, aus seinen rautenförmigen Zwischenräumen schauen fleischige Pflanzen hervor, die sich ausbreiten, lila Blüten werden sie haben, das weiß ich, und hier das Meer, hier ist das Meer, Silberkrusten zerreißen wild, zwischen ihnen mattes Blaugrün, das im nächsten Augenblick zu einer ganzen Kette kleiner Dolche entflammt, einen Moment Patina unter weißem Himmel und im nächsten Schnitze aus hartem Licht, glänzende Glasur über tiefem Wasser, das sich unaufhörlich bewegt, es schickt durchsichtige, flacher werdende Wellen zu mir, die auf den schmalen Küstenstreifen sprudeln, der wird nach Süden hin breiter, wird dann von riesigen Schornsteinen verstellt, und im Norden, ganz nah, klammern sich ein paar Kurkarfelsen an die Überreste einer Mauer – Hier? War es hier? Früher konnten wir von hier aus hochklettern und die Überreste des römischen Theaters hinunterrennen, Nachum galoppiert schon die Sitzreihen hinauf, ihr ihm hinterher, und ich stehe allein auf der Bühne, unten in der Mitte, alleine, lege meine Hände um den Mund, um die Akustik zu prüfen – Hört Ihr mich? Hört Ihr mich? Aber hier haben sie einen Zaun wie von einem Konzentrationslager gebaut, Betonpfeiler, oben umgebogen wie zu Haken, bespannt mit Stacheldraht, fehlen nur noch die Wachtürme und die Hunde, hör auf, hör auf damit, schau aufs Meer – hier ist das Meer – von hier aus ist es größer, breiter, gehämmerter, das ganze Meer eine blinkende Metallplatte, es entflammt, schmilzt, verlischt, von dort kommt der Wind, der das Gesicht salzt, dort ist der Horizont und hier ein Schiff. Ich kann es nicht richtig sehen, der Horizont ist ein glühender Strich. Ich steige hinunter, halte mich fest an ein paar bewachsenen Felsvorsprüngen, die aus einigen abgebrochenen Reihen behauener Steine hervorragen, angefressen von Wind und Salz, hier, hier ist Betar gewesen, hier ist das Blut aus den Löchern geflossen und hat die Steine dieser Mauer ins Meer weggespült, weggerollt, vier Meilen weit, eine gewaltige Stadt, Hunderttausende von Einwohnern, das Tel Aviv der Bar-Kochba-Zeit, vierundzwanzigtausend Kämpfer sind von Betar ausgezogen, um Caesarea zu erobern, aber sie wurden vom Krieg dahingerafft, die Stadt wurde bis auf die Grundmauern zerstört, und der Sand und das Wasser haben das Zerstörungswerk vollendet – *Etiam periere ruinae.**

Hier werde ich dich zurücklassen – im Betar der alten Landkarten, zwischen den Marmortrümmern – hättest du das gedacht? Nach all den Jahren ragen sie noch aus dem Sand, abgerieben und blankpoliert vom Meer, sehen aus wie Seifenstücke, neben ihnen Tonscherben, noch immer rauh für die Hand, aber wenn je etwas auf ihnen gewesen sein sollte – ein Name, eine Gravur oder ein Relief –, ist alles abgerieben, verloren, zwischen den wenigen Muscheln hier ein kleiner Klumpen Kupfer, eine verbogene und erodierte Pfeilspitze, hier hat der Krieg stattgefunden, zweifellos, hier haben die Schiffe des Eleasar ben Charsom angelegt – Hamoda'i? Verräter? Doppelagent? hattest du in grüner Schrift auf dem Rand deiner Notizen gefragt, und vielleicht ein Verwandter von Bar Kochba, sein Verbündeter und Rivale – hat Bar Kochba ihn umgebracht? Das hattest du nicht geglaubt. Das war nur die Version der rabbinischen Gelehrten! hattest

* Lat.: Selbst die Ruinen sind untergegangen.

du protestiert. Ja, das ist der Ort – ich kehre zurück zu dem wartenden Taxi, mache dem Fahrer ein Zeichen, nur noch einen Moment, hole die Pyxis aus dem Koffer und klettere wieder hinunter ans Meer: das Meer – mit Muskeln aus geschmeidigem Silber, Sehnen aus grünem Feuer – das Firmament über ihm ist schwarz von Licht – mit geschlossenen Augen öffne ich die Pyxis, neige sie und streue das, was von dir geblieben ist, in den Wind –

Als ich zum Taxi zurückkomme, singt der Fahrer vor sich hin und trommelt aufs Lenkrad, »*Rabbi Akiba, ein bescheidener Mann, er hütete die Schafe zwischen den Büschen*«, er sieht mich und lächelt. »Sind Sie soweit?« Ich nicke, setze mich, lasse die Füße noch draußen, versuche sie von allem zu säubern, was an ihnen klebt. »Lassen Sie ruhig, das macht nichts – morgen putze ich das Auto!« Er dreht sich zu mir um, aber da meldet sich plötzlich das Funkgerät. »Ja, hier ist Akiba – ja, ich höre – ich höre – hab schon verstanden – fahren wir?« Er dreht sich zu mir um, um ein Okay zu bekommen, startet den Motor und fährt vom Parkplatz. »Wissen Sie, wer Rabbi Akiba war?« fragt er mich, fährt den Weg zurück, den wir gekommen sind. »*Kol de'avid rachmana – letov avid*«, zitiert er selbstzufrieden auf aramäisch, nimmt aber keinen Blick von der Straße, »das ist echt eine große Sache«, er biegt rechts ab, »alles, was Gott gemacht hat – hat er zum Guten gemacht«, er schaut kurz durch seinen Spiegel zu mir nach hinten, seine Augen schwarze Oliven, fröhlich. »Alles ist zum Guten! Selbst wenn wir denken, was ist das für ein Mist, warum tut er uns das an, womit haben wir das verdient – er hält das für gut, und dann ist es auch gut, verstehen Sie mich? Am Ende sehen wir auch ein, daß alles zum Guten ist – stimmt es nicht?« Ich lehne mich an die Rückenlehne, fühle mich verpflichtet zu protestieren. »Ich kann dem nicht so ganz zustimmen«, sage ich, wähle die Form des Understatement, ich bin erschöpft. »Ich erzähle Ihnen ein Beispiel«, der Taxifahrer hat neuen Elan, ist allzeit bereit, eine theologische Diskussion vom Zaun zu brechen. »Ihre Fahrt hier zum Beispiel, ich wollte die nicht annehmen, ich hatte mir gedacht, die will bestimmt nach Tel Aviv, und ich fahre, ehrlich gesagt, nicht nach Tel Aviv, diese ganzen Staus und das Theater dort, das lohnt sich nicht für mich – ich wollte die Fahrt nicht nehmen, wollte schon mit Mosche tauschen, aber dann habe ich mir gedacht, na, komm schon, du bist an der Reihe, dann nimmst du die Fahrt auch, und ich habe sie genommen, und jetzt schauen Sie mal auf den Zähler, wieviel wir schon haben«, er schiebt einen Deckel weg, und ich sehe rote 342, »um die Wahrheit zu sagen, ich hatte gleich so ein Gefühl bei Ihnen, gleich, als wir losgefahren sind, habe ich gesehen, daß Sie was suchen – und ich, ich habe einen Sinn dafür«, das Funkgerät unterbricht ihn, er antwortet nur mit »ja« und »nein« und »habe verstanden« und kehrt schnell zu seinem Vortrag zurück. »Dinge, die vor den Augen der Menschen verborgen sind, hat Rabbi Akiba ans Licht geholt, heißt es – und ich, warum habe ich ein Haus in Or Akiba gewollt? Weil ich Akiba heiße, nach dem Namen des Großvaters meines Großvaters, möge das Andenken dieses Gerechten zum Segen sein, und dieser Großvater, nicht Akiba, sondern dessen Enkel, der hat mir Talmud beigebracht, jeden Morgen vor der Schule, hat er mir irgendeinen Vers in den Mund gelegt. *Der Mensch hat eine besondere Stellung, denn er ist in Seinem Bild geschaffen.* Verstehen Sie? Gemeint ist im Bilde Gottes!« »Vielleicht kann man Gott aus dem Bild wegretuschieren«, bitte ich ihn, es gibt eine Grenze, was ich in den kommenden Kilometern von hier bis nach Hause noch ertragen kann. »Retuschieren? Was bedeutet retuschieren?« Er schaut mich über die Schulter an, schaut wieder nach vorne. »Rausnehmen, ausradieren«, sage ich mit verbranntem Gaumen, »ihn aus dem Bild ausradieren«, ich hoffe, daß er verstummen wird, aber er zuckt mit den Schultern. »Ahhh, Sie sind so eine von diesen Supersäkularen aus der Schenkinstraße in Tel Aviv, glauben Sie mir, mir machen Sie damit keine Angst, auch ich bin säkular, das sehen Sie ja, ich habe keine Kippa auf dem Kopf, aber das hat nichts mit Gott zu tun, es gibt keinen Menschen, der nicht an Gott glaubt, wenn Ihnen das einer weismachen will, glauben Sie ihm nicht, der lügt, glauben Sie mir, einmal ist ein Professor mit mir nach Jerusalem gefahren, ein kluger Mann, der hat mir erzählt, daß sogar Einstein an Gott geglaubt hat – glauben Sie mir das nicht?« Er mustert mein Gesicht durch den Spiegel. »Sie glauben es nicht, was kann ich machen, *Gott sieht alles voraus, doch der Mensch hat einen freien Willen* – und wohin wollen Sie jetzt? Dahin, wo Sie am Anfang hinwollten? Das wird um diese Zeit etwas länger dauern, wollen Sie den Weg über das neue Autobahnkreuz oder den alten Weg? Denn, wissen Sie, manche wollen den alten Weg, vor allem in den Stoßzeiten, jeden Tag sind mehr Autos auf den Straßen, dieses Land ist verstopft, erstickt –«

Es ist fast Abend. Der Himmel ist durchsichtig und leicht grün. Die Bäume gleichen Schattenrissen aus Kohlepapier. Mein Kopf glüht. Wenn ich nicht sofort etwas trinke, sterbe ich. »Nach links«, weise ich den Fahrer ungeduldig an, »und hier, hier rechts, halten Sie hier an, wir sind da.« »457!« verkündet er fröhlich. »Vor oder nach der Zeitrechnung?« frage ich. »Wie Sie wollen, gute Frau, Trinkgeld ist nicht Pflicht –« »Vor der Zeitrechnung, das ist der Anfang der Zeit des Zweiten Tempels«, ich steige aus, strecke ihm fünfhundert Schekel hin. »Geht so in Ordnung, behalten Sie den Rest« und Schalom-Schalom, Danke-Danke. »Wenn Sie noch mal so eine Fahrt machen wollen, da habe ich kein Problem mit, hier ist meine Karte, Sie rufen nur an, und ich komme, nach Eilat fahren wir dann über Metula –«

Nun gut, ich bin wieder da, der Koffer ist viel leichter, aber es ist stockdunkel, warum sind die Laternen nicht an, und was ist das, was ist das hier im Garten, auf der Ficusnarbe steht ein riesiger Bulldozer mit erhobener offener Schaufel, ja, es ist ein Bulldozer, die Straßenlaterne geht zwinkernd an, überschüttet ihn mit gelbem Licht, wer, verdammt noch mal, hat mir einen Bulldozer in den Garten gestellt, ich eile zum Haus, aber es ist mit über Kreuz genagelten Brettern verbarrikadiert, und daran hängt an einem großen Nagel ein Zettel oder ein Brief, etwas von der Stadtverwaltung, aber wie soll man das im Dunkel lesen, vielleicht wenn ich mich unter die Laterne stelle, aber erst mal was trinken, erst mal was trinken, ich laufe zum Wasserhahn im Garten, ziehe den Schlauch ab, drehe den Hahn auf, der mir gleich gehorcht, er hat sich an mich gewöhnt, aber seine Öffnung ist noch nicht einmal feucht, kein einziger Tropfen, er ist völlig trocken, dürres Eisen, und der Griff dreht sich leicht, läßt sich weiterdrehen, bis zum Anschlag, und ich höre das Geräusch, das die Rohre machen, wenn das Wasser zu Ende ist, kchchchchchchchchch –

Marcus Hünnebeck

Verräterisches Profil

Thriller

Das Buch

Eine dreiköpfige Familie wird ermordet aufgefunden. Als nach einer ähnlichen Tat alles auf einen brutalen Serienmörder hindeutet, zieht die Soko den Kriminalpsychologen Mark Gruber zurate. Aufgrund seines Täterprofils gerät einer der Verdächtigen in den Fokus der Ermittlungen. Da jedoch keine eindeutigen Beweise vorliegen, entwirft Gruber gemeinsam mit den beiden verantwortlichen Kommissaren eine Strategie, um den Mann unter Druck zu setzen ...

Das im Roman dargestellte Fahndungsraster basiert auf dem vom deutschen Serienmordexperten Stephan Harbort entwickelten empirischen Täterprofil für sexuell motivierte Mehrfach- und Serienmörder.

Der Autor

Marcus Hünnebeck wurde 1971 in Bochum geboren und lebt inzwischen im Rheinland. Zuletzt sind von ihm die E-Books *Die Rache des Stalkers* und *Wenn jede Minute zählt* erschienen.

Taschenbuch, 1. Auflage, November 2013

Herausgeber:
Marcus Hünnebeck
Hegelstr. 11
40789 Monheim

Layout: ebokks
www.ebokks.de
Covervorlage: © Antonis Liokouras – iStockphoto
ISBN der Taschenbuchausgabe: 1493589881
ISBN-13 der Taschenbuchausgabe: 9781493589883

Die in diesem Roman geschilderten Ereignisse sind frei erfunden. Personen, ihre Handlungen und Äußerungen sind frei gestaltet und in keinem Fall als Abbilder lebender oder verstorbener Personen gedacht. Etwaige Ähnlichkeiten sind rein zufällig und unbeabsichtigt.

Prolog

Das Haus, in dem gleich drei Menschen sterben werden, liegt in einer verkehrsberuhigten Seitenstraße – ideal für Familien mit Kindern. Von meinem Parkplatz aus sehe ich einen eingezäunten Spielplatz mit Sandkasten, Klettergerüst und Holzschaukel. In den umliegenden Gebäuden brennt nur vereinzelt Licht, wie es sich um diese Uhrzeit für ein solches Viertel gehört. Ich steige aus und gehe langsam auf mein Ziel zu. Die Lampe neben dem Eingang ist nicht eingeschaltet, was mir sehr gelegen kommt. Ich erreiche die erste der fünf flachen Stufen, die zur Tür führen. Vorsichtig stelle ich den Rucksack auf den Boden und hole das Werkzeug samt Taschenlampe heraus. Innerhalb einer Minute ist das Türschloss geknackt. Den Atem anhaltend, schlüpfe ich ins Innere. Meine Hand ruht nach dem Schließen der Haustür noch auf der Klinke. Der matte Lichtschein der Stablampe weist mir den Weg zur nächsten Tür. Bei ihrem Öffnen zerreißt plötzlich ein lautes Knirschen die Stille. Mein Herz schlägt wie verrückt, für einen

Moment will ich flüchten. Um diesem feigen Impuls nicht nachzugeben, zwinge ich mich, ruhig durchzuatmen. Bestimmt ist niemand von diesem Geräusch aufgewacht.

Ich warte. Nichts rührt sich. Ich schiebe eine Messerklinge in den schmalen Spalt zwischen Holztür und Fußboden. Sie stößt gegen einen winzigen Stein, der auf den Fliesen den Krach verursacht hat. Ich entferne ihn, ehe ich vom Hausflur in die Diele des Erdgeschosses trete. Der Dielenzugang lässt sich nun geräuschlos schließen. Es ist alles in Ordnung.

Zumindest für mich. Für die drei Personen über mir gilt das nicht. Ihr Leben ist bald vorbei, meins fängt jetzt erst richtig an. Diesen Augenblick werde ich niemals vergessen. Phönix ist geboren. Aus der Asche seiner alten Existenz auferstanden.

Der Mann erwachte. Wie in den Nächten zuvor. Erfolglos versuchte er, zurück in den Schlaf zu finden. Doch er wusste, dass dieses Vorhaben sinnlos war. Kurz darauf blickte er auf die rote Digitalanzeige des Weckers. Viertel nach eins. Das gleichmäßige Atmen seiner Frau drang an sein Ohr. Langsam drehte er sich zu ihr um. Durch die Luftritzen des Rollladens fiel genug Licht einer Laterne, sodass er sie betrachten konnte. Ihr Mund war leicht geöffnet, das braune, lange Haar lag auf dem Kopfkissen verteilt. Bei ihrer ersten Begegnung vor zehn Jahren hatte sie ihn gleich mit ihrem mädchenhaften Aussehen in den Bann gezogen. Sie war damals zwanzig gewesen, aber er erinnerte sich genau an ihr drittes Rendezvous, als sie für einen ab sechzehn freigegebenen Film ihren Ausweis vorzeigen musste. Einen Teil dieser Jugendlichkeit hatte sie aufgrund der Geburt ihrer Tochter vor sechs Jahren verloren. Sie wirkte zwar nicht wie eine Dreißigjährige, hatte jedoch viel von dem eingebüßt, was er so erregend gefunden hatte.

Vorsichtig schlug der Mann die Bettdecke beiseite und stand auf, denn er war verabredet. Er hatte seinem Mädchen gestern Nacht versprochen, wiederzukommen. Mit dcn Füßcn schlüpftc cr in dic Pantoffcln, danach griff er zu dem bereitliegenden Bademantel, den er beim Hinausschleichen anzog. Ohne die Deckenlampe im Flur einzuschalten, ging er zum Zimmer seiner Tochter. Im Schein des Nachtlichtes musterte er sie. Die Ähnlichkeit mit ihrer Mutter war verblüffend. Der Mann spürte dieses verderbliche Begehren und zwang sich, die Tür zu schließen. Sie war viel zu jung. Doch vor allem war sie sein eigen Fleisch und Blut. Er würde sich gegen dieses Verlangen wehren. Diesmal durfte es keinen Ausrutscher geben.

Stattdessen machte er sich auf den Weg zu seiner Verabredung am Bildschirm. Vor einer Woche hatte er dank des Tipps eines E-Mail-Partners eine faszinierende Seite im Internet entdeckt. Nach der Buchung eines 14-Tage-Abos hatte er die Kleine unter fünfzehn zur Verfügung stehenden Frauen ausgewählt. Sie war mit Sicherheit mindestens achtzehn, sah allerdings eher nach einem vierzehnjährigen Schulmädchen aus. Mithilfe der Tastatur seines PCs erteilte er ihr Anweisungen, die sie gehorsam ausführte. Fast jede Nacht war er nun bei ihr gewesen, gestern eine Stunde lang. Sobald das Abo ablief, würde er ein neues buchen. Das Geld spielte keine Rolle. Es zählte nur die Illusion.

Ich habe die Fotoalben gefunden und blättere sie im Wohnzimmer durch. Eine glückliche Familie. Zumindest haben die Bilder viele unbeschwerte Momente festgehalten. War das Glück nur vorgetäuscht, um Nachbarn, Freunden und Verwandten den Eindruck einer heilen Welt zu vermitteln?

Plötzlich höre ich ein Geräusch. Rasch schalte ich die Taschenlampe aus und verstecke mich hinter der Couch. Gerade, als ich zu glauben beginne, mich geirrt zu haben, öffnet jemand die Tür zur Diele.

Der Mann schaltete die Deckenleuchte ein. Da er nun genau vor einem Spiegel stand, betrachtete er sein müde wirkendes Gesicht. Ihm wurde bewusst, dass er langsam auf sein Gewicht achten musste. Er hatte in den letzten Monaten einige Kilos zugenommen, was nicht zuletzt am Hals sichtbar war.

Seufzend wandte er den Blick ab und ging in die Küche. Dem Kühlschrank entnahm er eine Milchflasche, aus der er einen großen Schluck trank, ehe er sich in sein Arbeitszimmer zurückzog.

Lauschend warte ich. Das Ticken der Uhr ist mein einziger Anhaltspunkt, wie viel Zeit vergangen ist. Seitdem er ein Zimmer im Erdgeschoss betreten und dessen Tür geschlossen hat, habe ich synchron mit dem Sekundenzeiger bis dreihundert gezählt.

Ich stehe auf und schleiche durch die Diele. Gedämpft höre ich das Klappern einer Computertastatur. Ich nehme die Pistole, die mit einem Schalldämpfer versehen ist, aus dem Rucksack. In wenigen Sekunden werde ich zum Mörder.

Während er im Schein der kleinen Schreibtischlampe Anweisungen eintippte, spürte er die Anwesenheit einer Person, die in das Arbeitszimmer getreten war. Seine Frau durfte auf keinen Fall wissen, was er hier trieb. Hektisch wechselte der Mann zu einer vorbereiteten Excel-Tabelle, in die er bedeutungslose Zahlen eingab. Er erwartete, dass sie ihn fragte, warum er um diese Uhrzeit arbeitete. Aber nichts passierte. Also drehte er sich um und rang sich dabei ein Lächeln ab.

Das Lächeln erstarrt auf seinen Lippen und weicht einem panischen Gesichtsausdruck. Er öffnet den Mund, um etwas Sinnloses zu sagen oder einfach nur zu schreien, was ich nicht zulassen kann.

Ich betätige den Abzug, die Kugel trifft seine Stirn, rote Flüssigkeit spritzt auf die weiße Wand hinter ihm. Der Körper sackt zusammen und droht vom Stuhl zu kippen. Ich fange ihn auf und lege ihn sanft zu Boden. Dann schaue ich auf den Bildschirm, betrachte eine Tabelle mit Zahlen. Doch nach dem Öffnen der Tür hatte ich das Wechseln der Bildschirmfenster bemerkt. Die Pistole auf den Schreibtisch legend, drücke ich die Kombination aus der Alt- und der Tabulator-Taste. Eine junge Frau rekelt sich auf einem Sofa, hält ihre rasierte Vagina direkt vor die Kamera und spielt an sich herum. Ihre Finger verschwinden in ihrer Möse, lüstern wirft sie den Kopf in den

Nacken. Aus den Computerlautsprechern ertönt ihre erotisch hauchende Stimme.

»Daddy, dein Schwanz fühlt sich so gut an. Spürst du, wie feucht ich bin?«

Unterhalb des Videobildes befindet sich ein kleines Dialogfeld, in das der Mann offensichtlich Anweisungen eingetippt hat, was die Tastaturgeräusche erklärt. Der letzte, geschriebene Satz seines Lebens lautet ›Beweg deine Finger in dir und stell dir vor, es ist mein harter, dicker Schwanz!‹.

Erbärmlich!

Ich stelle mir vor, über diese Schlampe herzufallen. Es bringt mich genau in die richtige Stimmung.

»Ich habe gerade meinen Saft verspritzt. Bis an die Wand«, schreibe ich ihr.

»Oh Süßer, stoß weiter zu«, fordert sie mich auf und reibt sich schneller. Anscheinend will sie unsere Sitzung noch nicht beenden.

»Ich komme dich bald besuchen, dann wirst du mich spüren. Aber jetzt gehe ich zu meiner Frau und mache sie glücklich«, tippe ich ein.

Ohne den Computer abzuschalten, verlasse ich das Arbeitszimmer.

Gebe mich meinen Fantasien hin.

1

Sonnenlicht durchflutete das Kinderzimmer. Der Blick von Kriminalhauptkommissarin Beate Bauer fiel aufs Fenster, das mit einem Bild von einem Teddybären, der fünf Luftballons festhielt und durch die Luft schwebte, beklebt war. Sie dachte an ihre Tochter Anastasia, doch glücklicherweise war dies nicht Anas Raum.

Beate wandte sich ab und schaute sich um. Das Zimmer, an dessen Wänden diverse Tierposter hingen, war mit weißen Möbeln eingerichtet. Sie trat ans Bett, neben dem ein Plastiksack mit dem Bettzeug stand, das die Kollegen bereits zwecks Untersuchung im Labor verpackt hatten. Man konnte fröhliche, hellrote Mickey-Maus-Bettwäsche erkennen, in der ein totes, sechs Jahre altes Mädchen gelegen hatte. Erstickt mit einem Kissen, auf dessen Bezug Mickey seiner Dauerfreundin Minnie einen Blumenstrauß schenkte.

Ihr Herz verkrampfte sich bei dem Gedanken, dass ihr eigenes Kind einem Gewaltverbrechen zum Opfer fallen könnte. Sie versuchte sich damit zu trösten, dass das Mädchen vor dem Tod nicht hatte leiden müssen. Im Gegensatz zu deren Mutter.

Als Beate langsam vom Kinderzimmer ins Schlafzimmer ging, verharrte sie in der Diele kurz vor einem gerahmten Familienfoto. Die zufrieden lächelnde Kleinfamilie hatte sich vor einem festlich geschmückten Weihnachtsbaum postiert.

Die Kommissarin betrat den Schlafraum. Auch hier hatten die Beamten der Spurensicherung ihre Arbeit verrichtet. Die nackten Matratzen lagen auf dem Bett und vermittelten keinen Eindruck von dem nächtlichen Albtraum. Aber Beate hatte zuvor die Leiche gesehen, die etliche blaue Flecke und Wunden aufwies und mit dem Sperma des Täters besudelt war.

Sie wollte ein Gefühl dafür bekommen, was der Mörder in der vergangenen Nacht empfunden hatte. Für Beate war es jedoch in diesem Moment fast unmöglich, sich das brutale Verbrechen vorzustellen, während heller Sonnenschein ins Haus fiel. Also machte sie sich auf den Weg in die untere Etage. Dort begab sie sich zunächst ins Arbeitszimmer, in dem sich gerade das Spurensicherungsteam aufhielt.

»Wie weit seid ihr?«, fragte sie einen der Männer.

»Noch ein paar Minuten Geduld.«

»Was ist mit dem Wohnzimmer?« Geduld gehörte nicht zu ihren Stärken.

»Da sind wir durch.«

Solange die Kollegen um sie herumwuselten, konnte sie keinen klaren Gedanken fassen. Daher ging sie ins Wohnzimmer, das mit viel Gespür für eine warme Atmosphäre eingerichtet war. An den gelb tapezierten Wänden hingen drei holzgerahmte Aquarelle mit verschiedenen Strandmotiven. Das Stäbchenparkett harmonierte perfekt mit den beiden breiten Sideboards aus dunklem Holz. Auf dem Couchtisch lag ein aufgeschlagenes Fotoalbum. Beate betrachtete das Bild auf der rechten Seite, das die Konrads bei einem Besuch im Zoo zeigte. Wilhelm Konrads leckte genau wie seine Tochter Julia an einem Eis. Die Mutter Angelika lächelte in die Kamera. Ihr Lächeln wirkte echt, keinesfalls gezwungen oder aufgesetzt, wie es oft bei Fotografien der Fall war. Auf dem linken Bild hielt Julia einer der Ziegen Futter hin. Das Gesicht des Kindes spiegelte eine Mischung aus Begeisterung und Zweifel wider. Bestimmt war ihr die Ziege, die ihr aus der Hand fraß, nicht ganz geheuer.

Beate setzte sich hin und blätterte mithilfe einer Kugelschreiberspitze die Seiten des Fotoalbums um, in dem sich ihr eine für eine Kleinfamilie typische Bilderauswahl darbot. Sie begann von vorn. Mit fast jedem Foto wurde das Mädchen älter. Mit seinen sechs Jahren hatte es unmittelbar vor der Einschulung gestanden. Diesen großen Tag hatte der Mörder ihr gestohlen. Ebenso wie die anderen schönen und weniger schönen Erlebnisse, die ein Leben ausmachten. Er hatte ein Kissen genommen und ihr neben der Luft zum Atmen all jene Dinge geraubt, die noch auf sie gewartet hätten.

»Beate«, ertönte eine Stimme aus der Diele, »wir sind im Arbeitszimmer fertig und verschaffen uns im Keller einen Überblick.«

»Auf dem Tisch liegt ein Album, das mitgenommen werden muss«, informierte sie einen Kollegen beim Verlassen des Wohnzimmers.

Zwei Fenster waren auf dem Computerbildschirm geöffnet: eine mit wenigen Zahlen gefüllte Excel-Tabelle und die Startseite eines Erotikanbieters. Diese präsentierte verschiedene blutjung wirkende, nackte Frauen, die gemäß der Beschreibung zu den heißesten Stripperinnen gehörten, die im Internet zu finden waren. Nach einer notwendigen Registrierung bestand die Möglichkeit, den Service fünfzehn Minuten lang gratis zu testen, wobei der User mit dem ausgewählten Erotikmodell über die Tastatur oder ein Mikrofon kommunizieren konnte.

Es klopfte an der offen stehenden Arbeitszimmertür und ein Beamter des Spurensicherungsteams trat herein.

»Ich hörte, hier seien Dateien zu sichern, ehe wir den Computer einpacken.«

»Wenn Sie das sagen.« Beate deutete auf den Bildschirm. »Kennen Sie sich damit aus?«

»Privat oder dienstlich?«, entgegnete der Polizist Stefan Meier mit anzüglichem Grinsen. »Ein Online-Stripklub«, fuhr er dann fort. »Die Nutzer, die offensichtlich auf den Teenagerlook stehen, wählen sich mit einem Passwort ein und suchen sich ein Mädchen aus, das für sie strippt. Dabei kommuniziert die Frau mit ihnen über ein Mikro. Da an diesem PC kein Headset angeschlossen ist, wird der Tote seine Wünsche wohl per Tastatur eingegeben haben.«

»Wünsche?«, hakte Beate nach.

Nun räusperte sich Meier verlegen. »Spreiz deine Beine. Sag ›Papi‹ zu mir. Steck dir einen Finger in die –« Er verzichtete darauf, den Satz zu beenden. »Solche Sachen halt.«

»Ist das ein gesetzlich zulässiges Angebot? Die Frauen sehen minderjährig aus.«

»Nein«, widersprach Meier. »Die sind garantiert volljährig. Die Seite wirkt völlig legal.«

»War das jetzt ihr privater oder beruflicher Wissensstand?«

»Rein dienstlich, erworben auf Kosten der Steuerzahler.«

»Wie beruhigend. Lässt sich herausfinden, ob Wilhelm Konrads zum Zeitpunkt seiner Ermordung eingeloggt war?«

»Das dürfte anhand der IP-Adresse und mit ein wenig Druck auf den Anbieter kein Problem sein. Je nach dessen Bereitschaft, uns bei den Ermittlungen zu unterstützen, dauert das einen Tag oder bis zu einer Woche. Vielleicht bekommen wir sogar heraus, mit wem Konrads gechattet hat und ob der Dame etwas Ungewöhnliches aufgefallen ist.«

»Ich will die Antwort schnellstmöglich.«

»Was für eine Überraschung!«

***

Nachdem der letzte Polizeibeamte das Haus verlassen hatte, schloss Beate hinter ihm die Tür, um ungestört zu sein. In den nächsten Minuten wollte sie ihre bisherigen

Erkenntnisse in strukturierte Bahnen lenken, wobei sie am liebsten allein war.

Die Haustür war ohne Gewaltanwendung geöffnet worden; entweder von einer Person, der dafür das richtige Werkzeug zur Verfügung stand, oder von einem Eindringling, der einen Schlüssel besaß. Eine dritte Möglichkeit bestand darin, dass dem Mörder die Tür freiwillig aufgemacht worden war.

Es gab fünf Hinweise auf den Tathergang: das aufgeschlagene Fotoalbum, der im Arbeitszimmer erschossene Ehemann, die aufgerufene Internetseite, die gefesselte Ehefrau, deren Mund verklebt war, und die erstickte Tochter.

Beate ging davon aus, dass niemand aus der Familie das Album betrachtet hatte. Das Wohnzimmer war ansonsten völlig aufgeräumt und bestimmt hätte ein Familienmitglied das Buch nach dem Anschauen in eines der Sideboards zurückgelegt.

Hatte also der Täter darin geblättert? Eventuell, um seine Opfer dadurch kennenzulernen? Oder wollte er mit dieser Aktion eine Botschaft übermitteln?

Bedeutender war die Feststellung, in welcher Reihenfolge er getötet hatte. Sie vermutete, dass Wilhelm Konrads zuerst gestorben war. Der Ehemann hätte bei Gegenwehr ein Risiko für den Killer darstellen können, daher wäre es folgerichtig gewesen, mit seiner Ermordung zu beginnen. Hatte der Unbekannte von Konrads Onlinestripklubbesuch gewusst, oder handelte es sich bei dessen nächtlicher PC-Benutzung um eine ungeplante Komplikation, weil der Mörder darauf spekuliert hatte, ihn schlafend vorzufinden?

Eine Beantwortung dieser Frage würde sich auf einen potenziellen Verdächtigenkreis auswirken.

Beate betrat die Diele. Sie musterte kurz ihr erschöpft wirkendes Spiegelbild. Sie sah älter aus als vierunddreißig und hatte ihr Idealgewicht seit der Entbindung ihrer Tochter noch nicht wieder erreicht. Ihre schulterlangen rötlichblonden Haare machten einen strapazierten Eindruck, da sie sich für deren Pflege momentan nur selten die Zeit nahm. Ihre von Natur aus helle Haut, die mit Sommersprossen gesprenkelt war, ließ sie in diesem Spiegel kränklich erscheinen, so als habe sie gerade erst eine Grippe überstanden. Beate zog ihre ohnehin hoch geschwungenen Augenbrauen noch ein Stück in die Höhe und schwor sich, demnächst wieder mehr auf ihr Äußeres zu achten. Danach ging sie ins Wohnzimmer, um ein weiteres Mal auf der bequemen Couch Platz zu nehmen.

Während dem Mann und dem Mädchen wahrscheinlich die Gnade zuteilgeworden war, schnell zu sterben, deutete der Zustand der Frauenleiche auf ein qualvolles Ableben hin. War Angelika Konrads deswegen der Schlüssel zur Aufklärung des Falls? Oder hatte sich der Täter durch ihre Misshandlung seine Fantasien erfüllt, nachdem die störenden Elemente ausgeschaltet waren?

Frustriert spürte Beate, wie sich ihr Nacken verspannte. Daher legte sie ihr Kinn auf die Brust und rollte den Kopf mehrmals vorsichtig von links nach rechts.

Jede neue Mordermittlung warf eine Vielzahl von Fragen auf, deren Beantwortung den Schuldigen überführte. Aber dafür war es notwendig, tief in das Leben der getöteten Menschen einzudringen. Manchmal kamen dabei Dinge ans Licht, die besser im Dunkeln geblieben wären. Beispielsweise konnte Beate nicht ausschließen, dass eine Affäre der Ehefrau zu der Tat geführt hatte. Oder dass sich der Ehemann wegen einer möglichen Vorliebe für Teenager in kriminelle Machenschaften verstrickt hatte.

Sie stand von der Couch auf und schüttelte diese Gedanken ab. Bedächtig inspizierte sie in den folgenden zwanzig Minuten nochmals die einzelnen Räume und versuchte sich vorzustellen, wie die Taten abgelaufen waren. Denn je eher sie seine Handschrift verstand, desto schneller würde sie den Mörder einkreisen können.

***

Nachdem sie die Vorbereitungen für den kommenden Tag im Präsidium abgeschlossen hatte, fuhr Beate müde nach Hause. Vier Monate vor Anastasias Geburt waren sie und ihr drei Jahre jüngerer Mann Sebastian in ein Eigenheim gezogen, welches jenem der Familie Konrads glich. Auch ihre Schlafräume lagen in der oberen Etage, während sich das Familienleben tagsüber im Erdgeschoss abspielte. An die neue Umgebung hatten sich beide rasch gewöhnt, doch die Elternrolle bereitete ihnen unerwartete Schwierigkeiten. Ihr Mann hatte kurz nach dem positiven Schwangerschaftstest den Vorschlag gemacht, dass sie mit dem Ende des Mutterschutzes wieder arbeiten gehen könnte und er sich um Ana kümmern würde. Er hatte weniger Geld als Beate verdient, war chronisch unzufrieden in seinem Job gewesen und hoffte auf den Durchbruch als Schriftsteller. Diese Lösung schien ideal zu sein.

Aber von einem Idealzustand waren sie mittlerweile weit entfernt. Beate litt darunter, nur so wenig Zeit mit ihrer Tochter verbringen zu können. Außerdem gab es noch immer keinen Morgen, an dem sie länger als bis sechs Uhr schlafen durfte – für einen Morgenmuffel wie sie ein unangenehm frühes Erwachen. Wenn sie abends heimkehrte, kümmerte sie sich erst einmal um ihr Kind, ohne die Geschehnisse des Tages vollständig verarbeitet zu haben. Ihr schlechtes Gewissen Anastasia gegenüber war ständig präsent. Sobald das Mädchen im Bett lag, fiel Beate erschöpft auf die Couch und quälte sich später ins Schlafzimmer. In sexueller Hinsicht herrschte derzeit Funkstille zwischen ihr und Sebastian, da sie viel zu selten Gelegenheit fanden, ihre Beziehung zu pflegen.

Und mit diesem Fall, fürchtete Beate, würde sich die Situation nicht verbessern.

2

Knapp achtzehn Stunden später betrat Beate hinter ihrem Partner Robert Vetter als letzte den kleinen Besprechungsraum. Neidisch hatte sie bei seinem Eintreffen im Büro festgestellt, wie gut erholt er nach dem zweiwöchigen Urlaub aussah. Die mallorquinische Sonne hatte seine Haut stark gebräunt und seine angegrauten Haare aufgehellt, was die blauen Augen intensiver hervorhob. Er war ein sehr attraktiver Mann, zudem besaß er einen ausgesprochen guten Geschmack, was seine Kleidung anbelangte. Sowohl während des Dienstes als auch in seiner Freizeit legte er Wert auf modische Anzüge. Beate trug bei der Arbeit ebenfalls stets Hosenanzüge, bevorzugte nach Feierabend allerdings Jeanshosen und legere Blusen. Trotz seiner Ausstrahlung hatte sie in Robert nie mehr als einen fantastischen Kollegen und verlässlichen Freund gesehen, der mit seiner Lebensgefährtin Annette oft bei ihnen zu Besuch war. Sie bedauerte aufrichtig, dass sie ihm direkt einen Teil der Urlaubserholung mit den Fakten des aktuellen Mordfalls ruiniert hatte.

In dem Raum befand sich eine u-förmig angeordnete Tischreihe mit zwölf Stühlen. An einer Wand hingen ein aktuelles Fahndungsplakat und Mitteilungen der Polizeigewerkschaft, in denen die schlechte Besoldung und die permanenten Überstunden angeprangert wurden. An der gegenüberliegenden Wand war ein Whiteboard angebracht. Beate sah sich kurz um, während Robert bereits Platz an dem Tisch nahm, der für die Verantwortlichen der Mordermittlung freigehalten worden war. Acht weitere Frauen und Männer hatten sich hier eingefunden, die alle persönlich von Beate begrüßt wurden. Den Gerichtsmediziner Schneider bedachte sie mit einem dezenten Kopfnicken, Stefan Meier schenkte sie ein Lächeln, und auch die anderen hieß sie im Team willkommen und vermittelte ihnen damit das Gefühl, eine wichtige Rolle in dieser kurzfristig gebildeten Sonderkommission zu spielen. Eine Kollegin hatte sich vor der Besprechung telefonisch entschuldigt, würde jedoch im Anschluss an ihren Außentermin zu ihnen stoßen.

Zunächst erteilte Beate Schneider das Wort. Er hatte am wenigsten Zeit, weil eine Leiche obduziert werden musste.

Der grauhaarige Mann sah die Anwesenden über seine bis zur Nasenspitze heruntergerutschte Nickelbrille hinweg an und informierte sie zunächst über Wilhelm Konrads. In knappen Worten erläuterte er, dass sich abgesehen von der tödlichen Schusswunde keine relevanten Erkenntnisse ergeben hätten. Dann wandte er sich der ermordeten Ehefrau zu. »Die genauen Verletzungen können Sie meinem

Bericht entnehmen. Ich vermute, der Mörder hat sie im Schlaf überrascht. Zumindest fand ich keinerlei Anzeichen eines Kampfes. Oder vielleicht hat er sie ja mit dem Versprechen geködert, ihre Familie zu verschonen. Im Vaginalbereich habe ich deutliche Penetrationsspuren und die Reste eines handelsüblichen Gleitgels gefunden. Allerdings kein Sperma oder fremde Schamhaare. Wahrscheinlich hat der Täter vor dem Orgasmus mit der Penetration aufgehört und aufs Gesicht der Frau ejakuliert. Dafür sprechen die Spermamenge auf ihrem Gesicht sowie die Flecken auf dem Kopfkissen, die auf den unterschiedlichen Polizeifotos zu erkennen sind. Des Weiteren hat er ihren Kopf und ihren Oberkörper mit heftigen Faustschlägen traktiert. Einige der Schläge haben auf den Wangen Wunden zurückgelassen, in denen sich Spermatröpfchen befanden. Daraus schließe ich, dass die Schläge erfolgten, bevor er ejakulierte. Todesursache ist ein eingedrückter Kehlkopf und die dadurch hervorgerufene Erstickung. Es kann davon ausgegangen werden, dass der Tod in einem zeitlich engen Abstand nach der Vergewaltigung eintrat. Die ganze Tortur dürfte maximal eine halbe Stunde gedauert haben.«

Vor Beates innerem Auge tauchte das Bild der ermordeten Angelika Konrads auf, wie sie sie zum ersten Mal gesehen hatte. Deren Hände waren mit reißfestem Klebeband ans Bettgestell fixiert und der Mund damit zugeklebt gewesen. Die verhältnismäßig kurze Dauer der Misshandlung war nur ein schwacher Trost.

»Ich konnte Kunstlederfasern auf dem Gesicht isolieren, höchstwahrscheinlich hat der Unbekannte Handschuhe getragen. Außerdem fanden sich schwarze Baumwollfasern einer Jeanshose auf ihrem Körper. Die Fasern weisen jedoch keine besonderen Charakteristika auf, sodass sie für die Ergreifung des Mörders keine Rolle spielen dürften. Es sei denn, der Kollege Schnittler ist zu einer anderen Einschätzung gelangt.«

Die Blicke der Anwesenden wandten sich dem Leiter des Spurensicherungsteams zu, der den Kopf schüttelte.

»Übliche Kaufhausqualität«, murmelte er.

Nach weiteren Schlussfolgerungen kam Schneider auf Julia Konrads zu sprechen, über deren Tötung es nicht viel auszuführen gab. Der Mörder hatte ein Kissen genommen und sie damit erstickt.

Schneider verteilte seinen Bericht an sämtliche Teilnehmer der Besprechung, ehe er sich verabschiedete.

Beate verspürte den Drang, nach diesen Schilderungen eine Pause einzulegen, doch dafür fehlte ihnen die Zeit. Also deutete sie auf Stefan Meier.

»Haben Sie etwas bezüglich der Internetseite herausgefunden?«

»Ja«, sagte dieser, während er einen Notizblock in die Hand nahm. »Der Anbieter, dessen Seite Konrads besucht hat, war erstaunlich kooperativ. Er hat mir sehr schnell mitgeteilt, mit welcher der Damen das Mordopfer zur wahrscheinlichen Tatzeit gechattet hat.« Er wartete einen Moment, bevor er erklärte: »Bei der Stripperin handelt es sich um eine Studentin der Germanistik an der hiesigen Ruhr-Uni.«

Die Kollegen wirkten überrascht, dass Konrads im Internet ausgerechnet auf eine Bochumer Studentin gestoßen war.

»Es kommt noch besser«, fuhr Meier fort. »Die betreffende Person, die den Künstlernamen Kitty benutzt, heißt Katrin Golisch, ist zwanzig Jahre alt und wohnt in einem der Studentenwohnheime an der Markstraße.«

»Was?«, fragte Beate verblüfft.

»Von ihrem Appartement aus werden die Videobilder ins weltweite Datennetz eingespeist.«

»Ist sich der Anbieter absolut sicher?«, hakte Beate nach. Nicht nur, dass Konrads die Dienste einer jungen Frau in Anspruch genommen hatte, die in der gleichen Stadt wie er lebte, sie wohnte sogar nur wenige hundert Meter vom Tatort entfernt. Wodurch automatisch die Überlegung aufkam, ob sich die beiden auch persönlich gekannt hatten.

»Ja.«

»Robert, wir sollten dieser Dame schnellstens einen Besuch abstatten.«

»Meinetwegen gerne«, antwortete ihr Partner.

»Aus rein beruflichem Interesse, wie ich vermute«, warf Meier an Vetter gerichtet ein und erntete heiteres Gelächter. Kaum war dieses abgeklungen, öffnete sich nach kurzem Anklopfen die Tür und eine Polizeibeamtin trat ein, in ihrer linken Hand eine rote Mappe haltend. Bei ihrem Anblick lächelte Beate unwillkürlich. Die Beamtin hatte erst kürzlich ihre Ausbildung beendet, war jünger als die restlichen Anwesenden und bisher noch nicht an einer Mordermittlung beteiligt gewesen. Dementsprechend engagiert wirkte sie.

»Entschuldigen Sie meine Verspätung, Frau Hauptkommissarin. Ich musste einer Spur nachgehen und glaube, etwas Wichtiges gefunden zu haben.«

»Falls es wirklich wichtig ist, verzeihe ich die Unpünktlichkeit. Nach Ihrer Ankündigung erwarte ich allerdings mindestens den Namen des Mörders.«

Unter dem Schmunzeln der Kollegen setzte sich die Polizistin Angela Sasse. »Vielleicht kann ich Ihnen zumindest einen Verdächtigen präsentieren. Nur für alle zur Information: Mir ist die Aufgabe zugeteilt worden, mich um das familiäre und nachbarschaftliche Umfeld der Familie Konrads zu kümmern. Dabei bin ich in den Fotoalben auf eine interessante Sache gestoßen.« Sasse entnahm der Mappe einige Bilder, die sie der Kommissarin gab. Die Familie Konrads umfasste darauf eine weitere Person: einen etwa fünfzehnjährigen Jungen. Beate fielen dessen feminine Gesichtszüge auf, die von schulterlangen, braunen Haaren betont wurden.

Das Foto, auf dem der Jugendliche erstmals in Erscheinung trat, war aufgenommen worden, als Julia ungefähr zwei Jahre alt war; die letzte Aufnahme von ihm war an dem fünften Geburtstag des Mädchens entstanden.

Beate registrierte aber noch etwas: Der Junge wahrte Distanz. Selbst dann, wenn er von Wilhelm oder Angelika Konrads in den Arm genommen wurde, drückte seine Mimik und seine Körperhaltung Reserviertheit aus. Nur in Julias Nähe schien das anders zu sein.

Beate reichte die Fotos an Robert weiter, und nachdem jeder der Anwesenden einen Blick darauf geworfen hatte, lüftete Angela Sasse die Identität der Person.

»Da die meisten Nachbarn seit Langem in der Straße wohnen, war schnell geklärt, um wen es sich handelt. Er heißt Jan Uhlich und war für zweieinhalb Jahre das Pflegekind der Ermordeten, bis er plötzlich von heute auf morgen verschwunden ist. Keiner der Anwohner kannte den Grund dafür. Im Gegenteil, alle waren damals überrascht, denn sie meinten, er hätte bei den Konrads ein schönes Leben gehabt. Sie hätten ihn aufgenommen wie einen eigenen Sohn.«

Beate dachte an die angespannte Körperhaltung des jungen Mannes. Passte diese zu den Aussagen der Nachbarn?

»Ich habe mich mit dieser Antwort nicht zufriedengegeben«, fuhr Sasse fort, »und beim Jugendamt nachgeforscht. Dort habe ich von einer Frau Rosenkreuz, die für den Fall Uhlich zuständig war, etwas höchst Interessantes erfahren. Am Tag, als Jan verschwand, hat er die Beamtin telefonisch kontaktiert. Um ihr mitzuteilen, dass er abhauen würde, weil er von Wilhelm Konrads sexuell missbraucht worden sei und weil das Jugendamt offensichtlich nicht in der Lage sei, ihn in einer vernünftigen Familie unterzubringen. Ehe Frau Rosenkreuz mehr Informationen aus ihm herausbekommen konnte, hatte er aufgelegt.«

»Hat das Amt bei den Konrads diesbezüglich nachgefragt?«

»Natürlich«, antwortete die Polizistin. »Aber keines der mit den Pflegeeltern geführten Gespräche brachte Anzeichen dafür, dass Uhlichs Anschuldigungen der Wahrheit entsprachen. Ich habe mir übrigens erlaubt, für Sie einen Termin bei der Jugendpflegerin zu vereinbaren, falls Sie sich selbst mit ihr unterhalten wollen. Morgen früh um elf erwartet Frau Rosenkreuz Sie in ihrem Büro.«

Beate lächelte anerkennend. »Das haben Sie gut arrangiert. Vielen Dank.« Damit gab es bereits zwei vielversprechende Spuren. Zum ersten Mal in den vergangenen Stunden war sie guter Hoffnung, den Mordfall schnell aufzuklären. »Was ist mit den anderen? Peter, was hat dein Team herausgefunden?«

Mit diesen Worten wandte sie sich an den Chef der Spurensicherung, Peter Schnittler.

»Ich möchte dir deine spürbar glänzende Laune nicht vermiesen«, erwiderte dieser schwerfällig schnaubend, »doch bislang haben wir abgesehen von den Spuren auf der Frauenleiche keine weiteren Hinterlassenschaften des Täters gefunden.«

Bei dem stark übergewichtigen Mann hatte sie immer das Gefühl, er würde in der folgenden Sekunde mit Atemnot zusammenbrechen.

»Wir haben selbstverständlich längst nicht alles, was wir eingesammelt haben, eindeutig zugeordnet – ihr wisst, dass dies nahezu unmöglich ist –, nach Auswertung der Fingerabdrücke und Fasern bin ich jedoch überzeugt, dass wir nichts finden werden, was weder der Familie noch einem regelmäßigen Besucher zugeordnet werden kann. Ich hoffe, meinen vorläufigen Bericht in achtundvierzig Stunden vorlegen zu können.«

Er griff zu der vor ihm stehenden Flasche Apfelschorle und trank einen Schluck. Beate hielt dies für das Ende seiner Erläuterungen.

»Danke.«

»Wir sollten diesen Punkt bei unseren Ermittlungen besonders beachten«, ergänzte er zu ihrer Überraschung.

»Was meinst du genau?«, erkundigte sich Robert anstelle von Beate.

»Es scheint mir so, als habe er sich wirklich Mühe gegeben, keine verwertbaren Spuren zu hinterlassen. Bis auf das Sperma, anhand dessen wir ihn natürlich überführen könnten. Daher vermute ich, dass ihm dieser Akt sehr wichtig war. Psychologen sehen in der Ejakulation aufs Gesicht einer Frau häufig ein sexistisches Symbol männlicher Dominanz über die Geschlechtspartnerin. Wir haben es also möglicherweise mit einem auf extreme Dominanz fixierten Täter zu tun, dem es nicht ausgereicht hat, sie zu schlagen und zu vergewaltigen. Es würde mich nicht wundern, wenn er seine Körperflüssigkeit bewusst für uns zurückgelassen hätte, um zu zeigen, dass er alles unter Kontrolle hat.«

Beate schluckte. Das Bedürfnis eines Mörders, mit der Polizei zu kommunizieren, würde auf einen potenziell gefährlicheren Tätertyp hindeuten.

»Das behalten wir alle im Hinterkopf«, wies sie die Mitglieder der Ermittlungskommission an. »Was haben die anderen noch herausgefunden?«

Es gab zwei weitere Teams. Das eine hatte die Aufgabe übertragen bekommen, Angehörige und Arbeitskollegen zu befragen, das andere sollte die finanzielle Situation der Familie überprüfen. Tobias Linden, einer der beiden Beamten, die für Letzteres eingeteilt waren, gab den Kollegen einen kurzen Zwischenbericht.

»Frank und ich haben heute früh im Haus der Konrads alle Unterlagen der letzten zehn Jahre zusammengetragen, die wir nun durchgehen. Sollten sich dabei Anhaltspunkte finden, melden wir das sofort.«

»Gut. Haben die ersten Erkundigungen bei Nachbarn oder Familienangehörigen schon etwas gebracht?«

»Außer den Angaben zu Uhlich leider nicht viel«, machte sich der Polizist Christopher Rost zum Wortführer der dreiköpfigen Gruppe. »Gestern hatten wir ja bereits in Erfahrung bringen können, dass die Schwester der ermordeten Frau die Leichen deshalb gefunden hat, weil sie am frühen Sonntagnachmittag zum Kaffee eingeladen war und ihren Schlüssel benutzt hat, nachdem auf ihr Schellen nicht reagiert worden war.«

»Gibt es Hintergrundinformationen über die Schwester?«, wollte Robert wissen. Immerhin bestand die Möglichkeit, dass der Mörder mit einem Schlüssel ins Haus gelangt war.

»Klara Niessen, zweiunddreißig Jahre alt, ledig, keine Kinder. Beschäftigt bei der Sparkassenfiliale im Uni-Center. Sie lebt seit drei Jahren allein. Den Haustürschlüssel besitzt sie erst seit ungefähr einem Monat und bewahrt ihn an einem Bund auf, zu dem nur sie Zugriff hat.«

»Warum hat sie ihn bekommen?«

»Angelika Konrads hat vor fünf Wochen ihr Schlüsseletui verloren. Da ihr Mann auf Geschäftsreise war, musste Frau Konrads einen Schlüsseldienst in Anspruch nehmen. Um zukünftig nicht noch einmal in eine solche Lage zu geraten, tauschten die Schwestern die Schlüssel untereinander aus. Klara Niessen kennt übrigens niemanden, der als Verdächtiger infrage kommen könnte. Angelika hat ihrer Schwester nie von Eheproblemen, einer Affäre oder sonstigen, bedrohlich wirkenden Zwischenfällen berichtet. Die Information über Jan Uhlich hatte ich bei dem Gespräch noch nicht. Ich werde sie diesbezüglich erneut kontaktieren.«

Damit reichte er das Wort weiter an seine Kollegin Mira Albrecht, die zusammen mit Angela Sasse einige der Nachbarn befragt hatte. Doch auch Albrecht hatte nichts Relevantes in Erfahrung bringen können. Alle Anwohner hatten die Familie als unauffällig bezeichnet. Niemand konnte sich erklären, warum die Konrads Opfer dieses schrecklichen Verbrechens geworden waren. Keiner hatte eine merkwürdige Gestalt in der Mordnacht oder in den Tagen zuvor bemerkt.

3

Am späten Nachmittag stand Beate im Studentenwohnheim vor Katrin Golischs Tür und fragte sich, ob die Stripperin ihre Dienste zu dieser Uhrzeit bereits im Internet anbot. Aber wahrscheinlich war es dafür zu früh. Robert war im Präsidium geblieben, um mit einem Staatsanwalt letzte Einzelheiten zu einem abgeschlossen Fall zu besprechen. Allerdings war ihr das nicht ungelegen gekommen. Zum einen hatte sie in Gesprächen mit weiblichen Zeugen manchmal den Vorteil, dass diese sich ihr gegenüber eher öffneten. Zum anderen wollte Beate je nach Verlauf des Verhörs die böse Polizistin spielen. Eine Rolle, die gelegentlich umso effektiver war, wenn die in die Mangel genommene Person keine Gelegenheit hatte, sich an den Gegenpart, den guten Cop, zu wenden.

Beate drückte auf die Klingel, woraufhin ein schriller, heller Ton erklang. Wenige Sekunden später blickte jemand durch den Spion, ehe die Tür von einer jungen Frau geöffnet wurde, die keineswegs nach einer Zwanzigjährigen aussah. Beate hätte sie auf sechzehn geschätzt.

»Guten Tag. Sind Sie Katrin Golisch?«

»Das bin ich. Worum geht es?«

Beate spürte ein gesundes Maß an Misstrauen. Während sie ihren Dienstausweis hervorholte, betrachtete sie die alltägliche Kleidung der Studentin. Diese trug eine hellblaue Jeans und ein schwarzes T-Shirt, unter dem sich ein schlanker, flachbrüstiger Oberkörper abzeichnete.

»Hauptkommissarin Bauer, Kripo Bochum. Ich möchte mich kurz mit Ihnen unterhalten.«

»Worüber denn?«

»Über Ihren Nebenverdienst und einen Ihrer Kunden.«

»Kommen Sie bitte herein.« Katrin Golisch trat vom Eingang zurück und zog die Tür auf. Beate vermutete, dass die Germanistikstudentin so bereitwillig reagierte, damit kein anderer Bewohner der Etage Zeuge des Gesprächs wurde.

In der Diele war eine Garderobe angebracht, an der eine Leder- und eine Stoffjacke hingen. Rechter Hand führte eine offen stehende Tür zum Badezimmer. Beate machte zwei Schritte nach vorn und betrat den Wohnraum, dessen Wände terracottafarben gestrichen waren. Hinten links befand sich das einzige, ziemlich große Fenster, vor dem ein buchefarbener Schreibtisch und ein Bürostuhl platziert waren. Direkt links neben der Wohnzimmertür hatte Katrin das Bett mitsamt kleinem Tisch am Kopfende untergebracht. Auf dessen Platte entdeckte die Polizistin eine leere Dockingstation für einen MP3-Player und eine Wasserpfeife. Über dem Holzbett schmückte ein gerahmtes Led-

Zeppelin-Poster die Wand. Rechts neben der Tür stand ein Computerschreibtisch mit Laptop. Der gegenüberliegende Wandabschnitt wurde von einem dunkelblauen Vorhang verdeckt, der vom hellgrünen Teppichboden bis zur Decke reichte. Das schwarze Sofa davor und die auf einem Stativ montierte Webcam in der Zimmerecke legten den Schluss nahe, dass dies Katrins Arbeitsplatz war.

»Welchen Nebenverdienst meinten Sie gerade eben?«

Beate schnaubte lächelnd. Ihre Gesprächspartnerin versuchte abgebrüht zu wirken, doch ihre Körpersprache verriet nervöse Unruhe. Beate ließ sie noch einige Augenblicke zappeln, bevor sie langsam in ihre Jackentasche griff. Die Stripperin beobachtete die Bewegung und entdeckte schließlich einen Ausdruck von der Webseite des Erotikanbieters.

»Ich meine den Verdienst, den ich Ihnen einbringe, sobald ich diese Seite im Internet aufrufe und mit Ihnen chatte.«

Beate reichte ihr das Blatt Papier, das Katrin zwar entgegennahm, aber keines weiteren Blickes würdigte.

»Das ist nicht ungesetzlich, was ich dort mache«, verteidigte sie sich. »Ich habe mich vorher erkundigt.«

»Ihre normale Tätigkeit nicht. Wenn Sie jedoch als Lockvogel für einen Mord dienen, ändert sich das Bild.« Beate war nahtlos in die Rolle der bösen Polizistin geschlüpft. Mit jedem gesprochenen Wort war ihr Tonfall härter geworden, zudem hatte sie sich leicht nach vorn gebeugt, bis Katrin einen Schritt zurückgewichen war. Aus dem Gesicht der Studentin verschwand jede Farbe.

»Wa– was?«, stammelte sie.

»Tun Sie nicht so! Sie wissen genau, was ich meine. Während Sie Herrn Konrads mit Ihrer kleinen Pornoshow vor den Computer gelockt haben, ist Ihr Partner ins Haus eingedrungen.«

Diesen Gedanken hatte Beate im Präsidium mit Robert diskutiert. Es war durchaus eine Möglichkeit. Stefan Meier hatte nämlich herausgefunden, dass Konrads in den Nächten zuvor immer zu ähnlichen Zeiten eingeloggt gewesen war.

»Nun stellt sich die Frage, ob die Ermordung der Familie geplant war. Oder war Ihr Partner nur auf einen gewöhnlichen Diebstahl aus, bei dem etwas gewaltig schiefgelaufen ist?«

Konsterniert setzte sich Katrin aufs Sofa. Wenn Beates langjährige Berufserfahrung sie nicht trog, spielte ihr die Frau nichts vor.

»Wovon reden Sie?«, fragte sie flüsternd.

»Ich rede von Wilhelm, Angelika und der sechsjährigen Julia Konrads. Alle ermordet, als Sie Ihre Muschi in die Kamera gehalten haben.«

»Wer sind diese Konrads? Ich kenne niemanden mit diesem Namen.«

»Das finde ich erstaunlich, wo doch Wilhelm Konrads in der letzten Woche fast jede Nacht gegen halb zwei Ihren Service im Internet in Anspruch genommen hat.«

»Ich hatte tatsächlich in der letzten Woche einen neuen, regelmäßigen Kunden, für den ich um die von Ihnen erwähnte Uhrzeit getanzt habe, allerdings –«

»Getanzt?«

»So nenne ich das, was ich hier mache.«

»Ihre kleine, dreckige Pornoshow.«

»Aber er hat mir nie seinen Familiennamen genannt«, fuhr Katrin fort, ohne auf die Bemerkung einzugehen. »Bei seinem ersten Besuch auf der Webseite konnte er sich einen Benutzernamen ausdenken und nannte sich Daddycool.«

»Dass er nur fünfhundert Meter Luftlinie von Ihnen entfernt wohnte, wussten Sie nicht.«

»Was? Ja. Ich meine, nein. Natürlich wusste ich das nicht. Meine Tätigkeit dient nicht zum Austausch von Adressen.«

»Sondern?«

»Ich befriedige auf virtuelle Weise Männer, was sonst?«

»Erzählen Sie mir Einzelheiten.«

Katrin seufzte. »Alle Internetnutzer, die Interesse an diesem Angebot haben, melden sich auf der Startseite an. Neukunden wird ein fünfzehnminütiger Gratiszugang gewährt, vorausgesetzt, der Surfer registriert sich mit einer nicht im System hinterlegten E-Mail-Adresse. Will er unsere Dienste nach Ablauf der Gratiszeit nutzen, muss er ein Abo abschließen. Das Unternehmen zahlt mir nur einen mageren Festbetrag; den größten Teil meiner Einnahmen bestreite ich durch Kunden, die auf mein Bild klicken und sich damit quasi in mein Zimmer einwählen. Je länger sie bei mir bleiben, desto höher ist mein Anteil.«

»Wie oft in der Woche *tanzen* Sie?«

»Ich muss laut Vertrag im Monat mindestens zehnmal verfügbar sein, ansonsten entfällt der fixe Lohn. Gerade in letzter Zeit musste ich ein paar teurere Anschaffungen tätigen und war daher deutlich häufiger online.«

Beate deutete auf die Wasserpfeife. »Drogen?«

Katrin lachte. »Ich habe mir ein Auto zugelegt. Wollen Sie den Kaufvertrag sehen?«

Beate schüttelte den Kopf. »Strippen Sie für mehrere Gäste gleichzeitig?«

»Nein, immer nur einzeln. Sonst würde die Chatfunktion keinen Sinn ergeben.«

»Was machen Sie, während Sie auf einen neuen Spanner warten?«

»Das werden Sie mir zwar sowieso nicht glauben, aber ich sitze mit einem Bademantel bekleidet am Schreibtisch und lerne für mein Studium. Mir fällt es bedeutend leichter, nachts zu lernen. Ein Signalton sorgt dafür, dass mir kein Besucher entgeht.«

»Was passiert, sobald Sie sich in Position gesetzt haben?«

»Die Männer teilen mir ihre Wünsche mit. Mein Laptop ist mit einer Sprachausgabe-Software ausgestattet. Und ich antworte ihnen per Mikrofon.«

»Was können Sie mir über den Kunden berichten, der Sie letzte Woche so regelmäßig besucht hat?«

»Eigentlich nichts. Zugegeben, er loggte sich sehr verlässlich ein, aber das ist bei Neukunden oft so. Bis sie Lust auf etwas anderes bekommen und auf Nimmerwiedersehen verschwinden.«

»Hat er sich durch nichts Ungewöhnliches ausgezeichnet?«

»Nein. Sie sehen ja selbst, wie jung ich noch wirke. Das ist mein Erfolgsrezept. Surfer, die mich auswählen, haben gewisse Vorlieben. Viele meiner Stammkunden wollen mit

Papi oder Vater angesprochen werden. Er mit Daddy, was ich noch weiß, weil es zu seinem Benutzernamen passte. Ich kann mich allerdings an keinen perversen Befehl erinnern. Ein ganz normaler –«

Plötzlich brach sie ab und Beate sah ihr an, dass sie etwas beschäftigte.

»Ist er Samstagnacht – so gegen halb zwei – ermordet worden?«

»Woher wissen Sie das?«

»Dieser Kunde hat mir in der Nacht deutlich früher als bei seinen vorherigen Besuchen geschrieben, dass er seinen Saft verspritzt habe und nun seine Frau glücklich machen wolle.«

Entsetzt schlug sie eine Hand vor den Mund. Sie schien zu begreifen, von wem dieser Satz in Wirklichkeit stammte.

***

In der hintersten Ecke eines schäbigen Internetcafés denke ich mir einen unbedeutenden Namen aus. Anschließend gebe ich eine E-Mail-Adresse an, die nicht auf mich zurückverfolgbar ist, und aktiviere über den mir zugesandten Link meinen Gratiszugang.

Katrin Golisch saß in ihrem Bademantel am Schreibtisch und blätterte gedankenverloren in einem Fachbuch. Aufs Lernen konnte sie sich an diesem Abend nicht konzentrieren. Der Besuch der Kommissarin wenige Stunden zuvor hatte sie innerlich aufgewühlt. Wie konnte diese Polizistin bloß glauben, sie hätte etwas mit der Ermordung zu tun?

Das Computersystem meldete einen neuen Besucher. Rasch legte sie das Kleidungsstück ab. Falls er lange genug bei ihr blieb, würde sie nach ihm Schluss machen. Sie fühlte sich ausgelaugt. Doch jetzt galt es erst einmal, dem Kunden eine tolle Show zu bieten.

Das Programm zeigte ihr den Benutzernamen *Willi der Zweite* an – ein Name, der ihr nicht geläufig war. Wahrscheinlich ein Neukunde. Intuitiv beschloss sie, ihm zunächst ihren Po zu präsentieren.

»Hallo, Willi. Womit kann ich dir dienen?«

Seine getippte Antwort, die die Sprachausgabe-Software in eine annähernd menschlich klingende Stimme umwandelte, folgte unmittelbar.

»Zeig mir deine Fotze, Kitty.«

Sie wartete, denn einen Teil ihres Einkommens verdankte sie dem Gespür, all ihre Aktionen mit Verzögerungen auszuführen. Diese Verzögerungen durften jedoch nicht zu ausgedehnt sein, da ihr sonst der Fisch vielleicht vom Haken sprang und offline ging oder ein anderes Erotikmodel wählte.

»Du möchtest wohl alles von mir sehen?« Sie drehte sich gemächlich um. Mit ihren Fingern berührte sie ihre rasierte Vulva. Aus Erfahrung wusste sie, dass fast alle Kunden ihr zuschauen wollten, wie sie sich selbst befriedigte.

»Ich habe deine Adresse von einem Freund bekommen«, teilte ihr die Softwarestimme mit. »Er hat dich sehr empfohlen. Führ dir einen Finger ein.«

Ich sehe ihr zu und muss bekennen, dass sie ihr Handwerk versteht. Es erregt mich. Und es erregt mich noch mehr, je detaillierter meine Anweisungen werden. Tabulos lässt sie sich auf das Spiel ein. In meiner Fantasie bin ich bei einer anderen Frau. Wie in jener besonderen Nacht manipuliere und kontrolliere ich alles. Was für eine wunderbare Art, mein bislang so leeres Leben zu füllen.

Gespannt bin ich auf ihre nächste Reaktion. Wird sie verstehen, was ich ihr schreibe? Hat die Polizei sie schon befragt? Wissen die Bullen überhaupt von ihrer Existenz?

Ich tippe die Worte ein.

»Spürst du meine Hände an deinem Hals? Die Frau meines Freundes hat sie auch gespürt. Jetzt ist sie tot. Ihre kleine Tochter ebenfalls. Das Gehirn meines Freundes klebt an einer Wand. Und dich komme ich bald besuchen.«

Entsetzt schrie Katrin auf. Schnell sprang sie vom Sofa hoch und hechtete zum Laptop.

Ich genieße ihren Aufschrei und den panischen Gesichtsausdruck. Was für ein herrlicher Anblick. Dann hat sie die Verbindung getrennt.

»Scheiße!«, fluchte Katrin leise, am ganzen Körper zitternd. »Scheiße!« Was sollte sie nun bloß tun?

4

Am nächsten Vormittag empfing Elisabeth Rosenkreuz Kommissarin Bauer. Während die resolute, achtundfünfzigjährige Jugendamtsmitarbeiterin, die sich seit über dreißig Jahren für die Belange der Kinder und Jugendlichen der Stadt Bochum einsetzte, an einem Kaffee nippte, sammelte sie ihre Gedanken. Dabei half ihr ein ausgezeichnetes Gedächtnis bezüglich ihrer Schützlinge. Sie hatte sich bei Dienstbeginn zur Vorbereitung die Akte Uhlich angesehen und zufrieden festgestellt, dass ihr kein Detail der Geschichte dieses bedauernswerten Jungen entfallen war.

Als gerade einmal Dreijähriger wurde er das erste Mal in einem Kinderheim untergebracht, weil sein leiblicher Vater kurz nach der Geburt das Weite gesucht hatte und seine Mutter nach weiteren Schicksalsschlägen zur Alkoholikerin geworden war, die eine vernünftige Erziehung nicht mehr gewährleisten konnte. Mit fast fünf Jahren kam Jan in die Obhut einer Pflegefamilie, in der er sich prächtig entwickelte. Aber als er zehn war, schlug das Schicksal gnadenlos zu und raubte ihm seine Ersatzfamilie bei einem tödlichen Autounfall. Traumatisiert landete er erneut in einem Heim, wo er sich völlig zurückzog und nicht ansprechbar war. Im Laufe der Zeit wurde sein Verhalten durch spontan auftretende Zerstörungswut und Aggressivität gegen andere, vor allem schwächere Kinder, immer auffälliger.

Erst nach mehrjähriger, intensiver therapeutischer Betreuung besserte sich sein Zustand. Er wurde aufgeschlossener, die Aggressionsschübe traten seltener auf. Mit vierzehn Jahren waren die alten Wunden vernarbt, daher bemühte sich das Jugendamt um eine neue Pflegefamilie.

Elisabeth Rosenkreuz wusste auch viel über die Konrads zu berichten. Die damals sechsundzwanzigjährige Angelika Konrads und deren elf Jahre älterer Ehemann hatten bei ihr einen hervorragenden Eindruck hinterlassen; die Überprüfung der familiären Situation förderte ausnahmslos Positives zutage. Schließlich fand ein erstes Treffen zwischen den Konrads und Jan statt, welches vielversprechend ablief. Die Jugendamtsmitarbeiterin entschied letztlich, ihn der Familie anzuvertrauen, da sie sich von der kleinen Julia einen heilenden Effekt für Jan erhoffte. Sie spekulierte darauf, dass er sich als Beschützer des Mädchens fühlen und so seine nach wie vor vorhandene Aggressivität in den Griff bekommen würde.

In den folgenden Jahren führten sie bei regelmäßigen Besuchen Gespräche miteinander und alles schien einen guten Verlauf zu nehmen.

»Als ich dann diesen Anruf bekam«, fuhr sie fort, »war ich geschockt. Ich kannte die Konrads und konnte es nicht glauben. Ebenso wenig traute ich Jan eine solch üble Lüge zu. Durch sein Verschwinden nahm er mir die Möglichkeit, den Vorwürfen in allen Einzelheiten nachzugehen. Natürlich untersuchten wir die Angelegenheit, ohne Anzeichen zu finden, dass Jan tatsächlich missbraucht worden war. Wir haben ihn der Polizei als Ausreißer gemeldet, aber er war schon siebzehn, keine sechs Monate später wurde er volljährig. Sie können sich vermutlich vorstellen, wie intensiv nach ihm gesucht wurde. Und mit seinem achtzehnten Geburtstag hatte sich das ja sowieso erledigt.«

Elisabeth Rosenkreuz trank einen Schluck des inzwischen erkalteten Kaffees. »Als ich vorhin auf Jans aggressive Anfälle zu sprechen gekommen bin, habe ich Sie beobachtet, Frau Bauer. Ihre Überlegungen waren Ihnen im Gesicht abzulesen. Vergessen Sie's. Jan wäre zu keinem Mord in der Lage. Schon gar nicht an Julia. Das Mädchen hat er wie eine Schwester geliebt.«

Die Kommissarin lächelte. »Sie sind eine gute Beobachterin. Allerdings müssen Sie meine Bedenken verstehen. Sie wissen nicht, wie sich Jan Uhlich entwickelt hat. Könnte es nicht sein, dass er das Ehepaar aus Hass getötet hat und Julia nur deshalb, damit ihr ein Schicksal wie sein eigenes erspart bleibt?«

Elisabeth Rosenkreuz führte ein letztes Mal die Tasse mit dem Bochumer Stadtwappen an ihre Lippen. Genau dieser – nicht völlig abwegige – Gedanke beschäftigte sie seit gestern.

***

Katrin Golisch hatte bis zum frühen Morgen wach gelegen, bevor sie endlich für eine Stunde eingenickt war. Als sie dann vom ersten lauten Geräusch auf der Etage geweckt worden war, hatte sie für einen Augenblick geglaubt, ein Fremder befände sich in ihrem Appartement. Seitdem war sie ein noch viel größeres Nervenwrack als in der Nacht zuvor. Aufgrund pochender Kopfschmerzen war ein Besuch der heutigen Vorlesungen unmöglich.

Während sie unruhig in der Wohnung hin- und herlief, dachte sie über eine Lösung für ihre vertrackte Situation nach.

Es war ausgeschlossen, der Polizei den Vorfall zu melden. Man würde von ihr erwarten, als Lockvogel aufzutreten. Sie würde strippen müssen und die Polizisten hätten kostenlos Spaß mit ihrem Anblick.

Doch es gab eine andere Möglichkeit. Von dem notwendig gewordenen Autokauf abgesehen, hatte sie in den vergangenen Monaten nicht viele Ausgaben gehabt und sparsam gelebt. Daher konnte sie sich durchaus leisten, ein Quartal auf weitere Einnahmen zu verzichten. Bei ihrem Auftraggeber könnte sie sich mit anstehenden Prüfungen entschuldigen und jederzeit wieder einsteigen. Je länger sie darüber nachdachte, desto verlockender erschien ihr die Vorstellung einer Auszeit, die sie erst beenden würde, wenn der Mörder gefasst war.

Überzeugt davon, dass dieser perverse Mensch keine Rolle mehr in ihrem Leben spielen würde, schickte sie dem Erotikunternehmen eine Nachricht, in der sie um eine vorübergehende Pause bat.

5

Zusammen mit Tobias Linden war Frank Schaumberg dafür verantwortlich, den Bericht über die finanziellen Verhältnisse der ermordeten Familie anzufertigen. Seit Stunden beschäftigte er sich daher damit, Versicherungs- und Bankunterlagen zu studieren. Derzeit war er in die Kontoauszüge vertieft und von den vielen Zahlen schwirrte ihm bereits der Kopf.

Der Polizist blickte auf die Uhr. Es war zehn vor zwei. Bald wäre es Zeit für eine Mittagspause, aber zuvor wollte er noch die Belege des letzten Halbjahres überprüfen.

Fast immer handelte es sich um die gleichen Kontobewegungen: Hypothekenzahlungen, Versicherungsprämien, ein Zeitungsabo, sonstige monatliche Abbuchungen. Dann entdeckte Schaumberg eine Überweisung an einen Schlüsseldienst in Höhe von zweihundert Euro. Er erinnerte sich daran, wie sein Kollege Christopher bei der Besprechung den Verlust des Schlüsseletuis erwähnt hatte.

Im Internet ermittelte er die Adresse des Geschäfts, das in unmittelbarer Nähe zu einer seiner Lieblingsimbissbuden lag. Kurzerhand beschloss er, die Pause vorzuziehen und dem Laden im Anschluss einen Besuch abzustatten.

Eine Dreiviertelstunde später tippte der Geschäftsführer die Auftragsnummer, die Schaumberg ihm nannte, in seinen PC ein. »Die Beauftragung erfolgte durch eine Frau Angelika Konrads, weil sie ihren Schlüssel verloren hatte und nicht ins Haus kam.«

»Welcher Mitarbeiter hat vor Ort den Auftrag ausgeführt?«

Der Geschäftsinhaber presste die Lippen aufeinander. »Herr Michalski«, brummte er reserviert.

»Ist Herr Michalski eventuell zu sprechen?«

»Ich kann Ihnen gerne seine Anschrift nennen, hier werden Sie ihn jedoch nicht mehr antreffen. Ich habe ihn entlassen. Keine zwei Wochen nach diesem Auftrag.«

»Aus welchem Grund?«

»Es gab seinetwegen eine Kundenbeschwerde. Eine Kundin fühlte sich von ihm sexuell belästigt. Als ich ihn mit diesem Vorwurf konfrontiert habe, ist er mir gegenüber beinahe gewalttätig geworden. Damit hatte sich unsere Zusammenarbeit natürlich erledigt.«

Nachdenklich zog Schaumberg seine Stirn kraus. Diese Information würde die leitende Hauptkommissarin ganz sicher interessieren.

***

Nach einigen Stunden hatten Beate und Robert verschiedene Fakten über Uwe Michalski zusammengetragen. Er war siebenunddreißig Jahre alt und bisher noch nicht mit dem Gesetz in Konflikt geraten. Vom Inhaber des Schlüsseldienstes hatte sich Robert telefonisch eine vage Personenbeschreibung geben lassen: Vollbart, mittellanges braunes Haar, einen Meter achtzig groß, schlank. Das Straßenverkehrsamt teilte ihnen das Kennzeichen des auf ihn angemeldeten Fahrzeugs mit.

Sie waren übereingekommen, Michalski sogleich aufzusuchen. Bislang lagen zwar keine Verdachtsmomente gegen ihn vor, aber aufgrund seines bei der Arbeit erworbenen Wissens wäre es für ihn wohl kein Problem, in ein Haus einzudringen. Die Anschuldigungen der Kundin und die von seinem ehemaligen Chef erwähnte Gewaltbereitschaft verstärkten ihr ungutes Gefühl. Obwohl es für eine größer angelegte Polizeiaktion zu wenig belastende Indizien gab, hielten sie es für erforderlich, zumindest zwei Beamte als Verstärkung mitzunehmen. Daher informierten sie Linden und Schaumberg, mit denen sie sich in zivilen Dienstwagen auf den Weg machten, um zunächst eine Aussage des Mannes zu bekommen.

Robert gab ihr mit den Fingern ein Zeichen, woraufhin Beate den Klingelknopf an der Wohnungstür drückte. Mehrere Sekunden vergingen ohne Reaktion.

»Herr Michalski?«, rief Beate. »Sind Sie da?« Sie läutete ein weiteres Mal, erneut deutete nichts auf seine Anwesenheit hin.

Robert griff zum Funkgerät, um die in ihrem Wagen wartenden Kollegen zu informieren, dass die Zielperson offenbar nicht zu Hause war.

»Ein Mann, der allerdings nur hinsichtlich der Körperstatur der Personenbeschreibung gleicht, hat gerade das Gebäude betreten. Er ist kahl rasiert und trägt keinen Bart«, sagte Linden.

Robert hörte, wie jemand die Treppe hochkam. Stumm verständigte er sich mit Beate per Handzeichen, ehe sie sich vor der Nachbartür postierten. Der Mann erreichte den dritten Stock, aber als er sie bemerkte, blieb er abrupt stehen.

Größenmäßig passt es, dachte Robert. »Herr Michalski?«

Mit einem Wutschrei schleuderte der Mann eine Plastiktüte mit verschiedenen Einkäufen in seine Richtung und rannte dann die Stufen hinab. Die Gegenstände polterten zu Boden, Robert sprang darüber hinweg und nahm die Verfolgung auf. Dabei hörte er, wie Beate erst in das Funkgerät sprach, bevor sie ihm folgte.

»Die von Ihnen bemerkte Person flüchtet. Wahrscheinlich handelt es sich um den Verdächtigen.«

***

Wie sind sie dahintergekommen?, fragte sich Michalski, während er die Treppe hinunterstürmte. Er war doch so vorsichtig gewesen.

Im Erdgeschoss änderte er seinen Fluchtplan. Bestimmt warteten auf der Straße weitere Bullenschweine. Also riss er die Kellertür auf und lief in das halbdunkle Geschoss.

***

Mit jeder Etage schmolz Michalskis Vorsprung, allerdings bewegte sich Robert nach Betreten des Kellers deutlich achtsamer. Er wollte nicht an einem dreifachen Mörder vorbeilaufen, der vielleicht irgendwo versteckt lauerte.

Da er im schummrigen Licht nicht genug erkennen konnte, schaltete er die Beleuchtung ein. Eine matte Glühbirne flammte auf. Am Ende der Betonstufen, die nach unten führten, ging es um eine Ecke. Als er mit vorgehaltener Pistole gerade die letzte Stufe betrat, fiel eine Tür knallend zu. Hinter ihm machte sich Beate bemerkbar.

»Ich glaube, er ist zum Hof hinaus«, rief er ihr zu.

Die Kommissarin leitete diese Information an die beiden Streifenpolizisten weiter.

Mit der nötigen Wachsamkeit öffnete Robert die Hoftür. Er sprintete eine kurze Treppe hinauf und sah, wie sich der Verdächtige auf eine mannshohe Mauer stemmte.

»Er haut über die Gärten ab«, schrie Robert, ehe er selbst auf die Wand zulief.

***

»Was sollen wir jetzt tun?«, fragte Schaumberg seinen dienstälteren Kollegen. Sie hatten erfahren, dass Michalski geflüchtet war, wussten jedoch nicht, welche Richtung er eingeschlagen hatte.

Linden zeigte auf das von ihrem Standort weiter entfernt liegende Ende der Straße. »Lauf du dorthin und halte ihn in Schach, falls er dir entgegenkommt. Ich nehme mir die andere Seite vor.«

»Alles klar.« Schaumberg zückte seine Pistole und rannte los. Dies war sein erster Einsatz, bei dem er nach der Waffe griff. Plötzlich kam ihm der Gedanke, dass das Sichten von Kontoauszügen nicht der schlechteste Teil seines Jobs war.

***

Zwei Gärten lang blieb Michalskis Vorsprung konstant, doch noch hatte er drei vor sich, bevor er mit einem letzten Sprung die Garagen und anschließend die Straße erreichen würde. Seine Kraft ließ nach, zudem machte ihn die für einen Maitag ausgesprochen schwüle Luft zu schaffen. Ehe er sich an der nächsten Mauer hochzog, sah er nach hinten. Der Bulle überwand gerade das zweite Hindernis.

Seine ganze Energie sammelnd, stemmte sich Michalski hoch und entging knapp den nach ihm greifenden Händen des Mistkerls. Während er auf die vierte Mauer zurannte, fürchtete er, an der Garagenzufahrt den Bullen in die Arme zu laufen. Aber kampflos würde er nicht aufgeben. Zum Glück hatte er sein Messer dabei.

***

Robert erklomm die Steinwand. Mit einem Blick über die Schulter stellte er fest, dass Beate mehr als ein Grundstück zurücklag. Dann sprang er hinunter und schrie schmerzerfüllt auf. Mit seinem linken Fuß war er auf einem halb in der Erde vergrabenen Ziegelstein gelandet und umgeknickt. Er rappelte sich auf und humpelte weiter. Der Schmerz war jedoch zu groß. Einige Sekunden später ließ er sich fluchend ins Gras fallen.

***

Michalski stand oberhalb eines Hinterhofs mit acht Einzelgaragen. Eine überbaute Durchfahrt führte zur Straße.

Seinen ärgsten Verfolger hatte er abschütteln können. Nun musste er so schnell wie möglich aus diesem Viertel verschwinden und untertauchen. Wer wusste schon, wie viele Bullen ausgeschwärmt waren, um ihn zu überwältigen. Je rascher er einen Unterschlupf fand, desto besser standen seine Chancen, dem Knast zu entgehen.

Er kletterte von der Mauer und näherte sich der Durchfahrt. Plötzlich vernahm er widerhallende Schritte. Er presste sich mit dem Rücken an ein Garagentor. Dabei schob er das rechte Hosenbein hoch und griff an sein Schienbein. Seine alte Gewohnheit, stets das Holster mit dem Messer umzuschnallen, machte sich nun bezahlt.

***

Mit zu Boden gesenkter Dienstwaffe lief Frank Schaumberg in die Hausunterführung hinein, an zwei Restmülltonnen und einer Altpapiertonne vorbei. Als er den Hinterhof betrat, bemerkte er aus den Augenwinkeln eine Bewegung.

Verzweifelt riss er die Pistole in die Höhe.

***

Er rammte dem Bullen das Messer in die rechte Schulter. Schreiend ließ dieser die Waffe fallen. Michalski zog die Klinge wieder heraus und stieß seinem Gegner den Ellenbogen ins Gesicht. Bewusstlos sackte der Mann zusammen.

Das Messer kampfbereit haltend, lief er auf den Bürgersteig. Er blickte sich kurz um, konnte aber keine anderen Polizisten entdecken. Vorläufig war er ihnen entwischt. Doch jetzt musste er zügig handeln. Er rannte los, weg von seinem langjährigen Zuhause.

***

Beate sah den verletzten Kollegen, aus dessen Hemd Blut sickerte. Sie musste sich zwischen der weiteren Verfolgung und der Erstversorgung entscheiden. Laut fluchend blieb sie stehen und kümmerte sich um den jungen Beamten.

6

Der Notarzt hatte Beate bezüglich beider Verletzter beruhigen können. Schaumberg schwebte nicht in Lebensgefahr und Robert hatte sich wahrscheinlich nur eine schmerzhafte Verstauchung zugezogen.

Trotzdem ärgerte sie sich. Niemand hatte mit diesem Verlauf des Einsatzes rechnen können. Roberts unsanfte Landung auf dem Ziegelstein war Pech gewesen. Aber hätte sie nicht erfahrenere Polizeibeamte als Linden und Schaumberg hinzuziehen sollen? Nur aufgrund fehlender Berufserfahrung war der Streifenpolizist dem Verdächtigen buchstäblich ins Messer gelaufen. Und ein weiserer Beamter als Linden hätte wohl nicht den Entschluss gefasst, das Team aufzuteilen, um zwei Richtungen abzudecken.

Mit der rechten Hand fuhr sie sich übers Gesicht. Glücklicherweise lebten alle Beteiligten. Nun ging es darum, Michalskis Verhalten zu analysieren.

Warum war er geflohen? Hatte er mit den Morden an den Konrads zu tun? Oder gab es andere Gründe für seine Flucht?

Eine groß angelegte Fahndung nach ihm lief bereits auf Hochtouren. Allein der Messerangriff auf einen Polizisten hatte dafür genügt. Doch Beate hoffte, einen Beweis zu finden, der ihn mit dem Dreifachmord in Verbindung brachte.

Endlich klingelte ihr Handy.

»Ja«, meldete sie sich und erfuhr im folgenden Telefonat, dass der Durchsuchungsbefehl bewilligt worden war.

»Lasst uns etwas finden, was ihn festnagelt«, sagte sie zu den Spurensicherungsbeamten, mit denen sie die Wohnung auf den Kopf stellen würde.

Eine gute Stunde später blickte sie auf eine pornografische Filmesammlung, welche die einzig nennenswerte Ausbeute der Durchsuchung war. Ihre Hoffnung, einen Gegenstand zu entdecken, der eindeutig aus dem Haus der Konrads stammen musste, hatte sich zerschlagen.

Lediglich die Pornofilme deuteten darauf hin, dass Michalskis sexuelle Vorlieben ungewöhnlich waren. Vor Beate lagen insgesamt acht DVDs, allesamt mit sadistischem Inhalt. Wahllos griff sie nach einer der Hüllen und betrachtete das Cover. Auf einem Holzstuhl saß eine nackte, gefesselte Frau, die flehentlich in die Kamera schaute. Ein kleines Preisetikett links unten weckte Beates Interesse. Neunundneunzig Euro. Ungläubig schüttelte sie den Kopf. Wie konnte man so viel Geld dafür hinblättern? Sie drehte die Hülle um, auf deren Rückseite Szenenbilder zu sehen waren. Eines dieser Bilder stach ihr ins Auge. Eine junge Frau wurde von zwei Männern grob misshandelt. Der eine Mann kniete hinter ihr und hatte einen Arm um ihren Hals gelegt, während der andere ihr seinen Penis dicht vors Gesicht hielt. Bei genauerem Hinsehen fiel Beate das Sperma auf der Haut der Frau auf.

Sie erinnerte sich an Angelika Konrads. Es gab Parallelen zwischen dem Tathergang und diesem Szenenbild. Trotzdem war es kein Beweis. Wahrscheinlich geilten sich in Deutschland zigtausende Männer an solchen Filmen auf, ohne zu Mördern zu werden.

Schwer atmend trat Peter Schnittler an ihre Seite. »Für die Faserspuren, die wir im Haus der Konrads bislang niemandem zuordnen konnten, haben wir hier genügend Vergleichsmöglichkeiten. Allerdings haben wir nichts gefunden, wovon sich ein genetischer Fingerabdruck gewinnen lässt. Kein benutztes Kondom, nicht eine Zigarettenkippe, und das Geschirr steht frisch gereinigt in der Spülmaschine. Als wenn er geahnt hätte, dass wir hinter ihm her sind.«

»Verdammt!«, fluchte Beate.

»Möglicherweise bietet die Zahnbürste etwas Brauchbares, vorausgesetzt, er hat sie nach dem Zähneputzen nur flüchtig ausgespült. Außerdem werden wir noch einen in der Abstellkammer stehenden leeren Bierkasten und die angebrochenen Getränkeflaschen überprüfen. Aber die Chance, auf diesem Weg verwertbare Spuren zu finden, tendiert gegen Null.«

In diesem Moment führte ein Polizeibeamter eine Frau ins Wohnzimmer. Beate schätzte die große, schlanke Person auf Ende zwanzig. Ihre langen, blonden Haare hatte sie zu einem Pferdeschwanz zusammengebunden, ihr Gesicht war abgesehen von den Augen, die sie mit einem markanten Lidstrich betont hatte, dezent geschminkt. Sie schien ein Faible für Schwarz zu haben, da sowohl die Schuhe, der Minirock, das knappe Oberteil und ihre Umhängetasche diese Farbe hatten. An den Händen trug sie zahlreiche Ringe sowie einige Piercings an der linken Augenbraue, der Unterlippe und dem Bauchnabel.

»Diese junge Frau wollte zu Herrn Michalski«, erklärte der Streifenbeamte. »Nachdem sie uns entdeckt hatte, wollte sie ihr Vorhaben verschieben. Wir haben sie jedoch freundlichst um ein Gespräch gebeten. Sie ist übrigens Michalskis Freundin.«

Das machte sie für Beate zu einer sehr interessanten Gesprächspartnerin. Sie bedankte sich bei Schnittler, ehe sie die Frau bat, sich mit ihr auf die beigefarbene Couch zu setzen.

»Hören Sie«, begann die Freundin des Verdächtigen beim Hinsetzen mit einem Verteidigungsversuch. »Ich weiß ja nicht, was hier abläuft, aber falls Uwe in krumme Dinger verwickelt ist, sollten Sie wissen, dass ich ihn erst seit drei Wochen kenne.«

Dennoch konnte sie über wichtige Hintergrundinformationen verfügen. Oder Michalski ein lupenreines Alibi für die Mordnacht geben.

»Dann kennen Sie ihn länger als ich. Mein Name ist Beate Bauer. Ich bin von der Kripo Bochum. Wie heißen Sie?«

»Kerstin.«

»Was können Sie mir über Uwe Michalski erzählen? Wie haben Sie ihn kennengelernt und was haben sie in den vergangenen Wochen gemeinsam unternommen?«

Kerstin holte ein Kaugummi aus ihrer Handtasche, das sie bedächtig auspackte und in den Mund steckte. »Kennengelernt habe ich ihn in einer Disco.«

»In welcher?«

»In der Matrix. Ich war auf der Tanzfläche, als er mir auffiel. Er tanzte vier Meter von mir entfernt und glotzte mich an. Normalerweise nervt mich das, doch dieser Typ hatte etwas an sich. Also guckte ich zurück. Beim nächsten Song tanzten wir Seite an Seite, ohne ein Wort zu sprechen. Üblicherweise lassen Kerle coole Sprüche ab, sobald man sie ermuntert. Er nicht. Wir blieben eine Viertelstunde nah beieinander, bevor ich zur nächstgelegenen Theke ging. Er folgte mir, und wir unterhielten uns den Rest des Abends. Seitdem sind wir zusammen. Was hat er eigentlich angestellt?«

»Er hat einen Polizisten niedergestochen«, antwortete Beate ausweichend. Mehr musste Kerstin vorläufig nicht wissen.

»Oh Shit. Ich hab geahnt, dass ihn das Messer eines Tages in Schwierigkeiten bringen wird.«

»Welches Messer?«

»Er trägt immer eine Art Jagdmesser um sein Schienbein geschnallt. Falls es mal Ärger gibt. Außerdem findet er das männlich.«

Beate dachte an die Gewaltvideos. »Hat er es mal in Ihrer Gegenwart benutzt oder jemanden damit bedroht?«

»Nö.«

»Verbrachten Sie den vergangenen Samstagabend mit ihm?«

»Nein. Da habe ich gekellnert. Wieso fragen Sie? Hat er am Samstag den Polizisten niedergestochen?«

»Dazu darf ich nichts sagen.«

»Ich habe bis vier Uhr morgens gearbeitet und bin dann direkt nach Hause ins Bett.«

»Kennen Sie seine kleine Filmsammlung?«, fragte Beate mit einem Blick auf den Tisch.

»Klar. Seine neueste DVD habe ich ihm vorige Woche geschenkt.«

»Sie?« Beate konnte ihre Überraschung nicht verbergen.

»Sind Sie jetzt schockiert, Frau Kommissarin?«, lachte Kerstin. »Wir mögen beide harten Sex, den er richtig gut beherrscht. Schmerzen können extrem erregend sein.«

***

Erschöpft stellte Jan Uhlich sein Auto ab. In den letzten Tagen hatte er die Wohnung von Bekannten renoviert. Zwei Zimmer komplett tapeziert, einen Raum gestrichen und Parkett verlegt. Knochenharte Arbeit, die ihm jedoch siebenhundert Euro eingebracht hatte. Die Hälfte davon stand seinem Gefährten zu, der ihm seit vier Monaten Unterschlupf gewährte. Aber mit der anderen Hälfte des Geldes wollte er es sich die nächsten ein oder zwei Wochen gut gehen lassen. Danach würde er bestimmt bald neue Schwarzarbeit bekommen.

Er stieg aus und schmiss die Tür seines alten Kombis zu. Mit schleppenden Schritten ging er aufs Haus zu. Als er die Wohnungstür verschlossen vorfand, freute er sich auf die Aussicht, zumindest kurzzeitig allein zu sein. Nachdem er seine fleckige Arbeitskleidung abgestreift hatte, schlurfte er nackt ins Badezimmer, wo er seinen überlasteten Muskeln ein entspannendes Bad gönnen wollte. Er setzte sich auf den Badewannenrand, drehte den Heißwasserhahn auf und schüttete eine angenehm duftende Badesubstanz aus Orange und Melisse in die Wanne. Gedankenverloren schaute er dem schäumenden Wasser beim Ansteigen zu.

Eine halbe Stunde später verließ er erholt das Bad. Im Schlafzimmer seines Partners blieb er vor dem Schwebetürenschrank stehen und betrachtete sich. Die langen, braunen Haare, die seinem Gesicht immer so geschmeichelt hatten, hatte er nach seinem Abtauchen wegen den Konrads und dem Jugendamt abrasiert. Bislang hatte er regelmäßig den Rasierer angesetzt, doch mittlerweile vermisste er seine Haarpracht. Vielleicht würde er demnächst wieder mehr als nur ein paar Stoppeln auf dem Kopf tragen.

Uhlich öffnete die linke Tür des Schranks und begutachtete den Inhalt. Er wählte ein rotes Seidenhemd und eine enge, schwarze Jeans. Er wollte Thorsten, der bald nach Hause kommen würde, mit diesem Outfit eine Freude bereiten. Um sich bis dahin die Zeit zu vertreiben, begab er sich in sein kleines Zimmer und griff nach einem Schuhkarton unter dem Bett. Andächtig nahm er den Deckel ab und blickte auf eine fett gedruckte Schlagzeile.

Grausamer Mord hatte die Zeitung reißerisch getitelt. Uhlich dachte an treffendere Worte: *Gerechte Strafe*. Aber wohl niemand ahnte, wie sehr die Konrads den Tod verdient hatten.

Er las den Artikel zum wiederholten Mal und übersprang nur den Teil, der sich mit Julia beschäftigte. An ihren Tod wollte er nicht erinnert werden.

Plötzlich hörte er, dass die Wohnungstür geöffnet wurde. Rasch legte er den Zeitungsausschnitt zurück in den Karton, den er wieder unters Bett schob. Danach lief er in die Diele, um Thorsten zu begrüßen. Als er diesen lächeln sah, wusste Jan, dass ihm ein schöner Abend bevorstand.

Thorstens feste Stöße taten ein wenig weh. Jedoch nicht so sehr, wie dieses eine Mal, als der Mistkerl in ihn eingedrungen war.

Sein Partner stieß noch einmal zu und Jan fühlte, wie er sich ins Kondom ergoss. Während Wilhelm Konrads tot war, lebte er.

Die Bewegungen von Thorstens Hand wurden schneller und brachten ihn zum Orgasmus. Jan spritzte auf das Bettlaken ab. In Gedanken war er bei den Konrads.

Er lebte.

7

Heimlich beobachte ich sie. Der Vater trägt eine Einkaufstüte der Boutique, aus der sie gerade kommen; die kleine Tochter läuft an der Hand ihrer Mutter neben ihm her. Zielstrebig steuern sie auf den nächsten Laden zu. Soweit ich mich erinnere, hat dieser nur einen Eingang. Ich kann also in Ruhe warten, während sie ihre Einkaufstour fortsetzen. Erregung kocht in mir hoch. Ich habe Witterung aufgenommen, bin erneut auf der Jagd.

Mir nichts anmerken lassend, schlendere ich zu einer nahe gelegenen Sitzbank. Als die Familie in dem Geschäft verschwindet, setze ich mich hin.

Stefan Lessing blieb kurz stehen. Er hatte in der Menge eine Person ausgemacht, bei der seine Alarmglocken klingelten.

Der Mann, dem sein Interesse galt, stand an einem Zeitschriftenregal und blätterte in einer Illustrierten. Lessing beschloss, noch ein paar Meter näher zu treten. Wenn ihm nicht endlich einfiel, woher er ihn kannte, würde er sich darüber stundenlang den Kopf zerbrechen.

Sein Gegenüber steckte die Zeitschrift zurück in den Drehständer. Für den Bruchteil einer Sekunde trafen sich ihre Blicke. Rasch wandte Lessing die Augen ab. Ihm wurde klar, warum ihm das Gesicht bekannt vorkam. Damit der Mann keinen Verdacht schöpfte, griff Lessing wahllos zum nächstbesten Magazin, das er aus dem Ständer nahm. Er drehte sich um und ging zur Kasse. Unterdessen schaute sich der Typ eine andere Illustrierte an. Offensichtlich hatte er sich bei dem Augenkontakt nichts gedacht.

Nachdem Lessing das Geschäft verlassen hatte, lief er los und angelte sein Handy aus der Hosentasche. Obwohl er das Fahndungsfoto nur ein einziges Mal in der Zeitung gesehen hatte, war er überzeugt, dass es sich bei dem Kerl um den Gesuchten handelte. Mit zittrigen Fingern wählte er die Notrufnummer der Polizei.

»Guten Tag«, meldete er sich nervös. »Mein Name ist Stefan Lessing. Ich befinde mich im Ruhrpark und habe diese Person entdeckt, nach der Sie im Zusammenhang mit dem dreifachen Familienmord fahnden.« Während er der weiblichen Stimme am anderen Ende der Leitung lauschte, dachte er an die Belohnung. Fünftausend Euro waren für sachdienliche Hinweise ausgesetzt, die zur Ergreifung des Täters führten. »Ja. Genau. Uwe Michalski. Der auf seiner Flucht einen Polizisten niedergestochen hat. Den meine ich. Ich bin ihm bei Karstadt begegnet.«

***

Aufgeregt beendete Beate das Telefonat. In den letzten vier Wochen waren sie mit den Ermittlungen auf der Stelle getreten. Sowohl Uwe Michalski als auch Jan Uhlich waren unauffindbar geblieben. Doch jetzt schien sich das Blatt zu wenden.

»Ein Passant hat Michalski im Ruhrpark entdeckt«, informierte sie Robert.

»Wann?«

»Gerade eben. Vielleicht kriegen wir ihn noch.«

In weniger als fünfzehn Minuten organisierte Beate zehn Streifenwagen mit je zwei Mann Besatzung, die zum Einkaufszentrum rasten. Auf ihre Anweisung hin wurden sämtliche Ausfahrten abgesperrt und jedes Fahrzeug kontrolliert. Zudem durchquerten vier Teams das Gelände zu Fuß und hielten Ausschau nach dem Verdächtigen.

Drei Stunden später saßen Beate und Robert frustriert in ihrem Dienstwagen. Mittlerweile hatten sie den Einsatz abgebrochen. Wenn Michalski wirklich von dem Zeugen gesehen worden war, dann war er ihnen entwischt.

***

Ich bin ihnen unauffällig gefolgt. Nachdem sie mit einer weiteren vollen Tüte aus dem Geschäft gekommen sind, haben sie eine Eisdiele aufgesucht. Erst nach einer Dreiviertelstunde ging es weiter. Ihr nächster Weg führte sie zu Karstadt, ehe sie Richtung Parkplatz schlenderten.

Ihr Wagen war im Abschnitt drei abgestellt. Ich prägte mir ihr Kennzeichen ein, bevor ich schnell zu meinem ei-

genen Auto lief. Das Glück blieb mir hold. Ich erkannte ihr Fahrzeug an einer Ausfahrt auf der Linksabbiegerspur. So konnte ich ihnen bis zu ihrer Haustür hinterherfahren. Nun ist mein Glück vollkommen. Sie wohnen in einem Einfamilienhaus, sind wie für mich geschaffen.

Während der Ehemann die Einkaufstüten aus dem Kofferraum herausholt, fahre ich an ihnen vorbei. Mit vorschriftsmäßigem Tempo dreißig. Mein Augenmerk gilt der Straße, obwohl ich lieber einen letzten Blick auf die Familie werfen würde. Aber um keinen Preis dieser Welt darf ich auffallen.

Langsam entferne ich mich von dem Haus. Doch ich werde wiederkommen. Zunächst, um sie und diese Straße zu beobachten. Ich muss ihre Gewohnheiten und die der Nachbarn herausfinden. Danach lernen wir uns kennen.

8

Zehn Minuten vor Mitternacht. Im Haus der Familie ist das letzte Licht gelöscht worden. Niemand von ihnen scheint ein Nachtmensch zu sein. Ich schlage die schwarze Kladde auf und notiere die Uhrzeit.

In den letzten zwei Wochen habe ich jeden Abend in diesem Stadtteil verbracht. Meistens im Auto unterwegs, gelegentlich zu Fuß. Alles, was auf diesem Weg herauszufinden war, jedes noch so kleine Detail, das mir aufgefallen ist, habe ich niedergeschrieben.

Ich überprüfe meine Aufzeichnungen. Es wird leicht werden.

Auf der Fahrt zurück denke ich über die erste Mordnacht nach. Nie zuvor habe ich intensivere Gefühle erlebt. Mein ganzer Körper hat sich wie elektrisiert angefühlt, bereits von der Sekunde an, als ich daheim losgefahren bin. Der Augenblick, als das Türschloss geknackt war. Das Betrachten des Familienalbums. Alles Teile eines köstlichen

Vorspiels. Selbst der Schreckmoment, in dem plötzlich die Tür zur Diele geöffnet wurde, verwandelte sich in einen berauschenden Nervenkitzel.

Mein über viele Monate ausgetüftelter Plan ist durch diesen nicht vorhersehbaren Zwischenfall gefährdet worden. Ich musste improvisieren und habe dadurch meine Überlegenheit bewiesen.

Den Mann am Computer zu erwischen, wie er seinen dunklen Trieben nachging, rundete eine perfekte Nacht ab.

Doch am deutlichsten erinnere ich mich natürlich an die Minuten im Schlafzimmer. Als ich sie missbraucht habe, hat mir eine kleine Stimme zugeflüstert, dass ich dieses Erlebnis jederzeit wiederholen kann. Es gibt nichts Erregenderes auf der Welt. Nichts Vergleichbares.

Deshalb wird es Zeit, die nächste Familie zu besuchen.

***

Aus der Küche habe ich ein Geschirrtuch genommen. Ich schleiche nach oben. Die Tür des Schlafzimmers ist geschlossen. Ehe ich die Klinke hinunterdrücke, lausche ich und vernehme dumpfe Schnarchgeräusche.

Vorsichtig öffne ich die Tür und orientiere mich im schwachen Licht meiner Taschenlampe. Der Rollladen ist heruntergelassen, sodass ich gleich gefahrlos eine der Nachttischleuchten einschalten kann. Der Ehemann liegt rechts, die Frau links. Praktischerweise schläft er auf dem Rücken. Sobald ich ihn erschossen habe, muss es schnell gehen. Ich deponiere die benötigten Gegenstände sorgsam in der Mitte zwischen den beiden, den Rucksack stelle ich ans Fußende des Kingsize-Bettes. Danach lege ich dem Mann das Tuch aufs Gesicht, presse die Pistole mit Schalldämpfer auf seine Stirn und schieße. Ein leises ›Plopp‹ beendet sein Leben.

Die Frau regt sich. Ich springe auf ihren Oberkörper, während sie erwacht. Grob drücke ich das vorbereitete Klebeband auf ihren Mund. Sie versucht zu schreien, zappelt, bäumt sich auf. Vom Schlaf verschwitzte Haare fallen ihr ins Gesicht. Durch den dünnen Stoff des kurzärmligen Nachthemdes zeichnen sich ihre Brustwarzen ab, was mich zusätzlich erregt. Weil das Bettgestell kein Kopfteil hat, muss ich ihr die Hände hinterm Rücken zusammenbinden. Ich ramme ihr den Ellenbogen gegen die Nase, wodurch ihre Gegenwehr erlahmt. Rasch nutze ich ihre Benommenheit und fessle sie. Ich betätige den Lichtschalter der kleinen Lampe, die für genügend Helligkeit sorgt. Danach schneide ich mit einem Messer das Nachthemd auf und streichle die ansehnlichen Titten. Meine Hände gleiten weiter hinab, als die Frau langsam zu sich kommt. Auf ihrem Bauch sitzend packe ich ihr in den Schritt. Sie stöhnt verzweifelt und blickt nach links. Was sie dort sieht, lässt jegliche Hoffnung schwinden. Sie schluchzt auf, ihre schreckgeweiteten Augen füllen sich mit Tränen.

»Du und deine Tochter könnt überleben«, flüstere ich ihr ins Ohr, ehe ich meine Hose aufknöpfe.

***

Peter Kleine und seine Freundin Isabella fochten erneut einen Streit aus. Peter starrte auf einen Punkt rechts neben ihrem Kopf. Eine weiße Küchenfliese mit einem winzigen Sprung. Er spürte, dass es vorbei war. Nur aussprechen wollte er diesen Gedanken nicht.

»Es hat keinen Sinn mehr.« In Isabellas Stimme lag viel Traurigkeit. Jetzt erst konnte er sie wieder anschauen. Das durfte einfach nicht wahr sein. Ihm fiel das Muttermal über ihren Lippen auf. Das hatte er damals in der Diskothek zuerst an ihr wahrgenommen, während er an der Theke neben ihr gestanden und auf sein Bier gewartet hatte. Sein Blick suchte ihre braunen Augen.

»Aber –«, begann er und brach ab. Diese normalerweise unergründlichen Augen sagten ihm, dass es kein ›Aber‹ mehr gab. »Wir können uns zusammenraufen«, flüsterte er stattdessen.

»Seit wie vielen Monaten probieren wir das?« Sie bewegte ihren Kopf, wobei ihr eine Locke ins Gesicht fiel. Anmutig strich sie die Haare beiseite. »Es kommt mir vor wie Jahre.«

Ihm wurde klar, wie sehr er sie liebte. Er wollte sie nicht verlieren.

»Ilo, ich liebe dich.«

»Nein, du liebst die Gewohnheit, an meiner Seite zu sein.«

Sie entglitt ihm. Doch wenn er sie nicht mit Worten überzeugen konnte, musste er ihr seine Gefühle auf andere Art verdeutlichen. Er trat vor, um sie in die Arme zu nehmen. Dabei inhalierte er ihr blumiges Parfüm. Bevor er sein Vorhaben umsetzen konnte, legte Isabella jedoch ihre Hände auf seine Brust. Sie wehrte ihn ab, stieß ihn sanft zurück.

»Ich möchte nicht umarmt werden.«

Traurig drehte er sich weg. An ihrem Kühlschrank hatte sie mit Magnetpins verschiedene Zettel festgeklemmt. Hauptsächlich Telefonnummern und Adressen. Eine dieser Handynummern schien neu zu sein. Zumindest sagte ihm der Name ›Arnulf‹ nichts.

»Soll ich dich nach Hause bringen?«, fragte sie.

Peter schüttelte den Kopf. »Du kannst es wohl kaum erwarten, mich loszuwerden.«

»So war's nicht gemeint.«

»Wie denn sonst?« Zu der Trauer gesellte sich Wut. »Mach dir keine Umstände, ich finde allein heraus.«

»Peter!«

Er rannte aus der Küche in die Diele, wo er die Wohnungstür aufriss, die er hinter sich zuknallte. Sollten ihre Vermieter ruhig wach werden. Dieses protzige Zweifamilienhaus und diese neureichen Leute hatten ihm sowieso nie gefallen. Typisch für Isabella, dass sie glänzend mit ihnen auskam. Sie strebte auch immer nach Höherem.

Peter stürmte die Marmortreppe hinunter. Glücklicherweise war die Haustür nicht abgeschlossen. Als sie hinter ihm ins Schloss fiel, war das Kapitel Isabella beendet.

Hatte sie wirklich geglaubt, dass er sich von ihr nach Hause chauffieren ließe? Lieber lief er die vier Kilometer, obwohl er hoffte, auf der Hauptstraße einen Nachtexpress zu erwischen.

Aus dem Eckhaus vor ihm trat ein völlig in Schwarz gekleideter Mann. Peter schaute ihm kurz ins Gesicht, dieser erwiderte den Blick. Dann wanderten Peters Gedanken wieder zurück zu Isabella.

Zwei Jahre ihres Lebens hatten sie gemeinsam verbracht, die meiste Zeit in perfekter Harmonie. Sie hatten von Hochzeit gesprochen. Von der Gründung einer Familie mit ein oder zwei Kindern. Sie hatten davon geträumt, zusammen alt zu werden.

Peter versuchte sich zu erinnern, wann die schlechte Phase begonnen hatte. Es fing mit Nörgeleien an, als jeder Eigenschaften am anderen entdeckte, die ihm missfielen. Immer häufiger kam es zu Streitereien, nach denen diese Traurigkeit in ihren Augen lag. Als wäre alles seine Schuld. Vor drei oder vier Monaten hatte sie zum ersten Mal gesagt, dass ihre Beziehung gefährdet sei. Wenn er so weitermache. Aber was war eigentlich mit ihren Fehlern?

Plötzlich spürte er jemanden hinter sich. Hoffte, dass es Ilo sei. Er drehte sich um. Aus den Augenwinkeln registrierte er eine Bewegung, schmerzhaft traf etwas seine Schläfe. Bewusstlos brach Peter zusammen.

9

Dieses Mal hatte die Putzhilfe den schrecklichen Fund gemacht, als sie wie jeden Montagsmorgen bei der Familie Beyer erschienen war.

Es gab erneut Spuren, die darauf hindeuteten, dass der Mörder sich eine Weile im Wohnzimmer aufgehalten hatte. Beate vermutete weiterhin, dass dies vor den Morden geschehen war. Abermals war auf einem Sessel ein Fotoalbum der Familie vorgefunden worden. Die aufgeschlagene Seite zeigte das Hochzeitsbild eines jungen, attraktiven Paares, welches nie wieder einen Hochzeitstag feiern würde.

Im Unterschied zur vorherigen Tat hatte der Killer den Ehemann im Schlaf überrascht, ein Geschirrtuch auf dessen Gesicht gelegt und ihn mit einem Schuss in die Stirn exekutiert. Vielleicht hatte der Unbekannte dieses Vorgehen schon bei den Konrads geplant, was durch Wilhelm Konrads' nächtliche Cybersexaktivität vereitelt wurde.

Die Frau hatte wesentlich länger leiden müssen. Auf ihrem Mund klebte ein Streifen des gleichen Klebebandes, mit dem ihre Hände hinter dem Rücken zusammengebunden waren. Die blauen Flecke und Risswunden auf Körper und Gesicht ließen erahnen, welche Schmerzen sie vor dem Tod ertragen musste.

Das achtjährige Mädchen war wie Julia mit seinem eigenen Kopfkissen erstickt worden.

Noch fehlte der unumstößliche Beweis, dass es sich um denselben Täter handelte. Doch die Parallelen waren unverkennbar. Ein Nachahmungsverbrechen konnte Beate ausschließen, da dafür zu viele Tateinzelheiten vor der Presse verschwiegen worden waren. Zwar würde erst die Analyse des Spermas absolute Gewissheit bringen, aber für sie gab es keinen Zweifel: Der gleiche Mörder hatte erneut zugeschlagen. Die durch die Besprechung vor einigen Wochen aufgekommene Vermutung, es könne sich um einen Serientäter handeln, schien sich zu bewahrheiten.

***

Um Viertel nach neun abends kam sie nach einem der härtesten Arbeitstage ihrer Karriere nach Hause.

Gerade als sie den Haustürschlüssel aus ihrer Tasche zog, öffnete ihr Mann Sebastian die Tür.

»Hallo Schatz«, flüsterte Beate erschöpft. Sie küssten sich ohne große Leidenschaft. Es war eher ein zur Heimkehr gehörendes Ritual.

»Da ist jemand am Telefon für dich. Ein Mark Gruber.«

Beate nahm die Verärgerung in Sebastians Tonfall wahr. Als sei der späte Dienstschluss oder der Anruf ihre Schuld. An einem Tag wie diesem würde sie ihm jedoch keine Gelegenheit geben, sie in einen Streit zu verwickeln.

»Mark Gruber?« Der Name sagte ihr nichts.

»Er meint, es sei wichtig.«

»Meinen sie das nicht alle?« Falls dieser Anrufer ein Medienvertreten war, würde sie ihn schroff abweisen. Für Medienanfragen war die Pressestelle des Präsidiums zuständig.

»Bauer«, meldete sie sich gereizt.

»Guten Abend, Frau Bauer«, erwiderte ihr Gesprächspartner mit einer angenehmen Stimme. »Ich bin Mark Gruber und rufe in der Hoffnung an, Ihnen behilflich sein zu dürfen.«

»Wobei?«

»Bei Ihrer aktuellen Ermittlung.«

Mit dieser Antwort weckte er Beates Aufmerksamkeit. Ihr schoss die Möglichkeit durch den Kopf, dass gerade der Mörder Kontakt zu ihr aufnahm. »Wer sind Sie und warum kontaktieren Sie mich unter meiner privaten Telefonnummer?«

»Weil ich Sie im Büro laut Aussage der Zentrale lediglich um fünf Minuten verpasst habe. Ich bin Professor für Kriminalistik und Kriminalpsychologie an der Hamburger Universität.«

»Professor für Kriminalistik und Kriminalpsychologie?«, wiederholte Beate überrascht.

»Ja. Ich leite in der Hansestadt eine Forschungsgruppe, die sich mit Serienmördern befasst. Deshalb –«

»Herr Gruber«, unterbrach Beate ihn. »Entschuldigen Sie bitte, aber ich bin eben erst nach Hause gekommen. Kann ich Sie in einer halben Stunde zurückrufen?«

»Kein Problem.« Gruber gab ihr eine Rufnummer, ehe er das Gespräch mit einer höflichen Verabschiedung beendete.

Nachdenklich starrte Beate auf das Ölgemälde an der Wand. Eine Forschungsgruppe, die sich mit Serienmördern beschäftigte? Trieben wirklich so viele Serienkiller in Deutschland ihr Unwesen, dass es dafür einen Forschungszweig gab?

»Was hast du mit einem Professor zu schaffen?«, fragte Sebastian, der offensichtlich einen Teil des Telefonats mitbekommen hatte.

»Bislang nichts.« Beate drehte sich zu ihm um. »Ich muss mal eben ins Arbeitszimmer.« Nicht, dass sich der Anrufer für jemanden ausgab, der gar nicht existierte.

Auf halbem Weg verwarf sie jedoch das Vorhaben, selbst zu recherchieren. Stattdessen wählte sie die Handynummer von Stefan Meier und bat ihn, im Internet Auskünfte über einen gewissen Mark Gruber zusammenzutragen. Meier sagte ihr schnellstmöglich einen Rückruf zu.

Zwanzig Minuten später referierte der Polizist über Professor Doktor Mark Gruber, einen Dozenten der Universität Hamburg. Neben seiner Lehrtätigkeit hatte der Mann zahlreiche Internetartikel zum Thema ›Serienmord‹ verfasst. Außerdem hatte Meier ein von Gruber geschriebenes Buch entdeckt. In dessen Verlagspressetext hieß es, Grubers Erkenntnisse beruhten auf einer von ihm durchgeführten empirischen Analyse serieller Tötungsdelikte in der Bundesrepublik Deutschland, für die der Hochschulprofessor unter anderem die staatsanwaltlichen Verfahrensakten abgeurteilter Serienmörder ausgewertet hatte.

Diese Informationen beeindruckten Beate. Vielleicht konnte er ihr tatsächlich helfen. Sie dankte Meier und tippte die Hamburger Telefonnummer ein.

»Gruber«, meldete sich ihr Gesprächspartner nach wenigen Sekunden Wartezeit.

»Hallo Herr Professor Gruber. Bauer hier. Jetzt bin ich bereit.«

»Lassen Sie bitte meinen Titel weg. Ich komme mir sonst so alt vor.«

Beate schmunzelte. »Wie sind Sie auf mich aufmerksam geworden?«

»Unsere Forschungsgruppe überprüft alle wichtigen Tageszeitungen Deutschlands. Dadurch sind wir vor einigen Wochen auf die grausame Ermordung der Familie und Ihren Namen als leitende Beamtin gestoßen. Wenn wir von einer solchen Tat lesen, verfolgen wir weiter, ob sich in der Zeit danach Ähnliches ereignet.«

»Und heute war ich vermutlich oft genug im Fernsehen zu sehen.«

»Über den Fall wurde praktisch auf allen Sendern berichtet. Haben Sie sich schon einmal mit der Täterprofilerstellung beschäftigt?«

»Ich bin ganz Ohr.«

In der nächsten halben Stunde hielt Gruber ihr einen Vortrag über alles, was mit der Profilerstellung zusammenhing. Er begann mit der psychologischen Variante, die ihre Wiege in den Vereinigten Staaten hatte, und schlug einen eleganten Bogen zu dem von ihm entwickelten empirischen Täterprofil. Anschaulich erklärte er ihr, worin die Unterschiede lagen und wie sich beide Profilarten ergänzten. Fasziniert hörte Beate zu. Sie konnte sich vorstellen, mit welcher Begeisterung Grubers Studenten seine Vorlesungen besuchten. Der Professor besaß das Talent, komplizierte Zusammenhänge spannend darzustellen.

»Aufgrund der Schwere der begangenen Verbrechen«, schloss Gruber, »könnte ich mir vorstellen, Sie aktiv zu unterstützen, indem ich vor Ort gemeinsam mit Ihnen ein Täterprofil erstelle.«

Wenn sie die vorherigen Ausführungen richtig verstanden hatte, wollte er so etwas wie ein Phantombild des Täters entwerfen, anhand dessen Verdächtige überprüft oder sogar erkannt werden konnten. Nur dass dieses Phantombild nicht das Aussehen, sondern die psychischen Eigenheiten des Mörders ans Licht bringen sollte. Außerdem würde er bei jedem Tatverdächtigen ermitteln, wie groß die Übereinstimmung mit dem empirischen Profil war. Das alles klang nicht so, als wäre es in einem Tag erledigt.

»Was wird Ihr Uni-Dekan dazu sagen?«

»Ich habe derzeit ein vorlesungsfreies Semester zwecks weiterer Studien.«

»Haben Sie der Polizei bereits früher bei Ermittlungen geholfen?«

»In vier Fällen. Dreimal wurde der Schuldige allerdings gefasst, bevor das Profil erstellt war.«

»Und in dem anderen Fall?«

»Dank des Profils geriet ein Verdächtiger in den Fokus, den zuvor niemand sonderlich beachtet hatte. Die Polizei konzentrierte sich auf ihn und fand belastende Indizien. Als er damit im Verhör konfrontiert wurde, gestand er. Soll ich Ihnen die Kontaktinformationen der Kommissare, mit denen ich zusammengearbeitet habe, per E-Mail zukommen lassen?«

»Nicht nötig.« Beate wusste nicht, wie ihre Kollegen und der Polizeipräsident darauf reagieren würden, doch sie war davon überzeugt, das Richtige zu tun. »Können Sie schon morgen zu uns kommen?«

»Können Sie mir ein gutes Hotel empfehlen? Am liebsten etwas außerhalb gelegen oder zumindest mit ausgiebigen Spaziermöglichkeiten in unmittelbarer Nähe.«

10

Kurz nach drei Uhr nachmittags betrat Professor Mark Gruber das gemeinsame Büro der Kommissare. Da Beate mittlerweile seinen Namen gegoogelt und auf einige Fotos gestoßen war, überraschte sie dessen attraktives Aussehen keineswegs: Für sein Alter von achtunddreißig Jahren wirkte er noch sehr jugendlich, was nicht zuletzt an seiner sportlich-schlanken Figur und der modernen, wuscheligen Frisur lag. Er trug ein schwarzes Hemd, eine blaue Jeanshose und dunkle Lederschuhe. Eine randlose Brille verlieh ihm einen intellektuellen Anstrich.

Nachdem sie ihm die Hand gereicht hatte, übernahm Beate die Vorstellung ihres Partners. Dann erkundigte sie sich nach der Anreise und dem empfohlenen Hotel, bevor sie ihm mit dem von Robert fürs Büro angeschafften Kaffeevollautomaten einen Espresso zubereitete.

»Ehe wir uns in die Einzelheiten vertiefen«, bemerkte Beate schließlich, »sollten wir klären, wie Ihre Dienste honoriert werden.« Gruber hatte gerade angeboten, ihnen zu erläutern, wie er bei einem solchen Fall vorzugehen gedachte.

»Von der örtlichen Polizei gar nicht«, beruhigte er sie. »Mein Gehalt beziehe ich auch während eines Forschungssemesters weiter von der Universität. Für Reisekosten, Unterkunft und sonstige Spesen kommt die Forschungsgruppe auf.«

»Ihrer Gruppe scheint es finanziell gut zu gehen«, folgerte Robert.

»Besser als es in Forschung und Bildung heutzutage üblich ist. Unsere Publikationen werfen einen gewissen Profit ab. Außerdem stehe ich gelegentlich Filmproduktionsfirmen für fiktionale Thrillerstorys beratend zur Verfügung. Dafür«, fügte er mit einem spitzbübischen Lächeln hinzu, »lasse ich mich fürstlich entlohnen.«

***

Ich genieße den freien Tag, fahre ziellos durch die Gegend. Es ist schön, heute keinen sinnlosen Job ausüben zu müssen, der mir keinerlei Befriedigung schenkt, sondern nur Quälerei bedeutet.

In Gedanken durchlebe ich noch einmal die Nacht von Samstag auf Sonntag. Es war so unglaublich erregend. Ein intensiveres Erlebnis kann ich mir nicht ausmalen.

Es beginnt schon damit, lautlos ins Haus einzudringen, wobei ich eine Fähigkeit nutze, die ich vor einigen Jahren erworben habe. Dann bewege ich mich in ihren vier Wänden, als wäre ich ein Familienmitglied. Wie sehr habe ich mir früher gewünscht, den Zusammenhalt einer Familie zu spüren, doch mir war dieses Glück nicht lange vergönnt. Und so wie es mir weggenommen worden ist, raube ich es nun anderen. Zeige ihnen, dass dieser Zusammenhalt vor nichts schützt.

Schließlich der Moment, in dem ich ins Schlafzimmer eindringe. Der kurze Augenblick, in dem ich mich orientiere. Wo liegt der Mann, wo die Frau? Würde in dieser Phase jemand erwachen und meine Anwesenheit bemerken, wäre alles viel komplizierter.

Den Mann schnell töten zu müssen, ist allerdings bedauerlich. Mir würde es gefallen, ihn vor den Augen seiner Ehefrau fertigzumachen, um ihr die Illusion zu nehmen, in ihm einen Beschützer gefunden zu haben. Was für eine Demütigung ich ihr damit zufügen könnte. Leider geht das nicht. Ein Kampf gegen zwei Personen stellt ein unkalkulierbares Risiko dar. Außerdem könnte das Kind aufwachen.

Den Höhepunkt bildet natürlich die Zeit mit der Frau. Wenn ich sie gefesselt habe, sie entkleide, ihr Gewalt antue. Ich weide mich an ihrer Angst, ihren Qualen, ihren Schmerzen. Bis ich sie mit meinen eigenen Händen töte. Frauen tragen die Schuld an all dem Unglück in meinem Leben – jetzt räche ich mich an ihnen.

***

»Ich weiß aus den Medien, dass sie nach zwei Männern suchen. Sobald ein psychologisches Profil erstellt ist, werde ich unter Heranziehung des empirischen Täterprofils überprüfen, für wie verdächtig ich die beiden halte«, erklärte ihnen der Professor sein Vorgehen. »Wobei ich Sie warnen muss. Profiling ist kein Zaubermittel. Es hat gerade in Amerika und Großbritannien genügend Fälle gegeben, bei denen die Profiler in ihrer Einschätzung deutlich danebenlagen, wodurch die Ermittlungen unnötig verzögert wurden beziehungsweise nicht zur Aufklärung der Verbrechen führten.«

»Einen unserer Gesuchten können wir wohl von der Liste streichen«, warf Beate ein.

»Wieso?«, fragte Gruber.

»Jan Uhlich besaß möglicherweise ein Motiv für die Ermordung der Konrads. Mit den Beyers hingegen kann er nicht in Verbindung gebracht werden.«

»Vielleicht hat die erste Mordnacht etwas in ihm ausgelöst, das ihn veranlasst, die Tat solange zu wiederholen, bis er gestoppt wird. Nein. Meiner Meinung nach sollten Sie keinen Ihrer Verdächtigen ausklammern.«

***

Ich habe mein Fahrzeug in eines der Stadtviertel gelenkt, die das repräsentieren, was mir so verhasst ist. Hier haben gut situierte Familien ein Zuhause gefunden.

Ihr glaubt, die Stützpfeiler der Gesellschaft zu sein, und lebt in einer Gegend ohne schwere Kriminalität. Hier meint ihr sicher zu sein.

»Aber ihr irrt euch«, flüstere ich. »Euer größter Albtraum fährt gerade durch euer ach so vornehmes Viertel.« Ich spüre, wie die tief verwurzelte Wut in mir brodelt. Ich sehe eine Frau, die sich in einen Mittelklassewagen beugt.

»Streckst du deinem Mann den Arsch auch so entgegen, wenn du was von ihm willst?« Meine Stimme gleicht dem wütenden Zischen einer Schlange. »Oder ist es deine Fotze, die du hergibst, um dein Ziel zu erreichen? Liebt er wie ich das warme, glitschige Gefühl, wenn man es sich mit dem Mund besorgen lässt? Liebt er es, auf deinem Gesicht abzuspritzen?«

Die Frau hilft einem kleinen Mädchen aus dem Wagen. Ich reduziere meine Geschwindigkeit. In dem Moment öffnet ein Junge die Haustür und begrüßt begeistert seine Mutter.

Uninteressant!

Ich gebe Gas; die mir unbekannte Familie bleibt verschont zurück.

11

Zwei Abende später schlendere ich über das alljährliche Sommerfest der Ruhr-Uni. Um mich herum amüsieren sich Menschen unterschiedlichster Nationalitäten, Gesprächsfetzen dringen an mein Ohr, untermalt von ausklingender Musik, Applaus ertönt. Aufgrund der vielen Essensstände liegt ein undefinierbarer, jedoch angenehmer Geruch in der Luft.

Ich sehe mir den Programmzettel an. In zehn Minuten wird die zweite Liveband des Tages auf der Bühne gegenüber dem Auditorium spielen. Also beschließe ich, langsam dorthin zu gehen.

Gerade als ich in Sichtweite der Musikbühne bin, tauchen die vier Künstler unter dem wohlwollenden Beifall des Publikums auf und beginnen mit ihrer Show.

Die ersten zwei Songs gefallen mir, danach sinkt mein Interesse stetig. Mein Blick schweift über die Menge. Ich erwarte nicht wirklich, ausgerechnet hier eine dreiköpfige Familie zu finden, die meiner Vorstellung entspricht, aber allein der Gedanke an einen solchen Zufallstreffer bereitet mir Vergnügen.

Plötzlich entdecke ich eine Frau, die mir vage bekannt vorkommt. Ich bin mir nicht ganz sicher, doch als ich sie einige Sekunden beobachte, verschwinden meine Zweifel. Keine dreißig Schritte von mir entfernt steht Kitty. An ihrer Seite hampelt ein junger Mann herum, der sich auffällig um sie bemüht.

***

Beate schloss die Kinderzimmertür. Die bunte Musikschnecke, die an Anastasias Kinderbettchen angebracht war, spielte eine Einschlafmelodie und schickte ihre Tochter hoffentlich ins Land der süßen Träume.

Sie ging in die Küche, wo ihr Mann eine chinesische Hühnersuppe zubereitete. »Das riecht traumhaft«, lobte sie ihn und stellte sich dicht hinter ihn. »Wann ist das Essen fertig?«

»In einer halben Stunde.« Sebastian drehte sich um und nahm sie in die Arme. »Du bist heute relativ früh nach Hause gekommen«, stellte er erfreut fest.

»Wenigstens einmal in der Woche möchte ich Ana ins Bett bringen. Also bin ich zeitig losgefahren und habe mir etwas Arbeit mitgenommen.«

Sie bemerkte, wie er sich versteifte.

»Oh. Wir haben in letzter Zeit so wenig voneinander.« Seine Enttäuschung war ihm deutlich anzusehen.

Es war ihre bewusste Entscheidung gewesen, das Präsidium früher zu verlassen, allerdings bereute sie diesen

Entschluss nun. Im Büro hätte sie in Ruhe zu Ende arbeiten können, hier musste sie sich dafür rechtfertigen. Konnte Sebastian nicht einsehen, wie wichtig es war, dass sie den Mörder fasste, damit keine weiteren Familien sterben würden? Doch anstatt mit ihm darüber zu diskutieren, schluckte sie ihre Verärgerung hinunter.

»Ich weiß. Aber es ist nicht viel, was ich noch erledigen muss. Mark hat mir den – wie er es nennt – psychologischen Teil seines Profils mitgegeben. Ich kann das kurz vorm Schlafen lesen.«

Eigentlich spürte sie das Verlangen, die Unterlagen so schnell wie möglich zu studieren. Sebastian hatte sein Missfallen jedoch klar zum Ausdruck gebracht, und einen Ehestreit wollte sie vermeiden. Auch wenn sie dafür ihre eigenen Bedürfnisse hintanstellen musste.

Statt durch ihr Einlenken friedlich gestimmt zu sein, löste er seine Arme von ihr und schaute sie misstrauisch an. »Duzt ihr euch mittlerweile?«

»Ja«, bestätigte sie schmunzelnd. »Das war amüsant. Wir saßen im Büro, erörterten die Sachlage, er wollte ein Foto haben, das auf meinem Schreibtisch lag. Da sagte er: ›Beate, kannst du mir bitte das Foto geben‹, oder so ähnlich. Danach sind wir beim ›Du‹ geblieben. Würde mich keineswegs wundern, wenn er sich von seinen Studenten ebenfalls duzen lässt. So locker habe ich mir einen Uniprofessor nicht vorgestellt.«

»Sonst war da nichts?«, hakte Sebastian nach.

»Bist du eifersüchtig?«, fragte sie verwundert.

»Ich mache mir auf jeden Fall Gedanken«, antwortete er ausweichend.

»Worüber?«

»Warum wir zum Beispiel seit Monaten keinen Sex mehr miteinander haben. Ein anderer Mann wäre eine Erklärung«, erwiderte er gereizt.

Fassungslos stellte Beate fest, dass sich aus dem Nichts ein Streit entwickelt hatte. »Du bekommst schon mit, wie kaputt ich jeden Abend bin? Oder entgeht dir das?«

Ihr Ehemann blickte zu Boden. »Ich kann mich aber auch noch an früher erinnern«, murmelte er. »Wie viel Spaß wir hatten.«

Bereit, sich sofort zu versöhnen, streichelte sie ihm zärtlich die Wange.

»Wir werden wieder Spaß haben. Du musst dir keine Sorgen machen. Ich liebe dich. Was hältst du davon, wenn ich Mark zum Abendessen einlade? Vielleicht morgen? Dann lernst du ihn und seine einnehmende Art kennen.«

»Keine schlechte Idee. Ich würde ihn gerne kennenlernen. Möglicherweise liefert er mir Stoff für einen neuen Roman. Außerdem wäre andere Gesellschaft als Mütter von Kleinkindern und eine total übermüdete Ehefrau mal sehr angenehm.«

Nun wurde es ihr zu viel. »Hör doch bitte auf damit!«

Obwohl er zuvor ihre Streicheleinheiten genossen hatte, blitzte Streitlust in seinen Augen auf. »Meinst du wirklich, es ist schön für mich, den ganzen Tag allein mit Ana zu verbringen? Mir fehlt ein bisschen Abwechslung. Mein Intellekt ist unterfordert. Mit dir ist abends nichts mehr los. Du redest ja kaum noch mit mir.«

»Worüber soll ich denn mit dir reden? Interessiert es dich in allen Einzelheiten, was der Mörder mit den Frauen angestellt hat? Ist es das, worüber wir sprechen sollen? Ich kann nichts dafür, dass mich der Fall psychisch so unfassbar schlaucht.«

»Ach, vergiss es. Anscheinend willst du mich nicht verstehen; du kriegst ja deine Bestätigung. Mein Leben besteht nur aus vollen Windeln, Hausfrauengeschwätz und Absagen auf meine Romane. Das einzig Positive, was in manchen Absagen steht, ist, wie toll ich den Polizeialltag recherchiert habe. Und das habe ich dir zu verdanken. Eigentlich loben die Literaturagenturen damit dich – für mich haben sie nur Standardfloskeln übrig.« Er drehte sich um, womit er auf seine Weise die Diskussion beendete.

Beate fühlte sich hin- und hergerissen. Offenbar war er so gereizt, weil er erneut eine enttäuschende Antwort erhalten hatte. Trotzdem konnte er nicht einfach seinen Ärger an ihr auslassen. Sie überlegte, ob es sinnvoll wäre, das Gespräch fortzusetzen. Stattdessen verließ sie jedoch wortlos die Küche.

***

Es erstaunt mich, dass ihr Begleiter vor dem Eingang des Wohnheims stehen bleibt. Aus sicherer Entfernung beobachte ich, wie sie sich verabschieden und Kitty allein das Hochhaus betritt.

Die Flurlichter der zweiten, fünften und sechsten Etage brennen. Weniger als eine Minute nach Kittys Ankunft flammt das Licht im vierten Geschoss auf.

Geduldig warte ich weiter. Aus einem der Fenster dieses Stockwerks dringt flackernder Kerzenschein. Plötzlich geht in der Wohnung daneben das Deckenlicht an. Meine Aufregung steigt. Wohnt sie dort?

»Komm ans Fenster«, flüstere ich.

Kurz darauf wird meine Beharrlichkeit belohnt. Als sie die Jalousie herunterlässt, ist sie von meinem Standort aus bestens zu erkennen. Jetzt weiß ich, wo sie lebt. Beschwingt mache ich mich zurück auf den Weg zum Auto.

Aber später flaut die Erregung ab. Sie passt nicht in mein Muster. Es wäre töricht, in ihr Appartement einzudringen. Zumal in einem Studentenwohnheim ganz andere Risiken lauern als in einem Einfamilienhaus.

Trotzdem geht sie mir nicht aus dem Kopf. Auf meinem Bett liegend stelle ich mir vor, sie als meine Sexsklavin immer wieder zu vergewaltigen.

12

Während seine Frau noch an der Kochinsel stand und ein Reisgratin vorbereitete, klingelte es bereits an der Haustür. Sebastian wusste, dass Kochen für Beate neben Billard die perfekte Entspannungsmethode war. Deswegen hatte sie darauf bestanden, heute die Zubereitung des Essens zu übernehmen.

Mit der festen Absicht, diesem Gruber eine faire Chance zu geben und seiner Ehefrau Glauben zu schenken, begab sich Sebastian in den Flur. Im Idealfall würde er von dem Professor und seinen Anekdoten über Serienmörder profitieren. Doch als er dem attraktiven Mann die Tür öffnete, spürte er trotz seines Vorsatzes den Stachel der Eifersucht im Herzen.

***

Kitty. Kitty. Kitty. Was könnte ich mit dir anstellen, wenn ich die Gelegenheit dazu hätte.

In meiner Lieblingsfantasie habe ich sie in einen schalldichten Keller gesperrt, wo ich sie mir jeden Tag vornehme. Täglich ein Besuch, um langsam ihren Willen zu brechen. Nach anfänglichem Widerstand würde sie schnell lernen, dass es weniger Schmerzen bedeutet, mein Verlangen gehorsam zu stillen. Nach einigen Wochen, in denen sie als meine gefügige Sklavin kaum Bestrafungen erdulden müsste, würde ich ihr ohne Vorwarnung die schmerzhafteste Nacht ihres Lebens bereiten. Von da an wüsste sie nie, was ihr bevorstände.

Leider bleibt dies ein Wunschtraum. Für eine Nacht allerdings oder wenigstens für eine Stunde könnte sie mir gehören.

Zweifelnd betrachte ich die Rolle Klebeband, die ich in der Hand halte.

***

Sebastian folgte seiner Frau und ihrem Gast nach dem Essen ins Wohnzimmer, wo sie auf der hellen Ledergarnitur Platz nahmen und ihr Gespräch fortsetzten. Zwischenzeitlich hatte Sebastian sein Misstrauen abgelegt. Es war offensichtlich, dass sich seine Ehefrau gut mit dem Professor verstand, doch nichts deutete auf eine beginnende Affäre zwischen ihnen hin. Zufällig beobachtete er, wie sie sich eine Haarlocke hinter das linke Ohr strich. Eine anmutige Geste, die ihm beim ersten Zusammentreffen vor etlichen Jahren im Kunstmuseum Bochum ebenfalls aufgefallen war. Er fand Beate noch genauso hübsch wie damals. Vor allem ihre intensiv blauen Augen, ihre Stupsnase und die Sommersprossen, die ihre Haut sprenkelten. Plötzlich erwiderte sie lächelnd seinen Blick. Sebastian lächelte zwar zurück, da er sich jedoch ertappt fühlte, konzentrierte er sich anschließend auf den Besucher.

»Wie bist du zu deinem Forschungsgebiet gekommen?«, fragte er. Mark war auch bei ihm im Laufe des Abendessens einfach zum Duzen übergegangen.

»Nach dem Abi habe ich auf Wunsch meines Vaters Jura studiert. Er war selbst Anwalt und hoffte, mir seine Kanzlei übergeben zu können. Die hat übrigens vor fünf Jahren mein Cousin übernommen. Obwohl ich interessiert an der Juristerei war, begeisterte mich etwas wesentlich mehr: die Psychologie. Also studierte ich diese Wissenschaft als Nebenfach. Irgendwann ging ich für zwei Semester in die Vereinigten Staaten. Zu jener Zeit wurde in den Medien ständig über einen Serienmörder berichtet, der einen ganz bestimmten Frauentyp favorisierte: junge Studentinnen mit blonden, langen Haaren. Meine damalige Freundin, die ich in den Staaten kennengelernt hatte, war einem der Opfer wie aus dem Gesicht geschnitten. Eines Morgens lag ich neben ihr, während sie schlief, und ein Gedanke ließ mich nicht los: Was hat ihn zum Mörder gemacht? So fing diese Leidenschaft an.

Als ich wieder in Deutschland war, beschäftigte ich mich mit der Kriminalpsychologie, wofür ich sogar die Universität wechselte. Mein Vater war natürlich gar nicht glücklich, aber inzwischen hat er seinen Frieden mit meiner Entscheidung geschlossen.

»Wozu dein Cousin vermutlich einen Großteil beigetragen hat«, vermutete Beate.

»Der und meine Professur. Als ich meinem alten Herrn das erste Buch gewidmet habe, war er schier aus dem Häuschen.«

Nachdem Mark anschließend Sebastians aus schriftstellerischer Neugier gestellte Fragen beantwortet hatte, unterhielten sie sich noch eine Weile über private Dinge. Im Einvernehmen mit Sebastian zogen sich Beate und Mark dann ins Arbeitszimmer zurück, um die unter Einbeziehung des empirischen Profils gewonnenen Erkenntnisse durchzusprechen.

13

Mark holte einige Blätter Papier aus seiner Aktentasche. »Ich habe sowohl Michalski als auch Uhlich anhand der Kriterien des empirischen Täterprofils überprüft, wobei das bei Michalski wesentlich einfacher war, weil durch eure polizeilichen Ermittlungen sehr viel mehr über ihn bekannt ist.«

Beate nickte. Mark hatte ihr bereits beim ersten Telefonat erklärt, dass er bei seinen Recherchen über Serienmörder in Deutschland auf zahlreiche Charakteristika gestoßen war, die auf mindestens fünfundsiebzig Prozent der Täter zutrafen. Unter Berücksichtigung dieser Merkmale hatte er die Akten der beiden Verdächtigen in Augenschein genommen.

Er ging in den folgenden Minuten jeden einzelnen Indikator mit ihr durch und erläuterte ihr bei Unklarheiten, wieso er ihn als zutreffend oder nicht zutreffend gewertet hatte.

»Aufgrund der verschiedenen Wertigkeiten, die ich den Merkmalen zuordne, bin ich bei Michalski auf eine Profilübereinstimmung von knapp fünfundfünfzig Prozent gekommen«, schloss er.

»Und das bedeutet?«

»Ich halte ihn nicht für verdächtig. Die Übereinstimmung bei den von mir überprüften Serienmördern lag im Durchschnitt bei achtundsiebzig Prozent.«

»Falls du recht hast: Warum ist er dann geflohen?«

»Vielleicht hat er vor Kurzem eine andere schwere Straftat begangen. Oder er hat eine generelle Abneigung gegen die Polizei. Ich habe übrigens im Rahmen meiner Untersuchungen zu diesem Thema auch unbescholtene, gesetzestreue Bürger einbezogen und festgestellt, dass sie dem empirischen Profil durchschnittlich zu fünfzig Prozent entsprechen. Somit kam ich zu dem Resultat, dass diejenigen Personen, bei denen eine Übereinstimmung von mindestens siebzig Prozent besteht, polizeilich unter die Lupe genommen werden sollten. Mit allem, was zur Routine gehört, wie Alibiüberprüfung und so weiter.«

»Was ist mit Uhlich?«, fragte Beate nachdenklich.

»Bei ihm ist die Einstufung schwieriger. Wir wissen relativ wenig von ihm. Trotzdem habe ich versucht, ihn einzuschätzen. Indikatoren, bei denen mir kein konkretes Wissen vorlag, habe ich sowohl zutreffend als auch abweichend beurteilt. Herausgekommen ist ein Wert von fünfundsechzig bis maximal neunzig Prozent. Wie ich dir bereits geraten habe, solltest du ihn nicht von deiner Liste streichen. Im Gegenteil. Wenn mich mein Gefühl nicht täuscht, ist er der bessere Kandidat als Michalski. Solltet ihr die Fahndung stärker auf eine Person fokussieren wollen, schlage ich Uhlich vor.«

***

Ich stehe vor ihrem Appartement und befürchte, es könnte ein Fehler sein. Doch ich kriege sie nicht mehr aus dem Kopf.

Eventuell werden die Bullen vermuten, dass diese Tat mit den anderen in Verbindung steht. Vielleicht fällt ihnen der Zusammenhang aber gar nicht auf, weil ich diesmal anders vorgehen werde.

Unter keinem der Türschlitze auf der Etage dringt Licht hervor, auch unter ihrem nicht. Es ist Viertel nach zwei. Alle scheinen zu schlafen.

Kitty, ich freue mich auf unser Kennenlernen.

Katrin wurde von einer vollen Blase geweckt. Sie hatte sich wieder mit Sven getroffen und sie waren in einem Biergarten gelandet. Im Verlaufe des Abends hatte sie drei große Radler getrunken, die nun ihren Tribut forderten.

Die dünne Sommerdecke beiseite schlagend, setzte sie sich auf. In ihrem Kopf drehte ein Karussell seine Runden, offensichtlich wäre es ihr besser bekommen, auf das letzte Glas zu verzichten. Katrin schlurfte im Dunkeln ins Badezimmer. Hier schaltete sie nur die kleine Lampe über dem Spiegel ein, drückte die Tür zu und hockte sich auf die Toilette.

Sie dachte an Sven. Nie zuvor war sie einem Typ begegnet, der so süß und gleichzeitig so schüchtern war. Vor einigen Stunden hatte er sich bei der Verabschiedung zum ersten Mal zu ihr gebeugt, um ihr einen Abschiedskuss auf die Wange zu hauchen. Es hatte sie starke Selbstbeherrschung gekostet, ihm nicht ihre Lippen zuzuwenden und das Kommando zu übernehmen. Ihn nicht in ihr Appartement zu zerren.

Aber egal, wie scheu er war, Samstagabend stand ihre nächste Verabredung an, bei der mehr passieren würde. Viel mehr. Sie hielt dieses Kribbeln nicht länger aus und würde ihn nötigenfalls zu seinem Glück zwingen.

Gerade als sie mit der linken Hand zur Spültaste griff, hörte sie ein Geräusch. Lauschend hielt sie inne. Wenn sie sich nicht irrte, kam es von ihrer Eingangstür.

Und tatsächlich.

Ein Klacken verriet ihr, dass die Appartementtür geöffnet worden war. Ihr Herz raste. Jemand befand sich in ihren vier Wänden.

Geistesgegenwärtig sprang sie auf und schaltete das Licht aus.

In ihrem Domizil drücke ich die Tür von innen zu. Langsam gewöhnen sich meine Augen an die Dunkelheit, ich erkenne die ersten Umrisse. Nun kommt es darauf an. Ich werde mich auf sie stürzen, um ihr den Mund zuzukleben und ihre Arme zu fesseln. Sobald mir das gelungen ist, werden wir eine unvergessliche Zeit miteinander verbringen.

Ich greife zu meiner kleinen Taschenlampe, deren Schein mich rechtzeitig vor Hindernissen warnen wird.

Falls er mittlerweile in der Nähe ihres Bettes war, hatte sie vielleicht die Gelegenheit, das Badezimmer zu verlassen, ihre Eingangstür aufzureißen und hinauszurennen.

Doch was dann? Sollte sie direkt laut um Hilfe schreien?

Sie kam zu dem Entschluss, ihm die Möglichkeit zu geben, unerkannt aus dem Wohnheim zu flüchten. Dadurch rechnete sie sich bessere Überlebenschancen aus. Also musste sie vor allem so abhauen, dass sie ihm dabei nicht versehentlich den Weg nach draußen abschnitt.

Sie atmetet tief durch und zählte bis drei. Plötzlich wurde sie sich ihrer Nacktheit bewusst. Dies war etwas ganz anderes, als vor der Kamera zu tanzen. Nie wieder würde sie unbekleidet schlafen, schwor sie sich, wenn sie bloß diese Nacht überstand.

Vorsichtig drückte sie die Türklinke hinunter.

Der Lichtstrahl meiner Taschenlampe fällt auf ihr Bett. Ich brauche einen Moment, um zu registrieren, dass es leer ist.

Fast im gleichen Augenblick höre ich das Geräusch einer sich öffnenden Tür. Viel zu langsam drehe ich mich um. Eine Gestalt reißt die Appartementtür auf. Ich benötige eine Ewigkeit, um die Schockstarre abzuschütteln und ihr hinterherzuhetzen. Als ich ihre Wohnung verlasse, befindet sich Kitty bereits auf dem Treppenabsatz nach oben. Sie schreit lautstark um Hilfe. Ich habe es vermasselt.

Der Aufzug steht noch im vierten Stock. Ich hechte hinein, drücke ungeduldig den ›E‹-Knopf. Die Fahrt kommt mir unendlich lang vor. Die Ledermaske auflassend, ziehe ich meine Pistole. Sollte sich mir jemand in den Weg stellen, knalle ich ihn ab.

Die Aufzugstür gleitet auf, ich springe hinaus. Mit drei Schritten bin ich an der Ausgangstür. Ich laufe dreißig, vierzig Meter, niemand begegnet mir. Erst jetzt stecke ich die Waffe weg und reiße mir die Maske vom Kopf. Mit gesenktem Blick renne ich die Straße entlang. Zwei Fahrzeuge kommen mir entgegen, doch ich glaube nicht, dass die Fahrer Notiz von mir nehmen.

Endlich erreiche ich mein Auto, schließe auf, springe hinein.

Ich bin noch einmal davongekommen. Aber beinahe wäre ich für meine Unbeherrschtheit bestraft worden und hätte es nicht anders verdient gehabt.

***

»Das war ein wirklich schöner Abend«, flüsterte Beate. »Schade, dass uns Ana in drei oder vier Stunden wecken wird.«

Zum ersten Mal seit einigen Nächten kuschelte sich seine Frau an ihn. Nach ihrem dienstlichen Gespräch mit Mark hatten sie es sich wieder zu dritt im Wohnzimmer gemütlich gemacht. Um halb zwei hatte sich der Professor schließlich verabschiedet.

Erfreut spürte er, wie ihre Hand unter sein Schlafshirt glitt. Sie streichelte ihn am Bauch.

»Ja«, wisperte er. »So etwas sollten wir öfter machen.«

»Finde ich auch.«

Ihre Hand wanderte weiter nach unten, am Saum seiner Pyjamahose vorbei. Endlich war das nagende Gefühl, von ihr zurückgewiesen zu werden, vergessen. Beates Finger legten sich um die Spitze seines Penis und liebkosten ihn. Wie sehr hatte er ihre Berührungen vermisst. Viel zu selten waren sie seit Anas Geburt intim gewesen.

Plötzlich klingelte das auf dem Nachttisch liegende Diensthandy seiner Frau.

»Scheiße!«, fluchte Sebastian.

»Tut mir leid.«

Er antwortete nicht. Mittendrin aufhören zu müssen war schlimmer als gar nicht anzufangen.

Beate nahm das Gespräch entgegen, stand dabei auf und lauschte den Worten des Anrufers. Nach Beendigung des Telefonats zog sie sich schnell an.

»Dein Job macht momentan alles kaputt«, warf er ihr gekränkt vor.

»Es tut mir leid«, wiederholte sie matt.

Da er nichts darauf erwiderte, wünschte sie ihm lediglich eine gute Nacht, bevor sie das Schlafzimmer verließ.

***

»Warum haben Sie mir damals nicht Bescheid gesagt?«, schimpfte Beate.

Während einige Polizisten im Appartement nach Spuren des Eindringlings suchten, saß sie Katrin Golisch in dem Partyraum des Wohnheims gegenüber. Der Hausmeister war beim Eintreffen der Polizei wach geworden und hatte sich sofort bereit erklärt, ihnen den Gemeinschaftsraum aufzuschließen. Er hatte ihnen sogar zwei Tassen herrlich duftenden Kaffee serviert.

»Ja, das war ein Fehler«, schluchzte Katrin. »Aber ich wollte nicht den Lockvogel spielen. Seit jenem Abend habe ich meine Dienste nicht mehr im Internet angeboten. Woher sollte ich ahnen, dass er meine Adresse ausfindig macht?«

Beate blickte auf die Studentin, die jünger denn je wirkte. Ihre Wut verflog. Irgendwie konnte sie Katrin sogar verstehen.

»Sie haben nichts gesehen?«, vergewisserte sie sich.

»Nein. Ich habe die Badezimmertür aufgerissen und bin im Dunkeln hinausgerannt.«

»Wir müssen Sie unter Polizeischutz stellen.«

Mit einem Nicken erteilte Katrin ihr Einverständnis.

Beate griff nach ihrem Handy. Vielleicht gab es ja noch eine Chance. Nach dem zehnten Klingeln ertönte Meiers schläfrige Stimme. Sie erläuterte ihm kurz den Sachverhalt und erkundigte sich nach der Möglichkeit, herauszufinden, von welchem Internetanschluss Katrins Dienste an einem bestimmten Tag in Anspruch genommen worden waren. Meiers Antwort klang nicht ermutigend, nachdem er erfahren hatte, wie viele Wochen seitdem vergangen waren.

14

Sylvia Schulte, eine Polizeibeamtin, die kürzlich ihre Ausbildung mit Bestnoten abgeschlossen hatte, war seit dem späten Nachmittag zusammen mit einigen anderen Polizisten der Soko erneut damit beschäftigt, die Nachbarn der ermordeten Familie Beyer zu befragen.

Die Eigentümer eines Zweifamilienhauses teilten ihr mit, keine auffällige Beobachtung in der fraglichen Nacht gemacht zu haben, und verwiesen sie an die Mieterin der Einliegerwohnung. An deren Tür angekommen, dauerte es nur wenige Sekunden, bis ihr eine sympathisch wirkende Frau in ihrem Alter öffnete. Die Polizistin stellte sich vor, doch statt wie gewöhnlich mit dem Hinweis abgespeist zu werden, dass nichts bemerkt worden war, deutete die Bewohnerin namens Isabella Stadtler ins Wohnungsinnere.

»Ich trinke gerade eine Tasse Tee. Möchten Sie eine mittrinken?«

Erfreut über diese unübliche Einladung, fand Sylvia, eine Pause verdient zu haben – zumal das kühle, regnerische Wetter eher zum Herbst als zum Hochsommer passte.

Sie betrat die Wohnung, in der unterschiedliche Möbelstücke wie wild zusammengewürfelt wirkten und trotzdem einen behaglichen Gesamteindruck schufen. Vor allem ein antiker Küchenschrank aus massiver Eiche zog ihre Aufmerksamkeit auf sich. Isabella sah den bewundernden Blick.

»Schönes Stück, nicht wahr?«

»Schön und bestimmt schön teuer«, bestätigte Sylvia, die eine Vorliebe für Antikmöbel besaß.

»Hat mich nicht einen Cent gekostet.«

»Ein Erbstück?«

»So ungefähr. Den habe ich von meiner Großmutter. Als sie aus gesundheitlichen Gründen ins Altersheim musste, hat sie ihn mir geschenkt. Mit ganz vielen anderen Sachen wie zum Beispiel dieser Teekanne.« Isabella zeigte Richtung Tisch, wo eine auf Hochglanz polierte und mit zahlreichen Verzierungen geschmückte silberne Kanne auf einem Stövchen stand, in dem ein Teelicht flackerte.

Sylvia folgte ihr zum Sofa und erläuterte ihr genaues Anliegen, während die Gastgeberin das dampfende Getränk in zwei Tassen goss.

»Wenn ich mich nicht irre, war ich an dem Tag nur einmal kurz draußen, um meinen Freund von zu Hause abzuholen«, versuchte Isabella sich zu erinnern. »Beziehungsweise meinen Ex-Freund. Ich habe mich nämlich in jener Nacht von ihm getrennt. Aufgefallen ist mir da nichts.«

»Vielleicht Ihrem Ex?«

»Als wir hier zusammen angekommen sind wohl eher nicht. Sonst hätte er mir das mitgeteilt. Der kann eine richtige Plaudertasche sein. Allerdings hat er nachts die Wohnung aus verletztem Stolz verlassen, nachdem ich Schluss gemacht hatte. Möglicherweise hat er auf seinem Heimweg etwas bemerkt.«

»Können Sie mir seine Adresse und Telefonnummer für eine Befragung geben?«

»Klar. Aber ich weiß nicht, ob Sie mit einem Anruf Erfolg haben werden. Seit zwei Wochen versuche ich, ihn zu erreichen. Über den Festnetzanschluss bin ich jedes Mal auf dem Anrufbeantworter gelandet, das Handy ist ausgeschaltet. Meiner Bitte um einen Rückruf ist er bislang nicht nachgekommen; dafür ist er wohl zu beleidigt. Na ja. Ich drücke Ihnen die Daumen.«

»Könnte es sein, dass er aus Liebeskummer in Urlaub gefahren ist?«

Isabella schnaubte amüsiert. »Peter kann sich nur einen Urlaub leisten, wenn er von jemandem bezahlt wird. Er lebt ständig auf Pump. Die beiden gemeinsamen Reisen, die wir während unserer zweijährigen Beziehung gemacht haben, wurden von mir finanziert. Wahrscheinlich habe ich ihn einfach zu sehr in seiner Ehre gekränkt, als dass er noch einmal mit mir telefonieren will.«

Sie notierte auf einem Zettel die Rufnummern und seine Anschrift. Dabei erkundigte sie sich, wie Sylvia der Job als Polizistin gefiel. Ihr Interesse erklärte sie damit, anfangs selbst überlegt zu haben, diesen Berufsweg einzuschlagen, bevor sie letztendlich Finanzbeamtin geworden war. Aus dieser Frage entwickelte sich ein weiteres fünfminütiges

Gespräch. Als Sylvia schließlich im Begriff war zu gehen, hatte sie eine Idee.

»Wollen Sie Ihren Ex eigentlich aus einem wichtigen Grund sprechen?«

»Er hat zwei meiner Lieblings-CDs bei sich stehen, die ich unbedingt wiederhaben will. Das sind von den Künstlern signierte Exemplare.«

»Ich könnte ihn von hier aus anrufen. Wenn er drangeht, kläre ich, was ich wissen muss, und reiche das Telefon dann an Sie weiter.«

Auf Isabellas Gesicht breitete sich ein Strahlen aus. Die Vorstellung, ihn so zu überlisten, schien ihr äußerst gut zu gefallen. »Cool«, meinte sie. »Der wird sich wundern!«

Sylvia wählte von ihrem Handy die Festnetznummer, nach dem fünften Klingeln sprang allerdings der Anrufbeantworter an. Sie stellte sich als Polizistin vor, die einige Details bezüglich einer laufenden Ermittlung mit ihm besprechen wollte. Doch niemand unterbrach die Aufzeichnung. Sie nannte ihre dienstliche Handynummer und bat um einen Rückruf. Mit ihrem Versuch, seine Mobilfunknummer zu erreichen, hatte sie ebenso wenig Erfolg.

»Schade«, bedauerte Isabella. »Wäre schön gewesen, wenn es geklappt hätte. Trotzdem vielen Dank.«

»Ach, nicht der Rede wert«, erwiderte Sylvia. Sie spürte jedoch, dass ihre Gastgeberin das anders sah.

»Bestimmt kommt Ihnen die Frage seltsam vor«, sagte Isabella, plötzlich unsicher wirkend, »aber hätten Sie Lust, mal am Wochenende abends mit mir wegzugehen? Jetzt als Single bin ich ja wieder unterwegs, und da ich meine alten Freunde in den letzten beiden Jahren vernachlässigt habe, fehlt mir manchmal die richtige Begleitung.«

Der Vorschlag kam wie gerufen für Sylvia. Auch ihr Freundeskreis hatte sich durch die Konzentration auf die Ausbildung ausgedünnt. Seit Monaten ging sie nur noch mit Kollegen aus. Da sprach nichts gegen eine neue Bekanntschaft. »Wirklich gern«, antwortete sie lächelnd.

***

Als sie am folgenden Samstag gemeinsam durch Bochums Kneipen-Viertel zogen, erkundigte sich Isabella, ob ihr Ex sie inzwischen zurückgerufen hatte. Da erst wurde Sylvia bewusst, dass dies nicht geschehen war. Also beschloss sie, am nächsten Arbeitstag dafür zu sorgen, dass ihr dieser Peter Kleine Rede und Antwort stand. Falls sie zu diesem Zweck persönlich bei ihm vorstellig werden musste, konnte sie die CDs ja gleich mitnehmen.

15

Hans Breidenbach und sein zehnjähriger Sohn Lasse waren mit ausgesprochen guter Laune auf dem Heimweg von einem Fußballspiel. Rot-Weiß Essen hatte ein abwechslungsreiches Testspiel gegen Schalke 04 mit drei zu eins gewonnen.

Nun bog der Familienvater in ihre Straße ein. Sein Blick wurde unvermeidlich von dem leer stehenden Gebäude an der Straßenecke angezogen.

Ein wahrer Schandfleck.

In spätestens einem Monat sollte dieses mit Graffiti übersäte Haus abgerissen werden, um einem Gewerbeobjekt Platz zu machen.

Plötzlich trat ein Mann aus der heruntergekommenen Immobilie auf den Bürgersteig.

Auch das war eine Schande fürs Viertel, dachte Breidenbach. Vor Kurzem war seine Frau von einem dieser Penner aggressiv angebettelt worden. So konnte es nicht weitergehen. Sollte der versprochene Abriss verschoben werden, würde er einen Brief an die Stadtverwaltung schreiben.

Überrascht stellte er fest, dass ihm der Mann bekannt vorkam. Beim Weiterfahren drehte er den Kopf, um ihn genauer zu betrachten.

»Nach was hältst du Ausschau, Papi?«

»Irgendwoher kenne ich diesen Mann.«

»Woher?«

»Das fällt mir grad nicht ein.«

»Papi kennt einen Penner, Papi kennt einen Penner«, sang sein Sohn.

Breidenbach schmunzelte. »Das bleibt unser Geheimnis, einverstanden? Wer weiß, was Mami sonst von mir denkt.«

»Okay«, antwortete Lasse verschwörerisch und legte den rechten Zeigefinger auf seine Lippen.

Während Breidenbach den Wagen in eine Parklücke manövrierte, war er in Gedanken bei dem Mann. Wieso kam ihm dessen Gesicht bloß so bekannt vor?

***

Sylvia Schulte versuchte am Montagmorgen direkt um neun Uhr, Peter Kleine zu kontaktieren. Sie wusste von Isabella, dass er Semesterferien hatte und grundsätzlich keinen Job annahm, für den er vor zwölf Uhr aufstehen musste. Er vertrat die Auffassung, man sei nur einmal im Leben Student und müsse diese Phase genießen. Dabei war sein derzeitiges Studium bereits das zweite, das er angefangen hatte. Er schien dem Klischee eines faulen Studenten zu entsprechen, der es sich auf Kosten der Gesellschaft gut gehen ließ. Doch vermutlich besaß auch er angenehme Charakterzüge, die Isabella verschwiegen hatte.

Sie wählte die Festnetznummer, aber nach dem fünften Klingeln sprang wieder der Anrufbeantworter an. Diesmal hinterließ sie ihm eine nachdrückliche Aufforderung, mit ihr in Kontakt zu treten. Danach stellte sie fest, dass sein Handy weiterhin ausgeschaltet war.

Als sie bis zum Mittag nichts von ihm gehört hatte, probierte sie es ein letztes Mal. Sie wollte ihm eine Ordnungsstrafe androhen, falls er sich nicht endlich bei ihr meldete. Statt seines Begrüßungsspruchs hörte sie jedoch nach einer Weile eine weibliche Computerstimme, die sie darüber informierte, dass das Gerät aus Kapazitätsgründen keine neuen Nachrichten mehr aufnehmen könne.

Verwundert beschloss sie, Isabella bei der Arbeit anzurufen. Nachdem sie sich kurz bezüglich einer anstehenden Kinoverabredung abgestimmt hatten, kam Sylvia auf den Grund ihres Anrufs zu sprechen.

»Bist du dir sicher, dass dein Ex nicht in Urlaub gefahren ist? Ich wollte ihm eine neue Nachricht hinterlassen, doch auf dem AB war kein Platz mehr für weitere Aufzeichnungen. Hört sich für mich so an, als wäre er längere Zeit verreist oder als hätte er irgendwo einen Ferienjob angenommen.«

»Komisch.«

»Am besten schaue ich mal bei ihm vorbei. Was für einen Wagen fährt er?«

»Einen roten Seat, der meistens kaputt ist. Deshalb musste ich ihn an jenem Samstag abholen.«

»Erinnerst du dich ans Kennzeichen?«

Isabella nannte es ihr.

»Wenn ich ihn antreffe, lasse ich mir deine CDs aushändigen.«

»Da würde ich gerne Mäuschen spielen, um sein Gesicht zu sehen«, lachte Isabella.

Der rote Wagen stand praktisch genau vor der Haustür, aber sein Besitzer machte ihr nicht die Tür auf. Sie schellte mehrere Male und wartete fünf Minuten. Gerade als sie wieder gehen wollte, kam eine ältere Frau auf sie zu. In der linken Hand trug sie eine Einkaufstüte, in der rechten einen Katzenkorb mit Katze.

Sylvia erkundigte sich bei ihr, ob sie Peter Kleine in den vergangenen Tagen gesehen hatte. Die Hausbewohnerin schüttelte nach kurzem Zögern den Kopf.

»Jetzt, da Sie mich darauf ansprechen, fällt mir tatsächlich auf, ihm schon lange nicht mehr begegnet zu sein. Obwohl wir auf der gleichen Etage wohnen.« Mit einer Kopfbewegung deutete sie Richtung Bürgersteig. »Und das Auto ist auch ewig nicht bewegt worden. Blockiert den besten Parkplatz vorm Haus.« Im Korb miaute die Katze kläglich. Entschuldigend lächelte die Nachbarin. »Wir waren gerade beim Tierarzt, Tinka will unbedingt raus.«

»Kann ich verstehen, ich habe selbst einen Kater zu Hause. Haben Sie in letzter Zeit mal Musik aus seiner Wohnung gehört?«

Erneut schüttelte die Dame den Kopf. »Ob ihm etwas zugestoßen ist?«

Eine halbe Stunde später befand sich Sylvia im Büro der Kommissare Bauer und Vetter und informierte sie über den Sachstand. Als sie erwähnte, wann der Student seine Ex-Freundin verlassen hatte, wurden die beiden hellhörig. Hatte sich Kleines Weg etwa mit dem des Mörders gekreuzt und war ihm dies zum Verhängnis geworden?

Kleines Eltern waren vier Jahre zuvor bei einem Hubschrauberabsturz im Grand Canyon ums Leben gekommen, wie ihr Isabella erzählt hatte. Da diese keinen Schlüssel zur Wohnung besaß, versuchte Sylvia in den folgenden zwei Tagen erfolglos, einen näheren Verwandten, Bekannten oder Kommilitonen zu finden, der Peter Kleine seit jener Nacht gesehen oder mit ihm gesprochen hatte. Danach ließ sich Kommissarin Bauer einen richterlichen Beschluss ausstellen, um ihnen Zugang zu Kleines Wohnung zu verschaffen. Nach dem Öffnen der Eingangstür inspizierten Sylvia und die Leiter der Soko in Begleitung von Isabella die Räume. Die Pflanzen waren anscheinend seit Längerem nicht gegossen worden und einige der Fische im Aquarium waren eingegangen. Nach einer kurzen Musterung des Kleiderschranks stellte Isabella fest, dass keines der Lieblingskleidungsstücke ihres Ex-Freundes fehlte.

Die Polizisten standen vor einem weiteren Rätsel.

16

Jan Uhlich zuckte vor Thorsten Walthers hasserfülltem Blick zurück.

»Was denkst du dir eigentlich dabei?«, fauchte Walther.

»Das verstehst du nicht«, entgegnete Uhlich mit unterwürfiger Stimme.

»Da hast du allerdings recht! Seit Monaten lasse ich dich hier wohnen. Du musst dich lediglich nach deinen Möglichkeiten finanziell beteiligen und manchmal nett zu mir sein. Ist das zu viel verlangt?«

Uhlich schaute zu Boden. Warum brachte er sich bloß jedes Mal in Schwierigkeiten? Die Bullen suchten ihn, aber anstatt froh zu sein, bei jemanden wohnen zu können, dem das egal war, setzte er alles aufs Spiel.

»Können wir den Vorfall nicht einfach vergessen?«, bat er kleinlaut.

An dem Abend, als seine ersten Pflegeeltern bei einem Autounfall ums Leben gekommen waren, hatte er instinktiv gespürt, dass etwas Schreckliches passieren würde. Noch ehe sie sich ins Auto gesetzt hatten.

Stunden, bevor Wilhelm Konrads nachts in seinem Zimmer aufgetaucht war, hatte er das drohende Unheil in seinen Augen erkannt.

Und das gleiche Gefühl beschlich ihn auch jetzt.

»Bitte«, flehte er flüsternd.

Unbeeindruckt wandte sich Walther von ihm ab. »Ich will dich nicht mehr sehen. Pack deine Sachen und verschwinde.«

»Wo soll ich denn hin?«

»Nicht mein Problem.«

»Ich mache alles für dich. Was du willst!«

Walther hielt an der Türschwelle inne und drehte sich zu ihm um. »Mir geht schon seit Tagen durch den Kopf, dass du ausziehen solltest. Ich kann's mir nicht erlauben, irgendwann Bullenschweine vor der Tür stehen zu haben, die anschließend meine Wohnung auseinandernehmen. Das vorhin hat nur das Fass zum Überlaufen gebracht. Wenn ich nachher wiederkomme, bist du verschwunden.«

Plötzlich übermannte Uhlich wieder einmal diese unbändige Wut. Unbeherrscht griff er zu einem neben ihm stehenden Glas und warf es in Walthers Richtung. Es traf den Türrahmen und zerschellte in tausend Stücke.

In Walthers Blick spiegelte sich nun ein Anflug von Panik aufgrund der Aggression, die sich aus dem Nichts manifestiert hatte. Uhlich wollte sich für den Wurf entschuldigen. Er hatte doch niemals vorgehabt, die Beherrschung zu verlieren. Aber ehe er ein Wort des Bedauerns aussprechen konnte, wurde er von Walther mit schneidendender

Stimme gewarnt: »Solltest du bei meiner Rückkehr noch hier sein, rufe ich die Bullen. Zerstörst du in meiner Abwesenheit irgendetwas, hetze ich sie ebenfalls auf dich.«

Er verließ das Schlafzimmer. Uhlich wollte ihm hinterherlaufen, ihn um Verzeihung bitten. Das Leben hatte ihn jedoch gelehrt, ein Ende als solches zu erkennen und zu akzeptieren. Es war vorbei. In diesem Moment zog Walther die Wohnungstür hinter sich zu.

Das Einzige, was ihn tröstete, war der Plan, den er für eine solche Situation ausgeklügelt hatte. Nun musste sich zeigen, ob dieses Vorhaben naiv war oder funktionierte.

17

Ich gehe ins Wohnzimmer und schaue mich um. Zwei Schränke, in denen ich die Fotoalben vermute, enttäuschen mich. Erst beim Sideboard werde ich fündig. Dort liegen drei Bücher voller Erinnerungen, die nicht mir gehören, obwohl ich mich danach sehne. Für eine Weile vertiefe ich mich darin.

In einer Schublade der Einbauküche finde ich die Geschirrtücher. In der oberen Etage staune ich, wie einfach sie es mir machen. An jeder Tür klebt ein Symbol: Bad, Fitnessraum, Kinderzimmer, Schlafzimmer.

Ich lausche an der Schlafzimmertür. Warte auf die verräterischen Geräusche eines Liebesaktes. Oder das Wispern einer leisen Unterhaltung.

Doch ich höre nichts.

Vorsichtig drücke ich die Türklinke hinunter, die Tür springt minimal knarrend auf. Der Mann liegt links, die

Frau hat sich von ihm abgewandt. Beide schlafen in der Fötusstellung.

Ich schleiche zum Bett, bereite das Notwendige vor. Dann lege ich ihm das Küchentuch auf den Kopf, presse den Schalldämpfer gegen seine Schläfe. Er erwacht. Ich töte ihn. Lasse die Pistole fallen.

Und überwältige die Frau. Ihr Mund ist bereits zugeklebt, als sie mich anschaut.

Ich versuche, sie mit Versprechungen zu ködern. Aber sie glaubt mir nicht. Ohne den Anflug einer Chance kämpft sie und steckt dafür brutale Schläge ein. Mit roher Gewalt fessle ich sie ans Bettgestell. Ich schneide ihr Nachthemd auf und räche mich.

Jeden Schmerz der letzten Jahre zahle ich zurück. Meine Fäuste verunstalten ihr Gesicht, ihren Körper. Sie ist halb bewusstlos, als ich in sie eindringe.

Schließlich schütte ich das Sperma aus dem Kondom über ihr aus und drücke ihren Kehlkopf ein.

Ich stelle mich ans Bett der kleinen Tochter und schaue ihr beim Schlafen zu. Ihr Kopf liegt neben dem Kissen. Ich hebe es hoch, atme ihren Duft ein.

Dies ist der schwerste Teil.

Mit einem letzten Zögern drücke ich das Kopfkissen auf ihr Gesicht. Sie erwacht und stößt einen gedämpften Schrei aus. Sie strampelt, doch meine Hände bleiben ruhig, denn es ist nur zu ihrem Besten.

Ihre Gegenwehr erlahmt. Sie fügt sich. Ich lege das Kissen neben ihrem Kopf ab, mein Hass ist verraucht.

***

Eileen schreckte aus einem furchtbaren Traum auf. Sie hatte geträumt, ihr Kopfkissen würde sie ersticken. Aber es lag bloß auf ihrer Schulter.

Trotzdem rief sie weinend nach ihrer Mami. Die jedoch nicht zu ihr kam. Mit verquollenen Augen stand das Mädchen auf.

»Mami«, schluchzte Eileen, nachdem sie die Schlafzimmertür geöffnet hatte. »Ich hab einen bösen Traum gehabt.«

Als sich nichts regte, schaltete sie das Licht ein und sah ihre Eltern. Sie schrie auf und erkannte, dass der Albtraum nicht beendet war. Panisch wandte sie sich ab, stolperte aus dem Schlafzimmer hinaus, die Treppen hinunter. Wie durch ein Wunder stürzte sie nicht. Sie riss die Haustür auf und lief zum nächsten Haus, in dem ihre beste Freundin wohnte.

Nach minutenlangem Klingeln ging dort endlich ein Licht an. Kurz darauf fiel sie der Nachbarin in die Arme.

18

Mark Gruber traf nur zehn Minuten nach den Kommissaren am Tatort ein und verschaffte sich einen Eindruck vom Tathergang. Er empfahl der Polizei, unverzüglich eine Kinderpsychologin hinzuzuziehen. Vermutlich würde die Tochter den Anblick ihrer toten Eltern niemals vergessen, doch je eher ihr kompetent geholfen wurde, desto besser waren ihre Aussichten, ein einigermaßen normales Leben zu führen.

Dankbar für diesen Rat kontaktierte Beate eine Fachärztin, die einige Stunden später im Morgengrauen auf sie zukam, nachdem sie sich intensiv um das Kind gekümmert hatte.

»Eileen möchte zu ihrem Vater«, erklärte sie ihnen.

Betroffen sah Mark die Psychologin an. Was für eine unfassbare Tragödie. »Haben Sie ihr klarmachen können, dass ihr Vater tot ist?«, fragte er.

»Ihr *Stiefvater* ist tot«, korrigierte ihn Dr. Göltz.

***

»Wo ist meine Tochter?«, wollte Norbert Hill wissen.

»Momentan schläft sie«, antwortete Beate. »Sie können zu ihr, sobald sie aufwacht.«

Sie betrachtete den Mann, den die Besatzung eines Streifenwagens frühmorgens aus dem Bett geklingelt und zu ihnen gebracht hatte. Er trug ein langärmeliges, braunes Sweatshirt, unter dem sich ein muskulöser Oberkörper abzeichnete. Seine spärlichen, dunkelblonden Haare standen wirr in alle Richtungen. Von den sehr ausgeprägten Geheimratsecken abgesehen war das Gesicht völlig unauffällig. Bartstoppeln deuteten darauf hin, dass ihm keine Zeit für eine Rasur geblieben war.

»Was ist hier überhaupt passiert? Ihre Kollegen haben mir so gut wie nichts verraten. Wo sind Meike und Tom?«, sprudelten die Fragen aus ihm heraus.

Beate legte ihm beruhigend eine Hand auf den Arm. Dann führte sie ihn ins Esszimmer der Familie Roth, wo der Professor, die Kinderpsychologin und ihr Kollege Robert am Tisch saßen und ihm der Reihe nach vorgestellt wurden. Anschließend brachte sie ihm schonend bei, was in der Nacht geschehen war. Als er sich wieder gefangen hatte, bat sie ihn um Erläuterung, in welchem Verhältnis er zu den Noltes gestanden hatte.

»Ich habe Meike vor sechs, nein, inzwischen sieben Jahren in einer Disco kennengelernt. Damals war ich dreiundzwanzig. Es war keine Liebe auf den ersten Blick, aber wir fanden uns von Anfang an sympathisch. Nachdem wir ein paar Mal miteinander ausgegangen waren, funkte es.«

Seine Augen waren auf die Tischplatte gerichtet, die Hände hielt er ineinander verschränkt. »Nach ungefähr sieben Monaten wurde sie ungeplant schwanger. Das war ein Schock. Meike arbeitete als Arzthelferin, ich steckte mitten im Studium.«

»Was haben Sie studiert?«, unterbrach Mark.

»Maschinenbau. Richtig zufrieden war ich mit dieser Fächerwahl jedoch nicht. Deshalb fiel es mir nicht sonderlich schwer, das Studium aufzugeben, sobald wir uns fürs Kind entschieden hatten. Einer musste ja schließlich den Lebensunterhalt verdienen. Ich bekam einen Job in einer Telemarketingagentur. Telefonische Kundenbetreuung und Telefonverkauf. Allerdings alles seriös. Meine Firma gehört nicht zu den schwarzen Schafen, die Kunden um ihr Geld prellen.«

»Arbeiten Sie heute noch dort?«, hakte Mark erneut nach.

»Ja. Drei Monate vor Eileens Geburt heirateten wir. Fast in der gleichen Woche zogen wir auch in eine gemeinsame Wohnung. Eileen kam zur Welt, alles lief prima. Doch nach einem Jahr fingen Meike und ich an, uns immer häufiger zu streiten. Dann lernte sie Tom kennen und begann heimlich eine Affäre mit ihm. Etwa zwei Monate später klärte sie mich darüber auf und verlangte die Scheidung. Ich war wie vor den Kopf geschlagen. Natürlich versuchte ich, sie zurückzugewinnen. Ohne Erfolg. Sie zog mit Eileen zu Tom. Ich suchte mir eine eigene Bleibe, wir ließen uns scheiden. Seitdem sehe ich meine Tochter jedes zweite Wochenende und einmal im Jahr für vierzehn Tage am Stück. Bislang hat alles reibungslos geklappt.« Seine

Schultern sackten zusammen, als würde ihn die zukünftige Verantwortung schwer belasten.

»Wann haben die beiden geheiratet?«, fragte Beate.

»Vor zwei Jahren. Weiß einer von Ihnen, was jetzt mit meiner Tochter passiert?«

»Zunächst muss sie in ärztliche Behandlung«, erklärte Dr. Göltz. »Sie hat einen Schock erlitten. Ich werde sie mit Ihrer Einwilligung ins St. Josef-Hospital einweisen, wo ich selbst arbeite.«

»Das wird wohl das Beste sein.«

»Des Weiteren«, meinte Beate, »schalten wir das Jugendamt ein. Das veranlasse ich Montagmorgen. Man wird sich dann mit Ihnen in Verbindung setzen.«

»Sollte ich mir Urlaub nehmen?«

»Eine großartige Idee«, bekräftigte Dr. Göltz. »Lässt –«

Plötzlich drang lautes Weinen zu ihnen.

»Eileen! Wo ist sie?«, fragte Hill besorgt.

Die Ärztin stand gemeinsam mit Beate auf und brachte ihn zu seiner Tochter.

»Papi!«, schluchzte diese verzweifelt bei seinem Anblick.

Er eilte zu ihr und nahm sie in die Arme. Während ihr zierlicher Körper von Weinkrämpfen geschüttelt wurde, tröstete er sie.

»Ich bin ja da, mein Engel. Papi ist für dich da.«

***

Nach seiner Rückkehr vom Tatort am Sonntagvormittag war nicht an Schlaf zu denken gewesen. Mark lief in seinem Hotelzimmer unruhig auf und ab. Seine Auswertungen hatten zu einer schockierenden Schlussfolgerung geführt.

Ein letztes Mal überprüfte er sie.

Hills Familienglück war durch seine ehemalige Frau zerstört worden. Hatte das womöglich einen verheerenden Frauenhass in ihm ausgelöst?

Gedankenverloren rieb Mark an seinem linken Ohrläppchen. Die Überprüfung von Verdächtigen anhand des empirischen Täterprofils hatte keinerlei Beweiswert. Nur weil jemand mit dem Fahndungsraster weitestgehend übereinstimmte, musste er nicht zwangsläufig ein Mörder sein. Doch Hill wies erstaunlich viele Übereinstimmungen auf. Etwa hinsichtlich des Merkmals, dass drei Viertel der Serienmörder zur Tatzeit einer unterprivilegierten oder nichtprivilegierten beruflichen Tätigkeit nachgingen. Genau wie einige weitere Punkte. Beispielsweise wohnte Hill in einer Großstadt und von jedem Tatort weniger als dreißig Kilometer entfernt.

Andere Charakteristika musste er sowohl als abweichend wie auch als zutreffend werten, da sich keine Gelegenheit ergeben hatte, sie konkret zu erfragen. So kam er bei der Berechnung auf einen Maximalwert von fünfundachtzig Prozent.

War Hill ein Mehrfachmörder, der durch die Taten das Sorgerecht für seine Tochter bekommen wollte? Ein Mörder, der ein klares Ziel verfolgte und nicht nur kranke Fantasien auslebte? Hatte er eine Mordserie inszeniert, um nicht als Hauptverdächtiger im Rampenlicht zu stehen?

Hatte er zu diesem Zweck zwei unschuldige Familien ausgelöscht?

Hier schloss sich der Kreis zum psychologischen Profil. Mark unterstellte dem Täter Hass auf intakte Familien und auf Frauen. In den vorangegangenen Mordnächten hatte er diese Hassgefühle ausleben können. Der fehlgeschlagene Angriff auf die Internetstripperin war diesbezüglich ebenfalls von Bedeutung.

Ob die Kommissare Hill als potenziellen Verdächtigen in Erwägung zogen?

Um nicht überstürzt einen Anruf zu tätigen, ging Mark ins Hotelrestaurant, wo er einen doppelten Espresso trank, der die Müdigkeit ein Stück weit vertrieb. Danach wählte er Beates Handynummer.

»Ist dir aufgefallen«, erkundigte er sich, kaum dass sie sich gemeldet hatte, »wie brutal die Frau diesmal misshandelt wurde? Vielleicht eine Steigerung während einer Mordserie, was häufiger vorkommt. Oder der Mörder hat bei dieser Tat besonders großen Hass empfunden. Ich habe Hill anhand des empirischen Täterprofils überprüft.«

19

Fünf Minuten vor der vereinbarten Zeit klopfte es an der Tür. Sie war allein im Büro, da Robert eine Zeugenbefragung in einem anderen Ermittlungsverfahren durchführte.

»Herein«, rief Beate, und begrüßte anschließend Norbert Hill.

»Wie geht es Ihrer Tochter?«, fragte sie, nachdem er Platz genommen hatte.

»Sie weint viel«, seufzte der Vater. »Allerdings meint Frau Dr. Göltz, dass es ihr in Anbetracht der Umstände sogar relativ gut geht. Sie ist ansprechbar und reagiert auf ihre Umwelt. Die Ärztin erzählte, manche Kinder, die in vergleichbaren Fällen ihre toten Eltern aufgefunden haben, seien für Monate oder Jahre apathisch gewesen.«

»Grauenhaft.«

Hill nickte. »Als meine Tochter sieben Monate alt war, musste Meike für eine Woche ins Krankenhaus. In dieser Zeit war ich für Eileen die einzige Bezugsperson. Ich musste immer in ihrer Nähe sein, denn sie verstand wohl nicht, warum ihre Mutter weg war, und hatte Angst, mich auch zu verlieren. Sobald sie mich nicht mehr sah, fing sie an zu weinen. Jetzt machen wir gerade Ähnliches durch.« Verstohlen wischte er sich eine Träne weg. »Entschuldigung.«

»Sie brauchen sich nicht zu entschuldigen. Ich habe ebenfalls eine kleine Tochter.« Beate räusperte sich. »Hat Frau Rosenkreuz vom Jugendamt mit Ihnen gesprochen?«

»Heute Mittag«, bestätigte Hill. »Sie hat mir das weitere Vorgehen erklärt. Das Jugendamt prüft, ob ich Eileen nach der Entlassung aus dem Krankenhaus ein gutes Zuhause bieten kann. Bei einem positiven Ergebnis darf sie zu mir. Andernfalls kommt sie zu einer Pflegefamilie oder ins Heim. Schreckliche Vorstellung! Frau Rosenkreuz hat erwähnt, dass eine Entscheidung in meinem Sinne erst getroffen werden kann, wenn die Ermittlungen weiter vorangeschritten sind. Gelte ich etwa als verdächtig?«

»Wir sind verpflichtet, bei einer solchen Tat das soziale Umfeld der Ermordeten abzuklopfen«, entgegnete Beate. »Das hat nichts mit einem konkreten Verdacht gegen Sie zu tun. Haben Sie eventuell ein Alibi? Hat ein Nachbar zufällig bei Ihnen vorbeigeschaut oder haben Sie einen Anruf kurz vor dem Zubettgehen erhalten?«

Bedauernd schüttelte er den Kopf. »Leider nein. Ich habe geschlafen. Die Polizisten haben mich geweckt. Wie Sie ja wissen, lebe ich allein. Deshalb kann niemand bezeugen, dass ich im Bett gelegen habe. Derzeit bin ich Single – seit der Trennung von Meike hatte ich nur ein paar flüchtige Beziehungen. Muss ich mich jetzt etwa auf Sie verlassen?«

»Inwiefern?«

»Ich werde doch wegen meines fehlenden Alibis erst als zweifelsfrei unschuldig gelten, wenn Sie den Mörder gefasst haben.«

»Es gibt eine andere Möglichkeit.«

Hill beugte seinen Oberkörper zu ihr nach vorn und forderte sie damit stumm zum Weitersprechen auf.

»Der Täter hat Spuren hinterlassen, anhand deren wir ihn eindeutig identifizieren können. Mittels einer Speichelprobe von Ihnen kann im Umkehrschluss festgestellt werden, dass Sie unschuldig sind.«

»Ist das Resultat unumstößlich? Wird es vom Jugendamt anerkannt?«

Beate dachte an Marks Verdacht, den sie in diesem Moment nicht teilte. Hill machte nicht den Eindruck, etwas zu verbergen. Und ein DNA-Test lieferte schließlich ein eindeutiges Ergebnis. Deswegen nickte sie.

***

Hans Breidenbach schaute aus dem Küchenfenster. Nachdem es den ganzen Tag geregnet hatte, klarte der Himmel nun langsam auf. Eine gute Gelegenheit, um die überfüllte Altpapierbox zu entleeren. Also ging er in die Abstellkammer und griff nach der weißen Plastikbox, in der sie das Papier zwischenlagerten.

»Ich bring das Altpapier raus«, rief er laut, ohne eine Antwort zu erhalten. Seine Frau saß im Schlafzimmer und lernte Englischvokabeln für ihren Volkshochschulkurs, sein Sohn vertrieb sich die Zeit mit einem Playstation-

Spiel, das er vor Kurzem zum Geburtstag geschenkt bekommen hatte.

Er trat vor die Haustür, wo ihm ein starker Wind entgegenwehte. Zudem war es empfindlich kühl geworden. Schnellen Schrittes lief er die paar Stufen bis zum Bürgersteig hinunter. Während er die Unterstellbox öffnete, in der die verschiedenfarbigen Mülltonnen standen, erwischte ein Windstoß einige der alten Zeitungen und blies sie auf die Straße.

»Mist«, brummte Breidenbach.

Rasch rannte er hinterher und sammelte sie auf. Da die Papiertonne gut gefüllt war, traute er sich wegen der stürmischen Böen nicht, den Deckel ganz aufzuklappen. Stattdessen hob er ihn nur leicht an und stopfte das Altpapier nach und nach hinein. Plötzlich hielt er inne. Er blickte auf die Titelseite einer etwa zwei Wochen alten Ausgabe der Tageszeitung. Dort war das Gesicht abgebildet, das ihm neulich so bekannt vorgekommen war.

Hektisch schob er die blaue Tonne zurück an ihren Stellplatz und hastete ins Haus.

***

Aus taktischen Gründen verzögerte der Leiter des mobilen Einsatzkommandos den Zugriff bis drei Uhr nachts, denn er hatte keine Möglichkeit herauszufinden, ob sich Michalski noch immer im Gebäude aufhielt. Im Idealfall würden sie ihn im Schlaf überrumpeln.

Schließlich erteilte er den Zugriffsbefehl. Vier zweiköpfige Teams betraten leise das für den Abriss vorgesehene Objekt und schwärmten aus.

***

Stöhnend schreckte Michalski hoch. Bestimmt hatte er keine zwei Stunden gedöst, seitdem er vom letzten Geräusch wach geworden war.

Seit er sich auf der Flucht befand, schlief er unruhig. Jeder Laut weckte ihn. In den letzten Tagen hatte er mit dem Gedanken gespielt, sich weiter von seiner Heimatstadt Bochum zu entfernen. Hier in Essen erschien es ihm mittlerweile nicht sicher genug. Wer wusste schon, wie weit die Bochumer Bullen die Jagd nach ihm ausdehnten. Die der Presse zugespielten Falschmeldungen waren wohl nur ein Ablenkungsmanöver.

Gerade als er die Augen schloss, hörte er ein Wispern. Hellwach sprang er auf und griff nach dem Messer an seinem Schienbein, das er aus dem Holster zog. Gleichzeitig blendete ihn jedoch der helle Lichtstrahl einer Taschenlampe.

»Stehen bleiben!«, rief jemand. »Lassen Sie das Messer fallen!«

Michalski überlegte kurz. Mit einem gewagten Sprung aus dem Fenster hinter ihm, in dem die Glasscheiben fehlten, könnte er ihnen vielleicht entkommen.

Doch etwas in ihm sträubte sich. Nicht nur, weil er sein Lager im zweiten Stock aufgeschlagen hatte. Er war das Leben im Untergrund satt.

»Werfen Sie die Waffe weg!«

Er öffnete die Hand, das Jagdmesser fiel auf den Boden. Einer der Bullen sprang auf ihn zu und riss ihm schmerzhaft den Arm auf den Rücken.

»An die Wand!«

Noch bevor Michalski die Chance hatte, dem Befehl zu folgen, versetzte ihm das Bullenschwein einen groben Stoß. Offensichtlich musste er dafür bezahlen, einen von ihnen niedergestochen zu haben.

Nach einem einstündigen Verhör gestand Michalski zwei Vergewaltigungen; die erste im November des vergangenen Jahres, die zweite im März.

Trotz dieses Geständnisses wurde er weiter vernommen. Dabei stritt er eine Beteiligung an den Familienmorden ab. Bereitwillig ließ er sich eine Speichelprobe entnehmen.

20

Sein Freier summte unter der Dusche gut gelaunt ein Lied. Ein merkwürdiger Kerl, der zum Höhepunkt kam, wenn Sperma auf sein Gesicht klatschte. Aber nach dem Orgasmus beeilte er sich jedes Mal, es abzuwaschen.

Thorsten Walther stand auf und schaute sich in dem Raum um. Zum siebten Mal hatte ihn dieser Freier bestellt und bislang immer einhundert Euro gelöhnt. Nach dem Duschen schoss er zum Abschluss stets ein paar Fotos von ihm.

Walther war bei seinem ersten Besuch sofort aufgefallen, wie wohlhabend sein Kunde war. Das Schlafzimmer hatte dieser mit teuren Holzmöbeln ausgestattet, das Bad bestand größtenteils aus Marmor. Als er einmal einen kurzen Blick ins Wohnzimmer hatte werfen können, war seine Vermutung über die finanziellen Möglichkeiten des Wohnungsinhabers bestätigt worden.

Du verdienst hier zwar leichtes Geld, dachte Walther, doch eigentlich könnte der Typ aufgrund seines Vermögens mehr springen lassen.

Das Wasser prasselte in die Duschwanne und der Mann sang mit schiefer Stimme einen aktuellen Hit aus den Charts. Verstohlen ging Walther zum stummen Diener, über dem eine Markenhose hing. Die Ausbuchtung in der linken Gesäßtasche verriet den Aufbewahrungsort des Portemonnaies, das er herauszog.

Als er es öffnete, traute er seinen Augen kaum. In den beiden Geldscheinfächern befanden sich mehrere Zweihundert-, Einhundert- und Fünfzigeuroscheine. Beim Nachzählen kam er auf 1.850 Euro. Warum gab ihm dieser Geizkragen nur einen lausigen Hunderter?

Die Dusche wurde abgestellt.

Walther beschloss, seinen Lohn zu verdoppeln und zog einen grünen Schein aus der Brieftasche, die er anschließend zurück in die Hosentasche steckte. Ehe er sich wieder aufs Bett legte, schob er das Diebesgut in seine eigene Geldbörse.

Eine Weile später trat der Freier nackt aus dem Bad. Mit einem Handtuch rubbelte er sein volles Haar trocken.

»Heute möchte ich mal was anderes aufnehmen«, teilte dieser ihm mit. »Keine Fotos, sondern einen Videoclip, wie du mit einem Vibrator spielst.«

»Das kostet extra«, erwiderte Walther aufgrund des eben entdeckten Geldes.

»Wie viel?«

»Fünfzig Euro für zwanzig Minuten.«

»Was für ein Stundenlohn!«, sagte der Mann mit einem amüsierten Lächeln. »Dafür will ich aber eine überzeugende Show sehen.« Er holte den Vibrator aus einer Kommode und warf ihn auf die Matratze. Danach begab er sich ins Wohnzimmer. Walther hörte ihn eine Schranktür öffnen, kurz darauf kam er mit einem Camcorder und einem Stativ zurück.

»Guckst du dir diese Fotos und Filme eigentlich ab und zu an?«, fragte Walther.

»Natürlich. Warum sollte ich mir sonst die Mühe machen?« Er montierte die Videokamera aufs Stativ, überprüfte den Aufnahmewinkel und nickte ihm zu.

»Warum schauen wir sie uns nicht einmal zusammen an? Ich kann öfter als bisher vorbeikommen.«

Sein Gegenüber lachte spöttisch. »Das glaub ich gern, Kleiner. Aber zweimal im Monat reicht völlig. Mehr Kohle gibt es bei mir nicht zu holen. Und jetzt mach deinen Job. Einen lauten Job!«

Wie ich es hasse, ausgelacht zu werden, schoss es Walther durch den Kopf. Doch in einem Punkt irrte sich der Kerl gewaltig. Hier gab es ganz sicher mehr zu holen. Seinen Ärger herunterschluckend, griff er zu dem Sexspielzeug.

Nachdem zwanzig Minuten verstrichen waren, stöhnte er ekstatisch auf und ließ sich in gespielter Erschöpfung aufs Bett fallen. Sein Kunde schaltete die Kamera mit einem Knopfdruck aus.

»Du bist gut. Vielleicht solltest du über ein zweites Standbein im Pornogewerbe nachdenken. Wenn du Interesse hast: Ich hab ein paar Kontakte in dieser Branche.«

Walther lehnte dankend ab, stand auf und zog sich langsam an. Aus den Augenwinkeln beobachtete er, wie der Freier sein Portemonnaie aus der Hosentasche zog und zu seinem Entsetzen die Geldscheine nachzählte.

»Das kann ja wohl nicht dein Ernst sein!«, fluchte dieser anschließend.

Betont unschuldig schaute Walther ihn an. »Was ist denn los?«

»Das weißt du genau!«

»Wovon redest du?«

»Behandle ich dich nicht gut genug?«

Der Mann kam wütend einen Schritt auf ihn zu, Walther wich zurück.

»Du hast dich selbst bedient, während ich geduscht hab, du elender Schwanzlutscher.«

»Das ist nicht wahr!« Walther wurde lauter, um entrüstet zu wirken.

»Warum fehlen dann einhundert Euro?«

»Woher soll ich das wissen? Hast du dich verzählt?«

»Sei vorsichtig, Junge! Und zieh schnell Leine!«

Instinktiv wollte er diesem Ratschlag folgen, aber damit würde er den Diebstahl eingestehen. Also blieb er.

»Ich gehe nicht ohne Bezahlung.«

Der Freier schleuderte das Portemonnaie in seine Richtung. Walther versuchte, sich zu ducken, eine Kante der Brieftasche traf ihn allerdings an der Nase. Schmerzerfüllt spürte er, wie ihm Blut aus den Nasenlöchern rann.

Wahrscheinlich hätte er anders reagiert, wenn er vor einigen Stunden nicht mit Jan aneinandergeraten wäre. Nun jedoch explodierte blinde Wut in seinem Kopf. Zum zweiten Mal am selben Tag das Ziel einer Wurfattacke zu werden, war eindeutig zu viel.

»Hurensohn!«, brüllte er und sprang auf den Kerl zu. Sie prallten gegeneinander und stürzten zu Boden, wobei sie gegen das Stativ polterten, welches mitsamt dem Camcorder umfiel. In den ersten Sekunden hatte Walther den Vorteil, oben zu liegen. Er drückte seinen linken Arm auf die Kehle des Kunden und hielt ihn dadurch fest.

»Schau, was du getan hast.«

Sein Blut tropfte aufs Gesicht des Gegners. Doch plötzlich rammte ihm dieser ein Knie in die Weichteile, raubte ihm mit dem Volltreffer die Luft zum Atmen. Walther krümmte sich, der Freier gewann die Oberhand und wälzte sich auf ihn.

»Ich hätte dich mit dem Hunderter ziehen lassen«, japste dieser. »Jetzt kriegst du keinen müden Cent.« Er tastete ihn ab, bis er die Geldbörse gefunden hatte.

Erfolglos bäumte sich Walther auf, um ihn abzuschütteln. Der Typ war zu schwer. Deswegen suchten seine Hände nach etwas, das er als Waffe benutzen konnte. Mit der Rechten berührte er die Videokamera. Während ihm der Freier die Geldbörse aus der Hosentasche zerrte, zog Walther das Gerät zu sich. Er umklammerte es, hob es hoch und schlug es brutal von hinten gegen den Kopf seines Kunden. Mehrmals ließ er den Camcorder gegen den Schädel krachen, bis das Hightech-Produkt zerbrach und er den Körper endlich wegstoßen konnte.

»Niemand vergreift sich an meiner Kohle«, schrie er. Walther sprang auf und trat dem regungslos auf dem Rücken liegenden Mann in die Rippen.

Da entdeckte er die Blutlache unter dessen Kopf. Er stolperte zum Bett und sah, wie sie sich ausbreitete.

»Scheiße«, flüsterte er. Aber trotz der außer Kontrolle geratenen Situation gelang es Walther, den aufkommenden Anflug von Panik zu unterdrücken.

Er hockte sich neben den leblosen Mann und legte ihm zwei Finger auf den Hals, ohne einen Pulsschlag zu spüren. Danach nahm er seine Geldbörse wieder an sich.

Vermutlich waren seine Fingerabdrücke überall im Schlafzimmer verteilt, ganz zu schweigen von dem Sperma auf dem Bettlaken. Doch bevor er begann, seine Spuren zu beseitigen, wurde ihm klar, dass der Tote mit der Knete nichts mehr anfangen konnte. Er hingegen hatte dafür eine verdammt gute Verwendung. Also schnappte er sich die Brieftasche des Freiers und steckte die Scheine ein.

Die gleiche Gefühllosigkeit, die ihm beim Sex mit seinen Kunden den Job erleichterte, gewann nun die Oberhand. Bestimmt gab es in dieser Wohnung noch mehr zu holen.

In aller Ruhe schaute er sich um. Zusammen mit weiterem Bargeld in Höhe von zweitausend Euro stieß er auf Schmuck, der ebenfalls in seinen Taschen verschwand. Die in den letzten Monaten geschossenen Fotos fielen ihm auch in die Hände. Ebenso wie Bilder anderer Männer in ähnlichen Posen, die er wieder zurücklegte, damit die Bullen mit ihren Ermittlungen bei ihnen beginnen würden.

Als er das Bettlaken abziehen wollte, um es zu Hause zu verbrennen, erinnerte er sich an die Speicherkarte aus dem Camcorder, die er mitnehmen musste. Kaum hatte er sie entfernt, klingelte es an der Wohnungstür. Ein paar Sekunden später klopfte jemand dagegen.

Nun brach die mühsam niedergekämpfte Panik hervor. Ohne ans Betttuch zu denken, eilte er ins Wohnzimmer. Erneut klopfte es und eine Stimme rief nach Dietmar. Unterdessen öffnete Walther leise die Terrassentür und verließ die Erdgeschosswohnung durch den Garten.

***

Mark betrachtete das Resultat der DNA-Analyse von Michalskis und Hills Mundschleimhaut-Abstrichen. Beide genetischen Fingerabdrücke waren nicht identisch mit den am Tatort gefundenen Spuren. Michalski würde wegen der gestandenen Vergewaltigungen, die von den Opfern angezeigt worden waren, und dem Messerangriff auf einen Polizisten die nächsten Jahre im Gefängnis verbringen. Für die Soko gab es somit nur noch einen Verdächtigen: Jan Uhlich.

Mark hingegen hielt Norbert Hill trotz des Testergebnisses weiterhin für verdächtig. Die hohe prozentuale Übereinstimmung mit dem Profil konnte er einfach nicht außer Acht lassen. Zumal das vorgefundene Sperma von Anfang an sein Misstrauen geweckt hatte. Warum hinterließ ein Mörder seine genetische Visitenkarte, wenn er es ansonsten fertigbrachte, nicht eine ermittlungsrelevante Faser zurückzulassen? War ihm dieser sexuelle Akt wirklich so wichtig oder bezweckte er etwas anderes damit?

Bezüglich Michalski war er allerdings sicher, dass dieser als Täter auszuschließen war, da seine Vorgehensweise bei den Vergewaltigungen stark von dem Tathergang bei den Familienmorden abwich.

Mark diskutierte mit Beate und Robert die Möglichkeit, Hill nicht von der Verdächtigenliste zu streichen, spürte jedoch ihre ablehnende Haltung.

»Ohne die hohe Trefferquote beim Vergleich mit dem Serienmörder-Profil«, gab er zu bedenken, »würde ich mich für Eileen freuen. Sie überlebt die Mordnacht und hat sogar noch einen leiblichen Vater, der sich um sie kümmern kann. Ich wundere mich nur darüber, dass der Killer so nachlässig war, das Kissen nicht lange genug auf ihr Gesicht zu drücken. Nachdem er bislang nicht einen Fehler gemacht hat.«

»Stell dir vor, was Hill alles getan haben müsste, wenn er der Verantwortliche wäre«, entgegnete Robert. »Er tötet zwei ihm unbekannte Familien und rächt sich dann erst an seiner Ex-Frau? Warum diese Einbeziehung von Fremden? Und warum der Einbruch bei Golisch?«

»Ihr kennt meine Antwort. Wären nur seine Ex-Frau und deren Mann gestorben, stände er viel stärker im Fokus eurer Ermittlungen. Außerdem verspürt der Täter Hass auf intakte Familien, den er mit den ersten Morden stillen konnte. Genau wie der Angriff auf Katrin eine Folge seines Frauenhasses sein könnte.«

»Wie erklärst du das Sperma, das definitiv nicht von Hill stammt?«, hakte Robert nach.

»Vermutlich ein Komplize«, erwiderte Mark unsicher. Das war tatsächlich eine Frage, die er nicht plausibel beantworten konnte. »Der Gerichtsmediziner konnte in allen drei Fällen lediglich feststellen, dass eine Vergewaltigung stattgefunden hat. Nicht, wie viele Männer daran beteiligt waren.«

»Bist du bei deinen Studien auf Mehrfachmörder gestoßen, die zusammengearbeitet haben?«

»Nein«, gestand er.

Robert verschränkte die Arme hinter seinem Kopf und lehnte sich zurück. Für ihn war die Angelegenheit damit erledigt.

»Da gibt es ein weiteres Argument, das mich an Hills Täterschaft zweifeln lässt«, fügte Beate hinzu. »Der Mörder hat Eileens Tod riskiert. Wir wissen von ihr, dass ihr das Kissen aufs Gesicht gedrückt worden ist. Glaubst du wirklich, Hill hätte das gemacht, wenn das Ganze bloß dazu dienen würde, das Sorgerecht für seine Tochter zu bekommen? Er hätte nach der Ermordung der beiden Erwachsenen einfach das Haus verlassen können.«

»Es musste echt wirken«, sagte Mark und versuchte dabei, Beates Mimik zu deuten. »Das kannst du dir sicher nicht vorstellen, oder? Dass ein Vater den Tod seiner eigenen Tochter in Kauf nehmen würde?«

»Falls er geplant hätte, sich anschließend umzubringen, könnte ich es akzeptieren. Aber deiner Theorie nach geht es hier nicht um eine klassische Familientragödie. Wie könnte er mit der Schuld leben, wenn sie gestorben wäre? Du hast recht. Das halte ich für undenkbar.«

»Weil du selbst ein Kind hast, das du liebst«, warf Mark ein. »Doch denk mal an die Väter, die ihre Kinder missbrauchen. Nacht für Nacht. Oder an die Eltern, die ihre Kinder für Pornovideos verleihen und mit ihrem Leid Geld verdienen. Das kommt gar nicht so selten vor.«

Beate stützte ihren Kopf mit der linken Hand ab und starrte auf den Schreibtisch. »Ja, das stimmt«, flüsterte sie. »Okay. Ich streiche Hill noch nicht von der Liste. Obwohl du mich nicht überzeugt hast.«

21

Lukas Schmuch, einer der Assistenten des Gerichtsmediziners Schneider, hatte soeben den Laborbericht im Fall eines ermordeten Homosexuellen per E-Mail erhalten. Er entschlüsselte die angehängte Datei und gab die Ergebnisse in die DNA-Analyse-Datenbank ein. Routinemäßig startete er einen Abgleich mit den DNA-Profilen, die in den vorhandenen Personen- und Spurendatensätzen gespeichert waren. Er dachte gerade an seine neue Flamme Melanie, als ihm das System einen Treffer signalisierte. Überrascht öffnete Schmuch den entsprechenden Datensatz. Die Sperma- und Blutspuren, die laut Bericht nicht dem Opfer zugeordnet werden konnten, stimmten mit dem genetischen Fingerabdruck des gesuchten Familienmörders überein.

***

In der Cafeteria des Präsidiums ließ sich Beate die Fakten vom zuständigen Kommissar Stemmler erläutern.

»Bei dem Toten handelt es sich um einen 46-jährigen Geschäftsmann. Dietmar Anders. Im Hinblick auf seine sexuelle Neigung ist der Name durchaus passend.«

»Ich kann mir denken, was für Witze darüber gerissen wurden.«

»Ja, gingen alle unter die Gürtellinie. Aber verklagen wird er uns deswegen wohl nicht. Er war alleinstehend. Seine Leiche wurde von einem Bekannten entdeckt, der mit ihm verabredet war. Möglicherweise hat der Mörder die Wohnung nur wenige Minuten vor dem Eintreffen des Bekannten verlassen. Anders war ein Fan von Sexspielzeug, außerdem hat er gerne Fotos und Videofilme von jungen Männern in eindeutigen Posen aufgenommen. Einige von ihnen kennt die Sitte als offiziell gemeldete Sexarbeiter.

Neben den Fingerabdrücken von Anders befanden sich eine Vielzahl weiterer in der Wohnung, besonders im Schlafzimmer. Wir haben zwei unterschiedliche Abdrücke auf dem Camcorder, der als Mordwaffe diente, gefunden. Einer stammt von Anders, den anderen können wir nicht zuordnen. Bei der Befragung der Putzfrau haben wir erfahren, dass sie sehr häufig die Bettwäsche wechseln musste. Jeder einzelne Prostituierte wurde höchstens zweimal im Monat gebucht. Sprich, das Opfer hatte mit einer Reihe von Männern käuflichen Sex – einer von ihnen ist wahrscheinlich der Mörder.

Wir überprüfen derzeit seine gesamten Telefonverbindungen. Ein Festnetzanschluss und drei auf ihn laufende

Mobilfunkverträge. Wir haben bei den Telefonanbietern die Verbindungsdaten angefordert, die Auswertung wird jedoch eine Weile dauern.

Sein Portemonnaie war ausgeräumt, darüber hinaus fehlten Schmuckgegenstände. Bislang ist allerdings keiner Bochumer Pfandleihe Schmuck in nennenswertem Umfang angeboten worden.«

»Wenn er Sex mit Callboys hatte, muss er wohlhabend gewesen sein«, folgerte Beate.

Ihr Kollege nickte. »Illegale Geschäfte schließen wir aus. Anscheinend war er eine Art Börsengenie. Viele seiner Anlagen waren hochspekulativ, die meisten gewinnbringend.«

»Hat er mit dem Geld anderer Leute spekuliert? Vielleicht hat sich jemand an Anders gerächt, weil er durch dessen Schuld Vermögen verloren hat?«

»Nein. Es war immer seine Kohle. Hinsichtlich des Tathergangs vermuten wir, dass er mit dem letzten Callboy Streit bekommen hat und infolgedessen erschlagen wurde. Sobald wir herausgefunden haben, wer ihn zuletzt besucht hat, haben wir unseren Mörder. Und so, wie es seit heute aussieht, den von dir Gesuchten ebenfalls.«

Sie bot ihm die Mithilfe der Soko unter der Voraussetzung an, jederzeit uneingeschränkten Zugang zu allen Informationen zu bekommen. Ohne zu zögern willigte Stemmler ein.

***

Mark begutachtete über zwei Stunden das Material, das ihm Beate zur Verfügung gestellt hatte: Fotos von dem Tatort und der Obduktion, außerdem jede schriftlich festgehaltene Notiz. Er kam zu einem Ergebnis, das er den Kommissaren mit gemischten Gefühlen präsentieren würde, denn nun würde sich zeigen, wie viel sie tatsächlich von seiner Einschätzung hielten.

»Es handelt sich nicht um ein und denselben Mörder.«

Gemeinsam mit den beiden Ermittlern saß er in einem Besprechungsraum, in welchem er diverse Bilder der einzelnen Tatorte an den Wänden befestigt hatte. Auf dem großen Tisch lagen die Berichte zu den verschiedenen Tatnächten.

Beate schaute ihn überrascht an. An ihrem Gesicht las er deutliche Skepsis ab.

Auch Robert schien keineswegs aufgeschlossen für diesen Gedanken zu sein. »Es fällt mir schwer, das zu glauben. Der Umstand, dass an sämtlichen Tatorten das gleiche Sperma gefunden wurde, lässt eigentlich keinen Irrtum zu.«

Mark nickte verständnisvoll. »Und wenn wir uns dieses Indiz einfach mal wegdenken?«

Robert schmunzelte. »Die Bezeichnung *Indiz* ist etwas schwach. Vor Gericht würde dieser Umstand als Beweis gelten.«

»Würdet ihr ohne ihn auf den gleichen Täter tippen?«

»Wohl kaum«, bestätigte Robert.

»In einem Fall sind dreiköpfige Familien die Opfer, im anderen ein homosexueller Geschäftsmann«, fügte Beate hinzu.

»Und das ist nur eine von zahlreichen Abweichungen«, begann Mark mit seiner Argumentation. »Der unterschiedliche Umfang an hinterlassenen Spuren deutet ebenso wenig auf einen Zusammenhang hin. In der Wohnung von Anders fand man Sperma, Blut, Fingerabdrücke, Haare. An den übrigen Tatorten lediglich Sperma. Der Täter im letzten Mordfall hat sich mit vollen Händen bedient, der Familienmörder hingegen nichts mitgehen lassen. Dann die Druckspuren am Hals des toten Mannes. Es wurde nicht versucht, ihm den Kehlkopf einzudrücken, die Stellen zogen sich über eine größere Hautfläche. Warum diese Abänderung eines erfolgreichen Vorgehens? Zudem passt der Wochentag nicht ins Bild. Und das sind bei Weitem nicht alle Unstimmigkeiten.«

»Du hast mit jedem Punkt recht«, sagte Beate. »Aber ist deine Schlussfolgerung deswegen richtig? Wie erklärst du denn die Sache mit dem Sperma?«

»Wenn wir dieses Rätsel gelöst haben, sind wir einen entscheidenden Schritt weiter«, antwortete Mark ausweichend.

»Mir ist heute Nachmittag ein Gedanke durch den Kopf gegangen. Nehmen wir mal an, unser Täter arbeitet als Callboy. Vielleicht sogar nur gelegentlich, da du ja davon ausgehst, dass er einen regelmäßigen Job hat. Er verdient auf diese Art also etwas hinzu, und aus irgendeinem Grund kommt es zu einem Streit mit seinem Freier, bei dem er ihn unabsichtlich tötet. Wenn es diesmal Totschlag im

Affekt war, könnte das die Abweichungen beim Tathergang und bei den gefundenen Spuren erklären«, meinte Beate.

»Diese Idee hatte ich auch schon«, entgegnete Mark. »Doch sie überzeugt mich nicht. Vor allem die nicht erfolgten Diebstähle bei den Familienmorden sprechen dagegen. Insofern bitte ich dich, nicht von vornherein die Möglichkeit unterschiedlicher Täter auszuschließen.«

Obwohl Beate nickte, befürchtete Mark, eigenhändig einen Beweis finden zu müssen, dass die Übereinstimmung des Spermas nicht das bedeutete, wonach sie aussah.

22

Beate saß allein auf der Terrasse ihres Hauses. Die von einem wolkenlosen Himmel scheinende Sonne verschwand langsam hinter einer Tanne des Nachbargrundstücks. Sie schloss die Augen und reckte ihr Gesicht den letzten Sonnenstrahlen entgegen. Dabei hielt sie ein halb gefülltes Proseccoglas in der Hand.

Sebastian war vor drei Tagen gemeinsam mit ihrer Tochter für eine Woche nach Leipzig gefahren, wo er einem alten Schulfreund und dessen Familie einen Besuch abstattete. Seit der nächtlichen telefonischen Unterbrechung hatte sich das Klima zwischen ihnen weiter abgekühlt. Daher war Beate froh, dass ihr Mann diese Ablenkungsmöglichkeit wahrgenommen hatte, obgleich sie die beiden vermisste.

Sie trank einen Schluck Prosecco und dachte an die Ermittlungen.

Mark *musste* sich einfach hinsichtlich seiner Theorie über zwei verschiedene Täter irren. Ebenso täuschte er sich, was die Verdächtigen anbelangte. Ihrer Meinung nach sprach alles für Jan Uhlich, und es war nur noch eine Frage der Zeit, bis die Großfahndung nach ihm erfolgreich sein würde. Bis sie endlich wieder ruhig schlafen konnte, befreit von der grausamen Last, die der Fall mit sich brachte.

Plötzlich klingelte das Festnetztelefon. Verwundert blickte sie auf die Uhr. Sebastian hatte bereits vor einer Dreiviertelstunde angerufen und dienstliche Gespräche landeten fast ausnahmslos auf ihrem Handy.

Beate erhob sich rasch und lief zum Telefon. Nach dem fünften Klingeln drückte sie den Annahmeknopf.

»Hallo?«

»Spreche ich mit Beate Bauer, geborene Lindemann?«, erkundigte sich eine männliche Stimme, die ihr vage bekannt vorkam.

»Genau. Wer ist denn da?«

»Daniel Voss. Ich hoffe, du erinnerst dich an mich.«

»Daniel«, sagte sie überrascht. »Natürlich erinnere ich mich.« Sie hatte drei Jahre ihres Lebens mit ihm verbracht, bevor er Hals über Kopf verschwand und sie wegen eines Selbstfindungstrips verließ. Aber das war Jahre her. Zehn Monate nach der Trennung hatte sie Sebastian kennengelernt. »Wie geht's dir?«

»So lala«, erwiderte er. »Kommt mein Anruf ungelegen?«

»Überhaupt nicht.«

»Ist es für deinen Mann in Ordnung, wenn du mit einem Verflossenen sprichst? Ich muss bekennen, dass ich in unserem alten Bekanntenkreis rumhorchen musste, um deine Telefonnummer rauszukriegen. Meinen Glückwunsch zur Geburt deiner Tochter.«

»Vielen Dank. Ich bin derzeit Strohwitwe. Was verschafft mir die Ehre deines Anrufs?«

»Verrückt, nicht wahr?«, antwortete Daniel nach ein paar Sekunden Schweigen. »Kaum geht in meinem Leben alles drunter und drüber, sehne ich mich danach, deine Stimme zu hören. Du bist die Frau in meiner Vergangenheit, mit der ich am meisten Kontinuität und Ruhe genossen habe.«

»Von *genießen* kann wohl nicht die Rede sein – so schnell wie du vor mir geflüchtet bist, als du dir wie in einem goldenen Käfig vorkamst.«

»Wie schon gesagt: verrückt.«

»Woher rufst du an? Ich weiß gar nicht, in welche Stadt es dich verschlagen hat.«

»Ich bin wieder in Bochum gelandet.«

»Wirklich?«, entgegnete sie amüsiert. »Wo du dich hier so eingeengt gefühlt hast und es dich in die richtigen Großstädte gezogen hat: Berlin, München –«

»Und Hamburg«, ergänzte er. »Rate mal, wo ich jetzt wohne?«

»Sag's mir.«

»In Dahlhausen. Ungefähr einen Kilometer von der Straße entfernt, in der ich aufgewachsen bin.«

»Ich bin sprachlos. Aber überrascht hast du mich ja des Öfteren. Was ist denn in letzter Zeit bei dir so dermaßen schiefgelaufen, dass du deiner alten Heimat eine neue Chance gegeben hast?«

»Meine Leben«, erwiderte er frustriert.

»Willst du darüber reden?«

»Als du dich gerade gemeldet hast, hätte ich fast aufgelegt. Was erlaube ich mir? Zuerst verlasse ich dich, dann hörst du jahrelang nichts von mir und nun rufe ich dich an, weil es mir unfassbar mies geht. Ich würde es verstehen, wenn du mich hassen und einfach auflegen würdest.«

»Tja, den Gefallen tue ich dir nicht.«

»Seitdem ich deine Rufnummer habe, bin ich dieses Gespräch in Gedanken durchgegangen.« Plötzlich begann er zu weinen. »Es ist gut, dass ich angerufen habe. Doch ich weiß nicht, was ich sagen soll. Entschuldige bitte. Bis irgendwann.«

»Leg nicht auf«, rief Beate.

Tatsächlich blieb das von ihr befürchtete Besetztzeichen aus.

»Falls du am Telefon nicht über deine Sorgen reden kannst, komme ich zu dir. Nenn mir deine Adresse.« Daniel hatte vor ihrer Beziehung einmal versucht, sich mit einem Mix aus Schlaftabletten und Alkohol umzubringen. Beate sorgte sich, dass er verzweifelt genug sein könnte, um einen weiteren Versuch zu unternehmen.

Glücklicherweise verriet er ihr stockend seine Anschrift.

»Nicht heute«, fügte er hinzu. »So darfst du mich nicht sehen.«

»Passt dir morgen einundzwanzig Uhr?«

»Das wäre toll.«

»Mach bis dahin nichts Unüberlegtes.«

»Versprochen.« Ohne Abschiedsgruß beendete er das Telefonat.

***

Zwei Stunden lang lauschte sie am folgenden Abend seinen Problemen; hörte seiner Aufzählung zu, was bei ihm alles schiefgelaufen war. Und da kam einiges zusammen. Mittlerweile hatte sie großes Verständnis für den gestrigen Hilferuf.

Sie saßen sich in dem kleinen Wohnzimmer auf zwei schwarzen Sitzwürfeln direkt gegenüber, ihre Knie berührten sich leicht.

Daniel hatte keinen Wert darauf gelegt, die Wohnung gemütlich einzurichten. Lediglich ein paar vergrößerte und auf Leinwände gedruckte Fotografien verliehen dem Raum eine individuelle Note. Die schäbig wirkenden Möbel hatte er vom Vormieter übernommen; die Wände hätten dringend gestrichen, der Teppichboden gereinigt werden müssen.

»Du kannst froh sein, dass ich damals kopflos geflohen bin«, sagte er und schien zum Ende seiner persönlichen Niederlagen zu kommen. »An meiner Seite hättest du das Unglück wahrscheinlich genauso angezogen.«

»Gott bewahre«, schmunzelte Beate. Instinktiv breitete sie die Arme aus, denn sie ahnte, dass es ihm guttun würde, sich trösten zu lassen.

Er zögerte keine Sekunde, sondern kniete sich vor sie hin und nahm dabei eine unterwürfig wirkende Haltung ein. Seine Stirn lehnte er an ihre Schulter. Sie streichelte sein halblanges, weiches Haar und erinnerte sich an früher, als er neben ihr im Bett gelegen hatte, nah an sie gekuschelt. Mit dieser einen unerwarteten Erinnerung kam die nächste zurück: Er roch noch wie früher. Sie hatte seinen holzig-frischen Geruch geliebt. Unvermittelt war ihr Kopf erfüllt von unterschiedlichen Gedanken, die wie Sternschnuppen auftauchten und ebenso schnell verschwanden. Der aktuelle Ermittlungsfall belastete sie bis an ihre äußerste Grenze; es gab kaum eine Nacht, in der sie vernünftig durchschlief. Je länger die Jagd nach dem Mörder dauerte, desto mehr litt ihr Privatleben darunter. Sie konnte abends nicht mehr abschalten und die Zeit mit Anastasia genießen. Momentan war sie keine gute Mutter. Hinzu kamen die unnötigen Reibereien mit Sebastian. Seine Flucht nach Leipzig war sicher auch eine Kapitulation vor dieser Situation. Seit Anas Geburt waren sie viel seltener intim miteinander als sie es jemals für möglich gehalten hätte. Anfangs hatte sie geglaubt, dass es mit dem Stress zusammenhängen würde, dem junge Eltern zwangsläufig ausgesetzt waren. Dann diente die abendliche Erschöpfung als Grund, Schwierigkeiten in diesem Bereich nicht zu hinterfragen. Jetzt die ungelösten Familienmorde. Doch hier, in Daniels Nähe, fragte sie sich, ob das nicht mittlerweile nur noch eine vorgeschobene Erklärung war.

Der Sex mit Daniel war intensiv und unbeschwert gewesen. Unbeschwertheit. Das war der Zustand, nach dem sich Beate sehnte. Körperlich konnte sie Sebastian derzeit nicht locker entgegentreten. Wie ein Raubtier lauerte er darauf, mit ihr ins Bett zu gehen. Nicht als Ausdruck ihrer Liebe, sondern als Bestätigung für ihn.

Aber mit Daniel würde sie es unbekümmert angehen können.

Gegen eine innere Stimme ankämpfend, die sie vor den Konsequenzen warnte, berührte sie mit ihren Lippen flüchtig seine schwarzen Haare. Eine harmlose Geste unter Freunden.

Eine weitere Beschönigung, wie sie feststellte, da sein Geruch eine Welle der Lust in ihr auslöste.

Wieder küsste sie ihn. Diesmal war es keine flüchtige Berührung mehr.

Sie spürte seinen Mund an ihrem Hals. Er wusste also noch, an welcher Stelle sie besonders erregbar war. Als er sie leicht biss, erschauderte ihr Körper.

Fallen lassen. Endlich fallen lassen. Hier bot sich ihr die Chance. Ihre Lippen vereinigten sich zu einem leidenschaftlichen Kuss, der alle quälenden Gedanken vertrieb. Daniel war schon immer ein verdammt guter Küsser gewesen, hatte sie dadurch manchmal regelrecht willenlos gemacht.

»Komm mit ins Schlafzimmer«, flüsterte er eine Weile später. Er stand auf und hielt ihr eine Hand hin.

Ein letzter Zweifel nagte an ihr. Noch war es nicht zu spät. Noch war nichts passiert. Oder war das nur eine weitere Schutzbehauptung?

Sie streckte ihm eine Hand entgegen. Halb zog er sie hoch, halb stand sie auf. Daniel lotste sie ins Schlafzimmer, auf das Bett. Sie musste nichts tun, denn er hatte vollständig die Initiative übernommen. Während er ihr die Bluse aufknöpfte und den BH öffnete, küssten sie sich erneut. Kurz darauf wanderte seine Zunge zu ihren Brustwarzen, was ihr einen wohligen Seufzer entlockte. Er liebkoste ihren Bauchnabel, knöpfte ihre Hose auf und erwartete lediglich, dass sie ihren Po anhob. Die weit geschnittenen Hosenbeine erleichterten ihm die Arbeit. Zügig zog er ihr den Slip und die Strümpfe aus. Nun war sie nackt. Daniel küsste ihre Schamlippen, leckte sie. Beate legte ihm eine Hand auf den Kopf. Fast bereit, ihn sanft wegzudrücken. Alles zu beenden. Aber es fühlte sich so gut an. Seine Zunge bewegte sich schneller. Es war wie früher. Als wären sie keinen Tag voneinander getrennt gewesen.

Ihre Erregung wuchs, bis er sich einen Augenblick von ihr löste.

»Bleib entspannt liegen«, wisperte er.

Beate beobachtete ihn beim Ausziehen. Dann holte er aus einem silberfarbenen Rollcontainer neben dem Bett ein Kondom hervor, das er hastig überstreifte. Er befeuchtete seine Finger mit Spucke, die er auf ihrer Klitoris verrieb.

Genießerisch sog sie die Luft ein und streckte ihm erwartungsvoll den Unterkörper entgegen. Er drang in sie ein, stieß langsam zu.

Obwohl er vorsichtig war, spürte Beate eine Veränderung, die sie zunächst nicht wahrhaben wollte. Im verzweifelten Versuch, Unbeschwertheit zu genießen, schloss sie die Augen.

Daniel bewegte sich immer heftiger in ihr. Sein lautes Atmen ging in ein Stöhnen über, welches den Raum erfüllte. Ihre Hände suchten seinen Po. Sie öffnete die Augen. Alles drehte sich. Ihr war schwindelig, allerdings nicht vor Lust. Das hier war so unfassbar falsch. Wie hatte sie einen solchen Fehler begehen können? Sie wollte ihn stoppen. Sie verkrampfte sich und drückte seinen Po hinunter. Daniel stöhnte lauter denn je. Danach ließ er sich auf ihren Körper fallen. Presste ihr die Luft aus den Lungen.

Beate hatte das Gefühl zu ersticken, während er ihr ins Ohr atmete. Diese Empfindung wurde nicht nur durch sein Körpergewicht ausgelöst, sondern von Gedanken an Sebastian. Warum hatte sie das zugelassen? Warum war sie schwach geworden? Es passte nicht zu ihr, einer Schwäche nachzugeben.

Endlich erhob er sich, glitt aus ihr heraus. Er flüsterte etwas davon, wie schön es gewesen sei. Anscheinend bekam er von ihrer Verzweiflung nichts mit.

Beate beobachtete, wie er das Kondom abstreifte und auf den Rollcontainer legte. Ihr Blick wurde von dem benutzten Gummi angezogen. Eine Ahnung beschlich sie.

Die Öffnung des Kondoms ragte über den Rand. Das zähflüssige Sperma verteilte sich in dem Präservativ, ein kleiner Tropfen fiel zu Boden.

Die Ahnung verwandelte sich in Gewissheit. Beate stand vom Bett auf, griff hastig nach ihrer Kleidung. In Daniels Augen las sie Überraschung. Offenbar registrierte er erst jetzt, was in ihr vorging.

»Ich muss hier raus!«

»Beate!«, flehte Daniel.

»Es war ein Fehler«, murmelte sie verzweifelt.

»Nein!« Auch Daniel schwang die Beine von der Matratze. »Ich brauche dich.«

»Ich habe eine Familie.« Inzwischen hatte sie ihren Slip und die Hose übergestreift. Nun folgten BH und Bluse. Zunächst befürchtete sie, dass er versuchen würde, sie festzuhalten, doch stattdessen sackte er schluchzend zusammen.

Sie stopfte die Socken in die Schuhe, ehe sie diese in die Hand nahm. Barfuß verließ sie seine Wohnung. Als sie die Wohnungstür zuzog, hörte sie ein letztes hilfloses »Nein« von ihm. Eilig zog sie Strümpfe und Schuhe an.

Nachdem Beate einige Kilometer gefahren war, parkte sie ihren Wagen am Straßenrand.

In ihrer Erinnerung sah sie Sperma, das langsam aus einem Kondom tröpfelte. In ihrer Fantasie hockte ein Mann auf einer brutal zugerichteten Frau und schüttete Sperma aus einem Präservativ auf deren Gesicht.

Aber war es seine eigene Samenflüssigkeit? Handelte es sich bei dem Ejakulat, das die Polizei an den Tatorten gefunden hatte, um das eines Tatbeteiligten?

Mark suchte nach einer anderen Erklärung für die übereinstimmenden Spermaspuren.

War das die Lösung?

Nach einer Weile startete sie den Motor ihres Autos. Ihre Konzentration auf den Straßenverkehr litt auf dem Heimweg allerdings unter dem einen Bild, das ihr ständig vor Augen schwebte: Sperma tropfte aus einem Kondom auf ein misshandeltes Gesicht.

23

Beate hatte es so eingerichtet, dass sie allein mit Mark sprechen konnte, da sie fürchtete, Robert könnte ihr das schlechte Gewissen anmerken. Dessen Gerichtstermin, bei dem er in einem anderen Fall aussagen musste, kam ihr daher sehr gelegen.

Erneut diskutierte sie mit dem Professor die bekannten Fakten und lenkte das Gespräch auf die Frage, was die Sperma-Übereinstimmung bedeutete.

»Darüber zermartere ich mir den Kopf«, meinte Mark verdrießlich. »Ich weiß nicht, ob die Theorie eines anwesenden zweiten Täters haltbar ist. Die beiden Partner müssten ein Vertrauensverhältnis zueinander haben, wie ich es mir bei dieser Art von Mord nur schwer vorstellen kann.«

»Mir ist gestern Abend eine andere Möglichkeit eingefallen.«

Mit einer kreisenden Bewegung seiner linken Hand forderte er sie zum Weitersprechen auf.

»Gehen wir mal davon aus, dass dieser Geschäftsmann von einem Callboy im Streit getötet wurde.«

»Okay. Und weiter?«

»Dessen Sperma wird auch bei den Familienmorden gefunden.«

Mark glaubte, verstanden zu haben. »Deiner Vermutung nach bezahlt der Mörder den Prostituierten, damit dieser ihn auf den nächtlichen Streifzügen begleitet? Das haut nicht hin. Dem Mitwisser wäre doch Tür und Tor für eine Erpressung geöffnet. Und denk an die ausgesetzte Belohnung.«

»Lass mich bitte ausreden. Du hast nur in einem Punkt recht. Ich glaube, er leistet sich die Dienste eines Professionellen, weil er dessen Samenflüssigkeit braucht. Sie praktizieren *Safer Sex*, nach dem Akt gibt der Killer vor, das Kondom wegzuschmeißen. Stattdessen bewahrt er es auf und zieht wahrscheinlich noch in der gleichen Nacht los. Schließlich darf das Sperma nicht zu alt sein. Er verrichtet sein Werk, aber statt seinen genetischen Fingerabdruck hinterlässt er den des Callboys. Ein perfekter Plan. Zumindest so lange, bis ein anderer Kunde des Prostituierten bei einer handfesten Auseinandersetzung stirbt.«

»Und wir bei völlig verschiedenen Morden die gleichen Spuren entdecken«, fügte Mark hinzu. Mit spürbar wachsender Begeisterung hatte er ihr zugehört. »Du bist genial. Wie bist du auf diese Idee gekommen?«

»Sie war gestern Abend plötzlich in meinem Kopf«, antwortete Beate ausweichend.

Mark sah sie amüsiert an. »Kaum ist dein Mann für ein paar Tage verreist, entwickelst du wilde Sexfantasien«, schmunzelte er. Dann wurde er wieder ernst. »Wie weit ist Kommissar Stemmler mit seinen Ermittlungen? Sobald wir den Callboy haben, kommen wir der Lösung unseres Falls einen deutlichen Schritt näher.«

»Drei Polizisten sind damit beschäftig, alle Telefonnummern anzuwählen, die Anders in den letzten sechs Monaten angerufen hat. Das dauert eine Weile. Jeden Mann, der potenziell als Prostituierter infrage kommt, bitten wir zum Gespräch ins Präsidium. Die Kollegen haben natürlich besonders ein Augenmerk auf diejenigen Kandidaten, die nicht auftauchen oder versuchen, den Termin aus fadenscheinigen Gründen in die Zukunft zu schieben. Irgendwann werden wir ihn gefunden haben«, stellte Beate hoffnungsfroh fest.

***

Die Story dümpelte langsam vor sich hin. Nach jeder neuen Mordnacht stieg das Interesse sprunghaft an, um danach täglich kleiner zu werden. Zunächst war es die Titelstory, wenige Tage später wanderten ihre Berichte in den Innenteil.

Melanie hatte gehofft, die Ereignisse als Sprungbrett für eine erfolgreiche Karriere nutzen zu können. Stattdessen spielte der Redakteur mit dem Gedanken, die Hauptverantwortung einem erfahreneren Journalisten zu übertragen.

Um sich von dieser deprimierenden Entwicklung abzulenken, hatte sie Lukas' Drängen nach einem erneuten Treffen stattgegeben, obwohl ihr nicht der Sinn nach Matratzenakrobatik stand. Dementsprechend lustlos war der Akt über die Bühne gegangen.

Nun lagen sie beide auf dem Rücken und rauchten eine Zigarette.

***

Lukas drehte sich auf die Seite und betrachtete Melanie, die einen für seinen Geschmack perfekten Körper hatte. Einen kleinen, knackigen Po, eine Wespentaille, mittelgroße Brüste mit großen Brustwarzen, eine rasierte Vulva.

Noch viel mehr als ihr makelloses Aussehen begeisterte ihn allerdings das perfekte Arrangement, das sie eingegangen waren. Im Regelfall trafen sie sich zwei- oder dreimal die Woche – ohne weitere Verpflichtungen dem anderen gegenüber. Nach den Erfahrungen, die er in festen Partnerschaften gemacht hatte, konnte er darauf nämlich gut verzichten. Doch nun sorgte er sich, dass die schöne Zeit bald zu Ende gehen würde. Melanie schien das Interesse an ihm zu verlieren. Wie konnte er es bloß neu anfachen?

Er begann, sanft ihren Busen zu streicheln. Als seine Hand tiefer rutschte, stoppte sie ihn.

»Ich möchte heute kein zweites Mal. Sorry.«

»Oh.« Lukas überlegte, ob er einen Fehler begangen hatte, es fiel ihm jedoch nichts ein. »Habe ich was falsch gemacht?«, erkundigte er sich.

»Flocke«, sagte sie deutlich sarkastisch und mit an die Decke gerichtetem Blick. »Nicht die ganze Welt kreist um deine Libido. Ich habe einfach keine Lust.«

Er legte sich nachdenklich auf den Rücken. Immer, wenn sie über *den* Fall geredet hatten, war sie mit Feuereifer bei der Sache gewesen, ohne jemals vertrauliche Informationen in ihren Artikeln zu verarbeiten. Sollte er ihr von einem der Details, das sie nicht kannte, erzählen? Immerhin wusste die Presse nicht, dass in unterschiedlichen Mordfällen das gleiche Sperma gefunden worden war.

»Ich habe kürzlich beim Abgleich von Daten etwas Unglaubliches entdeckt.«

»So?« Nach wie vor wirkte sie gedankenverloren.

Aber als er weiterredete, änderte sich das. Und schließlich bekam sie sogar wieder Lust auf Sex.

Die Onlineausgabe der Zeitung berichtete schon am nächsten Tag, dass der Familienmörder auch einen schwulen Geschäftsmann auf dem Gewissen hatte. Lukas hatte seit Dienstbeginn das Gefühl, misstrauisch von seinen Kollegen beäugt zu werden. In einem unbeobachteten Moment wählte er Melanies Handynummer.

»Wie konntest du das machen?«, fuhr er sie mit gedämpfter Stimme an.

»Ich weiß gar nicht, was du meinst«, antwortete sie süffisant. »Du hast mir nicht gesagt, dass diese Fakten geheim bleiben müssen.«

»Scheiße! Das war ja wohl klar.«

»Hey, hör mal zu. Die Öffentlichkeit hat ein Anrecht darauf, wahrheitsgemäß informiert zu werden. Außerdem habe ich nicht geschrieben, von wem die Information stammt.«

»Ich könnte deinetwegen den Job verlieren!«

»Dafür habe ich dich mit dem Fick deines Lebens belohnt.«

24

Ich steige aus dem Wagen aus. Rasch laufe ich auf das Haus zu.

Thorsten Walther saß allein in seinem Wohnzimmer vor einem stumm geschalteten Fernseher. Seit jenem Vorfall war er ein Nervenwrack. Jeden Tag rechnete er damit, von den Bullen verhaftet zu werden. Gleichzeitig stieg mit jeder verstrichenen Stunde seine Hoffnung, ungestraft davonzukommen.

Das Klingeln des Telefons ließ ihn zusammenfahren.

Einen Augenblick überlegte er, ob er sich überhaupt die Mühe machen sollte, an den Apparat zu gehen. Falls ein Kunde heute Abend bedient werden wollte, war er dazu noch nicht in der Lage. Dann wäre es wohl besser, ihn auf den Anrufbeantworter sprechen zu lassen. Es könnte aber auch ein Freier sein, der für die nächsten Tage einen Termin vereinbaren wollte. Da wirkte der AB manchmal abschreckend. Walther beschloss, das Gespräch entgegenzunehmen. Irgendwann musste er schließlich wieder Geld verdienen.

Offenbar sitzt er im Wohnzimmer. Zumindest brennt nur dort Licht.

Gerade als ich die Tür aufdrücken will, um mich auf ihn zu stürzen, klingelt das Telefon. Ich zögere. Ein Telefonat wird ihn ablenken, was ein Vorteil wäre. Andererseits besteht das Risiko, dass der Gesprächspartner etwas mitbekommt.

»Hallo?«

»Guten Abend«, meldete sich eine ihm unbekannte männliche Stimme. »Polizeipräsidium Bochum, Moser mein Name.«

Beinahe wäre ihm vor Schreck der Hörer aus der Hand geglitten. Er stand seitlich zur Wohnzimmertür und blickte Richtung Fenster. Aus den Augenwinkeln registrierte er eine Bewegung und befürchtete, die Bullen wären bereits in seiner Wohnung. Er drehte sich um und sah eine schwarze Gestalt auf sich zukommen, die mit einem Messer bewaffnet war.

»Was zur Hölle –«, entfuhr es ihm.

Der Maskierte holte mit dem Messer aus. Instinktiv riss Walther den rechten Arm hoch. Die scharfe Klinge zerschnitt sein Fleisch. Schmerzerfüllt schrie er auf. Der Angreifer stürzte sich auf ihn. Sie fielen zu Boden, der Telefonhörer rutschte ihm aus den Fingern, während der Eindringling erneut auf ihn einstach. Diesmal drang die Klinge knapp oberhalb seines Herzens in den Körper.

Ich muss ihn am Schreien hindern. Deswegen ziele ich nach dem Brusttreffer auf die Kehle, durchbohre seinen Kehlkopf. Eine warme Blutfontäne spritzt mich voll. Seine Schmerzensschreie gehen in ein Gurgeln über. Ich steigere mich in einen Rausch, nehme nichts mehr um mich herum wahr. Länger als nötig steche ich auf ihn ein.

25

Beate sicherte zusammen mit Robert und Mark in Walthers Wohnung Beweise. Die mit Messerstichen übersäte Leiche hatte auf dem Teppich gelegen. Das Opfer war niedergemetzelt worden. Das war der einzige Ausdruck, der Beate dafür passend erschien. Der Gerichtsmediziner Schneider hatte nach einer ersten Begutachtung des Körpers festgestellt, dass dieser mindestens fünfzig Messerwunden aufwies.

Sie hörte Robert aus einem der anderen Räume nach ihr rufen.

»Sieh dir das an.« Er deutete aufs Bett, auf dem zwei Gegenstände lagen: ein Schuhkarton und ein Foto mit der Rückseite nach oben. »Du wirst überrascht sein. Aber öffne zuerst den Karton.«

Sie hob den Deckel hoch und blickte auf den Artikel, der nach dem Mord an den Konrads in der *Bild* erschienen war.

»Jetzt dreh das Foto um.«

Es war eine Aufnahme von Thorsten Walther und Jan Uhlich, die sich an einem sonnigen Tag Arm in Arm hatten fotografieren lassen. Obwohl Uhlichs Haare wegrasiert waren, erkannte sie ihn anhand seiner Gesichtszüge.

»Wow«, flüsterte Mark, der ihr über die Schulter schaute.

Beate hatte das Gefühl, den Familienmörder gefunden zu haben. Mark teilte offenbar ihre Ansicht.

In diesem Moment trat ein Streifenbeamter zu ihnen ins Gästezimmer. »In einer Schublade im Schlafzimmer liegt eine Menge Schmuck«, informierte er sie.

Einige Sekunden später betrachtete Beate eine Ansammlung von Schmuckstücken, die jenen ähnelten, die dem Geschäftsmann laut Angaben seiner Putzfrau gestohlen worden waren.

***

Mark ordnete seine Gedanken. Durch die Befragung der Nachbarn wussten sie inzwischen, dass Jan Uhlich monatelang bei Walther gewohnt hatte. Doch angeblich war niemandem der Fahndungsaufruf der Polizei aufgefallen. Wenigstens erinnerte sich eine ältere Dame an einen lautstarken Streit zwischen den beiden Männern, nach dem sie Uhlich nicht mehr gesehen hatte. Bloß an den Tag der Auseinandersetzung konnte sie sich nicht entsinnen. Jemand anders hatte Walthers Schreie und das Poltern am Vorabend gehört, wobei er sich allerdings nichts gedacht hatte, da er den Ermordeten als eine Person beschrieb, die gern geräuschvollen Sex praktizierte. Niemand hatte Walthers Mörder bei der Flucht aus dem Haus beobachtet.

»Meiner Meinung nach verhält es sich wie folgt«, begann Mark. »Irgendwie lernt Uhlich Walther kennen, gewinnt sein Vertrauen. Schließlich zieht er sogar bei ihm ein. Als Paar haben sie natürlich Sex miteinander. Dabei benutzen sie Kondome. Als er den Entschluss fasst, die Konrads zu ermorden, sorgt Uhlich dafür, dass das mit Sperma gefüllte Präservativ von Walther nicht im Abfall landet. Stattdessen nimmt er es mit zu der Familie und rächt sich an ihnen. Er hinterlässt falsche Spuren, sodass ihm im Falle seiner Verhaftung keine Täterschaft nachgewiesen werden kann. Möglicherweise hat er geplant, Walther nach der Mordnacht zu verlassen. Für den Fall, dass der Callboy ins Visier der Ermittlungen geraten sollte, hätte *dieser* ein Problem; besonders dann, wenn er kein Alibi vorweisen kann. Doch Uhlich spekuliert wohl darauf, dass Walther für uns nie eine Rolle spielen wird, da es keine Verbindung zwischen ihm und den Konrads gibt. Zumindest solange wir nichts von dem Verhältnis der beiden erfahren.

Aber diese erste Mordnacht löst in ihm einen Rausch aus. Er will diese intensiven Gefühle noch einmal erleben. Daher bleibt er bei Walther, tötet zuerst die Beyers, einige Wochen später die Noltes. Nun ist er jedoch erstmals nachlässig. Eileen überlebt, weil er ihr das Kissen nicht lange genug aufs Gesicht drückt. Dieser Teil der Taten fällt ihm wahrscheinlich am schwersten. Allem Anschein nach hegt er keinen Hass gegen Kinder. Er will ihnen vermutlich nur ein Leben ersparen, wie er es ertragen musste. Das würde seine Nachlässigkeit erklären.

Es kommt zum Streit, Walther wirft Uhlich hinaus. Die Konsequenzen sind für unseren Verdächtigen gravierend, denn nun steht ihm Walthers Sperma nicht mehr zur Verfügung.« Mark erkannte Zustimmung in der Mimik seiner Zuhörer. »Ich denke, bis zum Erscheinen des Zeitungsartikels wusste Uhlich nichts von Walthers Verwicklung in einen anderen Mordfall. Als er davon liest, wird ihm klar, was für eine Chance sich ihm bietet. Er kehrt zurück und schlachtet seinen ehemaligen Geliebten bestialisch ab.«

»In der Annahme, dass wir die Familienmorde damit als gelöst betrachten und jetzt den Mörder eines Mörders suchen«, beendete Beate die Überlegungen.

»Womit er nicht ganz unrecht hat«, gab Robert zu bedenken. »Sobald sich eine positive Übereinstimmung des genetischen Fingerabdrucks ergibt, könnten wir eine Fortführung der Ermittlungen allenfalls bei berechtigten Zweifeln an Walthers Verantwortlichkeit für diese Verbrechen durchboxen. Wenn wir zum Beispiel nachweisen könnten, dass er ein lupenreines Alibi für mindestens eine Mordnacht hat.«

»Viel Zeit bleibt euch dafür nicht«, warf Mark ein. »Zumal ich glaube, dass Uhlich zugeschlagen hat, während Walther zu Hause friedlich im Bett schlief.«

Beate griff zu ihrem Telefon. Sie wählte eine Nummer, ehe sie die Freisprechfunktion aktivierte. Nach dreimaligem Klingeln meldete sich der Gerichtsmediziner Schneider.

»Bauer. Hallo Herr Schneider. Wie lange wird es dauern, bis Sie sicher wissen, ob das an den Tatorten gefundene Sperma von dem Toten stammt?«, erkundigte sie sich.

»Mit etwas Druck höchstens zweiundsiebzig Stunden.«

»Können Sie das auf eine Woche ausdehnen?«

»Normalerweise können Sie und Ihre Kollegen es doch gar nicht abwarten, bis die Ergebnisse endlich vorliegen«, entgegnete ihr Gesprächspartner überrascht.

»Diesmal habe ich noch einige offene Fragen zu klären. Mir wäre es lieber, sie unvoreingenommen beantwortet zu bekommen.«

»Ich kann Ihnen fünf Tage einräumen. Ich verschiebe die Obduktion auf den späten Nachmittag, dann gehen die Proben erst morgen ans Labor. Aber länger nicht, Frau Bauer. Sonst laufe ich Gefahr, dass man mir schlampige Arbeit vorwirft.«

»Das reicht. Bis dahin dürfte alles geklärt sein. Danke schön.«

Mark dachte nach. Das bedeutete, ihnen blieben wenige Tage, um Walthers Unschuld zu beweisen. Oder Uhlich zu verhaften. In der Hoffnung, ihn in einem Verhör zu einem Geständnis bewegen zu können.

26

Die Polizisten Nagler und Wuttke waren in dieser Nacht in einem zivilen Fahrzeug auf den die relativ leeren Bochumer Straßen unterwegs, um alkoholisierte Verkehrsteilnehmer ausfindig zu machen.

Während sie an einer roten Ampel warteten, bog von rechts ein Kombi in ihre Fahrtrichtung auf die Straße. Wuttke deutete auf dessen defektes linkes Rücklicht.

Die Ampel sprang auf Grün. Rasch verkürzte Nagler den Vorsprung des grauen Pkws von hundert Metern auf etwa sechs Wagenlängen. Nach einer Weile, in der der Autofahrer vor ihnen keinerlei Auffälligkeiten zeigte, blinkte dieser und steuerte eine Tankstelle an.

»Gute Idee«, sagte Wuttke. »Du ermahnst ihn wegen des Lichts, ich besorge uns zwei Kaffee.«

Sie folgten ihm auf das Gelände und stellten ihr Fahrzeug vor seinem ab. Wuttke stieg im gleichen Moment wie der Fahrer des anderen Wagens aus. Die Blicke der beiden kreuzten sich.

»Das gibt's ja gar nicht«, murmelte Wuttke. Erst einige Stunden zuvor hatte er sich das aktualisierte Fahndungsplakat angesehen.

Der Gesuchte schien seine Entdeckung zu wittern, denn er rannte plötzlich zur Straße. Wuttke sprintete hinterher und hörte dabei, wie Nagler ausstieg.

»Das ist dieser Uhlich«, schrie er.

Der Verdächtige überquerte die Straße, musste aber wegen eines herannahenden Lkws abbremsen. Nun hatte ihn Wuttke fast erreicht.

»Bleiben Sie stehen!«, brüllte er. Er griff zu seiner Waffe, um gegebenenfalls einen Warnschuss abzugeben.

Doch in diesem Augenblick geriet der Mann vor ihm ins Stolpern und stürzte zu Boden. Wuttke packte ihn, riss ihn hoch und legte ihm Handschellen an.

***

Nach einer Nacht in der Verwahrungszelle führte ihn ein Streifenpolizist wortlos in den Verhörraum. In der Mitte des Raumes befanden sich ein Tisch und drei Stühle. Der Polizist drückte ihn auf einen der Stühle, ehe er ihn allein ließ. Uhlich begutachtete den Spiegel, der in der linken Wand eingelassen war. Bestimmt beobachteten ihn die Bullen auf der anderen Seite.

Gefühlt dauerte es eine Viertelstunde, bevor sich die Tür öffnete. Zwei Personen kamen herein: ein attraktiver, gut gekleideter Mann, der Akten und ein Diktiergerät in den Händen hielt, und eine Frau in einem dunkelblauen Kostüm, die etwas zu trinken mitbrachte. Sie stellte sich und ihren Kollegen vor, dann schüttete sie Mineralwasser in ein Glas und schob es ihm hin.

Die Hauptkommissarin startete das Aufnahmegerät. Danach informierte sie ihn über seine Rechte und erkundigte sich, ob er einen Rechtsanwalt hinzuziehen wolle.

Uhlich verzichtete.

In der folgenden Stunde drehte sich alles um die Ermordung der Konrads, einer weiteren Familie und eines Ehepaars. Sie unterstellten ihm, für die Taten verantwortlich zu sein. Uhlich ging auf die einzig sinnvolle Art mit diesen Vorwürfen um: Er bestritt sie und gab lediglich zu, dass er den Tod von Wilhelm Konrads nicht bedauern würde, da sich dieser an ihm vergangen hätte.

»Wenn Sie nichts mit den Familienmorden zu tun haben, warum musste Thorsten Walther dann sterben?«, fragte die Kommissarin.

Uhlichs Herzschlag setzte vor Schreck aus. »Was?«, flüsterte er schockiert. »Thorsten ist tot?«

»Tun Sie doch nicht so scheinheilig«, brüllte der Kommissar, der bislang im Hintergrund geblieben war. »Sie haben ihn mit zweiundsechzig Messerstichen abgeschlachtet. Fast zwanzig davon haben tödliche Wunden hervorgerufen. Und das alles nur, weil er Sie rausgeschmissen hat? Oder gab es einen anderen Grund für diese Tat?«

Eine Träne kullerte Uhlichs Wange hinab. »Das war ich nicht«, sagte er. »Ja, er hat mich aus der Wohnung geworfen. Ja, ich war sauer. Aber ich habe ihn geliebt. Ich hätte ihm nie etwas antun können.«

»Bloß, dass Sie am Dienstagabend in seine Wohnung eingedrungen sind und ihn brutal niedergestochen haben.

Eine tolle Art, seine Liebe zu demonstrieren«, verspottete ihn der Polizist.

»Dienstagabend? Da war ich bei einem Mann, der mich für vier Stunden gebucht hatte. Von zwanzig Uhr bis Mitternacht. Ich kann Ihnen seine Adresse geben.«

Die Polizeibeamten tauschten einen überraschten Blick aus.

»Warum sind Sie dann an der Tankstelle geflohen?«, fragte die Kommissarin.

»Ich habe nie einen Führerschein gemacht, außerdem ist das Kennzeichen gefälscht. Das hat Thorsten über einen Kumpel organisiert. Schon das hätte mich in Schwierigkeiten gebracht. Und ich habe natürlich gelesen, dass mich die Polizei wegen der Familienmorde sucht. Ich besitze für die Mordnächte kein Alibi. In den ersten beiden Nächten war ich allein in Thorstens Wohnung. In der dritten Nacht bin ich ziellos umhergeirrt, weil er mich kurz vorher rausgeschmissen hatte.«

»Verkaufen Sie uns nicht für dumm«, warnte ihn die Frau. »Zumal wir wissen, wie Sie die falschen Spuren zu Ihrer Entlastung gelegt haben.«

»Welche Spuren?«

Anderthalb Stunden später tigerte Uhlich unruhig in seiner kleinen Zelle auf und ab. Die Bewegung half ihm beim Nachdenken.

Die Bullen hatten zwar DNA von Walther auf den ermordeten Frauen nachweisen können, trotzdem hielten sie ihn nicht für den Mörder. Er selbst fand dies ebenfalls unwahrscheinlich.

Doch das ließ eigentlich nur eine logische Folgerung zu: Der Mörder der Familien war einer von Walthers Kunden. Nur so ließe sich erklären, wie Thorstens Sperma an die Tatorte gelangte. Vielleicht konnte er ja zur Aufklärung des Falles beitragen und sich damit gleichzeitig von jeglichem Verdacht befreien.

Mittels lauter Klopfzeichen machte er einen der Wärter auf sich aufmerksam. Als sich dieser nach dem Grund für den Lärm erkundigte, bat er, die Kommissare sprechen zu dürfen.

***

Beate und Robert nutzten den gleichen Verhörraum wie zuvor. Uhlichs Wunsch nach einem erneuten Gespräch wunderte sie. Zwischenzeitlich hatten sie sein Alibi für den Mord an Walther überprüft. Der Freier hatte den Termin einschließlich der Zeitangaben bestätigt.

»Wenn Sie annehmen, dass Thorsten nicht als Täter für die Ermordung der Familien in Frage kommt«, begann Uhlich, nachdem er einen Schluck Wasser getrunken hatte, »und mal davon absehen, dass ich der ideale Verdächtige bin, was wäre dann Ihre Schlussfolgerung?«

Als Beate zu einer Erwiderung ansetzte, hob der Untersuchungshäftling die Hand.

»Bitte lassen Sie mich ausreden. In einem solchen Fall würden Sie den Mörder in Thorstens Kundenkreis vermuten, oder?«

»Und?«

»Haben Sie all seinen Kunden schon auf den Zahn gefühlt?«

»Geht leider nicht«, antwortete sie. »Der Mörder hat anscheinend das Adressbuch mitgehen lassen.«

»Haben Sie kein kleines schwarzes Buch in der Kommode neben dem Bett gefunden?«

»Nein«, meinte Beate. »Nicht ein Stück Papier, das auf seine Aktivitäten hindeutet.«

»Vielleicht kann ich Ihnen weiterhelfen. Als zwischen uns noch alles in Ordnung war, habe ich die Namen samt Adressen aus dem Notizbuch abgeschrieben.« Uhlich verzog seinen Mund. »Ich habe in meinem Leben schon so viele Scheißerfahrungen gemacht, dass ich mittlerweile grundsätzlich pessimistisch eingestellt bin. Wir waren zwar glücklich, aber ich habe immer geahnt, dass dieses Glück nur von kurzer Dauer sein würde und ich eines Tages wieder auf der Straße stehe. Deshalb habe ich mir die Mühe gemacht. In der Hoffnung, der ein oder andere Freier würde für meine Sexdienste bezahlen. Was auch geklappt hat.«

»Wo ist diese Liste?«, fragte Robert.

In Uhlichs persönlichen Sachen war keine derartige Auflistung entdeckt worden.

»In meinem Kombi. Versteckt unter der Fußmatte des Beifahrersitzes.«

27

Seit zwei Tagen verfügten sie nun über die Liste. Hills Kontaktdaten darauf zu finden, hatte Beate erschüttert. Bei diesen Ermittlungen hatten sie ihre Instinkte im Stich gelassen. Umso mehr Energie investierte sie jetzt darin, Hill die Taten nachzuweisen – jedoch ohne dabei Fortschritte zu erzielen. Verschiedene Berichte lagen auf ihrem Schreibtisch, die sie inzwischen durchgesehen hatte.

»Er wird uns durch die Lappen gehen«, murmelte sie mutlos.

Obwohl die Polizisten bei Walther jedes Blatt Papier überprüft und jede Datei im Computer geöffnet hatten, waren sie nirgends auf den Namen des einzig verbliebenen Verdächtigen gestoßen. In der Wohnung hatten sich einige nicht identifizierbare Fingerabdrücke befunden, doch Beate erwartete nicht, ihn dadurch überführen zu können. Die Befragung der Nachbarn hatte auch nichts ergeben. Niemand erinnerte sich daran, in der fraglichen Zeit eine Person gesehen zu haben, auf die Hills Beschreibung passte.

Und zu allem Überfluss hatte der Mörder Walthers Terminkalender mitgehen lassen.

Lediglich Uhlichs Notizen brachten Hill mit Walther in Verbindung; eine Namensaufzählung ohne gerichtlichen Beweiswert.

»Wir haben eine ungelöste Mordserie, die wir in wenigen Tagen fälschlicherweise als erledigt zu den Akten legen müssen, wenn uns nicht irgendetwas einfällt, was den Polizeipräsidenten von unserer Einschätzung überzeugt.« Erwartungsvoll schaute sie Robert und Mark an.

»Hill hat kein Alibi, da er behauptet, im Bett gelegen zu haben. Das Ergebnis der DNA-Analyse ist das einzige Beweismittel, das ihn entlastet«, begann Mark.

»Dagegen können wir nichts ausrichten. Also bleibt als Ansatzpunkt nur seine Aussage, zu Hause gewesen zu sein. Die müssen wir widerlegen. Vielleicht ist er in der Mordnacht geblitzt worden. Eventuell hat er getankt. Wir bräuchten Kreditkartenbelege. Wir brauchen etwas, um ihn der Falschaussage zu überführen«, sagte Robert.

»Es ist einen Versuch wert.« Aus ihren Unterlagen suchte Beate das amtliche Kennzeichen von Hills Fahrzeug heraus. Sie kontaktierte telefonisch das Ordnungsamt, deren Mitarbeiterin ihr eine Antwort innerhalb einer Stunde versprach. Die Anfrage bei den verschiedenen Kreditkarteninstituten würde deutlich mehr bürokratischen Aufwand erfordern, weswegen sie das auf später verschob.

»Mir gehen zwei andere Sachen durch den Kopf«, teilte Mark mit. »Zum einen sollten wir seine Nachbarn befragen, ob sie ihn in einer der Tatnächte das Haus haben verlassen sehen. Das wird zwar nichts bringen, denn dafür liegen die Nächte zu lang zurück. Doch wenn Hill merkt, dass wir die Nachbarschaft nach ihm ausquetschen, wird er möglicherweise nervös oder frustriert reagieren. Wir müssen uns in ihn hineinversetzen. Es gibt diesen DNA-Test, außerdem hat er den Callboy eliminiert. Trotzdem steht er weiter in unserem Fokus. Das wird einen Denkprozess in ihm auslösen. Er wird sich fragen, was der Grund dafür ist. Und vielleicht wird er sich zu einer Dummheit hinreißen lassen.«

Beate nickte. »Und die zweite Sache, von der du gesprochen hast?«

»Moment. Dazu komme ich gleich. Was den Punkt anbelangt, ihn zu frustrieren, sollten wir auch andere Möglichkeiten ausschöpfen. Er hat bei den Morden sehr viel Beherrschung gezeigt. Ihm ging es darum, das Geschehen zu kontrollieren. Falls er mit den Taten das Ziel verfolgt hat, das Sorgerecht für seine Tochter zu erhalten, strebt er ebenso Dominanz an. Seine Ex-Frau hat ihm das Kind weggenommen, er holt es sich jetzt wieder. Alles, was seinen Plänen entgegenwirkt, wird ihn verärgern. Ist er ärgerlich, begeht er unter Umständen einen Fehler. Wir müssen diesen Zustand provozieren.

Der zweite Aspekt bezieht sich auf die Trennungsphase von seiner Frau. Wie wird das für ihn gewesen sein? Sie verlässt ihn und nimmt das Kind mit. Ein absoluter Schock. Bestimmt wird er traurig, frustriert, ärgerlich gewesen sein. Ihr seht, hier schließt sich der Kreis. Frustration und Ärger. Davon war sein Leben in den vergangenen Jahren geprägt.

Er hat sein Studium aufgegeben und stand plötzlich vor den Trümmern seiner Existenz. Ich kann mir vorstellen, dass er zu dieser Zeit viel getrunken hat, um seinen Kummer zu vergessen. Aber er wird auch gehörige Wut verspürt haben. Damals muss abgrundtiefer Hass in ihm entstanden sein. Sonst wäre er nicht nach so vielen Jahren aktiv geworden. Und erinnert euch, wie außerordentlich schlimm Meike Noltes Gesicht zugerichtet war.

Diese Kombination aus Alkohol und Hass kann verheerend sein. Alkohol enthemmt. Worauf ich hinauswill, ist Folgendes: Es würde mich nicht wundern, wenn er kurz nach der Trennung ein erstes Schwerverbrechen begangen hätte und durch Glück davongekommen wäre.«

»Du meinst, er könnte damals bereits zum Mörder geworden sein?«, vergewisserte sich Robert.

»Nicht unbedingt. Eine andere Straftat kommt ebenfalls infrage. Beispielsweise eine schwere Körperverletzung oder eine Vergewaltigung. Eine Tat, der eine Frau zum Opfer gefallen ist, denn sein Hass bezog sich auf Frauen.«

»Das können wir überprüfen. Wird wahrscheinlich nur etwas dauern.«

»Du kannst dich auf den Monat nach der Trennung konzentrieren.«

Beate blätterte in den Akten. »Den Monat habe ich hier nicht stehen.«

»Umso besser. Fahr zu ihm und befrage ihn dazu. Da sind wir nämlich wieder beim ersten Aspekt. Vielleicht macht ihn die Frage nach dem genauen Trennungszeitpunkt nervös.«

Beate saß allein in ihrem Büro, als das Telefon klingelte. Robert und Mark waren gerade in der Kantine. Nach dem dritten Klingeln nahm sie das Gespräch entgegen.

»Hahn vom Ordnungsamt. Wir haben vorhin miteinander telefoniert.«

»Haben Sie etwas herausgefunden?«

»Zumindest zu einem der von Ihnen genannten Tage.« Die Frau nannte ihr das Datum der zweiten Mordnacht. »Es gibt ein schwebendes Verfahren. Und zwar hat ein gewisser Rüdiger Wohlfahrt eine Anzeige erstattet, die sich gegen den Halter des Fahrzeugs richtet, das auf Herrn Hill zugelassen ist. Herr Wohlfahrt behauptet, er habe diesen Pkw aus einem Waldgebiet am Stadtrand herausfahren sehen. An einer Stelle, an der jeglicher Kraftfahrzeugverkehr verboten ist. Der Anzeigenerstatter war an jenem Sonntagmorgen bereits früh mit seinem Hund spazieren. Laut seiner Aussage geschah das Verkehrsdelikt um fünf Uhr fünfzehn morgens. Wir haben den Fahrzeughalter diesbezüglich angeschrieben, worauf er geantwortet hat, dass es sich um eine Verwechslung handeln müsse. Weil er um diese Zeit im Bett gelegen habe. Besitzen Sie Informationen, die uns weiterhelfen könnten?«

Seit dieser Nacht fehlte von Peter Kleine jede Spur, schoss es Beate durch den Kopf.

»Das nicht«, antwortete sie ausweichend. »Aber ich möchte Sie ersuchen, das Verfahren auf keinen Fall einzustellen. Es könnte für die weiteren Ermittlungen in einer Mordsache bedeutsam sein. Geben Sie mir bitte die genaue Ortsbeschreibung.«

Sie notierte die Angaben auf einem Block und bedankte sich. In dem Moment betraten Robert und Mark das Büro.

»Ich weiß, wo wir Peter Kleines Leiche finden«, teilte sie den verdutzten Männern mit.

***

Aufgrund der fortgeschrittenen Verwesung konnte der Tote nicht ohne nähere Untersuchungen identifiziert werden, doch Beate zweifelte nicht eine Sekunde daran, um wen es sich handelte. Nach einer Stunde hatten die Leichenhunde angeschlagen, zwanzig Minuten später war das etwa einen halben Meter tiefe Grab ausgehoben. Dieser Fund stellte ein wichtiges Glied in ihrer Argumentationskette dar, mit der sie den Polizeipräsidenten überzeugen wollte, die Soko nicht aufzulösen. Nun war es an der Zeit, Marks Taktik des Frustrierens anzuwenden, um Hill aus der Reserve zu locken.

28

Am folgenden Montag fuhr Beate zu Hill. Inzwischen hatte Schneider sie darüber informiert, dass das Labor eine Übereinstimmung zwischen Walthers DNA und den Tatortspuren festgestellt hatte. Ohne Marks Zweifel wäre der Fall jetzt abgeschlossen. Stattdessen war sie bei ihrem Hauptverdächtigen zum Besuch angemeldet, um ihm einen schweren Schlag zu versetzen. Der Professor hatte ihr empfohlen, die Befragung allein vorzunehmen, damit Hills neue Frustration wiederum durch eine Frau verursacht wurde. Zu ihrer eigenen Sicherheit war sie unsichtbar verkabelt. Robert und eine Streifenwagenbesatzung warteten einen Straßenzug entfernt und würden jedes gesprochene Wort mitbekommen.

Eileens Vater bat sie lächelnd in eine penibel aufgeräumte, blitzblanke Wohnung. Er führte sie ins Wohnzimmer und bat ihr einen Kaffee an, auf den sie allerdings verzichtete.

»Ich bin aus zweierlei Gründen hier«, sagte sie. »Der eine ist eine reine Formalität. Können Sie mir für die Akten den genauen Tag sagen, an dem Ihre Ex-Frau Ihnen mitgeteilt hat, dass sie Sie verlassen wird?«

Hill wirkte überrascht, seine freundliche Miene entglitt ihm für den Bruchteil einer Sekunde, ehe er sich wieder unter Kontrolle hatte. »Oh ja, das kann ich. Es war der achte April, ein Tag nach meinem Geburtstag. Aber wieso ist das Datum für Ihre Unterlagen bedeutsam?«

Beate winkte lässig ab. Anstatt ihn anzusehen, schweifte ihr Blick durch den Raum; ein Verhalten, zu dem ihr Mark geraten hatte. »Nicht so wichtig.«

»Hm. Und der zweite Grund Ihres Besuchs?« In seiner Stimme schwang Verärgerung mit.

»Ich habe am Sonntag mit Frau Dr. Göltz und heute mit Frau Rosenkreuz vom Jugendamt geredet.« Nun fixierte sie seine Augen. »Ihrer Tochter geht es inzwischen so gut, dass Frau Dr. Göltz eine Entlassung aus dem Krankenhaus befürwortet.«

»Hey, das ist ja toll!« Seine Freude klang aufrichtig. »Ich hatte am Wochenende auch den Eindruck, dass sie Fortschritte macht.«

»Frau Rosenkreuz und ich sind übereingekommen, Eileen in den nächsten Wochen den Roths anzuvertrauen. Die übrigens einverstanden sind.«

»Was?« Die Freude wich einem wütenden Gesichtsausdruck des Unverständnisses. »Wieso zu den Roths? Sie gehört zu mir!«

»Natürlich haben Sie damit recht. Doch wegen der noch laufenden Ermittlung –«

»Was soll das heißen?«, unterbrach Hill sie zornig. »Ich erinnere mich an ein Gespräch zwischen uns beiden, bei dem Sie meinten, es sei ausreichend, meine Unschuld zu beweisen. Diesbezüglich war der Speicheltest ja wohl eindeutig.«

»Das stimmt. Sie müssen mir jedoch zugestehen, nicht jede Facette des Familienrechts zu kennen. Der Jugendpflegerin wäre viel wohler zumute, wenn wir endlich einen Tatverdächtigen verhaften würden.«

»Dann tun Sie das!«

»Herr Hill, wir können uns niemanden aus dem Hut zaubern«, sagte sie betont langsam sprechend.

»Was ist denn mit dieser ermordeten Schwuchtel? In der Zeitung stand, dessen Mörder wäre auch für die Familienmorde verantwortlich.«

»Nicht alles, was in der Zeitung steht, trifft zu. Und Sie müssen mich verstehen: Ich kann Ihnen keine Details aus offenen Mordermittlungen preisgeben. Außerdem möchte Frau Rosenkreuz weitere Punkte vorab von Ihnen geklärt haben.«

»Was denn noch?«

»Sie haben ihr beispielsweise keine Bezugsperson genannt, die sich um Eileen kümmert, während Sie arbeiten. Das Jugendamt wird Ihnen eine Liste von Betreuungsmöglichkeiten zusenden.«

»Okay, kümmere ich mich eben um einen Babysitter. Aber hat das Amt mal darüber nachgedacht, dass für Eileen die Nähe zu dem Ort, an dem ihre Mutter gestorben ist, verheerend sein kann?«

»Deswegen wird Frau Dr. Göltz Ihre Tochter weiterhin begleiten und bei den ersten negativen Anzeichen wieder ins Krankenhaus einweisen. Dr. Göltz ist sich allerdings sicher, dass eine gewohnte Umgebung und die Einbindung in eine intakte Familie für ihren Zustand von Vorteil wären.«

»Intakte Familie«, spuckte Hill aus. »Was heißt das schon?«

»Im Übrigen haben wir Eileen selbst gefragt, zu wem sie möchte, und sie erwähnte sofort die Roths.«

»Was?« Hill war fassungslos. »Sie hat nicht gesagt, dass sie zu ihrem Vater will?«

Beate schüttelte den Kopf. »Tut mir leid. Bestimmt wird sie sich bald für Sie aussprechen. Vorläufig sollten Sie die Entscheidung Ihrer Tochter jedoch akzeptieren. In den vergangenen Jahren hatte sie zu den Roths mehr Kontakt als zu Ihnen. Da ist ihre Wahl irgendwie zu verstehen.«

»Ich bin Ihr Vater!«, schrie Hill und sprang dabei wütend auf. »Sie gehört zu mir! Finden Sie endlich den Mörder, damit dieses Theater ein Ende hat.«

»Ich versichere Ihnen, ich gebe mir die größte Mühe.« Beate erstaunte es, wie exakt sich Marks Vorhersagen bezüglich Hills Reaktionen auf einzelne Reizbegriffe erfüllt hatten.

Am nächsten Morgen lag auf Beates Schreibtisch eine ihr unbekannte Akte, die mit einer Haftnotiz versehen war.

Das einzige ungeklärte Schwerverbrechen in dem genannten Zeitraum.

Unterschrieben war die Notiz von einem Mitglied der Soko.

Beate schlug die Ermittlungsakte auf. Am vierzehnten April vor vier Jahren war in den frühen Morgenstunden die Leiche einer gewissen Judith Rössler gefunden worden.

29

Vier Jahre zuvor.

Ich bin so wütend. Vor mir steht mein siebtes oder achtes Bier. Doch der Alkohol schenkt mir kein Vergessen.

Es ist fünf Tage her, seitdem mir Meike von ihrem Verhältnis erzählt hat.

Verhältnis! Wenn es nur so einfach wäre!

Aber nein, sie spricht gleich von der großen Liebe. Und seit heute redet sie davon, zu diesem Wichser zu ziehen. Sie will mir Eileen wegnehmen.

Die Kellnerin tritt an meinen Tisch, und ich bestelle ein weiteres Pils.

Seit fünf Tagen bettle ich Meike an, unserer Beziehung noch eine Chance zu geben. Sie guckt dann immer so, als verstünde sie kein Wort, und schüttelt stumm den Kopf. Sobald sie etwas sagt, kommt Mist heraus.

Es ist vorbei, Norbert. Ich liebe ihn, Norbert. Nicht mehr dich. Mach es uns jetzt nicht so schwer.

Mach es uns jetzt nicht so schwer!

Wer lässt sich denn plötzlich von einem anderen Kerl ficken? Wer?

Die Kellnerin bringt mir das Getränk. Mit einem einzigen Schluck leere ich das Glas zur Hälfte. Dabei formt sich ein Gedanke in meinem Kopf. Warum lasse ich mir das gefallen?

Ich habe mein altes Leben für sie aufgegeben, damit wir eine Familie gründen können. Und die will sie einfach zerstören?

Oh nein! So leicht nicht.

Ich winke die Kellnerin zu mir, bezahle den Deckel. Danach nehme ich meine Jacke und gehe.

Ich werde Meike klarmachen, dass sie sich irrt, wenn sie glaubt, zusammen mit Eileen ein neues Leben beginnen zu können.

Soll sie halt verschwinden, aber Eileen bleibt bei mir.

Diese Gewissheit wird stärker. Mein Schatz gehört zu mir. Entweder sie bleibt, oder wir werden alle draufgehen. Das werde ich Meike verdeutlichen.

Mir sitzt im Bus eine Frau gegenüber, die mir flüchtig bekannt vorkommt. Woher kenne ich sie bloß?

Als sie aufsteht und den Halteknopf drückt, kann ich sie wieder einordnen. Sie heißt Julia, nein, Judith, und ich habe mich mal für sie interessiert. Das ist Jahre her. Wir gingen auf zwei unterschiedliche Gymnasien, die in der Oberstufe gemeinsame Kurse ausrichteten, und belegten beide den Leistungskurs im Fach Spanisch. Ich saß seitlich von ihr, verbrachte die langweiligen Passagen des Unter-

richts damit, ihr Gesicht zu betrachten. In meiner Fantasie waren wir ein Paar und kannten keine Tabus.

Die Abschlussfahrt in der letzten Jahrgangsstufe ging nach Barcelona. Das sah ich als meine Gelegenheit an. Am zweiten Abend versuchte ich, mit ihr zu flirten. Eiskalt ließ sie mich abblitzen. Den Rest der einwöchigen Exkursion tuschelte sie mit ihrer Freundin, sobald ich in ihrer Nähe war. Ständig hörte ich sie kichern.

Sie steigt aus, und obwohl es für mich zwei Stationen zu früh ist, folge ich ihr. Bevor ich Meike einbläue, dass sie Eileen auf keinen Fall mitnehmen wird, kläre ich diesen Punkt aus meiner Vergangenheit.

Was gab es über mich zu lachen?

Von der Haltestelle Markstraße aus wendet sie sich nach links. Bestimmt studiert sie und wohnt in einem der umliegenden Wohnheime.

Ich gehe keine fünf Schritte hinter ihr her, doch sie registriert mich gar nicht.

Wie damals.

Du arrogantes Miststück!

Wir kommen an einer Kneipe vorbei, passieren den daneben liegenden Discounter. Ehe ich sie ansprechen kann, biegt sie in einen kleinen Seitenweg ein, der von Bäumen gesäumt wird. Eine schwache Straßenlaterne spendet nur am Ende des Weges ein wenig Licht.

»Hey«, rufe ich ihr hinterher.

Sie dreht sich selbstsicher um. »Was?«, fragt sie genervt. Da ist es wieder, dieses arrogante Getue. Warum hält sie sich für etwas Besseres?

Wütend stürze ich mich auf sie. Wir fallen zu Boden. Im nächsten Augenblick liege ich auf ihr und ziehe ihr die Jacke über den Kopf, damit sie mich nicht erkennt. Außerdem dämpft der Jeansstoff ihre Schreie. Verzweifelt wehrt sie sich. Ich boxe ihr brutal in die Rippen und lege meine Hände um ihren Hals, drücke zu. Ihre Gegenwehr erlahmt. Ich reiße ihr die Schuhe von den Füßen, entkleide sie unten herum. Dann öffne ich meine Hose, will mir das nehmen, was ich von Meike in den letzten Monaten nicht bekommen habe.

Plötzlich höre ich auf der Straße Stimmen. Sie holen mich in die Realität zurück. Jede Sekunde könnte ich erwischt werden.

Ich springe auf, knöpfe meine Hose zu. Die Passanten entfernen sich.

Sie bewegt sich nicht mehr. Schlagartig bin ich nüchtern. Ich rüttle an ihrer Schulter, ohne dass sie reagiert.

Als ein Regenschauer einsetzt, schleife ich ihren leblosen Körper in die angrenzenden Büsche, ehe ich ihn mit ihrer Kleidung notdürftig bedecke.

Völlig durchnässt betrete ich die Wohnung, entledige mich im Bad meiner Klamotten. Keinen Gedanken verschwende ich mehr daran, Meike wegen Eileen Grenzen aufzuzeigen. Stattdessen beherrscht eine einzige Gewissheit mein Denken: Bald wird mich die Polizei festnehmen und von meiner Familie trennen.

Bevor ich ins Bett gehe, schaue ich mir minutenlang meine schlafende Tochter an.

Zum letzten Mal?

Bei ihrem engelsgleichen Anblick weine ich leise.

Schließlich schlüpfe ich unter die Bettdecke und suche Meikes Nähe. Instinktiv rutscht sie von mir weg.

Ich bin allein.

30

Beate versuchte, die Teile des Puzzles zu einem Gesamtbild zusammenzufügen. Der ungelöste Mordfall brachte sie dabei jedoch nicht weiter. Starker nächtlicher Regen hatte damals alle möglicherweise vorhandenen Spuren weggespült. Der Name ihres Verdächtigen wurde nirgendwo in der Akte erwähnt.

Zur Mittagszeit bekam sie von einem Telekommunikationsunternehmen eine kurze Liste zugefaxt, die Hills Telefongespräche der vergangenen drei Monate enthielt. Walthers Nummer tauchte darin nicht auf.

»Wir haben einiges, aber nicht genug«, fasste sie abschließend zusammen. Auf einem Flipchart hatte sie die Indizien vermerkt, die auf Hills Schuld hindeuteten. »Damit finden wir keinen Richter, der U-Haft anordnet.«

»Und was machen wir jetzt?«, fragte Robert. »Morgen, spätestens übermorgen werden wir den Polizeipräsidenten über die Sperma-Übereinstimmung informieren müssen. So sehnsüchtig, wie dieser auf ein positives Ermittlungsergebnis wartet, wird er umgehend mit der Oberbürgermeisterin eine Pressekonferenz einberufen. Um allen Bochumer Familien freudig mitteilen zu können, dass sie in ihren eigenen vier Wänden wieder sicher sind. Wenn überhaupt, dürfen wir danach höchstens auf sehr kleiner Flamme weiterermitteln. Unter Ausschluss der Öffentlichkeit.«

»Ich vermute übrigens«, warf Mark ein, »dass Hill eine solche Pressemitteilung ausnutzen wird. Was soll ihn daran hindern, sich seinerseits an die Medien zu wenden? Um sie darüber aufzuklären, dass er der leibliche Vater des überlebenden Mädchens ist. Ich kann mir gut vorstellen, wie die Boulevardmagazine auf diese Geschichte anspringen würden. Sie würden euch zu Sündenböcken abstempeln, die ihm und seiner Tochter ein Happy End verwehren.«

»Also, was tun?«

»Wir müssen ihn in die Enge treiben«, fuhr Mark fort. »Ihn mit unserem Wissen konfrontieren. Vielleicht macht er dann einen entscheidenden Fehler. Wir sollten bei der nächsten Gelegenheit den Namen Judith Rössler fallen lassen. Da es ein spontanes Verbrechen war, befürchtet er eventuell, Spuren hinterlassen zu haben. Doch die Anwendung einer proaktiven Strategie ergibt nur Sinn, bevor er durch die Bekanntgabe des vermeintlichen Ermittlungserfolges Oberwasser gewinnt.«

»Ich habe eine Idee. Warum postieren wir nicht einen Streifenwagen vor seinem Haus?«, schlug Robert vor. »Wir stellen ihn einen Tag unter Beobachtung und nehmen ihn morgen Nachmittag zu zweit in die Mangel.«

»Das ist perfekt«, entgegnete Mark lächelnd.

***

Ich öffne die fünfte Flasche Bier. Die ersten vier stehen geleert auf dem Couchtisch. Die Situation entgleitet mir.

Der Polizeiwagen vor dem Haus wirkt wie ein schlechtes Omen. Nachdem ich ihn entdeckt hatte, rechnete ich mit meiner unverzüglichen Verhaftung. Seitdem sind drei Stunden vergangen. Diese Polizistin spielt wohl nur ein übles Spiel mit mir. Ich hätte in ihrer Gegenwart einfach nicht ausrasten dürfen.

Meine Wut auf Eileen ist jedoch noch immer nicht verflogen. Wie kann sie es wagen, sich für die Roths zu entscheiden?

Bestimmt hat Meike in den letzten Jahren jede Möglichkeit genutzt, um über mich zu lästern. Mich bei meiner eigenen Tochter schlechtzumachen. Aber das habe ich ihr heimgezahlt. Sobald Eileen bei mir lebt, ist mein Plan aufgegangen.

Ich trinke die Halbliterflasche leer und hole mir eine weitere aus dem Kühlschrank. Ehe ich mich auf die Couch setze, schaue ich kurz aus dem Fenster. Der Streifenwagen hat seine Position nicht verändert.

Diese Bauer ist an der jetzigen Lage nicht unschuldig. Typisch, dass mir ein Weibsstück Schwierigkeiten bereitet. Wie so oft in meinem Leben. Warum findet sie nicht endlich den Callboy und schließt den Fall ab? Ihrer Karriere kann das kaum schaden. Oder ist sie zu dumm, die Leiche von Walther zu finden?

Verfluchte Kommissarin!

In meiner Fantasie bestrafe ich sie dafür, dass sie mich nicht in Ruhe lässt.

Am nächsten Vormittag prallt eine unbarmherzige Augustsonne direkt auf mein Schlafzimmerfenster. Ich erwache mies gelaunt und mit starken Kopfschmerzen.

Der Anblick einer Bullenstreife, die fast an der gleichen Stelle wie gestern steht, verdüstert meine Stimmung. Nachdem ich zwei Kopfschmerztabletten trocken hinuntergeschluckt habe, schlurfe ich wegen des angekündigten Schreibens vom Jugendamt zum Briefkasten.

Der leere Kasten verspottet mich. Wütend werfe ich die kleine Klappe zu. Das machen die absichtlich! Sie wollen bloß eine endgültige Entscheidung hinauszögern!

Aber nicht mit mir! Mir reicht's!

Ich suche die Telefonnummer dieser Jugendpflegerin heraus, die mir gefälligst Rede und Antwort stehen soll.

***

Heike Brückmann hörte, wie im Nebenzimmer das Telefon klingelte. Langsam erhob sie sich von ihrem Stuhl. Ihre Kollegin Rosenkreuz war bis Freitag auf einem Fortbildungsseminar, während sie gerade erst von einem fünfundzwanzigtägigen USA-Trip zurückgekehrt war. Daher hatten sich die beiden seit Längerem nicht mehr gesehen.

»Jugendamt Bochum, Brückmann am Apparat.«

»Hill hier. Ich will mit Frau Rosenkreuz sprechen.«

»Tut mir leid, Herr Hill. Die Kollegin ist für den Rest der Woche auf einer Fortbildung. Kann ich Ihnen weiterhelfen?«

Ihr Gesprächspartner schwieg.

»Herr Hill, sind Sie noch dran?«

»Ja, sicher.«

»Worum geht es denn?«

»Frau Rosenkreuz wollte mir eine Liste mit Betreuungsmöglichkeiten für meine Tochter zukommen lassen. Angeblich war das dringend.«

»Ich kann ja mal in den Vorgang schauen. Wie heißt Ihre Tochter?«

»Eileen. Eileen Nolte.«

»Einen Augenblick.«

Sie legte den Hörer beiseite und entdeckte die Akte direkt auf dem Schreibtisch ihrer Kollegin. Aufgrund des langen Urlaubs sagte ihr der Name des Mädchens nichts. Es war ihr erster Arbeitstag, und die bisherigen Gespräche mit Arbeitskollegen hatten sich um ihre USA-Erlebnisse gedreht.

Brückmann schlug die Akte auf und sah eine gelbe Haftnotiz, die auf dem Deckblatt klebte.

Hauptkommissarin Bauer ermittelt in einem vier Jahre zurückliegenden Mordfall. Bis zu meiner Rückkehr nichts veranlassen!

Zweifelnd nahm sie den Hörer in die Hand. Warum wurde sie ausgerechnet heute mit so einer Sache konfrontiert, wo sie noch unter der Zeitverschiebung litt?

»Herr Hill, ich kann Ihnen leider nicht weiterhelfen.«

»Wieso nicht?«

Statt ihn mit der Lüge abzuspeisen, den Vorgang nicht gefunden zu haben, entschloss sie sich zur Wahrheit. Immerhin war Hill der Vater, der ein Anrecht auf Informationen hatte.

»Eine Notiz in der Akte Ihrer Tochter besagt, dass bis zur Rückkehr von Frau Rosenkreuz nichts unternommen werden darf, weil eine gewisse Hauptkommissarin Bauer in einem vier Jahre zurückliegenden Mordfall ermittelt. Hilft Ihnen das weiter?«

Anstelle einer Antwort drang ihr das Besetztzeichen entgegen.

31

Ich schaue aus dem Fenster. Dass die Bullen wegen der Hitze die Autoscheiben heruntergelassen haben, kommt mir sehr gelegen.

Rasch packe ich zusammen, was ich benötigen werde. Dann schlüpfe ich in eine Jeanshose, in deren Bund ich die Pistole stecke. Ein langes Hemd verdeckt die Waffe.

Zu allem bereit, verlasse ich meine Wohnung. Die Zeit der Spielchen ist vorbei.

Gleißendes Sonnenlicht durchflutet den stillen Flur. Zügig laufe ich die Treppe hinab, öffne die Haustür und gehe auf den Streifenwagen zu. Einer der Polizisten wird auf mich aufmerksam. Ich schenke ihnen keinerlei Beachtung, bis ich bei ihrem Auto bin. Mein Angriff überrascht sie. Ich reiße die Pistole aus der Hose und jage dem Bullen auf der Beifahrerseite eine Kugel in den Schädel.

Das andere Schwein reagiert schnell. Er greift nach dem Türöffner, die Tür springt auf. Bevor sich der Mann nach draußen fallen lässt, richte ich den Pistolenlauf auf ihn und drücke ab. Ich treffe seine rechte Schulter. Er stürzt mit einem Schmerzensschrei zu Boden. Hastig renne ich um den Wagen herum. Er ist auf den Knien gelandet und will gerade seine Dienstwaffe aus dem Gürtelholster ziehen. Doch letztlich hat er keine Chance. Ich presse ihm die Mündung auf die Stirn.

Er sieht mich mit flehendem Blick an, gleichzeitig lässt er seine Waffe los.

»Ich habe eine Familie«, flüstert er. »Meine Frau ist schwanger.«

»Hoffentlich bist du gut versichert.«

Ich feuere, Blut spritzt auf die Innentür des Wagens, der tödlich getroffene Körper kippt nach hinten.

***

»Wie konnte das passieren?«, rief Beate über den Motorenlärm und den Krach der Sirene hinweg. Robert raste mit Vollgas und Blaulicht zum Tatort. Vor drei Minuten hatten sie die Meldung erhalten, dass zwei Polizeibeamte von Hill getötet worden waren. Einer von ihnen ein werdender Vater. Wie sollte sie das der Ehefrau erklären?

Mark, an den die Frage gerichtet war, saß auf der Rückbank. »Es muss etwas passiert sein, was ihn in eine ausweglose Lage gebracht hat. Ich vermute, irgendjemand hat an unserer Stelle agiert und ihn unbeabsichtigt mit einer proaktiven Handlung in die Ecke gedrängt. Unter völlig unkontrollierten Bedingungen.«

»Wohin, glaubst du, flüchtet er?«

»Vielleicht versucht er, sich ins Ausland abzusetzen.«

»So weit wird er nicht kommen. Wir haben sein Auto zur bundesweiten Fahndung ausgeschrieben.«

Gemeinsam sahen sie sich in der Wohnung um, die einen aufgeräumten Eindruck machte. Nur die Bierflaschen auf dem Couchtisch passten nicht ins Bild. Nichts deutete darauf hin, dass Hill überhastet persönliche Gegenstände für eine Flucht zusammengepackt hatte. Beate öffnete den Kleiderschrank, in dem ebenfalls alles ordentlich sortiert wirkte.

»Hatte er die ganze Zeit einen Plan, den er jetzt ausführt?«, fragte sie.

Mark schüttelte den Kopf. »Eher nicht. Er ging bislang vom Funktionieren seines Vorhabens aus.«

Während sich Robert an den Computer setzte, trat Beate ans Telefon. Sie nahm den Hörer ab und drückte die Wahlwiederholungstaste. Leider zeigte ihr das Telefon nicht die gewählte Nummer an. Ungeduldig wartete sie auf die Gesprächsannahme.

***

Zum dritten Mal an diesem Tag wollte jemand mit der Kollegin Rosenkreuz sprechen. Heike Brückmann hatte inzwischen deren Nebenanschluss auf ihren eigenen umgeleitet und sah anhand des Displays, dass dieser Anruf nicht ihr galt.

»Jugendamt Bochum. Anschluss Rosenkreuz. Brückmann am Apparat.«

»Hauptkommissarin Bauer, Kripo Bochum. Ist Frau Rosenkreuz zu sprechen?«

»Nein. Die Kollegin befindet sich auf einer Fortbildung.«

»Haben Sie heute Morgen eventuell mit einem Norbert Hill telefoniert?«

»Ja.« Sie informierte die Kommissarin über Hills Anruf. »Ich habe in der Akte nachgeschaut, in der ich einen Zettel fand, dass derzeit nichts unternommen werden darf, weil Sie in einem alten Mordfall ermitteln.«

»Was haben Sie Herrn Hill daraufhin mitgeteilt?«

»Genau das.« Plötzlich ahnte sie, einen Fehler begangen zu haben. »Hätte ich das nicht weitergeben dürfen? Sie müssen wissen, ich war fast vier Wochen im Urlaub.«

»Kein Problem«, beruhigte die Kommissarin sie kurz angebunden und verabschiedete sich.

Die Jugendamtsmitarbeiterin legte nachdenklich den Hörer zurück aufs Telefon. Einige Minuten später kam eine Arbeitskollegin in ihr Büro, um sie zu einer Raucherpause abzuholen.

»Siggi, weißt du etwas über den Fall Eileen Nolte?«

Nachdem sie ins Bild gesetzt worden war, schwante ihr Böses.

***

»Warum versetzt ihn das in so helle Panik?«

»Vielleicht glaubt er, verräterische Spuren hinterlassen zu haben, die ihn im Nachhinein überführen könnten«, vermutete Robert. »Er kann sich ja nicht sicher sein, ob der Regen alles beseitigt hat.«

»Oder er hat ein Beweisstück am Tatort zurückgelassen, welches für die –« Gruber hielt inne. »Nein. Ich glaube, er kannte Judith Rössler. Nur flüchtig, sonst hätte er für die damaligen Ermittlungen eine Rolle gespielt. Das würde passen. Die Tat trug die Handschrift eines chaotischen Mörders. Bei den Opfern dieses Tätertyps handelt es sich häufig um entfernte Bekannte. Nun befürchtet er, dass wir die richtigen Schlussfolgerungen ziehen. Das könnte eine Erklärung für seine Reaktion sein. Eine bessere proaktive Strategie ist gar nicht denkbar – wenn sie unter kontrollierten Bedingungen stattfindet. Stellt sich die Frage: Was wird er tun? Wo würde ich an seiner Stelle hinfahren?« Mark sprach immer leiser. »Ich habe getötet, um die Kontrolle zu gewinnen. Die Morde dienten dazu, das Sorgerecht zu bekommen. Das kann ich mittlerweile vergessen.«

Plötzlich war ihm anzumerken, dass er eine Idee hatte.

»Ich würde meine Tochter kidnappen.«

Beate reagierte sofort. »Robert, versuch die Polizisten, die bei den Roths postiert sind, über Funk zu erreichen. Ich kontaktiere die Roths telefonisch.«

Aus dem örtlichen Telefonbuch, das auf dem Sekretär in Hills Wohnzimmer lag, suchte sie die Rufnummer der Familie heraus. Doch bei deren Anschluss sprang nach dem fünften Freizeichen lediglich der Anrufbeantworter an.

»Hauptkommissarin Bauer hier. Gehen Sie mit den Kindern zu den Polizisten vor Ihrem Haus und lassen Sie sich in Sicherheit bringen. Wir kommen so schnell wie möglich zu Ihnen. Norbert Hill will Eileen möglicherweise in seine Gewalt bringen. Bis gleich.«

Kaum waren Beate und Mark ins Auto gesprungen, raste Robert los.

»Die Kollegen meinten, Clemens Roth hätte zur üblichen Zeit das Haus verlassen, und seitdem sei niemand rein- oder rausgegangen. Sie warten auf weitere Anweisungen.«

»Warum geht dann bei denen keiner ans Telefon?«

Besorgt griff sie zum Funkgerät. Die Beamten, die eigentlich für Eileens Sicherheit sorgen sollten, hatten nun die Aufgabe, die Ehefrau und die beiden Mädchen vor Hill zu beschützen. Bis sie als Verstärkung eintrafen, konnte es zu spät sein.

32

Sybille Roth öffnete die Haustür und begrüßte den ihr inzwischen vertrauten Polizeibeamten. »Tag, Herr Prün. Wollen Sie zur Toilette?«

»Nein. Hauptkommissarin Bauer hat uns gebeten, bei Ihnen nach dem Rechten zu sehen. Sie hat eben vergeblich versucht, Sie telefonisch zu erreichen.«

»Oh, das tut mir leid. Ich bin mit Eileen und Lilly im Kinderzimmer. Die beiden haben ein Puppentheaterstück einstudiert, das sie mir gerade vorführen. Oben höre ich das Telefon oft nicht. Was wollte sie denn?«

»Die Kommissarin befürchtet, dass Herr Hill seine Tochter entführen will.«

»Was?« Schockiert schaute sie über ihre Schulter und vergewisserte sich, dass keines der Kinder lauschend auf der Treppe stand.

Plötzlich schlug eine Tür zu.

»Wo war das?«, erkundigte sich Prün misstrauisch.

»Unten im Keller. Wahrscheinlich Zugluft.«

Diese Erklärung überzeugte den Polizisten nicht. »Von der Rückseite kann man doch ins Innere gelangen, oder?« Er erinnerte sich an einen Kontrollgang, bei dem alle für die Bewachungsaktion eingesetzten Polizeikräfte anwesend gewesen waren.

»Genau. Vom Garten führt der kürzeste Weg durch den Keller.«

Er und sein Kollege Kraft waren die einzigen Beamten, die zum Schutz von Eileen abgestellt waren. Die Rückfront hatten sie von ihrem Standort aus nicht im Blick. Bislang hatten sie auch nicht ernsthaft damit gerechnet, dass das Mädchen noch einmal in Gefahr sein würde.

Nervös zog Prün seine Pistole. »Gehen Sie zu den Kindern und warten Sie dort auf meinen Kollegen.«

Seine Anspannung übertrug sich auf Sybille Roth. Schnell lief sie die Stufen hoch.

Prün gab Kraft ein Zeichen. Dieser sah die gezogene Dienstwaffe, stieg aus dem Wagen und kam angerannt.

»Was ist los?«, fragte er.

»Unten ist eine Tür zugeschlagen. Es gibt eine direkte Verbindung vom Keller nach draußen. Ich überprüfe das Kellergeschoss. Frau Roth hat sich mit den Mädchen im Kinderzimmer eingeschlossen. Bring sie zum Auto.«

Ohne weitere Fragen eilte sein Kollege nach oben.

Prün zögerte. Das Untergeschoss lag im Dunkeln. Wenn er das Licht einschaltete, war Hill vorgewarnt. Aber vielleicht hatte der Polizistenmörder ohnehin gelauscht.

Er drückte auf den Lichtschalter und richtete die Waffe vorschriftsmäßig nach vorn. Die Treppe machte einen

Knick, sodass er nicht sehen konnte, was ihn unten erwartete.

Er zählte bis drei und rannte los. Beinahe verlor er durch den Schwung das Gleichgewicht. Die Tür zum Keller war geschlossen. Prün hörte, wie sein Kollege mit den Bewohnern das Haus verließ. Nun war er auf sich allein gestellt. Er näherte sich der Tür, die er in geduckter Haltung aufstieß. Um die vor ihm liegenden Räume zu beleuchten, betätigte er den nächsten Lichtschalter.

***

Gerade als Kraft seine drei Schützlinge in den zivilen Polizeiwagen dirigiert hatte, vernahm er eine Sirene und sah kurz darauf den Dienstwagen der Kommissare herannahen, der in der Garagenauffahrt zum Stehen kam. Die Kommissarin sprang aus dem Auto und lief auf ihn zu. Sie ließ sich ins Bild setzen, dann gab sie ihm den Befehl, Frau Roth und die Kinder ins Hauptkommissariat zu bringen.

***

Die Tür zum Garten, die sich keine fünf Schritte von ihm entfernt am Ende des Kellergangs befand, war geschlossen. Vor ihm lag auf beiden Seiten noch jeweils ein Raum, den er kontrollieren musste.

Zunächst wandte sich Prün nach links. Die Tür zum Heizungsraum, in dem Bettwäsche zum Trocknen hing, stand offen. In gebückter Haltung schlich er hinein. Nachdem er sich davon überzeugt hatte, dass sich hier niemand aufhielt, schob er die Tür zu, schloss sie jedoch nicht komplett, da sie klemmte.

Den Eingang zum letzten Bereich würde er aus einer gesicherten Deckung heraus aufreißen.

»Prün! Warten Sie!«, rief jemand von oben seinen Namen.

Er hörte zwei Personen die Stufen herunterlaufen.

»Wenn sich Hill hier unten aufhält, kann er nur in diesem Raum sein«, informierte er die Kommissare Bauer und Vetter mit gedämpfter Stimme. »Den Heizungsraum habe ich überprüft.«

Die Hauptkommissarin verteilte flüsternd die Rollen. »Prün, Sie stellen sich links von der Tür hin und öffnen sie. Robert, du positionierst dich rechts. Ich gehe mittig in die Hocke und ziele hinein.«

Prün brachte sich in Stellung.

»Jetzt!«

Mit angehaltenem Atem erfüllte er seinen Part.

»Leer«, stellte die Kommissarin fest.

In diesem Moment bemerkte Prün, wie die Tür zum Heizungsraum langsam aufgeschoben wurde. Hatte sich Hill doch dort versteckt?

»Vorsicht!«, schrie er und riss seine Waffe hoch.

»Nicht schießen!«, brüllte Vetter. »Es ist die Katze.«

33

Beate wartete im Büro auf eine Erfolgsmeldung. Sie vermutete, dass Hill versuchen würde, das Land zu verlassen, was ihm aufgrund der Großfahndung nur schwer gelingen sollte. Gleichzeitig befürchtete sie, dass es Wochen dauern könnte, bis sie wieder eine Spur von ihm finden würden. Und bis dahin musste sie sich gedulden. Kollegen waren dabei, seine Wohnung auf den Kopf zu stellen, um weiteres Beweismaterial zu sichern. Nur für sie selbst gab es derzeit nichts zu tun.

Beate schaute zum vierten Mal innerhalb von zehn Minuten auf die Armbanduhr, die ihr Sebastian zum vorletzten Geburtstag geschenkt hatte. Sie hasste es, zur Untätigkeit verdammt zu sein. Ihre Gedanken wanderten zu den Polizisten, die Hill kaltblütig erschossen hatte. Einer von ihnen ein junger Ehemann und werdender Vater. Vermutlich hatte die Ehefrau inzwischen die Nachricht von seinem Tod erhalten und war ohne Vorwarnung aus der bisherigen Lebensbahn geschleudert worden.

Sie dachte an ihren eigenen Mann. Fürchtete sich Sebastian davor, plötzlich mit Ana allein dazustehen, wenn sie im Dienst getötet werden würde? Bestimmt, wie alle Lebenspartner von Polizisten. Allerdings war er viel zu stolz, um diese Angst laut auszusprechen.

Beate lächelte unwillkürlich. Ihr Mann hatte liebenswerte Eigenschaften an sich, die er geheim zu halten versuchte, weil er gern als stark, cool und perfekt angesehen werden wollte. Doch jeder, der ihn näher kannte, konnte mit Leichtigkeit hinter diese Fassade blicken.

Sie hatte in den letzten Tagen intensiv über ihre Gefühle für Sebastian nachgedacht. Sie liebte ihn noch immer von ganzem Herzen. Er war der richtige Partner an ihrer Seite, der richtige Vater für ihr Kind. Umso weniger konnte sie diese überflüssigen Reibereien der vergangenen Monate verstehen. Genauso wenig wie ihren Ausrutscher mit Daniel. Beides war jedoch geschehen und sollte für ihre Zukunft keine Rolle spielen. Der innere Druck, ihrem Ehemann den Seitensprung zu beichten, wurde täglich geringer. Sebastian würde dafür kein Verständnis haben, und möglicherweise machte sie dadurch alles zwischen ihnen kaputt. Insofern hatte sie beschlossen, lieber zu schweigen und ihre Energie darauf zu verwenden, die harmlosen Schwierigkeiten beiseite zu räumen. Dabei konnte die Aufklärung der Familienmorde hilfreich sein.

Sie sah erneut auf die Uhr. Nicht einmal fünf Minuten waren verstrichen. Ihr wurde bewusst, dass sie nicht unbedingt im Präsidium anwesend sein musste, solange sie erreichbar war. Wahrscheinlich würden sich Ana und Sebastian freuen, wenn sie unerwartet früh nach Hause käme.

***

Trotz eines hochwertigen Schlosses war es kein größeres Problem, in das leere Haus einzudringen. Ich muss der Kommissarin neidvoll zugestehen, dass sie sich mit ihrer Familie ein schönes Nest gebaut hat. Umso schmerzhafter wird die Erkenntnis für sie werden, dass ihre Liebsten tot beziehungsweise todgeweiht sind und auf sie selbst vor dem Ende nur noch entsetzliche Qualen warten.

Ein letzter Abend mit ihrer Familie, vielleicht ein letztes Zu-Bett-Bringen der Tochter, ein letztes Einschlafen. Sobald sie in der Nacht erwacht, ist ihr Mann tot – und sie wehrlos.

In allen Einzelheiten wird sie vor Augen haben, was mit den anderen Frauen passiert ist. Aber bei ihr werde ich mir richtig Zeit lassen, sie brutaler quälen, ihr größeres Leid zufügen. Sie wird für das Durchkreuzen meiner Pläne bezahlen.

Im Wohnzimmer entdecke ich auf einem Regal über dem Fernseher eine DVD-Sammlung. Automatisch denke ich an meinen Stiefvater, diesen alkoholsüchtigen Bastard. Der in mein Leben trat, als ich neun war, nachdem mein leiblicher Vater fünf Jahre zuvor meine Mutter verlassen hatte. Was ich im Nachhinein allzu gut verstehe.

Er besaß eine Videosammlung mit ganz besonderen Filmen. Harte Action- und Kriegsfilme. Dazu einige Pornos. Mit vierzehn erwischte er mich beim Wichsen, während ich einen Porno schaute. Gerade als zwei Männer einer Frau aufs Gesicht spritzten, kam er ins Wohnzimmer. Kurz da-

rauf erteilte er mir eine schmerzhafte Lektion. Nicht die einzige in den Jahren, jedoch die, die am meisten wehtat.

Ich spiele mit dem Gedanken, mir die DVDs näher anzusehen, doch da ich nicht weiß, wann ein Familienmitglied nach Hause kommen wird, entscheide ich mich dagegen. Stattdessen suche ich Fotoalben, die ich rasch finde. Zum ersten Mal betrachte ich ihren Ehemann. Kümmert er sich wohl ums Kind oder macht er ebenfalls Karriere, sodass sie ihre Tochter tagsüber abgeben müssen?

Nachdem ich mir die Hochzeitsfotos angeguckt habe habe, stelle ich das Album zurück. Die Ungewissheit treibt mich an. Ich benötige einen Unterschlupf, in dem ich bis zum Einbruch der Nacht wie eine Spinne in ihrem Netz warten kann. Jederzeit könnte jemand nach Hause kommen und meinen Plan vereiteln. Aber das darf nicht passieren. Zu erregend ist mein Vorhaben, sie mehrere Stunden in meiner Gewalt zu haben.

Im Keller werde ich fündig. In einem als Vorratskammer genutzten Raum befindet sich in der linken Ecke ein kleiner Weinschrank. Direkt daneben hängt ein beigefarbener, bodenlanger Vorhang. Ich ziehe ihn zur Seite und blicke auf Putzutensilien, neben denen genügend Platz ist, um mich hinter dem Stoff unauffällig zu verstecken.

Für den Fall, dass ich entdeckt werde, steckt die Pistole griffbereit in meinem Hosenbund.

Es dauert keine zehn Minuten, bis ich höre, wie die Haustür geöffnet wird.

Der letzte, tödliche Akt beginnt.

34

Leise schlug Sebastian vor, nach oben zu gehen. Ihre überraschend frühe Rückkehr von der Arbeit hatte für sie die schönsten Stunden eingeleitet, an die sie sich seit Langem erinnern konnte.

Er streichelte ihr Gesicht, ihre Lippen fanden und berührten sich zärtlich. Verharrten einen kurzen Moment.

Schließlich stand ihr Mann auf und reichte ihr die Hand. Beate ergriff sie lächelnd. Dabei blickte sie auf ihr Handy. Sie war versucht, es einfach im Wohnzimmer liegen zu lassen. Damit es zu keiner erneuten Unterbrechung kam. Doch es gehörte zu ihrem Job, ständig erreichbar zu sein. Sebastian wusste das. Und vielleicht hatten sie ja das Glück, dass in dieser Nacht kein Anruf erfolgen würde.

Ich drücke den Knopf meiner Armbanduhr, der das Ziffernblatt erhellt. Zwanzig vor elf. Um mich herum ist es stockfinster.

Eine Viertelstunde zuvor habe ich mitbekommen, wie zwei Personen in die obere Etage gegangen sind. Seitdem stehe ich unter Hochspannung.

Ich spüre, nicht länger warten zu können. Zumindest will ich in ihrer Nähe sein.

Im Dunkeln taste ich nach meinem Rucksack, öffne den Reißverschluss. Ich hole die Taschenlampe heraus, schalte sie ein. Dann schiebe ich den Vorhang beiseite. Vorsichtig erhebe ich mich. Durch das stundenlange Hocken in dem Versteck schmerzen meine Gelenke. Es dauert eine Weile, bis dieses unangenehme Gefühl verschwunden ist.

An der Tür schalte ich die Taschenlampe wieder aus. Sobald sich meine Augen an die Dunkelheit gewöhnt haben und ich Umrisse wahrnehme, schleiche ich zum Fuß der Treppe. Ich steige die ersten Stufen hoch. Aber auf halbem Weg nach oben bleibe ich aufgrund eines unverkennbaren Geräusches stehen. Meine Aufregung steigt.

Sie lagen nackt nebeneinander. Seine rechte Hand streichelte ein Knie und rutschte an der Innenseite des Oberschenkels hinauf, bis er einen Finger behutsam in sie einführte.

Beate schloss genießerisch die Augen. Es fühlte sich so schön an. Diesmal spürte sie nicht das verzweifelte Verlangen, Unbeschwertheit zu erleben. Diesmal *war* sie unbeschwert.

Sanft schob sie Sebastian von sich, drückte ihn auf die Matratze. Sie wollte die Initiative übernehmen, was er bereitwillig zuließ. Ihre Lippen küssten zunächst seinen Hals, danach seine linke Schulter. Mit der Zunge umspielte sie seine Brustwarzen. Ihre Finger umklammerten seinen harten Penis. Sie streichelte ihn, bevor sie die Vorhaut zurückzog und seine Eichel umfasste. Lustvoll stöhnte er auf.

Ein erneutes Stöhnen, das jeden Zweifel beseitigt. Das Ehepaar fickt. Ein letztes Mal, ehe ich es auslösche.

Ich gehe einige Stufen weiter nach oben. Im Erdgeschoss angekommen, höre ich ihr Liebesspiel deutlicher. Es erregt mich, heimlich zu lauschen. Noch lieber würde ich dabei allerdings zusehen.

Sie haben die Tür zum Schlafzimmer nur angelehnt, die Hausflurtür sogar ganz aufgelassen. Und weil sie sich bei schwachem Lichtschein lieben, kann ich meine Taschenlampe ausgeschaltet lassen.

Die Geräusche werden intensiver.

Ich bin ihnen so nah.

Langsam ritt sie ihn. Mit beiden Händen liebkoste er ihre Brüste, saugte außerdem abwechselnd an ihren Brustwarzen. Sie näherte sich dem Höhepunkt. Schließlich verharrte sie bewegungslos auf ihm und stieß ein langes, tiefes Seufzen aus. Sein Schwanz schien in ihr zu wachsen, pulsierte und Sebastian schrie vor Lust. Sie küssten sich leidenschaftlich, bis die letzten Orgasmuswellen endgültig verebbten.

Dann legte sie sich neben ihn, streichelte seine Brust.

»Ich spring kurz unter die Dusche«, flüsterte sie eine Weile später. »Möchtest du mitkommen?«

Er schüttelte den Kopf. »Ich möchte einfach nur hier liegen und mich gut fühlen.«

»Und einschlafen«, meinte Beate lächelnd.

»Wenn du wiederkommst, bin ich bestimmt noch wach.«

»Wenn nicht, ist das auch nicht schlimm, mein Schatz. Sagst du mir Bescheid, falls das Handy klingelt?«

»Klar.«

»Bis gleich.«

Er warf ihr einen Luftkuss zu.

Atemlos warte ich. Ich höre, wie sich jemand durchs Schlafzimmer bewegt. Zuvor habe ich ihrem Gespräch gelauscht. Die Schritte kommen zunächst näher, bis sie sich wieder entfernen. Bald darauf vernehme ich das Plätschern von Wasser. Mein Blick fällt auf den Sicherungskasten.

Obwohl er nur döste, breiteten sich Traumbilder in seinem Kopf aus. Nicht mehr lange, und er würde tief schlafen. Dabei wollte er doch eigentlich wach bleiben, bis Beate neben ihm lag. Um ihr zu sagen, dass er sie liebte.

Er drehte sich zur Seite, öffnete mühsam die Augen.

Und tatsächlich betrat eine Person den Raum. Den Bruchteil einer Sekunde war er zufrieden wegen seiner Willensstärke, dann warnte ihn sein Instinkt.

Zügig betrete ich das Zimmer. Der Geruch des Liebesaktes liegt noch in der Luft. In meiner linken Hand halte ich ein Geschirrtuch, in der rechten die Pistole.

Er sieht mich auf sich zukommen. Für eine Reaktion bleibt ihm keine Zeit. Ich werfe das Tuch auf seinen Kopf, lege die Waffe an. Er versucht, sich aufzurichten und das Tuch von seinem Gesicht zu ziehen. Ich schieße. Mitten in der Bewegung schleudert ihn die Wucht des Einschlags zurück aufs Bett. Durch das Einschussloch sickert Blut. Jetzt bin ich der einzig atmende Mann im Haus.

Plötzlich klingelt ein Handy. Vor Schreck stoße ich einen Schrei aus. Ich hechte zum Nachttisch und drücke die Ausschalttaste. Panisch horche ich auf das Wasserplätschern. Es ist alles in Ordnung. Sie steht anscheinend immer noch nichts ahnend unter der Dusche.

Wird sie die Dunkelheit als Bedrohung wahrnehmen?

Das warme Wasser prasselte Beate aufs Gesicht. Sie öffnete den Mund, gurgelte, spuckte die Flüssigkeit aus. Genug geduscht.

Auf einmal erlosch das Licht.

»Oh nein«, stöhnte sie. »Was ist denn nun los?«

Sie wartete, die letzten Tropfen fielen ihr vom Brausekopf auf die Haare. Die Deckenlampe machte keinerlei Anstalten, wieder aufzuleuchten.

»Sebastian?«, rief sie, ohne eine Antwort zu erhalten.

Vorsichtig kletterte sie aus der Duschkabine. Durchs Badezimmerfenster fiel genügend Licht herein, um zumindest Umrisse erkennen zu können. Sie wickelte sich das große Handtuch eng um den Körper. Mit nassen Füßen ging sie zum Lichtschalter und betätigte ihn erfolglos.

Beate verließ das Badezimmer. Auch der Schalter in der Diele war funktionslos. Sie machte sich auf den Weg ins

Schlafzimmer. Von draußen drang schwach der Lichtschein einer Straßenlaterne durch die zugezogenen Vorhänge. Also war der Strom offensichtlich nicht komplett ausgefallen. Sie betrat das stille Zimmer, tastete sich zum Bett vor. Sebastian war wohl eingeschlafen. Sie berührte ein Fußgelenk.

»Hey, Schlafmütze. Ich glaube, die Sicherungen sind rausgesprungen.«

Das war vor etwa zwei Monaten schon einmal ohne erkennbaren Grund passiert, weshalb sie nicht beunruhigt war.

Sie tastete sich weiter vor, streichelte ihren Mann, der besser als sie wusste, wo eine Taschenlampe zu finden war.

Dann spürte sie das Tuch auf seinem Gesicht.

In diesem Augenblick wurde ein Lichtstrahl von hinten auf sie gerichtet. Ruckartig wandte sie sich um. Hill stürzte mit gezückter Pistole auf sie zu. Instinktiv riss sie den rechten Arm hoch. Er holte aus und hämmerte den Griff an ihre Schläfe.

35

Verwundert legte Robert das Telefon beiseite. Er hatte Beate Bescheid sagen wollen, dass Hills Auto entdeckt worden war. Keine drei Kilometer von ihrem Haus entfernt.

Das Diensthandy hatte dreimal geklingelt, ehe abrupt die Mailbox angesprungen war. Als habe sie das Gespräch weggedrückt. Oder als sei der Akku leer gewesen.

Er wartete zwei Minuten. Wenn es am Akku gelegen hatte, würde sie sich bei ihm melden. Doch nichts geschah. Er wählte wieder ihre Nummer. Diesmal erreichte er sofort die Mailbox.

***

Beate spürte eine Ohrfeige. Die barmherzige Dunkelheit entließ sie aus ihrer Obhut. Neben dem Schmerz auf ihrer Wange nahm sie einen viel stärkeren an der Schläfe wahr.

Sie erinnerte sich. Verzweiflung brandete wie eine Welle in ihr auf. Sie hatte ein Tuch auf Sebastians Gesicht ertastet, bevor hinter ihr ein Licht aufgeflammt war und Hill sich auf sie gestürzt hatte.

Es gab nur eine Erklärung dafür. Hill hatte den letzten männlichen Opfern ein Geschirrtuch auf den Kopf gelegt und sie erschossen.

Vor ihrem inneren Auge sah sie Sebastian. Lebend. Zufrieden. Sie hatte ihn glücklich zurückgelassen, um duschen zu gehen. Und nun?

Beate wollte ihre seelischen Qualen hinausschreien. Aber ihr Überlebenswille hielt sie davon ab. Sie musste nachdenken. Falls Hill ihn getötet hatte, konnte sie jetzt nichts tun. Sosehr die Trauer sie zu übermannen drohte, sie durfte sich ihr nicht hingeben. Nicht aufgeben. Noch lebte sie. Und – viel wichtiger – ihre Tochter Ana vermutlich auch. Sofern Hill seine Vorgehensweise nicht geändert hatte. Für Ana und für sie gab es Hoffnung.

Mit geschlossenen Augen versuchte sie, ihre Lage zu analysieren. Sie lag auf dem Rücken. Ihre Hände waren hinter dem Kopf mit einem Klebeband gefesselt, ihre Oberarme damit auf der Matratze festgeklebt. Ein solches Klebeband war allerdings nicht dafür gedacht, lange auf dem Stoff eines Bettlakens zu haften. Wenn sie kräftig genug zog, könnte sie diese Fesseln lösen. Und hätte eine kleine Chance. Vielleicht.

Sie war nackt – was keine große Überraschung war. Schließlich hatte er die anderen Frauen vergewaltigt. Warum sollte er bei ihr eine Ausnahme machen?

Ihren Mund hatte er nicht zugeklebt. Aus welchem Grund wich er von seiner bisherigen Routine ab? Ihr fielen verschiedene ein. Statt sich damit zu beschäftigen, lenkte sie ihre Aufmerksamkeit auf die Beine. Das linke hing aus dem Bett und war stabil mit dem Bettrahmen verbunden. Das andere lag auf der Matratze und war auch mit Klebeband auf dem Betttuch fixiert. Es bestand die gleiche Chance wie bei den Armen. Zumal er Schwierigkeiten haben würde, sie in dieser Position zu missbrauchen. Wenn er über sie herfiel, solange sie kampffähig war, könnte sie eventuell nach ihm treten.

Doch wo war er?

Sie konzentrierte sich und vernahm tatsächlich in ihrer Nähe seinen Atem. Er stand links von ihr, neben dem Bett. Bestimmt geilte er sich an ihrer Wehrlosigkeit auf. Wahrscheinlich konnte er es nicht mehr erwarten.

Ohne seinen genauen Standort zu kennen, konnte sie ihn jedoch nicht außer Gefecht setzen.

Also sollte er seinen Spaß bekommen.

Beate drehte den Kopf, öffnete die Augen. Die Deckenlampe war eingeschaltet. Sie entdeckte ihn – aber zu weit weg stehend.

Ein lüsternes Grinsen verzerrte seine Züge. »Endlich«, flüsterte er erregt. »Fast hätte ich schon angefangen, ohne auf dich zu warten.«

Komm näher, dachte sie. Sie wollte ihn mit einem Tritt ihres rechten Beins treffen, vorausgesetzt, sie bekam es los.

Statt ihr den Gefallen zu tun, trat er einen Schritt zurück. Als lese er ihre Gedanken.

»Du hast die Morde untersucht«, murmelte er. »Du weißt, was ich mit deinem Mann gemacht habe.«

Er versuchte, ihren Überlebenswillen zu brechen.

Hill ging ums Bett herum. Sie beobachtete ihn nur noch aus den Augenwinkeln, ohne den Kopf zu wenden.

»Willst du mich gar nicht anschauen?«, fragte er mit gespielter Enttäuschung.

Offenbar wollte er, dass sie ihren Ehemann sah.

»Darauf kann ich verzichten. Du bist mir zu hässlich.«

Der Mörder lachte. »So was. Ich bin dir zu hässlich? Der letzte Mann, den du in dir spüren wirst, ist dir nicht hübsch genug. Was für ein Jammer. Wenn du mich nicht anschaust, kannst du dich auch nicht vergewissern, ob dein Mann sein Ehegelübde eingehalten hat. Bis dass der Tod euch scheidet. Er wird dich nie wieder ficken. So wie vorhin. Ich habe euch gehört. Eine pornoreife Vorstellung.«

Tatsächlich war Beate in Versuchung, sich Gewissheit zu verschaffen. Doch diese Genugtuung gönnte sie ihm nicht.

»Hoffst du auf ein Happy End? Vergiss es.« Sie spürte einen Luftzug am Gesicht. Hill tauchte erneut in ihrem Sichtfeld auf. Er hielt ein zusammengeknülltes Tuch in der Hand.

»Ich zeige dir etwas.«

Genüsslich faltete er das Geschirrtuch auseinander. Beate sah das Einschussloch und die Blutflecken. Es gab keine Hoffnung mehr für Sebastian. Beinahe wurde die Trauer übermächtig. Aber sie musste kämpfen. Für sich, für ihre Tochter und für ihren Mann. Um zumindest seinen Tod zu rächen.

»Ein sauberer Schuss in die Stirn. Schmerzlos. Wenn du mich bittest, werde ich dir den gleichen Gefallen tun. Los! Fleh mich an!«

Sie war überzeugt, dass Hill sie mit falschen Versprechungen ködern wollte. Er würde niemals Wort halten. Zu sehr genoss er die sexuelle Demütigung seiner weiblichen Opfer. Daher versuchte sie, sich an seine Schwachstelle zu erinnern.

»In hundert Jahren nicht«, knurrte sie. »Deine Tochter wirst du übrigens nie wieder sehen. Dafür habe ich gesorgt. Das hattest du geplant, oder? Deine Ex-Frau töten und das Sorgerecht erhalten. Ich hab's dir gehörig vermasselt.«

Sie spannte ihren Körper an, denn sie rechnete damit, ihn so weit provoziert zu haben, dass er sich auf sie stürzen würde.

»Und deswegen ist dein Mann gestorben. Deswegen werde ich dich so quälen, wie du es dir in deinen schlimmsten Albträumen nicht vorstellen kannst, ehe ich ins Zimmer deiner Tochter gehe und ihr die Luft zum Atmen nehme. Damit sie nicht zu so einer miesen Fotze wird wie du. Sag mir, war es das wert?«

Die Antwort war einfach und brannte sich ihr unauslöschlich ein: Das war es nicht wert gewesen. Sie versuchte, diesen Gedanken abzuschütteln. Er war ein von Hass zerfressener Psychopath. Niemand, mit dem man sich auf eine Diskussion einlassen konnte. Doch sie wünschte sich, der Fall wäre einem anderen Kollegen übertragen worden.

»Für dich habe ich mir etwas Besonderes ausgedacht«, sagte er. »Bei den anderen Weibern habe ich mich nämlich hiermit zurückgehalten.«

In seiner Hand erkannte sie ein großes Küchenmesser.

»Die anderen Fotzen habe ich geschlagen. Dich werde ich zusätzlich in Fetzen schneiden.« Die Erregung in seiner Stimme stieg. »Und dich beißen.« Er kam näher. »Es wird lange dauern. Das verspreche ich dir.« Noch näher. »Es wird mir unglaublich gut gefallen.«

Nah genug. Beate war bereit.

***

Die Männer unter Roberts Kommando entschieden sich für einen lautloses Zugriff, um den Mörder nicht zu warnen. Robert wusste nicht, was sich im Haus abspielte und ob Hill die Bauers überhaupt in seiner Gewalt hatte. Aber wenn es so war, konnte er nicht riskieren, ihn durch ein Stürmen des Gebäudes in Panik zu versetzen. Also mussten sie leise sein.

Gequält schaute er auf den Polizisten, der am Türschloss hantierte. Er befürchtete, zu spät zu kommen.

***

Beate riss ihr rechtes Bein hoch. Das Klebeband bremste ihren Schwung, doch es lockerte sich. Hill sah die Bewegung. Da gab das Band nach. Er stürzte sich auf sie, hielt ihr Bein niedergedrückt. Sie versuchte, die Arme hochzureißen. Mit der Faust schlug er ihr ins Gesicht. Ihr Wille erlosch. Sie hatte verloren.

***

Robert zog seine Waffe. Er deutete zwei Männern an, dass sie ihm nach oben folgen sollten. Die Tür zur Diele war geöffnet, die Schlafzimmertür geschlossen. Durch sie hindurch hörte er gedämpftes Lachen.

***

Hill lachte sie aus.

Plötzlich geschah ein Wunder. Die Tür sprang auf, Hill blickte hektisch nach hinten. Robert war da und zerrte ihn von ihr herunter. Zwei Einsatzkräfte eines Sondereinsatzkommandos stürmten in den Raum, überwältigten den Mörder. Sie war in Sicherheit. Ana war in Sicherheit.

»Sebastian«, flüsterte sie verzweifelt. Nun gewann die Trauer Oberhand. In ihrem Innersten zerbrach etwas beim Anblick ihres getöteten Ehemanns. Tränen nahmen ihr die Sicht.

»Sebastian«, schluchzte sie.

Sie spürte Hände an ihrem Körper, erschauderte bei der Berührung. Stieß sie weg.

»Nein!«, schrie sie wie ein verwundetes Tier.

»Ich bin es, Robert«, wisperte eine vertraute Stimme.

Sanft wurde sie vom Bett gezogen. Sie ließ sich fallen und vergrub ihr Gesicht an der Schulter ihres Partners.

Trauerte um ihren toten Mann.

Nachwort und Gewinnspiel

Zunächst möchte ich mich dafür bedanken, dass Sie das Buch gekauft und gelesen haben. Ich hoffe, es hat Ihnen gefallen.

Da ich ein großer Fan von Thrillern bin, ist es nicht verwunderlich, dass ich dieses Genre seit dem Beginn meiner schriftstellerischen Tätigkeit nie aus den Augen verloren habe. Im Laufe der Zeit habe ich aber auch Spaß daran gefunden, Kinder- und Jugendbücher zu schreiben, die ich unter dem Pseudonym *Marc Beck* veröffentliche. Wenn ich Lesungen an Grundschulen halte, haben die Kinder am Ende die Möglichkeit, mir persönliche Fragen zu stellen. Zuerst möchten sie in der Regel wissen, wie ich zum Schreiben gekommen bin. Ich verrate dann, dass ich auf dem Gymnasium Kunst und Musik in der Oberstufe abgewählt und dafür Literatur belegt habe, da ich weder zeichnen noch singen kann. (Letzteres hält mich allerdings nicht davon ab, auf Konzerten laut mitzusingen; stellen Sie sich also besser nicht in meine Nähe.) Als wir im Literaturkurs das Themengebiet ›Kurzgeschichten‹ besprachen, erhielten wir die Aufgabe, eine eigene Geschichte zu schreiben.

Während die meisten aus dem Kurs einen einseitigen Text ablieferten, brachte ich eine dreißig Seiten umfassende Story zu Papier. Seitdem bin ich durch das Schreibvirus infiziert und bis jetzt nicht kuriert worden. Daher möchte ich mich an dieser Stelle bei Frau Berg-Ehlers, meiner damaligen Lehrerin, für ihre Anregungen bedanken.
Im Rahmen der Lesungen interessieren sich die Grundschüler auch für meinen Familienstand (ledig) und erkundigen sich, ob ich Kinder habe (einen Sohn, der in Kürze volljährig wird). In sehr katholischen Gegenden kommt dann manchmal erstaunt die Frage auf, wie man ein Kind haben kann, wenn man nie verheiratet war. An dieser Stelle drücke ich mich immer vor einer Antwort und verweise die Schüler an ihre Lehrkräfte.

Um beurteilen zu können, ob ich als Autor gute Arbeit geleistet habe, bin ich auf das Feedback meiner Leser angewiesen. Daher würde ich mich freuen, wenn Sie sich kurz Zeit nehmen und eine Rezension verfassen würden. Mit etwas Glück gewinnen Sie dadurch sogar einen Amazon-Gutschein in Höhe von zweihundert Euro. Denn jeder Leser, der bis zum 31. März 2014 eine Rezension zu diesem Buch auf der Produktseite abgibt, nimmt automatisch an der Verlosung teil. Der Rechtsweg ist ausgeschlossen. Den Gewinner gebe ich in der ersten Aprilwoche 2014 auf meiner Homepage www.huennebeck.eu bekannt.

Falls Sie weitere Fragen an mich haben, können Sie mir gerne eine Nachricht per E-Mail:
marcushuennebeck@outlook.de
oder über Facebook:
www.facebook.com/MarcusHuennebeck
schicken.

Herzliche Grüße
Ihr Marcus Hünnebeck

November 2013

Danksagung

Bei der Arbeit an diesem Roman wurde ich von einer Vielzahl von Leuten unterstützt, denen ich großen Dank schulde.
Besonders möchte ich Herrn Kriminalhauptkommissar Stephan Harbort danken, der die Zeit und Geduld aufgebracht hat, mir das von ihm entwickelte empirische Täterprofil für Serienmörder zu erläutern.

Falls Sie mehr über die Arbeit von Stephan Harbort erfahren möchten, empfehle ich Ihnen seine informative Homepage: www.der-serienmoerder.de
Dort finden Sie im Bereich ›Aufsätze‹ unter anderem ein Dokument mit dem Titel *Empirische Täterprofile*, in dem er die Ergebnisse seiner Studie darstellt.

Wenn Ihnen der Thriller gefallen hat,
könnten Ihnen auch diese zusagen:

Marcus Hünnebeck, Die Rache des Stalkers

Kommissarin Anja Hübner jagt einen mehrfachen Frauenmörder. Zur gleichen Zeit trennt sie sich nach einer handgreiflichen Auseinandersetzung von ihrem Freund. Anfangs versucht dieser erfolglos, sie mit verschiedenen Aufmerksamkeiten zurückzugewinnen. Als Anja jedoch einen neuen Mann kennenlernt, startet ihr Ex-Partner einen verhängnisvollen Rachefeldzug. Während die Polizistin die Ermittlungen vorantreibt, schmiedet der von ihr besessene Stalker einen tödlichen Plan ...

Marcus Hünnebeck, Wenn jede Minute zählt

Ein Junge wird von einem Psychopathen entführt. Kommissar Peter Stenzel bleiben nur fünf Tage Zeit, das Leben des Kindes zu retten.
Während die Stunden verrinnen, spitzen sich die Ereignisse zu. Nach und nach wächst in Stenzel der Verdacht, dass sich der Täter mit diesem Verbrechen an ihm persönlich rächen will. Doch das wahre Ausmaß des teuflischen Plans offenbart sich ihm erst, als es fast zu spät ist ...

www.amazon.de/dp/B00B8SXPGO

Vom gleichen Autor erhältlich:

Marc Beck, Dämonenzirkus

Zirkus Magnus – der erfolgreichste Zirkus der Welt dank sechs jugendlicher Artisten mit übernatürlichen Fähigkeiten. Allerdings werden alle Stars nachts von Albträumen geplagt. Als sich der achtzehnjährige Glenn auf die Suche nach der Ursache für diese Träume begibt, kommt er dem Geheimnis ihrer Superkräfte auf die Spur. Doch damit fordert er einen mächtigen Feind heraus, der ihn und seine Freunde zwingt, eine schwerwiegende Entscheidung zu treffen. Riskieren sie ihr Leben, um Unschuldige zu retten – oder verkaufen sie ihre Seele?

www.amazon.de/dp/B008HFCSQO

Marc Beck, Der Ruf der Feen

Über 5000 Jahre dauert die Feindschaft zwischen Feen und Kobolden nun schon an. Und wieder einmal, wie alle 111 Jahre, soll ein folgenreicher Wettkampf stattfinden. Nur – der uralte Kampfplatz wurde bebaut. Da die Feen an der Tradition festhalten wollen, senden sie ihre Kundschafterin Abendrot aus, um das Haus dem Erdboden gleichzumachen. Die zwölfjährige Isabel, bei der gerade deren dreizehnjähriger Cousin Noah zu Besuch ist, entdeckt Abendrot und kann sie im letzten Moment von der Vernichtung ihres Hauses abhalten. Als Gregorius, der Vertreter der Kobolde, hinzukommt, schlagen die Kinder einen aus drei magischen Aufgaben bestehenden Wettbewerb vor.

www.amazon.de/dp/B009AVS6FQ

2954591R00149

Printed in Germany
by Amazon Distribution
GmbH, Leipzig